Thomas Perry
Das zweite Gesicht

SERIE PIPER

Zu diesem Buch

Jane Whitefield läßt Menschen verschwinden. Schon ungezählte Male hat sie ihr Leben aufs Spiel gesetzt, um Klienten in Gefahr eine neue Identität zu verschaffen. Nun bittet sie der renommierte Chirurg Richard Dahlman verzweifelt um ihre Hilfe – die Polizei verdächtigt ihn, seine Kollegin ermordet zu haben, und hat ihn bei einem Fluchtversuch angeschossen. Unter den Augen des FBI entführt Jane den Schwerverletzten aus der Klinik. Und jetzt erst kann er ihr berichten, daß alle seine drei Mitarbeiter tot sind und er sicher ist, der nächste zu sein. Auf ihrer atemlosen Flucht muß Jane hinter das Geheimnis dieses Mannes kommen, und das ziemlich schnell. – Thomas Perry versteht es meisterhaft, die nervenaufreibende Jagd mit dem Charisma und der brillanten Intelligenz seiner Heldin zu verfeinern. »Eine Perle im zunehmenden Schrott der Kriminalliteratur.« (Norddeutscher Rundfunk)

Thomas Perry, 1947 in Tonawanda/New York geboren, war nach dem Studium der englischen Literatur Arbeiter, Fischer, Lehrer, Verwaltungsbeamter, Drehbuchautor und Produzent. Er schrieb eine Reihe von angesehenen Krimis und wurde mit dem »Edgar« ausgezeichnet. Heute lebt er mit seiner Frau und zwei Töchtern in Südkalifornien. Auf deutsch erschienen außerdem die Jane-Whitefield-Thriller »Die Hüterin der Spuren«, »Der Tanz der Kriegerin« und »Die Jagd der Schattenfrau«.

Thomas Perry
Das zweite Gesicht

Roman

Aus dem Amerikanischen von
Fritz R. Glunk

Piper München Zürich

Von Thomas Perry liegen in der Serie Piper außerdem vor:
Die Hüterin der Spuren (5683)
Der Tanz der Kriegerin (5686)
Die Jagd der Schattenfrau (5687)

Für Jo, Alix und Isabel

Ungekürzte Taschenbuchausgabe
Piper Verlag GmbH, München
Juli 2001

Titel der amerikanischen Originalausgabe:
"The Face-Changers", Random House, New York 1998

Umschlag: Büro Hamburg
Stefanie Oberbeck, Isabel Bünermann
Foto Umschlagvorderseite: Ludovic Moulin/photonica
Foto Umschlagrückseite: Jerry Bauer
Satz: KCS GmbH, Buchholz/Hamburg
Druck und Bindung: Clausen & Bosse, Leck
Printed in Germany ISBN 3-492-23347-3

Wenn jemand träumte, daß er ein Falschgesicht sei, brauchte er seinen Traum nur der richtigen Person anzuzeigen und ein Fest zu geben, um in die Gruppe aufgenommen zu werden; ebenso mußte jemand, der träumte, er sei kein Falschgesicht mehr, nur seinen Traum erzählen und eine ähnliche Festivität veranstalten, um seinen Austritt einzuleiten. Ausschließlich auf diese Weise konnte man seine Mitgliedschaft erwerben oder aufgeben. Bei allen Auftritten in ihrer Rolle trugen die Mitglieder »Falschgesichter« ... diese Masken unterschieden sich durch Farbe, Stil und Gestaltung, alle sahen jedoch abscheulich aus. Sämtliche Mitglieder der Gruppe waren männlich bis auf eines, eine Frau. Sie war die Anführerin und wurde Ga-go-sa Ho-nun-nas-tase-ta genannt, die Bewahrerin der Falschgesichter; bei ihr lag nicht nur die Verantwortung für die Insignien der Gruppe, sondern sie war auch die einzige Kontaktperson für alle Mitglieder, deren Identität ansonsten geheim blieb.

Das wesentliche Motiv für die Gründung dieser Gruppe war es, die Dämonen, die man Falschgesichter nannte, gnädig zu stimmen und die Abwehr von Pest und anderen Krankheiten.

Bericht über die Textilien, Erfindungen, Arbeitsgeräte und Werkzeuge der Irokesen. Angefertigt für den Verwaltungsrat der Universität am 22. Januar 1851 von Lewis H. Morgan (Nachdruck in: Elisabeth Tocker, *Lewis H. Morgan on Iroquois Culture,* 1994)

1

Janet McAffee kam aus der Klinik und zuckte zusammen, als ihr der eisige Wind ins Gesicht schlug. Wasser schoß ihr in die Augen, während sie mit gesenktem Kopf nach dem Taxi suchte. Früher einmal hätte sie dieses Gefühl Schmerz genannt, aber damals wußte sie noch nicht, was echter Schmerz bedeutet. Das chemische Peeling hinterließ eine empfindliche Oberfläche, wehrlos wie ein hohler Zahn.

Was sie an der Operation völlig überrascht hatte, war das Fettabsaugen. Auf diesen Teil der ganzen Prozedur hatte sie sich insgeheim gefreut, weil sich damit all jene Tage wegmogeln lassen sollten, an denen sie sich eingeredet hatte, sie sei zu beschäftigt für ihre Gymnastik oder zu hungrig, um den Nachtisch stehenzulassen. Aber das Fettabsaugen hatte sie eine elend schmerzhafte Woche gekostet.

Sie sah das Taxi vor der Schranke warten, wo der Fahrer außerhalb des Parkplatzes angehalten hatte, um das Parkticket zu sparen. Das nächste Mal, das nahm sie sich jetzt vor, wollte sie bei der Bestellung eines Taxis präzisere Anweisungen geben. Sie machte gerade einen Schritt aus dem Schutz des großen Krankenhauses hinaus in den Wind, als sie eine Hand an ihrem Ellbogen spürte.

Janet wirbelte herum. Eine große, schlanke Frau mit langem, schwarzem Haar stand neben ihr und sah ihr in die Augen. Die Frau hatte offenbar die Schreckreaktion bemerkt, aber das schien sie nicht zu beeinträchtigen. Ruhig sagte sie: »Gehen Sie zurück ins Haus und warten Sie hinter dem Eingang auf mich.«

»Aber da steht mein Taxi. Ich wollte gerade …«

Die Frau unterbrach sie. »Hat man Ihnen nicht gesagt, daß ich Sie abhole? Es ist soweit.«

Janet fühlte sich plötzlich schwach. »Na schön«, sagte sie.

Sie ging zurück und beobachtete durch die Glastür, wie die Frau mit dem Taxifahrer sprach, ihm einen Geldschein gab und einen Schritt zurücktrat, während sie ihm beim Ausparken und Wegfahren nachschaute. Sie drehte sich um, kam die Auffahrt herauf, und dann ging sie ohne einen Blick an Janet vorbei. Vier Meter weiter blieb sie stehen, drehte sich um und sagte: »Das war's. Wenn Sie mitwollen, dann kommen Sie.«

Janet nickte. Unwillkürlich fragte sie sich, ob der nächste Schritt nicht einer dieser entscheidenden Augenblicke war, wie der, von einem Schiff an Land zu gehen, aber dann fiel ihr wieder ein, daß es nichts dergleichen war. Sie hatte diesen Schritt schon vor Monaten getan, an dem Abend, als sie sich zu dem Telefonanruf entschlossen hatte. Sie hatte sich lange auf diesen Tag vorbereiten können, zuerst durch ihren lautlosen Umzug aus ihrer Eigentumswohnung in das kleine Apartment, wo kein Gegenstand eine nachprüfbare Herkunft hatte und die Polizei sie nicht fand, und später während der mühsam ertragenen Operation. Das hier war nur der zweite Schritt.

Sie folgte der Frau durch die Halle und zum Eingang hinaus, dann zu einem kleinen, grünen Wagen, der Janets eigenem Wagen ziemlich ähnlich sah – aber nein, sie hatte keine Lust, ihren Erinnerungen nachzugehen. Das hier war ein Neuanfang.

Janet saß auf dem Beifahrersitz und schloß gerade die Tür, als der Wagen schon losfuhr. Die Frau beschleunigte und schwenkte eilig in die mittlere Fahrspur, bog ab, bog noch einmal ab und fuhr nun in östlicher Richtung. Sie war nicht gerade eine Raserin, sie fuhr aber aggressiv und selbstsicher, zwei Eigenschaften, die Janet nervös machten.

»Ich dachte nicht, daß Sie mich abholen würden.«

»Deshalb habe ich es getan«, sagte die dunkelhaarige Frau. Dann veränderte sich ihr Ausdruck, als hätte sie nachgedacht und erkannt, daß sie für Unfreundlichkeiten keinen rechten Grund hatte. »Alle, die sich fragen, ob Sie verschwinden wollen, stellen sich vor, daß Sie es auf eine ganz bestimmte Weise tun werden. Also warten sie darauf, daß Sie sich eines Abends mit einem Koffer in der Hand aus ihrer Wohnung schleichen können. Doch kein Mensch verschwindet aus einem Krankenhaus.« Sie sah Janet an. »Wie ging es eigentlich?«

Janet zuckte die Achseln. »Er sagt, ich habe mich großartig gehalten. Die nächsten sechs Monate muß ich nicht wieder hin.«

»Er hat phantastisch gearbeitet. Eine enorme Verbesserung.«

»Danke«, sagte sie automatisch. Es war fast ein Schock für sie, daß diese merkwürdige Frau etwas so Normales und Menschliches wie ein leeres Kompliment machte. »Wie können Sie das wissen? Sie kannten mich doch gar nicht.«

»Ich habe eine Menge Fotos von Ihnen gesehen.« Sie bog wieder ab. »Wer hat sonst noch etwas gesagt? Hat irgend jemand, der Sie vor der Operation kannte, Sie seitdem gesehen?«

Janet schüttelte den Kopf. »Ich stehe momentan nicht gerade weit oben auf den Einladungslisten. Also nur die Schwestern und die Ärzte. Und der Taxifahrer.«

Die Frau fuhr eine überdachte Parkhauseinfahrt hinauf in den ersten Stock. Sie hielt auf einem freien Platz und stellte den Motor ab.

»Warum halten wir?«

»Ich muß Ihnen ein paar Sachen geben.« Sie holte einen Umschlag mit einem Flugticket aus ihrer Handtasche. »In zwei Stunden fliegen Sie ab.«

»Wohin?« Janet schob den Umschlag an der Ecke hoch und schaute hinein. »Chicago?«

»Da sind Sie für eine Weile gut aufgehoben, aber es ist nur ein Zwischenstopp. So bleiben Sie unsichtbar, bis die Operationsnarben völlig verheilt sind. Am Ziel sollten Sie erst dann auftauchen, wenn Sie sich als Fertigprodukt präsentieren können – Gesicht, Körper, Haar, Garderobe, Papiere, alles neu.«

Sie reichte Janet eine Brieftasche, die vor lauter Plastikkarten ganz steif war. »Ihre Ausweise.«

Janet sah sich die zuoberst liegende Mastercard an »Mary Anders. Heiße ich ab jetzt so?«

»Nur für diesen Flug. Sie werden beim Einsteigen irgend

etwas vorweisen müssen. Falls was schiefgeht oder Sie aufgehalten werden, kriegen Sie ohne Kreditkarte nicht mal ein Hotelzimmer.«

Janet hielt den Führerschein in der Hand. Das Foto hatte sie vor einer Woche in einem Automaten gemacht, aber es war retuschiert. Es kam ihr vor, als hätte jemand es in einen Computer gescannt und dann Haarfarbe und Hauttextur bearbeitet, um die Operationsspuren zu löschen. Sie starrte das Bild an: Es war eine gutaussehende junge Frau, aber es war noch immer ihr Gesicht. Vielleicht konnte sie eines Tages, wenn alles verheilt war, wirklich so aussehen. Der Gedanke machte sie zuversichtlich. Sie steckte die Brieftasche und das Ticket in ihre Tasche.

»Und jetzt Ihre.«

»Meine was?«

»Ihren Führerschein, Ihre Kreditkarten und das alles. Alles, wo Janet McAffee draufsteht, müssen Sie loswerden.«

»Ach ja, klar«, sagte sie. Sie hatte nicht daran gedacht, daß sie auch die Dinge, die wenig Platz einnahmen, hergeben mußte. Aber natürlich gab sie sie her. Die dunkelhaarige Frau sah ungeduldig zu, während Janet ihre Brieftasche herauskramte, den Führerschein nahm, ihn sekundenlang anschaute, als müßte sie sich von ihm verabschieden, und ihn schließlich neben sich auf den Sitz legte.

»Sie geben mir besser alles. Da ist nichts drin, was Sie noch brauchen.«

»Aber später?«

Die dunkelhaarige Frau sah sie mitleidig an und legte ihr die Hand auf den Arm. »Ich wünschte, wir hätten mehr Zeit miteinander, bevor Sie einsteigen; ich könnte Ihnen dann über die schwierigen Etappen hinweghelfen. Das alles hier geschieht nicht zum ersten Mal, und es gibt nur ein richtiges Vorgehen. Wir haben keine Ahnung, wie lange es dauert, bis sich die Sache hier in Baltimore beruhigt. Vielleicht werden diese Männer heute abend gefaßt, wenn sie in Ihrer Wohnung gerade eine Bombe legen oder einen fremden Killer engagieren, der in Wirklichkeit von der Polizei ist. Es sind schon komischere Sachen passiert. Aber Sie müssen sich darauf einstellen, längere Zeit zu warten, und das heißt, daß Sie sich so einrichten müssen, als wäre es für immer. So viel schwerer ist es auch nicht.« Sie nahm Janets Ausweise und steckte sie in die eigene Handtasche. »Jetzt zu Ihrem Reisegeld. Man hat Sie angewiesen, ein Schließfach zu mieten, von dem niemand etwas weiß, stimmt das?«

»Es ist aber nicht in einer Bank. Ich hatte Angst, Sie könnten vielleicht kommen, wenn die Banken geschlossen sind. Es ist in einem Lagerraum. In der Nähe der Kreuzung Light und Fayette.«

Die Frau sah sie verwundert an. »Meinen Sie, in der Nähe des Gerichts?«

»Ja«, sagte Janet kleinlaut, »ich dachte, wo dauernd Polizisten raus- und reingehen, ist es sicherer. Es ist ein ziemlicher Haufen Geld ...«

Die dunkelhaarige Frau äußerte sich nicht weiter zu dieser Theorie. Sie schien angespannt nachzudenken. »Okay. Geben Sie mir alle Schlüssel – Wohnung, Apartment, einfach alle. Ich lasse jeden Gegenstand verschwinden, der Ihnen später mal Probleme machen könnte.«

Janet händigte ihr die Schlüssel aus, die Frau betrachtete sie einen Augenblick und sagte dann: »Und der Schlüssel zum Schließfach? Ist der im Apartment?«

»Nein, ich habe ihn bei mir.«

»Dann geben Sie ihn mir. Ich lege Ihre alten Ausweise und Karten hinein.«

»Aber ich habe nur den einen Schlüssel.«

Die Frau lächelte, aber es war ein Lächeln, das Janet einsehen ließ, daß sie so etwas Dummes lieber nicht hätte sagen sollen. »Die Leute verlieren dauernd ihre Schlüssel. Wenn das hier alles vorbei ist, gehen Sie hin und sagen, Sie hätten den Schlüssel verloren. Und dann bohren sie Ihnen das Schloß auf.«

Janet gab ihr den Schlüssel.

Die dunkelhaarige Frau hatte etwas Verdächtiges gesehen. Ihr Blick hob sich und fixierte den Rückspiegel. Dann drehte sie sich auf dem Sitz um und schaute nach hinten. Das Lächeln war verschwunden, sie wirkte angestrengt und unruhig. »Wir müssen raus hier.«

Janet versuchte, nicht ebenfalls durch das Rückfenster zu sehen, aber dann konnte sie nicht anders. »Haben Sie etwas gesehen?«

»Ich bin mir nicht sicher, aber es ist nicht mein Job, Vermutungen nachzugehen. Ich bin dazu da, Leute wegzubringen.« Sie ließ den Motor an.

Ein schwarzer Wagen war langsam am anderen Ende des Parkhauses die Auffahrt heraufgekommen. Sobald das Echo des angelassenen Motors von den Betonwänden abprallte, wurde der schwarze Wagen schneller. Er fuhr an einer Reihe leerer Stellplätze vorbei und kam näher.

Die dunkelhaarige Frau schoß rückwärts aus dem Parkplatz, bremste den Wagen so abrupt, daß er bockte, legte blitzschnell den Vorwärtsgang ein und raste los. Janet suchte nach Erklärungen für das, was sie gesehen hatte, aber sie schaffte es nicht. Es konnte nur so sein, daß der schwarze Wagen herankam, um den grünen Wagen noch vor dem Ausparken zu blockieren.

Janet starrte nach hinten. Sie erkannte die Umrisse von zwei Köpfen in dem anderen Wagen, aber die Windschutzscheibe war oben dunkel getönt, und im schwachen Licht des Parkhauses hätte sie die Gesichter sowieso nicht erkennen können. Sie beobachtete noch, wie der Wagen an ihrem frei gewordenen Parkplatz vorbeifuhr, dann nahm die dunkelhaarige Frau die erste Ausfahrt nach unten.

»Ich glaube, sie kommen«, sagte sie.

Die dunkelhaarige Frau zeigte keine Überraschung. »Sind es die, vor denen wir uns fürchten müssen, oder ist es die Polizei?«

»Ich weiß nicht. Ich habe sie noch nie gesehen. Sie haben mich immer nur angerufen.«

Der Blick der Frau zuckte immer öfter zum Rückspiegel hinauf. »Ich denke, es sind die Männer, weil sie kein Polizeilicht haben. Ich muß sie loswerden, während Sie Ihr Reisegeld holen. Ecke Light und Fayette, stimmt's?«

»Ja.«

»Gut. Wir haben noch eine Stunde und vierzig Minuten, also wird es jetzt eng. Ich sage Ihnen, was wir tun. In fünf Minuten bringe ich Sie in die Nähe Ihrer Kreuzung. Nehmen Sie den Schlüssel. Ich lasse Sie raus und fahre weiter. Sie packen das Geld ein und treffen mich wieder da, wo Sie ausgestiegen sind.«

»Okay.«

»Dann machen Sie sich bereit.«

Janet schaute immer noch durch das Rückfenster. Die Frau bog mit hoher Geschwindigkeit ein paarmal ab, raste eine schmale Straße mit Reihenhäusern hinunter, durchquerte einen Parkplatz, traf auf die Light Street und fuhr über die Kreuzung mit Fayette hinaus. Schließlich bog sie ins Harbour Court Hotel ein, und fuhr durch ein gemauertes Portal in einen runden Innenhof, dessen Brunnen die ankommenden Wagen in einen Kreisverkehr zwang.

»Gehen Sie durch das Hotel hindurch und auf der anderen Seite wieder raus. Dort hole ich Sie ab. Suchen Sie nicht den Wagen, suchen Sie mich. Los jetzt.«

Janet schlüpfte aus dem Wagen, der Portier sprang herbei, um ihr die Tür aufzuhalten, dann war sie in der Halle. Sie hörte, wie die Unterseite eines Wagens über etwas Hartes schrammte, drehte sich um und sah, daß der schwarze Wagen zu schnell in den Hof eingebogen war, während im gleichen Augenblick die Frau bereits um den Brunnen herumgefahren war und auf die Straße rollte. Die beiden Männer waren offenbar so versessen auf die Verfolgung des grünen Wagens, daß sie den Hoteleingang nicht einmal mit einem Seitenblick streiften. Sie schossen schon wieder hinaus auf die Straße.

Janet ging schnell durch die Hotelhalle, am Hintereingang wieder hinaus und rannte fast zur Fayette. Sie betrat das Gebäude mit den Lagerräumen und klingelte am Schalter. Erst nach dem vierten Klingeln erschien der Angestellte, schloß die Lagerhalle auf und brachte Janet zu ihrem Abstellraum. Sie machte sich Sorgen, denn sie hatte nicht die ganze Wahrheit gesagt, als sie der dunkelhaarigen Frau den Eindruck vermittelte, das Geld sei an einem einzigen Platz, und sie könne es in einer Minute an sich nehmen.

Als sie die Tür hinter sich verschlossen hatte, ging sie zu den Wintermänteln, die hier unter den Plastiküberzügen der chemischen Reinigung hingen, und griff in einen kleinen Koffer. Sie entnahm ihm mehrere versiegelte Briefumschläge mit je zehntausend Dollar und steckte sie in ihre Tasche.

Vier weitere Umschläge holte sie aus einem Paar Lederstiefel, zwei aus den Innentaschen von Mänteln, drei aus der riesigen Kasserolle ihrer Tante Rosalie. Ein Umschlag steckte in der hinteren Tür einer Wanduhr, zwei Kuverts standen zusammengerollt und unter Papiertaschentüchern versteckt in langstieligen Gläsern, einer zwischen den Kristallkaraffen. Diese Sachen hatte sie einmal hübsch gefunden, aber jetzt deprimierte sie alles, was mit Alkohol verbunden war. Es dauerte eine Weile, bis sie das kitschige Bild mit dem Segelschiff aus dem schweren Rahmen heben und die zweite hintere Abdeckung lösen konnte, und dann noch mal so lange, bis sie darunter die losen Hundertdollarscheine eingesammelt und in einen eigenen Umschlag gesteckt hatte.

Zwei weitere Kuverts waren in eine der holzgeschnitzten tibetischen Masken geklebt. Was zwischen den Fangzähnen aus dem Maul der Maske hervorquoll, so hatte man ihr erklärt, würde ihr Glück bringen, aber sie konnte sich nicht mit einer Kultur anfreunden, die so fremdartig war, daß sie sich menschliches Glück in dieser Fratze vorstellte.

Sie fand einen Umschlag hinter dem Bild von der College-Abschlußfeier, einen im Batteriefach eines zu großen tragbaren Radios und die nächsten unter den Quittungen, die sie bei ihren alten Steuererklärungen aufhob. Einundzwanzig waren es zusammen: zweihundertzehntausend. Ach ja, und die fünftausend in ihrer Handtasche. Sie hatte sich angewöhnt, so viel Geld mit sich herumzutragen, falls sie es einmal nicht mehr bis zu ihrem Geldversteck schaffen sollte.

Janet warf einen letzten Blick auf die alten Sachen in dem

Verschlag. Wenn die bezahlte Mietzeit für den Lagerraum zu Ende war, landete das alles bei der Müllabfuhr. Die Vorstellung schmerzte sie. Janet blieb stehen, dachte nach und klebte dann einen Umschlag wieder hinter das College-Bild.

Sie ging zum Schalter zurück, wo der Angestellte auf sie wartete. »Kann ich für die nächsten fünf Jahre im voraus bezahlen?«

»Fünf?«

Sie hatte sich diesen Zeitraum vorher nicht überlegt und versuchte nun, sich schnell einen vernünftigen Grund auszudenken, damit der Angestellte das nicht für etwas Verrücktes oder Illegales hielt. »Ja. Ich meine, mit Inflationszuschlag. Langfristig ist es für mich billiger.«

Er hob die Achseln, und sie sah, daß sie sich in ihm getäuscht hatte. Hätte man ihn gezwungen, darüber nachzudenken, so hätte er vermutlich gesagt, die Frau ist blöd, aber sie war ihm völlig gleichgültig. Er holte unter dem Schalter einen leeren Mietvertrag hervor. »Unterschreiben Sie hier, ich rechne solange den Betrag aus.«

Er hackte irgendeine komplizierte mathematische Formel in seinen Tischrechner, während Janet ihm in Gedanken zuschrie: »Setz das Komma doch einfach nach rechts! Achtundvierzig pro Jahr. Viertausendachthundert, geteilt durch zwei ist zweitausendvierhundert.«

Er murmelte: »Das macht also – vierzig pro Monat – mal zwölf Monate – mal fünf.« Janet wartete. »Zweitausendvierhundert.«

Sic hatte ihm die Hundertdollarscheine schon auf den Tisch geblättert. »Hier.« Sie gab ihm das Geld, und er füllte eine Quittung aus.

Als sie das Gebäude hinter sich ließ, fühlte sie sich etwas besser, selbstbewußter. Zweihunderttausend waren immer noch genug Urlaubsgeld, und damit würde sie bei der Rückkehr nach Baltimore wenigstens ein paar Sachen besitzen, die nur ihr allein gehörten.

Sie sah auf die Uhr. Das Ganze hatte dreiundzwanzig Minuten gedauert. Zu viel Zeit.

Janet lief zum Hotel zurück und fand sich gar nicht mehr großartig. Sie hatte hart für dieses Geld gearbeitet, es jahrelang klug investiert und erst in den letzten Monaten in Bargeld verwandelt, in Portionen von fünftausend Dollar. Sie hatte das Geld versteckt, wie sie es angelegt hatte: ein bißchen hier, ein bißchen da. Im schlimmsten Fall, hoffte sie, würde ein Einbrecher in ihren Lagerraum ein Geldkuvert finden und in der Annahme abhauen, er habe alles gefunden. Sie hatte nie daran gedacht, daß ihre eigene Sicherheit mit jeder Minute, die sie für das Einsammeln brauchte, bedrohter wurde.

Der kalte Wind vom Hafen schlug ihr beim Laufen gegen die Haut, aber Janet empfand es als gerechte Strafe. In ihrer Begriffsstutzigkeit hatte sie der Frau, die ihr zu Hilfe gekommen war, nicht erklärt, wieviel Zeit sie brauchen würde. Hatte sie wenigstens dafür gesorgt, daß die Frau wußte, daß die Männer ihr nicht bloß drohten? Ja. Sie hatte der Person am Telefon alles gesagt. Die Person war eine Frau gewesen, sonst hätte sie manches gar nicht aussprechen können. Vielleicht war die dunkelhaarige Frau sogar selbst am Telefon gewesen.

Janet hastete durch den Hintereingang und ging erst auf dem Marmorboden der Hotelhalle unauffälliger weiter. Für die Chirurgen hatte sie sich wie eine Geschäftsfrau gekleidet. Sie wollte den Eindruck vermitteln, sie sei beschäftigt und wohlhabend, denn das verschaffte Respekt. Doch diese Verkleidung, die vorher Schutz war, machte jetzt alles nur noch schlimmer. Mit den hohen Absätzen konnte sie problemlos aus einem Taxi aussteigen und die fünfzehn Meter bis zum Warteraum gehen, aber jetzt taten sie ihr weh, und sie klackerten auf dem Marmor wie Pferdehufe auf Kopfsteinpflaster. Und durch die erhöhte Hautempfindlichkeit nach dem Fettabsaugen und all die Abnäher fühlte sich ihre Unterwäsche so hart an, als hätte man sie in das Geschirr eines Pflugochsen gesteckt.

Janet beobachtete angestrengt die große Glastür am anderen Ende der Halle. Ein grüner Farbfleck ließ ihren Atem kurz stocken, aber dann sah sie genauer hin: Es war nur der Pförtner in seiner Operetten-Uniform. Draußen stand kein grüner Wagen. Janet wich ein Stück nach links aus, um die Stelle neben der Eingangstür im Blick zu haben, wo der grüne Wagen stehen mußte, aber hier war ihr jede Sicht verstellt.

Sie ging schneller, während sie sich die Dummheit der zeitraubenden Vorauszahlung für den Lagerraum vorhielt. Ihre plötzliche Unfähigkeit, sich von diesem uralten, geschmacklosen Haufen Nippes zu trennen, den sie ohnehin nie in ihrer Wohnung geduldet hätte, konnte für die dunkelhaarige Frau den Tod bedeuten – und dann für sie selbst. Sie könnten beide längst aus Baltimore raus sein, wenn Janet einfach an dem Schalter vorbeimarschiert wäre.

Sie ging zur Eingangstür und sah hinaus, aber der grüne Wagen stand nicht in dem Kreisel der Auffahrt. Als sie den Kopf reckte, um noch weiter hinauszuschauen, spürte sie jemanden hinter sich.

Die Stimme war fast in ihrem Ohr: »Bleiben Sie von der Tür weg!«

Es war die Frau. Sie nahm Janets Arm und führte sie zu den Stufen, die zum Restaurant im ersten Stock hinaufgingen. »Was ist passiert?« flüsterte Janet.

»Dieses Mal waren sie richtig sauer, als ich sie abschüttelte.« Sie wechselten die Richtung, ließen die Stufen links liegen, gingen zur Tür hinaus und standen auf der Light Street. »Der Wagen steht da drüben.«

Der Wagen parkte zwischen zwei großen Kombis. Im Rückfenster war ein rundes Loch, ein kleiner, milchiger Kreis aus pulverisiertem Sicherheitsglas, von dem die Risse in der Scheibe ausstrahlten wie ein Spinnennetz. Sie sah sofort, daß es ein Einschußloch war und daß es nicht auf der linken Seite lag. Es lag rechts, wo die Männer Janet vermuteten.

»Machen Sie sich keine Gedanken deswegen. Steigen Sie einfach ein. Wir haben nicht mehr viel Zeit.«

Janet gehorchte und wunderte sich, wie sich jemand deswegen keine Gedanken machen sollte. Sie wartete auf irgendeine beruhigende Erklärung, zum Beispiel daß der

Grund für das Einschußloch nicht mehr bestand; aber sie wartete umsonst. Sie ließen den Innenhafen hinter sich, und Janet hielt in allen Richtungen Ausschau nach dem schwarzen Wagen.

Wenige Minuten später waren sie auf dem Expressway 295, dann auf dem 195, und alle Verkehrszeichen sagten ihr, daß sie sich dem Flughafen näherten. Die dunkelhaarige Frau fuhr jedoch vom Expressway herunter, ließ den Wagen in der Dorsey Road ausrollen und hielt vor einem Hotel am Südrand des Flughafengeländes.

»Nur ein paar schnelle Sicherheitsmaßnahmen«, sagte die Frau. »Kommen Sie mit.«

Sie rannte fast in das Hotel, durchquerte die Halle zum nächstgelegenen Zimmer. »Die haben Sie gesehen, und sie müßten blöd sein, wenn sie nicht wüßten, daß Sie zum Flughafen wollen.«

»Was können wir dagegen tun?«

»Ziehen Sie alles aus, und tauchen Sie ganz anders wieder auf.« Sie legte neue Jeans und einen Pullover aufs Bett und warf ein Paar Joggingschuhe mit dicken Sohlen auf den Boden. »Ziehen Sie das an.«

Janet zog Jeans und Pullover an, setzte sich auf den Bettrand und band sich die Schuhe zu, während die dunkelhaarige Frau ihr die Haare in ungewohnter Weise nach oben frisierte. »Es gibt einen Flughafenbus, der hier am Hotel hält. Vielleicht können wir ihn kriegen. Die suchen bestimmt immer noch den Wagen.«

Die Frau holte einen kleinen Koffer aus dem Schrank und packte Janets Brieftasche, ihr Kostüm und die Bluse hinein. »Checken Sie den Koffer schon draußen ein, beim Aussteigen. Mit einer Tasche voller Geld kommen Sie nicht an der Röntgenschleuse vorbei, ohne daß Sie sie aufmachen müssen. Wenn Sie in Chicago sind, werfen Sie diese Sachen weg. Wenn die Sie mal darin gesehen haben, sind die Dinger lebensgefährlich.«

Janet wollte sich im Spiegel ansehen, aber die Frau nahm ihren Arm und zog sie zur Tür. »Das muß jetzt reichen.«

Während sie durch die Halle gingen, dachte Janet über

ihr neues Aussehen nach. Die Frau hatte ihr nicht erlaubt, ihren Anblick zu überprüfen, aber auf jeden Fall ging es ihr so besser. Diese Sachen sahen nicht nur anders aus, sie fühlten sich auch anders an. Die Joggingschuhe machten sie etliche Zentimeter kleiner, und sie verursachten einen anderen Gang. Die Frau schien alle möglichen Kunstgriffe zu kennen, und außerdem war sie fähig, diese Tricks so geschickt einzusetzen, daß dabei nicht nur ein paar neue Details herauskamen, sondern eine völlige Verwandlung.

Die Frau ließ sie stehen und ging zur Rezeption. Sie sprach kurz mit dem Angestellten, schaute dann über seinen Kopf hinweg auf die Wanduhr und kehrte zu Janet zurück. »Der Flughafenbus wird jede Minute dasein.«

»Kommen Sie nicht mit?«

»Nein. Um an den Männern vorbeizukommen, gibt es nur eine Möglichkeit. Sie müssen alles zurücklassen, was sie gesehen haben: den Wagen, die Kleider, die Frisur – und mich. Sie suchen nach zwei Frauen. Wenn Sie erst mal im Terminal sind, gibt es nichts, was die Flughafenpolizei nicht ebenso für Sie tun kann wie ich.«

»Aber die Polizei weiß nicht, daß ich in Gefahr bin.«

»Nachdem Sie Ihren Koffer eingecheckt haben, gehen Sie sofort durch die Kontrolle. Dahinter können die Männer nicht mehr mit Messern oder Revolvern arbeiten. Sie gehen in die Damentoilette und bleiben da, bis Ihr Flug aufgerufen wird. Dann gehen Sie direkt zum Gate und steigen ein.«

Janet sah nach dem Bus. »Ich weiß, daß es mich nichts angeht, Sie müssen also nicht antworten.«

»Wenn ich nicht kann, tu ich's auch nicht.«

»Was ist jetzt mit Ihnen? Nehmen Sie auch ein Flugzeug?«

»Der Job ist noch nicht beendet.« Die Frau zuckte die Achseln. »Ich fahre nach Baltimore zurück. Wenn die Männer mir auf der anderen Fahrbahn entgegenkommen und mich sehen, dann haben sie Stoff zum Nachdenken.«

»Und was denken sie?«

»Daß wir entweder doch nicht zum Flughafen gefahren

sind und Sie noch immer im Wagen sind, oder daß Sie schon in der Luft sind. In beiden Fällen bin ich die einzige, der sie folgen können, also werden sie das versuchen, und es wird schiefgehen.«

Janet sah den Bus vor dem Eingang halten. Der Fahrer sprang heraus, steckte den Kopf durch die Tür und rief: »Jemand zum Flugplatz?««

»Ja«, sagte die dunkelhaarige Frau.

Der Fahrer packte den Koffer und lief damit hinaus. Janet umarmte die Frau und flüsterte: »Danke.«

»Gehen Sie jetzt.«

Sie sah noch, wie die Frau zu dem grünen Wagen ging.

Sobald der Bus den Weg zum Flughafen eingeschlagen hatte, fuhr der grüne Wagen los. Er fuhr einen knappen Kilometer die Dorsay Street hinunter und bog dann ab in die Auffahrt zum Holiday Inn. Die dunkelhaarige Frau hielt am Eingang, und zwei große, etwa dreißigjährige Männer stiegen ein.

Der grüne Wagen verließ das Hotel. Als er unter dem Baltimore Washington Parkway hindurchfuhr, griff die Frau in ihre Tasche und holte einen kleinen Colt SF-VI heraus. Zu dem muskulösen Mann neben ihr sagte sie: »Laß das verschwinden.«

Er nahm ihr den Revolver ab und steckte ihn in die Manteltasche. Dann blickte er über seine Schulter zum Rückfenster. »Wozu war das überhaupt nötig?«

»Damit sie ein paar Alpträume hat.« Sie warf einen Blick in den Rückspiegel und sah den dunklen Lockenkopf des zweiten Mannes, der sich gerade nach vorn beugte und die Rückseite des Beifahrersitzes abtastete. »Hier drinnen wirst du keine Kugel finden«, sagte sie, »ich habe das Fenster vorher mit Telefonbüchern gepolstert.«

Nach dem Schild »Patapsco Valley State Park« fuhr sie auf einen baumbestandenen Picknickplatz. Die Frau öffnete den Kofferraum. Mit einem Montiereisen schlug sie gegen die Scheibe, bis die Glassplitter um das Einschußloch über den Rücksitz verstreut waren. »Ich habe vorgestern eine Karrosseriewerkstatt bei euerm Hotel gesehen. Laßt das Fenster ersetzen, bevor ihr nach Hause fahrt. Und vergeßt nicht, gleich zu sagen, daß ihr bar bezahlt, sonst vertut ihr nur Zeit mit einer überhöhten Schadensfeststellung und dem ganzen Versicherungskram.«

Der Lockenkopf sagte: »Fliegst du zurück?«

»Ich bleibe einige Zeit in ihrem Apartment«, sagte sie, »es wird ungefähr einen Monat dauern, bis wir eine Hypothek auf ihre Eigentumswohnung kriegen. Sobald der Scheck ausgestellt ist, räume ich das Schließfach aus und hole das Maximum aus den Kreditkarten heraus. Dann komme ich zurück.«

Der Blonde grinste, setzte sich auf einen Picknicktisch und zündete sich eine Zigarette an. »Ich muß schon sagen, du hast uns ganz schön rumgehetzt. Ein paarmal haben wir euch wirklich verloren.«

Sie nickte: »Hast du jemals Jane gesehen, wenn sie jemanden rausbringt?«

»Gesehen? Ich dachte immer, die hat sich jemand ausgedacht. Du meinst, es gibt tatsächlich eine Jane?«

Die dunkelhaarige Frau ging zum Wagen zurück. »Wahrscheinlich nicht«, sagte sie leise. »Aber es gab sie mal.« Sie setzte sich hinters Steuer. »Steigt ein. Wenn wir jetzt die Wagen wechseln, dann klappt es mit der Reparatur heute noch, und ihr könnt abhauen.«

2

Jane McKinnon fuhr hinter den großen, alten Ziegelbau und ging über den Plattenweg langsam auf den Hintereingang zu. Sie hatte gerade genug Zeit zum Kochen und für eine kurze Dusche, bevor Carey seine letzte Runde beendete und sich auf den Heimweg machte. Der Gedanke rief ihr die Sommerabende zurück, als sie noch ein Kind in Deganawida war: Die Luft war still und schwer, und die Grillen begannen ihr Wettsingen mit den schwachen Rufen der rotgefiederten Amseln in den Sumpffeldern zwischen ihrem Elternhaus und dem Fluß.

Sie hörte das gedämpfte Klingeln des Telefons im Haus

und ging schneller. Zwei Schritte später hörte das Klingeln auf. Aber vielleicht konnte sie die Person noch erwischen, während sie auf den Anrufbeantworter sprach. Sie schloß die Tür auf, rannte durch den kleinen Flur in die Küche und riß das Telefon von der Wand. Es kam nur noch das Freizeichen. Sie atmete einmal tief ein und durch die Zähne wieder aus, dann ging sie durch das Wohnzimmer ins Arbeitszimmer. Sie drückte auf die Wiedergabetaste und hörte die Stimme ihres Mannes.

»Jane? Ich bin's. Kannst du zu mir ins Krankenhaus kommen, sobald du zu Hause bist? Danke.«

Jane streckte die Hand nach dem Telefon aus, ließ sie aber bewegungslos über dem Hörer schweben. Er hatte ihr nicht gesagt, von wo er anrief, und seine Stimme verriet deutlich seine Eile. Das hieß normalerweise, daß er auf dem Weg zum nächsten Patienten war. Wenn sie jetzt im Krankenhaus die Vermittlung anrief, brauchten sie wahrscheinlich eine Viertelstunde, bis sie ihn am Telefon hatte, und in zwanzig Minuten konnte sie selbst dort sein. Vermutlich würde er sich freuen, wenn sie wirklich einmal einfach nur das tat, was er wollte. Die Stimme auf dem Anrufbeantworter klang wie bei jemandem, der gerade eine Autopanne hat.

Sie ging den Weg zurück durch die Küche, hängte sich ihre Handtasche über die Schulter, nahm die Schlüssel, sperrte das Haus wieder zu und fuhr los. Um diese Zeit war die Fahrt bis zum Krankenhaus problemlos. Buffalo brachte es höchstens zu einem mäßigen Berufsverkehr, und der war schon so gut wie vorüber.

Hinter Careys Praxis stellte sie den Wagen ab und ging die wenigen Schritte bis zum Krankenhaus zu Fuß. Die Abendluft umhüllte sie mit warmer Feuchtigkeit. Die Winter in dieser Gegend waren dunkel und beißend, aber die Sommer waren ein süßes, sündiges Vergnügen. Jane ging zum hinteren Eingang des Krankenhauses, um dort mit dem Aufzug direkt zu Careys Abteilung hinaufzufahren.

Als Jane um die Ecke bog, sah sie zwei Polizeiwagen neben dem Eingang zur Notaufnahme. Bei einem Wagen stand noch die Tür offen, und unter den Störgeräuschen aus dem Funkgerät war der Singsang einer Frauenstimme zu hören, die der heißen Nachtluft Zahlen und Straßennamen mitteilte. Jane blickte zu den reservierten Parkplätzen der Ärzte hinüber und stellte fest, daß Careys Wagen noch dastand. Dann sah sie ein Stück weiter die drei Sendewagen mit eingefahrenen Antennen. Dazwischen rollte ein junger Mann ein langes Doppelkabel aus.

Sie ging im gleichen Tempo weiter, als wäre es ihre Gewohnheit, den längeren Weg über den Hintereingang zu nehmen, oder als hätte sie beim Anblick der Polizei verstanden, daß die Beamten, egal womit sie beschäftigt waren, lieber keine neugierigen Zivilisten um sich hatten.

Es war jetzt ein ganzes Jahr her, seit sie zum letzten Mal beruflich unterwegs war, aber sie hatte keine ihrer Vorsichtsmaßnahmen aufgegeben: nie plötzlich in der Nähe von Polizisten stehenbleiben, die nichts anderes zu tun haben, als sich Gesichter anzusehen; nie zu lange in der Nähe eines Fernsehteams bleiben, wenn man nicht riskieren wollte, auf dem Bildschirm zu erscheinen.

Die Polizisten waren so eilig ausgestiegen, daß sie nicht einmal ihre Wagen gesichert hatten, und die Anwesenheit der Sendewagen konnte nur eines bedeuten: Alle drei Lokalsender hatten einhellig entschieden, daß hier die beste Abendstory steckte. Jane vermutete einen angeschossenen Polizisten. Durch die Scheiben der Notaufnahme sah sie ein paar Männer in blauen Uniformen. Die Zeit, etwas schnell und wirkungsvoll zu tun, war offensichtlich vorbei. Jetzt konnten sie nur warten.

Vor der Glastür, die sich lautlos vor ihr öffnete, ging sie etwas schneller. Im Innern marschierte sie entschieden zu den Aufzügen. Rechtzeitig wich sie dem Mann aus, der seine Videokamera auf eine junge, blonde Frau mit einem Mikrofon gerichtet hatte.

»Der Sprecher des Krankenhauses hat bestätigt, daß der Verdächtige angeschossen wurde, und seinen Zustand als stabil beschrieben. Die Polizeibeamten, mit denen wir gesprochen haben, konnten uns nur sagen, daß der Verletzte flüchtig und wahrscheinlich bewaffnet war.«

Jane drückte auf den Knopf, der die Lifttür schloß, dann auf den dritten Stock und spürte die plötzlich höhere Schwerkraft, als der Aufzug sich in Bewegung setzte. Sie kämpfte gegen das wachsende ungute Vorgefühl an. Das alles hatte nichts mit ihr zu tun. Sie war jetzt Mrs. McKinnon, die Ehefrau eines angesehenen Chirurgen, die ihn abends manchmal abholte. Jane Whitefield war nur noch eine Erinnerung.

Sie ging durch den Gang, vorbei an den Zimmern, in denen Careys Patienten lagen, sich von ihrem Narkosekater erholten oder damit abfanden, künftig ohne alles das zu leben, was er ihnen herausgeschnitten hatte. Während sie auf der Station nach ihm Ausschau hielt, öffnete sich am Ende des Korridors eine Tür. Sie atmete erleichtert auf, als sie Careys lange Beine, seine großen Füße und die Arme sah, für die jeder Ärmel eines Chirurgenmantels zu kurz war. Er war noch nicht umgezogen, aber er war heil. Er konnte nicht ahnen, daß unten etwas vor sich ging, bei dem Jane sich lieber nicht aufhalten wollte.

Carey sah sie, kam eilig auf sie zu, blieb aber nicht stehen, sondern legte ihr den Arm um die Hüfte, drehte sie herum und schob sie mit sich fort. Sie ließ sich von seiner Hand führen und versuchte, mit ihm Schritt zu halten.

»Muß mit dir reden«, flüsterte er. Er hatte die Brauen zusammengezogen und suchte mit den Augen etwas in ihrem Gesicht.

»Warum schaust du mich so an?« fragte sie. »Habe ich etwas, was du für eine Transplantation brauchst?«

»Ich liebe dich«, sagte er.

»Du hast schon alles von mir, was du haben kannst«, sagte sie leise, »für den Rest mußt du mich erst in Stimmung bringen.«

»Hier rein.« Er ging voraus in einen Untersuchungsraum. Sie beobachtete, wie er die Tür schloß und mit einem Knopfdruck verriegelte, danach lehnte er sich mit dem Rücken an den Waschbeckenrand. Sie konnte fühlen, wie das Lächeln von ihren Lippen verschwand, und war plötzlich hellwach.

Er verschränkte die Arme, und Jane dachte: So sehen ihn seine Patienten, kurz bevor er ihnen etwas eröffnet, was sie um gar keinen Preis hören wollen.

Carey sagte: »Ich habe einen Patienten hier, dem ich in fünfzehn Minuten eine Kugel aus der Schulter holen muß. Ich möchte, daß du mit ihm redest.«

Jane blickte ihm in die Augen. Sie sah, daß es ihn eine übermenschliche Anstrengung kostete, ihren Blick auszuhalten, ohne ein Blinzeln, ohne Ausweichmanöver. Sie spürte einen ungewohnten kalten Schauer, und als ihr klar wurde, was er bedeutete, schob sie dieses Wissen von sich weg. Er baute Abstand auf, weil er wollte, daß sie ihn ansah, wie ihn Kollegen oder Patienten ansahen. Deshalb stand er ihr an der anderen Wand gegenüber, deshalb umarmte er sie nicht, versuchte nicht einmal, ihre Hand zu berühren. Sie verstand seine Körperhaltung mit den vor der Brust verschränkten Armen. Es war eine unbewußte Geste, um die verletzlichen Körperteile beschützen, hinter denen das Herz und die Lunge lagen. Die Haltung besagte: Ich denke nicht, daß ich angegriffen werde, aber ich bin vorbereitet.

Es drängte sie, die Arme auch so zu verschränken, sich selbst zu umarmen, um den Schmerz abzuwehren: Das ist mein Mann, der mich liebt – was ist los? »Warum möchtest du, daß ich mit ihm rede?«

Carey seufzte. Jetzt kam es. »Er hat ein Problem.«

»Und was geht das dich an?«

»Ich kenne ihn. Er ist Arzt, Chirurg. Er war einer meiner Lehrer. Da liegt irgendein verrücktes Mißverständnis vor, und jetzt denkt die Polizei, er hätte eine Kollegin umgebracht. Ich kenne sie, aus der Zeit, als ich Assistenzarzt in Chicago war, sie war damals ein paar Jahre weiter als ich. Die ganze Sache ist purer Wahnsinn.« Careys Blick wurde weicher, er hob verzweifelt abwehrend beide Hände. »Ich weiß, ich weiß. Du wirst mir sagen, ich könne gar nicht wissen, daß er es nicht getan hat.«

»Doch, das kannst du wahrscheinlich«, sagte sie. »Ich frage mich nur, was dich so sicher macht, daß niemand anderer es kann. Polizisten, Richter, Staatsanwälte beurteilen Schuld oder Unschuld besser, als die meisten Leute glauben. Und wenn sie wirklich mal keine Lust auf einen langen Prozeß haben, dann nehmen sie sich nicht gerade einen Chirurgen. Sondern irgendeinen Verlierertyp mit dem passenden Vorstrafenregister und ohne Geld für einen Rechtsanwalt.« Sie legte ihm sanft die Hand auf die Schulter. »Wenn du ihm helfen willst, dann sorgen wir lieber gleich mit ein paar Anrufen für eine erstklassige Verteidigung.«

»Was ihm angst macht, ist nicht, daß er möglicherweise verurteilt wird. Sondern daß er gar nicht erst bis in den Gerichtssaal kommt.«

»Warum nicht?«

»Ich weiß nicht alles. Er redet zwar zusammenhängend, aber wir waren nur kurz allein. Er war aufgeregt, er hatte Schmerzen. Er sagte nur, jemand hätte ihm was in die Schuhe geschoben. Er glaubt sogar, daß Leute bei der Polizei daran beteiligt sind und den Fahndungsaufruf nur zu dem Zweck rausgegeben haben, damit er erschossen wird.«

Jane neigte den Kopf, als hätte sie einen sonderbaren Wechsel der Tonart gehört. »Unsere Polizei schießt bis jetzt nur, wenn jemand in Gefahr ist. Weglaufen reicht nicht.«

»Das Einschußloch hat er sich nicht ausgedacht.«

»Das sage ich auch nicht. Ich sage, in der Geschichte fehlt etwas.«

»Alles mögliche fehlt. Ich habe nicht mal die Zeit, dir alles zu erzählen, was ich weiß, ganz zu schweigen davon, das ganze Puzzle zusammenzusetzen. In ein paar Minuten muß ich ihn operieren. Ich bitte dich nur, mit ihm zu reden. Das ist alles.«

»Nein.«

»Nein?«

»Ich meine: ›Das ist nicht alles, worum du mich bittest‹ und ›Nein, ich möchte nicht mit ihm reden‹.« Sie sagte es ohne Aggressivität, eher besorgt.

Carey nickte unmerklich und schloß die Augen, als ob er wartete, bis ein Schmerz vorüberging. »Du hast recht. Das ist nicht alles, was ich wollte. Außerdem war es nur eine dumme Idee.« Er schob sich vom Waschbecken weg und richtete sich auf. »Na gut. Ich mach' mich jetzt besser fertig für den Eingriff. Es wäre schön, wenn du warten könntest, weil ich heute abend gern mit dir zusammen heimfahren würde.«

Jane hatte sich nicht gerührt und starrte weiter die Kachel auf dem Boden unter Careys Schuhen an. So etwas machte er nie, sagte sie sich. Selbst wenn sie zusammen ausgingen, kam er hinterher zum Krankenhaus zurück und fuhr seinen Wagen nach Hause. Er hatte irgend etwas vor. Wollte er dem Verwundeten die Wagenschlüssel zustecken? Jane schien Carey erst jetzt zu bemerken, als er sich bewegte. »Warte.«

»Was ist?«

»Du hast meine Frage noch nicht beantwortet. Was geht das dich an?«

Er verzog das Gesicht. »Tausend Gründe. Weißt du noch, daß ich dir mal erzählt habe, wie sie mich während meiner Assistenzzeit beinahe aus der Chirurgie rausgeworfen hätten?«

»Als du jemanden wieder zusammennähen solltest und statt dessen die ganze Operation noch mal gemacht hast?«

»So ungefähr. Ich sah ein paar Anzeichen, daß der Patient eine innere Blutung hatte, also habe ich die Nähte wieder geöffnet und die Blutung gestillt. Der Arzt, dem ich zugeteilt war, meinte, ich sei dafür nicht ausgebildet, ich hätte das Leben des Patienten gefährdet.«

»Und der Mann hier hat dich rausgehauen?«

»Weißt du, was er sagte? Der Vorwurf der mangelnden Ausbildung sei absurd, da ich ja kurz vorher einem berühmten Chirurgen bei der Operation assistiert hätte. Aber der Widerspruch half nicht. Schließlich sagte er: Wenn ich gehen müsse, gehe er auch.«

»Und jetzt fühlst du dich ihm verpflichtet?«

»Das ist die halbe Wahrheit. Hoffe ich wenigstens. Aber er hat das nicht mir zuliebe getan. Er dachte, meine Karriere ist nicht so wichtig wie ein Menschenleben – aber seine eigene auch nicht.« Carey schwieg einen Augenblick.

Dann sagte er: »Das ist jedenfalls die eine Hälfte. Ich weiß, daß er ein guter Mann ist. Er hat das, was man ihm vorwirft, nicht getan.«

»Und die andere Hälfte?«

»Ich glaube, ich habe da eine Ahnung.« Carey zog wieder die Brauen zusammen. »In den letzten Jahren hat er in der Forschung gearbeitet.«

»Und du hältst ihn für unersetzlich?«

»Niemand ist unersetzlich.« Eine kleine Pause. »Ich kann das schlecht in Worte fassen, ohne daß es sich lächerlich anhört. Siehst du das da?« Er deutete mit einer Handbewegung auf die Sammlung der Fachzeitschriften im Regal hinter seinem Schreibtisch. Jane erkannte die vertrauten Bände des »New England Journal of Medicine« und von »Lancet«.

»Sieht so aus, als steckte da eine ganze Menge Forschung drin.«

»Richtig. Die Artikel sind kurz, nur eine Zusammenfassung der Entdeckungen aus allen Ecken und Enden der Erde pro Monat. Unmöglich, auf dem laufenden zu bleiben, nicht mal als Spezialist. Aber wenn ein Mensch eine gehörige Portion davon auf einmal im Kopf hätte und auch zwischen scheinbar entfernten Entdeckungen die richtigen Verbindungen herstellen könnte, und wenn er dann noch das Geschick und die Macht hätte, das zu praktizieren – dann wären wir einen Riesenschritt weiter.«

»Einen Riesenschritt wohin?«

Er hob verärgert die Arme. »Eben. Wir wissen es nicht genau, wir können es nicht wissen, bevor es geschieht. Es ist so, als ob du das Rad beschreiben müßtest, noch bevor jemand es erfunden hat.« Er sah sie kurz an und nahm einen neuen Anlauf. »Was wäre, wenn jemand ein Verfahren entdeckt, mit dem gesunde Körperzellen sich besonders schnell vermehren – so wie Krebszellen, nur schneller –, so daß ein chirurgischer Eingriff in ein paar Stunden verheilt statt in Wochen oder Monaten?«

»Sag's mir.«

»Dann könnten Chirurgen wie ich Dinge tun, von denen

wir jetzt nicht mal zu träumen wagen. Es gäbe dann praktisch nichts, was einen Patienten, den man zwölf Stunden nach einer Operation am Leben halten kann, noch umbringen könnte. So etwas wie eine Nierentransplantation oder eine Herzverpflanzung wäre dann nicht mehr als eine steinzeitliche Kuriosität.«

»Und der Mann hier ist derjenige, der das schaffen kann?«

»Ich weiß nur eines sicher: Er ist der Typ Arzt, der einem nicht oft über den Weg läuft. Vor zwanzig oder dreißig Jahren war er schon landesweit der unbestritten beste Chirurg: Er hatte die geschicktesten Hände, eine optimale Konzentrationsfähigkeit und ein unmittelbares Verständnis für die neuen Möglichkeiten, die jeder technische Fortschritt zur Rettung von Patienten bietet. Er arbeitet immer noch so, und er wird immer besser. Er hat mehr wissenschaftliche Kenntnisse als jeder andere, er hat Erfahrungen mit Tausenden von Patienten und den kompliziertesten Operationen, und er ist so berühmt, daß ihm Geld und Ausrüstung von allein zufließen, sobald er etwas Neues versuchen möchte. Ich weiß nicht, ob es einen zweiten wie ihn gibt. Wenn er stirbt, dann müssen wir mindestens fünfzig Jahre auf den nächsten warten.«

Jane sah Carey einen Augenblick prüfend an. »Und wenn nicht?«

»Was meinst du?«

»Ich nehme an, dieses Verfahren oder diese Geheimformel wird patentiert, und wir reden hier über einen Haufen Geld, nicht wahr? Den Nobelpreis und solche Dinge.«

Carey schüttelte geduldig den Kopf. »Ich kenne ihn. Ich habe ihn mir ausgesucht, um die Chirurgie zu lernen. Vier Jahre lang war ich von morgens bis abends an seiner Seite, hörte alles, was er sagte, sah alles, was er tat. Wenn er eine Entscheidung trifft, dann dem Leben des Patienten zuliebe, und danach zählt für ihn nichts anderes mehr, kein Geld, kein Ego – seines nicht und das aller anderen auch nicht.«

»Aber wenn sich ihm jemand in den Weg stellte, ein anderer Arzt, der den Riesenschritt vorwärts zu verhindern droht? Wenn die Tausende von Menschenleben, die er retten könnte, verloren sind – außer er opfert dafür das Leben eines einzelnen Menschen? Würde er es tun?«

Carey hob hilflos die Schultern. »Die Situation ist unmöglich. Denn das würde voraussetzen, daß er sich für den einzigen hält, der den Schritt nach vorn tun kann. Dazu müßte man alles vergessen, was in diesen Zeitschriften steht, lauter kleine Beiträge, aber zusammen etwas sehr Großes. Ich habe dir meinen Eindruck zu erklären versucht. Er könnte uns auf einem schnelleren Weg zum Ziel bringen.«

Jane dachte nach. »Also haben wir hier einen ganz besonderen Mann, der dir den vermutlich größten Gefallen in deinem Leben getan hat und der jetzt kurz davor steht, ein Heilverfahren gegen alles und jedes zu erfinden.«

»Ich weiß, ich weiß«, sagte Carey. »Der Prozeß oder schon die Ermittlungen zeigen wahrscheinlich, daß er es nicht getan hat. Aber er ist überzeugt, daß derjenige, der die Mordbeweise gefälscht hat, genau so denkt und es erst gar nicht so weit kommen läßt.«

»Falls es so einen Menschen gibt, würde er wohl so vorgehen. Es ist leicht, jemanden im Gefängnis umbringen zu lassen, und schwer, die Fälschung der Beweismittel zu durchschauen. Aber wenn es diesen Menschen nicht gibt, dann ist dein Mann in der Untersuchungshaft so sicher wie sonst nirgends. Weglaufen nützt erst dann etwas, wenn einen sonst nichts mehr am Leben hält.«

»Ich glaube fest, daß er recht hat, und daß es diesen anderen gibt. Die Polizei von Illinois hat ihn nicht bloß als Zeugen vernommen, sie haben ihn verhaftet und ihm jede Menge getürkte Beweismittel vorgehalten.«

Jane sah Carey lange an, dann hob sie den Kopf. Der Ausdruck ihrer Augen hatte sich verändert. Er war mit einemmal lebhaft und wachsam. Sie begann, auf und ab zu gehen. »Dann fangen wir besser sofort an. Ich hänge schon zu lange hier rum. Du weißt doch, wenn so ein Rettungsdienst das Unfallopfer so schnell wie möglich ins Krankenhaus bringt, die ersten paar Minuten danach – solange man noch etwas tun kann ...«

»Die Goldene Zeit.«

»Jetzt ist seine.«

»Hast du dich entschlossen, ihn rauszubringen, ohne mit ihm zu reden?«

Sie blickte ihn überrascht an. »Das geht nicht nur ihn und mich an. Mit deiner Bitte hast du die Sache entschieden. Es ist gut möglich, daß ich es nicht schaffe, oder daß du dir hinterher wünschst, du hättest mich nie drum gebeten.« Sie betrachtete nachdenklich den Raum, die Wände, die Ausrüstung, dann schaute sie aus dem Fenster. »Bewacht ihn jetzt ein Polizist?«

»Ja«, sagte Carey, »sie haben ihn in der Schleuse mit Handschellen an die Liege gefesselt.«

»Wie schlimm ist die Wunde?«

»Nicht lebensgefährlich, aber ich habe die Röntgenbilder noch nicht gesehen. Er hat Blut verloren. Die Kugel ging zwar glatt durch, aber ich vermute einige Knochenfragmente. Und er ist nicht mehr jung.«

»Wie sehr ›nicht mehr jung‹?«

»Siebenundsechzig.«

»Kräftige oder schwächliche Siebenundsechzig?«

»Kräftige.«

»Das ist auch besser so. Beschreib ihn mir.«

»Ich sagte dir schon: In seinem Kopf ...«

»Nicht das«, unterbrach sie ihn. »Sein Äußeres.«

»Gut eins achtzig. Neunundsiebzig Kilo. Haarfarbe grau.«

»Bart? Schnurrbart?«

»Nein. Das wäre zu heiß und juckt nur unter der Maske. Er ist schließlich Chirurg.«

»Würde der Anästhesist alles tun, was du ihm sagst?«

»In Grenzen. Es ist Shelton. Er würde nie etwas Illegales tun.«

»Das muß er auch nicht. Du mußt ihm nur ein paar Gründe angeben.«

»Das schaffe ich wohl. Er hat großen Respekt vor Dahlman, und wenn Dahlman ihm sagt, daß ich recht habe, dann macht er schon mit.«

»Dahlman. Ist das der Patient?«

»Ja.«

»Wer ist im OP außer dir und Shelton?«

»Darlene Brooks als OP-Schwester. Shelton wird einen seiner Leute dabeihaben. Sylvia Stern als meine Assistentin.«

Jane starrte die Wand an, um sich zu konzentrieren. »Wie lange dauert die Operation?«

»Dreißig Minuten oder vier, fünf Stunden, es hängt von den Knochenfragmenten ab. Es kann sein, daß ich Blutgefäße abbinden muß oder daß ich beschädigte Nervenbahnen finde.«

»Gut«, sagte sie. »Du tust jetzt folgendes: Du gehst rein, während sie den Patienten für die Operation herrichten, und befreist ihn von den Handschellen und dem Polizisten. Jede Ausrede, die dir einfällt, ist gut.«

»Die Handschellen sind kein Problem, und der Polizist darf nicht in den OP, auch wenn wir einen Gefangenen operieren. Aber sie warten draußen.«

»Jetzt Shelton. Sag ihm, er soll die Vollnarkose vorbereiten und dann, sobald ihr im OP seid, muß er etwas anderes machen.«

»Was heißt ›etwas anderes‹?«

»Das ist dein Fachgebiet, nicht meines. Sag ihm, du machst dir Sorgen wegen seines Alters oder etwas in der Richtung. Du setzt ihn eine halbe Stunde unter Betäubung, operierst ihn und dann weckst du ihn auf.«

»Ich kann dir nicht garantieren, in welchem Zustand er danach ist.«

»Und ich kann dir nichts von dem garantieren, was danach geschehen wird. Du mußt nur sicherstellen, daß er lebt. Falls er furchtbare Schmerzen hat, spritzt du ihm irgendein lokales Schmerzmittel, aber nichts, was sein Gehirn beeinträchtigt.«

»Ich werde mein Bestes tun. Was dann?«

»Erzähl den Polizisten irgend etwas von postoperativer Betreuung. Sag ihnen, er sei eine Weile bewußtlos, und wenn sie ihm vor morgen früh zu nahe kämen, dann infizierten sie die Wunde, oder er brauche noch länger zum Aufwachen. Sag ihnen, wo ihr ihn danach hinbringt. Wohin eigentlich?«

»In den Aufwachraum.«

»Schlecht. Wir müssen ihn woanders hinbringen. Hast du eine Idee?«

»Die Intensivstation?«

»Wir brauchen einen Raum, wo er nicht unter den Augen von tausend Schwestern liegt.«

»Ein eigenes Zimmer. Ich bin sicher, die Polizei hat ihn sowieso lieber in einem isolierten Raum, wo er kein Aufsehen erregt.«

»Gut. Dreh das so hin, daß eine Stationsschwester den Pflegern sagt, daß sie ihn da hinbringen sollen. Dann schickst du sie mit irgendeinem Auftrag weg, so daß jemand anderer die Polizei informieren muß. Du darfst weder das eine noch das andere selbst erledigen.«

Carey hob abwehrend die Hand. »Warte. Um die Details und die Ausreden kümmere ich mich schon. Sag mir nur, wie das Ganze nach deiner Vorstellung ablaufen soll.«

Sie zwang sich zur Geduld. »Wir müssen ihn von den Handschellen befreien und dafür sorgen, daß der Polizist nicht im Zimmer ist. Du operierst nicht länger als eine halbe Stunde, und dann läßt du ihn in ein Einzelzimmer bringen. Du sorgst dafür, daß jeder glaubt, er sei immer noch im Aufwachraum, für – sagen wir: – zwei Stunden. Je länger, desto besser. Was ist seine Zimmernummer?«

»3205. Aber wie rollen wir ihn aus dem Gebäude?«

Jane schüttelte fast mitleidig den Kopf. »In der Eingangshalle wimmelt es von Polizisten und Reportern, die nichts anderes zu tun haben, als sich gelangweilt umzuschauen. Sobald sie eine Krankenbahre auf dem Weg nach draußen sehen, fallen sie darüber her. Dahlman muß das tun, was niemand erwartet. Er muß das Krankenhaus auf den eigenen Beinen verlassen.« Sie zog fragend die Brauen zusammen: »Kannst du mir so eine Verkleidung beschaffen, mit Maske und OP-Haube?«

»Klar.« Er ging nach draußen und kam mit einem Stoß

grüner Textilien unter dem Arm zurück. »Das müßte dir passen.« Er steckte alles in eine Plastiktasche.

Sie stellte sich auf die Zehenspitzen und küßte ihn, dann legte sie ihm die Arme um den Hals und küßte ihn noch einmal, heftiger diesmal. »Ich lass' dir irgendwie eine Nachricht zukommen. Aber stell dich darauf ein, daß ich einige Wochen unterwegs bin. Ich möchte ihm gern so viel Zeit rausschlagen, daß die Polizei die Sache geradebiegt und die Anklage fallenläßt. Jetzt gehst du zu ihm und erzählst von mir, damit er darüber nachdenken kann.«

»Das ist nicht nötig.«

Sie sah ihn verständnislos an. »Was meinst du damit?«

Carey hob die Schultern. »Er erinnert sich an mich. Er wußte, daß ich in einem Krankenhaus in Buffalo arbeite, nur nicht in welchem. Jedenfalls ist er nicht nach Buffalo gekommen, um sich niederschießen und in ein Krankenhaus einliefern zu lassen. Er wollte nach Deganawida. Er wollte zu Jane Whitefield.«

3

Jane Whitefield McKinnon ging die Treppe hinauf in den fünften Stock. Sie hatte sich diese Etage ausgesucht, weil hier die Herzpatienten lagen, also viele Männer über fünfzig. Sie trat selbstsicher auf, wie jemand mit einem bestimmten Ziel, aber im Vorbeigehen streifte sie jedes Zimmer mit einem Seitenblick. In den ersten beiden Zimmern waren die Patienten nicht zu sehen, da mehrere Besucher vor den Betten standen. Im dritten zog eine Schwester gerade die Vorhänge zu. Jane bog in den nächsten Seitengang ein und war von der Station aus nicht mehr zu sehen.

Die vierte Tür war geschlossen. Ein Schild hing daran: »OP-Bereich. Kein Zutritt.« Das bedeutete, daß hier jemand gestorben war. Jane öffnete die Tür, die Leiche lag noch da: Das türnahe Bett war leer, aber das Bett am Fenster hatte man mit einem Laken zugedeckt. Sie sah die Infusionsbeutel und ihre Leitungen an einem Metallständer, den Sauerstoffanschluß und mehrere Kontrollbildschirme auf fahrbaren Tischen, aber keines dieser Geräte war mit irgend etwas verbunden. Auf dem Nachttisch lagen eine Brille und eine aufgeschlagene Zeitschrift.

Jane sah im Wandschrank nach und war erleichtert. Die Kleider hingen noch da. Offenbar lag der Mann schon länger im Krankenhaus, denn für die sommerliche Jahreszeit war die Kleidung zu warm. Sie nahm die Tweedjacke, die anthrazitgraue Hose, eine Krawatte, ein blaues Baumwollhemd und ein Paar Schuhe, steckte alles in ihre Plastiktasche, durchsuchte dann die Schubladen und fand Socken, Unterwäsche und zuletzt noch eine Reisetasche. Darin lag das übliche Durcheinander, Zahnbürste, Kämme und ein Rasierapparat, aber auch ein Paket Schuhputzzeug. Die Schuhcreme und einen Kamm steckte sie ein.

Jetzt suchte Jane die anderen Habseligkeiten des Mannes zusammen, packte sie in eine Schublade und sah sich noch einmal im Zimmer um. Sie öffnete die Tür einen Spalt, um zu prüfen, ob jemand in der Nähe war, und trat lautlos in den Gang hinaus. Sie nahm das Schild ab, warf es in den nächsten Abfalleimer und ging so schnell wie möglich zur Treppe in den zweiten Stock. Im Gang vor dem Aufwachraum für ambulante Patienten stellte sie mit einem kurzen Blick fest, daß an diesem Abend niemand operiert worden war. Alle Lampen waren gelöscht. Sie drückte den automatischen Türöffner, die Doppeltür ging nach innen auf. Jane trat ein, und hinter ihr schlossen sich die Türflügel wieder von selbst.

Sie ging schnell zu einer der halboffenen Kabinen an der Wand, zog den Vorhang zu und knipste das Licht an. In der engen Zelle gab es nur einen Stuhl und ein paar kleinere Schränke. Sie zog die limonengrünen Sachen an, die Carey ihr gegeben hatte, verdeckte ihre Schuhe in den Überschuhen und das Haar unter der Plastikhaube, dann band sie sich den Mundschutz im Nacken fest. Während sie ihre eigenen Kleider und die Handtasche in ein Schränkchen packte, fand sie noch ein Paar Latexhandschuhe, die sie anzog, während sie sich umsah: ein Schreibtisch mit Telefonen und rätselhaften Monitoren, ringsherum weitere Kabinen. In einer hing ein Fernseher an der Wand.

Die Fernbedienung lag am Bettrand. Auf dem Bildschirm war wieder dieselbe Reporterin, aber diesmal stand sie in der Empfangshalle und flüsterte beinahe: »Lieutenant Ballard, der Pressesprecher der Polizei, ist gerade eingetroffen und wird gleich eine neue Mitteilung machen, also hören wir ihm mal zu.«

Jane nahm eine veränderte Akustik wahr, Mikrophone stießen metallisch aneinander, der Bildschirm flackerte beim Hinzuschalten einer anderen Kamera, und dann hörte sie eine Männerstimme, im Bild begleitet von dem imposanten Brustkorb eines Zivilbeamten: »Um etwa achtzehn Uhr dreißig heute abend bemerkten Beamte am Busbahnhof einen Mann, auf den die Beschreibung des Mordverdächtigen aus Illinois zutraf. Sie wollten ihn befragen, aber der Mann wurde nervös und versuchte zu fliehen. Während sie ihn verfolgten, machte er eine Bewegung, bei der sie annehmen mußten, er ziehe eine Waffe. Ein Beamter gab daraufhin einen Schuß ab und verwundete den Verdächtigen an der Schulter. Soweit die Pressemitteilung zum vorläufigen Stand der Ermittlungen, im Augenblick ist das alles. Sobald wir weitere Informationen haben ...«

»Lieutenant!« rief ihm ein Reporter zu. »Können wir mit diesen Beamten sprechen?«

»Beide sind für den Rest ihrer Schicht vom Dienst befreit, und ihre Namen bleiben vorerst geheim.«

»Sie sagten, die beiden ›mußten annehmen‹, er hätte eine Waffe. Hatte er eine?«

»Eine Waffe wurde bis jetzt nicht gefunden.«

»Wer ist der Mann?«

Lieutenant senkte den Blick auf ein Blatt Papier in seiner Hand. »Er heißt Dr. Richard Dahlman, Alter: siebenundsechzig. Er wird von der Polizei in Illinois wegen Mordes an Dr. Sarah Hoffman gesucht, und er wurde als bewaffnet und gefährlich bezeichnet. Weitere Einzelheiten zu dem Fall liegen uns nicht vor.«

»Werden Sie ihn nach Illinois zurückschicken?«

»Eine Entscheidung darüber wurde noch nicht getroffen.«

»Wird es eine Anhörung für ein Auslieferungsverfahren geben?«

»Ich weiß nicht.«

»In welchem Zustand ist er?«

»Die Operation hat vor etwa zwanzig Minuten begonnen, um acht Uhr fünfzehn. Sein Zustand ist stabil, und seine Erholungschancen sind ausgezeichnet.«

Jane schaltete den Fernseher aus und sah auf die Uhr: acht Uhr zweiunddreißig. Sie rollte eine Liege aus dem Raum zum Lift, ganz wie eine Schwester mit einem dringenden Auftrag. Im Aufzug zog sie sich die Maske vors Gesicht. Beim Aussteigen im dritten Stock lag das Zimmer 3205 beinahe gegenüber. An der Tür stand ein uniformierter Polizist, der zusah, wie zwei Pfleger einen Patienten auf seiner Bahre ins Zimmer schoben. Jane ging auf die Tür zu.

»Einen Moment«, sagte sie, und die zwei Pfleger blickten sie fragend an. Sie sprach so laut, daß auch der Polizist alles hören konnte. »Er kommt in ein anderes Zimmer. Wir bringen ihn in den fünften Stock, damit er näher bei der Reanimationseinheit liegt.«

Die Pfleger rollten den Patienten wieder hinaus auf den Gang und in den Lift. Der Polizist stand unmittelbar neben Jane im Aufzug, aber sie sah ihm nicht in die Augen. Er war jung und mindestens einen Kopf größer als sie. An seinem Gürtel hing eine wahre Girlande von Ausrüstung: Dienstrevolver, Munition, Handschellen, eine Art Schweizer Messer und eine Pfeffersprühdose, alles einzeln und in Leder verpackt, so daß die Etuis bei jeder Bewegung knirschten.

Im fünften Stock ging Jane vor den Pflegern zum Raum 5895. Sie öffnete die Tür und sagte zu dem Polizisten: »Entschuldigen Sie uns einen Moment.« Er blieb noch einen Augenblick im Türrahmen stehen, warf einen prüfenden Blick in das Zimmer und machte dann Platz.

Jane ließ die Pfleger den Mann aufs Bett heben und bedankte sich.

Einer der beiden flüsterte: »Hat er wirklich einen umgebracht?«

Jane sagte: »Sagt man.« Ihre Stimme klang so monoton und interesselos, daß die Pfleger den Raum verließen. Jane zog den Vorhang vor das Bett. So war der Patient von der Tür aus nicht mehr zu sehen. Dann kniete sie sich nieder und löste die Radbremsen, das gleiche machte sie am Bett der Leiche. Sie schob das Bett des Patienten zur Seite, das andere Bett an seine Stelle und rollte den Patienten an den Platz des Toten.

Sie suchte die Sauerstoffmaske, schnallte sie der Leiche vor das Gesicht, setzte ihr die Operationshaube auf den Kopf und begutachtete ihr Werk. Die Augen des Toten waren geschlossen, sein Haar und die untere Gesichtspartien waren versteckt. In einer Schublade fand Jane schließlich noch zwei lange Streifen Leukoplast. Sie versuchte, den Arm des Toten nach oben zu ziehen, aber er war bereits starr. Also schob sie ihn näher an den Metallrahmen der Bahre heran und klebte erst das eine, dann auch das andere Handgelenk am Seitengeländer fest.

Als sie sich gerade wieder ihrem lebenden Patienten zuwandte, klopfte es an der Tür. Vor ihr stand der Polizist und schaute sie etwas verlegen an. »Ich dachte mir nur ...«

»Ich bin in einer Minute fertig«, sagte Jane.

»Ich soll aufpassen, daß er immer gefesselt ist.« Er fingerte an den Handschellen im Gürtel herum.

»Aber die können Sie nicht nehmen«, sagte Jane. »Er kommt aus dem OP, und diese Dinger sind nicht steril. Und aus der Handfessel, wie wir sie hier immer anlegen, kommt er sowieso nicht raus.« Sie trat einen Schritt zur Seite, der Polizist sah sich kurz die Handgelenke an und war überzeugt, daß ihm dieser Patient nicht einfach weglaufen konnte. Er nickte zufrieden.

Sie schloß die Tür hinter ihm und ging wieder zum Bett am Fenster. Sie beugte sich über sein Gesicht und blickte Richard Dahlman in die Augen. Die Pupillen war erweitert, und das Gesicht zeigte den Ausdruck künstlich induzierter

Entspanntheit. Jane zog ihre Maske herunter und flüsterte: »Sind Sie wach?«

»Ja«, sagte er.

»Hat Carey Ihnen von mir erzählt?«

»Ja.«

»Dann setzen Sie sich auf.« Sie zog ihn an seinem gesunden Arm hoch, doch trotzdem richtete er sich nur mit großer Mühe auf. Jane hatte plötzlich Angst. Er kam ihr zu schwach vor, aber sie mußte es versuchen. Sie sprach ihn mit ruhiger und fester Stimme an: »Das wird jetzt schwer für Sie, also konzentrieren Sie sich. Wir probieren jetzt mal aufzustehen. Wenn Sie umfallen, haben Sie verloren. Wenn Sie schwach werden, sagen Sie's mir vorher.«

Sie schob ihm die Beine über den Bettrand, so daß die Füße ein Stück über dem Fußboden baumelten. »Sind Sie soweit?«

Lange Zeit zögerte er mit der Antwort, während seine Augen den Fußboden fixierten. »Ja.«

Sie half ihm herunter und hielt ihn einen Augenblick fest. In dem Krankenhaushemd sah er alt und gebrechlich aus. Er war mager, der entblößte Rücken kam ihr schlaff vor, und seine Hinterbacken waren vom Alter eingefallen. Sie legte ihm den linken Arm um die Hüfte und seinen rechten über ihre eigene Schulter, dann setzten sie sich in Bewegung. Jeder Schritt war gefährlich und schwer vor Unsicherheit. Anfangs kam er bei jedem Schlurfen höchstens ein paar Zentimeter voran, aber langsam meldete sich sein Gleichgewichtssinn zurück, und aus dem Schlurfen wurde ein Gehen.

Während sie ihn zum Bad führte, redete sie im Flüsterton auf ihn ein. »Sie schaffen das«, sagte sie, »ich weiß, daß Sie das schaffen. Wenn ich Sie auf die Klobrille setze, können Sie dann sitzen bleiben?«

»Ja.«

Ihr kam mit einemmal der Gedanke, man hätte womöglich sein Gehirn so weit ausgeschaltet, daß er immer nur »Ja« sagte, wenn ihn eine menschliche Stimme ansprach. Aber das änderte jetzt auch nichts. Sie ließ ihn vorsichtig auf die Toilette gleiten. »Bleiben Sie einfach ein paar Minuten sitzen, dann komme ich zurück und hole Sie wieder raus.«

Sie schloß die Tür, trat auf den Gang hinaus und winkte dem Polizisten.

»Wir haben ein Problem«, sagte sie, »das Zimmer hier hat keinen ordentlichen Sauerstoffanschluß. Wir müssen ihn doch wieder in sein altes Zimmer zurückbringen. Können Sie mit der Bahre dort kurz mal reinkommen?« Sie zeigte ihm die Bahre, die sie am Ende des Korridors stehengelassen hatte.

Der junge Polizist nickte begeistert. Endlich hatte er etwas zu tun. Er holte die Bahre und rollte sie ins Zimmer. Fast wollte er schon den Körper auf dem Bett hochheben, da hielt ihn Jane davon ab. »Fassen Sie ihn nicht an«, sagte sie, »Sie haben keine Handschuhe an. Gehen Sie wieder raus, und warten Sie da auf mich.«

Sie schob die Bahre neben das Bett, löste dem Mann in aller Eile die Handfesseln, ließ das Seitengitter herunter und zerrte den Toten auf die Bahre. Dann rückte sie ihm die Sauerstoffmaske und die Haube wieder gerade, klebte die Arme an den Rahmen und atmete ein paarmal tief durch.

Zusammen mit dem Polizisten brachte sie die Bahre in den Lift, stieg im dritten Stock aus und schob die Bahre allein zurück in Zimmer 3205.

Hier erledigte sie dieselben Arbeiten wie vorher, nur in umgekehrter Reihenfolge. Sie brachte den Körper von der Bahre ins Bett, deckte ihn zu, schloß die Vorhänge und rief den Polizisten herein. Sie sagte: »Er schläft jetzt. Tun Sie alles, damit niemand ihn ohne die ausdrückliche Erlaubnis von Dr. McKinnon stört.«

»Dafür bin ich ja da«, sagte der Polizist.

Jane schob die Bahre hinaus und brachte sie mit dem Lift zurück in das Zimmer im fünften Stock. Sie öffnete die Badezimmertür und machte mit etwas zittrigen Händen das Licht an. Sie hatte befürchtet, Dahlman könnte bewußtlos am Boden liegen, aber er drehte ihr den Kopf zu und blinzelte in die Helle.

»Sehr schön«, sagte sie. »Einsteigen bitte.«

Sie half ihm auf die Bahre, hob seine Beine hinauf und stützte ihn, während er sich hinlegte. Sie schob die Bahre zum Aufzug, fuhr in die unterirdische Etage B hinunter und in den Aufwachraum für die ambulanten Patienten. Dort holte sie erleichtert Luft, dann machte sie Licht in der Kabine, die sie bereits kannte.

»Zeit zum Aufstehen«, sagte sie. Vorsichtig half sie ihm auf die Füße und stützte ihn auf dem Weg zum Stuhl. Jane holte ihre Tasche aus dem Versteck. »Sie ruhen sich jetzt aus und lassen mich die ganze Arbeit tun.« Sie kniete sich vor ihn hin und zog ihm die Hose bis zu den Knien hoch, dann die Socken und die Schuhe. Sie nahm ihm das Krankenhaushemd ab, streifte ihm langsam das Oberhemd erst über den bewegungsunfähigen linken, dann über den rechten Arm und knöpfte es zu.

Seine Stimme verriet, daß er sich wieder etwas in der Gewalt hatte. »Im fünften Stock werden mich in einer Minute hundert Schwestern vermissen.«

»Werden sie nicht«, sagte sie ruhig. »Sie wissen gar nicht, daß Sie überhaupt da waren.«

»Natürlich wissen sie das.«

»Glauben Sie mir – nein.«

»Aber ich bin Arzt. Und ich weiß, wie ...«

»Heute abend sind Sie kein Arzt, Sie sind ein Passagier«, sagte sie. »Sie tun exakt das, was ich Ihnen sage, und Sie sind in einer Minute draußen.« Sie legte ihm eilig die Krawatte unter den hinteren Hemdkragen und band ihm den Knoten.

»Wozu eine Krawatte?« Er hob die Augenbrauen. Offenbar war er jetzt völlig wach.

»Wenn jemand Sie anschaut und denkt ›ein Patient‹, dann denkt er als nächstes wahrscheinlich ›Welcher Patient?‹. Und wenn er sich das fragt, kriegen wir Schwierigkeiten.« Sie nahm sein linkes Handgelenk, entfernte das Plastikarmband mit dem Namensschild und steckte das Schild ein. »So, und jetzt stehen wir auf.«

Sie stellte ihn auf die Füße, zog ihm die Hose hoch und

schloß den Reißverschluß. Dann half sie ihm beim Anziehen der Jacke: erst den linken, dann den rechten Arm. Es war nicht zu übersehen, daß er trotz der Medikamente Schmerzen hatte. Sie setzte ihn wieder hin, bevor sie die Schuhcreme, die sie dem Toten gestohlen hatte, aus ihrer Tasche nahm.

»Was ist das denn?«

»Ein Haarfärbemittel«, schwindelte sie.

»Haben wir für so was Zeit?«

Jane stellte sich hinter ihn und öffnete die Dose. »Wir gewinnen Zeit damit. Es wird eingekämmt, sehen Sie? So.« Sie steckte den Kamm in die braune Creme und kämmte ihm damit die Haare. Sie begann oben auf dem Kopf und arbeitete sich weiter nach unten durch. »Als ich Carey fragte, wie Sie aussehen, sagte er etwas von grauen Haaren. Dabei ist er kein guter Beobachter, jedenfalls nicht so gut wie ein Polizist, weil er nie Angst haben oder mißtrauisch über die Schulter zurückschauen mußte. Ihre Haarfarbe ist so ziemlich das einzige, was auch die andern von Ihnen wissen, also machen Sie jetzt einfach mit.«

Jane streifte die Plastikhandschuhe ab und zog sich in seinem Rücken um. Als sie fast wieder in Rock und Bluse war, fragte er: »Was machen Sie?«

»Ich verkleide mich als normale Frau.« Sie stopfte die blaßgrüne OP-Kleidung, das Krankenhaushemd, die Schuhcreme und die Handschuhe in die Plastiktasche, die Carey ihr gegeben hatte, dann half sie Dahlman beim Aufstehen. »Glauben Sie, Sie können gehen?«

»Ich denke schon.«

Jane hielt seinen gesunden Arm und führte ihn den Gang entlang in einen Seitenflügel des Gebäudes. Währenddessen flüsterte sie ihm ins Ohr: »Wir gehen durch die Onkologie. Nachts findet zwar weder Chemotherapie noch Strahlenbehandlung statt, aber trotzdem könnten wir jemandem über den Weg laufen. Können Sie dann ohne meine Hilfe gehen?«

»Ja«, sagte er, »nicht sehr gut, aber ich könnte ein Chemo-Patient sein: erkennbare Blässe, körperliche Schwäche und Übelkeit.« Er ging ein paar Schritte weiter, dann sagte er: »Und Haare wie von einem Toupet.«

Jane warf die Schuhcreme in einen Abfalleimer und ihre Verkleidung zusammen mit der OP-Maske in einen Wäschecontainer. Sie sah auf die Uhr. Seit dem Gespräch mit Carey war eine knappe Stunde vergangen, fünfunddreißig Minuten seit Dahlmans Operation. Seine Goldene Zeit lief aus. Sie hielt ihn auf den menschenleeren Gängen in möglichst gleichmäßiger Bewegung, vorbei an Büros und Labors mit geschlossenen Türen und dunklen Fenstern. Jeder seiner Schritte war kurz und eine Willensanstrengung.

Am Ende eines Ganges blickte Jane durch die großen Fenster hinaus. Dort unten war nichts zu sehen als ein Teil der Auffahrt und eine niedrige Mauer. Die Finsternis warf ihr durch die Scheibe ein helles, scharfes Bild zurück. Sie behielt den gleichen sanften Druck auf Dahlmans gesunden Arm bei.

Bis jetzt hatte sie offenbar keinen Fehler gemacht. Was der Anästhesist Dahlman gespritzt hatte, schien allmählich seine Wirkung verlieren. Er ging leicht vornübergebeugt, aber es sah nicht danach aus, als wollte er eine Schußverletzung tarnen. Das braune Schuhwachs deckte sein Haar recht gut, und ein wenig vermittelte es den Eindruck von Brillantine, wie Männer seines Alters sie ja gern benutzten. Auch die Jacke und die Krawatte waren hilfreich. Dahlman wirkte wie jemand, der gerade einen Patienten besucht hatte, und Jane konnte leicht seine Tochter sein.

Sie führte ihn um die nächste Ecke und sah das Rechteck der Glastür vor sich. Im schwachen Schimmer der Straßenlampen erkannte sie die Beine einiger Menschen und dahinter die verheißungsvolle Dunkelheit. Am liebsten hätte sie Dahlman schnell hinausgeschoben, um endlich aus dem Licht herauszukommen, nur weg vom Gebäude, solange noch nichts passiert war. Aber dann kam plötzlich Bewegung in die Dunkelheit, und das erschreckte sie. Im nächsten Augenblick erkannte sie zwei Männer, die auf die Tür zugingen.

Sie ließ Dahlmans Arm los. »Gehen Sie weiter. Strengen Sie sich an.« Sie sprach unaufgeregt und zwang sich dabei zu einem Lächeln. Von fern mußte es so aussehen, als hätte sie gerade eine freundliche Unterhaltung mit dem alten Mann.

»Was ist los?« flüsterte Dahlman. »Ist etwas passiert?«

Sie sah ihn an, als hätte er soeben eine besonders interessante Bemerkung gemacht. »Zwei Männer kommen gleich durch den Eingang. Wenn es Polizisten sind, dann nicht die, von denen Sie verhaftet wurden, weil man sie schon heimgeschickt hat. Diese beiden hier haben Sie noch nie gesehen. Tun Sie einfach so, als ob wir meine Tante Hilda besucht hätten und jetzt nach Hause gehen. Ganz langsam, wir haben es nicht eilig.«

»Aber wenn die mein Foto gesehen haben?«

»Sollten die zwei ›Dahlman‹ zu Ihnen sagen, dann lachen Sie sie einfach aus. Auf keinen Fall laufen Sie weg. Sie gehen einfach weiter, außer Sie müssen stehenbleiben. Wenn wir getrennt werden, biegen Sie draußen nach rechts ab und gehen in die Carroll Street, zur Hausnummer 4997, eine Querstraße weiter. Da warten sie hinter dem Haus auf mich.«

Jane bewegte sich weiter mit Dahlman auf den Eingang zu und behielt ihre unauffällige Beobachtung bei: Zwei Sekunden lang sah sie auf den Boden, die zwei nächsten Sekunden auf ihren Begleiter, ganz kurz geradeaus und dann wieder auf den Fußboden drei Meter vor ihr. Sie durfte nicht so wirken, als beobachte sie die Männer, durfte aber auch den Blickkontakt nicht unbedingt vermeiden. Sie atmete ruhiger, damit die Muskelanspannung in ihrem Körper nachließ.

Es überraschte sie, daß es zwei Männer waren. Es gab möglicherweise tausend harmlose Gründe dafür, daß gerade in diesem Moment zwei etwa dreißigjährige Männer hier hereinspazierten. Aber noch war keiner dieser Gründe klar, und so lange blieb sie wachsam. Ein Ehepaar oder auch ein einzelner Mann, so etwas war alltäglich, aber Männer liefen normalerweise nicht paarweise herum, außer sie waren bei der Arbeit oder mit etwas beschäftigt, bei dem sie keine Frauen gebrauchen konnten. Und diese beiden gingen weder zum Kegeln noch zum Pokern.

Sie berührte Dahlmans Ellbogen, um ihn ein wenig anzutreiben.

Durch die Glastür bemerkte sie, wie einer der Männer registrierte, daß sie und Dahlman nicht in den Seitengang einbogen, sondern auf die Tür zugingen. Da tat er etwas Unerwartetes. Er blieb stehen, wandte sich ab, senkte den Kopf und hielt die Hände mit einer Zigarette, die er sich anzünden wollte, schützend vors Gesicht. Der zweite Mann blieb ebenfalls stehen und schirmte ihn ab.

Jane hielt Dahlman die Tür auf und hob den Kopf, um die Windrichtung zu prüfen. Sie durfte sich jetzt nicht täuschen. An hohen und breiten Gebäuden wehte der Wind gern in Böen aus allen möglichen Winkeln und Zwischenräumen. Sie ging fünf Schritte weiter und beobachtete einen der Männer, den dunkelhaarigen, der mit dem Finger auf den hellen Haupteingang zeigte und leise etwas sagte. Der Blonde nickte, und dann entfernten sich beide langsam in dieser Richtung über den Rasen. Jane sah ihnen im Weitergehen nach. Sobald sie einige Schritte im Freien war, hielt sie einen befeuchteten Finger in die Höhe. »Wir haben wahrscheinlich ein Problem«, sagte sie.

»Aber wieso? Die wollen doch gar nichts von uns«, protestierte Dahlman.

»Der Blonde, der sich die Zigarette angezündet hat, hat sich aber in den Wind gedreht.«

»Das überrascht mich nicht. Jemand, der heute noch raucht, hat zwangsläufig eine gewisse Neigung zur Verachtung von Naturgesetzen.«

»Verstehen Sie doch«, sagte Jane, »er hat sich abgewandt, damit wir sein Gesicht nicht sehen. Und das ein paar Schritte vor dem Eingang, wo er die Zigarette ohnehin ausmachen muß.«

Dahlman schwieg sekundenlang. Er blickte über die Schulter und verzog das Gesicht in plötzlichem Schmerz. »Glauben Sie, das waren Polizisten?«

»Ein Polizist schaut Sie an, weil es ihm egal ist, ob Sie sein Gesicht sehen. Carey sagte mir, Sie sind überzeugt, daß man Sie nicht einfach nur verhaften will. Stimmt das?«

»Ja. Da ist noch etwas. Ich glaube, jemand will mich umbringen.«

Jane sah, daß Dahlman jetzt etwas schneller gehen konnte, wenn auch mit großer Mühe. Als sie mit ihm an der nächsten Ecke in die Carroll Street einbog, sah sie die beiden Männer wieder. Sie verließen eben den Haupteingang und gingen zurück zu dem Seiteneingang, wo sie sie zuerst getroffen hatte. »Wir haben tatsächlich ein Problem. Die zwei sind überhaupt nicht hineingegangen. Verstecken können wir uns nicht mehr, zum Weglaufen sind Sie noch zu schwach, und ich habe nichts bei mir, um die zwei zu ...« Noch bevor sie »verscheuchen« sagte, wußte sie, was zu tun war. »Können Sie allein weitergehen?«

»Ja, aber ...«

»Dann tun Sie das jetzt. Sie gehen zu dem kleinen Haus da drüben. Das ist Careys Praxis. Ganz egal, was irgend jemand anderer tut: Sie gehen weiter. Und zwar um das Haus herum auf den Parkplatz dahinter. Zwischen dem grauen Wagen und der Ziegelmauer setzen Sie sich auf den Boden. Rühren Sie sich dann nicht mehr von der Stelle. Wenn die zwei Ihnen nachgehen, beobachten Sie sie, aber lassen Sie sich nicht sehen. Alles verstanden?«

»Ich hab' Sie gehört«, sagte Dahlman.

»Tun Sie's.« Im nächsten Augenblick war er allein, und Jane ging parallel zum Krankenhaus weiter. An der Ecke, sobald man sie vom Gehweg aus nicht mehr erkennen konnte, fing sie an zu laufen. Es war ihr klar, daß es ziemlich verrückt aussehen mußte, wie sie in ihrem flatternden Rock durch die Gegend rannte, aber hier an der unbeleuchteten Querseite des Gebäudes konnte sie niemand beobachten. Die leichten, flachen Schuhe waren zum Laufen geeigneter, als sie erwartet hatte.

Drei Stockwerke über ihr waren alle Fenster erleuchtet. Dort lagen die Patienten und schauten sich die Fernsehnachrichten an, die Live-Reportagen über die Polizeibeamten, die zu Dutzenden das ganze Krankenhaus besetzt hielten. Hier unten war sie allein.

Kurz bevor sie die hell erleuchtete Vorderseite erreichte, ging sie langsamer. Sie wußte, sie hatte nur einen Versuch. Sie konnte nicht so lange herumstehen, bis sich die günstigste Gelegenheit ergab. Die Gelegenheit mußte sich bieten, und Jane mußte sie sofort wahrnehmen.

Sie atmete einmal durch und trat dann hinter der Gebäudeecke hinaus ins Licht. Die drei Sendewagen hatten jetzt ihre Antennen ausgefahren und ihre Schüsseln auf die Relaisstation ihrer Sender ausgerichtet. Die Krankenwagen standen vollzählig und genau wie vorher auf ihren Stellplätzen. Drei weitere Streifenwagen waren nach der Einlieferung des Patienten hinzugekommen. Man hatte sie ordentlich in der Auffahrt geparkt und die Türen geschlossen.

Jane ging nun etwas schneller, mit erhobenem Kopf, und dabei ließ sie die Umgebung nicht aus den Augen. Sie war jetzt so nahe, daß sie wieder die knatternden Funkgeräusche hören konnte. Sie schlich sich am ersten Streifenwagen vorbei, wo sie Zündschlüssel im Lenkradschloß stecken sah, aber das laute Funkgerät trieb sie weiter.

Beim zweiten Wagen stand das Seitenfenster offen, und am Armaturenbrett leuchteten schwach orangefarbene Lämpchen. Sie ging nach hinten, um den Kofferraum herum. Ohne ihre fließende Bewegung zu unterbrechen, griff sie auf der Fahrerseite nach dem Türgriff, öffnete die Tür und saß schon hinter dem Steuer. Sie ließ den Motor an, warf den Vorwärtsgang ein und trat auf das Gaspedal, aber sie steuerte nicht geradeaus, denn dort wäre sie an der hellerleuchteten Notaufnahme vorbeigekommen, sondern schlug das Lenkrad nach links ein, wendete und fuhr die Einfahrt in der falschen Richtung hinaus.

Während sie das Krankenhaus immer weiter hinter sich ließ, studierte sie im Licht der vorbeihuschenden Straßenlampen das Innere des Streifenwagens. Hinter ihr, fast an ihrem rechten Ellbogen, stand ein Gewehr aufrecht in seiner Halterung. Dann betrachtete sie das Armaturenbrett mit dem Funkgerät, dem Mikrophon und einer Art Computerbildschirm. Schließlich sah sie noch etwas wie Notizbücher mit festem Einband, vermutlich Handbücher oder Dienstvorschriften oder Strafzettelblöcke oder irgendwelche anderen Formulare, die Polizisten immer sofort zur Hand haben. Erst im helleren Licht einer Kreuzung entdeckte sie die Schalter, die sie gesucht hatte.

Sie bog ab, fuhr am Krankenhaus vorbei und hielt Ausschau nach Dahlman. Aber weder er noch die zwei Männer waren zu sehen. Waren sie losgerannt und hatten ihn schon erwischt? Sie stellte sich den Ablauf vor: Die Verfolger mußten ihn zuerst einmal identifizieren, dann beobachten, wie sie allein weiterging, vermutlich, um Hilfe zu holen, auf ihn zustürzen und ihn in aller Stille umbringen und die Leiche entweder verstecken oder in ihren Wagen werfen.

Jane war jetzt fast an Careys Praxis angekommen. Sie bog scharf und sehr schnell in den Parkplatz ein, um ihrem Auftritt einen gewissen Überraschungseffekt zu geben. Kurz vor dem Hauseingang schaltete sie die blau-rote Dachleuchte ein und hielt an.

Knapp neben dem Lichtkegel ihrer Scheinwerfer entdeckte sie vor sich die zwei Männer, die auf einen roten Wagen zugingen. Wenn Dahlman ihren Anweisungen gefolgt war, dann hatten sie ihn wahrscheinlich bis zum Haus gehen sehen. Wenn sie ihn nun aber bei dem roten Wagen suchten und nicht bei dem grauen, dann hatten sie ihn noch nicht gefunden. Die Köpfe der Männer drehten sich einmal in ihre Richtung und wendeten sich wieder ab. Jane hatte die Hand an dem Gewehr und wartete. Die Männer bewegten sich nicht.

Jane sagte sich, daß die beiden wohl die Silhouette eines Kopfes in der Windschutzscheibe erkennen konnten, aber auf jeden Fall sahen sie die blaue und rote Drehleuchte auf dem Dach. Vielleicht sahen sie auch, daß Jane allein im Wagen saß. Oder sie hatten sie bereits wiedererkannt.

Sie packte das Gewehr fester, holte es aber noch nicht nach vorn. Selbstverständlich war es geladen. Die Kammer war sicher leer, aber fünf Patronen Sauschrot steckten garantiert im Magazin.

Mit der linken Hand schaltete sie den Suchscheinwerfer an der Fahrertür ein und drehte ihn so, daß sein Lichtstrahl die Vorderfront des Hauses absuchte. Dann ließ sie den Wagen langsam auf die Männer zurollen, während sie weiter das Haus, seinen Eingang und seine Umgebung beleuchtete, wie ein Streifenwagen, den man wegen eines verdächtigen Herumtreibers gerufen hatte. Dann drehte sie den Suchscheinwerfer nach vorn zur Hausecke. Die zwei Männer waren verschwunden.

Sie drückte das Gaspedal durch und schoß vor bis zu ihrem grauen Wagen, hielt wieder an und wartete. Wo war Dahlman? Sie drehte den Kopf in jede Richtung, aber er war nicht zu sehen. Sie atmete scharf durch die zusammengebissenen Zähne aus. Sie war zu spät gekommen. Die beiden hatten ihn schon umgebracht, und sie hatte sie entkommen lassen. Sie wendete den Wagen und stieg abrupt auf die Bremse. Aber natürlich! Wo hatte sie ihre Gedanken?

Dahlman war auf der Flucht. Wenn er einen Streifenwagen sah, der mit eingeschalteter Drehleuchte auf den Parkplatz kam, hatte er sicher keine große Lust, aus seinem Versteck zu kommen und einzusteigen. Sie stieg schnell aus und rannte zu den parkenden Autos. »Dr. Dahlman?« rief sie leise.

»Hier«, hörte sie seine Stimme hinter sich.

Sie wirbelte herum. »Wo?«

Dahlman tauchte hinter der niedrigen Mauer am Ende des Parkplatzes auf. Sie ging zu ihm und stützte ihn, als er zurückkletterte.

»Haben Sie gesehen, was die beiden machten, als ich ankam?«

»Sie haben etwas über die Mauer geworfen. Da drüben irgendwo. Ich hörte etwas, aber was es war, habe ich nicht gesehen.«

Jane konnte es sich denken. Sie flankte über die Mauer und fand nach ein paar Schritten erst das eine Gewehr, dann das andere ganz in der Nähe, hob sie auf und lief zum Streifenwagen zurück. Sie sah sich einmal prüfend um. »Steigen Sie ein.«

Sie half ihm auf den Sitz und gab ihm die zwei Gewehre.

Jane schaltete die Polizeilichter aus und verließ den Parkplatz. Nachdem sie mehrere Male abgebogen war, fuhr sie rückwärts in die Einfahrt eines unbeleuchteten Hauses mit einem Schild »Zu verkaufen«.

Sie öffnete das Garagentor und fuhr den Wagen hinein. Dann half sie Dahlman beim Aussteigen. »Können Sie ein Stück ohne mich gehen?«

»Ja«, sagte er.

»Dann gehen Sie jetzt die Straße entlang. Ich komme nach.«

»Was haben Sie vor?«

»Gehen Sie«, sagte Jane.

Als sie ihn auf den Gehweg einbiegen sah, schloß sie das Garagentor, schaltete die Scheinwerfer ein, nahm einen alten Lappen von der Wand und wischte damit das Steuerrad ab, genauso wie das Gewehr, die Türgriffe und den Schaltknüppel. Danach holte sie den Feuerlöscher aus dem Kofferraum, sprühte den gesamten Innenraum des Wagens ein und wischte dann das Löschgerät ab. Der Löschschaum zerstörte jeden Fingerabdruck, den sie möglicherweise übersehen hatte. Sie machte die Scheinwerfer aus und ging durch den Hinterausgang der Garage am Haus entlang bis auf die Straße und rannte Dahlman nach.

Als sie ihn eingeholt hatte, sagte sie: »Ich möchte nicht, daß Sie hinfallen oder ohnmächtig werden. Aber könnten Sie etwas schneller gehen?«

»Habe ich eine Alternative?«

»Klar. Sie können sich erwischen lassen.«

Er sah sie mit seinen scharfen grauen Augen an. »Angenommen, die Männer haben Sie erkannt, und wissen, daß der Streifenwagen gestohlen war und Sie keine Polizistin sind. Was dann?«

Jane zuckte die Schultern. »Auf dem Parkplatz waren sie immer noch zu Fuß. Sie haben gesehen, daß ich einen ziemlich großen Wagen hatte und ganz sicher ein ziemlich großes Gewehr darin.«

»Aber wenn sie herausgefunden hätten, daß auch das zu Ihrem Bluff gehörte?«

Jane blickte ihm ruhig und aufrichtig ins Gesicht. »In diesem Fall hätte der eine jetzt Reifenspuren auf der Brust und der andere an der gleichen Stelle ein Fünfzehnzentimeterloch. Das hier ist kein Spiel.«

4

Jake Reinert legte den Hörer zurück auf die Gabel, zog nach einiger Überlegung seine Jacke an, brachte sein stattliches Körpergewicht gut über jede einzelne Treppenstufe vor dem Haus und ging zu seinem Wagen. Er war während der ersten einunddreißig Jahre ihres Lebens Janes Nachbar und der ihrer Eltern und Großeltern. Seit Janes Heirat mit Carey McKinnon wohnte er neben einem leeren Haus. Abends sah er die Zimmerbeleuchtung über unbenutzten Möbeln an- und wieder ausgehen, tagsüber hörte er die verschiedenen Radios miteinander reden und ab und zu das Telefon, das viermal klingelte, bevor sich der Anrufbeantworter einschaltete. Kein Einbrecher würde sich davon abhalten lassen, aber so mußte er sich wenigstens nicht einsam fühlen.

Janes Anruf kam unerwartet und brachte Jake durcheinander, aber er bemühte sich, seine Ängste nicht hochkommen zu lassen. Er ließ den Wagen an und fuhr Richtung Delaware Street.

Die Nachtluft war kühl, und Jake fühlte sich wohler, als er nach einiger Zeit die Heizung aufdrehen konnte. Wenn Henry Whitefields Tochter ihn während der vielen Jahre zu irgendeiner Tages- oder Nachtzeit angerufen hätte: »Jake, ich bin in Schwierigkeiten. Kannst du nach Peru kommen und mich rausholen?«, dann wäre er sofort auf dem Weg zum Flugplatz gewesen. An diesem Abend jedoch hatte sie ihn nur gebeten, sie vom Kino abzuholen.

Jake konnte es kaum erwarten, ihr Gesicht wiederzusehen, um sich darüber zu beruhigen, ob das alles war, was sie von ihm wollte. Er schaute auf den Tacho. Fast fünfzig in einer Dreißig-Kilometer-Zone war noch nicht Wahnsinn, aber auch nicht sehr schlau. Ein Mann in den Siebzigern übersah im Dunkeln leicht einen Fußgänger und reagierte dann so langsam, daß er nur noch halten konnte und im Zurücksetzen die Leiche noch einmal überfuhr.

Nach zwanzig Minuten sah er die Leuchtreklame des Kinos vor sich und suchte einen bequemen Parkplatz. Erst ein gutes Stück weiter war einer zu entdecken, also hielt er in zweiter Reihe vor dem Ausgang.

Im nächsten Moment schlug ihm jemand auf das Autodach. Jake drehte sich im Sitz um und sah Jane, die gerade die hintere Tür aufriß. »Hallo, Jake«, sagte sie. »Mein Gott, ist das heiß hier drin. Ist die Heizung an?«

»'n Abend«, sagte Jake. Er stellte die Heizung ab, während Jane einem Mann etwa seines Alters dabei half, sich auf den hinteren Sitz gleiten zu lassen. Dann warf sie Tür zu und setzte sich neben Jake.

»Das ist Dr. Dahlman«, sagte sie, »und das ist mein Freund Jake.«

Die Männer nickten sich zu, aber Jake war überzeugt, daß er den Namen schon mal gehört hatte, fand jedoch den genauen Grund für die vage Erinnerung nicht.

»Ich hoffe, wir machen Ihnen keine Schwierigkeiten«, sagte der Fremde, und dann fiel es Jake wieder ein. Es war der Name, der immer wieder das Baseballspiel unterbrochen hatte.

Für Jake war die Bestätigung seines sechsten Sinns für Komplikationen keine Kompensation für das schlagartige Ende seines Seelenfriedens. Er beobachtete Jane, während er sie fragte: »Ist dir das Eheleben schon langweilig geworden?«

»Nein«, sagte sie. »Ich finde es schön.« Sie wirkte angestrengt, als ob sie sich auf etwas konzentrierte, das sie zwischen den Zähnen zerreißen wollte. Nach einer Weile sagte sie: »Tut mir leid, daß ich dich da mit reinziehe. Ich hatte keine Zeit, etwas Vernünftiges zu planen. Ich mußte improvisieren.«

»Wahrscheinlich schmeichelhaft, daß dir mein Name als

erster eingefallen ist«, sagte Jake mit einem Seufzer. »Was kann ich tun?«

Sie wandte ihm ihr Gesicht zu. »Danke, Jake.«

»Was kann ich tun?« wiederholte er.

»Nicht viel mehr, als was du schon tust. Wir müssen zu meinem alten Haus, also fährst du uns erst einmal in deine Garage. Dr. Dahlman hat vor ein paar Stunden einen Neun-Millimeter-Durchschuß abgekriegt, du hast es sicher in den Nachrichten gehört. Man kann ihn nicht gerade topfit nennen, aber wir bringen ihn durch die Küchentür ins Haus. Wir bleiben nur so lange, bis wir ein paar Sachen eingepackt und uns einen Wagen beschafft haben.«

Jake nickte und schwieg für den Rest des Weges. Er parkte den Wagen in seiner Garage und half Jane, Dahlman über die Einfahrt und die hinteren Eingangsstufen in ihr Haus zu schaffen. Jane schloß die Tür und schaltete ein paar zusätzliche Lampen an.

Während sie Dahlman vorsichtig ins Wohnzimmer und aufs Sofa brachte, sagte Jake: »Lehnen Sie sich jetzt noch nicht zurück. Da ist Blut durch die Jacke gedrungen.«

Er holte ein Handtuch aus dem Bad, faltete es zusammen, legte es unter Dahlmans Rücken und ließ ihn sich langsam hinlegen. An Dahlmans nach oben wandernden Blick erkannte er, daß Jane die Treppe in den ersten Stock hinaufging.

Dahlman flüsterte: »Sie hat mir gesagt, Sie sind ein Freund der Familie. Warum tun Sie das alles?«

Jake schüttelte den Kopf. »Liegen Sie still. Sammeln Sie Ihre Kräfte.«

Dahlman blieb beharrlich: »Warum helfen Sie mir?«

»In den Abendnachrichten sagten sie, Sie wären ein berühmter Arzt. Warum haben Sie dann jemanden umgebracht?«

»Habe ich nicht.«

»Schön«, sagte Jake. »Dann ist das ab jetzt Grund genug.« Er sah zu, wie Dahlman die Augen schloß und nach wenigen Minuten fest schlief. Von oben hörte er die typischen Geräusche eines Fernsehers und ging hinauf. Jane kam ihm auf dem Gang entgegen. »Er ist eingeschlafen, denke ich.«

»Gut«, sagte Jane, »er wird seine ganze Kraft brauchen.« Sie ging in ihr Schlafzimmer, und Jake folgte ihr. Während Jane ein paar Sachen in einen Koffer warf, wurde Jake klar, wieviel von der früheren Jane Whitefield sie in diesem Haus zurückgelassen hatte, als sie eine McKinnon wurde. Sie zögerte eine Sekunde, nahm dann ihren Ehering ab und legte ihn in eine Schublade.

Sie ging an alle Schränke und Kommoden, dann drehte sie sich zum Fernseher und sah, daß Jake sie beobachtete. »Das ist meine einzige Chance, den Gegner im Auge zu behalten. Am Anfang ist es ja manchmal so, daß die Reporter das senden, was die Polizei noch nicht weiß. Und diesmal wahrscheinlich erst recht, weil sie alle im Krankenhaus sind, um sich gegenseitig die Story wegzuschnappen.«

Jake schaute zum Fernseher, aber das Programm war schon wieder zur normalen Abendsendung zurückgekehrt. Bis den Reportern etwas Neues einfiel, durften sich wieder die Yankees in New York von den Dodgers schlagen lassen. Er ging zum Fenster und schob den Vorhang einen Zentimeter zur Seite.

»Nicht von hier aus«, sagte Jane. »Wenn du die Straße für mich überwachen willst, dann im Gästeschlafzimmer, wo es dunkel ist. Was du suchst, ist ein Wagen mit entweder zu vielen Lichtern oder zu wenigen. Er wird einmal vorbeifahren und dann zurückkommen. Du brauchst nichts zu bewegen. Du siehst genug durch den Vorhang.«

Jake ging in das andere Schlafzimmer. Er hatte gewisse Zweifel an Janes Anweisungen, war nun aber überrascht, mehr zu sehen, als er erwartet hatte. Durch den Vorhang konnte er nicht nur auf der anderen Straßenseite die Sechzig-Watt-Glühbirne in Mrs. Oshinskis Wohnzimmer erkennen, sondern sogar den schwachen Lichtstreifen, den die Lampe auf den Rasen vorm Haus warf. Er hörte Jane immer noch in ihrem Zimmer hin- und herlaufen, und fast kam es ihm vor, als könnte er sie sehen.

Eines Tages hatte er herausgefunden, womit Jane ihren

Lebensunterhalt verdiente. An jenem Tag war ihm etwas passiert, was ihm in seinem ganzen Leben noch nie passiert war: Er wußte nicht mehr, was er sagen sollte.

Alle Antworten, die ihm in den Sinn kamen, waren eines intelligenten Mannes unwürdig. »Laß den Unsinn« wäre wohl noch das Passendste gewesen, aber es war einfach zu dürftig. Da stand sie vor ihm, diese stille, gutaussehende, lernbegierige junge Frau, die er seit ihrer Geburt kannte, deren Haus er fast täglich besucht hatte, bis ihr Großvater und ihr Vater in den jeweiligen Krieg gezogen waren – und nun das. Aber nein, es war noch mehr. Das Haus von Janes Familie war das einzige, in dem er ein und aus gehen konnte, ohne anklopfen zu müssen. Und wenn er hereinkam, dann lächelte er jedesmal und saß mit am Tisch und die ältere Mrs. Whitefield, Janes Großmutter, stellte ihm etwas zu essen hin. Unter diesem Dach lief dieses Mädchen herum und ging ihrer Arbeit nach, bei der sie von Mord bedrohte Menschen, die nicht selten selbst Probleme mit der Polizei hatten, aus ihren Schwierigkeiten herausholte und verschwinden ließ.

Als Jane zu Jakes immenser Erleichterung endlich Dr. Carey McKinnon heiratete, betrachtete sie sich anscheinend als ihren letzten Flüchtling. Sie brauchte sich nicht einmal eine neue Identität auszudenken, denn ihr Ehemann hatte einen einwandfreien Namen, den man hier im Westen des Staates New York seit ein paar hundert Jahren kannte. Sie mußte eigentlich nicht mehr tun, als damit anzufangen, nicht mehr Jane Whitefield, sondern Mrs. McKinnon zu sein, alles andere ergab sich mit der Zeit von selbst. Jake hatte den Eindruck, sie sah sogar anders aus: Das dichte, schwarze Haar wirkte wie ein Rahmen um das Gesicht, am unteren Ende mit der Andeutung einer kleinen Welle nach innen, die er vorher nicht an ihr gekannt hatte. Auch ihr Gesicht kam ihm verändert vor. Vielleicht nur deshalb, weil sie dachte, eine verheiratete Frau müßte sich mehr Zeit zum Schminken nehmen, aber er schrieb es doch einer tiefer liegenden Veränderung zu. Tatsächlich hatte ihn etwas ganz Spezielles beeindruckt: Jane hatte diesen scharfen, immer wachsamen Blick abgelegt, der ihn während all der Jahre so oft aus der Fassung gebracht hatte.

Aber jetzt, nicht mal ein Jahr später, kam sie zurück in dieses Haus und packte ihren Koffer, während sich unten ein verwundeter Mörder auf ihrem Sofa ausruhte. Er wußte wirklich nicht, was er davon halten sollte. Er erinnerte sich genau, was sie Carey versprochen hatte, und konnte sich nicht vorstellen, daß sie ein ihrem Ehemann gegebenes Wort brechen würde. Das gehörte zu dem neuen Leben, das sie sich geschaffen hatte, das Leben einer Frau, die solche Sachen einfach nicht tut.

Andererseits hatte Jake so viel Zeit in dieser Gegend und in diesem Haus verbracht, daß er noch etwas wußte: Hier ging es um noch ganz andere Dinge. Die Whitefields waren eine sehr altmodische Familie gewesen.

Die Whitefields und alle Seneca-Indianer, denen Jake je begegnete, waren gesetzestreu bis in ihre Fingerspitzen. Das Motiv dafür – daraus machen die Seneca kein Geheimnis – war jedoch nicht ein so kurz zurückliegendes Ereignis wie der demokratische Beschluß irgendwelcher Einwanderer in Albany oder Washington. Es war einfach so, daß die geltenden Gesetze zufällig mit einem nach der Überzeugung der Seneca richtigen Verhalten übereinstimmten. Die Whitefields scheuten sich nicht, das Tun und Lassen anderer Menschen zu beurteilen, aber sie waren Traditionalisten, und die Gründer der Seneca-Kultur hielten die Einrichtung von Gefängnissen für unnötig. Die Seneca von damals bevorzugten Rache, und dafür waren sie berühmt. Sie bestritten das Recht der Gesellschaft, über einen anderen Menschen eine Strafe zu verhängen. Es ging nicht um Gerechtigkeit, sondern darum, daß einen anderen zu bestrafen nun mal nicht zu den Aufgaben eines Seneca gehörte, ganz egal, in welcher Position.

Bestrafung war eine Angelegenheit für später – vielleicht nicht für Gott, aber fast. Nach dem Glauben der Seneca wurde die Welt nicht von einer einzigen wohlwollenden Gottheit regiert. Das taten vielmehr zwei Zwillingsbrüder, die Enkel des ersten Menschen, einer Frau, die vom Himmel gefallen war. Der eine Zwilling war gut und wurde »der Schöpfer« genannt. Der andere war bösartig, und einer seiner vielen Namen war »der Bestrafer«. Als die Europäer ihre Gefängnisse und Handschellen einführten, kam es den Seneca vor wie der unsinnige und überflüssige Plan, auf dieser Erde eine Art von Miniatur-Hölle zu bauen.

Bei diesem Wiedersehen mit Jane ahnte Jake, daß er eine neue Phase ihrer Entwicklung miterlebte. Er hatte immer gehofft, daß Janes bisheriges Leben vor allem jugendlicher Optimismus und hochfliegende Ideen waren, möglicherweise etwas ins Extrem getrieben. Wenn nun aber mehr dahintersteckte? Wenn sie nicht nur tat, was sie für richtig hielt, sondern wenn das ein Ausdruck ihrer Persönlichkeit war und der all ihrer weiblichen Vorfahren bis zurück zur »Frau aus dem Himmel«? Jake war vertraut mit der Auffassung, daß eine Ehe einen Menschen verändert – mehr vom Hörensagen als aus eigener Erfahrung. Aber in diesen Geschichten war es jedesmal irgendein Kerl, der verbissen sein Versprechen hielt, etwas nie mehr zu tun, von dem er immer schon wußte, daß es falsch war. Jake hatte noch nie von einer Frau gehört, die ihre Ehe dadurch rettete, daß sie versprach, etwas nie mehr zu tun, was sie für richtig hielt.

»Siehst du etwas?« Ihre Stimme schreckte ihn hoch, und er drehte sich mit einem Ruck um.

»Nichts, was ich nicht schon vor einer Woche hätte sehen können, wenn ich rausgeschaut hätte.«

»Gut.«

»Warum machst du das?«

Sie stand regungslos vor der offenen Tür. Er sah den Umriß ihres schmalen Körpers, das lange, schwarze Haar zum Pferdeschwanz zusammengebunden. Es fiel Jake auf, daß er diese Frisur seit Janes Heirat nicht mehr an ihr gesehen hatte.

»Carey hat mich drum gebeten.«

Jake glaubte einen Moment, sein Verstand würde stillstehen, aber dann arbeitete er wieder, wie ein Motor, den man kurzzeitig ausbaut und mit Höchstgeschwindigkeit laufen läßt, um störende Ablagerungen auszubrennen. »Warum?«

»Wir glauben, wenn ich ihn eine Weile verstecke, dann findet die Polizei heraus, daß er unschuldig ist. Wir glauben, daß er das Gefängnis nicht überleben würde.«

Sie sah ihn erwartungsvoll an, aber Jake fiel keine Erwiderung ein. Sie drehte sich um und ging die Treppe hinunter. Jake starrte auf die Straße hinaus, die er seit siebzig Jahren kannte. Carey war ein gebildeter Mensch, ein fähiger Chirurg, und deshalb setzte auch jeder, der ihn ansprach, das »Doktor« vor seinen Namen. Aber er hatte dieser Situation scheinbar nur einen Blick geschenkt und dabei das Wesentliche übersehen.

Durch eine Reihe von Umständen – wenn man sie genau analysierte: durch einen glücklichen Zufall – hatte Carey McKinnon eine schöne junge Frau bekommen, die intelligent, mutig und entschieden genug war, alles Erdenkliche zu werden, die aber aus höchstwahrscheinlich biologischen Gründen beschlossen hatte, seine Frau zu werden. Und jetzt hatte Dr. Carey McKinnon es für nötig gehalten, von seiner Frau zu verlangen, sie solle das Versprechen fallenlassen, sich nie wieder in Gefahr zu bringen. Ein Versprechen, das er selbst von ihr verlangt hatte. Jake konnte nur hoffen, daß dieser unbekannte Dahlman es wert war und wichtig genug – nicht für die Gesellschaft oder wie sich irgendwelche Fremden sonst noch nannten, sondern für Carey McKinnon.

5

Carey McKinnon versuchte, wie seine Frau zu denken, und stellte fest, daß er es nicht konnte. Bei ihm arbeitete das Gehirn nicht so schnell wie bei Jane, und mit ihren speziellen Tricks und Täuschungsmanövern hatte er keine Erfahrung. Ihm blieb nur eines übrig: sich an alles zu erinnern, was sie ihm aufgetragen hatte. Es kostete ihn einige Mühe.

Nach ihrem Gespräch hatte er sich ausschließlich auf Dahlmans Schulter konzentriert. Keine andere Operation seiner beruflichen Laufbahn war so nervenaufreibend gewesen wie der Eingriff an seinem Kollegen. Er mußte absolut sicher sein, daß keinerlei Metall- und Knochenfragmente zurückblieben, dann die verletzten Muskelgewebe und Blutgefäße zusammennähen, ohne Sehnen und Nerven zu beschädigen – damit einer der besten Chirurgen der Welt selbst wieder andere Menschen heilen konnte. In jeder Sekunde, während seine Hände fieberhaft arbeiteten, sah er Dahlmans offene Augen auf den über ihm hängenden Spiegel gerichtet, den Blick seines Lehrers, der jede Handbewegung scharf beobachtete und lautlos Zensuren verteilte.

Jetzt hatte er sicherzustellen, daß ihm kein Reporter oder Polizist irgendwelche Fragen stellte. Einige sonst normale Schritte verboten sich von selbst. Er konnte zum Beispiel nicht einfach zur Tür hinausspazieren und hinübergehen zu seinem Wagen. Jetzt mußte er verschwinden und woanders wieder auftauchen.

Je mehr Zeit er hier vertrödelte, um so wahrscheinlicher war es, daß jemand ihn suchte. Er zog seinen Mantel an, fand die Feuertreppe und stieg hinunter ins Erdgeschoß. Dann ging er durch den verlassenen Pausenraum der Radiologie, vorbei am Kaffeeautomaten über den Innenhof auf den Rasen hinter dem Haus.

Einige Sekunden später war er auf der Straße. Dort ging er dann in einem weiten Bogen um den ganzen Block herum zu seiner Praxis. Er hielt es für schlauer, nicht durch die Vordertür hineinzugehen, sondern über den dahinter liegenden Parkplatz. Wie üblich standen auf den für ihn reservierten Plätzen ein paar Geizkragen, die sich das Trinkgeld für die Parkwächter der nahen Restaurants sparen wollten. Dabei fiel ihm ein, daß er noch nicht zu Abend gegessen hatte, und sogleich spürte er seinen Hunger. Vor einigen Stunden, die ihm jetzt wie Jahre vorkamen, hatte er noch die Idee gehabt, heute abend mit Jane zum Essen auszugehen.

Da sah er den dritten Wagen von links: Janes Wagen. Vor Angst wie gelähmt blieb er stehen. Er hatte natürlich angenommen, sie würde Dahlman mit ihrem eigenen Wagen rausbringen. Er sah auf die Uhr. Vor einer guten Stunde hatte er den OP verlassen, und danach hatte Jane auf die nächste Fluchtmöglichkeit gewartet. Und wenn Dahlman sich ergeben hatte? Er war schon fast auf dem Weg zurück ins Krankenhaus, überlegte es sich dann aber noch einmal anders. Wenn er zurückging, brachte er sie womöglich in Gefahr. Und falls er sie überhaupt fand, was konnte er ihr schon helfen?

Er konzentrierte sich. Was brauchte sie jetzt? Was hatte sie ihm gesagt? Daß jede Minute, die Carey nicht greifbar war, ihr eine weitere Minute schenkte, bevor jemand herausfand, daß Dahlman verschwunden war. Dieser Zustand konnte allenfalls noch eine oder zwei Stunden anhalten, aber nur, wenn er jetzt nicht aufgeregt zurückrannte.

Langsam, fast schweren Herzens, ging er die Nebenstraße hinunter, weg von den Restaurants und dem Krankenhaus. Im Augenblick konnte er nur Zeit totschlagen. Er konnte sich einen Film ansehen, danach etwas essen und wieder zurückkommen. Zu diesem Zeitpunkt gab es dann sicher Fragen über Fragen, aber das ging ihn jetzt noch nichts an.

Wo war Jane? Er hätte sich gern vorgestellt, wie sie mit Dahlman irgendwohin fuhr, aber das Bild war falsch: Ihr Wagen stand noch da. Er versuchte sie sich in einem Flugzeug vorzustellen, aber es war ihm klar, daß Dahlman dazu nicht in der Lage war – den Flug hätte er wohl geschafft, nicht aber die Drängelei der Passagiere und vor allem nicht die nötige Unauffälligkeit auf den langen Gängen in einem Flughafenterminal.

Plötzlich war er sich bewußt, daß er tatsächlich keine Ahnung hatte, was Jane in dieser Situation tun konnte. Zehn Jahre lang, seit er sie zum erstenmal im College getroffen hatte, waren sie nur gute Freunde gewesen. Bis ein Jahr vor der Heirat gingen sie vielleicht einmal im Monat zusammen aus. Damals wäre ihm nie die Idee gekommen, sie täte irgend etwas Geheimes, Gefährliches oder gar Illegales. Das wußte er erst an dem Abend, als sie es ihm sagte. Und sie hatte das Gespräch darüber nur aus einem Grund geführt: um ihn vor den Gefahren zu warnen, die ihm durch eine Heirat mit ihr drohen konnten. Danach hatte sie ihm weder von ihren früheren Kunden erzählt, noch über all die Tricks, mit denen sie sie verschwinden ließ und ihre Verfolger abschüttelte. Carey wußte also nicht, wie man so etwas praktisch machte. Für ihn war es lediglich etwas, was Jane früher einmal getan hatte, und das Gespräch darüber war ihnen beiden unangenehm.

Jane stieg die Holztreppe hinunter in den Keller. Feuchte, faulige Luft schlug ihr entgegen. Das Gebäude stammte noch aus der Zeit, als man die Keller mit Ziegel und Mörtel mauerte, und die Deckenbalken unter dem Fußboden waren entrindete Baumstämme. Den Kohleofen hatte man schon vor ihrer Geburt durch eine Ölheizung ersetzt. Darüber in der Wand konnte man noch die alten Rohre sehen, die nach oben zu den funktionslos gewordenen Reglern führten. Jane nahm eine Stehleiter, stieg zu einem der Rohre hinauf, nahm es an einer Verbindungsstelle auseinander, zog den schmalen Metallkasten hervor, den sie dort versteckt hatte, holte eine Handvoll Plastikkarten und Papiere heraus und blätterte sie durch.

In den letzten zwei Jahren hatte sie gefälschte Dokumente immer nur paarweise besorgt, jeweils mit einem Foto von sich und einem von Carey. Es gab bereits ein paar sehr gute Papiere in ihrer Sammlung und daneben andere, die noch nicht reif waren. Eine gute falsche Identität brauchte alle Anzeichen einer Vergangenheit, eine echte Geburtsurkunde, eine richtige Sozialversicherungskarte, dazu Verlängerungsstempel auf dem Führerschein, ein paar Visa im Pass und kleine, aber regelmäßige Abbuchungen auf den Kreditkartenkonten, klug verteilt über die zurückliegenden Jahre.

Jane sah sich andere Ausweispapiere an, hergestellt vor Jahren für ein Ehepaar auf der Flucht. Das war der Teil ihrer Mitgift, von dem Carey nichts ahnte und hoffentlich nie etwas erfahren mußte. Denn auch nach dem Ende ihrer Lotsentätigkeit war ihr klar, daß die Menschen, die untertauchen wollten, noch lange zu ihr kommen würden. Da sie von berufsmäßigen Menschenjägern verfolgt wurden, war es immer möglich, daß einer dieser Jäger von Jane gehört oder sie bei der Arbeit erlebt hatte, sie an irgendeinen einsamen Ort verschleppte und ihr so lange Fragen stellte, bis sie endlich tot war.

Sie fand vier geeignete Ausweispapiere: Männer, geboren in den 30er Jahren. Sie nahm vier auf sie selbst passende Identitäten dazu, griff noch einmal, jetzt tiefer, in das Ofenrohr und holte zehntausend Dollar in Scheinen heraus.

Als sie zurückkam, sah sie Jake auf dem Bett vor dem Fernseher. Er blickte kurz hoch. »Da kam eben wieder was in den Nachrichten. Aber von einem Verschwinden war nicht die Rede. Anscheinend wissen sie es noch nicht.«

»Gut«, sagte Jane. »Hast du zufällig ein paar Sachen zum Anziehen, die du nicht unbedingt wiedersehen mußt?«

»Ja. Ich packe dir was in einen Koffer.«

»Nichts in hellen Farben, nichts Neueres. Du hast es vielleicht noch nicht bemerkt, aber Männer im Pensionsalter tragen gern etwas aus einem guten alten Jahrgang.«

»Tja«, sagte er, »wir planen das so, daß wir es genau zum Zeitpunkt unseres Todes aufgetragen haben, so paßt dann alles zusammen.«

Als Jake mit dem gepackten Koffer wiederkam, hatte sie Dahlman bereits auf dem Sofa aufgesetzt und ihm einen frischen Schulterverband mit Heftpflaster am Rücken befestigt.

Jake machte den Koffer auf und zeigte ihr den Inhalt: »Nichts für große Einladungen, aber wenigstens klebt kein Blut dran.«

Jane griff in den Koffer und sah die Kleider genauer an. »Einfach perfekt. Danke, Jake.« Sie wählte ein hellbraunes Hemd aus, half Dahlman hinein und knöpfte es ihm eilig zu. »Wir müssen los.«

Jake folgte ihr in die Küche und sah zu, wie sie alle Lampen löschte und die Fenster überprüfte. »Ich würde gern mit dir kommen.«

Jane schüttelte den Kopf. »Tut mir leid. Wir nehmen nur einen komischen Kauz pro Reise.«

»Er ist geschwächt. Du kannst ihn nicht mit dir rumschleppen und gleichzeitig aufpassen, was hinter dir los ist.«

»Ich sagte nein«, war die knappe Antwort. »Wenn du aber unbedingt noch ein unnötiges Risiko auf dich nehmen willst – bitte sehr. Gib mir den Zweitschlüssel für deinen Wagen. Morgen früh fährst du mit einem Taxi zum Flughafen. Wenn das Taxi weg ist, gehst du in aller Ruhe zu den Kurzparkplätzen, holst deinen Wagen und fährst ihn wieder heim.«

»Das ist alles?«

»Nein«, sagte sie. »Du sorgst auch dafür, daß diese Wohnung sauber ist. Du wischst alles ab, was Dahlman möglicherweise angefaßt haben könnte. Und wenn du es bis dahin nicht vergißt, dann ruf Carey an und richte ihm aus, daß ich ihn liebe.«

6

Auf der Uhr im Terminal sah Jane, daß es schon zehn Uhr fünfzehn war. Sie würden den nächsten möglichen Flug nehmen. Aber sobald sie auf der Rolltreppe war, wußte sie, daß es zu spät war.

Ein Fremder, der selten nach Buffalo flog, hätte die kleinen Veränderungen kaum bemerkt. Der verschlafene Sicherheitsbeamte, der seine Zeit meist mit dem Mann an der Gepäckwaage verplauderte, stand noch immer neben seiner Durchgangstür, aber hier oben auf der Abflug-Ebene, wo die Passagiere sich in Schlangen auf die Torsonden zubewegten, streiften überall Zivilbeamte herum. Janes Zeitvorsprung war abgelaufen. Sie hatten herausgefunden, daß Dahlman auf der Flucht war.

Sie ließ die Ausgänge links liegen und behielt die Schaufenster der Geschäfte und Restaurants im Blick. Solange sie sich nicht den Kontrollgeräten näherte, war sie für die Polizisten nicht verdächtig. Falls Dahlman es bis hierher schaffen sollte und beim Anblick der Zivilstreifen plötzlich losrannte, würden sie ihm an der Tür den Weg abschneiden.

Jane betrat eine Geschäft und kaufte ein paar Sachen, die sie noch brauchen würden: Zahnbürsten, Zahncreme, Kamm und Bürste, alles im Kleinformat für Reisende. Im Herauskommen mischte sie sich unter eine Gruppe müder Passagiere, die gerade gelandet waren und jetzt zur Gepäckausgabe gingen.

Jane wartete wie einige der Angekommenen eine Weile in der Schlange vor den Schaltern der Leihwagen und mietete dann einen geräumigen Oldsmobile Cutlass. Am Flughafen von Buffalo lagen die Parkplätze der Mietwagenfirmen gleich hinter dem Terminal. Sie verließ das Gebäude mit der nächsten Gruppe, ging mit ihnen nach unten und saß eine Minute später in ihrem Leihwagen.

Sie fuhr zu den Kurzparkplätzen, half Dahlman beim Umsteigen, lud das Gepäck in den Kofferraum und fuhr auf die Genesee Street hinaus.

Dahlman wirkte beunruhigt, beinahe ängstlich: »Wohin fahren wir?«

Jane zuckte die Schultern. »Am Flughafen wartete die Polizei schon auf uns, wir haben also nur einen sehr kleinen Vorsprung. Dazu einen riesigen neuen Wagen mit einem vollen Benzintank. Das ist aber auch schon alles. An der Bailey Avenue biege ich auf die Route 62 ab. Um Mitternacht sind wir hinter Warren, Pennsylvania. Dann geht es auf einer anderen Straße ziemlich geradeaus bis nach Pittsburgh.«

»Warum Pittsburgh?«

»Ich weiß, das muß Ihnen alles seltsam vorkommen. Sie haben Schmerzen und fühlen sich schwach. In fünfzehn Minuten sind wir ganz aus der Stadt raus und auf dem Land, wo die nächsten Ortschaften zwanzig, dreißig Kilometer auseinanderliegen. Legen Sie sich jetzt hin und versuchen Sie, ein bißchen zu schlafen.« Sie bog in die Bailey Avenue nach Süden ab und beschleunigte vorsichtig.

»Ich kann noch nicht schlafen«, sagte Dahlman verärgert, »ich habe Sie etwas gefragt, und ich hätte gern eine Antwort. Warum Pittsburgh?«

Ein entgegenkommendes Scheinwerferpaar beleuchtete

kurz das Wageninnere. Jane schaute Dahlman an und bemerkte das Glitzern in den scharfen grauen Augen. Irgendwann würde er zusammenbrechen, aber bis dahin mußte sie seine Nervosität ertragen. »Also schön. Unsere Situation ist folgende: In der Stadt zu bleiben, ist keine gute Idee. Es gibt einen Fachausdruck für Leute, die meinen, sie kennen die Stadt besser als die örtliche Polizei. Der Ausdruck ist ›Sträfling‹. Mit dem Flugzeug können wir nicht raus, also fahren wir mit dem Wagen. Auf die Schnellstraße können wir nicht, weil es da Mautstellen gibt, und mindestens in den stadtnahen wartet wahrscheinlich die Polizei auf Sie. Aber sobald wir in Pennsylvania sind, lassen wir wenigstens ein paar unserer Verfolger zurück. Sie sind aus Illinois geflohen und haben sich im Staat New York der Verhaftung entzogen. Wenn die Polizei in Pennsylvania keinen speziellen Grund hat für die Vermutung, daß Sie hier herunterkommen, dann sind Sie nichts weiter als einer der jährlich tausend Kriminellen aus New York, die sie hier abpassen sollen. Der Polizei in Buffalo sind Sie wichtig, weil es für sie demütigend ist, daß Sie aus dem Krankenhaus geflohen sind, und außerdem gelten Sie dort als gefährlich. Für die Polizei in Pittsburgh sind Sie lediglich einer von vielen Namen und bestimmt nicht ihr Problem, höchstens das von jemand anderem. Die hier haben mindestens tausend eigene Mörder, die sie fangen müssen.«

»Ich bin kein Mörder.«

»Freut mich.«

»Sie glauben mir nicht?« Er regte sich schon wieder auf.

Jane achtete auf die Straße und ihr Fahrverhalten. Wäre Dahlman jung und kräftig gewesen, hätte sie ihn wahrscheinlich in den Kofferraum gesperrt, damit man ihn nicht gleich an der nächsten beleuchteten Kreuzung entdeckte. Zu dumm, daß er nicht jung und kräftig war. »Es ist nicht so, daß ich Ihnen nicht glaube« sagte sie, »es ist im Augenblick nur ziemlich egal. Ich denke, das sollten Sie als erstes lernen. Heute abend ist es völlig gleichgültig, was Sie getan oder nicht getan haben. Wenn Sie den Polizeifunk hören könnten oder auch nur die Nachrichten, dann würden Sie erfahren, daß Sie ein flüchtiger Mordverdächtiger sind, bewaffnet und gefährlich, vermutlich zu Verzweiflungstaten fähig, weil Sie verwundet sind. Sie warnen sich gegenseitig und jeden anderen, der noch nicht schläft.«

»Ich bin ein angesehener Arzt, der nicht nur Tausende von Leben gerettet, sondern darüber hinaus einer beachtlichen Anzahl der besten Chirurgen dieses Landes beigebracht hat, wie man …«

»Dann setzen Sie jetzt Ihr Gehirn ein und versuchen, so zu denken wie die anderen«, sagte Jane. »Wenn Sie plötzlich jemanden umbringen, mit dem Sie überhaupt nichts zu tun haben, dann heißt das: Sie sind verrückt. Und die Tatsache, daß Sie ihnen unter ihrer Nase entwischt sind, heißt, Sie sind verschlagen und vielleicht cleverer als sie. Und daß Sie berühmt sind, heißt für die Polizei lediglich, daß sie nicht auf diese ungenauen Phantombilder angewiesen ist. Sie hat längst ein paar Dutzend Fotos von Ihnen, vermutlich tolle Bilder.«

Er schwieg einen Augenblick, und sie beschloß, ihm das Schlimmste lieber gleich zu Anfang mitzuteilen. Sie wurde jetzt sanfter. »Wenn sie Sie nicht unter idealen Umständen wieder einfangen können, werden sie Sie erschießen. Nicht weil sie es gern tun, sondern weil sie wissen, daß Leute wie Sie selten aufgeben.«

»Ich versuche nur, Ihnen zu sagen, daß es sich hier um ein Mißverständnis handelt.«

»Und ich versuche Ihnen zu sagen, daß das jetzt egal ist. Glauben Sie nicht, daß Ihre Berühmtheit und Ihre Erfolge einen einzigen Menschen da draußen davon überzeugen werden, daß Sie unschuldig oder harmlos sind. Ich glaube, Sie haben tief in Ihrem Innern die Gewißheit, daß die Wahrheit Sie retten wird. Vielleicht ist das später mal so. Aber im Augenblick ist es nicht so, und der Augenblick ist unsere Wirklichkeit. Die Zukunft ist vorerst nur eine Theorie.«

Dahlman sagte eine lange Minute nichts. Einige Male sah es so aus, als hätte er eine Erwiderung auf der Zunge, bis er schließlich mit erzwungener Ruhe antwortete: »Ich meinte ja nur, weil Sie Pittsburgh erwähnt haben, daß wir dort eine Pause einlegen und Hilfe erbitten könnten. Ich habe Freunde dort, und ...«

»Nein, haben Sie nicht.«

»Ich sagte doch eben ...«

»Hören Sie gut zu, das ist jetzt wichtig. Sie haben mir nicht erzählt, wer so hartnäckig hinter Ihnen her ist, daß Sie bis nach Buffalo gerannt kommen. Aber ich weiß, wer Sie seitdem jagt, und ich glaube, ich weiß auch, wer bald noch an der Jagd teilnehmen wird. Sie haben mehrere Staatsgrenzen überschritten und in zwei Staaten Verbrechen begangen.«

»Was für Verbrechen?« Seine Stimme klang jetzt wütend.

»Zweimal Widerstand gegen Vollstreckungsbeamte durch die Flucht aus dem Polizeigewahrsam, in Illinois und New York. Falls Sie nicht noch etwas angestellt haben – sagen wir, Sie sind in Ihr Büro in der Universität eingebrochen und haben noch schnell ein Paar Sachen mitgenommen.«

Dahlman protestierte erschrocken. »Aber das ist doch absurd.«

»Das ist ein Bundesverbrechen. Einbrüche in Schulen werden vom FBI verfolgt. Andererseits reicht es denen schon, daß Sie auf Ihrer Flucht eine Staatsgrenze überschritten haben.«

»Ich bin doch kein wildgewordener Bombenleger. Ich bin Arzt.«

Jane seufzte. Jetzt ging das schon wieder los. »Die wissen nicht, was Sie sonst noch sind, und gewöhnlich warten sie nicht, um es herauszufinden. In einer Hinsicht wäre es sogar ganz gut für Sie, wenn das FBI jetzt mitmachen würde. Denn diese Leute sehen sich jedes Beweisstück für einen Mord sehr genau an und außerdem jedes Stück Papier, das mit Ihnen zu tun hat. Wenn es dabei irgend etwas Entlastendes gibt, dann sind sie die ersten, die es finden. Sie haben keinen Grund, es unter den Tisch fallen zu lassen. Aber während der nächsten Stunden sind diese Leute ein Problem für uns, weil sie in der Jagd auf Menschen besser sind als irgendein Stadtpolizist. Und deshalb ist es auch eine schlechte Idee, schnell mal bei Freunden und Verwandten reinzuschauen, und zwar schlecht nicht nur für Sie selbst, sondern auch für die Freunde und Verwandten, denn sie könnten als Mittäter angeklagt werden, wenn sie Sie nicht auf der Stelle ausliefern. Ich kann mir nicht gut vorstellen, daß Sie einen Freund in eine solche Zwangslage bringen wollen.«

»Ich hatte nicht die Absicht, irgend jemanden in Schwierigkeiten zu bringen. Ich wollte es uns nur leichter machen.«

»Was wir brauchen, ist nicht das Leichte, sondern das Unvorhersehbare. Jetzt sind die Experten hinter Ihnen her. In diesem Augenblick tragen sie alles zusammen, was sie über Sie wissen. Sie wissen zum Beispiel, daß Sie verwundet sind. Wohin also gehen Sie als nächstes? Vermutlich zu einem Freund und Kollegen. Ich wette, Sie kennen ein Dutzend Leute, die Sie medizinisch versorgen und nicht gleich bei der Polizei abliefern. Schön für Sie. Aber zwölf Personen sind ein Klacks für das FBI, und falls sie sich schon mit Ihnen beschäftigen, dann stellen sie jetzt die Adressen zusammen. Und falls Sie die Namen irgendwo notiert haben, dann hat das FBI längst eine komplette Liste. Und das FBI muß auch nicht lange im ganzen Land herumfliegen. Die Zentrale ruft einfach ihre Agenten in den Städten an, wo Ihre Freunde wohnen. Noch etwas: Ich bin sicher, Sie haben etwas Geld, Bankkonten, einen Pensionsfonds und Aktien. Wenn Sie das alles nicht weit weg von zu Hause in bar oder in irgendeiner Off-shore-Bank versteckt haben, dann vergessen Sie es. Sobald Sie diese Konten nur mit dem kleinen Finger anfassen, gehen im J.-Edgar-Hoover-Gebäude die Alarmsirenen los.«

Dahlman funkelte sie wütend an. »Sie wollen, daß ich aufgebe, nicht wahr? Ich soll mich im nächsten Polizeirevier stellen, weil ich ja sowieso irgendwann geschnappt werde.«

Jane sah ihm in die Augen und hielt seinem Blick einige Sekunden stand, bevor sie wieder auf die Straße schaute.

»Nein. Ich möchte nur, daß Sie von Anfang an wissen, was die Entscheidung zur Flucht kostet. Es wird nicht leicht, und es wird nicht behaglich. Und vor allem: Das gute Ende ist nicht garantiert. Wenn Sie überleben wollen, müssen Sie ein anderer Mensch werden. Man kann nicht einfach vor einer blöden Sache in der Vergangenheit weglaufen und gleichzeitig alles übrige behalten: den Status, das Ansehen und die Dankbarkeit, die man sich verdient hat, die Freunde und die Familie, die man liebt. Die Vergangenheit ist das, was die Polizei benützt, um Sie zu finden. Wer diese zwei Männer am Krankenhaus waren, weiß ich nicht, aber allzu leicht sollten wir es ihnen nicht machen.«

Jane hatte ihm ein paar Wahrheiten verabreicht, und ob er wollte oder nicht, er würde etwas zum Nachdenken haben und die fehlenden Details ergänzen, wenigstens während der nächsten Stunden, solange seine Spur noch heiß und der kleinste Fehler verhängnisvoll war. Sie hoffte, daß sie ihm genug gesagt hatte, um ihn während dieser Zeit verängstigt, ruhig und lenkbar zu halten.

Erwachsene Männer waren immer die schwierigsten Kunden für einen Lotsen. Ihre Selbstsicherheit, ihre Aggressivität, alles, was sie sich mühsam für den Überlebenskampf erworben hatten, wirkte sich jetzt als Hindernis aus. Sogar ihr Äußeres stand ihnen im Weg. Ihr Haar war zu kurz und ließ sich kaum umfrisieren, und ihre Kleidung war praktisch unveränderbar. Wenn Sie Dahlman so vor sich sah, war er vielleicht sogar ihr bisher schwierigster Fall. Er war verwundet und geschwächt. Womöglich ging es ihm mit der Zeit eher schlechter als besser. Und wenn, dann konnte sie ihn in der kleinen, geschlossenen Welt, in der er so berühmt war, nicht einmal zu einem Arzt bringen. Außerdem war er schon älter und hing an seinen Gewohnheiten.

Jane warf einen kurzen Blick auf Dahlman. Er starrte unbeweglich geradeaus. Sie sah ihn länger an und wartete auf ein Blinzeln. War er vielleicht gerade ...

Er sagte: »Keine Angst. Ich bin nicht tot. Ich habe nur mit offenen Augen geträumt.«

Jane fuhr an den dunklen Straßenrand. »Steigen Sie nach hinten, und legen Sie sich hin. Vielleicht können Sie ein bißchen schlafen.«

Er stieg um und streckte sich auf dem Rücksitz aus. »Leicht wird das Einschlafen nicht, nachdem Sie mir klargemacht haben, daß ich jetzt ohne Haus, ohne Geld und ohne Freunde bin.«

»Sie sind nicht ohne Freunde«, sagte Jane, »Sie haben mich.« Aber das kam ihr selbst nicht viel vor. Wenn sie ihn etwas beruhigen würde, könnte er vermutlich eher einschlafen. »Die Polizei und das FBI arbeiten in diesem Augenblick mit aller Kraft daran, Ihren Fall wasserdicht zu machen, und es muß schon ein sehr ungewöhnliches Komplott sein, wenn es bei genauem Hinsehen unentdeckt bleibt. Sie brauchen nur ein einziges Beweisstück, das nicht paßt, und sie wissen, daß es gefälscht ist. Wenn es gefälscht ist, hat der Mörder es gefälscht, und das sind nicht Sie.«

»Schön. Dann habe ich ja nur noch die zwei Männer zu fürchten, die ich noch nie gesehen habe und die in der Nacht daherkommen und mich umbringen wollen.«

»Wenn das Komplott einmal auseinandergefallen ist, dann repariert man es auch nicht mehr, indem man Sie umbringt. Diese Leute haben dann anderes zu tun. Sie müssen darauf achten, daß sie nicht selbst geschnappt werden.« Sie zwang sich zu einem Lächeln. »Wir müssen Sie also nur eine Weile aus dem Verkehr ziehen, während die Polizei das ganze Puzzle richtig zusammensetzt.«

Sie wünschte sich in ihrem Innern dieselbe Zuversicht, die er aus ihren Worten heraushören sollte.

7

Carey McKinnon lauschte dem Klang seiner Schritte auf dem betonierten Gehweg. Er war länger weg gewesen, als er vernünftig begründen konnte, jetzt mußte er zurück, hinauf in den dritten Stock und so tun, als entdecke er jetzt erst, daß sein Patient verschwunden war.

Was er in den nächsten Stunden zu tun hatte, war

Schwindel und Verstellung. Er mußte die Polizei aufhalten, ihre Aufmerksamkeit irreführen und die Beamten, wenn er es schaffte, in falsche Richtungen lenken. Aber Jane war es, die ihr Leben riskierte. In der Sekunde, als Dahlman zu ihm sagte: »Ich suche eine Frau namens Jane Whitefield«, hätte er sich am liebsten schützend vor sie gestellt. Er hätte sie gern versteckt, ihre Existenz verleugnet, statt ihrer lieber Dahlman der dunklen, gesichtslosen Bedrohung geopfert.

Aber während er solche Erwiderungen noch formulierte, wußte er, daß er dazu unfähig war. Sein Leben hatte ihn gelehrt, Erfahrung zu schätzen. Beinahe täglich fragte er sich: »Was ist die beste Strategie für die Behandlung dieses Patienten? Und wer beherrscht sie am besten?« Manchmal ordnete er seinen gesamten Arbeitsplan neu, um sich auf eine Operation vorzubereiten, aber manchmal rief er auch einen auswärtigen Experten an und bat ihn, seinem Patienten das Leben zu retten. Als er Dahlman gesehen hatte, mit Handschellen ans Bett gefesselt, wußte er Bescheid. Dahlman brauchte einen Experten, keinen Amateur, bei dem er sein Leben verlieren konnte. Dahlman brauchte Jane.

Er fühlte sich beklommen, während er auf das Krankenhaus zuging. Angstvoll fragte er sich, ob er Jane in der Eile deutlich genug gesagt hatte, wer Dahlman tatsächlich war. Jane hatte ein Recht, alles zu wissen, und Carey fürchtete, er habe es ihr nur ziemlich konfus erklärt. Er ertappte sich dabei, wie er alles zusammensuchte, was er ihr noch hätte sagen müssen.

Dahlman sagte die Wahrheit. Er hatte ebensowenig Ahnung von irgendwelchen kriminellen Machenschaften wie Carey. Er hatte seine fünf Sinne beieinander, und er wußte, daß er Sarah Hoffman nicht getötet hatte. Er war klug genug zu erkennen, daß jemand ihm diesen Mord in die Schuhe geschoben hatte. Zumindest das hatte Carey seiner Frau erklärt.

Was er ihr nicht gesagt hatte, war, warum ein vernünftiger Mensch ein lebensgefährliches Risiko eingehen sollte, um Dahlman zu schützen. Das war genau der heikle Punkt. Eigentlich war es ja absurd, daß man die Rettung eines Menschenlebens langwierig begründen mußte. Es gab Leute, manchmal Tausende auf einmal, die in eine Schlacht gingen, nur um einem degenerierten König oder einem korrupten Politiker das Leben und seine Privilegien zu sichern. Was Dahlman bedeutete, hätte Carey nicht laut sagen können, nicht einmal zu Jane: Dahlman war für die Menschheit wertvoller als alle bisherigen Könige und Präsidenten.

Den leichteren, nachprüfbaren Teil dieser Feststellung konnte Carey noch ausdrücken: Dahlman hatte unzähligen Menschen das Leben gerettet, und er hatte ein paar Hundert der besten Chirurgen persönlich ausgebildet. Was Carey jedoch in einen tiefen Zwiespalt stürzte, war eine unbewiesene Überzeugung. Er glaubte an Dahlman als den Bannerträger seiner Generation. Dahlmans und Sarah Hoffmans Forschungsergebnisse in der postoperativen Regeneration des äußeren Oberflächenepithels waren bereits auf Interesse außerhalb der Gruppe der Spezialisten gestoßen. Aber nur Carey und ein paar andere Leser von Fachzeitschriften hatten erkannt, daß Dahlman mehr als eine ästhetisch befriedigende Heilung für Operationswunden suchte.

Wer Dahlman persönlich kannte, wer mit seinem Denken und den prägnanten Untertreibungen seiner Ausdrucksweise vertraut war, der wußte, daß die Fachaufsätze nur Andeutungen enthielten. Forschungsarbeiten über die Haut boten sich an, da hier der Wissenschaftler sein Objekt sehen und anfassen konnte. Doch Oberflächenepithel war sowohl in der äußeren Haut als auch in den Membranen innerer Organe zu finden. Dahlmans Forschungsziel war so gewaltig, daß kein Ton davon je in eine Veröffentlichung gelangte. Was er plante, war die Umwandlung der gesamten Chirurgie zu einem harmlosen Eingriff. Das Endziel, erreichbar wohl erst in ein, zwei Generationen, war die erfolgreiche Behandlung aller Krankheiten, von der Herzinsuffizienz bis zum Krebs. Denn dann könnte man beträchtliche Mengen beschädigtes Gewebe entfernen und den Körper stimulieren, um den Verlust selbsttätig zu ersetzen. Jetzt aber, nachdem Sarah Hoffman tot war, lagen die Keimzellen dieser Forschung und ihre künftigen Wege allein im Kopf von Richard Dahlman.

Carey versuchte, sich einen Ausdruck der Unbesorgtheit zu geben, aber er spürte deutlich, wie sein Herz klopfte. Ein winziger, eher zufälliger Teil dieser großen Aufgabe lag auf seinen Schultern. Er mußte alles ihm Mögliche tun, um Jane zu helfen. Er mußte in dieser unklaren Situation das verwirrende Störelement spielen, Lärm schlagen und so tun, als beschleunige er die Verfolgung des Verbrechers, während er sie in Wahrheit durcheinanderbrachte und verzögerte. Er mußte Jane Zeit verschaffen. Falls sie mit dem Wagen unterwegs war, war eine Minute soviel wert wie zwei Kilometer jenseits einer Straßensperre. Falls sie im Flugzeug reiste, war sie in der gewonnenen Minute vielleicht schon ausgestiegen und im Freien.

Was er sich hier ausdachte, beschrieb seinen eigenen inneren Zustand. Er wäre lieber bei ihr gewesen und mit ihr weggelaufen, als weiter auf das beleuchtete Krankenhaus zugehen zu müssen. Er wünschte sich, dies alles wäre nie passiert.

Bildete er es sich nur ein, oder standen jetzt mehr Streifenwagen vor dem Krankenhaus als vor zwei Stunden? Vermutlich war es doch nur seine Einbildung. Als er um fünf Uhr nachmittags ankam, waren es zwei, die er hinter dem Haus gesehen hatte. Die anderen hatte er sicher nur übersehen, weil er sich durch die Radiologie weggeschlichen hatte.

Er ging durch den Haupteingang und stand im grellen Licht. »Dr. McKinnon?« Er hörte eine weibliche Stimme. »Können wir mit Ihnen sprechen?«

Er hatte gehofft, unbemerkt an den Reportern vorbeizukommen. Ihre Sendewagen parkten hinter dem Gebäude, wo auch sein Wagen stand. Er wandte sich einer hübschen kleinen Frau zu und erkannte dasselbe Gesicht, das ihm am Morgen aus dem Fernseher entgegenblickte, als er den Wetterbericht suchte. Sie trug immer noch denselben unsäglichen Anzug, und sie tat ihm auf der Stelle leid. Offenbar war sie seitdem nicht aus ihrer Arbeitskleidung herausgekommen.

»Entschuldigen Sie«, sagte er, »ich muß zu einem Patienten. Später vielleicht.«

Alle Muskeln im Gesicht der Frau erschlafften auf einmal. Der Ausdruck professioneller Sorge verschwand hinter einer Fläche der Verständnislosigkeit, und eine Sekunde lang sah sie ihn verwirrt an. Dann riß sie sich zusammen.

»Dr. McKinnon!« rief sie ihm nach. Er hörte, wie die Lifttür aufging, stieg ein und drückte auf den Knopf zum dritten Stock.

Nur mühsam sammelte er sich wieder. Sie wußten also schon, daß Dahlman nicht mehr da war, und die Reporterin hatte angenommen, er wüßte es ebenso. Aber er wollte nicht von ihr erfahren, was tatsächlich los war, und außerdem war er als Schauspieler nicht gut genug, um seine Vorstellung vom Fernsehen aufzeichnen zu lassen.

Vor dem Zimmer, das er Dahlman zugewiesen hatte, standen zwei Männer. Sie trugen offene Mäntel, darunter hatte der eine eine graue Tweedjacke, die farblich auf sein struppiges graues Haar abgestimmt schien, der andere trug eine braune Jacke, ungefähr wie eine von Carey, die Jane aber ausgemustert hatte. Beide hatten Plastiketuis in der Brusttasche, die nach außen überlappten und eine goldene und eine silberne Dienstmarke sehen ließen. Carey tat so, als ob er sie nicht sähe, und ging auf die Tür zu.

Der Jüngere in der braunen Jacke trat ihm in den Weg. »Tut mir leid«, sagte er, »das hier ist ein Tatort.« Er beobachtete, ob seine Dienstmarke den nötigen Eindruck auf Carey gemacht hatte.

Carey wandte sich scheinbar verwundert dem Älteren zu, dann wieder dem Mann vor ihm. »Ich verstehe. Dr. Dahlman ist unter Bewachung, aber ich bin sein Arzt, und ich muß ihn sehen.«

Der Ältere hielt einen Notizblock in der Hand und blätterte die Seiten nach oben. »Sie sind Doktor ...«, er blätterte noch eine Seite um, »McKinnon«. Es klang nicht wie eine Frage, aber dann sagte er: »Richtig?«

»Ja«, sagte Carey. Durch die offene Tür konnte er ins Zimmer sehen. »Ich habe ihn heute abend erst operiert, und er sollte in dieses Zimmer gebracht werden. Können Sie mir sagen, warum er nicht hier ist?«

»Mein Name ist Captain Folger«, sagte der Polizist, »und das ist Detective Kohl. Ich hatte gehofft, Sie könnten uns sagen, wo er ist. Er ist verschwunden. Wenn Sie bitte mit mir kommen wollen, damit wir diese Sache aufklären können.«

Jetzt war Careys Augenblick gekommen, um für Verwirrung zu sorgen. »Was meinen Sie: ›Er ist verschwunden?‹« Carey spielte die Verständnislosigkeit vor, die er unter anderen Umständen wirklich empfunden hätte. »Das ist doch Wahnsinn! Er ist schwer verwundet und unter Narkotika. Wollen Sie mir sagen, er ist aufgestanden und heimgegangen? Außerdem sollte er ans Bett gefesselt sein. Wo ist überhaupt der Polizist, der ihn zu bewachen hatte? Den sollten wir doch als ersten befragen.«

»Das haben wir schon getan. Aber er ist nicht mehr im Gebäude.« Fast hätte Carey lächeln müssen: Jane hatte es geschafft. »Ich denke, Sie verstehen, daß wir Ihnen gern ein paar Fragen stellen möchten, über seinen Zustand und so weiter.«

»Aber natürlich«, sagte Carey und folgte dem Älteren. Jetzt durfte er sich nur nicht gehenlassen. Er mußte nachdenken. Der Polizist hatte sich »Captain« genannt, das war ein hoher Dienstrang, also der Chef einer Abteilung, kein Anfänger, den man auf die Suche nach vermißten Personen schickte.

Dann spürte Carey etwas im Rücken, bevor er es hörte: Der Jüngere folgte ihm mit wenigen Schritten Abstand. Wollte er Carey den Rückzug abschneiden, oder marschierte er einfach in dieselbe Richtung wie sein Vorgesetzter? Carey nahm sich vor, ab jetzt nichts mehr für eine bedeutungslose Kleinigkeit zu halten.

Captain Folger öffnete die Tür zum Sitzungsraum am Ende des Korridors, aber zu Careys Überraschung ging er hinein und schloß sie hinter sich wieder. Detective Kohl trat auf ihn zu: »Ist Ihnen schon mal ein Patient aus dem Haus spaziert?« Carey hatte den Eindruck, daß er irgendwie beunruhigt werden sollte.

»Wenn sie wegrennen, dann meistens, bevor ich sie operiere.«

Der Detective fand das offenbar ziemlich witzig. Er lachte, dann sagte er: »Weit kann er nicht gekommen sein.«

Carey schüttelte den Kopf. »Ich bin überrascht, daß er überhaupt irgendwohin gegangen ist. Er ist siebenundsechzig, er hat eine Menge Blut verloren, er hat Prellungen vom Aufschlag der Kugel, er ist ...«

»Ja, ja«, unterbrach ihn Detective Kohl, »ich weiß, was Sie sagen wollen. Aber was immer er vorhat: Es wird ihm ganz schön weh tun.« Er sagte es mit einer gewissen Befriedigung, was Carey daran erinnerte, daß der Detective kein Freund von ihm war.

Die Tür des Sitzungsraums öffnete sich, Captain Folger nickte ihm zu und trat einen Schritt beiseite. Carey ging in den ihm vertrauten Raum, und der Captain stellte seine Kollegen vor. Carey hörte zu und war sich bewußt, daß er diese Namen wohl im Kopf behalten sollte, aber sie waren für ihn nichts als ein Haufen Worte. »Das ist Officer Graley, Officer Wilchevsky, hier ist Mr. Marshall, und ich bin Captain Folger, falls Sie das vorhin nicht mitbekommen haben.« Niemand stand auf oder reichte Carey die Hand.

Der Captain führte das Wort, etwas anderes hatte Carey nicht erwartet. »Dr. McKinnon, ich sollte vielleicht gleich zu Anfang sagen, daß wir dankbar sind für jede Hilfe, die Sie uns geben können. Sollten Sie sich wohler fühlen, wenn Sie sich zuerst mit Ihrem Anwalt beraten, haben wir dafür volles Verständnis. Wir können nicht ausschließen, daß sich durch Ihre Aussagen ein Fall von Fahrlässigkeit ergibt oder ein ärztlicher Kunstfehler oder ein anderes Vergehen. Die Beratung würde uns unnötig aufhalten, aber schließlich müssen wir Ihre Rechte im Auge behalten. Denn das hier dient nicht der Hintergrundinformation, es ist eine offizielle Ermittlung und Ihre Aussagen können vor Gericht verwendet werden.«

Carey bewunderte die glatte Umgänglichkeit, die der Captain beherrschte. Es war ihm klar, daß Folger ihm soeben seine Rechte vorgelesen und gleichzeitig eine Falle gestellt hatte. Falls Carey die Ermittlung verzögern wollte, hatte Folger ihm dazu die Möglichkeit gegeben. Aber das hätte nur seinen Verdacht bestärkt, daß Carey auf der Seite des Gegners stand.

»Meiner Meinung nach ist das nicht nötig«, sagte er. »Oder doch?«

»Ich bin nicht befugt, Rechtshilfe zu geben«, sagte Folger. »Außerdem habe ich keine Ahnung von diesen Zivilprozessen gegen Ärzte und Krankenhäuser. Wir sind hier für die Offizialdelikte zuständig.« Er legte eine kurze Pause ein, während der er Carey genau beobachtete. »Können wir dann weitermachen?«

Carey nickte.

»Unser Protokoll besagt, daß die Beamten Dahlman heute abend um sieben Uhr eingeliefert haben. Den Krankenhausunterlagen zufolge haben Sie ihn um acht Uhr fünfzehn operiert. Stimmt das?«

Es ging also um die Zeiten. Er hatte keine Neigung, darüber zu sprechen. Das würde ihnen nur ermöglichen, exakt den Zeitraum zu bestimmen, in dem Jane Dahlman aus dem Haus gebracht hatte, und wenn sie einmal wußten, wann das war, dann wußten sie auch, wo und wie. Irgend jemand hatte Jane gesehen und erinnerte sich vielleicht an sie. Also gab er ihnen erst mal ein paar Namen.

»Ja, ich habe ihn operiert. Dr. Shelton war der Anästhesist, und Dr. Stern mein Assistent. Die OP-Schwester war Mrs. Brooks.«

»Was für eine Operation war das?«

»Ich entfernte aus der linken Schulter einige Metallsplitter eines Geschosses, fünf insgesamt, glaube ich. Kleine Partikel. Die Kugel hatte sich beim Passieren ausgedehnt und war seitlich von einem Knochen abgeprallt. Dies war wohl die Ursache für die Metallsplitter. Der Schuß verursachte auch eine Knochenfraktur mit Splitterung, Muskelrissen und der Beschädigung einer größeren Vene. Die Hauptarterie war nicht durchtrennt, und es gab keine Hinweise auf Verletzungen der Nervenbahnen.«

»Wie lange hat das Ganze gedauert?«

»Nicht sehr lang. Höchstens fünfundvierzig oder fünfzig Minuten alles in allem.«

Folger konsultierte wieder seine Aufzeichnungen. »Der Anästhesist hat die Zeiten notiert. Wußten Sie das?«

»Selbstverständlich«, sagte Carey. »Sie haben recht. Wenn Sie die genauen Uhrzeiten brauchen, sollten Sie sich Sheltons Protokoll besorgen.«

»Haben wir getan.« Er zog die Augenbrauen zusammen, dann reichte er Carey ein Blatt Papier. »Ist das seine Handschrift?«

»Ich denke, ja«, sagte Carey. Da stand eine Dauer von fünfzehn Minuten und siebenunddreißig Sekunden. »Er notiert sich diese Dinge gern selbst.« Er gab das Papier zurück.

»Fünfzehn Minuten. Ist das nicht so etwas wie Weltrekord?«

Carey zuckte die Achseln. »Auf jeden Fall schneller, als es mir vorkam.« Dann fügte er hinzu: »Keine Operation ist völlig ohne Risiko. Wir lassen keinen Patienten länger offen als absolut notwendig. Als ich sicher war, alle Fremdkörper, die auf dem Röntgenbild erkennbar waren, entfernt zu haben, und nachdem ich die beschädigte Vene vernäht hatte, um die Blutung zu stoppen, sowie dann auch die Muskeln, machte ich ihn wieder zu.«

»Welche Risiken meinen Sie?«

Carey richtete sich auf. »Eine Infektion, allergische Reaktion auf Narkosemittel, Schock und möglicher Herzstillstand, innere Blutungen ...«

Während Carey sprach, beobachtete er jeden seiner Zuhörer. Die junge Frau, die Augen und Lippen zusammenkniff: Versuchte sie nur, ihn zu verstehen, oder mißtraute sie ihm? Aber wie konnte sie das eigentlich?

Folger schaute abermals in seine Notizen. »Warum haben gerade Sie ihn operiert?«

Diese Frage traf Carey unvorbereitet, und es überraschte

ihn, daß er sie nicht vorher bedacht hatte. Er formulierte die Antwort mit aller Vorsicht: »Der diensthabende Chirurg zu diesem Zeitpunkt war Dr. Leo Bortoni. Als der Patient in der Notaufnahme ankam, machte ich gerade die tägliche Abendrunde bei meinen Chirurgiepatienten. Ich wußte, daß Leo im OP war. Nach dem üblichen Verfahren wird dann einer der Bereitschaftschirurgen gerufen. Ich stand auf der Liste, also bin ich eingesprungen.«

»Und Sie trafen den Patienten.«

»Ich ging in die Notaufnahme und untersuchte ihn.«

»Und wie war sein Zustand?« Folger blickte Carey nicht an, sein Blick ruhte scheinbar auf dem Mann im grauen Anzug an der anderen Seite des Tisches. Carey versuchte, sich an den Namen zu erinnern.

Er spürte, daß wieder eine Falle konstruiert werden sollte. »Er hatte eine Schußverletzung in der linken Schulter. Das sagte ich schon.«

»Ja, aber ich frage mich etwas anderes. Ich meine: War er bewußtlos, phantasierte er oder so was?«

»Er war geschwächt, und er hatte heftige Schmerzen. Die Wunde hatte stark geblutet, aber als ich ankam, hatten die Ärzte in der Notaufnahme die Blutung bereits unter Kontrolle. Er war bei Bewußtsein. Er ist Chirurg, er analysierte seinen Zustand und wußte genau, daß er sich einer Operation unterziehen mußte.«

»Worüber haben Sie mit ihm gesprochen?«

»Über das, was ich eben sagte.«

»Sie waren eine ganze Weile mit ihm allein, richtig? Und Sie kennen ihn persönlich. Da taucht er plötzlich hier mit einer Schußwunde auf. Und Sie haben ihn nicht gefragt, wieso ausgerechnet hier?« Also das war es. Sie wußten bereits alles.

»Nein«, sagte Carey, »er hat mir das meiste erzählt. Daß er wegen eines Mordes gesucht wird und daß die Polizei – das heißt einer der Beamten, die ihn hergebracht hatten – ihn angeschossen hat.« Carey dachte kurz nach. Wenn das alles hier zu den Akten genommen wurde, dann konnte er ebensogut Dahlmans Unschuldsbeteuerung aktenkundig machen. »Er sagte mir, das alles sei ein furchtbares Mißverständnis, er habe niemanden umgebracht, und der wirkliche Mörder habe ihm die Tat untergeschoben. Tatsächlich kann ich mir Richard Dahlman nicht gut als Mörder vorstellen.«

»Warum?« Diesmal sah es Carey genau. Der Captain blickte auf den Mann im dunklen Anzug und wartete auf eine Reaktion, irgendeine stillschweigende Anweisung vielleicht.

»Er ist ein renommierter Chirurg, er bildet andere Chirurgen aus, er hat in seinem ganzen Leben kein Verbrechen begangen, und er hat, soviel ich weiß, noch kein einziges Mal gelogen. Ich muß zugeben, ich kenne die Beweise gegen ihn nicht, aber ich nehme an, daß sie alle recht überzeugend sind, denn sonst säßen wir jetzt nicht hier. Aber ich glaube, wenn Sie sich den Fall genau ansehen, werden Sie erkennen, daß er es nicht getan hat.«

Der Captain hatte während Careys Antwort unbeirrbar zu dem Mann im dunklen Anzug hinübergeschaut. Wer war das? Hatte Folger ihn nicht »Marshall« genannt? Carey hatte nur eine ungefähre Ahnung von der Arbeit eines Marshalls. Waren das nicht die Leute, die Gefangene transportierten oder sie in der Untersuchungshaft in Empfang nahmen? Aber warum zeigte Folger dann solchen Respekt?

»Kennen Sie dieses Gebäude gut?«

Was sollte das nun? Wollte er Carey die Gelegenheit zu einer Lüge geben? »Das muß ich wohl. Ich wurde hier geboren«, sagte Carey. »Nach meiner Assistenzzeit kam ich zurück. Seit ein paar Jahren verbringe ich hier praktisch jeden Tag.«

»Wissen Sie, wie er aus dem Gebäude gelangt ist?«

Carey starrte nachdenklich auf die Maserung der Tischplatte. Das, sagte er sich, war die Kernfrage. Es war sicher am besten, die Unterstellung, er könnte etwas davon »wissen«, einfach zu ignorieren. »Wenn ich raten müßte, dann würde ich annehmen, daß er sich hier im Gebäude verstecken wollte, dann aber festgestellt hat, daß er zu schwach war, und dabei eingeschlafen ist.« Carey bekam plötzlich Angst, einen furchtbaren Fehler gemacht zu haben. Angenommen, genau das war Janes Plan gewesen? Das würde erklären, warum ihr Wagen immer noch hinter seiner Praxis stand. Es schien ihm völlig logisch: Sie legte Dahlman in ein freies Zimmer, befestigte ein anderes Namensschild an seinem Handgelenk und ließ ihn zu Kräften kommen, bis die Polizei wieder abgezogen war. Die Beamten hatten ihm zwar gesagt, daß das Krankenhaus durchsucht worden war, aber warum sollten sie ihm die Wahrheit erzählen?

Der Captain schüttelte den Kopf. »Nein, das dachten wir zuerst auch. Aber Mr. Pankowski hat seine Leute in jedes Zimmer geschickt, in jede Besenkammer, in jeden Lagerraum. Wir haben sogar jeden Wäschecontainer und jede Mülltonne untersucht, in denen sich jemand verstecken könnte. Er ist eindeutig nicht mehr im Haus. Zu dumm, daß Sie nicht hier waren, als es passierte. Man hat Sie angepiepst, aber Sie ...«

Darauf war Carey vorbereitet. »Wie bitte?« Er nahm seinen Piepser aus der Tasche und sah ihn verwundert an. Er schaltete ihn ein paarmal ein und aus. »Wieso hat das ...«

Der Mann im dunklen Anzug beugte sich vor und hielt die Hand auf. »Ich kenne mich ganz gut mit diesen Dingern aus. Darf ich mal?«

Carey schob ihm das Gerät über den Tisch. Der Mann nahm es in die Hand, betätigte einige Male den Schalter, prüfte das Display, öffnete den seitlichen Schacht und ließ die Batterien herausgleiten. Dann steckte er sie zurück. »Sie haben die Batterien verkehrt herum eingelegt.« Er schloß das Batteriefach wieder und schaltete das Gerät ein. Sofort piepste es leise los. Er drückte noch zweimal auf den Knopf und überprüfte erneut die Anzeige. Carey sah, daß man ihn schon wieder ausmanövriert hatte. Der Mann suchte nach Anrufern von außerhalb. Plötzlich blickte er Carey an, und in seinen Augen lag die unerwartete Mitteilung: »Ich verstehe.« Aber der Blick war weder ein Triumph noch ein Vorwurf, vielmehr fast so etwas wie Trauer, eine Mischung aus Sympathie und Bedauern.

Carey schlug das Herz bis zum Hals, nur mühsam konnte er sich zur Ruhe zwingen. Der Mann hatte ihn in Gedanken bereits verurteilt, aber wenigstens notierte er sich keine Telefonnummer. Das hieß, Jane hatte nicht angerufen. Sie war in Sicherheit. Carey nahm den Piepser entgegen. »Tut mir leid. Zu viele Namen auf einmal. Danke, Mr. ...«

»Marshall. Keine Ursache.«

Carey wußte, daß er jetzt etwas sagen mußte. »Blöd von mir. Das war wohl schon den ganzen Tag so.« Schon jagte sein Gehirn wieder los, ob er nicht gerade den nächsten Fehler gemacht hatte. Diese Leute konnten doch jederzeit in der Zentrale nachsehen, wann er den letzten Anruf beantwortet hatte.

Aber die Polizisten schienen das zu übersehen. Der Captain sagte: »Wo waren Sie heute abend nach der Operation?«

»Ich habe etwas zu Abend gegessen, und dann war ich im Kino.«

»In welchem Restaurant waren Sie?«

»Im Garibaldi an der Merman Street.« Er holte die Quittung für seine Kreditkartenzahlung heraus. »Mermon Street, Nr. 597.«

»Ich weiß, wo es ist«, sagte der Captain. »Welchen Film haben Sie gesehen?«

»›Finally Dead‹«, sagte Carey. »Der Titel hätte mich vermutlich abschrecken müssen, finden Sie nicht?« Er lächelte. »Es war kein guter Film. Aber ich hatte keine Lust, dauernd von den Fernsehreportern im Krankenhaus belästigt zu werden, also habe ich mir einen kleinen Freizeitausgleich gegönnt.«

»Was wäre geschehen, wenn mit Ihrem Patienten irgend etwas passiert wäre?«

»Was meinen Sie?«

»Sie wissen schon. Dinge, die Sie selbst gerade nannten: Die inneren Blutungen fangen wieder an, und er muß ein zweites Mal operiert werden. Solche Sachen.«

»Anfangs hatte Leo Bortoni Nachtdienst, und nach ihm

Arthur Hicks. Er ist ein sehr guter Chirurg, und ständig haben ein paar weitere Ärzte Bereitschaftsdienst. Meiner Meinung nach ist der beste Arzt für einen Notfall nicht der, der gerade vierzehn oder fünfzehn Stunden Arbeit hinter sich hat.«

»Aber Sie wollten ihn noch einmal sehen. Warum?«

»Es fällt in meine Verantwortung, mich zu vergewissern, wie er auf die Behandlung reagiert. Mit anderen Worten: Ich muß mir ein eigenes Bild machen.«

Folger blickte auf seinen Notizblock und zeigte eine gewisse Überraschung. »Ich glaube, ich habe im Moment keine weiteren Fragen.« Dann blickt er direkt den Mann im dunklen Anzug an und fragte: »Sonst noch jemand?«

Das Mann im dunklen Anzug rührte sich nicht und schwieg.

»Dann danken wir Ihnen, Dr. McKinnon. Ich nehme an, Sie wollen jetzt nach Hause.«

»Wahrscheinlich«, sagte Carey, »außer mein Patient taucht plötzlich auf.«

»In dem Fall sagen wir Ihnen Bescheid.«

»Danke.« Carey stand auf. Alle anderen blieben sitzen und warteten darauf, daß er das Zimmer verließ. Er öffnete die Tür und ging hinaus, drehte sich um und schloß sie langsam. Das letzte, was er sah, bestätigte seinen Eindruck. Der Captain, der weibliche Detective und der Polizist in Uniform blickten alle erwartungsvoll auf den Mann im dunklen Anzug, während dieser Carey ansah, bis die Tür geschlossen war.

»Das ist genau das, was ich befürchtet habe«, sagte Marshall ruhig.

Captain Folger schüttelte den Kopf. »Ich kann nicht glauben, daß sich ein Mann wie er in solche Schwierigkeiten bringt.«

Marshall seufzte. »Haben Sie je ein medizinisches Fachbuch gelesen?«

»Nicht daß ich wüßte.«

»Da steht kaum etwas drin. Es ist nicht das Studium, was einen zum Chirurgen macht. Nach der Universität macht man erst einmal eine vierjährige Assistenz in einem Krankenhaus. Dafür sucht man sich den besten Chirurgen, den man finden kann, schaut ihm die nächsten drei, vier Jahre zu und versucht, ihm alles nachzumachen. Dahlman war der Chirurg, den McKinnon sich ausgesucht hat. McKinnon schuldet ihm alles, was er hat, was er kann, was er ist.«

»Schöne Sauerei, wie er jetzt seine Schulden zurückzahlt.«

Marshall blätterte in der Akte auf dem Tisch und schüttelte ungläubig den Kopf. »Fünfzehn Minuten für eine Neunmillimeter aus vier Meter Entfernung, und der Siebenundsechzigjährige steht auf und rennt davon. Wenn ich je eine abkriegen sollte, dann muß McKinnon sie mir herausholen.« Er schob die Akte weg, rieb sich sekundenlang erschöpft die Augen und richtete sich dann auf. »Na schön. Haben Sie zwei Beamte für ihn? Rund um die Uhr?«

»Ich denke schon.« Folger sah die Polizistin fragend an.

»Ich stelle sofort ein Team zusammen«, sagte sie.

»Ich kümmere mich in Washington um die Telefonüberwachung. Wir richten sie so ein, daß wir von dort aus alle Gespräche mitschneiden können.«

»Danke. Das spart uns eine Menge Arbeitsstunden.«

»Wir machen auch die Laborarbeit dort und die Überprüfung der Fingerabdrücke, alles, was Ihre Leute hier im Haus finden können. Wenn Sie sonst noch etwas brauchen, sagen Sie es ruhig. Die schlimmste Antwort ist ein Nein, und Sie können sich denken, daß ich das nicht gern sage. Ich möchte den Fall in den nächsten Tagen abschließen, aber im Augenblick gestehen wir uns besser ein, daß die Sache zeitraubend und ziemlich schmutzig wird.«

8 Jane war auf der Route 62 und spürte, wie ihre alten Instinkte wieder lebendig wurden. Jahrelange Erfahrung hatte sie gelehrt, daß bereits mit den Entscheidungen der ersten Stunden festgelegt war, ob der Fliehende in Sicherheit war oder lediglich einen Schritt Vorsprung hatte.

Eines war ihr klar: Sie hatte keine andere Wahl gehabt, als Dahlman aus Buffalo herauszubringen. Die Polizei mußte annehmen, daß ein so schwer Verwundeter nicht weit kommen konnte. Also würde man ihn besonders nachhaltig in der Nähe des Krankenhauses suchen und die Suche in den nächsten Tagen allmählich ausweiten. Man mußte an jede Tür klopfen und jeden befragen, der möglicherweise etwas gehört oder gesehen hatte. Mindestens einen Monat lang konnte sich kein über Sechzigjähriger auf der Straße zeigen, ohne fragende Blicke auf sich zu ziehen. Dahlman brauchte nur an einem Schaufenster vorbeizugehen, und schon rief jemand die Polizei. Aber wenn es ihr gelang, ihn aus dieser Gegend herauszuschaffen, egal wohin, dann kannte man ihn dort wahrscheinlich noch nicht, denn die örtliche Polizei hatte ihre eigenen flüchtigen Verbrecher zu jagen.

Die Polizei stellte die unmittelbare Bedrohung dar, aber ihre Aktivitäten waren vernünftig, also vorhersehbar. In Gedanken kehrte Jane immer wieder zu den zwei Männern am Krankenhaus zurück. Als sie mit dem Streifenwagen auf den Parkplatz kam, hatten sie ihre Gewehre ins Gras geworfen, demnach hatten sie nichts mit irgendeiner Behörde zu tun.

Woher kamen sie dann? Mit einem kurzen Blick nach hinten sah sie, daß Dahlman auf dem Rücksitz eingeschlafen war. Ihn konnte sie also nicht ausfragen. Daß plötzlich Leute auf dem Schauplatz erschienen, mit der Absicht, Dahlman im Polizeigewahrsam umzubringen, gab dem Fall eine ganz neue Dimension.

Carey hatte Jane überzeugt, daß man Dahlman den Mord angehängt hatte. Irgend jemand, der Dahlman und Sarah Hoffman kannte, hatte Sarah umgebracht und den Verdacht mit erstaunlicher Wirksamkeit in eine falsche

Richtung gelenkt. Bis auf weiteres glaubte sie wie Carey, daß Dahlman im Gefängnis nicht sicher war. Falls Dahlman etwas wußte, was dem Mörder unangenehm werden konnte, dann war es eine Kleinigkeit, einen Mitgefangenen dafür zu bezahlen, daß kein lebender Dahlman es je ausplaudern konnte.

Aber ihre Erfahrung sagte ihr auch, daß ein Einzelgänger etwas Derartiges eher ungern in Gang setzte. Der Mörder brauchte zuerst einen Mittelsmann, mußte den Deal für den zweiten Mord aushandeln und danach warten, ob die andere Seite die Leistung erbrachte oder ihn anzeigte. Hier legten Janes instinktive Zweifel eine Reihe ganz anderer Möglichkeiten nahe. Darum wollte sie sich die ganze Sache von Dahlman selbst erzählen lassen und dann entscheiden, ob die Bedrohung real war. Und wenn er sie nicht überzeugte, dann würde sie eine glaubwürdige Geschichte erfinden, warum er vor Angst aus dem Krankenhaus weggelaufen war, und ihn dann nach Buffalo zurückbringen und im nächsten Polizeirevier abliefern.

Als die beiden Männer ihre Gewehre weggeworfen hatten waren ihre Zweifel beseitigt. In diesem Augenblick wurde die Angelegenheit geheimnisvoll. Dahlmans Verfolger waren nicht irgendwelche Amateure. Diese Männer waren Profis. Das konnte bedeuten, daß dieselben Profis Sarah Hoffman umgebracht hatten und Schuld auf Dahlman schieben wollten.

Welches Interesse hatten solche Leute an zwei Ärzten, die in der Forschung arbeiteten? Ärzte besaßen Drogen. Meistens hatten sie auch Geld, ein Haus, ein paar hübsche Sachen im Büro und einen großen Wagen. Ihre Forschungsarbeiten boten einem eifersüchtigen Konkurrenten oder auch einem Pharmakonzern vielversprechende Perspektiven. Vielleicht hatte Sarah Hoffman sogar ein paar Geheimnisse, von denen Carey nichts ahnte, vielleicht war sie spielsüchtig, oder sie hatte einen Freund, der sich »Vermögensberater« nannte und in Wirklichkeit nur ein Gangster war. Alles war möglich. Bevor Jane Dahlman befragen konnte und alle Antworten gehört hatte, wußte sie nichts Genaues.

Dahlman schlief immer noch auf dem Rücksitz, unsichtbar für jeden Beobachter aus der Ferne. Wenn sie allerdings von der Polizei angehalten wurde, konnte jeder sehen, daß da ein alter Mann lag und ziemlich krank aussah.

Jane war bis North Collins gekommen, als sie hinter sich die Scheinwerfer sah. Sie behielt sie im Auge und wartete darauf, ob sie in Lawtons abbogen, in Gowanda, Conewango oder Clear Creek. Aber sie blieben hinter ihr, immer so weit entfernt, daß sie den Wagen nicht erkennen konnte. Wenn Jane langsamer wurde, ließ sich auch der andere Wagen zurückfallen. Kurz vor Jamestown stieg ihre Anspannung. Jamestown war eine größere Stadt mit einem Haufen Polizisten, die auch nachts wachsam blieben, und jetzt, um elf Uhr, war sie fast allein auf der Straße. Wenn das hinter ihr ein Streifenwagen war, hatte er sie dort bereits über Funk angekündigt und eine versteckte Straßensperre an der richtigen Stelle angefordert.

Einen Mordverdächtigen anzuhalten war eine heikle Sache. Man brauchte dazu mindestens ein Dutzend treffsicherer Schützen im Hinterhalt, und Jamestown war die letzte Ortschaft auf Janes Route, die so etwas auf die Beine stellen konnte. Vermutlich suchten sie sich eine Stelle außerhalb der Stadt, um keine Passanten zu gefährden. Nein, nicht einmal darauf durfte sie sich verlassen. Zu dieser Nachtzeit konnten sie sie leicht auf ein verlassenes Industriegebiet manövrieren und in eine Sackgasse, auf drei Seiten von Mauern mit Scharfschützen umgeben.

Jane analysierte ihr unangenehmes Vorgefühl. War es verläßlich genug, um eine andere Route zu nehmen? Der andere Wagen war noch immer hinter ihr, er hielt etwa dreihundert Meter Abstand auf übersichtlichen Geraden und kam nur innerhalb von Ortschaften näher heran. Bis jetzt war nichts Verdächtiges passiert, aber genau das war es, was Janes Verdacht erregte. Carey hätte ihr Tempo wahrscheinlich als den Fahrstil einer alten Oma bezeichnet, aber Jane hatte ihre Gründe. Welche Gründe hatte der andere Wagen?

Normalerweise wurden Fahrer auf einsamen Landstraßen leichtsinnig. Sie fuhren zu schnell und suchten ungeduldig nach einer Stelle zum Überholen. Der Wagen hinter ihr tat aber nichts dergleichen.

Die Reifen dröhnten, als sie die kleine Brücke über den Conewango Creek passierte. Wenn sie sich recht erinnerte, dann überquerte die Straße den Fluß später noch mindestens zweimal. »Conewango« bedeutete »in den Stromschnellen«, und diese Stromschnellen lagen im Süden, wo früher ein Dorf war, kurz vor Warren und der Mündung des Flusses in den Allegheny River. Der Conewango Creek führte Hochwasser. Es hatte in diesem Sommer viel geregnet.

Ein blendender Lichtstrahl traf Jane immer schmerzender in die Augen. Der Fahrer hatte das Fernlicht eingeschaltet, und der Wagen hinter ihr kam jetzt schnell näher. Sie drehte den Rückspiegel zur Seite und behielt ihn durch die Seitenspiegel im Blick. Wollte der Fahrer überholen, so war es ihr nur recht. Sie mußte nur wissen, was er vorhatte.

Jane hielt sich am äußersten rechten Fahrbahnrand, fuhr langsamer und beobachtete den Wagen. Er kam immer schneller heran.

Schließlich schwenkte er auf die Überholspur. Sobald er auf gleicher Höhe mit ihr war, wandte sie kurz den Kopf nach links, um den Fahrer zu sehen. Doch sie konnte nur eine Silhouette erkennen. Der Wagen fuhr ein kleines Stück an ihr vorbei, und dann war plötzlich alles anders und überdeutlich.

Auf dem Beifahrersitz tauchte ein zweiter Kopf auf, das Seitenfenster öffnete sich, und Jane konnte das Gesicht sehen.

Sie stieg auf die Bremse und schlug das Lenkrad mit einem Ruck nach links ein. Sie hatte die Reaktion des Fahrers richtig vorhergesehen: Er erschrak über Janes plötzlichen Spurwechsel und bremste eine Schrecksekunde lang selbst, sah aber sofort seinen Fehler ein. Wenn Jane ihn rammen wollte, dann brauchte er Abstand. Er drückte das Gaspedal durch und schoß wieder vorwärts.

Jane konnte sehen, wie ihre Motorhaube den weißen Kofferraum nur um Zentimeter verpaßte, und dann drehte sich ihr Wagen selbständig weiter um die eigene Achse. Sie konzentrierte sich auf das Drehmoment dieses wilden, reifenquietschenden Kreiselns und versuchte behutsam, es wieder unter Kontrolle zu bringen. Ihr Sicherheitsgurt preßte sich an ihre Hüften und die Brust, und sie hörte, wie ihre Handtasche gegen die rechte Innentür prallte und dann auf den Boden fiel.

Als sie schon meinte, sie würde sich endlos um sich selbst drehen, bekamen die Reifen wieder Halt auf der Straße. Die Bremsen griffen, und der Wagen stand. Er schaukelte noch zweimal hoch und zurück, kippte aber nicht um.

Jane schaute auf den Rücksitz. Dahlman lag mit angstverzerrtem Gesicht am Boden, Arme und Beine von sich gestreckt, eine Hand am Türgriff und die andere in den Stoffüberzug der Sitze gekrallt. Sie sah die schwindenden Rücklichter des weißen Wagens, und allmählich gewann sie ihre Orientierung zurück. Sie beschleunigte und fuhr wieder in die Richtung zurück, aus der sie gekommen war.

»Wer war das?« brachte Dahlman heraus. »Die Polizei?«

»So viel Glück haben wir nicht«, sagte Jane. Sie behielt den Rückspiegel im Blick. »Das waren die beiden Männer vom Krankenhaus.« Der weiße Wagen fuhr immer noch nach Süden, aber plötzlich leuchteten seine Bremslichter auf.

»Wieso?«

»Vielleicht waren sie schon am Flugplatz, als ich den Wagen holte. Vielleicht irgendwie sonst. Wir sind in Schwierigkeiten.«

»Und was tun wir dagegen?«

»Nichts wie weg.«

Vor der nächsten Kurve sah sie im Rückspiegel, wie ein weißes Scheinwerferlicht den Straßenrand streifte. Der Wagen hatte gewendet und nahm offenbar die Verfolgung wieder auf. Sie versuchte sich in umgekehrter Reihenfolge an jedes Bild zu erinnern, das bei der Herfahrt an ihrem

Seitenfenster vorbeigehuscht war. Sie mußte irgend etwas unternehmen, und sie mußte es schnell tun.

Die Tachonadel zeigte siebzig, achtzig, hundert, hundertdreißig Stundenkilometer. Sie hatte jetzt zwar einen gewissen Vorsprung, aber für diese zwei Männer, die seelenruhig einen schwerbewachten Patienten im Krankenhaus erschossen hätten, war ein hohes Risiko offenbar nichts Ungewohntes. Daß sie hinter ihr herfuhren, erhöhte noch ihre Sicherheit. Wenn Jane und Dahlman auf ein plötzliches Hindernis stießen, waren sie vielleicht tot, während der weiße Wagen hinter ihnen genug Zeit zum Abbremsen hatte.

»Wie fühlen Sie sich?« fragte Jane.

»Miserabel, aber Gott sei Dank hat es mich im Schlaf überrascht, und ich bin am Boden aufgewacht und habe nicht so viel gesehen, daß ich davon einen Herzanfall bekommen hätte.«

»Ich fürchte, wir müssen etwas tun. Wenn Sie meinen, Sie schaffen es nicht, dann sagen Sie es mir, und wir versuchen es erst gar nicht.«

»Ich weiß, was Sie denken. Die Antwort ist: Nein.«

»Und was denke ich?«

»Sie haben den beiden die Gewehre abgenommen, also haben sie keine mehr. Sie arrangieren irgendeinen Hinterhalt und erschießen die zwei. Das lasse ich nicht zu. Wenn Sie unbedingt wollen, steigen Sie mit den Gewehren aus, und ich fahre allein weiter.«

Jane kämpfte sich durch die widersprüchlichen Gedanken, die er in ihr auslöste. Doch das lenkte sie nur ab. Sie hatte die Gewehre in Jakes Wagen liegengelassen, denn ins Flugzeug hätte sie sie nicht mitnehmen können. Dahlman war kein guter Beobachter, aber er stellte sich als unerwartet mutig heraus. Er hätte alle Gefahren allein auf sich genommen und sie entkommen lassen – ein ganz und gar unmöglicher Einfall. Er hatte bisher das Glück gehabt, in einer Welt zu leben, in der man von Verbrechern und ihren Methoden nicht viel wissen mußte. Die Männer am Krankenhaus hatten Wegwerfgewehre, die sie einmal benutzten und dann in der nächsten Mülltonne verschwinden ließen. Ohne Ersatzwaffen im Wagen wären sie zu Hause geblieben.

Dahlman war naiv, selbstsicher und stur, obwohl er von der Sache nicht das geringste verstand. Aber im Grunde konnte Jane darüber nur froh sein. Man konnte über jemandem, der in dieser Notwehrsituation nicht zum Gewehr griff, vieles sagen, aber einen Mörder konnte man ihn nicht nennen. Die Umstände hatten ihr den Beweis verschafft, den sie sonst erst später gesucht hätte. Es stimmte, was Carey über Dahlman gesagt hatte, aber andererseits spielte das nur so lange eine Rolle, wie sie ihn am Leben halten konnte.

»Sie irren sich auf der ganzen Linie, aber wir haben nur eine Minute Zeit zum Reden, also übernehme ich alles. Die zwei sind nicht unbewaffnet. Geben Sie keine Zielscheibe ab. Machen Sie nur das, was ich Ihnen sage.«

»Was ist Ihr Plan?«

»Daß Sie tun, was ich sage.«

»Und ich dachte, ich hätte noch eine Wahl. Wenn ich nun nicht mitmache?«

»Probieren Sie es aus, und Sie sind tot.«

Am Conewango Creek bog Jane in eine Nebenstraße ein, dann fuhr sie ein kurzes Stück am Fluß entlang und landete in einer Sackgasse. Sie parkte den Wagen zwischen zwei anderen am Gehweg und rannte zum Kofferraum. Dahlman stieg schwerfällig aus, lehnte sich am hinteren Kotflügel an und sah ihr zu. Sie schob eilig die beiden Koffer zur Seite, hob die Abdeckung des Reservereifens hoch, wuchtete den Reifen heraus, warf ihre Handtasche in den Kofferraum und schlug ihn zu.

»Kommen Sie.« Sie rollte den Reifen über die Straße an zwei alten Ziegelhäusern vorbei und kletterte dann einen steinigen Abhang hinunter. »Halten Sie sich an meiner Hand fest.«

Dahlman ließ sich herunterhelfen und stand neben ihr auf dem feuchten Boden. Verwundert sah er ihr zu, wie sie den Reifen den Abhang herunterbrachte. »Sie können in

Ihrem Zustand nicht schwimmen, genau dafür haben wir den Reifen. Legen Sie sich drauf. Mit der Felge wird er ein bißchen tief im Wasser liegen, aber er wird sie tragen. Halten Sie sich mit aller Kraft fest. Wenn Sie nicht mehr können, halte ich Sie.«

Jane führte ihn behutsam in den dunklen, kalten Fluß, legte ihm seine Hände auf den Reifen und ging selbst noch tiefer hinein, so lange bis sie den schlammigen Grund nicht mehr unter den Füßen spürte. Schon wurden sie von der starken Strömung mitgezogen, vom Ufer weg in die Flußmitte hinaus.

Flußaufwärts sah sie den weißen Wagen über die Brücke jagen. Sie war noch nicht überzeugt, daß die Männer die Nebenstraße übersehen hatten und weiterfuhren. »Geht's noch?« flüsterte sie.

»Es ist kalt. Aber ich halte es noch eine Weile aus«, antwortete Dahlman.

»Es wird nicht lange dauern.«

Dahlman schwindelte vermutlich, dachte sie. Entweder hielt er eine andere Antwort für unter seiner Würde, oder er war einfach zu entkräftet dazu. Jedenfalls sprach er jetzt nicht mehr.

Die düsteren Straßenlampen am Ufer und die schwache Innenbeleuchtung hinter den Fenstervorhängen der Häuser ließen die Ortschaft beinahe so unwirklich erscheinen wie die künstliche Stadt einer Modelleisenbahn. Mitternacht war bereits vorbei, und auf der Uferstraße war niemand zu sehen.

Sie behielt immer noch die Brücke im Auge und glaubte schon, gewonnen zu haben, als der weiße Wagen zurückkam. Jane spürte, wie sich ihr der Magen zusammenkrampfte. Der Wagen fuhr jetzt langsamer, er patrouillierte wie ein Streifenwagen. Auf diese Entfernung konnte sie die Männer nicht erkennen, und so wurde der Wagen selbst zum Raubtier. Er fuhr bis zur Mitte der Brücke und hielt an.

Jane wandte ihr Gesicht ab und tauchte den Kopf unter Wasser, während der Fluß sie langsam weiterschob. Sie dachte nach. Sie konnte nicht auch Dahlman unter die Wasseroberfläche ziehen, aber solange er mit dem Gesicht nach unten über dem Reifen hing, war er nicht leicht zu erkennen.

Sie hielt die Luft möglichst lange an, zog den Reifen zwischen sich und die Brücke, tauchte lautlos auf und blickte zurück. Der Wagen fuhr wieder an. Im nächsten Augenblick bog er in die Uferstraße ein, wo sie ihren Wagen zurückgelassen hatte. Jane packte den Reifen, schwamm mit kräftigeren Stößen weiter und zog Dahlman hinter sich her.

Ihre Erinnerung hatte sie nicht getäuscht. Der schmale Fluß nahm seinen Schlängelweg von den Hügeln Pennsylvanias herunter. Ortschaften hatte man an die Stellen gebaut, wo das Wasser eine Wassermühle antreiben konnte, so daß wahrscheinlich Engpässe mit einer gefährlichen Fließgeschwindigkeit vor ihr lagen. Sie brauchte eine geeignete Biegung für ihr nächstes Vorhaben. Die kommende war nicht eng genug, also schwamm sie weiter. Aber diese Biegung nahm offenbar kein Ende, sondern führte den Fluß im weiten Halbkreis fast nach Osten zurück, in die entgegengesetzte Richtung. Sie zog sich an den Reifen heran.

»Sind Sie noch okay?«

»Ja«, sagte Dahlman.

»Das Schlimmste haben wir hinter uns.« Dahlman sagte nicht die Wahrheit, aber Jane auch nicht.

Sie versuchte, das Ziffernblatt ihrer Uhr zu lesen, aber der Mond war wolkenverhangen. Sie hatte nicht daran gedacht, beim Aussteigen auf die Uhr zu sehen, und hätte die seitdem vergangene Zeit nicht berechnen können. Sie hielt sich das Handgelenk ans Ohr. Die Uhr tickte noch. Sie war froh, daß sie Careys wertvolles Geschenk in eine Schublade gesteckt und diese Billiguhr angelegt hatte. Sie trug, wenn sie arbeitete, nie Schmuck, außer er gehörte zu der Verkleidung, die einen Beobachter ablenken sollte. An auffälligen Schmuck erinnerte sich jeder.

Jane ließ sich mit Dahlman durch den Flußbogen treiben, dann zog sie Dahlman ans Ufer und stieß den Reifen in die Strömung zurück. Dahlman konnte sich nur noch mit äußerster Mühe auf den Beinen halten. Kleine Bäche rannen aus den Falten seiner Kleider. Er stapfte an Janes Arm durch das seichtere Wasser und das trockene Kiesufer hinauf.

Sie brachte ihn in einen kleinen Park zu einer Trauerweide, deren Zweige bis auf den Boden reichten, und lehnte ihn vorsichtig gegen den Stamm, dann wrang sie ihm seine Jacke aus und kippte das Wasser aus den Schuhen. Sie drehte ihr langes Haar zu einem Zopf zusammen, drückte es aus und schüttelte es. Die Bewegung ließ sie unwillkürlich erschauern.

»Ich weiß, daß Sie frieren«, sagte sie, »ich übrigens auch. Aber die Nacht ist noch ziemlich warm. Im Gehen werden wir bestimmt bald trocken.«

»Im Gehen?«

»Ja, leider.« Sie nahm seinen Arm, zog ihn vom Baumstamm weg und führte ihn über eine offene Wiese.

Überraschenderweise leistete er kaum Widerstand, aber bevor sie sich darüber wundern konnte, sagte er: »Was machen wir jetzt?«

»Haben Sie den Flußlauf verfolgt?«

»Ich hatte die meiste Zeit die Augen zu.«

»Er macht eine Kurve, fast ein Hufeisen. Am einen Ende haben wir den Wagen stehengelassen, und an andern Ende sind wir aus dem Wasser gestiegen. Diesen Park hat man wohl gerade wegen der Biegung hier angelegt, er ist auf drei Seiten vom Fluß eingeschlossen. Wir gehen jetzt nach Norden, zu dem Ende des Hufeisens, wo unser Wagen steht.«

»Aber da habe ich die Männer auf der Straße gesehen. Die haben den Wagen inzwischen doch gefunden.«

»Ich dachte, Sie hatten die Augen geschlossen. Aber Sie haben recht. Also was tun die zwei jetzt?«

»Keine Ahnung.«

»Erst schauen sie von außen in den Wagen. Sie wollen ihn vielleicht aufbrechen, aber dann sehen sie die Alarmanlage. Das wissen wir genau, denn sonst hätten wir den

Alarm gehört. Dann denken sie ein wenig nach, und dann fällt ihnen ein, daß es ja nicht der Wagen ist, den sie suchen. Sie suchen uns. Den Reifen habe ich deswegen über die Straße und durch den Uferschlamm gerollt, damit die zwei herausfinden, daß wir schwimmen gegangen sind. Zuerst suchen sie uns vielleicht in der Nähe, in allen dunklen Ecken und Müllcontainern, aber irgendwann finden sie die Reifenspuren und daneben unsere. Also gehen sie jetzt den Fluß entlang und suchen ihn nach uns ab.«

»Wie können Sie da so sicher sein?«

»Bin ich gar nicht. Ich habe Ihnen nur gesagt, was ich denke. Und falls die zwei etwas anderes getan hätten, als einfach nur dazustehen und warten, dann hätten wir längst ihre Scheinwerfer wiedergesehen.« Jane war mit sich zufrieden. Sie hatte ihn glücklich durch den Park gebracht und war jetzt auf der Straße, die direkt zu ihrem Wagen führte.

»Woher wissen Sie, daß die jetzt nicht die ganze Stadt nach uns absuchen?«

»Ich glaube es einfach.« Ihre Vermutung war, daß die Männer eine bestimmte Geschichte nicht kannten, eine Geschichte über die Alten des Stammes, an die Jane sich erinnert hatte. Vor langer Zeit, vielleicht vor zweihundert oder zweitausend Jahren, kampierte einmal eine Gruppe Seneca in der Biegung eines Flusses. Während sie schliefen, wurden sie von einer Überzahl Cherokees umzingelt. Während sich die Cherokees auf den Kampf vorbereiteten, schwamm einer von ihnen unter Wasser mit einem Schilfrohr zum Atmen im Mund bis zu den Kanus der Seneca, schnitt sie los und ließ sie treiben. Ohne ihre Kanus gab es für die eingeschlossenen Seneca kein Entkommen mehr.

Aber ein paar Seneca hatten die Kanus am Ausgang der weiten Biegung abgefangen. Sie schleppten sie über Land bis zum flußaufwärts gelegenen Ende des Hufeisens. Dann ruderten sie den Fluß hinunter, schleppten die Kanus wieder an den Ausgangspunkt zurück und ruderten sie ein zweites Mal den Fluß hinunter, immer wieder. Sie wiederholten es so lange, bis die Cherokees glaubten, eine ganze Armee sei in diesem Lager der Seneca versammelt, und sich in aller Stille zurückzogen.

Jane ging langsam und versuchte, Dahlman in gleichbleibender Geschwindigkeit fortzubewegen. Es war deutlich, daß die Zeit und der Schlaf und das kalte Wasser und die Angst die letzten Spuren des Narkosemittels aus seinem Blutkreislauf getrieben hatten. Jetzt war sein Körper steif vor Schmerzen, aber er ging kräftiger, sogar schneller. Wie um Jane nicht auf die Idee kommen zu lassen, er habe sich verändert, sagte er: »Sie können sich leicht täuschen.«

»Ja«, gab sie zu.

»Die zwei könnten einfach einen anonymen Anruf bei der Polizei machen, sie hätten mich beim Aussteigen gesehen und erkannt. Und beim Wagen liegt ein Einsatzkommando und wartet auf uns.«

Jane antwortete geduldig: »Ich glaube nicht, daß wir uns deshalb Gedanken machen müssen.«

»Warum nicht?«

»Wenn die Sie lediglich der Polizei ausliefern wollten, dann hätten sie Sie schon seit Buffalo in Ruhe gelassen.«

»Was heißt das?«

»Diese zwei sind nicht aufgetaucht, weil Sie entkommen sind. Wir haben sie nur entdeckt, weil sie – genau wie ich – zufällig wußten, in welcher Zeit die Polizei Sie wahrscheinlich kurz allein läßt und welches der sicherste Weg ins Krankenhaus ist. Erinnern Sie sich: Wir sind hinausgegangen, als die beiden gerade reinwollten.« Dann fügte sie noch abschließend hinzu: »Bewaffnet.«

»Das habe ich nicht durchdacht«, gab er zu. »Die konnten doch nicht wissen, daß ich schon aus dem OP raus war, oder?«

»Nein.«

»Trotzdem ist Ihr Plan nicht gut.«

»Stimmt. Wie ist Ihrer?«

Dahlman schwieg. Jane sah hinter sich auf den Gehweg. Die nassen Kleider hinterließen keine Tropfspuren mehr.

Die verdunstende Feuchtigkeit jagte ihr einen Kälteschauer nach dem andern über die Haut, aber der nur zufällige Blick eines Beobachters hätte nicht verraten, daß sie und Dahlman eben aus dem Fluß gestiegen waren. Um diese Zeit war ohnehin niemand mehr unterwegs, jedenfalls nicht zufällig.

Am Wassergeruch spürte sie, daß sie sich dem Fluß wieder näherten, und jetzt schaute sich Jane besonders aufmerksam um. An jeder Kreuzung blieb sie lange im Schatten der alten Bäume stehen, blickte in beide Richtungen und führte Dahlman erst danach hinüber und schnell wieder in die schützende Dunkelheit.

Sie konnte den Wagen von weitem erkennen, als sie Dahlman sanft in einen Hauseingang schob und ihm zuflüsterte, daß er auf sie warten sollte.

Im Schatten der Häuser huschte sie die Straße entlang, bis sie plötzlich den weißen Wagen ihrer Verfolger sah. Er stand drei Plätze hinter ihrem Leihwagen. Sie sah keine Köpfe im Innern. Also schlich sie sich vorsichtig von der rechten Seite heran, bis sie das Wageninnere überschauen konnte. Niemand saß darin.

Sie rannte zu ihrem Wagen, kniete sich auf den Boden, überprüfte die Reifen und schaute im flachen Winkel über die Motorhaube, ob sie im Staub der Straße den Abdruck einer Hand entdeckte, dann legte sie sich auf den Rücken und untersuchte die Unterseite des Wagens. Offenbar hatte niemand eine Sprengladung angebracht.

Sie stand auf, lief zu dem weißen Wagen zurück, nahm ihr Taschenmesser, kniete sich vor dic vordere Stoßstange, suchte hinter dem Kühlergrill nach dem Wasserschlauch und schlitzte ihn auf. Dann fand sie den Keilriemen und schnitt ihn durch. Zuletzt stach sie noch beide Vorderreifen auf.

Sie rannte zu ihrem Wagen, ließ ihn an und bog in die Straße ein. Als sie bei Dahlman ankam, trat er bereits ein wenig steif und wacklig aus dem Hausschatten heraus. Sie half ihm auf den Rücksitz.

»Danke«, sagte er.

Aus der Ferne hörten sie mehrmals hintereinander einen scharfen Knall: Pop! Pop-pop-pop-pop! Pop!

Dahlman erschrak: »Was war das?«

»Hört sich an, als hätten sie den Reifen auf dem Wasser gesehen. Sie haben ihn gerade erschossen.«

9

Unter dem noch dunklen Himmel überquerte Jane die Staatsgrenze zwischen Pennsylvania und Ohio, aber nachdem sie am Stadtrand von Youngstown war, gingen die Straßenlampen reihenweise aus. Sie hatte fast kein Benzin mehr und hielt an einer Tankstelle. Als sie vom Zahlen zurückkam, schlief Dahlman immer noch.

Sie suchte ein Motel, erledigte die Anmeldung, ging wieder zum Wagen hinaus und faßte Dahlman an der Schulter. »Wachen Sie auf. Öffnen Sie die Augen, aber bleiben Sie noch liegen.«

Er blinzelte das Wagendach an. »Wo sind wir?«

»Youngstown, Ohio. In einem Motel. Ich bringe Sie jetzt rein. Ich will nur, daß uns keiner beobachtet.« Sie sah sich nach allen Richtungen um. »Jetzt.«

Jane nahm seinen Arm und ging mit ihm an der Rezeption vorbei und den langen Gang entlang bis zu ihrem Zimmer. Sie hängte das »Bitte-nicht-stören«-Schild außen an den Türknauf und schloß die Tür. »Machen Sie es sich bequem. Wenn es klopft, öffnen Sie nicht. Wenn das Telefon klingelt, heben Sie nicht ab. Und lassen Sie die Vorhänge zu. Ich bin gleich wieder da.«

Sie nahm den Wagen und fuhr aus der Stadt hinaus nach Westen, zum Flughafen. Sie gab den Leihwagen ab, den sie in Buffalo gemietet hatte, ging zu einem zweiten Autoverleih und nahm unter dem Namen Kathy Sirini einen anderen Wagen. Auf dem Rückweg hielt sie an einem großen Drugstore.

Hier kaufte sie zwei Sonnenbrillen, zwei verschiedene Haarfärbemittel, Schminke, zwei Baseballmützen, ein Paket Mullbinden, keimfreie Wattekugeln und eine Rolle

Heftpflaster. Dazu eine Flasche Wasserstoffperoxyd, ein kleineres Fläschchen Jod, einen halben Liter reinen Alkohol und Wundsalbe. An der Route 224 hielt sie ein zweites Mal an und nahm aus einem Restaurant vier Portionen Frühstück mit, wärmedämmend in handhohe Styroporverpackungen eingehüllt.

Als sie ihr Zimmer betrat, war Dahlman nicht zu sehen. »Ist jemand zu Hause?«

»Ich bin hier.«

Sie ging ins Bad und fand ihn nackt in der Badewanne liegend. »Oh, Entschuldigung«, sagte sie leise und wollte schon wieder hinaus.

»Ach, lassen Sie den Quatsch«, sagte Dahlman, »bleiben Sie hier.«

Sie drehte sich zu ihm um. Er starrte sie wütend an. »Sie sind eine erwachsene Frau. Zweifellos haben Sie so viel im Leben gesehen, daß der Anblick eines älteren Herrn mittlerweile keine Überraschung mehr für Sie sein dürfte.«

»Ich wollte nur taktvoll sein«, sagte Jane.

»Danke«, sagte Dahlman, »und jetzt sehen Sie sich die Wunde an, taktvoll, wenn Sie wollen.« Er zeigte auf das Loch in seiner Schulter. »Das hier ist die Eintrittswunde. Sehr klar und sauber. Und tadellos vernäht von einem talentierten jungen Chirurgen. Jetzt schauen Sie sich den Rücken an.« Er beugte sich vor. »Was sehen Sie?«

Es sah böse aus. Um die Nähte herum hatte die weiße Haut sich gerötet. »Nicht ganz so sauber«, sagte sie, »die genähten Ränder sind auseinandergegangen, irgendwie ... zerfasert. Kein Blut.«

»Das ist die Verletzung, die mir die meisten Sorgen macht. Wenn so ein Geschoß in den Körper eintritt, hat es nur einen Durchmesser von neun Millimetern und eine abgerundete Spitze. Aber wenn es einen Knochen trifft und sich durch Gewebe hindurchfrißt, spreizt es sich auf, und die Austrittswunde sieht entsprechend aus. Diese hier wurde nach allen Regeln der ärztlichen Kunst geschlossen. Aber durch den Sturz vom Rücksitz gestern abend ging sie wieder auf, und das schmutzige Flußwasser wird sie infiziert haben. Welche Farbe hat das Gewebe um die Wunde herum?«

»Rot. Tut mir leid.«

Er wischte ihre Worte mit einer Handbewegung zur Seite. »Das Schwimmen war Ihr Job. Das hier ist meiner. Wenn ich jetzt einen Wundbrand kriege, haben Sie umsonst gearbeitet.«

»Was machen wir jetzt also?«

»Wir könnten ja mal damit anfangen, daß wir die Wunde desinfizieren. Was Sie dazu brauchen, finden Sie in jedem Drugstore.«

»Ich habe Wasserstoffperoxyd, Mercurochrom, Alkohol und Wundsalbe gekauft.«

Er starrte sie einen Augenblick an, und Jane hätte nicht sagen können, ob der lange Blick ein Vorwurf oder ein Lob war. »Gut. Dann helfen Sie mir beim Abtrocknen, und es kann losgehen.«

Jane legte sich seinen gesunden Arm über die Schulter, und Dahlman verlagerte sein Gewicht darauf, während er aus der Wanne stieg.

»Jetzt sehen wir uns einmal an, was wir haben«, sagte er. Sie holte die Einkaufstüte, und er nahm jedes ihrer Mitbringsel einzeln in die Hand. Er sah sie wieder an und nickte: »Sehr aufmerksam von Ihnen.«

»Ich wußte ja von der offenen Stelle«, sagte sie.

»Ach ja. Na schön. Sie können sich die Hände waschen, und dann fangen wir an.«

Jane schrubbte sich solange die Hände, bis er sagte: »Zuerst reinigen sie die Umgebung der Wunde mit Alkohol.«

Jane nahm ein paar Wattekugeln zwischen die Finger, tränkte sie mit dem Alkohol und tupfte vorsichtig die vordere Schulterwunde ab. Er sah ihr zu und schüttelte den Kopf. »Nein, so.« Er nahm eine Handvoll Watte, goß Alkohol darüber und klatschte ihn mit Schwung auf die Wunde im Rücken.

Jane wartete. Es dauerte nur zwei Sekunden, dann schlug der Schmerz zu. Jeder Muskel in Dahlmans Körper spannte sich und begann dann zu zittern. Er schloß verkrampft die Augen. Schweißperlen standen ihm auf der Stirn. Sein Atem kam und ging in kurzen Zischlauten durch die zusammengebissenen Zähne.

Er lehnte sich vor und griff unbeholfen nach den Waschbecken, als würde er im nächsten Moment in Ohnmacht fallen. Aber die Schmerzattacke war vorüber, und seine Stimme klang ruhig und ein wenig rauher. »Jetzt machen wir das gleiche mit dem Peroxyd.«

»Vielleicht könnten wir es dort tun, wo Sie in aller Ruhe ohnmächtig werden können, ohne sich gleich den Schädel einzuschlagen.«

»Sie haben recht«, sagte er, »das war dumm von mir.«

Er ging mit ihr ins Schlafzimmer und setzte sich aufs Bett. »Der Alkohol ist getrocknet. Jetzt das Peroxyd.«

Jane befeuchtete die vordere Wunde, und Dahlman zuckte ein paarmal. »Es wirkt«, sagte er mühsam, »es tut zwar höllisch weh, aber es geht vorbei. So muß sich eine Infektion anfühlen, solange ich noch am Leben bin. Die Schmerzen tun nicht Sie mir an.«

»Was jetzt?«

»Die Wundsalbe und darüber sterile Mullbinden.«

Jane folgte seinen Anweisungen. Er begutachtete ihr Werk, nickte kurz und legte sich auf den Bauch. »Jetzt kommt der schwere Teil«, sagte er. »Die Rückenwunde ist offen. Ich spüre, daß da die Entzündung schon eingesetzt hat. Um die müssen wir uns etwas intensiver kümmern. Können Sie gut nähen?«

»Nein«, sagte sie. Sie schüttelte den Kopf, aber er sah sie weiter fragend an.

»Meinen Sie ›Nein, ich kann nicht gut nähen‹ oder ›Nein, so etwas nähe ich nicht‹?«

»Von beidem etwas.«

»Also, tun Sie es jetzt oder nicht?« Er blickte sie mit funkelnden Augen an.

»Wenn Sie es für nötig halten, ja. Aber ich habe kein Nähzeug hier, ich müßte es erst besorgen.«

»Im Bad liegt Nähzeug. Eine Aufmerksamkeit des Hauses. In extremen Situationen nimmt man immer das, was man hat.«

Jane seufzte. »Na gut. Sie sagen mir, was ich tun muß.«

Sie holte das Nähzeugbriefchen aus dem Bad. Ohne sich umzudrehen, sagte er: »Wir nehmen den weißen Faden, weil er gebleicht ist und ungefärbt. Farbe ist vermutlich giftiger. Legen Sie Nadel und Faden ein paar Minuten lang in Alkohol. Währenddessen desinfizieren wir die Wunde genauso wie die vordere. Dann machen Sie so viele Stiche, wie der Faden hergibt, und zwar außerhalb der vorhandenen Nähte, einen knappen Zentimeter davon entfernt. Legen Sie die Stiche so an, daß sich ein Muster wie bei Schnürsenkeln ergibt.«

»Und wie binde ich den Faden am Ende zu?«

»Sie führen ihn mal unter, mal über den Stichen zurück und machen am Ende einen Kreuzknoten.«

Jane tränkte Nadel und Faden in Alkohol. Als sie die Flüssigkeit auf die Wunde brachte, packte er das Bettuch mit beiden Händen so krampfartig, daß sie meinte, er würde es einreißen. Im nächsten Augenblick erschlaffte der ganze Körper. Aber schon sagte er: »Jetzt das Peroxyd, bitte.«

Nachdem sie die ganze Wunde damit benetzt hatte, sagte er: »Und nun fangen Sie an.«

Jane verbot sich, daran zu denken, daß sein Körper lebendiges Fleisch war. Sie zwang sich zu der Vorstellung, seine Haut sei lediglich ein weiches Leder. Dann begann sie zu nähen, als würde sie ein Möbelstück reparieren, nur mit dem Unterschied, daß es hier dauernd blutete. Mehrmals mußte sie das Blut mit der Watte auffangen. Am Ende knüpfte sie die Fadenenden wie vorgeschrieben zusammen.

»Jetzt noch einmal Peroxyd über das Ganze«, sagte Dahlman. Seine Stimme klang heiser, fast tonlos, und er atmete kaum noch. »Dann die Wundsalbe. Und den Verband mit Leukoplast befestigen.«

Als Jane fertig war, trat sie abwartend einen Schritt zurück. Dahlman rührte sich nicht. Nach einer Weile merkte sie an seinen regelmäßigen Atemzügen, daß er eingeschlafen war. Sie legte ihm eine Decke über und ging zum

Tisch am Fenster. Sie öffnete eine der Styroporformen, warf einen Blick auf das Essen, schloß den Deckel wieder, setzte sich hin und hielt sich mit den Händen die Augen zu.

Eine Stunde später wachte Dahlman auf, warf die Decke weg und ging ins Bad, ohne daran zu denken, daß er immer noch völlig nackt war. Mit Hilfe des Rasierspiegels konnte er seinen Rücken sehen. Er nahm den Verband ab und schaute sich die Wunde an. »Das gefällt mir ganz und gar nicht. Sie ist gerötet.«

»Was können wir tun?«

»Ein Antibiotikum. Ich kann Ihnen aber nicht gut ein Rezept ausschreiben, oder?«

Jane schüttelte den Kopf. »Es muß eine andere Möglichkeit geben.«

»Ich habe mal von einem schwarzen Markt für Medikamente gehört. Stimmt das?«

»Selbstverständlich. Für alles und jedes gibt es einen schwarzen Markt. Aber mit diesen Leuten wollen wir im Augenblick lieber nichts zu tun haben. Sie sind nicht besser als andere Drogenhändler. Und Antibiotika sind nicht ihre gewöhnliche Handelsware, also müssen sie sie irgendwie besorgen. Das macht sie nur neugierig. Das beste ist, wir schalten den Zwischenhandel aus und beschaffen sie uns selbst.«

»Wie?«

»Genauso wie sie. Wie heißt das Mittel?«

»Ich nehme am liebsten Cipro, ein Breitbandmittel gegen alle möglichen Erreger. Weiß der Himmel, was in dem Fluß war.«

»Buchstabieren Sie es.«

»C – I – P – R – O. Aber wenn Sie es nicht kriegen, dann wenigstens irgendein Penicillin oder ersatzweise ein Cephalosporin.«

Jane nahm ihre Handtasche und ging zur Tür. »Ruhen Sie sich ein wenig aus, und essen Sie etwas. Ich bin erst in ein paar Stunden wieder zurück.«

An der Rezeption suchte sie aus einer Liste von Ärzten, die das Hotel für Gäste empfahl, einen Gynäkologen heraus. Sie rief ihn an und bekam einen Termin am Nachmittag. In der Praxis erzählte sie am Empfang, sie sei im Urlaub und habe ihre Antibabypillen vergessen. Der Arzt untersuchte sie kurz und füllte ein Rezept aus. Im Aufstehen nahm sie unbemerkt seinen Kugelschreiber mit.

An einem Laden sah sie das Schild »Fotokopien 10 Cents«, ging hinein und ließ den Kopierer einmal leer durchlaufen. Dann nahm sie das weiße Blatt Papier, deckte damit die handschriftlichen Einträge auf dem Rezept ab und stellte so eine Blankokopie her. Dann nahm sie den Kugelschreiber und füllte in der Handschrift des Arztes Verschreibung und Unterschrift aus, wobei sie lediglich das Wort »Orthocept« durch »Cipro« ersetzte.

Eine geeignete Apotheke fand sie nicht ganz so schnell. Sie suchte sich eine am anderen Ende der Stadt, wo kein Apotheker die Handschrift des Gynäkologen kannte. Sie durfte nicht in einem großen Gebäude sein, das man von allen Seiten einsehen konnte, und nicht zu einer Kette von Apotheken gehören, denn man wußte nie, was ein großer Zentralcomputer aus der Fälschung alles herauslesen konnte. Sie fand, was sie suchte, gab das Rezept ab und wartete in einem Café auf der gegenüberliegenden Straßenseite. Es tauchte kein Streifenwagen auf, auch kein Fremder ging scheinbar ziellos auf und ab. Eine Stunde später hatte sie ihr Medikament, bekam ihr Rezept zurück und zahlte in bar.

Als sie Dahlman das Fläschchen mit den Tabletten reichte, sah er sie mit hochgezogenen Brauen an.

»Stimmt etwas nicht?«

»Es ist genau das, was ich wollte.«

»Deshalb habe ich Sie ja auch gefragt, wie man es buchstabiert.«

Er nahm sofort zwei Tabletten ein und legte sich wieder hin. »Ich habe über Sie nachgedacht«, sagte er.

Jane schwieg und bürstete sich das Haar.

»Möchten Sie nicht wissen, was ich dachte?«

Jane blickte ihn über den geöffneten Deckel ihres Koffers an. »Nicht, wenn es um mich geht.«

»Interessant«, sagte Dahlman. »Ich dachte mir nämlich: Wieso hat ein Mann wie Dr. McKinnon Ihre Telefonnummer, wieso kennt er eine Frau wie Sie?«

»Eine Frau wie mich?«

Aber Dahlman sprach schon weiter. »Er hatte sie im Kopf, verstehen Sie, er mußte sie nicht mal suchen. Ich habe mir das folgendermaßen zurechtgelegt: Er hat Ihnen irgendwann einen Gefallen getan, Sie operiert oder vielleicht eine Freundin von Ihnen. Sie haben ihm gesagt, wenn er einmal eine Gegenleistung braucht, dann soll er Sie nur anrufen. Und die Telefonnummer ist ihm im Gedächtnis geblieben. Er ist hoch intelligent, exakt der Mann, der sich ungeheuer viel merken kann. Gestern abend wollte ich zu Ihnen, aber die Polizei hat mich vorher angeschossen. Ich sagte Carey Ihren Namen, und er hatte die Nummer parat.«

»Sie meinen, er hat mir einmal einen Dorn aus der Pfote gezogen?« Sie lächelte freudlos.

»Und?« fragte er triumphierend. »Habe ich recht?«

Jane nahm ein paar frische Kleider aus dem Koffer und ging zum Bad. »Ich nehme jetzt eine Dusche und ziehe mich um. Dann schlafe ich ein paar Stunden. Sie können gern fernsehen, aber leise, oder etwas lesen, wenn mir das Licht nicht gerade ins Gesicht scheint. Wenn ich aufwache, ist es dunkel, dann fahren wir weiter.«

»Sie wollen mir also nicht sagen, woher er Sie kennt?«

»Er weiß meine Telefonnummer, weil ich seine Frau bin.« Sie machte die Badezimmertür hinter sich zu, und im nächsten Augenblick hörte Dahlman die Dusche rauschen.

So etwas passierte ihm nicht zum ersten Mal. Er hätte heulen mögen. Er wünschte sich zurück in seine Klinik in Chicago, hinter eine geschlossenen Tür, alle anderen Menschen weit weg, so daß er nicht in Versuchung kam, etwas zu tun, wofür er sich später schämen mußte. Seine Schulter schmerzte ihn plötzlich, und er verlagerte sein Gewicht auf die rechte Seite. »Und das ist der andere Grund: Wenn ich jetzt in Chicago wäre, hätte ich dieses Ding schon längst nicht mehr.«

10

Wie jeden Morgen schwirrte der Flughafen vor Aktivität und Gedränge, und Marshall ließ geduldig den Startlärm einer abfliegenden Maschine abklingen, bevor er weitertelefonierte. Ab und zu warf er einen Blick in sein ledergebundenes Notizbuch. »Was ich möchte, ist folgendes. Die Polizei in Buffalo schickt Ihnen Fingerabdrücke von ihm und vom ganzen Personal, das in seiner Abteilung Dienst hatte. Alles Ungewöhnliche, was Ihnen auffällt, geht an mich und an die Leute in Buffalo. Okay?«

Albert Grapelli am anderen Ende antwortete so langsam und beschäftigt, als würde er jedes Wort mitschreiben: »Okay.«

Marshall schaute wieder auf seine Liste. »Als Dahlman aus dem Krankenhaus spazierte, hat er seine Medikamente nicht mitgenommen. Er braucht massive Schmerzmittel und ein Antibiotikum. Bei Schmerzmitteln brauchen wir gar nicht erst anzufangen, weil es davon zu viele gibt, und vielleicht nimmt er sie ja auch nicht. Aber das Antibiotikum ist eine Chance. Der Chirurg, der ihn operiert hat, ist einer seiner ehemaligen Studenten, und wir nehmen jetzt einmal an, daß beide an dieselben Mittel glauben. Also wird er sich auch jetzt dieses Mittel verschreiben. Es heißt Cipro. Wenn irgendein Apotheker das Zeug in den nächsten Tagen herausgibt, dann möchte ich, daß er auf der Stelle vernommen wird.«

Grapelli antwortete einen Augenblick lang nicht. Marshall wartete, hörte ihn tief durchatmen und wußte, was jetzt kam. »John«, sagte Grapelli, »ist das nicht etwas ...« Dann korrigierte er sich: »Nein, streichen Sie das. Sagen Sie erst, was Sie außerdem wollen, bevor ich Ihnen sage, was Sie nicht kriegen können.«

»Probleme?« fragte Marshall.

»Wissen Sie, was ich gern wüßte? Ich wüßte gern, was da Ihrer Meinung nach läuft.«

Marshall blickte sich gedankenverloren in dem winzigen Büro um, das man ihm zur Verfügung gestellt hatte. »Ich glaube, es gibt da etwas tatsächlich Rätselhaftes.«

»Etwas Rätselhaftes?«

»Ein Siebenundsechzigjähriger unter Beruhigungsmitteln und mit einer Schußwunde springt nicht aus dem Bett und geht im OP-Hemdchen lächelnd an Polizisten und Reportern vorbei aus dem Krankenhaus. Und selbst wenn er es gegen alle Regeln der Vernunft doch getan haben sollte, dann haben wir immer noch einen verwundeten Alten, der barfuß und mit blankem Hintern durch hellerleuchtete, belebte Straßen läuft.«

»Ich dachte, er hätte einen Streifenwagen gestohlen?«

»Denke ich nicht«, sagte Marshall. »Das waren eher ein paar Spinner, die ihn mal eben für eine Spritztour ausgeliehen und dann irgendwo stehengelassen haben. Die Suche hat leider ein paar Stunden lang die halbe Mannschaft und Ausrüstung der örtlichen Polizei beschäftigt. Schließlich haben sie ihn in der Garage eines unbewohnten Hauses gefunden. Also mußten sie das Haus stürmen, als ob Dahlman sich darin verbarrikadiert hätte.«

»Soll ich Ihnen vielleicht ein Team schicken, das Ihnen höflich den Unterschied erklärt: Ein Mann ist klein und rundlich und ein Haus eher hoch und spitz?«

»Nicht nötig«, sagte Marshall. »Ich weiß, morgen in den Zeitungen stehen sie wie Idioten da. Das sind sie aber nicht. Sie haben einen verwundeten Mordverdächtigen und gleichzeitig einen Streifenwagen verloren, in dem ein Gewehr stand. Wenn der Wagen jetzt einen Kilometer entfernt in einer dunklen Garage auftaucht, und daneben steht ein leeres Haus – was hätten sie anderes tun sollen? Nein, nein, die Leute sind gut. Nur: Wer Dahlman rausgebracht ist, ist noch besser.«

»Wie bitte?« fragte Grapello gedehnt.

»Nur eine Theorie, klar«, sagte Marshall.

»Wer war es?«

»Ich weiß nicht. Der Chirurg kannte Dahlman, eine alte Beziehung, die ihn möglicherweise dazu gebracht hat, ihm zu helfen. Aber der Chirurg hat ein Alibi für den schwierigsten Teil der Flucht: Dahlman aus dem Krankenhaus rollen, einen Fluchtwagen beschaffen und vielleicht noch den Streifenwagen stehlen als zusätzliche Ablenkung. Das

Ganze mußte jemand in einer Stunde auskochen und in fünfzehn Minuten durchführen. Sie sehen das Problem.«

»Ja, ziemlich deutlich. Mehrere Täter, Anzahl unbekannt.«

»Eine Verschwörung mit einem halben Dutzend Leuten aus dem Krankenhaus. Wenn ich das laut sage, gibt es einen Aufstand.«

»Sie meinen: Ärzte.«

»Wer es getan hat, ist intelligent. Ärzte sind intelligent. Sie können jeden im Haus irgendwohin schicken und ihre Patienten in alle möglichen Richtungen transportieren, und keiner fragt sie, warum. Und vielleicht war es auch ein Polizist, den sie überredet haben, ihnen zu helfen, oder vielleicht ist es sogar einer, der Ärger befürchtet, weil sie einen Unbewaffneten niedergeschossen haben, der ihn aus dem Haus schafft und abknallt. Ich finde, im Augenblick sollten wir alle Peinlichkeiten der Polizei in Buffalo überlassen, während wir die Sache in aller Ruhe in Ordnung bringen.«

Grapelli antwortete nicht.

Marshall wartete und sagte dann: »Wieder ein Problem?«

»Ich habe mich gerade gefragt, was Sie mit ›in Ordnung bringen‹ meinen.«

»Dahlman wiederzuhaben, wäre schon mal nicht schlecht«, sagte Marshall. »Am liebsten würde ich ihm jedes verfügbare Hindernis auf den Weg werfen und ihn schnappen, bevor er noch jemanden verletzt. Und dann ist da noch sein Chirurg. Die Leute in Buffalo haben ein Auge auf ihn, aber ich möchte gern sein Telefon abhören.«

»Genehmigt«, sagte Grapelli. »Immerhin lösen wir damit ein Problem, das wir sofort lösen können. Aber wir brauchen Dahlman. Und hoffentlich ist Ihre Verschwörungstheorie nur ein Produkt Ihrer Phantasie. Was brauchen Sie noch?«

»Einen Steckbrief als Rundschreiben, Futter für die Nachrichten, für die Öffentlichkeit. Einen Haufen Fotos von Dahlman. Mit einem Loch in der Schulter kann sich einer nicht ewig verstecken.«

»Wird gemacht. Was noch?«

»Ich hätte gern einen Sonderagenten, der sich alles anschaut, was in Illinois los war, bevor Dahlman nach Buffalo ging: die Beweismittel, den Zeitplan und alles übrige, was die Polizei dort hat.«

»Geht klar. Ich schicke morgen ...« Er verbesserte sich: »... heute jemanden hin.«

»Das ist wohl alles im Moment. Ich sage Ihnen Bescheid, wenn mir noch was einfällt.«

»Kann ich mir denken«, sagte Grapelli. »Wo sind Sie jetzt eigentlich? In der Außenstelle Buffalo?«

»Am Flughafen. Ich habe um ein kleines Büro in der Paßkontrolle gebeten, um ein paar Stunden lang nach Dahlman Ausschau zu halten.«

»Wieso sind Sie gerade dort?«

»Falls er mit dem Flugzeug fliehen wollte, hätte er es längst getan. Aber ich bin hier höchstens fünfzig Schritte vom Ticketschalter entfernt, falls er doch noch hier irgendwo auftaucht.«

»Sie möchten das gern selbst zu Ende bringen?«

»Wenn ich Glück habe«, sagte Marshall. »Passen Sie auf sich auf.«

Grapelli starrte den stummen Hörer eine Weile an, hängte kurz ein und wählte Amerys Nummer. Es war ihm klar, daß er Amery um diese Uhrzeit aus dem Schlaf holte. Nachdem er ihm jedoch klargemacht hatte, daß er für den Job in Illinois einfach der Beste war, bekam Amerys Stimme jenen ernsthaften, professionellen Ton, den er gern anschlug, und Grapelli hörte Stoff rascheln. Vermutlich zog sich Amery bereits an.

Grapelli hatte kaum übertrieben. Solange Marshall in Buffalo zu tun hatte, war Amery sein bester Special Agent, wenn es darum ging, Aussagen und Beweismittel durchzusehen und die Polizisten nach ihren Quellen zu befragen. Er legte den Hörer auf. Am Abend, bevor er von Dan Phipps, der in Pension ging, die Leitung der Abteilung übernahm, hatte Phipps ihn bei einem Drink in die versteckten Hintergründe seines Jobs eingeweiht: Schwierigkeiten, von denen die Untergebenen nichts wußten und nichts wissen mußten, weil er dafür bezahlt wurde, sie zu lösen. Damals hatte Phipps zu ihm gesagt: »Hören Sie auf Marshall. Mit ihm bleiben Sie sauber.«

»Ich möchte gern annehmen, daß ich das allein kann.« Grapelli erinnerte sich noch gut an seine Antwort, und er bedauerte sie. Er hatte vorher nicht nachgedacht und fast automatisch geantwortet, ohne sich zu fragen, ob nicht ein paar andere Worte Phipps dazu gebracht hätten, ihm noch mehr zu erzählen.

Phipps blickte damals sekundenlang ausdruckslos ins Leere und dann in sein Gesicht: »Wir werden ja sehen«, sagte er und beschäftigte sich nur noch mit seinem Drink.

Es hatte Grapelli ein paar Jahre gekostet, bis er herausfand, was Phipps ihm damals vielleicht gesagt hätte. Es ging gar nicht um Marshall: Er war lediglich das sichtbarste Beispiel. Ein anderer Abteilungsleiter hatte einmal gesagt, wenn er fünf Leute wie Marshall hätte, könnte er die Welt beherrschen. Das genaue Gegenteil war richtig. Für Marshall gehörte es nicht zum Job, irgend jemandem zu irgendeiner Herrschaft zu verhelfen. Die verschlungenen, vergiftenden Streitigkeiten um Budgets, die Auf- und Abstiege in der Hierarchie, die erbittert ausgefochtenen Kleinkriege in einer Bürokratie – all das interessierte Marshall nicht im geringsten. Für ihn lag das Heil nicht in der Macht, sondern in der Professionalität. Marshall intrigierte nicht, sondern er hielt die öffentliche Sicherheit aufrecht und machte dann Schluß.

Wie die Dinge damals liefen, mußte Grapelli sich ganz allein im Kleingedruckten seiner Arbeitsplatzbeschreibung zurechtfinden: »Verbindungsbeamter« für ein Dutzend andere Behörden, »Berichtspflicht« gegenüber einer Reihe unbekannter Vorgesetzter, »in Konsultation« mit mehreren Kollegen. Diese Ausdrücke bedeuteten viel mehr, als man ihnen ansah. Sogar der eindeutigste Teil der Beschreibung, seine Bezeichnung als »Abteilungsleiter«, blieb reichlich unklar. Wie zum Teufel sollte er eine Abteilung leiten, die aus höchst unterschiedlichen Männern und Frauen bestand, die normalerweise Hunderte von Kilometern entfernt waren, jeder für sich in Situationen, die immer sofortige und selbständige Entscheidungen verlangten. An diesem Problem hatte Grapelli bis heute zu kauen.

Er hatte plötzlich ein unangenehmes Gefühl im Magen, weil dies alles ihn an seine zweite Lektion erinnerte. An seinem ersten Arbeitstag als Abteilungsleiter lag auf seinem Schreibtisch eine unbeschriftete Audiokassette. Niemand wußte, woher sie gekommen war. Er spielte sie ab und hörte seine gesamte Unterhaltung vom Vorabend mit Phipps in der Bar.

Das Mikrophon war möglicherweise unter der Tischplatte angebracht worden, aber das hätte bedeutet, man wußte im vorhinein, welchen Tisch Phipps nehmen würde, und Phipps besuchte für gewöhnlich keine Bars. Vielleicht war es auch ein Richtmikrophon gewesen, aber an zwei Seiten waren gemauerte Wände und zwischen ihm und den Fenstern ein Haufen laut durcheinanderredender Gäste. Grapelli hörte sich das Band noch einmal an und wußte plötzlich, daß man es so nicht aufgenommen hatte, denn es gab keine anderen Stimmen. Seine Stimme klang lauter als die von Phipps. Die Wanze war an seinem eigenen Körper versteckt gewesen.

Er brauchte eine Stunde, um alle Möglichkeiten durchzugehen, und doch gelang es ihm nicht, einen Hauptverdächtigen herauszufiltern. Alle hatten genug technisches Können, die nötige Erfahrung und die Unerschrockenheit, ihren eigenen Chef abzuhören und ihm dann das Band unter die Nase zu halten. Damals war er nicht in der Lage gewesen, alles bis ins letzte Detail durchzudenken, aber er hatte etwas gelernt.

Die Kassette hatte man ihm hingelegt, um ihn daran zu erinnern, daß nicht die Direktoren und Vizedirektoren sein Verhalten beurteilten, erst recht nicht die endlose Parade der Politiker, die irgendwo über den Direktoren schwebten. Die Menschen, die er zufriedenstellen mußte, waren in seiner Nähe, es waren Menschen, deren Leben von Grapellis Entscheidungen abhing. Wer immer ihm die Kassette auf den Schreibtisch gelegt hatte, wußte genau, welche Überlegungen sie in Grapelli auslösen mußten, und daß er jetzt scharf nachdachte, wer es getan hatte, und zu dem Ergebnis kommen würde, daß jeder seiner Leute dazu fähig war. Marshall, der gefürchtetste und kompetenteste seiner Leute, war zugleich derjenige, der so etwas nie getan hätte. Und genau das war es, was Phipps ihm mit der Bemerkung zu Marshall hatte beibringen wollen.

11

Jane fuhr auf der Route 224 durch die Dunkelheit der ebenen Landschaft weiter nach Westen. Zehn Minuten lang beobachtete sie die Kette der hellen Doppellichter im Rückspiegel. Als sie eine kilometerlange freie Gerade vor sich hatte, hielt sie am Straßenrand an und ließ die Wagen an sich vorbeirauschen. Sie wartete ab, um zu sehen, ob einer weiter vorn anhielt. Erst als sie sicher war, daß ihr niemand folgte, fuhr sie wieder los.

»Sind sie aufnahmefähig?« fragte sie.

»Sollte ich sein«, antwortete Dahlman. »Seit meiner Kindheit habe ich nicht so ausgiebig geschlafen.«

»Ich muß wissen, wie Sie in diesen Schlamassel geraten sind.«

»Warum?«

Jane hob eine Augenbraue. Dieser Mann hatte offenbar sein Leben lang immer raffiniertere Verfahren entwickelt, um einem auf die Nerven zu gehen. Mit aller Geduld antwortete sie: »Ich fände es hilfreich. Es könnte mir etwas über die Kerle sagen, die Sie suchen, und so etwas ist nützlich, weil jeder auf seine eigene Weise vorgeht. Und wenn ich das alles nicht weiß, dann führe ich Sie denen womöglich genau vor die Nase.«

»Ich habe niemanden umgebracht«, sagte er.

»Ich weiß.«

Die Antwort gefiel ihm offenbar nicht. »Woher wissen Sie das? Wahrscheinlich sagt jeder Mörder dasselbe: Er war es nicht.«

»Er würde sich aber jederzeit mit der Waffe in der Hand gegen seine Verfolger wehren. Die meisten jedenfalls machen es so. Sie nicht.«

»Oh, ja. Sicher.« Immerhin war er zugänglich für ein logisches Argument, und Jane schöpfte wieder Hoffnung. »Es ist aber eine ziemlich lange Geschichte.«

»Ich glaube, wir haben eine ziemlich lange Nacht vor uns.«

Jane sah ihn kurz an und bemerkte, daß er seine Augen auf einen weit entfernten Punkt fixiert hatte. Er schien seine Erinnerungen zu ordnen, und das erwartete Jane ganz und gar nicht von ihm. Sie wollte keinen Bericht, keine sauberen Zusammenfassungen mit wohlüberlegten und doch falschen Schlußfolgerungen. »Wen, meint die Polizei, hätten Sie umgebracht?«

»Sie hieß Sarah Hoffman, seit zehn Jahren eine gute Freundin und meine Partnerin. Sie hat mir immer wieder mal assistiert. Sie war erfahren und perfekt in plastischer Chirurgie, aber als unsere Zusammenarbeit anfing, war ich berühmter als sie, und man brachte mir Fälle, die man nicht zu jemand anderem geschickt hätte.«

»Was für Fälle?«

»Fast nur rekonstruktive plastische Chirurgie, also Menschen mit starken Verbrennungen oder Verletzungen. Ich hatte mit Gewebetransplantationen und postoperativen Behandlungsmethoden experimentiert – nicht ganz erfolglos. Dabei kam mir irgendwann die Idee, daß auf diesen Gebieten ein medizinischer Durchbruch möglich ist. Wir haben mittlerweile Tausende von Chirurgen, die so gut operieren können, wie es einem Menschen überhaupt möglich ist. Wir haben die minimalinvasiven Beobachtungsverfahren, Mikroinstrumente und Minilaser, und mit diesen Mitteln kommt die handwerkliche Geschicklichkeit zu recht beeindruckenden Ergebnissen. Aber zu siebzig Prozent ist plastische Chirurgie etwas ganz anderes. Es geht um das Nachwachsen des körpereigenen Gewebes als Ausgleich dafür, was wir mit einem Skalpell nicht schaffen können – oft auch als Reparatur dessen, was wir mit dem Skalpell angerichtet haben. Chirurgen sind die Stars der Medizin. Wir haben alles getan, um unsere Arbeit abzusichern und ihre Effektivität hochzuschrauben. Aber ab einem gewissen Niveau wird das eine Art Fließbandarbeit. Man kommt sich vor wie ein Libero, der einen weiten Paß nach vorn schlägt und den man aus dem Stadion holt, bevor er überhaupt sieht, was aus seiner Vorlage wird.«

»An der Universität haben Sie diese Dinge nicht unterrichtet, oder?«

»Das war allgemeine Chirurgie«, sagte Dahlman. »In meinem Beruf habe ich vermutlich mehr Brustkörbe als irgend etwas anderes aufgeschnitten. Meine Vorlesungen waren ausschließlich praxisorientiert und für bereits operierende Chirurgen gedacht. Mit postoperativen Fragen befaßte ich mich wahrscheinlich weniger als die meisten Chirurgen in ihrer Privatpraxis.«

»Und was ist dann passiert?«

Dahlman schien einen Augenblick verloren in seinen Erinnerungen wie jemand, der durch alte Familienfotos blättert und plötzlich hängenbleibt. Er starrte immer noch nach vorn in die langgestreckten Scheinwerferkegel. »Ich hatte geschickte Hände. Mit vierzig war ich einer der acht oder zehn Besten des Landes in traditioneller Chirurgie. Seit meiner Assistenzzeit hatte ich an der Universitätsklinik gearbeitet, und den Goldsden-Meara-Preis für Chirurgie habe ich auch. Ich war mit meinen Operationen und Vorlesungen für meine Studenten, unter ihnen McKinnon, so sehr beschäftigt, daß ich mich kaum für etwas anderes interessierte. Aber mit sechzig war ich gezwungen, alles zu überdenken.«

»Was hat Sie dazu gezwungen?«

»Meine Frau starb. Eine plötzliche Embolie. Am Morgen war sie noch munter, und als ich abends heimkam, war sie tot.«

»Haben Sie Kinder?«

»Zwei«, sagte er. »David wurde in dem Jahr geboren, als wir unseren Collegeabschluß machten. Als seine Mutter starb, war er dreißig und lebte in Kalifornien. Terry, meine

Tochter, hat geheiratet und lebt in Paris. Sie kamen beide zum Begräbnis, sprachen das Nötigste und gingen wieder. Als sie weg waren, setzte ich mich hin und dachte nach. Die Kinder waren groß und in jeder Hinsicht selbständig. Sicher mochten sie mich irgendwie, aber ihre emotionalen Bedürfnisse spielten eher eine Rolle, solange sie Kinder und Jugendliche waren. Eigentlich hat sich meine Frau mehr darum gekümmert, während ich nur meine Arbeit kannte. Was hatte ich also erreicht? Einen unkündbaren Vertrag mit Stiftungsgeldern, mehrere Altersversorgungen, eine kostenlose Lebensversicherung und diverse Sparkonten und Aktien, die meine Frau für einen Notfall angelegt hatte, den sie nicht einmal mehr erlebt hat. Ich fand mich allein, ohne richtige Verantwortung, aber auch ohne menschliche Verbindungen, und ganz sicher ohne materielle Probleme. Das schockierte mich. Aber es gab andere.«

»Was heißt: andere?«

»Ich stellte manchmal beim Aufwachen plötzlich fest, daß ich sechzig war. Und das hieß: Was ich mit meinen Händen Wertvolles tun konnte, lag jetzt schon oder in nächster Zukunft hinter mir. Was konnte ich also in den zehn oder fünfzehn nächsten Jahren noch leisten? Ich konnte meine Zeit damit verbringen, junge Chirurgen auszubilden. Ich konnte meinen Namen und mein professionelles Ansehen für gesundheitspolitische Kampagnen einsetzen, etwa als Lobbyist und Spendensammler. Oder ich konnte in die klinische Forschung gehen, um für alle die Probleme eine Lösung zu finden, die mir bei meiner Nonstop-Chirurgie aufgefallen waren.«

»Die Entscheidung fiel Ihnen nicht schwer, denke ich.«

»Es stellte sich heraus, daß ich mich gar nicht zu entscheiden brauchte. Allein mein Name und ein Brief von mir waren schon ausreichend als Lobbytätigkeit und wirksamer als meine persönliche Anwesenheit. Ich fürchte, ich irritiere die meisten Menschen mit meiner Art. Also verfaßten die einschlägigen Institutionen ihre Briefe, und ich unterschrieb sie dann, jede Woche nur ein paar Stunden lang. Der beste Unterricht, den ich geben konnte, waren meine Operationen, und so übernahm ich die Arbeiten, von denen ich Ihnen schon erzählt habe.«

»Und wie kommt Sarah Hoffman jetzt in die Geschichte?«

»Sie brachte mir wie einem Lehrling die plastische, speziell die rekonstruktive Chirurgie bei. Ich beherrschte die Materie bald und machte Fortschritte, und Sarah mit mir. Von ihr lernte ich, daß plastische Chirurgie mehr als eine Wissenschaft ist, eher etwas wie Bildhauerei. Ich wurde immer besser. Durch meine Kenntnisse in allgemeiner Chirurgie verfügte ich über eine ganze Reihe von Techniken, und außerdem war ich mit allen möglichen Zwischenfällen bei Eingriffen vertraut. Mehrere Universitäten und Pharmakonzerne fanden Interesse daran, mich immer auf dem neuesten Stand ihrer Forschungen zu halten, besonders auf den Gebieten beschleunigte Wundheilungsprozesse und Gewebeersatz. So kamen wir beide weiter. Wir waren ziemlich produktiv und veröffentlichten eine ganze Reihe von Fachartikeln, von den geheilten Patienten ganz zu schweigen.«

»Carey glaubt, hinter Ihren Forschungen steckt aber noch viel mehr.«

Dahlman lächelte. »Carey – er erfaßt immer das Wesentliche und will es am liebsten sofort in die Praxis umsetzen. So war er schon als Student: Er fragte dauernd, warum wir etwas nicht noch weiter vervollkommnen könnten. Er hat natürlich recht. Unser Projekt war eine induzierte Beschleunigung der Zellvermehrung, das heißt, wir wollten den Körper überreden, das zu tun, was er ohnehin tut, nur sehr viel schneller.«

»Hatten Sie Erfolg damit?«

»Einen kleinen, aber er war bei weitem nicht so gewaltig wie unsere Erwartungen, wie meine Hoffnung und Careys Vision. Wir wissen jetzt ein bißchen über das Hormon, das im Säuglingsalter das Längenwachstum bewirkt. Wir wissen ein bißchen über schnellere Zellvermehrung bei bösartigen Wucherungen. Und es gibt eine Menge Arbeiten über höher konzentrierten Sauerstoff und andere Verfahren zu Heilungszwecken. Aber wir reden hier über etwas anderes, nämlich die Beschleunigung der Vorgänge im Körper selbst, also über eine stärkere Blutversorgung der Wunde, über eine verstärkte Sauerstoff- und Nährstoffzufuhr und eine erheblich gesteigerte Stoffwechselrate.«

»Und? Haben Sie es erreicht?«

»Wir hatten eben erst angefangen. Wir haben nicht einfach theoretische Forschung betrieben. Schließlich waren wir Ärzte, die den Menschen, die zu uns kamen, helfen wollten. Also haben wir die meiste Zeit nur die bewährten Methoden angewandt. Erst wenn etwas sowohl vielversprechend als auch sicher war, haben wir es mit der Erlaubnis des Patienten ausprobiert.«

»Was ging dann daneben?«

»Wir übernahmen einen für uns neuartigen Fall, eine rein kosmetische Operation. Es war ein Mann, der sein Aussehen verschönern wollte. Er kam zu Sarah, und sie führte die nötigen Aufnahmegespräche mit ihm. Den Papierkram erledigte ihre Sekretärin, Carol. Sarah machte auch Fotos von dem Patienten. Bis dahin hatte immer eine Krankenversicherung die Operation bezahlt, aber diesmal bezahlte der Patient selbst, da es lediglich um eine ästhetische Behandlung ging. Trotzdem wird immer die Versicherung benachrichtigt, falls sich irgendwelche Komplikationen ergeben. Also wurde eine Krankenakte angelegt. Dieses Detail ist wichtig. Dann brachte ihn Sarah zu mir.«

»Warum?«

»Warum was?«

»Warum hat sie ihn zu Ihnen gebracht, statt die Operation selbst durchzuführen?«

»Bei schwierigen Fällen arbeiteten wir immer zusammen. Medizinisch gesehen war es keiner, aber es war ein Patient mit ganz bestimmten Forderungen, und eine davon hieß: Er wollte mich dabeihaben.«

»Aber Sie haben gesagt, Sie konzentrierten sich während der letzten Jahre stärker auf Ihre Forschungen. Da hätte es doch sicher jemand anderen gegeben, ein von Geburt an behindertes Baby oder so etwas, das lohnender gewesen wäre. Oder brauchten Sie für Ihre Forschungen jetzt einen gesunden Patienten?«

Dahlman wischte die Frage mit einer Handbewegung beiseite. »Meiner Meinung nach macht es keinerlei Unterschied. Es geht hier nicht um unsere Motive.«

Er verbarg etwas. »Erklären Sie es mir trotzdem.«

»Es kamen verschiedene Gründe zusammen. Der eine war, daß Sarah ihre Entscheidung schon getroffen hatte, bevor sie ihn zu mir brachte. Sie war meine Partnerin. Ich stand in ihrer Schuld. Hier war eine sichere, eingeübte Maßnahme nötig. Der Unterschied zwischen der Operation an einem Patienten ohne körperliche Beeinträchtigungen und einem durch Verletzung entstellten Patienten liegt höchstens in der Qualität des Ergebnisse. Und wir hätten damit die Anwendbarkeit unserer neuen Methoden in rekonstruktiver Chirurgie auf eine ganz andere Kategorie von ...«

»Er hat Ihnen Geld angeboten.«

Dahlman sackte auf seinem Sitz zusammen. »Ja.«

»Wieviel?«

»Zweihunderttausend Dollar.«

»Ich dachte, Sie hätten ausgesorgt und brauchten kein Geld mehr.«

Dahlman kniff die Augen zu, als wollte er noch tiefer in sein Gedächtnis hineinschauen und hätte keinen rechten Erfolg damit. Man konnte sehen, daß ihn dieser Teil der Geschichte nervös machte. »Ich brauchte kein Geld. Sarah war jünger, achtunddreißig, glaube ich, oder neununddreißig. Ich konnte honorarfrei arbeiten, sie nicht. Wir dachten, sie würde unsere gemeinsame Klinikarbeit allmählich allein übernehmen. Aber zu diesem Zeitpunkt waren unsere Forschungen extrem kostspielig, und mit jeder Operation steigerten wir das Defizit – gerade weil wir immer wieder die von Ihnen erwähnten Patienten aufnahmen. Wir mußten also überlegen, wie Sarah ihre Arbeit ohne mich weiterführen konnte. Zweihunderttausend, das war nicht viel, aber immerhin ein ansehnlicher Beitrag.«

»Die Entscheidung paßte Ihnen aber nicht?«

»Nein. Überhaupt nicht. Aber ich konnte doch vor diesem Problem nicht die Augen verschließen. Wir haben damals alles ziemlich intensiv diskutiert: Sollten wir unsere eigentliche Arbeit wegen vierzig Blinddärmen und Krampfadern unterbrechen oder lieber eine ehrgeizige Operation an einem Patienten vornehmen und an ihm unsere Möglichkeiten demonstrieren?«

»Erzählen Sie mir etwas über den Patienten.«

»Ich weiß bis heute kaum etwas von ihm. Sarah sagte mir, er wollte nicht nur die bestmögliche Behandlung, er wollte uns außerdem helfen. Das Honorar war seine Idee, und die ungewöhnliche Höhe sollten wir als Spende ansehen. Und wir hatten seine schriftliche Genehmigung, alles über seinen Fall zu publizieren, was uns wichtig vorkam.«

Jane äußerte probeweise ihre Vermutung: »Auch Fotos?«

»Auch Fotos. Natürlich.«

Sie hatte falsch geraten, hatte aber das Gefühl, sie durfte Dahlman nicht einfach so über diesen Patienten hinweggehen lassen. »Woher kam sein Geld? Wie hatte er es zu solchem Reichtum gebracht?«

»Sarah erwähnte einmal, er habe das Vermögen der Hardistons geerbt.«

»Hieß er selbst Hardiston?«

»Ja. James Hardiston.«

Jane war noch immer nicht überzeugt. Vielleicht gab es wirklich noch ein lebendes Mitglied der Familie Hardiston. Im Augenblick hatte sie keine Möglichkeit, ihren Verdacht zu bestätigen. Aber dies war das erste Stück in Dahlmans Geschichte, dem sie Bedeutung beimaß. Jeder kannte den Namen Hardiston. Bulova, Piaget, Timex, Cartier, Rolex, Omega, Hardiston. Auf dem Zifferblatt einer teuren Armbanduhr stand einer davon, und zwanzigmal pro Tag, wenn man nach der Uhrzeit sah, kam man nicht umhin, ihn wahrzunehmen. Hardiston war natürlich der wirksamste dieser Markennamen: Einen Menschen, der »Timex« hieß, konnte man sich schlecht vorstellen. In fünfzig Prozent aller Klassenzimmer dieses Landes hing über der Tafel eine

Hardiston-Uhr an der Wand, und jedes Kind verfolgte heimlich ihren Gang. Wenn um drei Uhr nachmittags der rote Sekundenzeiger endlich an der 12 anschlug und der Minutenzeiger nach einem winzigen Anlauf vorwärts schnellte, dann klingelte es: Die Schule war aus.

Es war der älteste Hochstaplertrick seit der industriellen Revolution. Da suchte sich jemand eine berühmte Marke, die ursprünglich ein Familienname gewesen war, und machte dann dem Unternehmen weis, er sei der Urenkel. Wenn er genügend Leuten eingeredet hatte, daß er Pillsbury hieß oder Hilton oder Kellogg oder Hardiston, dann ließen sie alle weiteren Überprüfungen fallen und berauschten sich geradezu am Geruch des großes Geldes. »Und Sie – oder auch Sarah, Sie dachten, die zweihunderttausend sind vielleicht nur der Anfang.«

»Der Gedanke hat uns gestreift.«

»Wie kam er gerade auf Sie?«

»Tja, auch das hat mich beeindruckt. Laut Aufnahmeformular hatte ihn ein Arzt aus Maryland auf uns hingewiesen. Den Arzt gibt es wirklich, und er hat einen guten Ruf.«

»Haben Sie ihn angerufen?«

»Ich sah keinen Grund dafür. Er hatte Mr. Hardiston lediglich gesagt, wir seien die besten Spezialisten für sein Problem. Was sollte ich ihn da noch fragen? Ob er das ernst meint? Später erfuhr ich auch noch, daß er Hardiston unsere Fachartikel zu lesen gegeben hatte.«

Jane preßte die Zähne aufeinander, damit sie nicht in Versuchung kam, ihn aufzuklären: Auch das gehörte zu dem Trick. Der Hochstapler wedelt mit einem Stoß Empfehlungsschreiben, aber sie betreffen alle den Markennamen und nicht ihn selbst. »Also haben Sie ihn aufgenommen.«

»Ja. Im Verlauf von acht Monaten haben wir ihn fünfmal operiert.«

»Was fehlte ihm eigentlich?«

»Im Grund gar nichts. Er hatte eine kräftige Gesundheit und regelmäßige Gesichtszüge. Aber er war mit der Wirkung seines Aussehens nicht mehr zufrieden, und ich konnte ihn verstehen. In jüngeren Jahren konnte er zweifellos als attraktiv gelten, doch das war vorbei. Er war vielleicht fünfzig, sah aber erheblich älter aus. Eine Menge Schäden.«

»Welcher Art? Narben?«

»Keine. Er hatte sich mal die Nase gebrochen, ein Souvenir aus seiner Footballzeit an der Schule, aber was ich meinte, waren Verschleißerscheinungen. Einiges kam wohl vom Sonnenbaden, anderes von Zigaretten und Alkohol und vielleicht noch ganz anderen Drogen, und nur der Rest war dem Alter zuzuschreiben. Er hatte ein paar wenig schmeichelhafte Falten, wahrscheinlich vom dauernden Zusammenkneifen der Augen in der Sonne.«

»Mit anderen Worten: alles, was eine Hollywood-Klinik an einem gemütlichen Nachmittag ebensogut repariert hätte. Was haben Sie mit ihm gemacht?«

»Wir schnitten ihm die vorstehenden Brauen und Backenknochen zurück, glätteten ihm chirurgisch die Gesichtshaut, korrigierten die Nase, machten sie schmaler und etwas kürzer, das Kinn wurde gerader und eine Idee schärfer. Dann machten wir die Lippen schmaler und führten eine Schlupflidoperation durch. Gegen kleinere Hautfalten und Pigmentflecken nahmen wir einen Kohlendioxydlaser. Was ihn lebhaft interessierte, war nicht unsere Chirurgie, es waren unsere Arbeiten über Zellteilung und regeneratives Gewebe. Wir hatten Erfolg. Als er uns verließ, sah er wie ein anderer Mensch aus, aber wie einer, der etwa dreißig Jahre alt war.«

»Klingt ziemlich gut. Ich hoffe, Sie sind auch mal für mich da, wenn ich Ihre Hilfe brauche.«

Dahlman wandte ihr das Gesicht zu und sagte beinahe haßerfüllt: »Er hat uns vernichtet.«

»Wirklich?« fragte Jane unaufgeregt. »Sagen Sie mir, wie er das gemacht hat.« Sein Schweigen gab ihr Zeit, sich zu verbessern: »Sagen Sie mir, wie Sie das herausgefunden haben, jedes Detail.«

Dahlmans wütender Ausdruck wandelte sich langsam zu

etwas wie Verwunderung. »Es war seltsam. Als ob jemand Sie auffrißt, Stück für Stück. Insgesamt hatten fünf Personen mit der Behandlung zu tun: Sarah Hoffman, die Krankenschwester Carol Flanders; ich, natürlich, Dr. Koh Wung, der Anästhesist, und seine Assistentin Celia Rodriguez. Das erste, was passierte, war Carols Kündigung.«

»Warum ist sie gegangen?«

»Sie bekam das Angebot eines Krankenhauses in ihrer Heimatstadt in Colorado. Ihre Eltern, schon ältere Leute, lebten dort, und der Job war in jeder vernünftigen Hinsicht besser als der, den sie bei uns hatte. Wir haben ihr alle geraten, ihn anzunehmen. Die Arbeit in einer kleinen Forschungsklinik ist vielleicht lohnend, aber auch eine Strapaze. Wir hätten ihr nie so viel bezahlen können wie ein großes Krankenhaus, und für eine Beförderung hatten wir nicht genug Stellen.«

»Was geschah dann?«

»Nichts, wenigstens einen Monat lang. Dann bekam Dr. Wung den Ruf an eine Universitätsklinik nach Boston und nahm seine Assistentin mit. Und das letzte war der Mord an Sarah Hoffman.«

Er ließ offensichtlich große Partien der Geschichte aus, und Jane war überzeugt, das es gewichtige Teile waren. Sie konnte später noch einmal darauf zu sprechen kommen, jetzt mußte sie dafür sorgen, daß er weiterredete. »Wie wurde sie ermordet?«

»Zunächst sah es ganz nach einem Einbruch aus. Sie war spätnachts noch in ihrem Büro. Niemand weiß, warum. Sonst tat sie das nie. Vielleicht wollte sie noch Akten aufarbeiten, weil Carol Flanders noch nicht ersetzt war. Oder jemand hatte sich mit ihr dort verabredet. Sie wurde von mehreren Schüssen getroffen, aber niemand hatte etwas gehört. Das Büro war völlig verwüstet, aber nicht als ob ein Dieb etwas Wertvolles gesucht hätte, sondern als ob jemand alles hätte zerstören wollen: Alle Schubladen waren auf den Boden geworfen und angezündet worden.«

»Hat die Polizei Sie geholt, damit Sie sich das ansehen?«

»Nein. Sie kam erst am nächsten Tag, um mich nach

einem etwaigen Verdächtigen und seinem Motiv zu fragen. Da waren sie allerdings schon überzeugt, daß es nicht nur ein Einbruch war. Am Abend wollte ich Carol in Colorado anrufen, um es ihr so sanft wie möglich beizubringen. Aber unter der Nummer, die sie uns gegeben hatte, meldete sich niemand. Ich versuchte dann, sie über ihre Eltern zu erreichen. Von ihnen erfuhr ich, daß Carol einige Wochen vorher bei einem Autounfall ums Leben gekommen war. Morgens an ihrem ersten Arbeitstag. Sie hatte es nicht einmal bis zum Krankenhaus geschafft.«

»Haben Sie daran gedacht, auch Wung anzurufen?«

»Selbstverständlich. Seine Universität schickte mich von einer Abteilung zur andern. Er stand noch nicht auf der Telefonliste, weil das neue Verzeichnis noch nicht gedruckt war. Wenigstens wußte man im Personalbüro, wer er war, aber nicht, wo. Schließlich mußte ich erst fünf verschiedene Leute an unserer Klinik überzeugen, daß das ein Notfall war, bevor sie die Telefonnummern herausrückten, die er hinterlassen hatte. Ich rief zuerst seinen Bruder an und stand vor der nächsten Katastrophe. Koh war tot. Ich fragte, wie, aber er sagte mir nur, daß es im Urlaub passiert war. Sein Englisch war nicht viel besser als mein Koreanisch. Immerhin verstand er, daß ich ihm meinen Namen und meine Telefonnummer gab, denn eine knappe Stunde später rief seine Schwester zurück. Sie schrie mich an. Ich hörte aus allem nur heraus, daß Koh Selbstmord begangen hatte. Auf irgendeine Weise waren sie zu dem Eindruck gekommen, daß die Universität von Chicago ihn gefeuert hätte und der neue Job in Boston ein Karriereknick wäre. Da er mit mir zusammengearbeitet hatte, war ich derjenige, der die Kündigung veranlaßt hatte, so daß der in seiner Würde verletzte Koh sich nur noch umbringen konnte. Die Details habe ich nicht mitbekommen und traute mich auch gar nicht, sie in ihrem Wutanfall danach zu fragen.«

»Was taten Sie dann?«

»Mir war klar, was jetzt das wichtigste war, nämlich Celia Rodriguez zu warnen. Ich rief wieder in Boston an und bekam dasselbe Ringelreihen wie vorher: Sie sollte erst im Herbst anfangen, und sie wüßten nicht, wo sie sich aufhielt, nicht einmal, ob sie überhaupt schon in der Stadt war. Die Telefonauskunft – Fehlanzeige. Ich rief sogar Kohs Schwester an, ob sie vielleicht die Nummer in den Unterlagen ihres Bruders gefunden hätte. Vergeblich. Niemand hatte je von Celia Rodriguez gehört.«

Jane sah plötzlich das ganze Bild vor sich. Carols Autounfall und Kohs Selbstmord und Sarahs Ermordung – wenn das alles in Chicago passiert wäre, so hätte die Polizei sofort die Serie erkannt und eine Suche nach Celia Rodriguez gestartet. Aber in Boston kannte niemand die Zusammenhänge. Celia war dort fremd und wurde daher von niemandem als vermißt gemeldet. Morde schaffen es manchmal in die landesweiten Fernsehnachrichten, aber ein Selbstmord, ein Verkehrsunfall, so etwas wurde nur bei sehr wichtigen Leuten gemeldet. »Hatten Sie Angst?«

»Ich war eher wütend. Ich ging zur Polizei und erzählte, daß innerhalb von vierzig Tagen meine vier Mitarbeiter unter ziemlich verdächtigen Umständen ums Leben gekommen waren. Zuerst dachte ich, die nehmen mich überhaupt nicht ernst. Dann, zwei Tage später, standen zwei Polizisten vor meiner Haustür.«

»Um Sie zu verhaften?« Jane wußte, daß man ihn irgendwann verhaftet hatte, aber sie mußte sich auf jedes Detail der Geschichte verlassen können, und die genaue Abfolge der Ereignisse war wesentlich.

»Nein. Sie kamen von der Sonderabteilung für Personenschutz im Polizeirevier und sagten mir, ihrer Meinung nach sei ich in Gefahr.«

»Haben sie über einen Verdächtigen gesprochen?«

»Ja. Nach einer Weile stimmten sie mir zu, daß Mr. Hardiston vermutlich nicht Mr. Hardiston war. Sondern jemand, der mit seiner Gesichtsoperation einer polizeilichen Fahndung zu entkommen versuchte. Sie waren ganz wild auf seine Fotos, aber ich besaß keine, und in Sarahs Büro waren alle Unterlagen – zweifellos absichtlich – verbrannt worden. Dann sollte ich Hardiston beschreiben. Ich habe ihn gerade Ihnen beschrieben, wie er vor der Operation aussah. Könnten Sie ihn danach finden?«

»Ich könnte in jeder Stadt hundert solche Männer finden.«

»Genau. Die Polizisten besprachen sich am Telefon mit ihrem Vorgesetzten und machten mir dann einen Vorschlag«

»Klar, sie hatten einen Plan.«

»Wie bitte?«

»Wie war ihr Plan?«

»Da man den Mann nicht identifizieren könne, sei es für mich das sicherste, wenn sie mich in ein Versteck brächten. Ich sollte niemandem sagen, wohin. Dort müßte ich es dann eine Zeitlang aushalten, und wenn sich der Mann wieder zeigte, sollte ich auftauchen, ihn identifizieren und vor Gericht als Zeuge aussagen. Das ganze Arrangement bräuchte einige Vorbereitung, aber andernfalls würden sie mich auch noch verlieren. Ich sei der einzige, der den Mann wiedererkennen könne.«

»Und Sie waren einverstanden?«

»Ich dachte mir, meine Kooperation sei in dieser Lage das vernünftigste. Sie brachten mich noch am Abend auf eine Farm, fünfhundert Kilometer von Chicago entfernt. Ich durfte nur ein paar Sachen einpacken, deren Fehlen im Haus nicht weiter auffiel.«

»Wo lag die Farm?«

»Fünfzehn Kilometer außerhalb einer Stadt namens Hurst, in der Nähe von Carbondale.«

»Und dann?«

»Es war merkwürdig, wie im Traum. Sie waren sehr rücksichtsvoll, ich bekam sogar jeden Tag eine Zeitung. Eines Morgens fand ich darin auf der ersten Seite rechts unten die Nachricht, daß die Polizei mich in einem Mordfall suchte.«

»Was dachten Sie sich dabei?«

»Ich war etwas enttäuscht. Man hatte mir zu verstehen gegeben, daß mein Haus nicht verlassen aussehen sollte, und wenn der Mörder einbrechen sollte, würden sie sich ihn schnappen. Aber der Bluff hatte offenbar nicht gewirkt.

Sonst hätte die Polizei doch der Presse nicht erzählt, daß sie mich sucht. Außerdem war ich ein wenig beunruhigt, welchen Eindruck die Zeitungsmeldung auf andere Leute machte. Ich mußte ihnen ja wie ein Verdächtiger vorkommen.«

»Ich nehme an, die Polizei hatte die Schlüssel zu Ihrem Haus.«

»Natürlich. Das Haus sollte doch bewohnt erscheinen.«

»Und wann waren Sie nicht mehr nur ein wenig, sondern richtig beunruhigt?«

»Drei Tage später. Die Polizisten machten einmal pro Woche alle Einkäufe. An dem Tag mußte ich aber länger als gewöhnlich auf sie warten. Schließlich legte ich ihnen einen Zettel auf den Tisch und ging spazieren. Als ich zurückkam, standen drei Streifenwagen vor dem Haus, nicht die Zivilfahrzeuge wie sonst, sondern ordentliche Dienstwagen, schwarzweiß und mit der Drehleuchte auf dem Dach. Ich war erleichtert, denn ich sagte mir, daß sie sich nie so auffällig zeigen würden, wenn sie den Täter nicht gefunden hätten. Und sie hatten ihn gefunden – mich.«

»Wie ging die Verhaftung vor sich?«

»Ich lief auf die Polizisten zu. Zwei Beamte warfen mich zu Boden und fesselten mich mit Handschellen. Dann schoben sie mich in auf den Rücksitz eines Streifenwagens und fuhren nach Chicago. Ich erzählte ihnen alles, was ich wußte, und bat sie, bitte die Sonderabteilung anzurufen, die meine Geschichte bestätigen könne. Sie hörten mir zu, aber sie riefen nicht an.«

Jane zog fragend die Augenbrauen zusammen. »Warum waren sie jetzt plötzlich hinter Ihnen her?«

Dahlman hob ungeduldig die Hände. »Ich sagte Ihnen doch gerade ...«

»Nein«, sagte sie, »vergessen Sie das Versteck, die ganze Farmgeschichte. Ich habe von Ihnen noch nichts gehört, was nach einem Grund für diese Verhaftung klingt.«

»Man sagte mir nur, Sie bräuchten noch weitere Aussagen. Sie hätten mich nicht in der Klinik angetroffen, auch nirgendwo per Telefon erreicht, und sie machten sich Sorgen. Dann hätten sie sich einen Durchsuchungsbefehl beschafft und das Haus aufgebrochen. Sie zeigten mir sogar Fotos. Ich erkannte zwar die Räume, aber sie hatten sich ziemlich verändert. Der begehbare Schrank meiner Frau hatte sich in den Hausaltar eines Wahnsinnigen verwandelt: Überall an den Wänden hingen Bilder von Sarah, manche von Fleischermessern durchbohrt, andere mit Brandflecken oder sonstwie durchlöchert. Und darauf Dutzende von Krakeleien, mit Aufschriften wie: Ich müßte sie ermorden oder ihre Zeit sei jetzt bald abgelaufen, ›Diebin‹ oder ›Betrügerin‹.«

»Als man Ihnen diese Dinge zeigte, hatten Sie da Ihren Anwalt dabei?«

»Ich hatte einen Anwalt. Er hat die Grundstücksangelegenheiten meiner Frau geregelt und unsere Testamente. Er rief einen angeblich gefürchteten Strafverteidiger an. Ich bin sicher, er war alles andere als unfähig, aber ...« Dahlmans Stimme wurde unhörbar.

»Er hat Ihnen nicht geglaubt.«

»Er fragte mich zum Beispiel ›Wissen Sie, welcher Wochentag heute ist?‹ oder ›Welcher Monat?‹, und dann sagte er: ›Ich bin hier, um Ihnen zu helfen, aber die beste Hilfe für Sie ist mein Rat, nichts zu verbergen.‹«

»Hat er sich wenigstens Ihre Geschichte angehört?«

»Er wußte schon alles. Ich denke, die Polizei hatte meine ganze Aussage auf Band genommen.«

»Kein Wunder, daß er Ihnen nicht geglaubt hat.«

»Daß die Polizeibehörde das alles inszeniert hatte, um mir einen Mord anzuhängen – diese Vorstellung ging wohl über seinen langsamen Verstand.«

So etwas hatte Jane kommen sehen. »Ein langsamer Verstand«, sagte sie, »ist nicht immer das Schlechteste.«

»Was genau meinen Sie damit?« fragte er betroffen.

»Ganz einfach«, sagte Jane, »die Leute, die mit Ihnen gesprochen haben und Sie dann versteckt haben, waren keine Polizisten.«

»Wie können Sie so etwas behaupten?« Dahlman war jetzt sichtlich verärgert.

Jane achtete nicht darauf. »Ein paar Kleinigkeiten, die nicht stimmen können. In keinem Polizeirevier gibt es so etwas wie eine ›Sonderabteilung für Personenschutz‹. Los Angeles und Chicago haben erst neuerdings Mittel für den Schutz von Kronzeugen gegen die organisierte Kriminalität beantragt, aber bis jetzt wurden sie noch nicht bewilligt. Wenn die Polizei einen Zeugen schützen will, dann versteckt sie ihn nicht auf einer Farm und läßt ihn allein. Sie beschützt die Person wirklich, sie stellt einen Polizisten vor ihre Tür oder nimmt sie selbst in Gewahrsam. Ein Strafverteidiger weiß das. Und falls ein Polizist glaubt, Sie werden beschattet, dann benützt er nicht Ihr Telefon, um das Revier anzurufen und Gegenmaßnahmen zu diskutieren. Das waren keine Polizisten.«

»Oh«, sagte Dahlman nur. Dann fügte er überflüssigerweise hinzu: »Die zwei waren aber sehr überzeugend.«

»Die richtigen waren die, die Sie verhaftet haben. Wie sind Sie denen eigentlich entwischt?«

Dahlman schüttelte belustigt den Kopf. »Das war das einzige, was mein Anwalt wirklich für mich getan hat.«

Jane verstand nicht sofort. »Nach all dem Horrorzeug in Ihrem Haus und Ihrem zeitweisen Verschwinden auf dem Spaziergang hat er Sie noch auf Kaution freibekommen?«

»Nein. Er ließ mich zur Beobachtung in die geschlossene Abteilung einer psychiatrischen Klinik bringen. Ich kenne die Klinik, ich habe da einmal gearbeitet, und auf einmal steckte ich selbst darin – wie alle anderen Psychiatriepatienten. Die neue Situation war ein ziemlicher Schock für mich, genauer gesagt: etwas wie ein Identitätsverlust. Ich war nur noch der soundsovielte Patient im anstaltsüblichen Pyjama. Keiner interessierte sich dafür, wer ich noch ein paar Tage vorher gewesen war. Ich stand unter Beobachtung, aber gleichzeitig bekam ich Beruhigungsmittel in hohen Dosen, so daß an mir eigentlich gar nichts mehr zu beobachten gewesen wäre.«

»Wieso ›gewesen wäre‹?«

»Ich tat nur so, als ob ich die Mittel einnähme, statt dessen legte ich mir einen Vorrat an. Ich hatte noch keinen richtigen Plan, aber ich wußte, wenn ich diese Pillen nähme, würde ich nie einen haben. Dann tauchte eines Tages ein Pfleger auf, den ich kannte. Er hatte vorher in der Chirurgie gearbeitet, sich dann in die Psychiatrie versetzen lassen, weil er da besser bezahlt wurde. Wir redeten miteinander. Ihm war klar, daß ich nicht verrückt war und ganz sicher nicht meine Partnerin umgebracht hatte. Er war bereit, mir zu helfen, nur durfte er hinterher nicht als der Schuldige dastehen. Also schütteten wir meine Beruhigungspillen in seine Cola-Flasche. Ich nahm sein Namensschild, seinen Ausweis, seine Schlüssel und seine Jacke, und dann steckte ich ihn in ein Zimmer, das dort ›Ruheraum‹ heißt, wo er sich ausschlafen sollte, bis die Wirkung der Pillen nachließ. Mit seinem Schlüssel kam ich aus der Abteilung ins Freie und nahm den nächsten Bus nach Buffalo. Zu Ihnen.«

»Darauf habe ich schon gewartet. Woher wußten Sie von mir?«

»Das – das war ein seltsamer Zufall«, sagte Dahlman langsam. »Vor einem Jahr, kurz nach Weihnachten, war ich auf einer Tagung auf den Virgin Islands, in Road Town. Sie wissen wahrscheinlich, wie das ist. Wenn man eine Fachtagung für Chirurgen veranstaltet, dann muß sie in einem Urlaubsmonat stattfinden, wenn nicht soviel zu tun ist wie sonst. Und im Winter wird sie nur dann gut besucht, wenn man sich ein warmes Land dafür aussucht. Vielleicht war sogar Carey damals dabei.«

»Vor einem Jahr?« Jane schüttelte den Kopf. »Nein.« Seit ihrer Heirat hatte Carey kaum noch derartige Tagungen besucht, und sie war froh darüber. Er hätte ihr gefehlt, und sie hätte ihn nicht gern begleitet. Sie hatte schon zuviel Zeit in ihrem Leben auf Flughäfen und in Hotels verbracht, und außerdem hatte sie immer das Gefühl, es könnte plötzlich jemand auftauchen, der auf der Suche nach ihr war.

»Ich fahre auch nicht mehr so oft wie früher«, sagte Dahlman. »Nur mußte ich damals einen Vortrag über unsere postoperativen Behandlungsmethoden halten. Das ging noch einigermaßen gut. Dann kam der Silvesterabend, und am nächsten Morgen sollte ich zurückfliegen. Aber inzwischen hatte ich eine gewisse Beziehung zu einer Kellnerin.«

Sie hob fragend die Augenbrauen. »Eine Kellnerin?«

»Machen Sie sich nicht lächerlich«, antwortete er ärgerlich. »Die Woche in dem Hotel war ziemlich frustrierend. Die meisten Gäste verhandelten ständig mit dem Hotelmanager und bekamen trotzdem nicht, was sie wollten. Oder sie redeten mit der Empfangsdame, die offenbar nur deshalb hinter ihrem Tresen saß, weil sie da gut aussah. Für alles andere war sie hoffnungslos unterbelichtet. Aber diese Kellnerin hörte einem wenigstens zu und lieferte tatsächlich, was man bestellte. Ich war großzügig mit Trinkgeld und höflich zu ihr. Das war alles.«

»Und sie hat Ihnen von mir erzählt?«

»Nein. Eines Morgens um drei Uhr klopfte sie bei mir an und sagte, es gebe einen Notfall. Das ganze Hotel war voll von Ärzten, aber in ihren Augen zählten sie alle nicht. Viele hatten getrunken. Ich trank nie. Andere waren mit Frau und Kindern angekommen. Ich nicht. Wieder andere hatten sie nicht einmal wahrgenommen oder kamen ihr unzugänglich vor. Also blieb ich übrig. Sie brachte mich in ein großes Haus, eine Art Villa, wie man sie an der Riviera erwartet, aber dann doch nicht findet. Der Eigentümer war krank, und offenbar kannte er niemanden, der ihn behandeln konnte. Vielleicht stimmte das, vielleicht war es aber auch nur ein vorgeschobener Grund, um mich zu holen. Aber soviel stimmte: Der Mann hatte eine akute Lungenentzündung. Ich punktierte ihn und gab ihm Medikamente. Ein Kinderspiel. Medizinstudenten machen so etwas dauernd. Er wollte sich erkenntlich zeigen, ich lehnte ab. Er redete jedoch gar nicht von Geld.

Er war überzeugt, ich sei mit einem Koffer Bargeld auf die Virgin Islands gekommen, um es hier in einer Bank zu verstecken. Doch ich versicherte ihm, ich sei nur wegen einer medizinischen Fachkonferenz hier. Er sah mich mit einem mitleidigen, wissenden Lächeln an. Der Mann war ganz klar kriminell, und die Idee, jemand anderes könnte vielleicht sauber bleiben wollen, kam ihm nicht einmal im Schlaf. Schließlich schrieb er mir Ihren Namen und Ihre Adresse auf einen Zettel. Er meinte, daß ich sicher irgendwann mal Probleme kriegen würde. Jeder – wirklich jeder hätte irgendwann mal einen guten Grund zu verschwinden. Ich sollte mir Ihre Adresse merken und den Zettel vernichten, und wenn es soweit wäre, sollte ich zu Ihnen gehen. Natürlich habe ich das Papier vernichtet, aber was darauf stand, ist mir im Gedächtnis geblieben. Es war eine ungewöhnliche Begegnung. Noch nie hatte ich einen solchen Menschen kennengelernt.«

»Und als die Polizei in Buffalo Sie ausfindig machte, waren Sie auf dem Weg zu mir?«

»Ja. Ich hatte es schon bis zum Busbahnhof geschafft und wollte mir gerade ein Taxi rufen. Aber ich wirkte wohl verdächtig, und im nächsten Augenblick standen zwei Polizisten vor mir und wollten meinen Ausweis sehen. Ich rannte los, sie schrien, ich sollte stehenbleiben, und da dachte ich wieder logisch. Ich griff in die Jacke nach dem Ausweis, aber sie glaubten wohl, ich wollte eine Waffe ziehen. Das hatte mir George Hawkes nicht erzählt.«

Wenn er noch immer George Hawkes hieß, überlegte Jane, dann ging es ihm gut. Als sie ihn das erste Mal sah, verdiente er seinen Lebensunterhalt als Kurier, indem er Geld aus einem Juwelendeal von Kalifornien über Panama und mehrere Banken auf den holländischen Antillen in europäische Strohfirmen transportierte und dann den ganzen Weg zurück. Eines Tages vor sieben oder acht Jahren geriet er in eine Razzia, weil man ihn für einen Drogenhändler hielt. Er hatte aber rechtzeitig die Anzeichen dafür erkannt: den Lieferwagen, der an der Ecke parkte und ab und zu schwankte, als ginge darin jemand herum, und die anderen, großen Wagen, die von allen Seiten gleichzeitig ankamen.

Er entwischte ihnen mit einem Haufen Geld durch einen belebten Supermarkt. Einer Razzia zu entgehen, löste aber sein Problem noch lange nicht. Seine Auftraggeber hatten nichts mit dem Drogenhandel zu tun, ihr Geschäftszweig war das Raubkopieren großer Filme und der Vertrieb in ausländische Märkte. Und diese Leute interpretierten sein Verhalten ganz anders. Sie nahmen an, er sei mit ihrem Geld untergetaucht. Deshalb war er zu Jane gekommen.

Sie hatte ihn versteckt und dann seine früheren Auftraggeber kontaktiert, um einen Vertrag auszuhandeln. Das Ergebnis war, daß Harvey Fisk seinen üblichen Prozentsatz bekam und ihnen dann das Geld durch die gewöhnlichen Kanäle zurückschickte, die danach unwiderruflich geschlossen wurden; er unternahm künftig nichts Illegales mehr; sie brauchten keine Angst zu haben, die Polizei könne ihn finden, und er würde mit entsprechenden Auskünften eine kürzere Gefängnisstrafe heraushandeln. Als Gegenleistung sollten sie weder nach ihm suchen noch ihn belästigen oder Dritten von ihm erzählen. Jede Vertragsverletzung, egal von welcher Seite, hätte als Ergebnis, daß Jane – als Schiedsgericht – der Polizei ausreichend Informationen zuspielen würde, um die vertragsbrüchige Partei von der Bildfläche verschwinden zu lassen.

Jane gab ihrer Neugier nach: »Wie geht es ihm?«

»Ganz gut«, sagte Dahlman, »bei bester Gesundheit für seine sechsundfünfzig. Gute Gesamterscheinung, die Muskeln durchtrainiert von Tennis und Schwimmen.« Er bemerkte den Ausdruck in ihrem Gesicht. »Aber das meinten Sie vielleicht nicht.«

»Nein.«

»Er lebt so üppig wie ein Pascha. Und wissen Sie was? Damals schien es mir unwichtig, aber jetzt bedeutet es alles für mich: Er hat keine Angst.«

12

Obwohl sie schon seit Stunden im Dunkeln fuhr, hielt Jane mit unermüdlicher Disziplin ihre Geschwindigkeit konstant. Sie fuhr nur dann schneller und überholte, wenn es nötig wurde, damit sich hinter ihr keine Schlange bildete, in der sich ein Verfolger verbergen konnte.

Die Ereignisse, die Dahlman so unverständlich waren, hatten für Jane nichts Rätselhaftes. Die beiden Männer hatten sich als Polizisten ausgegeben, um ihn bis ins letzte Detail aushorchen zu können. Seine Antworten waren für die Killer wesentlich: Gab es Fotos von Hardiston? Gab es auch nach dem Brand in Sarahs Büro noch weitere Unterlagen? Wenn er später seine Geschichte erzählte, würde sie sich dann logisch und vernünftig anhören oder konfus und unglaubwürdig und wahnsinnig? Falls er irgendwelche weiteren Zeugen hatte, von denen sie noch nichts wußten, andere Beweise, die seine Geschichte untermauern könnten, so mußte er damit herausrücken. Doch er hatte nichts dergleichen.

Dann versteckten sie ihn auf dieser Farm und schärften ihm ein, sie nicht zu verlassen und mit niemandem zu reden. Sie nahmen die Schlüssel, die er ihnen gern überlassen hatte, und gingen in sein Haus. Sie brauchten eine Woche, um jeden Winkel zu durchsuchen und alles zu vernichten, was nach einem Beweis für seine Geschichte aussah. Danach brachten sie diese Fotos und die Schmierereien an, die beweisen sollten, daß er seit Monaten die Ermordung seiner Partnerin vorbereitet hatte und schwer geistesgestört war.

Der Plan war gut durchdacht. Mit dem Fall Hardiston waren fünf Personen befaßt. Wären alle fünf auf einen Schlag in Chicago ums Leben gekommen – die Polizei hätte sich in hellem Aufruhr befunden. Das wußten die Mörder, und deshalb schossen sie ein Exemplar nach dem anderen aus der Herde heraus. Sogar die Reihenfolge der Morde war genau geplant: Das erste Opfer war Dr. Hoffmans Assistentin, der Autounfall auf dem Weg nach Colorado. Sie stellte kein Problem dar, denn sie war zu diesem Zeitpunkt schon nicht mehr am selben Ort wie die anderen. Der zweite war Dr. Wung, in Korea. Seinen Tod konnte niemand mit dem Unfall in Zusammenhang bringen, selbst in dem unwahrscheinlichen Fall, daß er von beiden gehört hätte. Das dritte Opfer, Wungs Assistentin Celia, bot sich sozusagen als nächste an. Sobald ihr Chef tot war, griffen sie sie in Boston auf und verscharrten sie irgendwo. Vor der Entdeckung der Leiche würde niemand ihr Verschwinden bemerken. Niemand kannte sie in Boston. Sie war nur aus dem Grund dorthin gezogen, um mit Wung weiterhin zusammenzuarbeiten, und der wurde erst einen guten Monat später erwartet. Und sogar danach würde man vor allem Dr. Wung suchen und nicht die Assistentin, die er mitbringen wollte.

Der Plan war mustergültig durchdacht. Sie hatten drei Menschen umgebracht, an drei verschiedenen Orten, und nie auf dieselbe Weise. Und weder die Polizei noch die beiden Ärzte in Chicago hatten auch nur eine Ahnung von dem, was da vor sich ging.

Jetzt blieben nur noch Dahlman und Sarah Hoffman. In beiden Fällen war nach einem Mord mit einer sofortigen Ermittlung zu rechnen. Und zwangsläufig würde die Polizei die ehemaligen Mitarbeiter befragen wollen und dann herausfinden, daß eine statistisch unwahrscheinliche Zahl von ihnen in kurzen Zeitabständen gestorben war. Die Mörder lösten also die Ermittlung selbst aus, und zwar erst dann, als sie der Polizei einen Täter präsentieren konnten. Noch bevor die erste Frage auftauchte, sollte sie schon beantwortet sein.

Wenn die Polizei aus dem Selbstmord und dem Autounfall und dem Verschwinden drei Morde machen sollte, dann brauchten sie nicht lange nach Verdächtigen zu suchen. Sie hatten ja schon einen überführten Mörder, der sichtbar geisteskrank war und für den Mord an Sarah ebensowenig ein Motiv hatte wie für die drei anderen. Die Killer mußten das alles nach allen Richtungen durchgespielt haben, um die richtige Reihenfolge und das letzte Opfer, den Täter festzulegen.

Je länger Jane darüber nachdachte, um so raffinierter fand sie den gesamten Plan. Für das schlichte Verschwinden eignete sich am besten eine der drei Frauen, denn Frauen in einer großen Stadt passierte so etwas immer wieder, kaum jemals aber einem Mann in den mittleren Jahren. Für den Verkehrsunfall brauchten sie jemanden, der sich zu einer längeren Autofahrt verleiten ließ. Auf einer langen Strecke boten sich viele Möglichkeiten, den Unfall zu arrangieren. Der in Aussicht genommene letzte, der Mörder, mußte selbstverständlich ein Mann sein, weil Männer, wenn sie durchdrehen, eher gewalttätig werden als Frauen. Hinsichtlich des Selbstmords hatte Jane keine Statistik im Kopf, aber sie hielt Männer für höher suizidgefährdet als Frauen, und ein Anästhesist, der ja über die nötigen Mittel verfügte, war dafür natürlich der ideale Kandidat.

»Wo halten wir als nächstes?«

Jane mußte sich wieder mit Dahlman befassen. Mit ihm sprechen. Menschliche Wesen waren ungeheuer zerbrechlich. Sie brauchten dauernd Informationen, etwas zum Nachdenken oder etwas zu tun, sonst verloren sie den Zusammenhang mit der Herde, und das bedeutete soviel wie den Verlust der Zugehörigkeit zur Welt. »Ich weiß es noch nicht«, sagte sie, »bis jetzt habe ich darüber nachgedacht, was Sie mir erzählt haben, damit ich weiß, was wir als nächstes tun müssen.« Sie lächelte ihm etwas verlegen zu. »Eine ziemlich ungemütliche Geschichte.«

Er antwortete nicht mehr so bissig wie vorher. Ruhig und mit Bedauern sagte er: »Sie sagten, Sie würden herausfinden, wer hinter uns her ist. Haben Sie es herausgefunden?«

»Die Polizei von Chicago ist an Ihnen interessiert. Dieses Problem konnten wir damit lösen, daß wir Illinois hinter uns gelassen haben. In einem Mordfall strengt sich nur die örtliche Polizei wirklich an, überall sonst sind Sie bloß ein Name auf einer sehr, sehr langen Liste. Aber das haben die Leute, die Ihnen die Sache in die Schuhe geschoben haben, längst bedacht. Sie haben es so gedreht, daß Sie als unberechenbar und gefährlich gelten, also stehen Sie jetzt ganz oben auf der Liste. Und seit die Bundesbehörden den Fall übernommen haben, sind mittlerweile wahrscheinlich alle, die ihr Geld mit der Suche nach Menschen verdienen, hinter Ihnen her.«

»Wollen Sie damit sagen, ich sollte mich stellen und auf mein Glück im Prozeß verlassen?«

Jane hob die Schultern. »Eine schwierige Frage. Normalerweise, wenn ein Unschuldiger angeklagt ist, antworte ich Ja. In Ihrem Fall würde ich dasselbe sagen, wenn ich Beweise Ihrer Unschuld hätte, von denen Sie mir noch nichts erzählt haben. Gibt es welche?«

»Keine Beweise in diesem Sinn. Ein anständiges Leben kommt dafür wohl nicht in Frage.« Er schwieg eine ganze Weile. »Wie käme ich aus einer Verhandlung raus? Sagen Sie mir die Wahrheit.«

Jane kniff die Augen zusammen und konzentrierte sich. »Sie wurden schon einmal verhaftet. Man hat Ihnen einen Anwalt besorgt, man hat sich zwei- oder dreimal Ihre Geschichte angehört, und dann hat man Sie zum Psychiater geschickt. Das macht natürlich noch kein Urteil aus, aber ich glaube, Sie können das nächstemal genau den gleichen Ablauf wieder erwarten. Da Sie offenbar alles verstehen, was man Ihnen sagt, halte ich die psychiatrische Untersuchung für reine Formsache. Man erklärt Sie also für ausreichend verhandlungsfähig, und Sie haben eine Zwanzig- bis Dreißig-Prozent-Chance für einen Freispruch.«

»Woher nehmen Sie solche Wahrscheinlichkeitsprozente?«

»Mehr schafft ein Angeklagter in einem Mordprozeß in diesem Land im Durchschnitt nicht. Ihre Chancen stehen sogar noch schlechter, aber es wäre unrealistisch vorauszusagen, um wieviel schlechter.«

»Warum stehe ich schlechter da?«

»Aus einer ganzen Reihe von Gründen. Darunter der, daß man es geschafft hat, Sie besonders gerissen und hinterlistig aussehen zu lassen. Es steht fest, daß Sie aus einer geschlossenen Abteilung ausgebrochen sind, indem Sie einen Pfleger betäubt haben, und daß Sie aus dem Krankenhaus in Buffalo geflohen sind. Einen solchen Angeklagten mögen die Geschworenen nicht, weil sie annehmen, daß er lügt. Der Richter mag ihn auch nicht, und so geht selbst eine knappe Entscheidung zugunsten der Anklage aus. Ihre Verfolger hatten wochenlang Zeit, alle losen Enden zu verknüpfen, und die Polizei überprüft seit einigen Wochen die gefälschten Beweise. Das heißt, ich kann Ihnen kaum Hoffnung machen, daß die Fälschung von allein als Licht kommt.«

»Eine derartige Ungerechtigkeit halte ich nicht aus«, sagte Dahlman, »ich kann diese Leute doch nicht einfach davonkommen lassen.«

Jane seufzte. »Dann ist es vielleicht das beste, wenn Sie nicht verschwinden, und ich bin die falsche Adresse für Sie.«

»Was soll das nun wieder heißen?«

»Mein Job ist nicht, ein gerechtes Urteil zu sprechen. Ich bin nur ein unbedeutender Niemand und nicht schlau genug, um zu wissen, was Gerechtigkeit ist, ja nicht einmal fähig, mir auch nur vorzustellen, wie man so etwas einigermaßen sauber und ausgleichend, also mit Fairneß hinkriegt. Ich bringe Menschen, deren Leben bedroht ist, an einen Ort, wo niemand sie umbringen will. Zu mir kommen Sie, wenn Sie verschwinden müssen. Wenn Sie etwas anderes wollen, wenn Sie sich rächen wollen zum Beispiel oder ihre Feinde daran hindern, weiteren Schaden zu stiften, wenn Sie innere Ruhe suchen oder Gerechtigkeit – dann bin ich raus aus dem Geschäft.«

Dahlman sagte lange nichts.

»Ich glaube daran, daß Gerechtigkeit ein positives, nachprüfbares und erreichbares Ziel ist. Ich brauche Sie, um nicht in einer Zelle zu landen, aber ich gebe nicht auf. Ich sage Ihnen das in aller Offenheit.«

»Gut. Aber glauben Sie bitte nicht, daß wir beide jetzt diese Leute jagen.«

»Wenn es notwendig ist, werde ich es tun.«

»Ach ja?« sagte Jane. »Dann sollten Sie sich ab sofort so intensiv darauf vorbereiten, wie Sie nur können.«

»Was meinen Sie damit?«

»Keine einzige Behörde fahndet nach den Leuten, die Sie reingelegt haben. Sie sind auf sich allein gestellt. Aber wenn Ihnen einer von denen wiederbegegnet, dann ist er bewaffnet und wird versuchen, Sie umzubringen. Wollen Sie das zulassen?«

»Wohl nicht«, sagte er. »In der letzten Situation dieser

Art hatte ich den irrigen Eindruck, Sie wünschten meine Hilfe bei einem Hinterhalt und einer Schießerei. Ich lehnte es ab. Aber mich umbringen zu lassen, dient keinesfalls der Gerechtigkeit. Ich würde also versuchen, es zu verhindern.«

»Mit einer Waffe in der Hand?«

»Ich würde sicher zögern, aber wenn es keine andere Möglichkeit gibt, mein Leben – und mein Wissen – zu schützen, dann wahrscheinlich schon.«

Jane schüttelte den Kopf. »Dieses ›keine andere Möglichkeit‹ funktioniert nicht im wirklichen Leben. Wenn es dazu kommt, haben Sie nicht zehn Stunden Zeit, jede einzelne Alternative darauf zu prüfen, ob sie eventuell oder notwendigerweise zu Ihrem Tod führt. Sie haben nicht einmal zehn Sekunden. Sie sehen die Leute vor sich und schießen, oder die sehen Sie und schießen. Da geht es nicht mehr um Gut und Böse. Nur noch darum, wer die elfte Sekunde erlebt.«

Er nickte zustimmend. »Ich nehme an, so läuft so etwas ab. Es könnten aber gewisse Umstände eintreten ...«

»Ja«, unterbrach sie ihn, »könnten sie. Und wenn Sie sich schon darauf vorbereiten, fangen Sie am besten mit den wahrscheinlichsten an.«

»Und welche Umstände wären das?«

»Wir haben – wie viele inzwischen? – sagen wir: fünf Männer, die Sie suchen. Das machen die ganz ohne Zauberei. Sie sehen sich die Fernsehnachrichten an, um zu erfahren, wo Sie wieder auftauchen. Die Reporter haben die Information von der Polizei. Und das heißt: Der nächste, der Ihnen einen Revolver unter die Nase hält, ist nicht irgendein schmieriger Ganove, der zusammen mit seinen Kumpeln Ihre Freunde umgebracht hat, sondern ein Polizist. Einer von den Guten. Genaugenommen von den Besten, weil er sein Leben einsetzt, um andere Menschen zu beschützen. Und er glaubt ebenso an die Gerechtigkeit wie Sie. Wir verhalten Sie sich?«

Jane wartete einige Sekunden, während Dahlman das Problem analysierte. Dann fuhr sie fort: »Bisher hatte ich gehofft, wir müßten Sie lediglich eine Weile aus der Schußlinie bringen, so lange bis die Polizei Ihre Unschuld geklärt hat. Aber jetzt bin ich mir nicht mehr sicher, ob das noch geht. Ich kann Ihnen nur versprechen, daß ich versuche, Sie am Leben zu halten. Das gute Ende kann ich Ihnen nicht versprechen.«

Um zwei Uhr morgens fuhr Jane an eine Tankstelle. Der junge Mann an der Kasse schaute aus seinem beleuchteten Häuschen heraus, und Jane sah ihn sich genau an. Er war vielleicht neunzehn Jahre alt, mit einem Dreitagebart, der ihn sicher eine Woche gekostet hatte, und einer Tätowierung auf dem linken Handrücken.

»Sie bleiben hier sitzen, während ich tanke. Schauen Sie nicht zu ihm, wenn ich die Tür aufmache, weil dann das Innenlicht angeht.«

Sie wollte schon aussteigen, als Dahlman sagte: »Warten Sie.«

Sie machte die Tür wieder zu. »Was ist?«

»Ich würde gern auf die Toilette gehen, wenn wir schon halten. Wie komme ich an den Schlüssel?«

»Ich hole ihn für Sie.« Sie behielt den Kassierer im Auge. Er schien sich jetzt nicht mehr um sie zu kümmern, sondern widmete sich wieder seiner Fernsehsendung. »Wollen Sie sonst noch was? Eine Cola, einen Kraftriegel?«

»Nein«, sagte Dahlman, »nein, danke.«

Jane ging hinein. Die Baseballinformationen im Fernseher übertönten das Brummen des hohen Kühlschranks am Eingang: Sie legte einen Zwanzigdollarschein hin und sagte: »Nummer fünf. Und kann ich bitte den Schlüssel für die Herrentoilette haben?«

Der junge Mann deutete wortlos auf ein Schlüsselbrett hinter ihr an der Wand. Jane nahm den Schlüssel, ging zur Tür und behielt die Glastür des Kühlschranks und das Spiegelbild des Kassierers im Auge. Er verfolgte sie mit seinem Blick, bis sie wieder draußen war. Sie mußte sich klarmachen, daß sie hier nicht durch die Paßkontrolle eines ausländischen Flughafens ging. Das hier war ein ganz normaler Teenager, und seine Interessen beschränkten sich auf

Autos und Musik und das, was er in diesem Augenblick vor sich sah.

Sie gab Dahlman den Schlüssel, tankte den Wagen auf und beobachtete dabei über das Wagendach hinweg den Kassierer.

Er schien in eine Art Nachdenken versunken, denn er starrte nicht mehr in seinen Fernseher. Dann sah sie, daß er einen Mop in die Hand nahm und um die Kasse herumging. Er war überhaupt nicht der Typ eines Putzteufels; auf den Kaugummipaketen und Zigarettenschachteln im Ständer hatte sie eine mehrere Wochen alte Staubschicht bemerkt. Falls sein Chef ihm befohlen hatte, aufzuwischen, dann tat er das wohl erst am Ende seiner Schicht, und die endete sicher nicht zwischen zwei und drei Uhr morgens. Eher um sechs oder sieben Uhr früh.

Sie ließ ihn nicht aus den Augen. Er kam heraus und ging auf die Herrentoilette zu. Einen Eimer hatte er nicht bei sich. Jane hängte den Zapfhahn zurück, schraubte den Tankdeckel zu und ging zurück in das Häuschen.

Sie brauchte nur einige Sekunden. Sie zog die Telefonschnur aus der Wand, stieg mit dem Absatz ein paarmal auf den Plastikstecker und machte ihn wieder an seinem Kästchen fest, so gut es ging. Dann ging sie nach nebenan in die Werkstatt und sah sich in aller Eile nach etwas um, was sie gebrauchen konnte. An der Wand hing ein Satz Schneeketten. Sie nahm eine herunter und lief schnell wieder nach draußen.

Dahlman kam gerade heraus, und der junge Mann drängte sich an ihm vorbei in die Toilette. Sobald er die Tür hinter sich geschlossen hatte, nahm Jane die Schneekette, legte sie mit dem einen Ende um den Türknopf und band das andere Ende an den Pfosten, der das vorspringende Dach abstützte.

Dahlman blieb verblüfft stehen. »Sind Sie verrückt geworden?« zischte er ihr zu.

Sie schien ihn nicht mehr zu hören, sondern ging zur Kasse zurück. Dahlman folgte ihr. »Er muß doch Verdacht schöpfen, wenn Sie ihn in der Toilette einsperren!« Jane nahm einen Hammer von der Werkbank. An der Wand hingen verschiedene Schraubenschlüssel an Nägeln. Sie nahm einen herunter und zog mit einer Zange drei Nägel aus dem Holz.

»Geben Sie mir den Schlüssel« sagte sie und riß ihn fast aus seiner Hand. »Gibt es nach hinten ein Fenster?«

Er schüttelte den Kopf. Jane lief an Dahlman vorbei, rannte zur Toilette, kniete sich auf den Boden und schlug den ersten Nagel durch die Tür in den Rahmen. Als sie mit dem Hammer zum zweiten Schlag ausholte, gab es einen lauten Knall, und wenige Zentimeter über ihrem Kopf hatte die Tür plötzlich ein Loch. In der nächsten Sekunde stand Jane neben dem Türrahmen. Sie hatte diese Möglichkeit kurz bedacht, nachdem sie unter dem Kassentisch keinen Revolver entdeckt hatte, den Gedanken aber wieder verworfen. Jetzt hatte der Junge Angst um sein Leben.

Sie rannte zum Wagen, aber Dahlman saß nicht darin. Sie lief zurück und fand ihn an der Kasse, wo er wie gebannt auf den Fernseher starrte. Sein eigenes Gesicht sah ihm entgegen. »Ich bin im Fernsehen«, sagte er, »und sie erzählen die unglaublichsten Dinge über mich ...« Er sah Jane mit einem leeren Blick an. »Ich bin jetzt ein Serienmörder.«

»Ich konnte es Ihnen in der Eile nicht sagen. Ich weiß, was er gesehen hat. Als ich hereinkam, liefen irgendwelche Baseballergebnisse im Fernseher. Aber um diese Zeit findet nirgendwo ein Spiel statt, also mußten es die Nachrichten sein.«

Noch einmal sah sie sich in der Werkstatt um. Das einzige Fahrzeug darin war ein Abschleppwagen. Im Werkzeugkasten unter der Winde fand sie, was sie so dringend suchte. Es war ein etwa dreißig Zentimeter langer Blechstreifen mit einer Einkerbung am oberen Ende. Sie nahm das Blech an sich, dazu einen Hammer und einen Schraubenzieher, und machte den Kasten wieder zu.

Sie nahm Dahlmans Arm, zog ihn mit sanfter Gewalt zum Wagen, setzte ihn hinein und fuhr wieder auf die Straße zurück.

»Was können wir denn jetzt noch tun?« Sein Foto im Fernsehen hatte ihm offenbar den letzten Rest seines Selbstvertrauens geraubt.

Jane sah auf die Uhr. »Kurz nach halb drei. Er steckt jetzt vermutlich eine Stunde da drin, bis der nächste Fahrer zum Tanken kommt und ihn sucht. Vielleicht kommt auch schon in fünf Minuten jemand. So oder so, wir müssen in dieser Zeit so weit weg von hier wie nur möglich. Der Junge wird der Polizei garantiert eine genaue Beschreibung des Wagens liefern. Oder was meinen Sie?«

Dahlman hob hilflos die Hände. »Ich habe keine Ahnung.«

»Es ist wohl eine Weile her, daß Sie neunzehn waren. Ein Neunzehnjähriger interessiert sich für Autos.«

»Vermutlich.«

Jane zog mißbilligend die Brauen zusammen. »Jetzt lassen Sie sich nicht so gehen, bitte. Das kann ich nicht gebrauchen. Was wir jetzt tun, muß funktionieren, oder sie kriegen uns.«

»Und was tun wir?«

»Nehmen Sie die Karte in die Hand, und dann suchen Sie den nächstgelegenen Flughafen.« Jane wußte, daß er in Akron lag, nur fünfzehn Kilometer entfernt. Sie kannte die Route 224. Die Strecke lief fast schnurgerade durch den Staat Ohio nach Westen. Die Polizei kontrollierte eher die größeren Autobahnen, die in die gleiche Richtung führten, also die 80 im Norden und die 70 im Süden, denn jeder Flüchtige war ein Ortsfremder, und der nahm die Autobahn.

»Hier.« Dahlman zeigte auf einen Punkt der Straßenkarte. »Es sieht aus, als läge der Flughafen von Akron ungefähr fünfzehn Kilometer vor uns.«

Zehn Minuten später zog Jane am Langzeitparkplatz ein Ticket aus dem Automaten, fuhr hinein und begann sofort mit der Suche nach dem geeigneten Wagen. Es war ein neun Jahre alter Chevrolet Impala mit neuen Reifen. Sie entdeckte keine mechanische Wegfahrsperre über dem Lenkrad und keine blinkenden Alarmlämpchen am Armaturenbrett. Sie parkte neben dem Impala und prüfte ihn noch genauer. Er war nicht übertrieben gepflegt, also nicht das Lieblingsauto seines Besitzers. Eher gehörte er jemandem, der weite Reisen unternahm, diesen älteren Wagen auf einem Flugplatz stehenließ und die Garagenplätze für seine Sammlerstücke reservierte.

»Steigen Sie mit mir aus«, sagte sie. »Öffnen Sie Ihren Koffer, aber halten Sie den Kopf unten, als ob Sie nachsehen wollten, ob Sie etwas vergessen haben. Wenn jemand kommt, geben Sie mir ein Zeichen.«

Dahlman öffnete den Kofferraum und machte sich im Innenraum zu schaffen. Jane huschte zu dem Impala hinüber. Er sah ihr zu, wie sie den Blechstreifen zwischen dem Seitenfenster und dem Türrahmen durchsteckte und ihn nach unten manipulierte.

»Was ist das denn?«

»Ein Riegel-Peter«, sagte sie, »so etwas haben Abschleppwagen immer dabei, wenn die Leute ihre Autoschlüssel im Wagen eingeschlossen haben.« Sie zog den Blechstreifen hoch, und die Türverriegelung ging auf. »Passen Sie auf, ob jemand kommt.«

Sie setzte sich hinter das Steuer, steckte den Schraubenzieher zwischen Zündschloß und Lenksäule, schlug mit dem Hammer die Abdeckung zur Seite, riß die Drähte heraus und schälte die Isolierung einen Zentimeter weit heraus. »Holen Sie mir das Klebeband aus dem Koffer.«

Dahlman brachte es und schaute fasziniert zu. Sie band die Zünddrähte zusammen, umwickelte sie mit dem Isolierband und trat das Gaspedal einmal durch. Dann hielt sie die Startkabel aneinander, und der Motor sprang an. Nachdem er rund lief, ließ sie Startkabel wieder los und horchte. »Ruhiger Lauf für einen kalten Motor. Es wird gehen.«

Sie warf das Gepäck in den Kofferraum, suchte einige Wagen ab, öffnete zwei davon mit dem Blechstreifen und holte jedesmal das Parkticket heraus.

»Sie fahren mit dem Chevy hinter mir her. Ich fahre auf den Firmenparkplatz am Terminal.« Sie gab ihm eines der zwei gestohlenen Parktickets.

Dahlman regte sich auf. »Aber wozu? Wir haben doch ein Ticket.«

»Aber darauf steht, daß wir vor fünf Minuten hier reingekommen sind.«

Das ärgerte ihn fast noch mehr. »Was soll das eigentlich alles?«

Jane warf einen ungeduldigen Blick über die Wagenreihen, entdeckte aber nirgends helle Scheinwerfer. »Wir können den Leihwagen nicht länger benützen, weil der Junge an der Tankstelle ihn gesehen hat. Wenn wir ihn hier stehenlassen, meldet die Firma in Youngstown ihn als gestohlen. Wenn wir ihn aber hier auf ihren Parkplatz bringen, bleibt erst einmal alles ruhig.«

Dahlman stieg in den Wagen und folgte Jane. Nachdem sie den Leihwagen ordnungsgemäß abgestellt hatte, kam sie zu Dahlman, übernahm das Steuer und fuhr den gestohlenen Impala auf die Autobahn.

»Wie lange dauert es, bis der Eigentümer den Verlust meldet?« fragte Dahlman.

»Vielleicht einen Tag, vielleicht einen Monat«, sagte Jane, »aber das spielt keine Rolle.«

»Weil wir ihn sowieso nur einen Tag behalten?«

»Nein«, sagte Jane. »Weil wir uns jetzt Hilfe holen.«

13

Am Ufer des kleinen Sees rollte Jane aus und hielt an. Sobald der Fahrtwind nicht mehr durch das halboffene Fenster hereinwehte, spürte sie die Feuchtigkeit auf der Hand, und ihre Arme wurden augenblicklich schwer. Sie wandte sich zu Dahlman und sagte: »Zeit zum Aufstehen.« Dann beugte sie sich vor, trennte die beiden Anlasserdrähte, und der Motor schwieg.

Dahlman streckte sich, setzte sich langsam auf und sah sich um. »Wo sind wir?«

»Minneapolis. In ein paar Minuten ist Sonnenuntergang. Sie haben fast den ganzen Tag geschlafen. Wie geht's Ihnen?«

»Ein bißchen steif, aber die Wunde scheint nicht entzündet zu sein, und das ist ein wunderbares Gefühl.«

»Wir müssen jetzt ein Stück zu Fuß gehen.«

Dahlman fuhr sich mit den Händen über die Haare, strich sich Hemd und Jacke einigermaßen glatt und stieg aus. Jane verschloß alle Türen, dann stieg sie den Uferdamm hinauf. Auf dem schon dunklen Wasser schaukelten ein paar Wildenten. Sie hoben den Kopf in die Höhe und filterten sich mit wildem Schnabelgeklapper die aufgefangene Nahrung in den Schlund.

Auf der gegenüberliegenden Seeseite fuhr ein Wagen entlang, und Dahlman machte ein paar Schritte von der Dammkrone herunter. Jane ging jedoch weiter, während sie ihm zurief: »Verstecken Sie sich nicht. Der Weg ist hier oben.«

»Aber es ist doch dieselbe Richtung.«

»Nein. Kommen Sie wieder rauf.« Sie blieb stehen und wartete auf ihn. »Ich erkläre Ihnen das, so gut ich kann. Weiter oben auf dem Berg am anderen Ende des Sees steht ein Haus. In dem Haus wohnt der Mann, den ich treffen möchte. Um ins Haus gelassen zu werden, muß man einen bestimmten Weg gehen. Daran erkennt ein zweiter Mann, daß alles in Ordnung ist. Dieser zweite ist sehr unberechenbar und mißtrauisch, einer von denen, die zuerst zuschlagen und dann fragen. Im Augenblick beobachtet er uns durch ein Fernrohr.«

»Ein Fernrohr?«

»Sie werden es bald sehen. Ein Teleskop mit sechzigfacher Vergrößerung, auf einem Stativ an einem der oberen Fenster. Jedenfalls während des Tages steht es da. Wenn es dunkel ist, wird ein Infrarot-Nachtsichtgerät dazugeschaltet, das die Körperwärme registriert. Wir müssen also auf dem Damm weitergehen, damit er sieht, wer wir sind, was wir bei uns haben und ob uns jemand folgt.«

»Und was passiert, wenn die falsche Person kommt?«

Jane zuckte die Schultern. »Das kommt darauf an. Wenn sie sich nur die Landschaft anschaut, nichts. Als ich früher mal hier war, hatten sie hier unten ein paar fahrbereite

Wagen stehen, und neben dem Fernrohr stand ein zweites Stativ mit einer aufmontierten G7 Heckler & Koch. Der Mann hat es nicht gern, nur auf eine Möglichkeit festgelegt zu sein.«

»Wer ist er eigentlich?«

»Nur jemand, der weiß, wie man etwas durchzieht.«

»Wie heißt er?«

»Ich weiß es nicht genau. Aber das ist auch egal.«

Dahlman ließ seiner Verärgerung freien Lauf. »Das ist keine konkrete Antwort. Es ist unmöglich, daß Sie seinen Namen nicht genau kennen. Entweder Sie kennen ihn, oder Sie kennen ihn nicht. Man kann einen Namen nicht ungefähr kennen.«

Als Jane ihm antwortete, klang ihre Stimme härter als sonst. »Ich muß Ihnen jetzt einmal ein paar Dinge sagen, also hören Sie gut zu. Solange ich konnte, habe ich Sie in dem Teil der Welt gelassen, der Ihnen vertraut ist. Dort sind die Menschen zwar nicht völlig rational, aber sie verhalten sich so, als ob sie es wären. Sie kommen auf logische Weise ans Ziel, mit klaren Ursachen und Wirkungen: Man arbeitet, man wird bezahlt. Man ist geduldig und wird am Ende belohnt. Man ist freundlich, also beliebt. Ich habe Sie dort gelassen, weil Sie dort zurechtkommen. Sie wissen, wie diese Welt funktioniert, und können sich darin ohne großes Aufsehen bewegen. Wenn Sie sich grammatisch korrekt ausdrücken und die Gabel richtig halten können, sind Sie fast unsichtbar. Sie fühlen sich dort wohl, und Sie wirken unschuldig. Aber mein wichtigster Grund ist der, daß sie Ihnen größere Sicherheit bietet.«

»Größere Sicherheit als wo?«

»Als dort, wo wir jetzt hingehen.«

»Und wo ist das? Was meinen Sie mit den anderen Teilen der Welt? Gehen wir ins Ausland?«

Jane sah ihn lange und beinahe wehmütig an. »Ich versuche, Sie auf einen Schock vorzubereiten. Ich hoffe, er ist nicht zu groß, aber möglicherweise doch. Die Leute, die wir hier besuchen, sind nicht wie Sie oder Carey. Ich würde gern sagen, sie sind auch nicht wie ich, aber ich bin nicht zum erstenmal hier.« Kaum hatte sie den Satz ausgesprochen, da wußte sie bereits genau, welcher Schmerz sich in ihr zusammenballte. Sie war in ihr altes Leben zurückgekehrt. So als wäre sie glücklich in dem schönen alten Haus neben Carey eingeschlafen und mit einem Ruck hier am Seeufer aufgewacht. Der Weg hier war kein Punkt im Raum, sondern in ihrer Vergangenheit. Diese Rückkehr kam ihr nicht wie eine Entführung vor, sondern wie eine Enthüllung.

»Sie meinen, es sind keine ehrlichen Leute.«

»Kategorien wie ›ehrlich‹ oder ›unehrlich‹ passen zu ihnen so wenig wie zu ihrer Katze. Diese Leute haben ihre Neigungen und Gewohnheiten und Prinzipien, aber Sie haben keine Zeit, das alles kennenzulernen. Halten Sie die Augen offen, bleiben Sie wachsam, achten Sie auf jedes Wort, das in Ihrer Gegenwart gesprochen wird, aber glauben Sie nichts, außer ich sage es Ihnen. Stellen Sie keine Fragen. Halten Sie sich mit Ihrer Meinung zurück. Sie sind ein Passagier.«

Dahlman mußte lachen. »Sie behandeln mich wie ein Kind: Antworte nur, wenn du gefragt wirst, und hab keine Angst.«

»Aber nein«, sagte Jane, »ganz im Gegenteil. Sie sollen Angst haben. Sie sollen sie nur nicht zeigen.«

Dahlman ging einige Sekunden lang schweigend weiter, dann sagte er: »Und deshalb sagen Sie mir seinen Namen nicht? Weil Sie Angst haben?«

»Nein. Er verkauft, unter anderem, gefälschte Identitäten. Deshalb kenne ich ihn überhaupt. Aber er hat mehr von einem Tätowierungskünstler.«

»Wieso?«

»Jeder Tätowierer hat es irgendwann satt, auf den richtigen Kunden und das richtige Bild zu warten, und dann bearbeitet er eben sich selbst. Die meisten sind über und über bedeckt mit Tätowierungen, von den Zehen bis rauf zum Schlüsselbein. Der Mann, den wir hier besuchen, hat keine Lust, sich mit einem einzigen Namen abzufinden. Und weil er das nicht muß, tut er es auch nicht. Er behält einen Namen nur so lange, bis er ihm nicht mehr gefällt, dann nimmt er sich einen neuen. Das letzte Mal nannte er sich Paul Carbin. Aber das war vor vier Jahren. Seitdem war er bestimmt sechs- oder siebenmal jemand anderer.«

»Und warum bringen Sie mich zu ihm?«

»Bis jetzt geht die Polizei ziemlich sicher von der Annahme aus, daß Sie noch in Buffalo sind oder wenigstens in der Umgebung. Vorgestern abend hatte ich alles bei mir, das heißt Geld, Papiere, Kleider, um uns eine Zeitlang eine Reihe von Problemen vom Leib zu halten, jedenfalls solange wir aus der Stadt raus waren und in Bewegung blieben. Aber gestern abend hat uns jemand gesehen, und deshalb brauchen wir eine neue Strategie: Wir müssen uns irgendwo eingraben, Ihnen eine maßgeschneiderte Identität verpassen und dann warten.«

An der Südspitze des Sees führte sie ihn auf den Gehweg, der zu dem Haus auf dem Hügel führte. Jane stieg die Eingangsstufen bis unter die große Holzveranda hinauf, blieb stehen und winkte Dahlman nachzukommen.

Die Tür war durch ein Maschennetz und Stangen verstärkt, die man nur aus der Nähe erkennen konnte. Die feuersichere Stahltür dahinter hatte man mit dekorativen Holzpaneelen verkleidet. Jetzt erst sah Dahlman, daß auch die Fensterläden im Erdgeschoß geschlossen waren.

Die schwere Tür ging auf, und ein dünner junger Mann, der Dahlman ziemlich ungewaschen vorkam, schaute die Besucher gelangweilt an. Nach einer Weile murmelte er widerwillig: »Er hat gesagt, Sie können reinkommen, wenn Sie möchten.«

»Wir möchten«, sagte Jane.

Der junge Mann öffnete nun die Tür, Jane trat ein und hielt sie für Dahlman auf: »Kommen Sie. Wenn ich sie loslasse, fällt sie ins Schloß.«

Dahlman folgte ihr in einen Raum, der früher einmal eine weite Eingangshalle gewesen war. Eine breite Treppe führte zum ersten Stock hinauf, aber das Geländer sah ungewöhnlich aus. Sein Fundament war höher und die einzelnen Stäbe entsprechend kürzer. Plötzlich bemerkte Dahlman am oberen Treppenabsatz zwischen den Stäben ein

Augenpaar, das ihn neugierig musterte. Dann erhob sich ein junges Mädchen, etwa im gleichen Alter wie der Mann an der Tür, und ließ ein schwarzes Stück Metall sehen, das sich für Dahlman erst dann als eine Pistole herausstellte, als sich das Mädchen umdrehte und er den kurzen Lauf im Profil erkennen konnte. Das Mädchen verschwand im Dunkel der oberen Etage.

»Wie findest du sie?« Die Stimme ertönte irgendwo von links, ein kraftvoller Bariton.

Dahlman drehte sich um und sah, daß Jane bereits in ein Zimmer blickte, wie man es in diesem alten Gebäude erwarten mußte. Es war die Bibliothek des Hauses, mit unzähligen Lederbänden in wandhohen Bücherschränken. In dem schwachbeleuchteten Raum saß in einem Schaukelstuhl ein großer, bärtiger Mann mit breiten Schultern und einem Bauch, der zwischen dem T-Shirt und den Jeans hervorquoll.

Jane ging auf ihn zu. »Sie ist viel zu jung, also nicht vertrauenswürdig. Sie wird dir dein Geld abnehmen und dir dann die Kehle durchschneiden.«

Der große Mann lachte und schüttelte den Kopf. »Ich meinte die zweite Verteidigungslinie. Die hatten wir bei deinem letzten Besuch noch nicht. Paß auf: Jemand schafft es durch die Eingangstür ...«

»Aber wie denn?« unterbrach sie ihn. »Ein Rammbock würde dafür eine halbe Stunde brauchen.«

»Aber falls doch, irgendwie mit List und Tücke, dann eröffnet Cindy von oben das Feuer mit ihrer Ingram. Sie liegt hinter einer stahlverstärkten Mauer verbarrikadiert, und die hier unten können nur noch hilflos mit den Augen blinzeln.« Dahlman sah, wie der Mann ihm einen nachdenklichen, unfreundlichen Blick zuwandte.

»Wie heißt du zur Zeit?« Jane versuchte offenbar, seinen Gedankengang zu stören.

»Sid Freeman.«

»Freut mich, Ihre Bekanntschaft zu machen«, sagte Jane.

Freemans Gesichtsausdruck veränderte sich nicht. »Wer ist das?«

»Das wollte ich dir gerade sagen«, antwortete Jane gutgelaunt. »Er ist mit mir auf der Flucht. Richard Dahlman.«

Freeman starrte ihn zehn Sekunden lang ungnädig an und faßte wieder Jane ins Auge. Sie vermied seinen Blick und sah sich um. »Die alten Gesichter sind nicht mehr da.«

Sid Freeman schnaubte unwillig. »Die sieben Plagen der Menschheit, fast von allen Seiten. Quinn hatte es sich leider angewöhnt, eine Rolex zu tragen und in den unbe kömmlicheren Vierteln von Chicago mit einem Muster an automobiler Extravaganz herumzufahren. Eines Abends hielt er an und wollte einen Haufen Schmiergeld abliefern. Diese Kombination guter Gelegenheiten fanden ein paar Leute offenbar zu verführerisch.«

»Tut mir leid.« Jane gönnte sich einen Augenblick der Zufriedenheit. Sid war nicht ganz bei Sinnen, aber Quinn war furchterregend. Einmal hatte er neben ihr am Fenster gestanden, das Gewehr schußbereit an der Schulter. Er hatte einen Spaziergänger unten am Seeufer beobachtet. Sein Drang, auf den Abzug zu drücken, Blut fließen zu lassen und den Körper noch einmal zucken zu sehen, schien geradezu schmerzhaft unwiderstehlich zu sein. Jane hatte kurz durch das Zielfernrohr gesehen und ihm erklärt, daß das Gerät im Ohr des Mannes ein Hörapparat war und seine Brillengläser zu dick für einen Polizisten. Quinn legte trotzdem wieder an und spielte mit dem Finger am Abzug herum, bis auch Sid kam, den Spaziergänger in Augenschein nahm und Quinn zu schießen verbot.

Freeman zuckte die Achseln. »Ist wahrscheinlich besser, daß er nicht mehr da ist. Am Ende wäre er doch an einer schmutzigen Nadel oder einem Quickie eingegangen. Für ihn lohnte sich der Abend erst, wenn er beides hatte.« Mit etwas mehr Bedauern fügte er hinzu: »Die hübsche, talentierte Christie wurde das Opfer einer Umkehrung der Naturgesetze. Ein New Yorker Taxifahrer hat sie umgebracht. Eigentlich war er kein richtiger Taxifahrer, er hatte den Wagen nur gestohlen und suchte gerade einen reichen Kunden. Christie lief ihm zufällig mit einer Lieferung in meinem Auftrag über den Weg. Immerhin ist es so die bessere Schlagzeile: ›Die Taxifahrer schlagen zurück!‹« Er lachte laut über seinen Einfall.

Das Gelächter löste in Jane etwas wie Widerwillen aus, aber nicht nur. Es war mehr das Fehlen einer angenehmen Überraschung. Christie war Sids – ja, wie nannte man das am besten? »Freundin« klang zu verspielt und unschuldig. Die Vertrautheit der beiden war mehr ein modriges Amalgam aus Erotik und Komplott. Dauernd hatte Christie die Lippen an seinem Ohr gehabt und ihm kleine Geheimnisse zugeflüstert, die immer mit Geld zu tun hatten. Aber Jane wußte auch: Das bißchen Zuneigung, über das Sid verfügte, hatte er für Christie reserviert.

»Ich nehme an, wir müssen uns jetzt um niemanden im Haus irgendwelche Sorgen machen?«

Sid Freeman schüttelte den Kopf, und sein Haar fiel ihm in die Stirn. Er schob es mit einer Handbewegung nach hinten. »Wegen der Kinder?« Er stieß ein amüsiertes Räuspern aus. »Sie sind mein wertvollster Besitz. Sie haben mir den Übergang von der Midlife-crisis in die Jahre meines Niedergangs erleichtert. Die ersten beiden habe ich mir ausgesucht, um ein bißchen auf die Jagd zu gehen – du verstehst mich schon: um Christie und Quinn eine wirkliche letzte Ruhe zu verschaffen. Dann stellten sie sich als wilde Tiere heraus: keinerlei Unentschlossenheit, zum Denken unfähig. Wundervoll anzusehen, wie schlanke Tiger. Also behielt ich sie und hab' mir zwei weitere besorgt. Ich hoffe, sie vermehren sich bald. Aber man steigt besser nicht zu ihnen in den Käfig, wenn du weißt, was ich meine: Sid Freeman pflegt eheliche Kampfsportarten ausschließlich mit dunkelhaarigen Damen seiner eigenen Generation. In deinem Fall werde ich sogar falsche Papiere akzeptieren.«

Jane lächelte kurz und schüttelte langsam den Kopf. »Aber nicht, wenn du den letzten Bus aus der Hölle fahren würdest und ich eine Portion Eiskrem wäre.«

Sid Freeman hob die Achseln. »Was, nebenbei bemerkt, eine ziemlich ungenaue Beschreibung deines gegenwärtigen Problems ist.«

»Daher weiß ich es ja so genau«, sagte Jane. »Ich habe mich gefragt, was ich für dich täte, wenn du mir da raushilfst, und die Antwort war: ›Kein bißchen‹.«

»Du bist keine impulsive Frau«, lachte er, »aber du wärst nicht hier, ohne daß dein kleines Herz irgendwie tak-tak-tak ginge. Was ist es?«

»Vor allem das: Am Flughafen von Akron habe ich einen Wagen kurzgeschlossen. Er steht jetzt unten an der Straße mit zwei Koffern auf dem Rücksitz.«

»J. C. hat euch beim Aussteigen gesehen. Ein alter Chevy, stimmt's?«

»Richtig«, sagte Jane.

Sid Freeman stand auf und ging durch die Eingangshalle in die Küche. Dahlman hörte ihn leise mit jemandem sprechen, dann trappten zwei oder drei paar Füße über den Fußboden, und eine Tür fiel ins Schloß. Als Freeman zurückkam, sagte er: »Sie lassen ihn auf Nimmerwiedersehen verschwinden und bringen das Gepäck rauf.« Dann fragte er gemächlich: »Sonst noch was?«

Jane nickte zu Dahlman hinüber: »Ich nehme an, du hast von ihm gehört.«

»Klar«, sagte er, »es hieß, er hat sich von irgendeinem Uniformierten etwas Bleihaltiges eingefangen.« Er stieß mit dem ausgestreckten Zeigefinger in Dahlmans Richtung.

»Die Wunde ist vernäht, er hat Antibiotika genommen, aber er braucht eine Weile Ruhe. Währenddessen bereite ich draußen alles vor und kaufe das Nötige dazu ein.«

»Große Einkäufe?«

»Eine Woche, höchstens zwei. Danach bleiben wir noch zwei Wochen. In der Zeit hilfst du mir, ihm eine erstklassige Biographie herzurichten: Familienfotos, Schulzeugnisse, Beschäftigungsnachweis, Führerschein, das ganze Drum und Dran. Und ich brauche eine zweite Identität, die beinahe genau so gut ist, falls die erste auffällig wird. Ich könnte es auch allein schaffen, aber das kostet mich Zeit, und die will ich jetzt nicht damit vertun. Danach fahren wir mit einem sauberen Wagen ab.«

Dahlman sah, wie Freemans Gesicht sich etwas veränderte. Es war nur die Annäherung an ein Gesicht, das früher einmal einen Ausdruck von Sorge und Mitgefühl gekannt hatte. »Ach, Janie«, sagte er langgezogen, »wo warst du die ganze Zeit? Du bist unbezahlbar.«

»Ich habe das schon seit einem Jahr nicht mehr gemacht, in der irrwitzigen Annahme, ich bekäme ein eigenes Leben. Ist irgend etwas dabei, was über deine Kräfte geht?«

»Mal sehen«, sagte Freeman. Er kniff die Augen zusammen und betrachtete seine Finger, als wollte er etwas an ihnen abzählen, dann hob er die ganze Hand. »Alles.«

»Und warum?«

»Janie, Janie, Janie«, sagte er sanft. »Du verschwindest ohne eine Spur. Jeder, der sich etwas Verstand bewahrt hat, erwartete das schließlich seit langem von dir – und dann kommst du und kratzt wie ein regennasses Hündchen an meiner Tür und redest, als ob du immer noch in die Landschaft gehörtest. Du hast dich vom Acker gemacht, die Zeiten haben sich geändert, nicht mal die Regenwürmer sind noch dieselben wie früher.«

»Regenwürmer sehen immer gleich aus«, sagte Jane ruhig. »Aber Menschen ...«

»Sid ist kein Mensch«, unterbrach er sie, »er ist ein Android: Er hat zwei Arme, zwei Beine, er trägt Kontaktlinsen und nimmt Geld.«

»Oh, das Geld«, sagte Jane. »Wenn wir um Preise feilschen, dann laß ein paar Zahlen hören.«

»Sid feilscht nicht«, sagte er. »Janie, ich mag dich mehr, als ich mich auf das Dessert von morgen freue. Aber diesmal kann ich keine Geschäfte mit dir machen. Ich habe dich nur deshalb reingelassen, weil du mich an meine Mutter erinnerst.«

»Heißt das, deine Kinder zerlegen meinen Chevy nicht?«

»Sie haben nun mal gern im Freien zu tun, das ist nichts als eine Zugabe zu meiner sentimentalen Entgleisung. Auf meine Rechnung. Nebenbei: Ich kann so ein Ding nicht in meinem Vorgarten stehenlassen und weiter meine Geschäfte betreiben. Und trotzdem kann Sid deine Liste an Waren und Dienstleistungen nicht ausführen.«

»Warum nicht? Ist er dafür in den letzten Jahren zu reich geworden?«

Sein Blick verfinsterte sich. »Schauen wir uns doch dein Problem genauer an.«

»Das gefällt mir schon eher. Wieviel?«

»Du schleppst dieses Gepäckstück da mit dir herum, diesen mutmaßlichen Mehrfachmörder, der in zwei Staaten der Polizei entkommen ist. Du kennst das Spiel besser als sonst jemand. Sag du mir, wer euch jagt und mit welchen Mitteln und wie es am Ende ausgeht.«

Jane sah Dahlman kurz an. »Wenn er auf sich allein gestellt wäre, dann wäre es schon vorbei, aber er ist nicht allein.«

Sid Freeman schüttelte wieder den Kopf. »Ich meine: von jetzt an. Jeder, der auf euch wetten müßte, sagt sich, daß am Ende irgendein Fernsehsüchtiger ihn erkennt und die Polizei ruft. Die Uniformen brauchen gar nicht selbst aktiv zu werden, seit das FBI sie alle zusammengerufen hat. In fünf Minuten haben sie ein ganzes Bataillon beieinander, und dann werden sie sagen: ›Kommen Sie mit erhobenen Händen raus!‹, und zwar so laut, daß er es hört und nachladen kann? Nein. Sie schlagen die Wände ein und schießen jedem im Umkreis von ein paar Kilometern Tränengas in die Lungen. Und du und dein Opa da, ihr habt nachher erheblich mehr Löcher im Körper als vorher.«

»Werde ich dir fehlen?«

»Werde ich Zeit dafür haben? Am nächsten Tag demonstriert das FBI seine moderne Null-Toleranz-Strategie gegen flüchtige Verbrecher, indem sie jeden jagen, der euch Papiere gegeben hat und einen Wagen und was sie sonst noch bei euren Leichen finden. Mich kriegen sie natürlich nicht, aber sie brauchen Ergebnisse. Sie schrecken meine Kunden ab, und sie legen meine Quellen und Nachschubkanäle trocken. Sehr unangenehm, so etwas. Und wofür?«

»Wofür war es denn bisher, Sid? Geld.«

Er tastete sie mit seinem Blick von oben bis unten ab. »Wenn du das dafür nötige Geld irgendwo in deinen Kurven bei dir hättest, könnte ich es sehen. Und in einem heißen Wagen läßt du es nicht zurück. Also doch ›Kauf jetzt, zahl später‹, nicht wahr?«

»Bei meiner Einkaufstour könnte ich es mir holen.«

»Ich möchte dich nicht deprimieren, aber falls du wiederkommen solltest, höre ich dein Kratzen an der Tür nicht mehr. Wir holen eure Koffer, und ich setze dich irgendwo aus. Mein letztes Wort.«

»Du weißt, wer ihn reingelegt hat«, sagte Jane.

Seine belästigt-verärgerte Miene erstarrte mehrere Sekunden lang zur Maske. Ein paarmal öffnete sich sein Mund, als wollte er etwas sagen, und schloß sich wieder. Dann wich der Ausdruck einer anderen, weicheren Maske. »Während zwei, drei Jahren bist du plötzlich unsichtbar auf dem Radarschirm. Glaubst du, das Versteck-Geschäft ist deine Erfindung, und du kannst es mitnehmen, wenn du abhaust?«

Sie blickte ihm konzentriert in die Augen. Sie sagte sich, daß ihr Gefühl einer drohenden Gefahr im Augenblick ohne Bedeutung war. Sid wußte etwas. »Wer ist es?«

Aber Sid zuckte nur ausweichend die Schultern. »Es gibt da so ein paar Leute. Und sie betreiben dein Geschäft ziemlich genau so wie du, nur nicht so launenhaft und egozentrisch.«

»Was soll das heißen?«

»Für die ist das ein Wirtschaftsbetrieb, und sie verhalten sich dementsprechend. Sie verlangen den Preis, den sie kriegen können, und lassen jemanden nicht einfach im Regen stehen, nur weil ihnen seine Nase nicht paßt. Sie geben ihm, was er bezahlen kann. Das sind, wie du weißt, die Wirtschaftsprinzipien, die ich befürworte. Manchmal schicken Sie mir jemanden wegen einer bestimmten Ware.«

»Sie schicken jemanden?«

»Ja, einen Kurier, der die Ware übernimmt. Aber er kommt allein. In der einen Tasche hat er die maschinengeschriebene Liste, in der anderen das Geld. Ich rede von einem Kurier mit null Ahnung. Wenn ich die bei der Hintertür rauslasse, finden die nicht mal zu ihrem Wagen zurück.«

»Wer zum Beispiel?«

Sid hob scheinbar hilflos die Hände. »Woher soll ich plötzlich Namen wissen? Irgendwelche Aufsteiger aus einer Business School, die mich anschauen, als hätte ich ein Trinkgeld für das Putzen ihrer Windschutzscheibe verlangt.«

»Frauen? Kinder?«

»Kinder nicht bis jetzt. Ein paar waren Frauen, aber wenn die ›der Markt‹ sagen, dann meinen sie den Gemüsemarkt am Wochenende. Das sind Männer in Anzügen, die mehr kosten und ohne Hosen verkauft werden.«

»Und nicht einer von ihnen hat jemals aus Versehen gesagt, wer ihn geschickt hat?«

»Nie.«

»Hast du danach gefragt?«

»Da kannst du ganz beruhigt sein«, sagte Sid Freeman. »Sie sagen dann jedesmal, es war ein Freund.«

»Was haben sie eingekauft?«

»Nichts Ausgefallenes. Manche bekämen damit gerade mal einen Job als Nachtwächter bei einem Schrotthändler. Eine Frau kriegte die absolute Totalrenovierung. Sozialversicherungskarte, Bankunterlagen, Universitätsdiplome, dienstliche Beurteilungen, alte Steuererklärungen, Paß, Impfzeugnisse – ja, und Fotos, wie sie vor dem Kapitol in Denver steht und einen meiner Jungs umarmt, den wir zu diesem Zweck gesäubert hatten.«

»Und du hast ihr das alles geliefert, ohne daß sie etwas gesagt hat? Das muß dich Monate gekostet haben.«

»Du mußt wissen, daß es eine ziemlich unhübsche junge Frau war, die da mit einem Koffer voll Geld vor meiner Tür stand. Es gab kein Motiv, eine persönliche Beziehung aufzubauen, und Sid feilscht nicht.«

»Und das Preis-Leistungs-Mißverhältnis ist dir nicht aufgefallen?«

»Es war tatsächlich ein bißchen unverhältnismäßig«, sagte er, »aber ich habe das Fernsehen und die Zeitungen verfolgt. Kein Bericht über jemanden mit ihrem Aussehen, keine verschwundene Prominente, wenigstens niemand, der den Nachrichten auch nur eine Zeile wert gewesen wäre.«

Dahlman bemerkte Janes Seitenblick, aber er spürte, daß sie dabei nach draußen horchte. »Deine Jungs sind zurück.«

»Siehst du: absolut verläßlich. Die Zukunft ist in guten Händen.«

Jane schaute immer noch Dahlman an. »Und er?«

Sid folgte ihrem Blick. »Was ist mit ihm?«

»Wenn du seine Geschichte nur aus dem Fernsehen kennst: Wie konntest du wissen, daß er kein Wahnsinniger ist, der seine Freunde umbringt und wegläuft?«

Er sah sie ein wenig kleinlaut an.

»Die Welt ist eine Wundertüte, Sid. Die naive Leichtgläubigkeit grassiert. Was haben sie bei dir gekauft? Die Fotos, die sie in seinem Haus aufgehängt haben?«

»Nur die Waffe. Deshalb erinnere ich mich auch noch an den Namen. Der Revolver mußte von einem legalen Händler sein, aber registriert ist er auf den Namen Dr. Richard Dahlman.«

»Registriert?« fragte Jane. »Eine Selbstmordwaffe?«

»Das dachte ich zuerst auch bei all dem Staub, den die Sache aufgewirbelt hat. Ich glaube, sie wollten anfangs beide erschießen und dann ihm den Revolver in die Hand drücken. Vielleicht hielten sie es dann doch für sicherer, nur die Frau umzubringen. Ganz egal wie scharf die Polizei ermittelt: Ein Mord bleibt ein Mord, aber bei Mord plus Selbstmord ist der Selbstmord nicht immer ganz echt. Und wenn das rauskommt, dann suchen sie einen anderen Täter.« Er lächelte zu Dahlman hinüber. »Offenbar hatten sie übertriebenes Vertrauen zur Treffsicherheit unserer Polizei.«

»Hilfst du uns nun oder nicht?«

»Ich habe Geld immer noch sehr gern«, antwortete er. »Aber ein kleines Vögelchen sagt mir: ›Irgendwann stoßen Janie und diese gesichtslosen Leute aufeinander; und wer kommt dann noch zum Abendessen?‹ Eure Koffer warten.«

Jane ging zur Tür, nahm Dahlmans Koffer in die Hand

und bemerkte, als sie ihren eigenen nehmen wollte, die Schlüssel, die Wagenpapiere und die rosa Quittung neben dem Griff. Sie erhob sich und wandte sich Sid Freeman zu.

»Lediglich frische Pferde für euch«, sagte er, »der schnellste Weg, um ihn aus meinem Geschäftsbezirk rauszuschaffen.«

14

Jane fuhr hinunter auf die Uferstraße. Dahlman starrte lange vor sich hin. »Es ist erstaunlich. Sogar die schlimmsten Kriminellen lassen mich fallen wie eine heiße Kartoffel.«

»Ach, Sid ist schon in Ordnung«, sagte Jane.

»›In Ordnung‹? Er ist ohne Mitleid, ohne Moral, ohne ...«

»Jetzt reden Sie sich nicht Rage. Immerhin hat er uns von einem ziemlich heißen Wagen befreit und uns einen neuen gegeben, den wir ewig behalten können, wenn wir vorsichtig sind. Ich kenne eine Menge gesetzestreuer Bürger, die so etwas nicht für uns getan hätten. Und außerdem hat er uns ein paar Dinge erzählt, die wir vielleicht nicht erfahren hätten, ohne dabei ums Leben zu kommen.«

»Vermutlich hat er Ihnen nichts als Lügen erzählt, lauter Unsinn«, sagte Dahlman. »Jetzt hängt er wahrscheinlich schon am Telefon und verrät den Leuten, die hinter uns her sind, wohin wir fahren.«

Jane schüttelte den Kopf. »Wenn wir einmal im Wagen sind, kann er nicht genau wissen, wohin wir fahren.«

»Ich bin nicht sicher, daß er uns nicht verfolgt.«

»Ich bin sicher. Sid hat keine festen Regeln. Er entscheidet sich in jeder Situation anders. Aber unterm Strich paßt es ihm mehr, daß ich am Leben bleibe als meine Feinde. Da er das Ergebnis nicht in der Hand hat, wäre jeder zu große Aufwand unvernünftig. Aber er hat uns gegeben, was wir brauchen.«

»Er sagte ein paarmal, er hätte nur rein finanzielle Interessen.«

»Niemand hat rein finanzielle Interessen. Sid möchte gern wichtig sein. Er ist impulsiv – deshalb braucht er Geld. Aber das Geld bekommt er nur, indem er isoliert in einem kugelsicheren Haus mit bewaffneten Wachen lebt. Er verrät uns nicht.«

»Warum sollte er uns nicht verraten?«

»An diese ›gesichtslosen Leute‹, wie er sie nannte? Die haben sich bei ihm nicht gerade beliebt gemacht. Und sie waren so vorsichtig, daß er garantiert nicht weiß, wer sie sind, so daß er sie nicht kontaktieren und eine Prämie für uns aushandeln kann. Er kann sie nicht leiden, und sie ihn auch nicht. Von denen kommt niemand persönlich zu ihm. Aber ich schon.«

Im Weiterfahren durch die dunkle Landschaft mußte Jane auch an Freemans tote Gefährtin denken. Christie war immer im Hintergrund geblieben, sie schwebte herum wie eine böse Fee. Jane konnte sie genau vor sich sehen: den magersüchtigen Körper, das kurzgeschorene rote Haar, die nächtliche Blässe und die selbstzufriedene Miene, mit der sie sich jeden Besucher anschaute, als wäre er zu ihrem sadistischen Vergnügen da. Schon seit langem hatte Jane vermutet, daß Christie das Planen und Denken übernahm, sich irgendein Projekt ausdachte und Sid dann so lange beschwatzte und manipulierte, bis er einverstanden war. Aber auch nach Christies Tod herrschte in dem seltsamen Haus dieselbe Atmosphäre, dieselbe unbehagliche Spannung zwischen geduldigen, quälend langsamen Planungen und einer nur vorübergehend unterdrückten Gewaltbereitschaft. Nichts hatte sich verändert. Das Mädchen, das Jane zwischen den Geländerstäben gesehen hatte, sah Christie sogar ein wenig ähnlich.

Die Erinnerungen an Quinn ließen sich nicht so leicht verjagen. Jane hatte während des Aufstiegs zu Freemans Haus immer wieder an ihn denken müssen. In Christies Gegenwart fühlte sie sich unwohl, aber Quinn flößte ihr Angst ein. Quinn stand zwischen den Stühlen, nicht eigentlich auf der Flucht, eher ein freiwilliger Aussteiger aus ganz anderen, ihr unbekannten Lebensverhältnissen. Es hieß, er sei früher einmal Rechtsanwalt gewesen, manchmal aber auch: Versicherungsagent, dann wieder: Privatdetektiv.

Um zwei Uhr morgens erreichte Jane die kleine Stadt Waterloo in Iowa. Sie fuhr vom Highway herunter und noch zwanzig Minuten lang durch die nächtlichen Straßen. Als sie mit dem Ergebnis zufrieden war, nahm sie in einem Motel ein Doppelzimmer, weckte Dahlman und brachte ihn unbeobachtet hinein.

»Fühlen Sie sich stark genug, daß ich den Verband wechseln kann?«

»Ja.«

Jane entfernte die Verbände an der Brust und am Rücken. »Ich kann das nicht so gut beurteilen wie Sie. Schauen Sie sich die Wunden im Spiegel an.«

Dahlman machte alle Lampen im Bad an und tastete mit dem Finger um die Wunden herum. »Wenn man das Alter des Patienten in Betracht zieht, hält er sich nicht schlecht.«

»Das hatte ich erwartet«, sagte sie, »jetzt verbinde ich Sie wieder, und dann holen wir etwas Schlaf nach.«

Dahlman wachte erst am Abend wieder auf. Er sah, daß Jane die Koffer umgepackt, und auf dem zweiten Bett frische Kleider für ihn ausgebreitet hatte.

»Geht es wieder weiter?« fragte er.

»Nicht weit«, sagte sie. »Ich habe in der Nähe eine Wohnung gemietet.«

Sie fuhr Dahlman zu einem eingeschossigen Haus am andern Ende der Stadt und stellte den Wagen auf dem überdachten Parkplatz ab, wo schon acht andere Wagen standen. Sie half ihm durch den Hintereingang ins Haus und zur Wohnung mit der Nummer 3, dann ging sie hinaus, um das Gepäck zu holen.

Dahlman sah sich um. Die Zimmer waren billig möbliert, aber sauber und solide. Die kleine Küche war vom Wohnzimmer durch eine Art Theke getrennt, und gegenüber lag das Schlafzimmer, in das tagsüber nur wenig Licht und Lärm von draußen eindringen konnten. Er hörte, wie Jane zurückkam und einen Koffer öffnete.

In einem Hängeschrank entdeckte Dahlman eine notdürftige Ausstattung an Geschirr und Gläsern. Der Kühlschrank überraschte ihn: Er war vollgepackt mit Lebensmitteln. »Der Vorrat dürfte eine Weile reichen«, sagte er.

»Es soll Ihnen an nichts fehlen«, sagte Jane.

Er drehte sich erschrocken zu ihr um. »Bleiben Sie nicht hier?« Er hatte angenommen, daß sie ihren Koffer auspackte, dabei war es seiner. Ihren Koffer hatte sie nicht hereingebracht.

»Ich habe Sid nicht angelogen, als ich ihm sagte, ich müßte Sie eine Zeitlang allein lassen.«

»Wie lange?«

»Vielleicht bin ich morgen wieder da, vielleicht erst in zwei Wochen. Es kommt darauf an, was ich da draußen vorfinde.«

»Welchen Plan verfolgen Sie?« fragte er beinahe ängstlich.

Jane kam zu ihm in die Küche. »Einen Plan kann man es eigentlich nicht nennen. Sie sagten vorhin, die Heilung gehe gut voran, und Komplikationen seien nicht zu erwarten, richtig?«

»Richtig.«

»Also lassen wir einfach etwas Zeit vergehen. Solange Sie nicht herumfahren und nicht einmal nach draußen gehen, kann niemand Sie sehen, und Sie werden allmählich gesund. Je länger wir Sie verstecken, um so wahrscheinlicher ist es, daß etwas Wesentliches geschieht.«

»Ich soll hier still sitzen und warten, bis mir etwas Wesentliches passiert?«

Jane lächelte und setzte sich auf den Küchentisch. »Ihnen nicht. Unsere Probleme basieren darauf, daß Ihre Geschichte ungewöhnlich ist und daher Nachrichtenwert hat. Es gibt genügend Morde in diesem Land, ungefähr hundert jeden Tag. Aber es ist Ihr Gesicht, das man seit zwei Tagen im Fernsehen und in den Zeitungen sieht. Wir haben ein hohes Interesse daran, daß die Reporter aufhören, es jedem unter die Nase zu halten. Und das wird auch geschehen, sobald sie irgendeinen Ersatz haben, der wichtiger ist oder noch ungewöhnlicher und verführerischer. Wenn der Aktienmarkt einbricht oder ein Flugzeug abstürzt oder der Justizminister ein Verhältnis mit einem V-Mann hat, verschwindet Ihr Gesicht, und die Leute vergessen Sie.«

»Ich frage mich, wie lange es bis dahin noch dauert.«

»Wir wissen es nicht. Natürlich gibt es immer noch ein paar Leute, die Ihre derzeitige Bekanntheit gern so lange wie möglich aufrechterhalten möchten. Das FBI wird die Presse womöglich jeden Tag mit weiteren saftigen Häppchen füttern. Selbst wenn sie mehr wissen, geben sie es immer nur in kleinen Portionen her. Zum Beispiel hat jemand Sie da und da gesehen, und am andern Tag ist es dann ein privates Detail aus Ihrem Leben. Als nächstes holen Sie sich einen Ihrer früheren Patienten und lassen ihn erzählen, Sie seien zwar ein guter Chirurg, aber als Mensch unfreundlich …«

»Woher wissen Sie, was die Leute sagen?«

»Ich weiß es nicht«, sagte sie, »ich rate nur.«

»Ich bin ein außerordentlich freundlicher Mensch«, protestierte er.

Jane hob die Schultern. »Vermutlich. Ich erlebe Sie ja nicht gerade in Hochform. Aber es spielt auch keine Rolle. Nachrichten sind keine Tatsachenberichte, sondern der Versuch irgendeines Schreibers, winzige Informationen mit einer Menge Zutaten zu einer runden Story aufzukochen. Auch wenn dazu alles mögliche verdreht werden muß, damit es ins Bild paßt. Vielleicht haben wir aber auch Glück und die Reporter erzählen lauter unzutreffende Dinge.«

»Und was ist mit dem Prozeß? Die Geschworenen haben all diesen Unsinn doch auch gehört.«

»Wir können tun, was wir wollen, die Geschworenen hören ihn am Ende doch vom Staatsanwalt. Wir sollten lieber zusehen, daß es erst gar nicht zu einem Prozeß kommt.«

Dahlman starrte sie verwundert an. »Ich weiß noch gut, daß Sie gesagt haben, ich sollte mich den Behörden erst dann stellen, wenn ich eine Verteidigungsstrategie habe. Aber irgendwann hat die Polizei die Beweise geprüft und festgestellt, daß sie überhaupt nicht so niet- und nagelfest sind, wie sie zuerst aussahen. Warum sollte ich mich dann nicht stellen?«

Jane spürte einen beginnenden Kopfschmerz unter den Schläfen. Sie schloß sekundenlang die Augen. »Ich möchte in dieser Sache dasselbe Ergebnis wie Sie. Anfangs dachte ich noch, ich bringe Sie eine Weile irgendwo unter, wir lassen die Polizei den wahren Mörder fangen, und Sie können wieder heim. Aber das ist nicht geschehen. Ich glaube, wir sollten die Möglichkeit ins Auge fassen, daß es auch in nächster Zukunft nicht geschieht.«

»Ich finde nicht, daß sich die Situation verändert hat. Was ist denn plötzlich so neu?«

»Das, was wir wissen. Unser Killer ist kein Amateur und kein Psychopath. Es ist nicht allein. Es gibt ein paar Leute, die nicht schlecht an einer Arbeit verdienen, die früher einmal meine war. Die helfen jemandem zu verschwinden, denken Sie an diesen Kerl namens ›Hardiston‹. Er hat ein neues Gesicht, einen neuen Namen in einer anderen Stadt. Aber immer noch lebt ein Mensch, der nicht nur weiß, wie er vorher aussah, sondern auch, wie er jetzt aussieht. Ein einziger.«

Dahlman starrte sie wortlos an.

Jane wartete. Dann sagte sie: »Reicht das?«

»Ja.« Er ging in dem Raum auf und ab, den Blick auf die Möbelstücke gerichtet, dann auf die vier Wände.

»Ich bin ja nur eine Woche weg oder zwei.«

Sobald er bemerkte, daß Jane sein kleines Beruhigungslächeln gesehen hatte, ließ er es wieder fallen. »Ich kann gut allein leben. Ich kenne das seit langer Zeit. Ich dachte mir nur, daß mich das alles an die beiden Polizisten erinnert, die mich damals versteckt haben. Es waren bloß keine Polizisten. Ich will damit nicht sagen, daß es genau das gleiche ist wie damals. Aber die Freiräume in meinem Leben werden anscheinend immer enger.«

»Das liegt an den Regeln, nach denen hier gespielt wird. Und diese Leute beherrschen sie offensichtlich sehr gut. Das beste Versteck ist immer ein Ort, wo man nicht dauernd sein Gesicht im Freien zeigen muß. Manchmal ist das eine

Farm. Manchmal ist es eine Kleinstadt, die aber groß genug ist, daß man nicht ins Gerede kommt. Auch keine reiche Kleinstadt, wo die Polizei jeden Neuling erst einmal unter die Lupe nimmt.«

»Wann fahren Sie?«

»Bald. Heute.«

»Dann – falls ich Sie nicht wiedersehe – möchte ich Ihnen gern danken. Ich weiß, daß ich kein leichter Umgang war, und Sie haben offenbar überhaupt nichts davon, daß Sie mir helfen.«

Jane spürte, was er ihr sagen wollte: Er war bereit für den Abschied. Sie hängte sich die Handtasche um, stand auf und sagte: »Sie werden mich wiedersehen.«

»Sie haben mich in Sicherheit gebracht, vor der Polizei und den Männern, die mich umbringen wollten. Es wäre nur vernünftig, wenn man dies als das Ende Ihrer Dienstleistung betrachten würde.«

Kurz vor dem Hinausgehen drehte sie sich noch einmal zu ihm um. »Lassen Sie die Vorhänge zu, und machen Sie die Tür nicht auf, wenn jemand klopft. Gehen Sie nicht raus, höchstens wenn das Haus brennt, und selbst dann nur durch das Schlafzimmerfenster. Und vergessen Sie nicht, die noch übrigen Antibiotika zu nehmen. Wenn ich zurückkomme, würde ich gern einen Mann vorfinden und keine Leiche.«

Jane wartete, bis er ihr einmal kurz zunickte.

15

Kurz vor neun Uhr abends beendete Carey McKinnon seine letzte Runde. Den sechs Patienten, die er in den letzten Tagen operiert hatte, ging es ausgezeichnet. Er überlegte, ob er vielleicht aus Überkompensation für seine bleibende Angst besser als sonst gearbeitet hatte. Vielleicht hatte er sich auf die saubere, klare Tätigkeit des Chirurgen konzentriert, um der unangenehmen und unbeherrschbaren Wirklichkeit draußen zu entkommen.

Jede Sekunde außerhalb des OP draußen fühlte er sich

beobachtet. Manchmal, wie jetzt im Freien, konnte er die Beschatter sogar sehen. An diesem Abend waren die zwei großen Polizisten mit den gemütlichen Gesichtern an der Reihe. Der eine wartete immer im Wagen am Hinterausgang des Krankenhauses, wo er auch Careys Parkplatz im Auge behalten konnte. Und der andere lungerte im Haupteingang herum, im Geschenkeladen oder auf den Wartebänken.

Es war ihm klar, daß er sich so benehmen mußte, als wäre nichts Ungewöhnliches geschehen. Gleichzeitig war das absolut verrückt. Er mußte gar nicht versuchen, unverdächtig zu erscheinen: Man verdächtigte ihn ja bereits. Die Polizisten gaben sich nicht die geringste Mühe, so zu tun, als wären sie keine Polizisten. Beide Parteien spielten das Ganze als lange, schweigende Machtprobe durch, wie einen Dialog – oder wie ein Verhör. Es war, als ob er sagte: »Ich weiß, daß Sie denken, ich hätte etwas mit Richard Dahlmans Flucht zu tun.« Und die Polizisten fragten: »Wie kommen Sie auf so etwas?« Und er: »Weil Sie mich beschatten.« Und die Polizisten: »Wie kommen Sie darauf, daß wir Sie beschatten?«

Er war sich bewußt, daß dieses unbewegliche Abwarten nicht ewig dauern konnte. Irgendwann mußten sie ihn fragen: »Wo ist Ihre Frau?« Zweifellos hatten sie ihre Abwesenheit schon bemerkt. Wenn sie so viele Leute hatten, daß ihn ein paar davon in Streifenwagen und an Ausgängen tagelang beobachten konnten, dann war die Untersuchung seiner Lebensumstände sicher längst abgeschlossen. Natürlich wußten sie, daß er verheiratet war.

Der Gedanke jagte ein neues Angstgefühl in ihm hoch. Die Polizei hatte mehrere seiner Kollegen und seine engeren Freunde befragt. Er vermutete, daß sie sich bereits von ihm distanzierten. Vielleicht hatte jemand der Polizei Dinge erzählt, die ihn belasteten.

Er war auf dem Weg zu dem Parkplatz hinter seiner Praxis, wo er den Wagen stehengelassen hatte. Seit Jahren ging er diese Strecke täglich mindestens zweimal. Wenn er morgens operierte, parkte er hinter dem Krankenhaus, um ein

Uhr ging er zu seinen Patienten in die Praxis, um für die Abendvisite wieder zurückzukommen. Seit Jane mit Dahlman verschwunden war, parkte er lieber hinter der eigenen Praxis, so daß er den Weg jeden Tag viermal zurückzulegen hatte. Als er um die Ecke bog, schien sich die Dunkelheit plötzlich in eine noch tiefere Schwärze zu verdichten. Es war die Silhouette eines Menschen, aber ein Muster in seinem Gehirn hatte ihn schon als »klein« eingestuft – eine Frau. Eine unwillkürliche Abwehrgeste konnte er zwar nicht mehr unterdrücken, aber er ging aufrecht weiter, als wäre nichts geschehen.

Der dunkle Umriß trat einen Schritt aus dem Schatten heraus: Es war Jane. Carey zog vor Schreck die Luft ein, aber sie legte ihm den Finger auf die Lippen, und er atmete langsam wieder aus. Sie nahm seinen Arm und führte ihn schweigend vor das Haus, wo am Gehweg ein Wagen stand, den er noch nie gesehen hatte. Sie schob ihn auf den Fahrersitz, ging um den Wagen herum und setzte sich neben ihn. Er starrte sie verständnislos an, sie küßte ihn auf die Wange und flüsterte: »Fahr los. Ich möchte sehen, ob man uns verfolgt.«

Carey fuhr los, bog an der zweiten Kreuzung ab, dann noch einmal an der nächsten Ecke, im Zickzack durch die nächtlichen Straßen der Stadt, während Jane durch das Rückfenster sah. Endlich drehte sie sich um, offensichtlich entspannt.

»Du kannst sprechen«, sagte sie, »dafür habe ich diesen Wagen gemietet. Hier kann niemand eine Wanze eingebaut haben. Also laß ein bißchen Small talk hören.«

»Ich liebe dich«, sagte er. »Wie schlimm sieht es bei dir aus?«

»Schlimm.«

»Hier auch. Ich hatte gehofft, daß Dahlman um diese Zeit schon wieder zurück in Illinois ist und wir ihn vergessen könnten und wieder unser normales Leben führen.«

»Ich auch.« Sie beobachtete ihn, während sie hinzufügte: »Ich fürchte, das wird noch eine Weile dauern.« Er sackte innerlich zusammen, dann richtete er sich wieder auf und blickte ein paarmal hektisch in den Rückspiegel. Er fühlt sich von seinen Hoffnungen hereingelegt, dachte Jane. »Aber ich bin neugierig«, sagte sie, »was versteht ein Mann wie du unter einem ›normalen Leben‹? Und bist du dir sicher, daß du so etwas überhaupt willst?«

Er schaute sie kurz an, und seine Lippen hoben sich zu einem Lächeln, das in ein wehmütiges Lächeln mündete. Er war wieder der Carey, den sie kannte. »Es gibt da wohl verschiedene Bewertungsmaßstäbe«, sagte er, »aber in meinem Verständnis bedeutet der Ausdruck in erster Linie häufigen Sex.«

»Junge, Junge!« Sie schmiegte sich an ihn und küßte ihn ein zweites Mal auf die Wange. »Kein Wunder, daß es mich so zu dir hingezogen hat.«

»Hast du noch andere schöne Dinge, die du mir sagen kannst?«

»Nichts Schönes. Dahlman erholt sich allmählich von deiner Schnellbehandlung. Ich mußte deine Husch-Husch-Näherei mit Nadel und Faden in einem Motelzimmer nacharbeiten.«

»Ich wette, er hat dir die Matratzennaht beigebracht?«

»So ähnlich wie man Schnürsenkel bindet?«

»Genau die.«

»Komisch, daß er es nicht so genannt hat. Ihr seid doch eine ziemlich frivole Bande. Ich habe ihn jetzt in einer Wohnung untergebracht, damit ich bei dir ein bißchen Hausfrau spielen kann.«

»Geht es ihm denn schon so gut?«

»Nein, aber ich dachte, dir geht es noch schlechter.«

Er zuckte zusammen. »Möglicherweise. Die Polizei wußte schon nach ein paar Stunden, daß ich vor Jahren mit Dahlman zusammengearbeitet habe. Und sie wissen auch, daß ich mit seiner Flucht irgendwas zu tun habe.«

Jane zog die Brauen zusammen: »Bist du sicher?«

»Ja. Sie wissen nur nicht genau, was es ist, sonst säße ich wohl schon im Gefängnis.«

Sie streichelte ihm sanft über den Nacken. »Das muß nicht unbedingt so sein.«

»Nein?«

»Nein«, antwortete sie. »Wenn du recht hast, dann überwachen sie vermutlich, ob dich jemand besucht oder anruft – ein Mitverschwörer vielleicht oder Dahlman selbst. Deine Telefonapparate sind sicher angezapft. Als deine Mittäterin kann ich dir sagen: Daß sie dich abhören, ist ein ausgesprochen wirksames Mittel gegen den Drang, dich aus irgendeiner Telefonzelle anzurufen. Wenn ich es täte, dann wäre ich sofort dran. Und du auch.«

»Wir sind also in Schwierigkeiten, stimmt's?«

»Sagen wir lieber: in einer delikaten Lage. So wie es aussieht, haben wir kaum eine Chance, die Polizei zu überzeugen, daß wir nur unschuldige Zuschauer sind. Wir können sie allenfalls davon überzeugen, daß unsere Vergehen eher geringfügig und die Beweise dafür nicht ausreichend sind.«

»Weißt du noch, was du sagst? Einem Mörder zur Flucht vor der Polizei verhelfen – das soll ein geringfügiges Vergehen sein?«

»Ist es natürlich nicht« sagte sie ruhig, »das ist ein schweres Vergehen. Geringfügig ist etwas anderes: Wir haben einfach nicht bemerkt, wie ein Unschuldiger aus dem Krankenhaus hinausspaziert. Wir müssen jetzt nur alles richtig machen, das heißt: die Spielregeln kennen. Die Polizei kennt sie auswendig, und damit hat sie einen Vorsprung. Dahlman ist kein Mörder, solange er nicht rechtskräftig verurteilt ist, verstehst du?«

»Ich denke schon. Ja.«

»Bis sie ihn haben, ist er nur ein Mordverdächtiger.«

»Also ich finde den Unterschied nicht gerade überwältigend.«

»Für die meisten Menschen ist er auch unbedeutend, aber nicht für uns. Die Polizei glaubt immer noch, sie kriegt ihn. Und dann sagt er ihnen entweder, wer ihm geholfen hat, oder sie finden einen Zeugen oder andere Beweise dafür. Vermutlich, nein, ziemlich sicher glauben sie auch, daß sie bei ihrer Beschattung irgend etwas finden, was ihnen bei der Suche weiterhilft. Das ist im Augenblick ihre oberste Priorität. Sie nehmen an, er ist ein Killer, und sie wollen ihn schnellstens haben, am liebsten gestern. Wenn sie dich jetzt in eine Zelle stecken, dann ist das heute im Fernsehen und morgen in allen Zeitungen. Und du bist als Köder erledigt. Sogar Dahlman wäre nicht so dumm, dich dann noch anzurufen.«

»Was heißt: sogar Dahlman! Dahlman ist nicht dumm.«

Sie seufzte leise. »Nein, aber offenbar hängt er an der Vorstellung, daß die ganze Welt demnächst mit einem Schlag vernünftig wird und daß seine Schilderung alle von seiner Unschuld überzeugt. Ich hoffe, ich habe ihm genügend angst gemacht, daß er sich nicht von der Stelle rührt, bis ich wieder bei ihm bin.«

»Und was machen wir?«

»Du mußt deine Arzt-Rolle so glaubhaft wie möglich weiterspielen. Du machst dir keine Sorgen, du hast keine Angst. Du bist der Chirurg, der einen Patienten operiert hat – und mehr weißt du nicht. Wenn sie irgendwelche Theorien von dir wollen, dann hast du keine einzige.«

»Das haben sie mich schon gefragt.«

»Und was hast du ihnen gesagt?«

»Daß er vermutlich noch immer im Krankenhaus ist. Daß ich von dem Mord nichts weiß. Daß ich nicht glaube, daß er jemand umbringen könnte. Ich habe mich einfach dumm gestellt.«

»Siehst du?« sagte sie mit einem glücklichen Lächeln. »Meine jahrelange Schulung macht sich bezahlt. Im übrigen paß auf, daß dein Arbeitsplan auch weiterhin so ausgefüllt ist wie immer. Du darfst nichts tun, was sie vielleicht überrascht.«

»Aber genau das habe ich doch gerade mit dir getan.«

»Ja, aber das fällt nicht weiter auf. Sie haben dich eine Zeitlang verloren, aber das heißt nicht, daß du das so geplant hast. Ich mußte dich einfach allein sprechen. Und das war die letzte Chance. Haben sie dich schon nach mir gefragt?«

»Nein.«

Sie dachte kurz nach. »Gut für uns, weil dann nichts

über mich in die Ermittlungsakte kommt. Wir legen es ihnen so zurecht: Ich war nicht in der Stadt, als Dahlman kam. Jetzt bin ich zu Hause, aber wir haben gerade diese Serie von Indianer-Versammlungen. Ich befasse mich mit Problemen von Minderheiten und bin in dieser Angelegenheit den ganzen Sommer immer wieder mal unterwegs.«

»Aber warum sollten wir ihnen das überhaupt erzählen?«

»Wir verraten damit nicht mehr als meine Abstammung. Und die kennen sie wahrscheinlich längst. Glaub mir, das war schon immer so in meinem Leben: ›Das ist Jane. Eine Indianerin.‹ Also liefern wir ihnen diese Information. Das FBI findet mich in seinen Computern auf irgendeiner Namensliste aus der College-Zeit oder auch nur in der letzten Indianer-Zählung. Damit haben sie die Information durch ihre eigenen Unterlagen bestätigt, und das stellt sie normalerweise zufrieden, und sie schauen nicht mehr so genau hin. Ich gebe dir bald eine Liste von Versammlungen und Festivals. Wenn sie dich fragen, wo ich bin, suchst du dir den passenden Ort heraus. Wenn sie die Liste sehen wollen – bitte sehr.«

»Können sie dich dann nicht finden?«

»Nein. Die Termine überlappen sich oder sind sogar gleichzeitig und über das ganze Land verstreut. Das Ganze sieht wie ein Ablaufplan aus, aber in Wirklichkeit kann ich ebensogut hier wie dort sein oder auf dem Weg wohin. Wenn ich es schaffe, rufe ich dich von den richtigen Orten aus öfter mal an. Dann reden wir aber möglichst über gar nichts. Bitte keine Codewörter, keine verhüllten Tips oder was dir sonst an Schlauheiten einfällt.«

»Aber was ist, wenn …«

»Kommt nicht in Frage. Es ist der Beruf dieser Leute, verhüllte Telefongespräche zu entschlüsseln. Denen sind wir nicht gewachsen.« Auf einer Kreuzung schaute sie kurz nach rechts und links. »Das ist jetzt blöd. Sie suchen uns schon.«

»Woher weißt du das?«

»Ich habe gerade zwei Streifenwagen auf den Parallelstraßen gesehen. Ich hatte gehofft, die zwei am Büro würden einfach ein paar Minuten stehenbleiben.« Sie schwieg einen Augenblick, dann sagte sie: »Wir haben nicht mehr viel Zeit, also sage ich es dir lieber gleich.«

»Das klingt nicht gut.«

»Fürchte ich auch. Also: Es ist ziemlich unwahrscheinlich, daß die ganze Sache gut ausgeht. Dahlmans – übrigens auch unsere – einzige Hoffnung ist, daß er sich so lange vor der Verhandlung drücken kann, bis nicht mehr alle Beweise gegen ihn sprechen. Zum Glück haben wir ...«

»Dich«, unterbrach er sie. »Jedenfalls zu meinem Glück«.

»Sehr lieb. Ich mag diese männliche Blindheit. Aber unsere Lage kann tatsächlich unhaltbar werden, zum Beispiel: Du verlierst völlig den Kontakt zu mir, oder Dahlman stirbt, oder die Polizei gibt zu erkennen, daß sie dich verhaften werden. Dann tust du folgendes: Du gehst zu Jake, möglichst ohne daß dich jemand sieht, und holst dir das Paket ab, das ich dort für dich deponiert habe. Darin sind Ausweispapiere für uns beide, ein Haufen Geld und so weiter. Und eine Adresse. Dort wartest du auf mich.«

»Und wenn du nicht kommst? Du weißt doch, wie schnell Frauen ihre Meinung ändern. Wie lange warte ich auf dich?«

»Wenn ich noch lebe, komme ich. Wenn nicht, ist es mir egal. Du hast meine Erlaubnis, in den Nahen Osten zu fliegen und einen Harem aufzumachen.«

»Ah«, sagte er, »das ist eine Überlegung wert.«

»Natürlich solltest du vorher einigermaßen sicher sein, daß ich auch wirklich tot bin.«

»Gut, ich warte mindestens eine Stunde, bevor ich aufbreche. Aber sag mir doch bitte, wie in aller Welt soll ich irgendwohin gehen, wenn die Polizei mit einem Haftbefehl hinter mir her ist?«

»Wenn ich genauer weiß, wer dich verfolgt, sage ich es dir.«

»Jane?«

»Die Antwort ist: Nein, ich gebe dir keine Ratschläge, wie du die nötigen Frauen finden kannst. Die mußt du schon selber finden.«

»Ich meine es ernst.«

»Also gut.«

»Mir tut das alles leid. Das dachtest du dir wahrscheinlich schon, aber ich sage es trotzdem. Wenn ich geahnt hätte, daß diese Sache unser Leben zerstört, hätte ich dich da nie mit reingezogen.« Er blickte sie niedergeschlagen an. »Aber das weißt du sicher.«

»Ach, Carey. Das ist alles eine Frage der Perspektive. Wenn wir es nicht getan hätten, dann hättest du Dahlman in einem deiner Krankenhausbetten ermordet aufgefunden. Und von da an müßten wir mit der Erinnerung leben, daß ein Mann, den du bewunderst und dem du etwas schuldig bist, zu uns gekommen ist, damit wir ihm helfen, und du es abgelehnt hast, um dein hübsches, kleines, sicheres Leben zu behalten. Hättest du das gekonnt? Einen solchen Mann wollte ich eigentlich nicht heiraten. Ich wollte immer nur einen robusten, großzügigen, männlichen Naiven, bei dem ich mich darauf verlassen kann, daß er für die verrückteste Laune von mir den Kopf hinhält. Wenn du also nichts für Dahlman tun willst, was tätest du dann noch für mich? Ich habe mir das selbst eingebrockt.«

»Danke«, sagte Carey, »da bleibt wenigstens ein schwacher Trost.«

»Welcher?«

»›Männlich‹. Es hat so eine positive, liebenswerte Bedeutung. Und einen eindeutig sexuellen Unterton.«

»Hat es nicht.«

»Nein?« sagte Carey. »Ich finde schon. Versuch es doch einmal umgekehrt: wenn ich dich mit dem Wort ›weiblich‹ beschreiben würde.«

Sie dachte einen Augenblick nach. »Also schön, du hast gewonnen. Ich habe eben wohl schamlos und lustvoll an dich gedacht. Fahr da rüber an den Straßenrand.«

»Das ist nicht dein Ernst.«

»Sind wir plötzlich prüde?« Sie mußte lachen. »Nein.

Aber ich würde gern selbst fahren. Das ist wahrscheinlich die letzte Gelegenheit, wo uns niemand beobachtet oder zuhört. Und ich würde mich ärgern, wenn uns jetzt jemand auf dem Weg in mein Hotel nachfahren sollte.«

16

Marshall saß in der kleinen Tankstelle hinter der Kasse, auf einem Stuhl, den jemand wohl schon in den sechziger Jahren gekauft hatte. Die rupfenfarbene Polsterung erinnerte an Militärtextilien, und verglimmende Zigarettenkippen hatten darauf ihre Spuren eingebrannt. Der verchromte Rahmen war zerkratzt und zeigte erste Rostspuren.

»Also Sie saßen hier«, sagte Marshall, »wo ich jetzt sitze?«

Dale Honecker sagte »Ja« und nickte dazu mehrmals leidenschaftlich. »Dann habe ich einen Wagen gehört und bin aufgestanden und habe hinausgeschaut.«

»Und was haben Sie von hier aus gesehen?«

»Den alten Kerl und die Frau am Steuer. Sie steigt aus und ...«

»Langsam«, sagte Marshall. »Sie steigt aus. Auf welcher Seite?«

»Auf dieser Seite. Er sitzt auf der anderen Seite.« Marshall dachte darüber nach. Bei ihrem Toyota Camry war die Tanköffnung links, demnach hätte sie auf der anderen Seite der Zapfsäulen halten müssen, wenn sie den Schlauch nicht über den Wagen zerren wollte.

»Sicher?«

»Ähm ... ja.« Also hatte sie versucht zu vermeiden, daß ihr Beifahrer vom Kassenhäuschen aus gesehen wurde.

»Was dann?«

»Dann steigt sie aus, kommt rein, hält mir einen Zwanziger hin und sagt, sie tankt selber voll.«

»Beschreiben Sie sie.«

»Langes, schwarzes Haar ...«

»Wie alt?«

»Keine Ahnung. Vielleicht fünfundzwanzig. Schlank. Hübsch.«

»Augenfarbe?«

»Weiß ich nicht mehr.«

»Was dachten Sie sich?«

»Was ... was meinen Sie?«

»Es ist spät in der Nacht. Ein Wagen hält. Nach Mitternacht kommen hier wohl kaum noch viele Wagen vorbei. Sie schauen zum Fenster raus. Warum?«

»Weil man hier irgendwie nervös wird beim Rumsitzen allein in einem hellen Raum. Wenn jemand hält, schau ich immer raus, ob der mich vielleicht überfallen will.«

»Schön. Und was dachten Sie, als Sie diesen Wagen sahen?«

»Ich glaube, ich war erleichtert. Ein alter Mann und diese Frau – das sind bestimmt keine Kassenräuber.«

»Aber das war doch wohl ein ziemlich komisches Paar. Und Sie haben Dahlman zuerst nicht erkannt, sagen Sie?«

»Nein.«

»Und dachten, das wären zwei ganz andere.«

»So war es, ja.« Dann verbesserte er sich: »Eigentlich habe ich überhaupt nicht gedacht.«

»Sie sind der Nachtkassierer in einer Selbstbedienungstankstelle«, sagte Marshall. »Wenn ich früher mal eine langweilige Nachtschicht hatte und jemand kam rein, dann dachte ich mir eine Geschichte über ihn aus. Hier haben Sie eine junge Frau vor sich mit einem Mann, der dreimal so alt ist wie sie. Ist doch irgendwie spannend, nicht?«

Dale Honecker sah ihn beunruhigt an. »Ich habe mir die Geschichte nicht ausgedacht.«

»Das meinte ich auch nicht«, sagte Marshall. »Ich meinte, Sie könnten sich zum Beispiel gedacht haben: ›Da ist ein Vater mit seiner Tochter. Er ist krank, und sie bringt ihn in die Notaufnahme, und dann merkt sie, daß ihr das Benzin ausgeht. Deshalb sieht sie etwas ängstlich aus, und sie beeilt sich mit dem Tanken.‹ Oder: ›Da ist ein reicher alter Macker und macht sich zum Idioten mit einer Frau, die garantiert eine Nutte ist.‹ Oder: ‹Das ist eine Undercover-Agentin, die einen alten Reporter der Lokalzeitung mitnimmt, um ihm den Tatort zu zeigen.‹« Marshall machte eine Pause und wartete. Die Augen des jungen Mannes waren so undurchsichtig wie Murmeln.

»Das dritte, glaube ich.«

Marshall traute der Antwort nicht. »Sie wollen sagen: Sie hielten die Frau für eine Polizistin?«

»Nein«, sagte Dale. »Ich habe überhaupt nichts gedacht. Aber wenn es schon eins von den dreien sein soll, dann eher noch das dritte. Sie war nicht nervös, sie sah nicht ängstlich aus, sondern – irgendwie hart. Und gar nicht wie eine Nutte.«

»Haben Sie schon mal welche gesehen?«

»Ja – ich meine, nicht genau. Ich meine, ich glaube, ich habe schon mal welche gesehen, aber wenn man sie so auf der Straße sieht, dann heißt das ja noch gar nichts. Ich meine, sie sah nicht so aus, wie die aussahen, die ich für welche gehalten habe.«

»Hatte sie eine Handtasche bei sich?«

»Ich weiß nicht. Ich glaube nicht.« Er blinzelte ein paarmal, was ihm offenbar Klarheit verschaffte. »Nein. Sie hat das Geld aus der Jackentasche geholt.«

»Schmuck?«

»Nein.«

»Nicht einmal einen Ring oder eine Uhr?«

»Vielleicht.«

Der junge Mann tat Marshal allmählich leid. Er sagte: »Na gut. Wir kommen nachher noch mal auf sie zurück. Also, Sie nahmen das Geld, schalteten die Pumpe ein und setzten sich wieder vor Ihren Fernseher.«

»Nein. Sie wollte den Schlüssel für die Herrentoilette. Ich habe ihn ihr gegeben und mich dann wieder hingesetzt. Es liefen gerade die Nachrichten. Und da habe ich das Foto von Dahlman gesehen, und er kam mir bekannt vor. Weil ich ihn nämlich gerade vorher im Auto gesehen hatte. Aber ich war mir nicht sicher. Also habe ich den Mop genommen und bin rausgegangen zur Toilette. Da kam er heraus, und ich habe ihn genau sehen können. Das war er.«

»Jetzt haben Sie etwas vergessen.«

»Wirklich?«

»Den Revolver. Er liegt normalerweise hier, versteckt hinter der Registrierkasse.«

Der junge Mann nickte.

»Was war der Grund, daß Sie ihn mitgenommen haben?«

»Ich habe das für eine gute Idee gehalten. Ich meine, der Kerl ist ja immerhin ein Mörder, nicht?«

»Mutmaßlich.« Marshall fühlte sich müde, aber er sagte sich, daß so etwas wohl zu seinem Job gehörte. Der Junge war vielleicht neunzehn und hatte noch so viel zu lernen. »Reden wir mal darüber. Sie sind allein. Sie sehen einen Mann, einen Killer, und stecken einen Revolver ein. Was hatten Sie vor, eine private Festnahme?«

»Ich? Nie. Ich wollte nur sehen, ob er es ist.«

»Und wenn ja – was dann? Wollten Sie ihn erschießen?«

»Nein, die Polizei rufen.«

»Falls Sie so etwas wieder mal vorhaben, mache ich Ihnen einen praktischen Vorschlag: Sie ducken sich hinter Ihre Kasse, nehmen den Hörer ab und rufen die Polizei sofort an. Wenn er dann getankt hat und aus dem Klo kommt und zahlt, sind die Beamten möglicherweise schon da. Nachts haben sie normalerweise nicht allzuviel zu tun, und hier draußen können sie ohne weiteres hundertfünfzig fahren, ohne jemanden auch nur zu irritieren. Und dann hätten sie die Sache vielleicht gleich hier zu Ende gebracht. Oder so: Sie warten, bis der Wagen weg ist, merken sich die Richtung, und dann rufen Sie an.«

Der Junge war langsam verwirrt. »Aber ich war mir doch nicht sicher.«

»Das verstehe ich durchaus. Aber ich habe in den letzten Jahren eine Menge Polizisten kennengelernt. Ich weiß, sie werden lieber einmal umsonst gerufen, als daß sie zwischen Leichen herumsteigen müssen.«

Das Gesicht des jungen Mannes wurde immer länger. »Aber es war doch bloß zur Selbstverteidigung.«

Marshall runzelte die Brauen und sah ihn aus seinen

dunklen Augen mitleidig an. »Ich sagte schon, ich kann Sie gut verstehen. In einer solchen Situation sind unglaublich viele Entscheidungen zu treffen. Sie haben zum Beispiel das Problem, daß ein bewaffneter Killer nie so reagiert, wie man es gern hätte. Wenn Sie einen Revolver rausziehen und ›Keine Bewegung!‹ rufen, bewegt er sich trotzdem. Und er versucht, Sie zu erschießen. Er zögert nie, Sie immer. Oder er dreht sich um und rennt weg, und schon müssen Sie sich wieder neu entscheiden. Vielleicht ist er ja nur irgend jemand, der wegrennt, weil ihm ein Tankstellenkassierer einen Revolver vor den Bauch hält, und er hat keine Ahnung, daß er einem Killer ähnlich sieht. Aber vielleicht ist er wirklich der Killer und sucht sich die nächste Deckung und versucht, von da aus auf Sie zu schießen. Wenn es so ist, dann können Sie nicht solange warten. Er weiß, daß Sie ihn erkannt haben; er weiß auch, Sie sind hier draußen in der Nacht allein und rufen als nächstes die Polizei an. Und wenn Sie es bis zum Telefon schaffen, dann sinken seine Überlebenschancen von soso lala auf null.« Marshall klopfte mit den Fingerknöcheln an die Sperrholzwand. »Und das hält eine Kugel auch nicht auf.« In diesen Augenblick schien er sich an etwas zu erinnern. »Und in unserem Fall müssen Sie sich ja auch noch über die Frau Gedanken machen.«

»Was für Gedanken?«

»Na zum Beispiel: Wer ist sie überhaupt?«

»Ich weiß nicht.«

»Das macht schon wieder ein Problem mehr. Aus dem Fernsehen wußten Sie, daß der Mann ein Mordverdächtiger ist, aber von ihr war nie die Rede. Vielleicht hat er sie ja als Geisel genommen.«

»Aber sie ist doch zum Zahlen reingekommen. Unmöglich.«

»Vielleicht hat er ihr zwei Monate altes Baby auf dem Rücksitz. Oder vielleicht ist sie doch nur eine Tramperin, die er aufgegabelt hat, und die keine Ahnung hat von dem, was hier läuft.« Marshall ließ ihm Zeit, die verschiedenen Möglichkeiten durchzugehen und sich womöglich ein paar eigene Varianten auszudenken. »Auf der anderen Seite ist sie vielleicht auch bewaffnet, seine Komplizin. Bevor also irgendein Revolver gezogen wird, müssen Sie sich über die Frau klarwerden: Erschießen Sie sie, oder beschützen Sie sie? Irgendwas dazwischen ist nicht recht vorstellbar, weil ein Revolver nur eines kann: Löcher in Menschen machen. Und? Machen Sie eins in die Frau?«

Der Junge war jetzt völlig durcheinander. Er kniff seine blauen Augen zusammen, blinzelte wieder, aber diesmal kam ihm dadurch keinerlei innere Klarheit.

Marshall ließ nicht locker. »Nehmen wir an, Sie wären jetzt in dieser Lage. Was tun Sie mit ihr?«

»Ich weiß nicht.«

»Suchen Sie sich die beste Möglichkeit aus. Jetzt gleich.«

»Ich weiß nicht!« Er war wütend und schwitzte am ganzen Körper.

»Sie haben einmal geschossen. Wußten Sie denn, worauf Sie geschossen haben?«

»Ich habe durch die Tür geschossen. Ich habe ein paar Schläge gehört, und ich dachte, die schießen auf mich.«

»Wer?«

»Keine Ahnung.«

»Und in Wirklichkeit nagelten die nur die Tür zu. Richtig?«

»Ich glaube ... also gut, ja.«

Marshall nickte und dachte eine Weile nach. »Sie arbeiten schon seit einiger Zeit an dieser Tankstelle. Sie wissen ziemlich sicher, daß es nicht ganz ungefährlich ist, wenn Sie blind durch eine Tür schießen – genau in der Richtung der Zapfsäulen. Vermutlich dachten Sie, es geht um Ihr Leben. In dieser Zehntelsekunde sahen Sie kurz und scharf vor sich, auf wen Sie schießen. War es der Mann, oder war es die Frau?«

Der junge Mann strengte sich an, sich den Augenblick ins Gedächtnis zurückzurufen.

»Wer was es?«

»Der Mann.«

»Sicher?«

»Der Mann. Ich hatte Angst, daß sie mich umbringen, und schließlich war er der Killer. Ich hatte ihn ja kurz vorher gesehen, wie er rauskam. Wo die Frau in dem Moment war, daran dachte ich gar nicht. Ich habe die Schläge gehört und auf ihn geschossen.«

»Und nicht auf sie.«

»Nicht auf sie.« Es klang aufgebracht, empört. »Wer ist sie?«

Marshall zuckte widerwillig die Achseln. »Sie sind der einzige, der sie gesehen hat. Als Sie dachten, es geht um Ihr Leben, da war nicht sie das Problem. Also ist sie im Augenblick nichts weiter als eine Frau, die er unterwegs mitgenommen hat und die sich keine Fernsehnachrichten anschaut.«

»Und nicht mal das ist sicher.«

Marshall sagte: »Nein, aber eines wissen wir genau: Wenn das ausgekochte Killer sein sollen, dann war das nicht gerade ihre Spitzenleistung.«

»Wieso nicht?«

»Die beiden hätten sich nur kurz das Loch in der Klotür ansehen und acht bis zehn Schüsse abfeuern müssen. Und wir würden jetzt nicht miteinander reden.«

Marshall stand auf dem Parkplatz der Mietwagenfirma in Akron und beobachtete die Spurensicherung bei der wiederholten Untersuchung des Wagens. Er hatte sein Notizbuch in der Hand und wußte, daß die Arbeit der Kollegen jetzt reine Zeitverschwendung war. In seinen zweiundzwanzig Dienstjahren hatte er dieses Ritual ein paar hundert Mal mitgemacht. Was dem FBI seinen Vorsprung verschaffte, war seine Laborarbeit. Was die Agenten beim ersten Mal oder genauer bis bis zum vierten Mal nicht gefunden hatten, damit konnte das Labor mit Sicherheit nichts anfangen.

Sie hatten ein paar Haarreste gefunden, aber keinen von einer schwarzhaarigen Frau oder einem grauhaarigen Mann über fünfzig. Die Fingerabdrücke stammten von dem Angestellten, der den Wagen in die Waschanlage gefahren, vollgetankt und wieder geparkt hatte. Seine Kollegen in Youngstown hatten Abdrücke auf dem Kofferraumöffner, der Luftfilterabdeckung und dem Tankdeckelverschluß hinterlassen.

Der Zusammenhang mit Youngstown brachte ein ganzes Bündel neuer Probleme mit sich. Dort hatte eine Frau namens Kathy Sirini den Wagen gemietet. Die Abrechnungen für ihre Kreditkarte waren an ein Schließfach in New York adressiert. Fünfzig Meilen westlich von Youngstown und einen halben Tag später wurde der Wagen in Akron wieder abgegeben. Etwas in Marshalls Erfahrung sagte ihm, daß es für Kathy Sirini gar nicht gut aussah. An einer Tankstelle wurde eine Frau gesehen, vermutlich Kathy Sirini selbst, die mit diesem Wagen in westlicher Richtung wegfuhr, zusammen mit einem Mann, der unter dem Verdacht stand, eine andere Frau ermordet zu haben. Dann wurde der Wagen am Flughafen von Akron zurückgegeben, aber keine Kathy Sirini hatte ein Flugticket gekauft. Sie hatte auch keinen anderen Wagen gemietet. Sie hatte seit drei Tagen ihre Kreditkarte überhaupt nicht benützt, und dabei lag ihre Wohnung nicht gerade um die Ecke.

Die New Yorker FBI-Zweigstelle war zur Zeit damit beschäftigt, ihre Adresse herauszufinden, aber nur mit der Schließfachadresse war das nicht einfach. In dieser Stadt wohnten viele junge weibliche Singles bei ihrem Freund oder einer Bekannten – oder auch in Apartments unter dem Namen von Mietern, die schon vor Jahrzehnten ausgezogen waren. Es war durchaus denkbar, daß jemand, der sich um Kathy Sorgen machte, ihr Verschwinden erst eine Woche nach ihrem geplanten Urlaubsende meldete oder weil sie nicht zum Familientreffen in Nebraska kam. Kathy Sirini war mit ziemlicher Sicherheit bereits tot.

Dieser ganze Fall hatte mit einer Art Unordentlichkeit angefangen, bei der sich Marshall unwohl fühlte. Schon der Tod einer jungen Ärztin war verstörend: Er verschärfte das Gefühl der Vergeudung, das Marshall in der Nähe eines Mordfalls immer spürte. Die Wahrscheinlichkeit, daß jemand wie Richard Dahlman sie getötet hatte, machte ihn unruhig und reizbar. Für ihn sah es so aus, als wollte ihm der Fall eine eigene Schlußfolgerung aufzwingen, und diese Schlußfolgerung besagte: Geistige Gesundheit ist im menschlichen Organismus eine zerbrechliche und nur vorübergehende Ausgeglichenheit, wie das perfekte Tuning bei einem Wagen. In jedem Augenblick konnte jedes menschliche Wesen unmerklich ein wenig aus der Balance geraten, und dann fiel es über Nachbarn und Freunde her und schlachtete sie kaltblütig ab. So etwas war auch hier möglich, und einige der mit diesem Fall Befaßten hatten die Möglichkeit bereits akzeptiert. Aber Marshall hatte von Anfang an ein paar Dinge in der Hand, die nicht dazu passen wollten und beharrlich wiederkehrten.

Richard Dahlman war der falsche Kandidat für den plötzlichen, selbstzerstörerischen Typ Mörder. Solche Leute waren jünger, höchstens fünfzig. Sie hatten in ihrem Leben zumeist versagt und waren so gut wie nie besonders gebildet. Die Verkehrsunfälle der modernen Gesellschaft: Männer mit aussichtslosen Jobs, die sie dann auch noch verlieren, kurzen Beziehungen zu Frauen, die scheiterten, weil sie vor der Erfolglosigkeit oder vor der Bitterkeit davonrannten, den endlosen Beweisen dafür, daß es keine Zukunft gab. Irgendwann lud so einer dann seine AK 47 mit aller Munition, die er finden konnte, und verbarrikadierte sich in seiner Wohnung. In den Nachrichten hieß es dann immer, das sei alles völlig unerwartet passiert. Das war es wohl auch. Aber am Ende der Ermittlung hatte Marshall jedesmal eine Liste von Ereignissen, zum Beispiel immer deutlichere Drohungen oder sich verschlimmernde Gewaltausbrüche, die im Rückblick den Abstieg markierten.

Dr. Dahlman wies keine solche Kurve auf. Ihm war im Leben alles gelungen. Er hatte eine dreißigjährige und allem Anschein nach glückliche Ehe hinter sich, und bis jetzt hatte niemand am Tod seiner Frau etwas irgendwie Verdächtiges festgestellt. Er hatte ein paar normale oder zumindest hochleistungsfähige Kinder großgezogen und sich den Respekt mehrerer Generationen von Ärzten erarbeitet.

Die Beweisstücke der Polizei belegten scheinbar eine sich unbemerkt weiterfressende Geisteskrankheit, die ihn schließlich zum Mord an seiner Partnerin trieb. Der perverse Andachtsraum, den er für seinen Haß auf das Opfer eingerichtet hatte, war das Übliche, der schlagende Beweis für Unzurechnungsfähigkeit. Da waren Fotografien zu finden, wie Marshall sie kannte, und die geraubten Kleinigkeiten, die das Opfer nicht vermissen würde, Kugelschreiber zum Beispiel oder Notizzettel. So etwas fand sich bei jeder Ermittlung, wenn der Mörder für andere Menschen unhörbare Stimmen hörte und seine Tat als Opfer und metaphysisches Schicksal betrachtete. Aber der Mord paßte nicht ins Bild. Er hätte ebenso ritualisiert sein müssen, nicht die Inszenierung eines versuchten Einbruchs. So etwas machte der Mörder nur, wenn er eine Lebensversicherung kassieren wollte.

Die gesamte Planung, die Fähigkeit, dauernd mit Vorbedacht zu lügen und jede neue Gruppe von Menschen nur als Gelegenheit zu neuen Täuschungen zu sehen – dies alles ließ auf etwas viel Unheilvolleres schließen als einen simplen Nervenzusammenbruch. Außerdem hatte sich Dahlman seit dem Mord ausgesprochen vernünftig benommen. Sein Verhalten war reine Selbsterhaltung. Er handelte überhaupt nicht wie jemand, der sich nicht in der Gewalt hat – ganz im Gegenteil. Es war sogar denkbar, daß er sich den Horror-Raum nicht als Aufputschmittel für den Mord eingerichtet hatte, sondern weil er mit kühler Vernunft ahnte, daß vielleicht etwas Furchtbares eintreten könnte, und er sich damit etwas wie einen Verteidigungswall baute. Doch so etwas taten nur sozial Unangepaßte, und sie hatten alle ihre typische Biographie. Außerdem warteten sie damit nicht, bis sie siebenundsechzig waren. Das brachte Marshalls Gedanken wieder zurück auf Kathy Sirini, die den Wagen gemietet hatte, die junge Frau mit dem langen, schwarzen Haar.

Er atmete tief durch. Er sah, daß mittlerweile der Wagen innen und außen mit dunklem Magnesiumpulver bedeckt war, wobei die Stellen, von denen man bereits die Fingerabdrücke abgenommen hatte, mit Klebestreifen markiert wurden. Die Leute von der Spurensicherung sahen sich immer öfter fragend an.

»Was meinen Sie?« fragte Marshall. »Haben Sie alles?«

Auf die Chefin der Gruppe hätte die Beschreibung der Frau, die der Tankwart geliefert hatte, auch recht gut gepaßt. Sie sagte: »Wir haben alles, was wir kriegen können. Ich denke, Sie können ihn jetzt freigeben.«

»Ich finde, die örtliche Polizei sollte ihn noch eine Weile aufheben«, antwortete er, »vielleicht will ihn jemand später noch mal ansehen.«

»Später?«

»Wenn ihre Leiche auftaucht.«

Sie nickte ihm ohne sichtbare Überraschung zu und kehrte zu ihrer Arbeit zurück. Es war ihm klar, daß auch sie daran gedacht hatte, daß es hier um mehr als einen flüchtigen Mordverdächtigen und die Fasern seiner Kleidung ging. Sobald der nächste größere Regen irgendwo zwischen Akron und Youngstown Kathys Leiche anschwemmte, wurde der Wagen als Beweismittel in einem Mordprozeß benötigt. Außerdem bestand durchaus die Möglichkeit, daß man nach dem Abschluß dieser Sache und bei vollständiger Aufklärung von Dahlmans Geschichte noch weitere Leichen vermuten mußte.

17

Das ganze Land um das große Haus unter den Ahornbäumen, in dem schon Careys Vater und Großvater und alle McKinnons seit dem Ende des 18. Jahrhunderts wohnten, hatte einst – lange bevor sich die McKinnons hier ansiedelten – Janes Vorfahren gehört. In dieses Haus war sie gekommen, um mit ihm zu leben. Jetzt war es wie ein Gefängnis.

Draußen auf der Straße sah sie eine der Wachen vorbeijoggen, eine Frau im dunkelblauer Sportkleidung. Ihr Haar war zum Pferdeschwanz nach hinten gebunden, und in ihrem Ohr steckte etwas, das wie der Minikopfhörer eines

Transistorradios aussah, aber normalerweise gehörte dazu kein Mikrophon: einem Musiksender hatte man nichts mitzuteilen.

Wenn Jane sich seitlich ans Fenster stellte, konnte sie zwei Häuser weiter den Kleinbus der Wasserwerke sehen. Am Tag nach ihrer Rückkehr stand er plötzlich da, dann stellten zwei Männer Gummikegel und Warnlampen auf und verschwanden wieder im Wagen. Jeden Morgen bauten sie ihre gesamten Gerätschaften auf, die Werkzeugkästen, den Theodoliten, sogar einen Dieselkompressor – und danach taten sie nichts mehr.

Jane hatte zwei Tage lang saubergemacht. Das Mikrophon, das sie an der Unterseite des alten Sideboards im Eßzimmer entdeckt hatte, war so dilettantisch angebracht, daß sie überzeugt war, daß sie es finden, abnehmen und glauben sollte, andere gäbe es nicht. Die Mikrophone im Wohnzimmer waren ziemlich professionell versteckt. Niemand außer Jane hätte mit einer Taschenlampe und einem Handspiegel die Innenwand des Kamins untersucht und dort, wo die Trichterform den Schall bündelte, ein weiteres gefunden. Das Mikrophon in der Tischlampe steckte im Innern des Sockels. Man hatte dazu den Boden abgeschraubt und das Mikrophon zur stetigen Energieversorgung mit dem elektrischen Kabel verbunden.

Das war kein gutes Zeichen. Es bedeutete, daß man den Technikern gesagt hatte, die Überwachung könne unter Umständen länger dauern als die Lebensdauer einer Batterie. Auch in der Küche, unter der Ventilatorverkleidung, war ein genauso elektrifiziertes Mikrophon angebracht.

In ihrem Schlafzimmer suchte sie erst gar nicht nach Wanzen. Statt dessen nahm sie sich das kleine Gästezimmer vor und zerlegte es regelrecht. Die Lampen waren sauber, das Bett auch, ebenso das dazugehörige Bad. Sie hatte alle Schubladen vollständig herausgezogen, denn hinten und an ihrer Unterseite lagen die beliebtesten Verstecke. Sie hatte die Heizungszähler und die hohlen Stäbe der Handtuchhalter aufgeschraubt. Da sie vermutete, daß das FBI sich der Sache angenommen hatte, zog sie den Telefonstecker aus der Wand. Sie wußte, daß selbst ein aufgelegter Hörer immer noch schwache Signale weitergab, die man anderswo mit dem geeigneten Gerät aufnehmen und verstärken konnte.

Die vergangene Nacht hatten Carey und sie wie immer in ihrem gemeinsamen Schlafzimmer verbracht und dabei ein Tonbandgerät laufen lassen. Am nächsten Abend hatten sie sich beide in diesem Raum ausgezogen und das Licht ausgemacht. Dann stellte Jane das Bandgerät an und ging mit Carey hinunter.

Am siebten Tag schrieb sie ihm einen Zettel: »Ich brauche Cipro, Leukoplast, Mull und so weiter. Kannst du mir das beschaffen?« Carey kritzelte »Ja« darunter und streckte schon die Hand aus, um das Papier zusammenzuknüllen, aber Jane hielt ihn fest und schüttelte den Kopf. Das Geräusch könnte sie möglicherweise verraten. Später verbrannte sie das Papier in der Küche über einem Spiritusbrenner und spülte die Asche den Abfluß hinunter.

Dann schrieb sie für Carey die Liste von indianischen Versammlungen auf. Darüber notierte sie: August:

Cherry Creek Powwow in Eagle Buttle, South Dakota
Crow Creek Powwow in Fort Thompson, South Dakota
Rosebud Fair mit Rodeo in Rosebud, South Dakota
Looking Glass Powwow in Lapwai, Idaho
Schoschonen- und Bannock-Festival mit Rodeo in Fort Hall, Idaho
Häuptling-Seattle-Tage in Suquamish, Washington
Omak Stampede Days in Nespelem, Washington
Grand-Portage-Treffen in Grand Portage, Minnesota
Ni-wi-min-Feier in Duluth, Minnesota
Menominee Powwow in Keshena, Wisconsin
Passamaquoddy-Zeremonie in Perry, Maine
Indianer-Fest mit Powwow in Ponca, Oklahoma
Wichita Powwow in Anadorka, Oklahoma
Indianische Zeremonie in Church Rock, New Mexico

Dann schrieb sie willkürliche Datumsangaben dazu, ohne auf den Kalender zu schauen. Um das Ganze vollkommen undurchsichtig zu machen, schrieb sie ihm noch auf: »Nicht vergessen: Der August ist der Monat für die Mais-Feiern für uns Hodenosaunee. Vielleicht schaffe ich auch noch Cattaraugus, Tonawanda, Six Nations, Oneida, Onondaga, Akwesane, Allegany oder Tuscarora Ende des Monats (30. oder 31.). Ich ruf dich zwischendurch mal an.« Sie lächelte. Allein mit dieser Liste hatte das FBI zweifellos genug zu tun, und falls sie wirklich nach ihr suchten, dann liefen da überall viele Frauen mit langem schwarzem Haar herum. Sie hielt einen Augenblick inne und sagte es sich noch einmal vor: viele schwarzhaarige Frauen.

Die meiste Zeit verbrachte sie damit, die Polizei vor dem Haus zu beobachten. Jeden Morgen, immer um dieselbe Zeit, joggte die junge Beamtin vorbei. Unmittelbar danach war Schichtwechsel. Das neue Team bestand aus zwei Männern, die Carey um 6.30 Uhr auf dem Weg zum Krankenhaus nachfuhren, und zwei weiteren, die erst irgendwo ihre Arbeitsgeräte aufstellten und sich dann zur Überwachung der Mikrophone in den Wagen der Wasserwerke zurückzogen. Diese beiden interessierten Jane: Was würden sie tun, wenn sie aus dem Haus ging?

Die Antwort war kaum überraschend. Der eine ging ihr nach, während der andere an den Tonbandgeräten im Wagen sitzen blieb. Wenn sie zum Einkaufen fuhr oder zum Joggen am Fluß, auch wenn sie einmal um den Block fuhr und zurückkam, als hätte sie etwas vergessen, dann war immer nur der eine ihr Schatten.

Sie hatte fast erwartet, daß der Zurückbleibende, sobald sie weg war, ins Haus ging, um ihre Post durchzusehen. Aber wenn die da draußen vom FBI waren, dann hatte die Zentrale die Briefe sicher schon vor der Zustellung gelesen. Diese Leute dachten zweifellos, daß das zeitgleiche Mithören eines Anrufs von Dahlman erheblich mehr Erfolg versprach als eine Hausdurchsuchung. Das war ein gutes Zeichen.

Jane baute kleine Varianten in ihren Tagesablauf ein, um

ihre Beschatter in einen Zustand gelangweilter Selbstsicherheit zu bringen. Manchmal verließ sie das Haus in großer Eile und fuhr mit leichter Überschreitung der erlaubten Höchstgeschwindigkeit auf den Freeway. Dann wieder steuerte sie den Flughafen an, aber das beunruhigte die Leute anscheinend überhaupt nicht. Einmal fuhr sie noch spät in der Nacht weg, aber der Wagen ihrer Verfolger hielt auch dann seinen großen Abstand ein. Zwei Wagen hatte sie immer nur dann hinter sich, wenn sie Carey von der Arbeit abholte.

Am achten Tag las sie auf der Titelseite der Zeitung die Schlagzeile »Abgeordnete in der FBI-Falle«. Da hatte wieder einmal jemand versucht, eine Gruppe von Kongreß-Abgeordneten zu bestechen, aber dem Bericht zufolge hatte das FBI in den letzten Jahren dazugelernt. Die Beamten spielten das Spiel mit. Sie verkleideten sich also nicht mehr als Ölscheichs aus dem Nahen Osten oder als schmierige Geldkuriere, die Koffer voller Bargeld in ein Hotelzimmer bringen. Diesmal hatten sie vier echte Lobbyisten als Mitarbeiter, die die Abgeordneten in ihren Büros aufsuchten und ihnen für ein ausdrücklich festgelegtes Abstimmungsverhalten diskrete Schecks anboten. Dann wartete das FBI, bis das zum Schein eingebrachte Gesetz dem Kongreß vorlag, und notierte sich, wie die Abgeordneten abgestimmt hatten. Gute Arbeit, fand Jane, aber nicht so gut wie früher. Die Hinterhalte, die das FBI früher organisiert hatte, waren aufregender und wurden stärker beachtet.

Auf der gleichen Seite unten stand etwas über ein Eisenbahnunglück in Boise, Idaho, und über drei ermordete Polizisten in New Jersey. Die Seite zwei brachte Lokalnachrichten; ein Chemie-Unternehmen hatte nachts heimlich Sondermüll in den Erie-See gekippt. Die zwei folgenden Seiten enthielten internationale Nachrichten, die vermutlich bedeutsam waren, auch wenn sich keine Zeitung deshalb besser verkaufen ließ. Sie blätterte auch noch den Rest durch, aber nirgends fand sich auch nur ein Wort über Dahlman.

Am Nachmittag ging sie in die Stadtbibliothek von

Deganawida. Sie sah sich die Zeitungen aus zehn größeren Städten an. Die meisten brachten den Kongreß-Skandal auf der ersten Seite, die anderen irgendein lokales Ereignis, wodurch die Washington-Story nach unten geschoben wurde. Keine einzige berichtete noch auf den ersten Seiten über Dahlman, nur vier Zeitungen erwähnten ihn überhaupt. Diese Nachricht war abgestanden. Jane war klar, daß das FBI die Angelegenheit nicht ganz in Vergessenheit geraten ließ. Notfalls konnten sie immer noch irgendeine Mißerfolgsnachricht plazieren, nur damit Dahlman wenigstens mit ein paar Zeilen wieder in der Zeitung stand.

In den kommenden Tagen allerdings hatte der FBI-Pressesprecher genug mit der Bestechung im Kongreß zu tun. Das war endlich einmal eine Arbeit, für die sie wirklich zuständig waren, die sie mutig angepackt und mit Bravour beendet hatten, und da mußte man natürlich den positiven Effekt mindestens eine Woche lang weiterpflegen.

Janes und Careys Überwachung war wie ein Theaterstück, in dem nichts geschah. Beim Frühstück sprachen sie über das Wetter und drückten einander schweigend und zärtlich die Hände. Am späteren Vormittag, wenn Carey seine Operationen beendet hatte, rief er sie an, nur um ihr zu sagen, er hätte vergessen, ihr die genaue Uhrzeit seiner Rückkehr nach Hause mitzuteilen. Oder er fragte sie, ob sie inzwischen die Stromrechnung bezahlt hätte. Oder er hätte jemanden im Krankenhaus getroffen, der sie herzlich grüßen ließ. Er verschwieg, daß er nur anrief, um ihre Stimme zu hören. Er wußte, daß sie ihn bald verließ, und dann würde er ihre Stimme vielleicht nie wieder hören.

Abends holte sie ihn manchmal am Krankenhaus ab und ging mit ihm essen. In den langen Nächten hielten sie sich eng umarmt, mit offenen Augen und ohne ein Wort, das ihre Gefängniswärter hätten mithören könnten.

Tagsüber bewegte sich Jane hierhin und dorthin, auf unvorhersehbaren Wegen an immer gleiche und ereignislose Stellen. Wenn sie etwas einzukaufen hatte, fuhr sie zu einem Einkaufszentrum am Youngman Expressway oder am New York State Freeway, nahm die falsche Ausfahrt und fuhr zurück, parkte vor einem Supermarkt und betrat ein Geschäft drei Häuser weiter. Wenn sie ein Restaurant besuchte, ging sie beim Vordereingang hinein und zur Hintertür wieder hinaus. Wenn sie in das Reservat fuhr, um ihre alten Freunde Violet und Billy Peterson zu sehen, parkte sie an der Sandy Road und marschierte durch den Kastanienwald bis zu der hohen Buche vor dem Haus.

Dreimal ging Jane genau zur Zeit des Schichtwechsels aus dem Haus. Aber die Leute waren nicht aus der Ruhe zu bringen. Sie hatten offenbar eine Reihe von Standardsituationen ausgearbeitet, so daß sie auch bei Janes unerwarteten Manövern nicht zögerten oder sich erst besprechen mußten. Wer ihrem Wagen am nächsten stand, fuhr ihr nach, und zwar so lange, bis sie anhielt, dann löste ihn ein anderer ab. Nur einmal hatten zufällig zwei Wagen aus zwei verschiedenen Teams gleichzeitig die Verfolgung aufgenommen.

Am zehnten Abend steckte Jane den Festival-Plan, den sie sich ausgedacht hatte, an die Pinnwand neben dem Telefon und reservierte auf den Namen Violet Peterson einen Platz in der Morgenmaschine nach South Dakota. Dann fuhr sie den Wagen auf die Straße, parkte, legte eine Reisetasche in den Kofferraum und ging ins Haus zurück.

Kurz danach konnte das Überwachungsteam Dr. und Mrs. McKinnon herauskommen sehen. Jetzt trug Mrs. McKinnon ein hellblaues Sommerkleid und über der Schulter eine Segeltuchtasche. Zwei Männer fuhren dem BMW bis zu einem kleinen italienischen Restaurant an der Main Street nach und beobachteten sie dann durch die große Scheibe an der Vorderfront.

Das Richtmikrophon ergab kaum etwas Berichtenswertes. Die Zielpersonen sagten, daß sie sich liebten. Das war nichts Neues. Der Mann sagte, er wünschte, er könne seine Frau auf der Reise begleiten. Die Frau wünschte sich das ebenfalls, aber schließlich müsse er morgen wieder Einzelteile aus seinen Patienten herausschneiden, um ihre Reise überhaupt bezahlen zu können. Der ironische Gesprächston war den Beschattern inzwischen geläufig, und der Gesprächsgegenstand bestätigte ihnen nur, was sie schon aus der Telefonüberwachung und dem Beobachtungsfahrzeug erfahren hatten, daß die Frau telefonisch unter dem Pseudonym Violet Peterson eine Flugticket bestellt, eine Reisetasche gepackt und diese in den Kofferraum des vor dem Haus geparkten Wagens gelegt hatte.

Danach verfolgte das gleiche Team die beiden McKinnons zu einem großen Einkaufszentrum, das ihnen schon von Mrs. McKinnons Ausflügen her bekannt war. Die Männer sahen, wie das Paar in das Multiplex-Kino »Cinema 12« hineinging. Es wurde anhand des Verweilens vor den Filmplakaten und Anfangszeiten ebenfalls beobachtet, daß die Frau sich das Kino 5 aussuchte, in dem gerade ein englischer Film, angeblich ein Melodram, anfing. Der Mann kaufte zwei Eintrittskarten, und das Ehepaar ging durch die Eingangshalle zu der Tür, die in blauer Neonschrift mit einer Fünf markiert war.

Einer der Beobachter, Officer David Foalts, kaufte daraufhin auch eine Eintrittskarte für Kino 5 und setzte sich während des Vorspanns in die hinterste Reihe. Der andere, Sergeant Roger Horowitz, blieb im Wagen, um den Eingang und den BMW zu beobachten.

Kurz nach dem Beginn des Films stand Mrs. McKinnon auf und ging den Mittelgang hinauf. Officer Foalts wußte, daß er jetzt zwei Möglichkeiten hatte. Er konnte sitzenbleiben und annehmen, Mrs. McKinnon gehe nur zur Toilette oder zum Popcornstand und komme gleich wieder zurück. Normalerweise wäre er ihr nachgegangen und hätte gleichzeitig die Tür zu Kino 5 nicht aus den Augen gelassen. Aber die Anweisung lautete, Dr. McKinnon ständig zu überwachen, und es war weniger klar, was währenddessen mit Mrs. McKinnon zu geschehen hatte.

Möglicherweise wollte sie Officer Foalts durch das Verlassen des Kinos ja nur von ihrem Mann weglocken. Foalts beschloß, sich Mrs. McKinnon nicht durch irgendeine noch so kleine Bewegung zu verraten. Die Flugreservierung von Mrs. McKinnon war seit dem Beginn der Überwachung das einzige Ereignis, das eine Entwicklung versprach. Seine Vorgesetzten bei der Polizei in Buffalo und seine Kollegen im FBI würden über ihn herfallen, wenn er Mrs. McKinnon jetzt so erschreckte, daß sie ihre Buchung rückgängig machte.

Foalts blieb also auf seinem Sitz und behielt Mr. McKinnon im Auge. Nach einer Zeit, die ihm wie eine halbe Ewigkeit vorkam, hörte er die Tür hinter sich auf- und wieder zugehen. Officer Foalts sah die weibliche Figur, auf die er gewartet hatte, an seinem Platz vorbei durch den Mittelgang gehen: eine große, schlanke Frau, langes, schwarzes Haar, das auf den Rücken des hellblauen Kleides herunterfiel, die Segeltuchtasche über der Schulter. Die Figur suchte im schwachen Licht der Leinwand Dr. McKinnon, fand ihn und setzte sich neben ihn.

Foalts blieb fast bis zum Ende des Films. Dann ging er hinaus und wartete in der Nähe des Ausgangs von Kino 5, der das Kinopublikum in das Einkaufszentrum entließ. Als die Zuschauermenge herausströmte, mischte er sich unauffällig unter die Leute und folgte den McKinnons. Draußen auf der Straße, während das Ehepaar seinen BMW bestieg und wegfuhr, setzte er sich zu Horowitz und nahm mit ihm zusammen die Verfolgung wieder auf.

Der BMW kehrte zum Haus der McKinnons zurück, und die Beobachter sahen, wie in den oberen Räumen das Licht an- und wenig später ausging. Officer Kemmel im Wagen der Wasserwerke hörte die üblichen Schritte, das Rascheln der Kleider, das Plätschern von Wasser, das Knipsen der Schalter, das leise Quietschen der Bettfedern. Die Unterhaltung war noch dürftiger als sonst. Der Mann sagte: »Du brauchst jetzt deinen Schlaf. Du mußt sehr früh raus«, und die Frau sagte: »Okay.«

Um fünf Uhr morgens beobachtete das nächste Team eine große, schlanke Frau mit schwarzem Haar, die das Haus verließ und mit dem geparkten Wagen wegfuhr. Ein zweites Team erwartete sie bereits am Flughafen. Wie vorhergesehen checkte die Frau die Reisetasche, die sich im Kofferraum befunden hatte, bereits vor dem Terminal ein, ging dann zum Schalter und wies sich mit Ausweispapieren auf den Namen Violet Peterson aus. Während sie auf den Abflug wartete, konnte FBI-Agent William Grey sie unbemerkt fotografieren. Er ging zu seinem Wagen, um die Bilder elektronisch zu übermitteln. Seine Kollegen Leah Caldicott und Ralph Mandessi bestiegen mit der Frau das Flugzeug nach Chicago.

Ein weiteres Team, das inzwischen Greys Fotos in Händen hatte, wartete in Chicago und folgte ihr auf dem Weiterflug nach Rapid Springs, South Dakota. Dem Bericht zufolge hatte die Zielperson keinen Kontakt mit anderen und sprach mit niemandem außer den Angestellten der Fluglinie.

In Rapid City nahm sie sich einen Leihwagen, einen roten Ford Escort. Sie fuhr von Rapid City zuerst die Route 90 bis Wall in der Nähe des Badland-Nationalparks, dann die 14 nach Norden, danach weiter in nördlicher Richtung. Sie wechselte außerhalb von Hayes auf die 63 und fuhr weiter nach Norden über den Cherry Creek ins Cheyenne-River-Reservat. Sie nahm sich in Eagle Butte ein Motelzimmer, und das FBI-Team richtete sich auf eine längere Wartezeit ein. Es waren jetzt zehn Stunden seit ihrer Fahrt zum Flughafen von Buffalo vergangen und siebzehn Stunden seit dem Cinema 12. Die Zielperson nahm eine Dusche und ging zu Bett.

Etwa um die gleiche Zeit fuhr Jane Whitefield auf den Parkplatz hinter dem Apartmenthaus in Waterloo, Iowa, und überlegte, welches Geschenk sie Violet mitbringen sollte. Es hing natürlich vom Grad der Unannehmlichkeiten ab, die die Leute vom FBI ihr und Billy zufügten. Wenn sie etwa Violet über Nacht in einem Frauengefängnis festhielten und sie mit Drohungen einschüchterten, dann wirkte ein Blumenstrauß, als käme sie mit leeren Händen. Wenn Violet aber lediglich eine Woche oder zwei auf Janes Kosten bei ein paar Indianer-Versammlungen verbringen mußte, dann war alles über einen Strauß Blumen hinaus eine Beleidigung.

Jane hatte keinen Zweifel, daß Violet ihre Arbeit gut

machte. Als Jane in der Damentoilette im Cinema 12 ankam, wartete Violet bereits auf sie. Schnell hatte sie sich Janes hellblaues Kleid angezogen und Jane geholfen, ihr Haar zu einem Knoten zusammenzustecken und die Baseballkappe darüberzuziehen.

Jane hatte sie noch gefragt: »Bis du sicher, daß du es schaffst?«

»Was soll daran schwierig sein? Ich habe ein Flugticket und gehe zu einer absolut legalen Party. Billy ist schon ganz neidisch.«

»Es tut mir leid, daß ich dir nicht alles sagen kann.«

»Ach, Janie. Es genügt mir, daß das ein kleiner Gefallen für eine Stammesschwester ist.« Und sie boxte sie gutmütig in die Schulter.

Jane küßte ihre Wange und konnte dabei kurz in den Spiegel sehen. Violets Haar glänzte nicht ganz in derselben Schwärze, ihre Haut war weniger hell und ihre Augenfarbe dunkler, aber sie hatten fast die gleiche Figur.

Jane verließ das Multiplex zusammen mit den Zuschauern aus Kino 8, ging durch den hinteren Ausgang in das Einkaufszentrum und sah sich erst um, als sie das Ende der langen Mittelhalle erreicht hatte. Niemand war ihr nachgegangen. Dann suchte sie den Wagen, den Violet Peterson für sie auf dem Parkplatz bereitgestellt hatte und fuhr in die Nacht hinaus, Richtung Iowa.

18

Marshall beobachtete Dale Honecker, der das Foto der dunkelhaarigen Frau vom Flughafen in Buffalo in die Hand nahm. Er hielt es mit spitzen Fingern am Rand fest, als wäre es ein wertvolles Hochglanzfoto, vermutlich weil man ihm gesagt hatte, jeder andere Griff beschmutzte das Bild. Dieses Foto aber kam aus einem Computerdrucker. Honecker betrachtete es erst aus der Nähe und kniff die Augen zusammen, dann hielt er es auf Armeslänge von sich weg. Zweifellos würde er jetzt gleich ja sagen, und Marshall brauchte nur noch ein paar seiner Tricks, um sicherzugehen, daß er nicht nur deshalb ja sagte, um Marshall zufriedenzustellen.

»Nein«, sagte Dale Honecker.

In Marshalls Kopf begannen die Gedanken zu rasen. Hatte er bei der Befragung vielleicht zuviel Gewicht auf die Verläßlichkeit der Aussagen gelegt? Hatte er den Jungen damit völlig gelähmt? Oder gab es womöglich zwei Frauen in der Geschichte? »Okay«, sagte er, »was ist mit diesen hier?«

Er gab ihm vier weitere Fotos, die er von der Fahndungsliste ausgedruckt hatte. Alle vier waren jeweils nach der Festnahme aufgenommen worden, weshalb die Frauen kleine Schilder mit Aktennummer und Datum in der Hand hielten und an der Wand parallele Linien für verschiedene Körpergrößen zu sehen waren. Der Junge sah sich ein Foto nach dem andern an. Dann gab er Marshall eines zurück: »Die sieht ein bißchen wie sie aus. Aber sie ist es nicht.«

Marshall warf einen Blick auf das Bild. Smithson, Vorname Wanda Dee, gesucht wegen Produktion und Verkauf von Amphetaminen. Sie hatte ein nach unten spitz zulaufendes, angelsächsisches Gesicht mit einer scharf geschnittenen Nase und tiefen, wasserblauen Augen. Das Haar war in der Mitte gescheitelt und fiel lang und gerade herab: ein helles, leuchtendes Blond. Marshall sagte: »Irgendwas Spezielles an ihr?«

»Die Augen, glaube ich«, sagte Dale Honecker, »und die Haare vielleicht auch.«

Marshall richtete einen fragenden Blick auf den Jungen. »Ich dachte, die Frau, die Sie gesehen haben, hatte schwarzes Haar. Und die Augen – Sie wußten doch gar nicht, welche Augenfarbe sie hatte.«

»Ja, wahrscheinlich«, sagte der Junge. Er schaute auf den Fußboden und lächelte unsicher. Marshall war jetzt überzeugt, daß Honeckers Gedächtnis keine Lösung für den Fall bot. Der junge Mann hatte die Frau gesehen, aber nur Sekunden später auch einen gefährlichen Killer. Sein Selbsterhaltungstrieb hatte die Frau ausgeblendet.

Während der Rückfahrt sagte er sich, daß es wohl keinen Zweck hatte, jetzt noch irgendwelche zusätzlichen Beschreibungsmerkmale an die Presse zu geben. Die Frau war jung und hatte langes, dunkles Haar. Ein paarmal hatte er sich bei der Vorstellung ertappt, es könnte Jane McKinnon sein, eine irregeleitete Dilettantin, die den alten Lehrer ihres Mannes vor der Polizei zu retten versucht. Aber Dale Honecker hatte soeben ein gutes Foto von Jane McKinnon in der Hand gehabt, das man auf dem Flughafen von Buffalo aufgenommen hatte. Und er hatte sie nicht erkannt.

Marshall blieb jetzt nur noch die Hypothese übrig, die ihm am wenigstens behagte: Die schwarzhaarige Frau war vermutlich doch die junge Kathy Sirini aus New York, die in Youngstown den Leihwagen gemietet hatte. Dahlman hatte sie dazu gebracht, ihn ein Stück mitzunehmen, und entweder hatte er sie über seine Identität im unklaren gelassen oder sie auf seine Seite gezogen. Beim nächsten Halt hatte er sie getötet und in Iowa verscharrt. So daß man sie wahrscheinlich erst in einem Monat entdeckte, wenn irgendein Farmer seine Kleefelder inspizierte und ihm ein ungewohnter Geruch in die Nase wehte.

19

An diesem Abend war Dahlman lebhaft, geradezu übertrieben redselig, als hätte er die ganze Zeit nur auf ihre Rückkehr gewartet, damit ihm endlich wieder jemand zuhörte. Und Jane hörte ihm zu, während sie das Abendessen kochte, und machte nur in den seltenen Redepausen eine höfliche Bemerkung. Nach dem Essen in der kleinen Küche sagte er: »Das war ein interessantes Experiment, diese vergangenen zwölf Tage. In einem so riesigen Apartmentblock habe ich seit einem halben Jahrhundert nicht mehr gewohnt, mit so vielen Menschen in unmittelbarer Nähe. Aber solche Dinge bleiben sich wohl immer gleich. Die Kinder spielen immer noch dieselben Spiele. Hat man eigentlich je herausgefunden, wo sie diesen fürchterlichen Singsang lernen, dieses endlose Geschrei? Wahrscheinlich kommen sie damit schon zur Welt.«

Jane antwortete ruhig: »Es war nicht leicht für Sie, stimmt's?«

Er verzog kurz das Gesicht. »Ich kann mich nicht beklagen. Ich war in Sicherheit. Die Wunden verheilen großartig. Und ich hatte viel Zeit zum Nachdenken.«

»Worüber?« fragte sie.

»Waren Sie schon mal im Gefängnis?«

»Ja, ein paarmal, aber nie länger als Sie hier.«

Dahlman nickte. »Es ist wirklich kein großer Unterschied. Man kann mit niemandem reden, und man kann nicht raus.« Er machte eine kurze Pause. »Ich möchte mich dafür entschuldigen, daß ich Sie in die Sache reingezogen habe. Als ich zum erstenmal von Ihnen hörte, war ich sogar im Zweifel, ob es Sie wirklich gibt. Aber überprüfen wollte ich das zumindest. Ein anderes Ziel hatte ich nicht mehr.«

Jane spürte, daß er etwas Gewichtiges loswerden wollte. »Es spielt wirklich keine Rolle, wie es zu dieser Situation gekommen ist.«

»Es spielt eine Rolle«, sagte er. »Ich war mir nicht einmal sicher, daß Sie überhaupt wiederkommen. Ich glaubte schon, ich müßte ohne Sie weitermachen. Und jetzt sind Sie doch da. Trotzdem, finde ich, ist es an der Zeit, daß Sie wieder zu Ihrem Mann zurückgehen. Ich werde in der entgegengesetzten Richtung aufbrechen, so daß niemand eine Verbindung mit Ihnen herstellt, wenn ich gefaßt werde.«

»Bedaure, das ist eine ziemlich dumme Idee.«

Er schüttelte frustriert den Kopf. »Ich bin siebenundsechzig Jahre alt. Ich habe ein ausgefülltes Leben hinter mir, ein nützliches Leben. Und es geht demnächst ohnehin zu Ende. Die Menschen, an denen mir liegt, meine Kinder, meine Patienten, ein paar Kollegen, werden mich schon nicht für einen Mörder halten, wenn die Polizei mich findet. Das ist es, was zählt. Alles übrige ist unbedeutend. Wenn ich ins Gefängnis gehe, ist mein Leben vorbei. Wenn ich mich weiterhin verstecken muß, ist die Tätigkeit meines Lebens zu Ende. Selbst wenn sich meine Unschuld am Ende herausstellt, bleiben mir einige Jahre Untersuchungshaft und eine endlose Kette von Anwälten. Mit über Siebzig kann ich jeden Gedanken an eigene Operationen aufgeben.«

»Ich weiß nicht, was geschehen wird, und Sie können es auch nicht wissen. Vielleicht erfinden Sie ja noch das Heilmittel gegen Krebs.«

»Und Sie gehen heim und retten die Welt vor dem Hunger oder bekommen das Kind, das uns alle von geistiger Blindheit erlöst.«

Sie mußte lachen. »Wir sind hier nicht bei einer Herztransplantation. Sie sehen sich nicht zwei Patienten an und sagen dann: ›Der hier ist jung, und der andere ist alt, also muß ich den jüngeren retten, weil er ein höheres Zukunftspotential darstellt.‹ Die schlichte Wahrheit ist: Wir haben beide nur geringe Erfolgschancen. Und wenn Sie jetzt aufgeben, haben wir keine mehr.«

»Wieso nicht?« fragte er.

»Das FBI weiß offenbar schon, daß Carey Ihnen geholfen hat, und inzwischen verdächtigen sie mich auch. Wenn Sie jetzt gefaßt werden, werden Carey und ich dadurch nicht zu Unschuldslämmern. Die Anklage lautet allerdings nicht mehr nur auf Widerstand gegen die Staatsgewalt, sondern auch auf Beihilfe zum Mord. Und wenn Sie erschossen werden, ist es noch schlimmer, weil Sie dann bei einer Verhandlung nichts mehr zu unseren Gunsten aussagen können.«

Dahlman blickte ihr enttäuscht nach, während sie aufstand und ins Wohnzimmer ging. »Ich verstehe.«

Jane blieb vor der Schlafzimmertür stehen. »Ich bin müde. Ich bin eine Nacht und einen Tag durchgefahren. Wenn Sie Tränengas riechen, wecken Sie mich bitte.«

Sie legte sich aufs Bett, schloß die Augen und entspannte bewußt jedes einzelne Gelenk in ihrem Körper: zuerst die Zehen und die Finger, dann die Fuß- und Handgelenke, Knie und Ellbogen, Schultern und Hüften, zuletzt jeden Wirbel im Rücken bis herauf zum Hals. Eine Weile schossen ihr unter den Lidern noch blendende Scheinwerfer entgegen, grelle Hinweisschilder und die weiße Mittellinie, so wie Leuchtspurmunition im Dunkeln. Aber dann kamen der Schlaf und die Träume.

Auf der Betonfläche vor dem Eingang saß ein großer, schwarzer Hund. Jane öffnete die Tür. »Geh nach Hause, lauf«, flüsterte sie, »lauf!«

Der Hund machte kehrt und trottete den Weg zurück ins Dunkel, aber Jane hatte plötzlich das überwältigende Gefühl, daß sie ihm folgen mußte. Sie trat hinaus, schloß die Tür hinter sich und ging ihm nach. Als er den Lichtkreis der ersten Straßenlampe erreichte, drehte er sich um, blieb stehen und blickte zu ihr zurück. Jane blieb ebenfalls stehen. Der Hund ging über die Straße und Jane folgte ihm.

Schließlich gelangten sie in einen Stadtpark mit hohen Bäumen und einem kleinen, altmodischen Konzert-Pavillon. Im Näherkommen bemerkte sie, daß eine der Säulen nicht genau an ihrem Platz stand. Und dann bewegte sich die Säule und wurde zu einem Mann. Jane rief ihm zu: »Ist das Ihr Hund?« Sie sah sich nach dem Tier um, aber es war verschwunden. Jane ahnte, daß sie träumte: Der Hund existierte nur, solange sie ihn anschaute.

Der Mann hatte eine so weiche, freundliche Stimme, daß Janes Augen feucht wurden und ihre Kehle sich zusammenzog. »Was zum Teufel soll ich mit einem Hund?« Es war Harrys Stimme, und Harry war tot.

Harry der Spieler trat aus dem Schatten heraus ins Mondlicht. Er sah genau so aus, wie sie ihn in Erinnerung hatte, eher klein und mit einer Halbglatze, in einem Anzug, der einst mehr als erlaubt gekostet hatte, jetzt aber durchgescheuert war. »Tut mir wirklich leid, daß ich dich hierhergeholt habe. Aber ich halte diese kleinen möblierten Wohnungen nicht gut aus. Du verstehst schon.«

Es stimmte. Janes erster Schritt in diese Wohnung – die gleiche Teppichfarbe, die gleiche Anordnung der Fenster – hatte die Erinnerung an das Zimmer wachgerufen, in dem Harry gestorben war. Im Wachzustand hatte sie den Gedanken verdrängen können. Harry zuckte mit den Schultern und zog sich die hinaufgerutschten Ärmel der

Anzugjacke nach unten, dann hob er das Kinn und zog den Krawattenknoten straff. Sogar im schwachen Mondlicht konnte Jane die groben Stiche sehen, mit denen der Leichenbestatter den Spalt geschlossen hatten, mit dem John Felker Harry die Kehle aufgeschlitzt hatte. Sie sahen fast so aus wie ihre Naht auf Dahlmans Rücken.

Jane umarmte ihn. Harrys Körper war dürr und kalt. »Es tut mir so leid, Harry. Es war mein Fehler, daß er dich gefunden hat.«

Harry trat einen Schritt zurück und schnippte mit den Fingern. »Muß mir irgendwie entfallen sein.«

»Es lag nicht daran, daß ich dich nicht beschützen wollte. Es war ein Fehler.«

Er blickte zur Seite und versuchte zu lächeln. »Kannst du nicht endlich aufhören, mir damit auf den Nerv zu gehen? Ich bin ganz einfach tot, nicht etwa unsterblich und voll Barmherzigkeit.« Er faßte an ihre Schulter. Seine Hand war kalt und steif. »Entschuldige, daß ich gerade jetzt kommen mußte.«

»Warum bist du gekommen?«

»Ich bin Experte in riskanten Wetten.«

»Du bist kein Experte«, sagte sie leise. »Ein Experte gewinnt.«

Harry nickte. »Ich habe viel gewonnen und viel verloren. Als ich zu dir kam, machte ich sicher keine gute Figur, aber ich fühlte mich stark und jung, als ob ich das ganze Leben noch vor mir hätte. » Er seufzte. »Du hast mir ein paar zusätzliche Jahre gegeben. Was damals kein anderer getan hätte.«

»Und?«

»Diese Sache kann dich Kopf und Kragen kosten.«

»Aber wie?«

»Der alte Mann ist groß, mager und runzlig und siebenundsechzig. Du kannst ihn verkleiden, soviel du willst, er wird trotzdem kein bißchen kleiner oder jünger. Wie lange kannst du ihn noch verstecken?«

»Ich weiß nicht. Wer wird ihn finden?«

Harry schüttelte mitleidig den Kopf. »Am Ende kommen

alle Pferde über die Ziellinie. Ist es so wichtig, welches zuerst?«

»Für mich schon. Ich habe mein eigenes Leben, Harry. Ich liebe meinen Mann. Ich wünsche mir eine Zukunft, Kinder, vielleicht sogar ein ruhiges Alter.«

»Deshalb habe ich ja solche Angst um dich, Kleine. Du bist das typische Beispiel.«

»Für was?«

»Du weißt nicht einmal, welches Spiel hier gespielt wird. Es geht überhaupt nicht um dein Privatleben.« Er seufzte und schüttelte sich, um den Gedanken wieder loszuwerden. »Da ist jemand im Geschäft, in dem du dich zufällig sehr gut auskennst. Seine Leute geben dem Kunden ein neues Gesicht. Dann bringen sie alle um, die das alte Gesicht und das neue Gesicht kennen, alle bis auf einen. Und die ganzen Morde hängen sie dem einen an, der noch übrig ist.«

»Was kann ich gegen sie tun?«

»Du tust gar nichts.«

»Warum kommst du dann in meinen Traum?«

»Ich«, sagte Harry, »bin immer bei dir. Ich bin der Fehler, den du gemacht hast.«

»Wie Dahlman jetzt auch.«

»Vergiß ihn, bis alles vorbei ist.«

»Ich dachte, es ist schon alles vorbei.«

»Ich sagte, diese Partie ist zu Ende. Aber hier spielen nicht Jane und Dahlman gegen die anderen und ihren Kunden. Dahlman und der Kunde sind nur der Einsatz. Es sind nicht die Chips, die spielen, sondern die Spieler.«

»Warte, Harry, geh noch nicht weg.«

Er blieb stehen und sah sie an.

»Was soll ich tun, Harry?«

»Entweder du gewinnst, und Hawenneyu, der Rechtshändige-Zwilling, kriegt einen Punkt. Oder du verlierst, und Hanegoategeh, der Linkshändige-Zwilling, kriegt einen Punkt, und beide zusammen schaffen sich einen neuen Spieler, der deinen Platz einnimmt.«

»Wie kann ich Dahlman beschützen?«

Harry zog die Brauen zusammen, als suchte er nach der

Formulierung für ein Geheimnis, das er eigentlich nicht preisgeben durfte. »Warum schafft es nicht jeder Idiot, die Karten verdeckt aufzufächern und dann die Piksieben rauszuziehen?«

20

Drei Tage später, um halb zehn Uhr morgens, betrat sie mit Dahlman das große Gebäude in Carlsbad, wo das Treffen stattfinden sollte. Der Komplex imitierte den Baustil des einst spanischen Kalifornien, der irgendwann in den zwanziger Jahren der Phantasie eines Architekten entsprungen war und sich seitdem festgesetzt hatte. Ganze Landstriche in diesem Staat machten den Eindruck, als hätten die Spanier nicht nur ein paar Missionsstationen zurückgelassen, sondern reihenweise Einkaufszentren, Restaurants und Bürogebäude.

Die dementsprechend stilisierte Inschrift an der Wand der Eingangshalle lautete »Senior Rancho«. Sie flüsterte Dahlman zu: »Wie finden Sie es bis jetzt?«

»Es sieht ganz gemütlich aus, wie der Campus einer Universität – nur ein bißchen unpersönlicher.«

Im Weitergehen sagte sie leise: »Nicht vergessen: Sie sind Alan Weems. Sie sind kein Arzt. Die nötigen Schwindeleien übernehme ich. Ich bin Ihre Tochter Julia Kieler. Und sie brauchen sich auch nicht dauernd in jeder Fensterspiegelung anzuschauen. Mit Ihrem weißen Haar sehen Sie ausgesprochen vornehm aus.«

Die Dame am Empfang schickte Julia Kieler und Alan Weems in das Büro, das für den Termin mit der »Aufnahme-Beraterin« reserviert war. Diese stellte sich als Mrs. Paxton vor, sie nannte Dahlman jedoch nur »Alan«. Sofort nach der Begrüßung ließ sie ihn von einem Assistenten in den großen Garten führen. »Wir möchten«, sagte Mrs. Paxter zu Dahlman, »daß unsere Patienten sich hier wie zu Hause fühlen. Reden Sie doch mal mit den anderen Gästen des Hauses, während Mrs. Kieler und ich hier unsere Frauengespräche führen.«

Jane setzte sich, Mrs. Paxton verließ für einen Augenblick den Raum und kam mit einigen Formularen zurück.

»Erzählen Sie mir etwas über Ihren Vater«, sagte sie. »Welche medizinische Behandlung braucht er?«

»Keine, soviel wir wissen«, sagte Jane, »er ist ziemlich gesund.«

»Dann könnte er also problemlos ambulant behandelt werden. Wie ist sein Gedächtnis?«

»So gut wie meines. Die Sache ist folgendermaßen: Er ist vor drei Jahren in Rente gegangen. Seit meine Mutter vor zehn Jahren gestorben ist, lebt er allein in dem alten Haus. Er hat immer für sich gekocht und saubergemacht und das alles. Aber er weiß natürlich, daß er nicht mehr lange so weitermachen kann, und jetzt hat er auch keine große Lust mehr dazu. Er ist körperlich sehr aktiv, er schwimmt und geht gern spazieren. Aber vor einigen Monaten hat er etwas Unangenehmes erlebt, und seitdem will er nicht mehr allein sein.«

»Was war dieses unangenehme Erlebnis?«

»Ich glaube, man könnte es eine Art Auto-Entführung nennen. Jemand wollte ihm seinen Wagen stehlen, und als mein Vater sich widersetzte, wurde er angeschossen. Er ist jetzt zwar wieder auf den Beinen, aber das hat ihm schon sehr zugesetzt.«

Mrs. Paxton riß ihre Augen gerade so weit auf, daß sie die richtige Mischung aus Schrecken und Mitgefühl zeigten. »Das kann ich mir lebhaft vorstellen. Der Arme.«

»Ja, und jetzt möchte er am liebsten das Haus verkaufen und ganz woanders leben, wo er mit Menschen seines Alters zusammensein kann. Bei mir möchte er nicht wohnen. Um ganz offen zu sein: Ich glaube, meine Bekannten und ich, wir langweilen ihn nur.«

Mrs. Paxton nickte verständnisvoll. »Er ist genau der Richtige für unsere Ebene Eins«, sagte sie. »Wir haben einige Gäste, die aus ganz vergleichbaren Situationen kommen. Jeder von ihnen wohnt hier auf dem Gelände in einer Art Eigentumswohnung. Allen gemeinsam gehört der

Swimmingpool und ein Golfplatz, dazu haben wir Tanzabende und Gymnastikgruppen, die selbstverständlich von unserem dafür ausgebildeten Personal geleitet werden.« Sie beugte sich etwas vor, als wollte sie Jane in die Interna des Hauses einweihen. »Viele Gäste regen sich auf oder werden deprimiert durch die vielen gräßlichen Nachrichten im Fernsehen oder in der Zeitung. Sie würden das alles am liebsten vergessen. Und zu diesem Zweck halten wir sie beschäftigt.«

»Und was gibt es auf Ebene Zwei?«

»Zwei?«

»Ja, Sie sagten doch, für ihn sei Ebene Eins richtig. Was ist mit Ebene Zwei?«

»Das sind Gäste, die eine gewisse Hilfe benötigen, weil sie sich nicht allein versorgen können. Ebene Drei ist für diejenigen, die mehr Pflegeleistungen brauchen. Und dann haben wir noch die Gäste, die nicht mehr ambulant zu behandeln sind, und einige brauchen schließlich eine Art Dauerüberwachung.«

»Wo sind diese Personen untergebracht?«

Mrs. Paxton zeigte mit ihrem Kugelschreiber aus dem Fenster. »Im vierten Gebäude von hier, das ein bißchen wie ein Krankenhaus aussieht.«

Jane stellte fest, daß das Haus ein moderner und zweckmäßiger Bau war. Vor dem Gebäude sah sie einige Patienten in Rollstühlen, die von Helfern in weißen Kitteln über den Rasen geschoben wurden. Das Ganze wirkte sehr sauber, effizient und menschlich.

»Wir machen gleich einen Rundgang, aber ich würde gern noch auf Ihren Vater warten.« Mrs. Paxton lächelte Jane wieder verschwörerisch an. »Alte Menschen haben es nicht gern, wenn man sie hetzt. Haben Sie vielleicht noch eine Frage zur Gebührenregelung?«

Jane sagte: »Also, wenn ich das richtig verstanden habe, ist monatlich ein fester Betrag fällig?«

»Ja. Im Fall Ihres Vaters wäre das der Betrag.« Dabei hielt sie Jane eine Hochglanzbroschüre hin und zeigte mit dem Kugelschreiber auf eine Zahl. »Der Betrag ändert sich nicht, solange er auf Ebene eins wohnt. Beim Übergang auf Ebene zwei wird es teurer.«

Jane gab sich Mühe, ihre nächste Frage wie nebenbei vorzubringen. »Wenn mein Vater sich entschließt, hier zu bleiben, kann er dann jederzeit wieder gehen?«

»Selbstverständlich.«

»Ich meine: Falls er plötzlich auf die Idee kommt, ein Flugzeug zu nehmen, weil er mich besuchen oder eine Europareise machen will, was müßte er dann tun?«

»Ein Reisebüro anrufen, vermute ich mal. Unser Rancho-Bus bringt ihn zum Flughafen und holt ihn dort auch wieder ab.«

»Und er ist durch nichts daran gehindert?«

»Nein. Dafür müßten Sie sich bei Gericht eine Pflegschaft besorgen. Aber Sie haben mir bis jetzt keinen Hinweis darauf gegeben, daß Sie ...«

»Nein, das meinte ich auch nicht«, sagte Jane. »Ich wollte nur sichergehen, daß er alles tun kann, was er möchte.« Dann sagte sie: »Wie steht es mit Verbrechen?«

»Welchen Verbrechen?« fragte Mrs. Paxton verständnislos.

»Ich habe hier ein paar Zivilstreifen gesehen und gesicherte Tore und Zäune.«

»Oh, das«, sagte Mrs. Paxton, nun wieder voll Liebenswürdigkeit. »Wir sind hier in einer kleinen, sehr ruhigen Gemeinde an der Küste. Deswegen braucht er sich gar keine Sorgen zu machen. Aber wir sehen zu, daß kein ungebetener Fremder auf das Gelände kommt. Wenn Sie zu Besuch kommen, dann nennen Sie am Tor Ihren Namen, wir finden ihn auf unserer Liste, und Sie werden sofort eingelassen.«

Jane stellte weitere Fragen, wie sie einer fürsorglichen Tochter am Herzen liegen, und Mrs. Paxton schien auf alles die passende Antwort zu haben. Als Dahlman vom seinem Spaziergang zurückkam, ging Mrs. Paxton hinaus, um ihm für den Rundgang ein Elektromobil vom Golfplatz zu holen.

»Na?« fragte Jane.

»Gar nicht schlecht. Ich hätte zwar nie gedacht, daß ich einmal in so einem Ding mein Alter verbringen müßte, aber die Leute, die ich getroffen habe, kamen mir recht zufrieden vor. Das muß ganz schön teuer sein.«

»Ich habe mir die Preisschilder angeschaut. Atemberaubend. Aber selbst das Zehnfache davon wäre immer noch ein gutes Geschäft. Sie können sich frei bewegen und tun und lassen, was Sie wollen. Wenn Sie verreisen, dann fahren sie Sie im eigenen Bus mit fünf oder sechs anderen Menschen Ihres Alters, wohin Sie wollen. Und außer den Lieferanten und den Gärtnern kommen keine Fremden rein. Wenn wir Glück haben, brauchen wir ja nicht für viele Monate zu zahlen.«

»Und was ist mit den anderen Insassen?«

»Das heißt: Gäste. Sie sagte, viele von ihnen möchten hier alle Fernseh- und Zeitungsnachrichten hinter sich lassen, und deswegen werden sie vom Personal dauernd mit irgend etwas beschäftigt. Das kommt uns zugute. Ihre Haarfarbe auch. Je mehr Sie sich wie Alan Weems verhalten und nicht wie – jemand anderer, um so besser.«

Er dachte einen Moment nach. »Ich denke, an diesem Ort würde ich nie nach jemandem suchen, der auf der Flucht ist.«

»Warum kann nicht jeder ein Kartenspiel verdeckt auffächern und genau die Piksieben herauspicken?«

Dahlman sah sie verwirrt an. »Wieso?«

»Das ist keine Fangfrage.«

»Also erst mal sind es lauter gleiche Karten. Die Piksieben sieht verdeckt genau so aus wie alle anderen ...« Er machte eine kleine Pause, dann nickte er wissend.

Fünf Tage später bezog Alan Weems sein Apartment auf der Senior Rancho in Carlsbad, Kalifornien. Seine Möbel, hieß es, seien in Michigan gelagert. Er hatte nur mit einige Koffer mit Kleidung bei sich, die ebenso neu war wie die Koffer, einen Karton mit Büchern und eine Reisetasche, die »persönliche Dokumente« enthielt. Er verabschiedete sich von seiner Tochter, und am Tor vermerkte man ihren Weggang um Mitternacht.

21

Um drei Uhr fünfunddreißig wachte Violet Peterson auf. Was sie geweckt hatte, waren die Schritte mehrerer Personen im hohen Gras vor ihrem Motelzimmer. Sie ließ sich lautlos aus dem Bett gleiten, zog ihre Jeans und ein sauberes Sweatshirt an, setzte sich auf den Bettrand und band sich die Turnschuhe zu.

Als die Tür aufsprang, saß sie bereits am kleinen Tisch neben dem Fenster, ihre Handtasche war deutlich sichtbar plaziert, und ihre Hände lagen flach auf der Tischplatte.

Noch bevor die Tür mit dem Drehknopf gegen die Wand schlug, kam der erste Mann mit der Wucht eines Footballstürmers ins Zimmer geschossen, kniete sich hinter dem Bett nieder, stützte den linken Ellbogen auf und richtete sein Gewehr auf Violet. Zu diesem Zeitpunkt hatte auch der zweite seine Position erreicht und stand links neben der Tür im Zimmer. Der dritte kniete im offenen Eingang, suchte mit raschen Augenbewegungen den gesamten Raum ab, wobei sein Gewehr jeden seiner Blicke begleitete. Der vierte stieg über ihn hinweg und machte das Licht an.

Violet betrachtete die Vorgänge mit großem Interesse. Ein paar Sekunden lang dachte sie an ihre Tochter und ihren Sohn und daran, wie sehr ihre Kinder sie verändert hatten. Früher war sie vor allem von ihrer eigenen Schönheit beeindruckt, sie stand geradezu ehrfürchtig vor diesem unverdienten, unverlangten Geschenk, und hätte unter vergleichbaren Umständen schreckliche Angst gehabt, ihre körperliche Vollkommenheit könnte beeinträchtigt werden. Aber solche kleinlichen Ängste hatte sie seit der Geburt ihrer Kinder hinter sich gelassen, nicht so sehr nur durch die Schwangerschaft, die ihren Körper zeitweise verunstaltete und ihr bewies, daß er nicht zerbrechlich war, sondern durch all die Jahre, die sie ihren heranwachsenden Kindern gewidmet hatte.

Als Victoria zu laufen und zu sprechen anfing, waren Violet und Billy auf unerklärliche Weise, aber unwiderruflich zur Eltern-Generation geworden, zu den Alten. Violet fürchtete sich vor diesen Männern im Zimmer vor allem deshalb, weil sie möglicherweise einen Fehler machten und den Kindern die Mutter wegnahmen.

Der vierte Mann kam vorsichtig näher. Es war ihr klar, daß seine Vorsicht zum großen Teil dem Bemühen galt, nicht in der Schußlinie seiner Kollegen zu stehen. Er riß die Handtasche an sich, und dann sprach er, nicht mit lautem Gebrüll, wie sie vermutet hatte, sondern mit einer ruhigen, alltäglichen Stimme: »Hören Sie gut zu. Ich möchte die ganze Zeit Ihre Hände sehen, und zwar weit entfernt von Ihrem Körper. Jetzt stehen Sie langsam auf und drehen sich zur Wand.«

Violet stand auf, indem sie die Arme nach beiden Seiten wie eine Hochseilartistin ausstreckte, und drehte sich um. Schneller als erwartet wurde sie von großen, starken Händen gegen die Wand geworfen, so daß sie sich abstützen mußte. Dann tasteten die Hände ihren ganzen Körper ab, lauter rasche, aber unpersönliche Berührungen, die ihr wie ein starker Wind durch die Kleidung fuhren. Dann zog man ihr die Arme nach hinten, und sie spürte die klickenden Handschellen an ihren Gelenken.

Jane hatte ihr gesagt, daß sie speziell auf diesen Augenblick warten mußte, denn er bedeutete, daß die größte Gefahr vorüber war. Sobald die Handschellen angelegt waren, würden die Männer sich entspannen, und es bestand kaum noch ein Risiko, daß sie einen Fehler machten und Violet verletzten.

Die Männer ließen sie sehr lange stehen, die Wand nur wenige Zentimeter vor ihrer Nase. Violet hörte, daß die Männer die Handtasche durchsuchten und mit dem Geld raschelten, das Jane ihr gegeben hatte. Sie hörte, wie jedes Stück Plastik aus ihrer Handtasche auf den Tisch gelegt wurde, der Führerschein und die Kreditkarten, und wie die Männer den Koffer öffneten und seinen Inhalt durchsuchten, genauso wie das ganze Zimmer.

Der Mann, der ihre Handtasche genommen hatte, packte Violet an den Schultern und drehte sie herum. »Setzen Sie sich, bitte.«

Violet gehorchte. Im Türrahmen stand jetzt mit dem

Rücken zu ihr ein fünfter Mann, der leise mit einem der anderen sprach. Er trug einen dunkelgrauen Anzug und schien der Chef zu sein, denn in diesem Anzug konnte er schlecht Türen einschlagen und sich mit einem Gewehr im Anschlag auf den Boden werfen.

Der Neue war jemand, dem die anderen ihre Fundstücke brachten. Einer zeigte ihm den Inhalt ihrer Handtasche, die übrigen traten nacheinander zu ihm und flüsterten ihm etwas zu.

Schließlich drehte er sich um und sah Violet an. Er war kräftig gebaut, nicht gerade athletisch, mehr wie ein Soldat. Er nickte, während ihm wieder jemand etwas zuflüsterte, ließ Violet aber währenddessen nicht aus dem Augen. Es waren braune Augen, aber hellbraun, nicht das Braun, zu dem Violet meist ein spontanes Vertrauen hatte. Sie blickten sie nachdenklich und müde an. Er kam ins Zimmer, vorbei an zwei Männern in dunkelblauen Golfhemden und Khakihosen, die Violet bis dahin noch nicht bemerkt hatte. Sie sprühten ein schwarzes Pulver über alle Möbel.

Der Mann im dunkelgrauen Anzug setzte sich ihr gegenüber an den Tisch und starrte ihr sekundenlang in die Augen. »Ich bin Special Agent Marshall«, sagt er.

»Hi«, sagte sie fast unhörbar.

»Sie wissen, daß Sie sich in einer ziemlich schwierigen Lage befinden.«

»Nein«, sagte Violet, »das weiß ich nicht.«

Er schob ihr einige der Plastikkarten hin. »Sie haben unter falschem Namen einen Flug gebucht. Mit diesen Kreditkarten haben Sie einen Wagen gemietet, ein Hotelzimmer genommen und mehrere Mahlzeiten bezahlt. Das nennt man Betrug. Fälschung. Andererseits ist mir klar, daß Sie offenbar zahlungswillig sind. Sonst könnten Sie wohl nicht, wenn die Sache zu Ende ist, in ihre Existenz als gesetzestreue Bürgerin zurückschlüpfen. Aus diesem Grund hatte mein Vorgesetzter keine Lust mehr, Ihnen auf allen Straßen dieses Landes nachzufahren, statt dessen soll ich jetzt mit Ihnen reden.« Er wartete.

Violet beobachtete ihn mit einer gewissen Neugier. Er

schien auf eine Antwort von ihr zu warten, irgend etwas Wichtiges. Wenn er annahm, daß sie nichts zugeben würde – wozu diente dann der ganze Auftritt? Nein, er erwartete ihr Geständnis und ihre Entschuldigung.

Sie hatte angenommen, er würde sie grausam oder mit kalter Verachtung ansehen. Statt dessen hatte sie einen Mann vor sich, der einem fernen, leisen Ton nachlauscht. Er wußte, daß hier etwas nicht stimmte, so wie Billy, wenn er im Wagen das Geräusch des Motors auf sich wirken ließ. Dieser Mann war zweifellos intelligent. Und zum erstenmal hatte Violet ein wenig Angst vor ihm.

»Wie heißen Sie?«

»Violet Peterson.«

»Und wie heißt Ihr Mann?«

»William Tanaghrisson Peterson. Er ist Professor für Psychologie an der Universität von Buffalo.«

»Jane McKinnon hat Ihnen das Flugticket gekauft. Sind Sie mit ihr verwandt?«

Violet nickte. »Nicht in Ihrem Aktenverständnis, aber auf unsere Art: ja.«

»Ich verstehe«, sagte Marshall. Er starrte den Tisch und die Plastikkarten an, schien dabei aber mehr in sein Inneres zu sehen, so als hätte er gerade einen Hieb bekommen und als fragte er sich, wie sehr er ihn schmerzte. »Mir wäre es lieber, Sie hätten das nicht getan.«

»Was getan?«

»Sie wurden von der Polizei überwacht. Das FBI war eine Woche lang der Meinung, Sie wären Mrs. McKinnon. Sie haben die Ermittlungen in einem Mordfall behindert.«

»Ich bin von Buffalo mit einem Ticket abgeflogen, auf dem mein Name steht. Ich bin aus einem legitimen Grund hier. Ich weiß nichts von einem Mordfall.«

»Was für ein legitimer Grund ist das?«

»Diese Woche war ich beim Cherry Creek Powwow. Als nächstes steht eine andere Versammlung in Wisconsin auf meinem Reiseplan.«

»Sie kommen aus dem Staat New York. Sie sind Irokesin, richtig?«

»Seneca.«

»Die Indianer hier sind aber Cheyenne-Indianer. Und in Wisconsin – welcher Stamm wohnt da – die Ojibway?«

»Ich war auf dem Weg zur Menominee-Feier. Dafür muß man keine Menominee sein. Sogar Sie könnten daran teilnehmen. Ich wollte immer schon die ganze Serie der Versammlungen mitmachen, aber aus irgendeinem Grund hat es sich nicht ergeben. Erst dieses Jahr.«

»War das Janes Idee?«

»Eigentlich nicht. Schon vor tausend Jahren reisten die Seneca sehr weit, um die anderen Völker zu besuchen.«

»Hat sie das auch getan?«

»Schon ein paarmal, glaube ich. Sie hat sich früher mit Minderheitenfragen befaßt.«

Marshalls Gesichtsausdruck zeigte eine gewisse Traurigkeit. »Und Sie haben keine Angst, daß Ihnen jetzt etwas passieren könnte?«

Violet war von ihrer eigenen Antwort überrascht. »Ich weiß, daß Sie mir das Leben in diesem Augenblick sehr unangenehm machen können. Aber ich weiß auch, ich brauche nur zu warten, denn das geht vorüber. Sie müssen mich wieder freilassen, weil ich nichts Illegales getan habe. Und dann ist unsere Seite an der Reihe.«

»Ihre Seite?«

»Unsere Anwälte. Ich kenne Sie nicht, und ich weiß nichts über diesen Mordfall, und ich weiß nicht, wieso es eine Ermittlung sein soll, wenn Sie Jane überwachen. Vielleicht ist das so, vielleicht auch nicht. Ich weiß überhaupt nicht, was sich hier abspielt, aber ich weiß, wie es für andere aussieht. Es wäre nicht das erste Mal, daß die Polizei die öffentliche Sicherheit als Ausrede dafür benutzt, um die Mitglieder einer Minderheit zu belästigen, die eine friedliche Versammlung abhalten wollen.«

»Keine Sorge«, sagte Marshall sanft, »ich bin schon so lange in dem Job, daß ich niemanden verhafte, der verhaftet werden möchte.« Sein Blick wurde wieder hart. »Aber es geht gar nicht nur um die Behinderung einer Ermittlung in einem Mordfall.«

»Sondern?«

»In diesem Land werden jedes Jahr ein paar tausend Menschen ermordet. Alle Täter können wir nicht kriegen. Auch wenn wir mal den Richtigen finden, wenn er verurteilt und weggesperrt wird, dann wissen wir immer noch nicht, was er sonst noch angestellt hat, während wir ihn gesucht haben. Irgendwo stolpert heute nacht jemand über eine Leiche. In diesem Augenblick. Vielleicht finden wir nie heraus, wer dieser Mensch war, und erst recht nicht, wer ihn umgebracht hat. Was macht Sie so sicher, daß es nicht der Mann war, dem Sie gerade eine Woche Vorsprung herausgeschlagen haben?«

22

Jane flog als Julia Kiefer nach San Francisco, dann benutzte sie einen Führerschein und eine Kreditkarte auf den Namen Diane Fierstein, um einen Flug nach Rochester, Minnesota, zu buchen. Ihre alten Gewohnheiten standen ihr fast mühelos wieder zu Verfügung: niemals auf direktem Weg ein Reiseziel ansteuern, bei jeder Gelegenheit selbst einem noch unentdeckten Verfolger die Arbeit schwermachen.

Während des ganzen Fluges lehnte sie sich mit geschlossenen Augen zurück. Was Carey jetzt wohl machte? Im Augenblick hatte er fast keine Möglichkeit mehr, sich noch tiefer in die Sache zu verwickeln, aber auch keine Möglichkeit, sich von jedem Verdacht zu befreien. Janes Rückkehr hatte den praktischen Zweck gehabt, der Polizei die Eintönigkeit seiner Ehe vorzuführen und damit das amtliche Interesse an Carey einzuschläfern. Sie hätte vermutlich vorher wissen müssen, daß er bereits überwacht wurde und daß ihr Besuch daran nicht das geringste ändern konnte. Aber die Überwachung hatte auch ihr Gutes: Solange die Polizei vor dem Haus blieb, war er in Sicherheit.

Und Violet Peterson? War auch sie in Sicherheit? Jane hatte Violet als Köder benutzt, um abzutauchen, aber jetzt waren Violet und Billy in der gleichen Lage wie Carey: festgenagelt an einem Ort, beobachtet und verdächtigt, wenn auch nicht wirklich in Schwierigkeiten, da keiner von ihnen etwas getan hatte, was sich als Straftatbestand formulieren ließ.

Was Dahlman in dem Seniorenheim betraf, fühlte Jane sich wohler. Das Geld reichte für eine gewisse Zeit, und er brauchte keine Hilfe mehr für seine Wunde. Er war sicher untergebracht. Doch sie zahlte einen Preis dafür: Sie hielt ihn von der Polizei fern, aber auch von sich selbst. Falls er ihr noch mehr sagen konnte, war sie völlig unerreichbar für ihn.

In Rochester nahm Jane einen Mietwagen, fuhr einmal im Kreis um das Flughafengelände herum, bis sie sicher war, daß niemand ihr folgte, und nahm dann die Route 52 nach Norden.

Sie versuchte, sich ihren Gegner vorzustellen, im Dunkeln wenigstens einen wiedererkennbaren Umriß zu formen. Sie hatte Sid Freeman gefragt, ob unter den Leuten, die man zu ihm schickte, auch Frauen oder Kinder waren. Ein paar Frauen: ja, Kinder: keine. Jane durchsuchte die Erinnerung an ihre eigenen Kunden nach bestimmten Merkmalen. Ein paar Minuten später war sie sicher: Die Menschen, die sich in Gefahr befanden, ohne hilfreiche Verwandte oder Freunde, waren in der Mehrzahl der Fälle Frauen und Kinder, keine Männer. Es waren die Schwachen und die Kleinen, die in einer Notsituation keine anderen Möglichkeiten hatten als wegzulaufen. Die meisten Männer blieben stehen und kämpften sich durch, wenn der Gegner nicht hoffnungslos übermächtig war. Erst wenn sie das erfolglos versucht hatten, kamen sie zu ihr. Sie mußte nicht lange über diese offensichtliche Unstimmigkeit nachdenken. Nur wenige Frauen und kein Kind verfügte in dieser Lage über das Wesentlichste: Geld. Und Sid Freeman hatte ihr gesagt, daß die Bande der Gesichtsfälscher nur an Geld interessiert war.

Aber wer waren diese Leute? Zwei von ihnen hatten, als Polizisten verkleidet, Dahlman in Chicago besucht, nachdem Sarah Hoffman ermordet war. Zwei andere, die ihn umbringen wollten, waren vor dem Krankenhaus in Buffalo aufgetaucht. Sie arbeiteten anscheinend immer zu zweit. Dieses Detail war möglicherweise von Nutzen.

Die Menschen, die untertauchen wollten, waren zu Jane gekommen, weil ihnen irgend jemand erzählt hatte, daß es eine derartige Hilfeleistung gab. Immer war es jemand, der es jemand anderem erzählte: manchmal ein Sozialarbeiter, der es satt hatte, seinen Schützlingen sagen zu müssen, daß das Rechtssystem ihnen keinen Schutz mehr bot; oder es war ein Häftling in einer Nachbarzelle, der jahrelang Janes Namen wie ein Mantra vor sich hin flüsterte. Selbst wenn diese Bande das Verschwinden lassen von Menschen zu einem einträglichen Geschäft gemacht hatten, konnten auch sie nur auf Grund stiller Vertraulichkeiten und geflüsterter Hinweise arbeiten.

Aber die Menschen, die zu ihnen kamen, mußten Geld haben, und das ergab einige charakteristische Unterschiede. Wenn man bedachte, daß die meisten, die in irgendwelchen Schwierigkeiten steckten, ohne Geld bei ihnen auftauchten, dann hatten sie mit dem Ablehnen der ungeeigneten Kandidaten alle Hände voll zu tun. Das konnte nur so lange gutgehen, bis einer der Abgewiesenen von der Polizei erwischt wurde und auspackte. Nein, das lief bei dieser Bande ganz anders. Es mußte jemanden geben, der die Kandidaten vorher überprüfte, vielleicht sogar akquirierte.

Die Überprüfung konnte nur von jemandem durchgeführt werden, der tatsächlich Kontakt mit dem Kandidaten hatte. Es mußte also eine Stelle geben, an der diese Organisation an die Oberfläche kam, einen realen Menschen, der sich mit dem in Aussicht genommenen Kunden traf, sich seine Geschichte anhörte und ihm dann sagte: »Wenn es so schlimm steht, wenn sie überhaupt nichts dagegen tun können, dann wüßte ich unter Umständen noch eine Möglichkeit. Vorausgesetzt, Sie können dafür bezahlen.«

Vielleicht ein Bankmensch. Sicher gab es in jeder Bank einen Angestellten, der sich um solche Kunden kümmerte, die immer damit rechneten, eines Tages plötzlich verschwinden zu müssen: Drogenhändler, Geldwäscher, Waffenschmuggler, Anlagebetrüger. Möglicherweise war es auch ein Aktienmakler, der heißes Geld in einem Dickicht elektronischer Überweisungen versteckte und es von einem Computer zum nächsten jagte.

Vielleicht war es aber auch irgendein aufmerksamer, liebenswürdiger Barmann, der an der richtigen Stelle arbeitete. Wenn jemand viel Geld auf die Seite brachte, dann nicht dafür, abends allein zu Hause vor dem Fernseher zu hocken. Aber dann wurde ihr klar, daß das eine falsche Spur war. Ein Barmann handelte im Nebenberuf vielleicht mit Informationen und Geheimtips über Glücksspiele oder Drogen, oder er gab einer Nutte lukrative Zimmernummern. Einige wenige organisierten vielleicht sogar eine Verabredung mit jemandem, der einen Rivalen aus dem Weg räumte. Aber das waren eher seltene und keine gesicherten Einkünfte, unsicher natürlich für den Barmann selbst, aber vor allem für Dealer und Prostituierte und Spieltischbetreiber. Außerdem war die Nachfrage nach Fluchtmöglichkeiten erheblich geringer als der Bedarf an Drogen, Sex und Glücksspiel. Der Barmann müßte mit Tausenden von Leuten reden, natürlich erst dann, wenn die Bar so gut wie menschenleer war, bevor sich ein möglicher Kunde zu erkennen gab. Um nur drei zu finden, hätte er hundert Jahre gebraucht.

Nein, die Überprüfung wurde von jemandem durchgeführt, der streng vertraulich mit sehr vielen Menschen sprechen konnte, die in Schwierigkeiten steckten. Sie kamen zu ihm und erzählten ihm ihre Geschichte freiwillig, denn wenn sie erst einmal publik war und ein Wildfremder sie darauf ansprach, dann war es für jedes heimliche Weglaufen zu spät. Es war also umgekehrt: Die Leute sprachen von sich aus über ihr Problem, weil sie überzeugt waren, ihm könnten sie es gefahrlos anvertrauen. In diesem Licht sah es nach der Rolle eines Anwalts aus.

Jeder Anwalt kannte sich auch im Strafrecht aus. Jane mußte wieder an Hardiston denken: Aus den Summen, die für seine plastische Chirurgie bezahlt wurden, konnte sie schließen, daß sich diese Typen nicht mit vielen kleinen Fällen aufhielten. Bewaffnete Bankräuber erzielten gesteigerte Polizeiaktivität, Presse-Echo und eine besorgte Öffentlichkeit. Das einzige, was sie selten behielten, war das große Geld. Mit anderen Worten: Sie waren in der Regel keine Kandidaten für die Bande der Gesichtsfälscher.

Die Leute, die Sid Freeman beschrieben hatte, sahen eher nach Designeranzug-Kriminellen aus, die mit ernstzunehmenden Summen auf der Flucht waren. Jane wußte auch aus ihrer eigenen Erfahrung, daß solche Leute nicht schwer zu verstecken waren. Um überhaupt so weit zu kommen, mußten sie gelernt haben, zu lügen und anderen etwas vorzutäuschen. Sie waren raffiniert genug für den Aufstieg in hohe Positionen, wo sie dann Profite abschöpften und Provisionen und Bestechungsgelder zahlten oder annahmen. Bevor man mit unerlaubten Insider-Informationen arbeitete, mußte man erst einmal Insider werden. Und bevor jemand wegen Steuerhinterziehung angeklagt wurde, mußte er erst so viel Geld machen, daß er Steuerschulden hatte.

Ein Anwalt genießt Respekt, nicht bloß in der Unterwelt, sondern auch an der bürgerlichen Oberfläche. Jemand, der ein paar Hunderttausend für den richtigen Chirurgen zahlen konnte, besaß wahrscheinlich ein paar Millionen. Und wenn dieser Jemand in Schwierigkeiten steckte, dann war sein erster Weg zum größten, teuersten Anwalt, den er kriegen konnte.

Jane spürte, daß ihre Überlegungen zu weit gingen. Sie hatte nicht den geringsten Beweis dafür, daß es ein Anwalt war. Also legte sie die Idee vorerst zur Seite. Aussichtsreicher war die Verfolgung der Zweier-Teams, die nicht tagelang in einem Bürozimmer herumsaßen. Sie beschafften die falschen Ausweise und transportierten die Kunden von einem Versteck ins nächste. Wenn es nötig wurde, zum Beispiel wenn jemand das Gesicht des Kunden gesehen hatte, waren sie auch bereit, ein paar Menschen zu ermorden und dem letzten Überlebenden die Morde anzuhängen.

Diese Teams bestanden aus Leuten, die ihre Jacken immer eine Nummer zu groß kauften, damit man nicht gleich den Revolver darunter entdeckte. Zwei derartige Teams, wenn nicht mehr, hatten sehr effizient und an verschiedenen Orten Hand in Hand gearbeitet. Das eine Team war so überzeugend, daß selbst Dahlman auf die falschen Polizisten hereinfiel, und das andere hatte Janes Fluchtroute mit Dahlman aus Buffalo heraus genau vorhergesehen. Damit waren diese Männer schlauer als die Polizei.

In Janes Unterbewußtsein war ein leiser, aber nachdrücklicher Alarm losgegangen. Jetzt ließ sie ihn lauter werden: Diese Männer hatten ein paar ganz bestimmte, verstörende Eigenschaften. Sie besaßen ausreichend Praxis und Erfahrung in der Beschaffung illegaler Waren: gutgefälschte Papiere, unregistrierte Waffen. Sie waren zu einem regelrechten Massaker fähig, als sie Dahlmans Personal abschlachteten. Sie waren so gerissen, daß sie den Mord an Dr. Sarah Hoffman nicht einfach als schiefgegangenen Einbruch maskierten, sondern so ausführten, wie ein intelligenter, aber unerfahrener Mörder es getan hätte, um es als mißlungenen Einbruch hinzustellen.

Unbeirrbar arbeiteten sie alle an der Realisierung einer ziemlich verwickelten Planung. Das konnte nur bedeuten, daß sie präzise Befehle von irgendeiner Zentrale erhielten. Sie waren so brutal und gewalttätig wie viele andere, aber außerdem waren sie beharrlich und sehr gut organisiert. Sie handelten mit einer Disziplin, die sich nur ergibt, wenn im Fall des Versagens eine glaubhaftere Strafe droht als die durch irgendein Rechtssystem. Und sie arbeiteten mit einem respektablen, absolut legalen Überprüfer zusammen, diesem freundlichen Menschen, der den entscheidenden Telefonanruf machte und den notwendigen Gefallen anforderte. Es sah ganz danach aus, als wäre Dahlman einem kleinen, noch wachsenden Tochterunternehmen der Mafia in die Hände gefallen.

Doch je länger Jane darüber nachdachte, um so klarer wurde ihr, daß die aufwendig gefälschte Anschuldigung gegen Dahlman eigentlich nicht den Methoden der Mafia entsprach. Mafiosi konnten sich so etwas sicher ausdenken und mit professioneller Kühle durchführen – aber warum sollten sie? Seit fünf Generationen wuchs und gedieh die Mafia nur dadurch, daß sie für jedes Problem die einfachste Lösung wählte. Wenn sie fünf Menschen zum Schweigen bringen wollte, dann schickte sie ein Killerteam in die Klinik und ließ alle auf einmal umbringen. Verschnörkelte, ja wacklige Konstruktionen, mit denen der Verdacht in alle möglichen Richtungen gelenkt wurde – das war ganz und gar nicht im Stil der Mafia. Niemals wurde dort ein Verdacht in eine falsche Richtung gelenkt. Die Sicherheit ihrer gesamten Tätigkeit hing ja gerade davon ab, daß jeder genau wußte, woher die Täter kamen.

Während Jane den Mississippi entlang nach Norden fuhr, suchte sie am Himmel das Sternbild, das die Alten des Stammes »Seetaucher« genannt hatten, und nahm ihn wie ihre Vorfahren als Wegweiser. Seit damals hatte sich soviel in der Welt verändert, und nichts davon hatte Bedeutung. Über die alten Pfade legten sich mit der Zeit breite, eingefahrene Wagenspuren, noch später wurden sie dann asphaltiert. Aber die Landschaft war dieselbe geblieben: eine wellige, mit hohen Gräsern bedeckte Prärie.

Früher hatten die Krieger dieses Land in kleinen Gruppen zu Fuß durchquert, immer nur zu dritt oder zu viert. Von Nundawaonoga bis hierher mußten sie dabei durch das Gebiet ihrer Feinde, der Eries und Shawnees, der Miami und Sauk, der Mascouten und Iowa. An ihr Ziel kamen sie still, geräuschlos und indem sie alle Spuren hinter sich verwischten. Sie nahmen ihren Weg wie Jane abseits der großen Laufpfade, aber parallel zu ihnen. Als die Europäer kamen, nannten sie diese wandernden Gruppen »die Schleicher«.

Es war die traditionelle Art ihrer Kriegsführung. Wenn ein Nundawaono gestorben war, dann verlangten die Clan-Frauen – seine Mutter, seine Schwestern und Tanten – von den Männern des Clans, den Verlust wiedergutzumachen. Dazu schlichen die Männer in das Gebiet ihrer Feinde und holten von dort einen Gefangenen. Das mußte ein Mann für die Frau tun, ein Stamm für einen anderen, der Klarsichtige für den Trauernden.

Wenn der Kummer der Frau untröstlich blieb, wurde der Gefangene gefoltert, damit er seine Tapferkeit beweisen konnte. Dann wurde er getötet und aufgegessen, um seine Kräfte dem Stamm zu erhalten. In den meisten Fällen wurde er jedoch adoptiert und übernahm nicht nur den Namen des verstorbenen Seneca, sondern auch dessen Haus, Familie und alle damit verbundenen Pflichten.

Der Verlust eines Lebens schwächte die Seite des Guten, die Ordnung und das Glück des Stammes, und beraubte ihn der wohltätigen Dienste, die ein menschliches Wesen erbringen konnte. Schon ein Leben weniger stärkte die andere Seite: Chaos und Barbarei und Dunkelheit.

Es kam Jane seltsam vor, daß in dieser Nacht nur eine »Schleicher«-Gruppe unterwegs war, die zudem aus einer einzigen, schwachen Frau der Nundawaono bestand. Aber sie hatte genug Kämpfe erlebt, um zu wissen, daß die Situation für die Wanderer von damals oft ebenso hoffnungslos aussah, wenn sie geräuschlos durch die Wälder ihrer Feinde schlichen. Und Jane war mit der Kampfzone vertraut.

23

In Minneapolis nahm sich Jane ein Zimmer im Copley Hotel, weil es zu groß und zu luxuriös war für eine Frau, die sich verstecken wollte. Dann kaufte sie sich den besten Stadtplan, den es im Souvenirladen gab, und begann sofort mit ihren Einkäufen und der Suche nach einer Wohnung. Sie brauchte dafür ein paar ganz bestimmte Dinge und konnte sich keine Zeitverschwendung leisten.

Sid Freeman war schon immer stolz auf seine kleine Festung gewesen, schon als er sich noch Harlan J. Hall oder Dilys Mankewitz nannte und das Haus noch nicht mit Beton und Stahl verstärkt hatte. Aber auch damals hatte Jane die Verwundbarkeit der Anlage erkannt. Sid verlangte von jedem dieselbe Zugangsroute über den Uferdamm am See, so daß sein Mann im Ausguck den Besucher durch das Zielfernrohr begutachten konnte. Sid und sein Heckenschütze hatten freie Sicht auf die gesamte Wegstrecke, vom

Seeufer bis kurz vors Haus. Eines hatte Sid jedoch nicht bedacht: Jeder andere konnte die Strecke ebenso ungehindert einsehen.

Jane hatte ein geeignetes Haus gefunden, zwei Querstraßen westlich von Sids Burg, aber auf einem etwas höheren Hügel, versteckt gelegen hinter einer hohen Eichenallee an der alten Straße.

Die obere Wohnung ging über zwei Etagen, die Küche und ein kleines Wohnzimmer lagen im ersten Stock, und von dort führte eine Treppe nach oben ins Schlafzimmer. Das war früher der Speicher gewesen. Der Raum unter den abgeschrägten Seitenwänden wäre ziemlich heiß gewesen, wenn der Eigentümer am vorderen Fenster nicht eine Klima-Anlage eingebaut hätte. Das Zimmer hatte einen zweiten Ausgang zu einer überdachten Außentreppe, die an der Auffahrt endete. Jane betrachtete über den Air-conditioner hinweg kurz die Aussicht auf den See, holte einen Kugelschreiber heraus und unterschrieb den Mietvertrag.

Dann verließ sie ihre neue Wohnung, um ihre restlichen Einkäufe zu erledigen. In einem Sportartikelgeschäft fand sie ein Teleskop mit sechzigfacher Vergrößerung und den passenden Dreifuß dazu. In einem anderen Geschäft kaufte sie ein Nachtfernglas mit Infrarotverstärkung. Sie kannte Sid seit Jahren, und wenn er so etwas benutzte, dann brauchte man es wirklich. Die elektronische Ausrüstung stellte ein gewisses Problem dar. Jane wußte nicht, ob sie auch auf größere Entfernung noch funktionierte. Sie kaufte zwei Videokameras, ein Richtmikrophon, einen Videorecorder und ein Abhörgerät, bei dem ihr der Verkäufer heimlich zuflüsterte, man könnte damit jedes Handy-Telefonat mithören. Als letztes kaufte sie einen Air-conditioner vom gleichen Typ wie im Schlafzimmer.

Am späten Nachmittag baute sie alles auf. Es war ihr klar, daß sie Sids Zugangsroute nachts beobachten mußte, weil die Leute, mit denen er seine Geschäfte machte, sich tagsüber lieber nicht auf der Straße zeigten. Sie baute den Motor und die Kühlschlangen aus dem eben gekauften Airconditioner aus, so daß der Metallkasten mit seinen Luftschlitzen nun innen hohl war, dann baute sie auch die ursprüngliche Klima-Anlage aus und ersetzte sie durch den leeren Kasten. Darin stellte sie die Videokameras auf und steckte die Kabel der Netzladegeräte zur dauernden Stromversorgung in zwei Steckdosen. Die Kameras standen so, daß sie durch die Luftschlitze hindurch auf eine Wegstelle zeigten, die ungehindert zu sehen war und nahe genug, um mit der richtigen Zoom-Einstellung ein klares Bild von Sids Besuchern aufzuzeichnen. Das Teleskop und das Nachtsichtgerät mit Restlichtverstärker plazierte sie neben den Kameras. Die optimale Positionierung des Richtmikrophons verlangte etwas mehr Überlegung. Es hatte eine so große Parabolschüssel, daß man sie von draußen sofort entdecken mußte; außerdem machte es wenig Sinn, das Gerät hinter einer Fensterscheibe oder Vorhängen zu postieren, die die aufzunehmenden Schallwellen nur gedämpft hereinließen. Schließlich kam sie auf die Idee, die Schüssel wie eine Fernseh-Parabolantenne aufs Dach zu stellen.

Jane dachte lange darüber nach, ob das Dach ihre einzige oder nur die bestmögliche Lösung war. Ihr Vater war Stahlarbeiter gewesen, wie viele Irokesen, die fast das ganze Jahr über auf Großbaustellen arbeiteten. Über diese Indianer war der seltsame Mythos im Umlauf, daß die Natur bei ihnen dort ein Loch gelassen hatte, wo bei anderen Menschen die Höhenangst saß. Irokesen konnten, angeblich ohne herunterzufallen, in größter Höhe auf den freischwebenden Stahlträgern der Wolkenkratzerskelette oder auf Drahtseilen der weitgespannten Hängebrücken herumspazieren, und damit verdienten sie gutes Geld. Aber einer dieser Arbeiter war Henry Whitefield, und er sagte seiner Tochter die Wahrheit.

Einen solchen Unsinn wie generelle Furchtlosigkeit gab es nicht. Hundert Meter Tiefe unter den Füßen sahen durch braune Augen genau so aus wie durch blaue. Gedanken und Gefühle wurden vom Willen beherrscht, nicht durch chemische Codes. Für einen Mann, der seine Familie ernähren mußte, konnte es nur eine Überlegung geben: Lebensgefahr oder Geld. Angst durfte dabei nicht ins Gewicht fallen. Zwei Jahre später riß hoch über dem Flußufer das Stahlkabel an dem schweren Doppel-T-Träger, auf dem Henry Whitefield stand.

In jenem Sommer war Jane elf Jahre alt und viertausend Kilometer weit weg von der Stelle, wo es geschah, aber sie konnte ihn fallen sehen, wieder und wieder in ihren Träumen. Manchmal stand sie oben bei ihm, das heißt, sie stand nicht auf zwei Füßen, sondern ohne einen Körper, aber sie sah ihn in seinem roten Flanellhemd und den Bluejeans. Und dann riß das Kabel, und er konnte nur noch fallen, viele Sekunden lang, und auf dem ganzen Weg nach unten ruderte er verzweifelt mit Armen und Beinen. Manchmal war sie sogar in seinem Körper. Das war das schlimmste. Sie sah unter sich den dunklen Fluß und die Uferfelsen, die ihr unendlich lange entgegensausten.

Jane konnte große Höhen nicht leiden. Das Dach hier war steil. Zur Hügelstraße hin war das Haus dreistöckig, aber auf der Seeseite, auf die das Mikrophon gerichtet sein mußte, waren vier Etagen. Das sah nicht gerade einladend aus. Sie mußte sich auf diese Gefahr vorbereiten. Am nächsten Vormittag kaufte sie einen Baseball und ein Paar Lederhandschuhe und in einem Geschäft mit Militär-Artikeln eine Dreißig-Meter-Rolle Fallschirmschnur. Sie wußte nicht, ob diese Schnüre tatsächlich in Fallschirmen verwendet wurden, aber der Beipackzettel garantierte eine Mindestbelastbarkeit von zweihundertfünfzig Kilo.

Am Nachmittag machte sie sich an die Arbeit. Sie legte die Fallschirmschnur aus, machte alle sechzig Zentimeter einen starken Knoten und hängte in jeden Knoten eine Schlinge von dreißig Zentimetern Durchmesser. Nach gut zehn Metern hörte sie damit auf. Dann gab sie noch gut dreißig Meter Schnur dazu und schnitt sie dann ab. Als nächstes schlitzte sie die Nähte des schweren Baseballs an zwei Stellen auf, führte das Ende der Schnur durch das eine Loch hinein, zog sie beim andern wieder heraus und band auf beiden Seiten jeweils wieder einen festen Knoten. Nun öffnete sie das Schlafzimmerfenster. Unter ihr breiteten sich die obersten Zweige einer hohen Platane. Eine Sekunde lang hatte sie den Gedanken, daß sie sich ja an ihnen festhalten könnte, wenn sie abstürzen sollte. Aber dann verwarf sie die Idee: Sie würde nicht abstürzen.

Als es dunkel wurde und sie die Hauseigentümer wegfahren hörte, begann sie mit der Arbeit. Sie beugte sich ein wenig aus dem Fenster, hielt sich mit der linken Hand am Rahmen fest und ließ die Schnur mit dem Baseball ein paar Meter nach unten gleiten. Dann versetzte sie den Ball in eine langsame, allmählich schnellere und höher steigende Pendelbewegung. Als er schließlich den Tiefpunkt seines Bogens erreicht hatte und wieder nach oben stieg, änderte sie die Pendelrichtung ein wenig, und zwar so, daß der Ball nun vom Haus weg schwang und über das Dach geschleudert wurde. In diesem Augenblick gab sie die Schnur frei, hörte, wie der Ball hart aufschlug und nach zwei Sprüngen auf der anderen Seite des Daches hinunterrollte.

Sie gab noch mehr Schnur nach, aber jetzt rollte der Ball nicht mehr weiter. Sie ging nach draußen. Der Ball lag an seiner Schnur in der Auffahrt am Boden. Sie zog die Leine vorsichtig über das Dach zu sich heran. Als sie einen Widerstand spürte, ging sie wieder nach oben und sah, daß einer der Schlingenknoten sich unter der Regenrinne verklemmt hatte. Sie suchte den Hof ab, bis sie einen langen Rechen fand, und schob den Knoten und sicherheitshalber auch alle übrigen bis auf vier Schlingen mit dem Rechen über die Regenrinne auf das Dach. Dann kehrte sie zur Auffahrt zurück und zog die Schnur behutsam straff, wickelte sie dreimal um einen Baumstamm, band sie fest und rannte in ihre Wohnung zurück.

Sie schnallte sich das Richtmikrophon und das dazugehörige Kabel auf den Rücken, zog die Lederhandschuhe an und setzte den linken Fuß in die Schlinge knapp unter dem Fenster. Sie spürte, wie sich ihre Lungen schlagartig entleerten, als würden ihr von zwei Riesenhänden alle Rippen zusammengedrückt. Sie schaute kurz nach oben, packte die herabhängende Schnur und stieß sich mit dem rechten Fuß von der Wand ab. Jetzt schwebte sie frei über der Tiefe.

Sie kletterte langsam und konzentriert: ein Fuß suchte

Halt in seiner Schlinge, dann griffen die Hände weiter nach oben, dann stieg der andere Fuß in die nächsthöhere Schlinge. Als sie unter der Regenrinne angekommen war, tastete sie nach der nächsten Schlinge und zog sich auf das Dach. Während sie über die steile Fläche zum Kamin hinaufstieg, hielt sie die Schnur in der Hand. Jetzt brachte sie das Mikrophon so an, daß es vor der Straße durch den Kamin und vor Sids Haus durch das abfallende Dach versteckt war. Sie richtete es auf die Stelle, an der sie damals, als sie mit Dahlman hier war, den Wagen geparkt hatte.

Während sie wieder über das Dach abstieg, legte sie das Verbindungskabel neben der Fallschirmschnur aus. An der Dachrinne, am Übergang ins Leere, wurde sie von plötzlicher Angst geschüttelt. Doch sie packte die Schnur, ließ sich mit den Beinen zuerst behutsam hinunter und tastete mit dem Fuß nach einer Schlinge.

Als sie endlich den gesuchten Halt gefunden hatte, kam ihr Atem stoßweise und heiser aus der Kehle. Aber nun dauerte es nicht mehr lange, und sie befand sich wieder auf der Höhe des Fensters. Sie zog sich an den Rahmen heran, kletterte ins Zimmer zurück und ließ sich auf den Boden fallen. Hier blieb sie eine Minute liegen, am ganzen Körper zitternd. Sämtliche Fußmuskeln taten ihr weh von der unwillkürlichen Anstrengung, die Trittschlingen mit den Füßen ebenso fest zu packen, wie sie es mit ihren Händen tat.

Dann stand sie auf und fühlte sich voll neuer Energie. Sie war nicht abgestürzt. Sie rannte nach unten, band vor dem Haus die Fallschirmschnur vom Baum los, lief zurück und zog die ganze Länge der Schnur durch das Fenster ins Zimmer. Dann setzte sie sich hin und beobachtete das Seeufer.

Früh am nächsten Morgen überprüfte sie zum letzten Mal die Position der Geräte. Das Richtmikrophon und eine Videokamera zielten auf die Stelle, wo ein Wagen am See am ehesten parken würde. Es war der einzige Platz, an dem die Typen von der Gesichtsfälscher-Bande etwas zu ihren Kunden sagen würden. Die zweite Kamera war auf den Zugang zu Sids Haus gerichtet. Bei dieser Entfernung konnte das eingebaute Mikrophon vielleicht sogar etwas von dem aufnehmen, was die Kamera erfaßte. Jane legte sich aufs Bett und schloß die Augen.

Die abendliche Montage und die Beobachtung bis zum Morgen hatte ihre innere Uhr auf Nachtarbeit umgestellt. Endlich schlief sie ein.

Bei Sonnenuntergang wachte sie auf. Sie hörte die Bandgeräte im schnellen Vorlauf ab, aber sie hatten niemanden aufgenommen außer einer Frau, die ihren Hund am See ausführte, ungefähr hundert vorbeifahrende Wagen auf der Uferstraße und vier kleine Jungs, die zum Entenfüttern gekommen waren.

Sie machte sich ein schnelles, kaltes Abendessen und spulte die Bänder zurück. Als es dunkel war, setzte sie sich die Kopfhörer auf und beobachtete das Seeufer mit dem Nachsichtgerät. Erst am Morgen schaltete sie die Videorecorder wieder ein und legte sich schlafen.

So ging es Nacht für Nacht. Wenn sie sich etwas zu essen machte, dann immer etwas Einfaches, das sie nicht zwang, das Fenster zu verlassen. Mit speziellen Tai-Chi-Übungen lockerte sie zwischendurch ihre Gelenke und Muskeln. Aus dem Haus ging sie nur am Tag, wenn vermutlich keine Kunden den Weg zu Sid Freeman hinaufgingen. Und bei ihrer Rückkehr untersuchte sie sofort die Videoaufnahmen.

Jeden Abend nach dem Essen, bevor sie sich zu ihrer Beobachtungsarbeit hinsetzte, machte sie die Wohnung sauber. Falls sie überstürzt aufbrechen mußte, waren nur zwei oder drei Türgriffe abzuwischen, und schon lieferten die Räume keine Fingerabdrücke mehr. Sie hatte sogar in einem Laden für Büromaterial einen offiziellen Brief in eine Vorführschreibmaschine getippt: »Sehr geehrter Mr. Stewart, sehr geehrte Mrs. Stewart, zu meinem Bedauern muß ich aus dringenden persönlichen Gründen sofort abreisen. Meine Mutter in Florida hatte einen Schlaganfall, und ich muß mich sofort um sie kümmern. Herzlichen Dank für Ihre Freundlichkeit. Ich lege diesem Brief die Miete für den nächsten Monat bei, als Ausgleich für Ihre Mühe, einen neuen Mieter zu finden. Mit der Bitte um Nachsicht, gez.

Tamara Davis.« Sie hatte das Blatt mit einem Taschentuch in den Umschlag gesteckt, um auch hier keine Fingerabdrücke zu hinterlassen.

Jede Nacht saß Jane an ihrem Fenster und betrachtete die nun vertraute Szenerie durch ihren Restlichtverstärker. Zwei menschliche Figuren gingen regelmäßig durch das grünliche Bild, und Jane hatte ihnen Namen gegeben: »Frau mit Hund« und »Trauriger Mann«. Frau mit Hund hatte offenbar fünf sehr lange Arbeitstage pro Woche. Sie kam immer um Mitternacht mit dem Wagen an und parkte in der Einfahrt eines größeren Hauses auf der anderen Seeseite. Das Licht dort ging meistens nur in einem der oberen Fenster an. Dann kam die Frau, jetzt im Jogginganzug, wieder heraus und führte einen Retriever an der Leine spazieren. Trauriger Mann tauchte gewöhnlich noch später auf. Er hatte einen regelmäßigen, aber langsamen Gang, vornübergebeugt, die Augen auf die Erde gerichtet, als wollte er sie mit seinen Blicken durchbohren.

Andere Menschen besuchten den See nur sporadisch. Eines Nachts beobachtete Jane einen Mann mittleren Alters, der einem Jüngeren, vielleicht einem College-Studenten, Amphetamine verkaufte, aber dann hielten auch einmal ein Mann und eine Frau mit ihrem Wagen genau an der Stelle, auf die die Mikrophonschüssel gerichtet war. Jane setzte sich aufrecht und schaltete die Kameras und das Mikrophon ein. Es begann so, wie sie es erwartet hatte. Der Mann war mißtrauisch und wachsam, blickte sich ein paarmal um und parkte den Wagen mit ausgeschalteten Scheinwerfern am einzig richtigen Platz, hinter hohen Büschen, unsichtbar für jeden außer Jane.

Sie setzte den Kopfhörer auf, und der Mann sagte: »Das ist keine gute Idee, ich möchte das nicht. Bitte.« Das klang irgendwie falsch. Die Frauenstimme sagte: »Vor was hast du denn Angst? Vor der Polizei?«, und der Mann sagte: »Na ja, könnte doch sein, oder?« Jane holte sich den Wagen mit dem Kamerazoom näher heran und stellte die Lautstärke im Kopfhörer lauter. Der Gerätekoffer lag bereit, ihr eigener Koffer war gepackt, Schlüssel und Handtasche lagen auf dem Bett. Aber da hörte sie plötzlich ganz neue Geräusche. Die beiden da unten hatten Sex im Auto.

Sie wollte schon alles wieder herunterschalten, aber dann überlegte sie. Es war nicht auszuschließen, daß der Mann tatsächlich zur Bande gehörte und mit einer Kundin eine Beziehung hatte. Es war vielleicht nicht gerade die beste Zeit für Intimitäten, aber wie Menschen nun einmal sind, konnte sie die Möglichkeit nicht von der Hand weisen. Sie wartete.

Schließlich sagte der Mann: »Nächsten Freitag wieder?«, und die Frau antwortete: »Das geht leider nicht, da ist mein Geburtstag, und der ist mir wichtig. Wie wär's mit Samstag?«

Jane dachte über das Gehörte nach und war nicht mehr sicher, ob sie es richtig verstanden hatte. Die vielen Fehlalarme der letzten Wochen hatten zwar ihre Schnelligkeit und Gewandtheit geschärft, aber auch ihre Ungeduld. Sie hatte sich dasselbe angetan wie ihrem Mann.

In einer der nächsten Nächte kamen wieder ein Mann und eine Frau, die an der gleichen Stelle anhielten. Sie benahmen sich ganz genau wie das vorige Paar, und Jane war schon überzeugt, es ginge wieder nur um Sex. Doch die Frau fragte: »Sind Sie sicher, daß uns hier keiner sieht?«, und der Mann antwortete: »Keine Bange. Gehen Sie einfach den Uferdamm entlang und dann hinauf zu dem braunen Haus. Da klopfen Sie an die Tür. Bevor Sie dort ankommen, werden Sie schon erwartet.«

24

Jane sah, wie die Frau den Weg zu Sid Freemans Haus hinaufging. Sie war vielleicht fünfundzwanzig, hatte eine gute Figur und ein Gesicht, das bei Tageslicht vermutlich hübsch war. Nur im schwachen Grünschimmer des Nachtsichtgeräts hatte ihre Haut eine geisterhafte Blässe, und die Augen lagen in tiefschwarzen Löchern. Ihre Haare waren höchstwahrscheinlich dunkel und endeten, in kleinen Locken kurz über der Schulter. Sie trug einen dunklen Pullover und Jeans, aber Jane hatte nicht vor, jetzt schon aus der Kleidung der Frau irgendwelche Schlüsse zu ziehen.

Sie hatte eine Schultertasche, und Jane beobachtete, wie sie damit umging. Anfangs hing die Tasche seitlich über der linken Schulter, und die Frau hielt sie mit einer Hand fest. Jane sah, wie die Frau sich immer wieder hektisch nach allen Seiten umsah, und sie fragte sich, ob die Frau einen Revolver in der Tasche hatte. Jetzt legte sich die Frau den Tragriemen um den Hals und schräg über die Brust, die Tasche hielt sie weiterhin mit der Hand fest, ohne den metallenen Verschluß zu berühren. Sie hatte also keine Waffe. Es ging um das Geld für Sid Freeman, das sie so ängstlich schützte, als wäre die Nacht am See voller Handtaschenräuber.

Jane richtete das Nachtsichtgerät auf den Mann. Sie notierte sich das Nummernschild und griff nach dem Lautstärkeknopf. Dabei stellte sie fest, daß er bereits bis zum Anschlag aufgedreht war.

Der Mann blieb im Schatten des Wagens, und da hier keine Straßenlampen mehr standen, war er nicht mehr als ein Schatten im Schatten. Dann hörte sie ein leises, knackendes Geräusch: Es kam von dem heißen Motor, der sich langsam abkühlte. Der Mann führte eine Hand zum Mund, dann die andere, und plötzlich kam es zu einem grellen Aufflammen. Jane mußte die Augen schließen, dann verstand sie: Der Mann hatte sich eine Zigarette angezündet, aber im Nachtsichtgerät sah es aus, als ob sein Gesicht explodiert wäre. Sie schaute schnell durch den Sucher der Videokamera, deren automatischer Belichtungsmesser mehr Licht hereinließ als ein menschliches Auge, und konnte das Gesicht des Mannes deutlich sehen, bevor das Feuerzeug wieder ausging. Er war einer der beiden Männer, die sie am Krankenhaus in Buffalo gesehen hatte, derselbe, der sich beim Anzünden seiner Zigarette in den Wind gedreht hatte.

Jane beeilte sich. Sie wischte die Türknöpfe ab, nahm die Laken vom Bett und warf sie in ihren Koffer, dann packte sie ihre gesamte Ausrüstung ein. Kameras, Videorecorder und Ferngläser verschwanden im Gerätekoffer. Danach schaltete sie das Licht aus, nahm den leeren Metallkasten und baute den alten Air-conditioner wieder ein. Zuerst trug sie den Metallkasten und einen Koffer in ihren Wagen und ging wieder nach oben. Dann zog sie einmal kräftig am Mikrophonkabel und rollte es über den Ellbogen auf, während das Mikrophon das Dach herunterschlitterte. Als es an der Regenrinne hängenblieb, mußte sie noch einmal ziehen und erwischte die Schüssel gerade noch in der Luft, bevor sie gegen die Hauswand schlug. Sie zog sie zu sich herauf und steckte sie ebenfalls in den Gerätekoffer, sah sich noch einmal im ganzen Zimmer um, trug den Koffer hinaus und schloß ab. Den Brief an die Vermieter warf sie im Hinausgehen in den Briefkasten.

Während der letzten Jahre war Jane aus verschiedenen Richtungen zu Sid Freeman gekommen, und sie kannte praktisch alle Zufahrtsstraßen zum Ausgangspunkt, aber in diesem Augenblick konnte sie sich nur eine nehmen, die wahrscheinlichste. Sie ging davon aus, daß der Mann nur Asphaltstraßen fuhr, bis er zur Interstate 94 kam; auf der 94 würde er die Stadt durchqueren und schließlich eine der Abzweigungen auf die 394, die 494 oder die 694 nehmen. Welche davon? Sie konnte nur raten. Der Mann war im Begriff, ihr zu entkommen.

Sie jagte weiter, so schnell sie auf der leeren Straße fahren konnte. Endlich sah sie den grünen Wagen wieder vor sich, kurz unter dem Lichtkegel einer Straßenlampe. Sie nahm sofort den Fuß vom Gas und ließ den Wagen bis zur erlaubten Höchstgeschwindigkeit ausrollen. Ab jetzt mußte sie vorsichtig sein. Was ihr das schnelle Vorwärtskommen ermöglicht hatte, war die Verlassenheit der nächtlichen Straßen, doch gerade das machte ihre Scheinwerfer jetzt zu den einzigen in seinem Rückspiegel.

Zwei Querstraßen später nahm der Wagen die Auffahrtsrampe zur Interstate. Jane ließ sich zweihundert Meter zurückfallen und folgte ihm. Auf der rechten Spur der Autobahn versteckte sie sich hinter einem Lastwagen und zwang sich zur Geduld. Sie brauchte nur hinter einigen anderen Fahrzeugen den richtigen Abstand einzuhalten, und schon war sie für den Mann nicht mehr zu sehen. Als ein Mercedes sie überholte, blieb sie hinter ihm, bis der grüne Wagen die Ausfahrt zum Flugplatz nahm.

Jane folgte ihm so lange, bis sie sah, daß er die Frau vor dem Eingang zum Terminal aussteigen ließ und sofort weiterfuhr.

Sie brauchte nur wenige Sekunden, um sich die Frau einzuprägen, die jetzt in das Terminal hineinging. Jane stellte ihren Wagen bei den Langzeitparkern ab und rannte zum Flughafenbus.

Kurz darauf suchte sie die Wartezonen sämtlicher Abflüge nach der Frau ab und fand sie schließlich am Ausgang der United Airlines wieder. Auf dem Monitor las Jane, daß der nächsten Flug dieser Linie in zwanzig Minuten nach Los Angeles startete.

Jane setzte sich neben die Frau, ohne sie anzusehen. Dann sagte sie leise: »Tut mir leid, Ihr Reiseplan hat sich geändert. Wir glauben, Ihnen ist jemand zum Flugplatz gefolgt.«

Die Frau erschrak. Jane konnte sehen, wie sie sich durch eine Reihe verwirrender Gefühle hindurchkämpfte, bevor sie ihre Selbstsicherheit wiederfand. Zuerst empfand sie Überraschung und Angst, weil sie von einer Wildfremden angesprochen wurde. Eine Sekunde später nahm das Gesprochene Bedeutung für sie an, und sie fühlte sich erleichtert: Diese Frau stellte keine Bedrohung dar, sie war nur deshalb hier, um sie aus Schwierigkeiten herauszuhalten. Aber das löste eine neue emotionale Welle aus, eine Furcht vor unbekannten Gefahren, die kein Gesicht hatten und ihr offensichtlich überall auflauerten. Als Jane meinte, daß die Frau wieder einigermaßen aufnahmefähig war, sagte sie: »Wir tun jetzt folgendes: Sie stehen auf und gehen in den Laden da drüben, gleich in den ersten. Dann gehen Sie zu einem anderen Ausgang wieder hinaus und weiter zur Gepäckausgabe, schließlich nehmen Sie den Bus zum Langzeitparkplatz.«

»Okay«, sagte die Frau und wollte aufstehen.

»Warten Sie«, sagte Jane, »geben Sie mir erst Ihr Ticket.«

Die Frau blickte sie verwundert an, und in ihrem Blick lag ein plötzliches Mißtrauen. »Warum?«

Jane nickte unmerklich zu einer anderen jungen Frau hinüber und sagte: »Wir schicken einen Lockvogel als Ersatz.«

Die Frau war voller Bewunderung, so listig und einfallsreich kam ihr Jane in diesem Moment vor. Und das schönste: Jane war nicht allein, sie hatte ein ganzes Team zu ihrer beider Unterstützung. Sie händigte ihr das Ticket aus, und Jane steckte es ein. Die Frau stand auf und ging in den Laden.

Jane wartete eine Minute, um zu sehen, ob jemand vorbeikam und der Frau in den Laden nachging. Nichts passierte. Die Bande hatte offenbar niemanden dafür abgestellt, den tatsächlichen Abflug der Frau zu bestätigen. Jane ging eine Etage tiefer und einen Ausgang weiter, stellte sich an eines der Telefone an der Wand und sah sich das Ticket der Frau nach Los Angeles an. Den erhofften Fehler, aus einem ihrer eigenen Konten zu zahlen, hatten diese Leute nicht gemacht. Das Ticket lautete auf den Namen Melinda Kelly und war mit ihrer Kreditkarte bezahlt worden.

Jane hatte ihr das Flugticket nicht nur deshalb abgenommen, um vielleicht einen weiterführenden Hinweis darin zu finden, sondern auch, damit die Frau keine Fluchtmöglichkeit mehr hatte. Solange sie das Ticket in der Hand hatte, konnte sie ihre Entscheidung rückgängig machen. Jetzt aber, nachdem Jane das Ticket besaß, hatte die Frau nur noch eine Chance. Vielleicht dachte sie schon darüber nach, daß sie sich nicht besonders klug angestellt hatte. Jane ging hinaus und sah, wie die Frau das United-Airlines-Terminal verließ und den nächsten Bus bestieg. Als der Bus bei Janes Ausgang hielt, stieg sie ebenfalls ein. Während der kurzen Fahrt über das Flughafengelände hielt sie Ausschau nach dem grünen Wagen und jedem anderen, der ihr vielleicht doch gefolgt war.

Am Parkplatz stieg Jane aus. Die Frau zögerte eine Sekunde, dann folgte sie ihr. Jane führte sie wortlos zum

Auto, hielt ihr die Tür auf, setzte sich hinters Steuer und fuhr los.

»Wohin bringen Sie mich jetzt?«

»Immer noch nach Los Angeles«, sagte Jane, »nur nicht auf dem kürzesten Weg.« Sie schwieg sekundenlang. Der Frau sollte bewußt werden, daß nicht sie es war, die Jane den Zielort genannt hatte. »Es wird ein bißchen umständlich, zahlt sich aber aus.«

Die Frau sagte: »Wie heißen Sie?«

»Ich habe keinen Namen.«

»Wie soll ich Sie dann nennen?«

Jane sagte: »Da fällt mir etwas ein: Sie können ab sofort nicht mehr Melinda Kelly bleiben, da Sie auf diesen Namen einen Flug gebucht haben. Sie sind jetzt Darlene Hunt. Und ich bin Ihre Schwester Ann – bis auf weiteres.« Sie betrachtete kurz das niedergeschlagene Gesicht der Frau. »Ihre ältere Schwester. Wir benützen diese Namen einmal, dann heißen wir wieder anders. Sie dürfen niemals denselben Namen zweimal hintereinander gebrauchen.«

»Ich weiß«, sagte die Frau, »das hat man mir schon erzählt.«

»Gut, dann kann ich mir den Teil sparen. Was hat man Ihnen noch gesagt?«

»Ich soll von dort, wo man mich hinbringt, nicht mehr weggehen, ein unauffälliges Leben führen und nicht zu früh irgendwelche Freundschaften schließen. Überhaupt nichts, was mein Foto in die Zeitungen oder ins Fernsehen bringt. Ich soll nichts mit Kreditkarten kaufen, nicht heiraten, nicht die Polizei zu Hilfe holen, keinen Paß beantragen.« Sie betete die Litanei herunter, als hätte man sie zum Auswendiglernen gezwungen.

Jane überholte manchmal, blieb aber die meiste Zeit in der rechten Spur, weil sie hier leichter diejenigen Wagen sehen konnte, die von links herankamen. Und es gab in diesem dichter besiedelten Ortsteil notfalls immer eine Ausfahrt nach rechts. »Das hört sich an, als hätte man Ihnen immerhin die Grundlagen beigebracht.« Sie lächelte sie ermunternd an. »Machen Sie sich keine Sorgen wegen dieses kleinen Umwegs. Soll ich Ihnen sagen, was ich denke? Das ist bloß ein falscher Alarm.«

Die Frau riß begeistert die Augen auf. »Wirklich? Aber was macht Sie so sicher?«

Jane hob lässig die Schultern. »Sie wollten doch zu dem Flug nach Los Angeles, stimmt's?«

»Stimmt.«

»Angenommen, jemand wäre Ihnen hinterhergefahren – und ich meine jetzt alle möglichen Leute, vom Serienmörder bis zum FBI –, dann hätte er Sie doch am leichtesten erwischt, bevor Sie im Warteraum saßen. Wer Sie umbringen will, kann das nicht mehr auf der anderen Seite der Metallsonden, oder er muß es in aller Öffentlichkeit erledigen. Und die Polizei interessiert sich ja nicht bloß für Sie, sondern für jeden in Ihrer Nähe. Wenn wirklich Polizisten hinter Ihnen her waren, dann hätten die Sie in dem Moment geschnappt, als Sie aus dem Terminal kamen, und den Mann hinter Ihnen dazu.« Die Frau hörte interessiert, aber unbewegt zu. Sie zeigte keine Reaktion, weder bei dem einen, noch bei dem anderen Typ Verfolger. Vielleicht wußte sie gar nicht, wer hinter ihr her war.

Sie sagte: »Warum haben Sie das dann überhaupt mitgemacht und mich da rausgeholt?«

Jane lächelte resigniert. »Ich mache meinen Job.« Dann fügte sie hinzu: »Zur Lektion zwei kamen sie wohl nicht mehr mit Ihnen. Das ist der Preis für das Versteck.«

»Was?«

»Daß Sie ab jetzt einen großen Teil Ihrer Zeit damit verbringen, über die Schulter zurückzuschauen. Und wenn Sie etwas sehen, das möglicherweise ein Problem ist, dann versuchen Sie nicht lange, es herauszufinden. Sie hauen ab.«

Das schien die Frau jedoch kaum zu beunruhigen. Sie sah zum Seitenfenster hinaus und sagte: »Ich bin lieber hier.«

»Haben Sie Angst vorm Fliegen?«

»Nein. Ich meine nur, so dauert es noch etwas, bis ich ganz allein bin.«

Jane blickte die nächsten zehn Minuten immer wieder in

den Rückspiegel und dachte in Ruhe über alles nach. Die Gesichtsfälscher hatten der Frau immerhin ein paar Hinweise gegeben. Vielleicht hatten sie ihr beigebracht, was es hieß, ständig auf der Flucht zu sein, oder die Frau war clever genug und konnte es sich selbst ausmalen. »Ganz egal, was da am Flugplatz passiert ist, jedenfalls ist uns niemand gefolgt. Sind Sie eine gute Fahrerin?«

»Ja«, antwortete die Frau. Ihre Stimme hatte eine kleine Schärfe, einen Klang, den Jane nicht interpretieren konnte. »Es ist vielleicht komisch, daß gerade ich das sage, aber es ist so.«

Jane fragte sich, was dieses »gerade ich« bedeuten sollte. Es war die Antwort auf eine direkte Frage, nicht auf eine irgendeine Angeberei. Vielleicht war es ihre angeborene Bescheidenheit, die durch fortdauernde Abhängigkeit zu etwas Schlimmerem geworden war. Jane beschloß, jetzt keine Fragen mehr zu stellen. Es war zu riskant. »Gut. Ich halte an der nächsten Ausfahrt. Dann fahren Sie, und ich schlafe ein bißchen.«

Aber die Frau mußte erst noch einen Test bestehen, bevor Jane wagte, neben ihr einzuschlafen. Als sie nach dem Anhalten die Plätze tauschten, ließ sich Jane etwas länger als nötig Zeit damit. Sie war sich zwar einigermaßen sicher, die Frau überzeugt zu haben, aber falls sie sich irrte, so würde die Frau zweifellos sofort losfahren, während Jane noch auf dem Weg zur Beifahrertür war. Statt dessen aber rückte die Frau wegen ihrer kürzeren Beine den Sitz etwas näher ans Steuer heran.

Jane stieg. »Fahren Sie einfach weiter geradeaus, immer nach Westen. Wenn ich länger als vier Stunden schlafe oder wenn Ihnen das Benzin ausgeht, wecken Sie mich.«

Sie steckte sich ihre Jacke als Kissen hinter den Kopf, legte sich zurück und entspannte ihre Muskeln. Einige Minuten lang beobachtete sie die Frau am Steuer. Egal, was sie vorhin gemeint hatte, sie war auf jeden Fall keine schlechte Fahrerin.

Jane konnte im Augenblick nur mit schwachen Hypothesen arbeiten. Sie durfte die Frau nicht zur Ruhe kommen lassen, mußte schneller, intelligenter und selbstsicherer handeln als sie. Das einfachste war, sich jetzt auszuruhen, während die Frau arbeitete. Und wenn die Frau schon jetzt so sehr nach Gesellschaft verlangte, dann war dieses Verlangen in ein paar Stunden sicher noch dringender. Jane ließ sich vom leichten Vibrieren der Reifen und dem unablässigen Rauschen des Fahrtwindes erschöpft in den Schlaf wiegen.

25

In der Morgensonne, die sich in den Chromteilen und den Scheiben der anderen Wagen widerspiegelte, wachte Jane wieder auf und setzte sich aufrecht hin.

»Ah, Sie sind wach«, sagte die Frau.

»Wie kommen wir voran?« fragte Jane.

»Wir sind siebzig Kilometer vor Sioux Falls. Wenn ich jetzt nicht bald eine Toilette sehe, bringt es mich um.«

Jane schaute auf die Tankanzeige. »Fahren Sie bei der nächsten Ausfahrt raus. Wir tanken und gehen aufs Klo. Und wir gehen etwas essen.«

»Aber hier gibt es überall nur diese winzigen Städtchen.«

»Um so besser«, sagte Jane, »da finden wir alles, was wir brauchen, an einem Ort.«

Nach wenigen Kilometern hatten sie ein kleines Ladenviertel gefunden. Jane stieg aus und tankte, während die Frau auf der Toilette verschwand. Dann parkten sie einem Flachbau gegenüber, der sich »Familien-Restaurant« nannte.

Während des Essens rekapitulierte Jane, was sie gerade über die Frau erfahren hatte. Sie hatte noch nie in einer Kleinstadt gelebt. Sie wußte weder, wie sie gebaut waren, noch was man darin finden konnte. Kleinstädter brauchten dasselbe wie die Menschen einer Großstadt: ein paar Läden, eine Tankstelle und mindestens ein Lokal zum Essen.

Die anderen Gäste reden laut und fröhlich miteinander, manchmal quer durch den ganzen Raum, oder begrüßten die Neuen, die zur Tür hereinkamen. Die Frau jedoch saß mit gesenkten Augen da, als ob ihr die unbeschwerten Gespräche von Tisch zu Tisch peinlich wären. Als ein junges Mädchen im Hinausgehen eine liegengebliebene Zeitung aufhob und die Schlagzeilen überflog, schien die Frau es fast ekelhaft zu finden, so als hätte das Mädchen die Essensreste von einem fremden Teller zu sich genommen.

Keine Frage: Diese Frau hatte zeit ihres Lebens in Großstädten gelebt. Menschen, mit denen man nicht selbst durch die Tür gekommen war, konnten nur Fremde sein, und Fremde sprach man nicht an, man ging ihnen aus dem Weg. Augenkontakte waren nicht nur unanständig, sie waren gefährlich. Großstädter redeten nur dann quer durch den ganzen Raum, wenn sie völlig debil waren. Jane beschloß, das Lokal zu verlassen, bevor die Frau sich zu unwohl fühlte.

Im Wagen sagte sie: »Wenn Sie schlafen wollen, gern – jetzt sind Sie an der Reihe.« Sie war überzeugt, daß die strahlende Sonne jeden erholsamen Schlaf im Auto unmöglich machte.

»Noch nicht. Ich hätte vielleicht besser keinen Kaffee trinken sollen.«

Jane fuhr wieder auf den Highway hinauf. Sie schwieg, bis ihr auffiel, daß der Frau das Schweigen noch unangenehmer war als die lauten Gespräche im Restaurant. Wieder eine typische Reaktion von Städtern. Wenn man sich kannte, hatte man jede Minute mit Konversation zu füllen.

»Fahren wir den ganzen Weg bis nach Los Angeles?« fragte die Frau.

»Ich denke schon«, antwortete Jane. Bisher hatte sie nur gewußt, daß die Frau nach Los Angeles wollte, aber noch nicht, ob irgendein Weiterflug geplant war. Also war Los Angeles das Ziel der Reise.

»Haben Sie eine Waffe?««

Jane blickte sie überrascht an. »Mehrere.«

»Ich meine: jetzt?«

»Nein.«

»Warum nicht?«

»Ich kann mir nicht vorstellen, daß es mir mit einem Kilo Metall am Gürtel leichter fällt, das zu tun, was ich jetzt tun muß. Weder fahre ich damit schneller, noch verhindere ich, daß jemand Sie wiedererkennt.«

»Aber es wäre sicherer.«

Jane mußte seufzen. »Tut mir leid, aber man hat mich erst in letzter Minute beauftragt, Sie aus dem Flughafen rauszubringen. Außer Ihrem Namen weiß ich absolut nichts von Ihnen und Ihren Problemen. Hat vielleicht jemand auf Sie geschossen?«

»Ach so«, sagte die Frau, sichtbar enttäuscht. »Das erklärt alles.«

»Was alles?«

»Warum Sie mich ans Steuer gelassen haben. Deswegen bin ich ja in dieser Lage. Ich habe einen fürchterlichen Unfall verursacht.«

Jane nickte, als hätte sie alles verstanden. Fahrerflucht? »Wie ist das denn passiert?«

»Die pure Dummheit. Ich weiß noch alle Details, alles, was ich in dem Moment dachte und fühlte.«

»Dann erzählen Sie es mir doch. Bis Kalifornien ist es noch weit.«

»Na gut. Ich wohnte in Baltimore und fuhr zur Arbeit nach Washington. Ich war erst seit vier Monaten in dem Job.«

»Halt«, sagte Jane, »noch mal zurück. Warum wohnten Sie so weit von Ihrem Arbeitsplatz entfernt?«

»Das war schon der erste Fehler. Heute kommt es mir vor, als ob jede meiner damaligen Entscheidungen direkt zu meiner jetzigen Situation führt. In Baltimore hatte ich meinen ersten Job nach dem Studium gefunden.«

»Als was?«

»Ich war Analystin in einem Investmentfonds.«

»Und für Ihren zweiten Job wollten Sie nicht umziehen.«

»Richtig«, sagte die Frau. »Aber das ist nicht alles. Ich habe vier Jahre in Baltimore gearbeitet, ziemlich hart, meine Plazierungen waren stocksolide. Eines Tages hatte ich eine Menge Geld in Wonderfair Drugs gesteckt. Ich hatte die Firma vorher genau durchleuchtet. Ihre Gewinnspanne war phantastisch, ihre Produkte sehr gut positioniert, sie hatte einen großen Marktanteil und ein dynamisches junges Management.«

Es fiel Jane auf, daß diese Frau genau der Typ war, den Sid Freeman ihr beschrieben hatte: intelligent, ehrgeizig und ziemlich professionell. Sid mußte sie gehaßt haben.

»Eines hatte mir bei Wonderfair besonders imponiert: Die größten Aktienpakete gehörten zwei englischen Unternehmen, die ich kannte, sehr konservative Unternehmen. Das eine war eine Schiffahrtsversicherung und das andere war Petrochemie, eine Ölgesellschaft. Zusammen verfügten sie über etwa vierzig Prozent. Und wenn sie ein Stück mehr von Wonderfair haben wollten, wollte ich es auch.«

»Klingt vernünftig«, sagte Jane und wußte, sie würde jetzt gleich hören, wie unvernünftig es war.

»Eines Nachts, also bei uns war es Nacht, dort war es Tag, sank im Indischen Ozean ein Öltanker. Die Ölgesellschaft hatte also plötzlich einen teuren Tanker und für eine Milliarde Dollar Öl weniger. Für beides mußte die Versicherung aufkommen. Aber da gab es ein paar kleine Probleme. Der Tanker war bei klarem Wetter weit vom Kurs abgekommen, also sah die Sache verdächtig nach endlosen Prozessen aus, mit enormen Geldstrafen und möglicherweise einem Anlegeverbot in ein paar ihrer europäischen Lieferhäfen. Dazu kam, daß sie bindende Verträge mit anderen Unternehmen und einigen Ländern hatten, ihnen ganz bestimmte Mengen zu ganz bestimmten Zeitpunkten zu liefern. Und so wurden aus den kleinen Problemen ziemlich große. Sie wußten natürlich sofort, daß sie nicht liefern konnten. Reserven hatte sie keine. Mir ist bis heute nicht klar, für welchen Anteil an dem Schaden die Versicherung schließlich aufkam, aber das spielt auch keine Rolle, weil sie nämlich Hand in Hand arbeiteten.«

»Wer?«

»Sobald der Aktienmarkt eröffnet wurde, ließen die beiden Firmen Wonderfair fallen wie eine heiße Kartoffel. Wir merkten erst so um zehn Uhr herum, woher die ganzen Aktien kamen. Um vier Uhr nachmittags hörten wir die Nachricht vom Untergang des Tankers, und da konnte ich mir die Sache zusammenreimen. Sie machten alles flüssig, was sie nur hatten. Ihre Ausrede war, sie müßten es zum Ausgleich für den Verlust in ein Hedge-Fonds-Geschäft stecken. In Wirklichkeit aber nützten sie blitzartig die Chance aus, um ihr eigenes Aktienpaket aufzustocken.«

»Ich fürchte, das verstehe ich nicht ganz.«

»Überrascht mich nicht«, sagte die Frau, »ich habe es auch nicht verstanden. Die Ölgesellschaft war ein kerngesundes Unternehmen, die Versicherung genauso. Aber sobald die Nachricht raus war, waren die Aktien so gut wie abgesoffen. Normalerweise gehen sie nach solchen Katastrophenmeldungen drei Tage lang im Sturzflug nach unten, dann sehen die Leute, die Sache war doch nicht ganz schlimm, die Aktien machen den halben Absturz wieder gut, und drei Wochen später ist alles wieder wie gehabt. Die zwei Unternehmen wußten natürlich auch, daß ihre Aktien zeitweise in den Keller gehen würden. In diesem Moment kauften sie alles zusammen, was sie in ihre Finger kriegen konnten. Das Geld dafür hatten von ihrem Anteil an Wonderfair Drugs.«

»Wie ging es weiter?«

»Sie haben nicht nur ihr eigenes Aktienpaket ungeheuer vergrößert, sondern durch die Aufkäufe stieg ja auch gleichzeitig der Preis der Aktien wieder. Sie waren reich, und sie wurden immer reicher.«

»Nein«, sagte Jane, »ich meine Wonderfair Drugs.«

»Deren Aktien gingen unter wie Blei. Das Unternehmen büßte innerhalb einer Stunde ein Viertel seines Wertes ein, am Ende des Tages war es nur noch die Hälfte wert. Ein paar Wochen lang sagten sich die Anleger, wenn sich das große Geld zurückzieht, macht man es am besten genauso. Nach zwei Monaten merkten sie dann, daß mit dem Unternehmen eigentlich alles in Ordnung war. Jetzt war Wonderfair ein idealer Übernahmekandidat und wurde prompt von einem Konkurrenten geschluckt, der genaugenommen erheblich schwächer war. Aber das war nach meiner Zeit. Da war ich meinen Job schon los.«

»Einfach so? Wegen einem Schiffsunglück?«

»Dieses Geschäft ist hart. Und außerdem brauchten sie einen Sündenbock.«

»Was haben Sie danach gemacht?«

»Mir einen neuen Job gesucht. Ich brauchte zehn Monate dafür. Am Ende konnte ich die ganze Geschichte ziemlich flüssig vortragen. Jeder Personalchef fragte mich: ›Warum sind Sie bei Gray Fund weggegangen?‹ Ich erzählte ihm alles, und dann sagte ich: ›Ich habe bei diesen Transaktionen sehr viel gelernt.‹«

»Haben Sie denn wirklich etwas dabei gelernt?«

Die Frau lachte. »Nein. Oder vielleicht doch. Ich habe gelernt, daß jederzeit alles passieren kann. Und so kam es ja dann auch.«

»Ich nehme an, die neue Stelle, die Sie nach zehn Monaten gefunden hatten, war in Washington.«

»Ja. Ich wollte erst umziehen, sobald ich wußte, daß es ein Dauerjob war. Es war eigentlich keine schlechte Arbeit in der Bank, genau die Aktienanalysen, in denen ich mich auskannte. Aber irgendwie hatte ich Schwierigkeiten, auf die Kollegen zuzugehen. Ich fühlte mich unsicher, unkonzentriert. Wahrscheinlich lag es an mir. Ich hatte wohl noch nicht alles verarbeitet oder hinter mir zurückgelassen, denn ich hatte mich ja persönlich engagiert und mir dann die Finger verbrannt. Und die Kollegen nahmen mich auch nicht gerade warmherzig auf. Wenigstens am Anfang.«

»Aber dann offenbar nicht mehr.«

»Ein paar Monate später, als ich meine Ängste einigermaßen im Griff hatte, landete ich einen großen Fisch. Ich hatte den großen Gewinn gezogen, das kam ebenso aus heiterem Himmel wie die Geschichte mit meiner Kündigung. Es ging um zwei Unternehmen in einer Branche. Beide produzierten ein Bauelement für eine Ultraschall-Kompaktanlage. Ihre Kunden waren Rüstungsfirmen und Unternehmen für medizinische Geräte und noch ein paar andere. Das eine Unternehmen hatte das Patent, das andere vergab

Lizenzen. Ich dachte mir, ich investiere in das Unternehmen, das die Sache erfunden hat. Aber schon beim ersten Gespräch mit dem Management spürte ich, da war etwas faul. Der Aufsichtsratsvorsitzende war selbst der Erfinder, und die ganze Firma produzierte nichts als dieses eine Teil. Er war ungeheuer eitel und genoß seinen Reichtum ein bißchen zu auffällig, seine Anzüge, seinen Wagen, sein Büro, seinen Firmenjet. Das andere Unternehmen war zwar von der eher kleinen Ultraschall-Branche abhängig, aber nicht mehr lange, das konnte man spüren. Dort waren die Leute ernsthaft und ehrgeizig, und sie planten neue, eigene Produktlinien. Also setzte ich auf dieses Unternehmen. Einen Monat danach kommt die Nachricht, daß der Erfinder seine Firma völlig ausgeblutet hat. Sie ist pleite. Simsalabim: Jetzt gibt es nur noch eine Firma, die das Bauelement produziert. Und mein Aktienpaket war über Nacht dreimal soviel wert.«

»Und Sie waren die Heldin des Tages.«

»Und das war ebensowenig verdient wie damals mein Rausschmiß.« Sie lächelte. »Plötzlich sahen mich die Leute in der Bank. Vielleicht wollten sie mich anfangs nur deshalb nicht näher kennenlernen, weil sie dachten, daß sie mich vielleicht bald feuern müßten. Aber jetzt gehörte ich zum Club. Genauer: Ich wurde in den inneren Kreis eingeladen, und zwar von der Etage über mir.«

»Wer war Ihre Chefin?«

»Es war keine Frau. Es war ein Mann. Damit fing das Problem an. Er war unverheiratet, ungefähr fünf Jahre älter als ich, sah gut aus und war so ziemlich der einzige in der Bank, der überhaupt bis dahin mit mir gesprochen hatte.«

»Sie waren verknallt.«

»Absolut. Er lud mich am Dienstag für Freitagabend zum Essen ins Hay-Adams Hotel ein, um meinen Erfolg zu feiern. Ich rannte in der Zwischenzeit nervös herum, kaufte mir ein neues Kleid, gab es wieder zurück und kaufte ein zweites. Die eine Hälfte der Zeit war ich aufgeregt, weil ich mich so freute, und die andere, weil ich so etwas wie sexuelle Belästigung befürchtete. Ich meine, es gibt jede Menge schöne Restaurants, die nicht in einem Hotel liegen. Manchmal sagte ich mir: ›Na schön. Angenommen, er möchte mich bequatschen. Wenn es nichts mit der Arbeit zu tun hat, dann ist er eben nur ein männlicher Single, der mit einem weiblichen Single einen Abend verbringt.‹ Dann dachte ich wieder: ›Es kann ja gar nicht nichts mit der Arbeit zu tun haben. Schließlich ist er mein Chef.‹ Sie verstehen das bestimmt. Als wir das Restaurant verließen, war ich ziemlich durcheinander. Ich hing förmlich an seinen Lippen, schlimmer als ein Polizist beim Verhör.«

»Und? Sagte er etwas, wogegen Sie sich wehren mußten?«

»Nein.« Sie lachte ein wenig traurig. »Ich glaube, daß er vielleicht etwas vorhatte. Aber als er merkte, wie ich auf ihn reagierte, ließ er es unter den Tisch fallen. Wenn er etwas gesagt hätte, und ich wäre einverstanden gewesen, dann säße ich jetzt nicht hier. Ich wäre immer noch ich selbst und hätte mein schönes Leben.«

»Was ist passiert?«

»Wir haben in diesem zauberhaften, romantischen Restaurant gegessen. Ich war so verlegen, daß ich erst mal einen Martini kippte, bevor wir noch am Tisch saßen, und dann beim Essen habe ich bestimmt noch eine halbe Flasche Wein getrunken. Ihm machte das nichts aus, aber ich war ganz schön beschwipst. Gleichzeitig war ich verzweifelt, ich hätte heulen können, weil mir trotz dieser ungewohnten Alkoholmengen die Situation klar und deutlich war. Ich hatte ihn gern, ich hatte meine große Chance mit ihm allein, und ich vergeigte alles. Ich versuchte, das Essen in die Länge zu ziehen. Meine gloriose Idee dazu war ein Cognac zum Abschluß. Danach wurde alles nur noch schlimmer. Ich brachte kein Wort mehr heraus, und er hatte es satt, mich noch länger zu unterhalten. Er fuhr mich zum Büro zurück, wartete, bis ich sicher in meinen Wagen eingestiegen war, und weg war er.«

Die Frau tat Jane leid, weil sie so ungeschickt und naiv war. »Was machten Sie dann?«

»Ich habe erst einmal geheult. Dann öffnete ich das Seitenfenster und fuhr los, verpaßte meine Abzweigung, machte mitten auf der Straße kehrt, übersah die Ampel, und schon hatte ich den anderen Wagen gerammt.« Sie riß die Augen auf und schnellte im Sitz hoch, als ob der Schock des Zusammenpralls sie ein zweites Mal getroffen hätte. »Es war so furchtbar laut. Im Fernsehen hört man dabei immer so ein knirschendes Geräusch, aber in Wirklichkeit ist das ein lauter Knall. Danach hörte ich das berstende Glas und das Quietschen der Reifen auf dem Asphalt. Beängstigend. Ich blutete, ich war verletzt und betrunken. Irgendwie stand ich dann neben dem Wagen, aber ich weiß nicht mehr, wie ich ausgestiegen bin. Der andere Wagen hatte keine Windschutzscheibe mehr, und der Fahrer lag auf der Straße. Er war nicht tot, aber er sah fürchterlich aus. Ich hätte ihn nicht anfassen können. Ich rannte über die Straße zu einem Telefon und rief 911 an. Dann wußte ich nicht einmal, wo ich war, und mußte erst zum nächsten Straßenschild an der Ecke laufen. Aber als ich da ankam, war die Polizei schon da. Sie ließen mich in den Ballon blasen, steckten mich in Handschellen, und später in eine Zelle.«

»Was dann?«

»Er ist gestorben. Der andere Fahrer ist gestorben.« Sie sah Jane erwartungsvoll an, aber Jane zeigte keine Reaktion. »Die Anklage lautete auf Körperverletzung mit Todesfolge. Ich glaube, der Staatsanwalt meinte sogar, ich hätte den Mann noch retten können, wenn ich nicht so betrunken gewesen wäre. Mein Chef mußte in der Verhandlung aussagen. Er hat mich nicht einmal angeschaut oder mit mir gesprochen. Den Job war ich auch los, klar. Am Ende wurde ich immerhin nur wegen Trunkenheit am Steuer verurteilt. Ich saß meine neunzig Tage ab, doch als ich rauskam, hatte ich ein paar Zivilprozesse am Hals.«

»Die Familie des Toten?«

»Die und ein paar andere. Seiner Ex-Frau, die von ihm Unterhalt bekam, schuldete ich plötzlich neunundzwanzig Jahre zu je dreißigtausend Dollar. Die Freundin, mit der er zusammenlebte, erstritt sich aus seinem Vermögen die Hälfte davon, und die Erben hielten sich an mich, um es wiederzubekommen. Er war nicht versichert, also prozessierten die Ärzte, das Krankenhaus und der Rettungsdienst gegen mich. Auch das Bestattungsinstitut hatte kein Geld gesehen, weil Ex-Frauen und Freundinnen nicht zu Zahlungen verpflichtet sind. Also wollte man die Begräbniskosten von mir.«

Jane gab ihrer Stimme mit Absicht einen mitfühlenden Klang. »Und da hielten Sie es für das beste, zu verschwinden.«

Die Frau sah sie erstaunt an. »Ich war doch nicht unschuldig. Wenn ich es so dargestellt habe, habe ich es falsch erzählt. Ich habe ihn getötet. Ich allein. Davor konnte ich doch nicht weglaufen.«

»Wovor sind Sie dann weggelaufen?«

»Die wollten mich umbringen.« Sie blickte schweigend auf ihre Schuhe. »Ich habe wirklich überlegt, ob ich es ihnen nicht leichtmachen soll.«

»Wer? Wer wollte Sie umbringen?«

»Seine Freunde. Die ganze Zeit riefen sie mich an, gingen mir nach und lauerten nur auf eine Chance. Sie sagten mir, das bißchen Geld sei nicht genug, ich müßte sterben, und sie würden mir alles mögliche antun. Als ich die Polizei benachrichtigte, kam ein Beamter zu mir und machte sich ein paar Notizen. Ich weiß nicht, ob er sie überhaupt verwendet hat. Ich spürte, daß er mir kein Wort glaubte, sondern annahm an, daß ich die Prozeßgegner als Kriminelle hinstellen wollte, um sie nicht bezahlen zu müssen.«

»Haben Sie die Stimmen der Anrufer erkannt?«

»Nein.«

»Und Ihre Beschatter – waren das Gesichter, die Sie schon mal gesehen hatten, bei der Verhandlung zum Beispiel?«

»Nein. Ich hatte sie nie zuvor gesehen.«

»Haben Sie bezahlt, wozu Sie verurteilt wurden?«

»Nein. Ich wollte, und eigentlich will ich es immer noch. Aber als ich begriff, daß ich weglaufen und mich verstecken mußte, da sagten sie mir als erstes, das würde ziemlich teuer werden und ich müßte bar bezahlen.«

»Wer?«

»Na, Ihre Leute. Sie sagten mir, Bargeld ist in meiner Situation immer das sicherste. Natürlich müßte ich zuerst einmal sie bezahlen, und da gäbe es eine Menge Vorlaufkosten. Ich sollte die Kreditkarten, die sie mir geben würden, nicht für aufgelaufene Rechnungen benutzen, weil man mich damit leicht ausfindig machen könnte, und dann könnte ich nie mehr in ein normales Leben zurückkehren.«

Jane dachte über die Geschichte der Frau nach und fühlte jetzt erst recht Mitleid mit ihr. Diese Frau war intelligent, aber alle ihre Intelligenz half immer nur den anderen, sie hereinzulegen. Sie wünschte sich so sehr, wieder ein normales Leben zu führen, und war blindlings davon überzeugt, daß es zu diesem Zweck genügte, sich mit gefälschten Kreditkarten zurückzuhalten. Anscheinend wußte sie nicht, daß schon die Flucht ein Verbrechen war.

Außerdem hatte sie sich keine Sekunde überlegt, daß die Leute, die sie umbringen wollen, vorher höchstwahrscheinlich keine langen Telefonate mit ihr führen würden. Die Anrufer waren natürlich keine Freunde des Verstorbenen. Es waren andere Menschen, deren Absicht es war, der Frau ein überzeugendes Motiv zum Verschwinden zu liefern. Auch hier hatte sie alles für bare Münze genommen.

Jane dachte kurz nach, hielt dann aber auch ihre nächste Frage für ungefährlich: »Wie haben Sie eigentlich von uns gehört?«

»Von der Polizei.«

»Von welcher Polizei?« Es gelang Jane, alle Ungeduld in ihrer Stimme zu unterdrücken, aber in ihren Schlußfolgerungen war sie schon mehrere Schritte weiter.

»Sergeant Gilbert, von der Zeugenschutzabteilung. Er fragte mich, was alles für mich getan worden sei, und versprach, sich darum zu kümmern. Ein paar Tage später kam er wieder und sagte, seine Kollegen glaubten mir nicht. Ich heulte und flehte ihn an, mir zu helfen. Aber er konnte nichts für mich tun. Ich war keine Kronzeugin, weil sich die

Ermittlung nicht auf die Drohungen gegen mich bezogen. Schließlich sagte er mir, was ich tun sollte.«

»Was sagte er Ihnen?«

»Ich sollte eine Nummer anrufen und nach Jane fragen.«

26

»Jane.« Die Frau hatte laut und deutlich diesen Namen genannt. Jane hatte plötzlich einen trockenen Mund, und spürte ihren Magen, als lägen Ziegelsteine darin. Sie behielt ihre ausdruckslose Miene bei, aber in Gedanken arbeitete sie fieberhaft daran, alte und neue Informationen zu einem vollkommen neuen Muster zusammenzulegen.

In diesem Augenblick ärgerte sie sich beinahe über diese dumme Person. Jemand hatte sie zu Leuten geschickt, die ihr gefälschte Papiere gaben, aber nicht eine Sekunde war ihr der Verdacht gekommen, daß dieser Jemand vielleicht selbst mit falschen Papieren herumlief. Sie hatte nicht einmal bei der Polizei nachgefragt, ob es so etwas wie eine Zeugenschutzabteilung gab.

Die Bande hatte offenbar eine bestimmte Form entwickelt, zumindest eine mehrmals benutzte Vorgehensweise. Sie hatten einen Mann, der außerordentlich überzeugend einen Zivilbeamten der Polizei vorzutäuschen wußte. Er gehörte definitiv nicht zur Polizei, denn wie hätte ein richtiger Polizist gleichzeitig in Chicago und in Washington arbeiten können? Beide Male brauchte er lediglich zum richtigen Zeitpunkt aufzutauchen, und zwar dann, wenn die echten Polizisten ihre Arbeit getan hatten. In einer solchen Situation dachten die Opfer nicht daran, daß sie ihn gar nicht gerufen hatten. Vermutlich hatte er aus der Zeitung von dem Unfall erfahren.

Jane überlegte, ob die Namensgleichheit vielleicht nur Zufall war. Aber es gelang ihr nicht, sich etwas Derartiges einzureden. Seit vielen Jahren hatte sie nun Menschen in ein neues Leben geführt, und das hatte die Entstehung von ein paar hundert neuen Menschen zur Folge, die Jane erfunden hatte. Menschen redeten oft zuviel, selbst wenn sie es eigentlich besser wissen mußten. Und der, dem sie es erzählten, hatte noch weniger Grund als sie, es geheimzuhalten. Schon nach zwei Jahren von Janes Lotsentätigkeit stand der erste wildfremde Kandidat vor ihrer Tür, und als Jane fragte, von wem er ihre Adresse wußte, hatte Jane den Namen noch nie gehört.

Daß sie möglicherweise zu bekannt wurde, war ein Berufsrisiko, eines von vielen, die langsam, aber unaufhaltsam ihre Tätigkeit erschwerten. Es war mittlerweile nicht mehr so leicht wie früher, schnell und unerkannt ein Flugzeug zu nehmen; es war komplizierter geworden, einen Führerschein oder eine Kfz-Anmeldung richtig zu fälschen oder eine Biographie zu erfinden, die einer Kreditkartenüberprüfung standhielt, wie sie jetzt bei jeder Zahlung automatisch durchgeführt wurde. Die staatliche Ordnung hatte an Raffinesse zugenommen – all diese Behörden und Ämter, die nichts anderes zu tun hatten, als darauf zu achten, daß jeder Mensch von der Geburt bis zum Tod mit demselben Etikett herumlief. Als Jane ihren ersten Kunden in sein neues Leben brachte, traf man immer wieder auf Erwachsene, deren Fingerabdrücke noch nie erfaßt worden waren. Heutzutage war ein unregistrierter Mensch allenfalls ein Kind unter fünf Jahren. Die in den Streifenwagen eingebauten Computer besaßen Informationen über jeden, und überall, außer in Vermont und New Jersey, hatte nun auch der Führerschein ein Lichtbild.

Jane wußte seit langem, daß ihre Tätigkeit irgendwann einmal unmöglich wurde – falls sie vorher nicht umgebracht wurde. Aber daß ihr Name so berühmt werden könnte, daß ein anderer damit arbeitete – auf diesen Gedanken war sie nicht gekommen.

Wenn diese Leute mit ihrem Namen dieselben Lieferanten und Mittelsmänner kontaktierten wie Jane früher, dann ergab sich ein ganzes Netzwerk neuer Probleme. Es war dann nur noch eine Frage der Zeit, bis einer ihrer Kunden, für den sie einmal ihr Leben riskiert hatte, sie wiedersehen wollte und dabei von der Bande der Gesichtsfälscher umgebracht wurde. Nein, sagte sie sich, nicht umgebracht:

erpreßt. Janes Kunde kam vielleicht deshalb zu ihnen, weil ihm der Ort, wo Jane ihn untergebracht hatte, zu heiß unter den Füßen wurde. Und dann spielten sie mit ihm, wie sie mit Dahlman und dieser Frau gespielt hatten.

Ein Gedanke störte Jane. Was diese Leute machten, war so ziemlich dasselbe, was sie selbst gerade dieser naiven Frau antat. Sie wußte genau, wie die Leute vorgingen, nicht so sehr weil es ihre eigenen Methoden waren, sondern weil dieses Geschäft nur auf diese Weise abgewickelt werden konnte.

»Sie sind so still. Stimmt irgendwas nicht?«

Jane schenkte der Frau ein optimistisches Lächeln. »Im Gegenteil. Ich dachte mir gerade, besser kann es gar nicht laufen.«

»Wirklich?« Das Gesicht der Frau war offen und vertrauensvoll. Sie bat um die Erlaubnis, sich keine Sorgen machen zu müssen, und Jane gab sie ihr.

»Aber sicher. Niemand fährt uns nach, die Strecke ist frei, und in ungefähr zwei Tagen sind wir in Los Angeles.«

»Glauben Sie, wir sollten die alte Adresse nehmen?«

»Also, einen Augenblick dachte ich mir, wir sollten Sie zwischendurch woanders hinbringen. Das machen wir immer so, wenn es Probleme gibt. Aber ich sehe im Augenblick keinen Grund dafür. Sie vielleicht?« Sie wunderte sich darüber, daß sie bei dieser Lüge nur ein winziges Schuldgefühl hatte.

Zwei Tage später, noch früh am Morgen, näherten sie sich Los Angeles. Jane kannte diesen Weg, aber die Stadt war nie dieselbe und hatte sich schon wieder verändert. Immer gieriger griff sie in die Landschaft hinaus, so daß Namen wie Antelope Valley, die eben noch eine eigene Bedeutung hatten, plötzlich verlorengingen in diesem Riesennetz aus Highways und Freeways, das hundertfünfzig Kilometer lang und hundertzwanzig Kilometer breit war und unerbittlich weiterwucherte.

Um elf Uhr erreichten sie die Stadtviertel, die Jane kannte, und checkten in ein Motel ein. Das Zimmer konnten sie erst eine Stunde später beziehen, also gingen sie zum

Essen in das Restaurant des Motels und holten sich dann den Zimmerschlüssel. Im Zimmer setzte sich Jane ans Fenster. Sie streckte die Hand aus. »Kann ich mal den Führerschein sehen, den man Ihnen gegeben hat?«

»Natürlich.«

Die Frau holte ihn aus den Tiefen ihrer Handtasche, und Jane notierte sich die Angaben: Janet McNamara, 19942 Troost Avenue, North Hollywood, CA 91607. Sie hielt die Plastikkarte unter das Licht und drehte sie ein wenig in den Fingern, um sich das Foto und das Hologramm auf der Vorderseite anzusehen, dann auch den Magnetstreifen auf der Rückseite. »Sehr gute Arbeit«, sagte sie und gab ihr den Führerschein zurück.

Diese Leute gaben sich Mühe, und bei der Frau hatten sie dazu alle Zeit, die sie brauchten, denn Janet McNamara war nicht wirklich in Lebensgefahr. Jede Bedrohung hatten die Leute selbst konstruiert. Jane stand auf. »Ich sehe mir Ihre neue Wohnung an. Aber beachten Sie eine Vorsichtsmaßnahme, solange ich weg bin: Tun Sie so, als gäbe es kein Telefon. Rufen Sie auch niemanden an, um ihm vielleicht ihre Ankunft mitzuteilen.«

»Warum nicht?«

»Ich könnte Ihnen eine ganze Liste von Gründen geben. Aber der Hauptgrund ist: Es entspricht nicht unserer Arbeitsweise.«

»Was heißt das?«

»Das heißt, wir tun es einfach nicht.«

»Wollen Sie damit sagen, Ihre Zentrale schickt Ihnen schriftliche Weisungen und so? Oder haben Sie für diese Vorschriften irgendein Handbuch?«

Jane mußte fast lachen. »Nein. Es ist so: Sie sind an zwei Stellen verwundbar. Die eine ist, daß Sie einen Fehler machen und die Leute, die Sie verfolgen, sie erwischen.«

»Das ist die einzige, die ich kenne.«

»Die zweite ist, daß jemand anderer einen Fehler macht. Sagen wir: Ein anderer Kunde wird entdeckt und beschattet, ohne daß er es weiß. Er ruft die Zentrale an. Jetzt hat die Polizei eine Telefonnummer und eine Adresse. Sie zapfen das Telefon an. Sie rufen an, und die Polizei hat auch Ihre Nummer und eine Bandaufnahme von allem, was Sie gesagt haben. Deshalb gilt bei uns die Regel: Je weniger telefoniert wird, um so besser. Die Regel schützt Sie, wenn jemand anderer gefaßt wird, und ihn, wenn Sie dran sind. Jetzt muß ich aber was für mein Gehalt tun. Haben Sie den Wohnungsschlüssel?«

»Ach ja, natürlich«, sagte die Frau, »entschuldigen Sie, daß ich nicht von allein daran gedacht habe.« Sie holte einen Schlüsselbund aus ihrer Tasche, nahm einen Schlüssel davon ab und gab ihn Jane.

Diese Leute sind wirklich gut, dachte Jane, bis ins kleinste Detail. Sie hatten der Frau nicht einen einzelnen Schlüssel gegeben, der einsam in der Tasche lag und wichtig aussah. Sie hatten ihn an einen Schlüsselbund gehängt zusammen mit anderen Türschlüsseln, Wagenschlüsseln, Kofferschlüsseln. Er war zum Bestandteil eines voll entwickelten und glaubhaften Lebens geworden. »Danke. Ich verschwinde jetzt für eine Weile. Bleiben Sie soweit wie möglich unsichtbar. Wenn Sie Hunger haben, dann essen Sie was im Motelrestaurant und gehen gleich danach wieder aufs Zimmer.«

Vom Gang aus beobachtete Jane einige Minuten lang ihren Wagen, dann ging sie hinaus, setzte sich hinters Steuer und fuhr auf den Freeway. Es war ihr klar, daß sie hier in Los Angeles, wo die Frau erwartet wurde, besonders vorsichtig sein mußte.

Zuerst machte sie eine Runde durch die Nachbarschaft und sah sich andere Wohnblocks und Einfamilienhäuser genau an. Keines der Fenster zeigte undurchsichtige Vorhänge, hinter denen unbemerkt ein Beobachter stehen konnte, kein reflektierter Lichtstrahl verriet irgendeinen Fernstecher, niemand lungerte mitten am Tag auf dem Balkon herum. Bei ihrer zweiten Runde sah sie sich die geparkten Wagen an und achtete speziell auf geschlossene Kleinbusse und Geländewagen. In keinem saß ein Mann am Steuer, keiner fuhr los, als sie sich ihm zum zweiten Mal näherte.

Sie stellte ihren Wagen in einer Nebenstraße ab, nahm ihren Koffer und ging zu Janet McNamaras Wohnblock. Die schmale Eingangshalle führte durch das ganze Gebäude und endete an einem vernachlässigten Swimmingpool. Jane benützte nicht den Aufzug, sondern die Treppe, und lauschte dabei auf fremde Schritte, einen laufenden Fernseher und alle anderen Geräusche, die ihr vielleicht sagten, wer in diesem Augenblick hier war und warum, aber das Haus blieb still.

Vor der Wohnung 208 untersuchte sie den billigen Teppich auf darunter liegende Drähte, dann öffnete sie die Tür mit dem Schlüssel. Eine kleine rote Baumwollfaser schwebte von der oberen Türangel herunter durch die Luft. Jane mußte lächeln. Es war der älteste Trick der Welt, mit dem man schon beim Eintreten sehen konnte, ob jemand im Innern wartete. Wenn die Faser noch dahing, war die Wohnung leer.

Jane verschloß die Tür hinter sich und sah sich um. Die Wohnung war klein und einfach möbliert. Jane schaute kurz ins Schlafzimmer, in die Küchenschubladen, in den Kühlschrank. Die Vorräte reichten mindestens für eine Woche.

Jetzt suchte sich Jane das geeignete Versteck. Sie trug einen Küchenstuhl ins Wohnzimmer, stieg hinauf und schraubte vom Luftschacht oben neben der Wohnungstür die Verkleidung ab. Dann holte sie eine ihrer Videokameras aus dem Koffer, stellte den Zoom auf die Tür ein und setzte ein Stück Kreppband auf das rote Lämpchen, das den Betrieb der Kamera anzeigte. Dann schob sie sie in den Belüftungsschacht hinein und schraubte das Gitter wieder an.

Beim Hinausgehen hängte sie vorsichtig die rote Faser wieder an ihren Platz. Im Nachbargebäude war eine Wohnung frei. Aber nachdem sie den Hausmeister aufgetrieben hatte und die Räume besichtigte, mußte sie feststellen, daß sie von hier aus keine Sicht auf Janet McNamaras Wohnung hatte. Dieser Teil ihrer Arbeit würde also nicht ganz leicht sein.

Als Jane ins Motel zurückkam, saß die Frau vor dem Fernseher. Sie schaltete ihn sofort aus, als hätte sie sich etwas Verbotenes angesehen. Jane schaltete ihn wieder ein. »Von mir aus können Sie fernsehen, soviel Sie wollen.« Auf dem Bildschirm erschienen zwei Männer, die an einem bizarr geformten Marmortisch über Futures und Optionsscheine redeten. Sekunden später wurden ihre Gesichter von einer Zahlentabelle verdeckt.

Janet McNamara sagte etwas verlegen: »Man hat mir gesagt, ich soll mir den Aktienmarkt verkneifen, ich käme sonst nur in Versuchung, wieder irgendwo Geld anzulegen.«

»Da ist etwas dran«, sagte Jane. »Ich weiß nicht viel über Sie, aber wenn ich Sie suchen müßte, dann würde ich genau da anfangen und mir eine Adressenliste aller Anleger besorgen.«

»Ich weiß«, sagte Janet kleinlaut.

»Andererseits sollte man Ihnen auch gesagt haben, daß Sie nicht lange durchhalten, wenn Sie auf alle Ihre Lieblingsbeschäftigungen verzichten müssen.«

»Davon hat mir keiner was gesagt.«

»Schauen Sie sich ruhig die Sendungen an, die Sie sehen wollen. Gönnen Sie sich ab und zu ein unauffälliges Vergnügen. Und während Ihre Feinde den ganzen Tag auf Flugplätzen und in Hotels herumstehen müssen, liegen Sie gemütlich auf dem Bett und fühlen sich wohl. Sie können das ewig aushalten, und die anderen geben allmählich auf.«

»Das klingt gut«, sagte Janet, »obwohl es in meinem Fall ja nicht ewig dauern wird.«

Janet warf ihr einen schnellen Seitenblick zu. Die Frau hatte noch immer nichts verstanden. Die Bande hatte ihr eingeredet, sie müßte nur kurze Zeit verschwinden, bis ihr Leben nicht mehr in Gefahr wäre, und gleichzeitig hatten sie sie zu Handlungen veranlaßt, mit denen sie sich nie wieder sehen lassen konnte. »Wahrscheinlich nicht«, murmelte Jane und kam sich dabei mies vor. Erst recht, als sie hinzufügte: »Die Wohnung ist okay. Morgen früh schaue ich noch mal nach, und dann können Sie einziehen.«

27 Jane ging zu der Wohnung hinauf, öffnete die Tür und sah wieder die rote Baumwollfaser herabschweben. Diesmal konnte sie sie liegenlassen. Sie kletterte im Wohnzimmer wieder auf den Küchenstuhl, schraubte die Verkleidung ab, nahm die Videokamera heraus, schaute durch den Sucher und ließ das Band einmal schnell durchlaufen. Darauf war nichts zu sehen als der unverändert leere Platz vor der Tür. Sie steckte die Kamera ein und holte die Frau ab.

Jane führte sie in die Wohnung und machte die Tür zu, während Janet schon durch die Räume ging. Jane sagte: »Ich bin sicher, daß seit gestern niemand hier war, und draußen steht auch niemand, um Sie zu beobachten. Das ist alles, was ich im Augenblick für Sie tun kann.«

»Es ist – es ist gemütlich hier, finden Sie nicht?«

»Was?«

»Na, die Wohnung. Winzig, aber geschmacklos.«

Jane kannte das von manchen ihrer eigenen Kunden, die an Geld und Luxus gewöhnt waren. Für Janet McNamara war es vermutlich noch schlimmer, weil sie bisher immer in den älteren Städten im Osten des Landes in hohen, schönen Häusern gelebt hatte. Los Angeles mußte ihr fremdartig erscheinen. »Sie ist aus gutem Grund klein und billig: So fallen Sie weniger auf. Diese Wohnblocks sind voll von jungen Frauen, die irgendwo als Empfangsdame oder Sekretärin oder Verkäuferin arbeiten. Sie verdienen nicht viel, und das meiste davon geben sie für Kleider, Restaurants und die Monatsraten für den Wagen aus. Sie müssen jetzt eine von ihnen werden, damit jemand, der Sie sucht, schon ein Mikroskop bräuchte, um Sie aus der Menge herauszupicken.«

»Da haben Sie wahrscheinlich recht«, sagte Janet ohne Begeisterung. »Ab jetzt bin ich also auf mich allein gestellt?«

»Nicht ganz. Es kommt noch jemand, um nachzusehen, ob Sie auch wirklich eingezogen sind. Vermutlich weiß er nicht, warum Sie mit dem Wagen gekommen sind statt mit dem Flugzeug. Sagen Sie ihm nichts davon.«

»Warum nicht?« fragte Janet verwundert.

Jane hatte gehofft, die Frau wäre mittlerweile zu erschöpft und beunruhigt, um noch neugierige Fragen zu stellen, aber sie hatte sich getäuscht. »Wieder einmal unsere übliche Arbeitsweise zu Ihrem eigenen Schutz«, sagte Jane mit einer vagen Handbewegung. »Wir arbeiten immer in getrennten Teams. Aber manchmal möchte einer gern wissen, was alle anderen so tun. Und da wir aus professionellen Gründen verschwiegen sind, fragt er dann den Kunden aus.«

Janets mißtrauischer Gesichtsausdruck ging langsam in ein gewisses Verständnis über. »Das haben Sie auch bei mir gemacht, stimmt's? Sie haben mich regelrecht ausgefragt, und Sie wußten das alles nicht, weil Sie es nicht wissen sollten.«

Jane setzte ein schuldbewußtes Lächeln auf. »Kalt erwischt. Aber es war nicht die pure Neugier. Es gibt da ein paar in der Organisation, bei denen ich so meine Bedenken habe. Sie sind irgendwie unprofessionell.«

»Was meinen Sie mit ›unprofessionell‹?«

»Zu arrogant, zu selbstsicher. Manchmal ein bißchen zu locker im Umgang mit den Vorschriften. Diese Typen machen es nicht lange. Vielleicht halten sie eine Weile durch, ohne daß sie gefaßt werden. Also: Wenn jemand Sie fragt, dann sagen Sie, Sie hätten gesehen, wie einer am Flughafen Sie beschattet, und lieber den Bus hierher genommen.«

Janet machte ein sorgenvolles Gesicht. »Ich kann es ja versuchen.«

»Das reicht nicht«, sagte Jane, »Sie müssen es hinkriegen. Es ist wichtig. Wenn einer von denen irgendwann einmal in der Zelle sitzt, dann überlegt er sich als erstes, was er bei einem Deal anzubieten hat. Und wenn er dann die Geschichte mit Ihnen liefert, dann stecken Sie bis zum Hals in Problemen. Und wenn wir anderen mit drinhängen, dann haben Sie dieselben Probleme und nicht mal mehr eine Überlebenschance.«

Jane schaute noch einmal aufmerksam auf die Straße hinunter und sagte dann: »Viel Glück.«

Janet lächelte tapfer. »Danke. Ich weiß zwar nicht, ob ich mich wirklich vor etwas zu fürchten hatte, aber danke, daß Sie bei mir waren. Es hat mir gutgetan.«

»Schön«, sagte Jane und verließ schnell die Wohnung, um nicht in Janets vertrauensvolle Augen sehen zu müssen. Unten ging sie einmal um das ganze Gebäude herum und vergewisserte sich, daß niemand von der Bande der Gesichtsfälscher angekommen war.

Sie wußte, jetzt konnte es nicht mehr lange dauern. Sie hatten vor vier Tagen ihre Kundin zum Flugzeug gebracht, und am anderen Ende war sie nicht ausgestiegen. Jane wußte auch, womit diese Leute die ersten drei Tage beschäftigt waren: Sie suchten zuerst überall nach einem möglichen Fehler, und dann versuchten sie herauszufinden, ob die Kundin der Polizei in die Hände gefallen war.

Jane ging zu ihrem Wagen, stieg ein, fuhr ihn hinter Janets Wohnblock und machte sich auf langes Warten gefaßt. Die ersten Stunden verbrachte sie damit, durch die Straßen zu laufen. Nach der zweitägigen Autofahrt fühlten sich ihre Muskeln schlaff an, die Gelenke waren wie eingerostet. Jane war an Training und körperliche Bewegung gewöhnt, und das Gehen half ihr über ein klaustrophobisches Gefühl hinweg. Wenn die Gesichtsfälscher kamen, dann machten sie es genau so wie Jane: Sie umkreisten den Wohnblock und suchten nach denselben Anzeichen wie sie, nach Köpfen in Autos und überwachungsfreundlichen Vorhängen. Eine Frau, die hier allein auf der Straße war, als gehörte sie hierher, interessierte sie nicht.

Nachdem sie genügend gelaufen war, fuhr sie eine Zeitlang herum. Sie tankte, aß in einem chinesischen Restaurant schnell zu Mittag und zog sich dann im Wagen um, um die Nachbarschaft nicht an ihr Aussehen zu gewöhnen.

Sie fragte sich, ob sie irgendwann einen Fehler gemacht hatte. Natürlich hätte sie Janet auch die Wahrheit sagen und sie ganz woanders unterbringen können. Dasselbe wäre sogar schon in Minneapolis möglich gewesen. Aber nein, sagte sie sich. Zu diesem Zeitpunkt hätte das noch nicht funktioniert. Die Frau war fest überzeugt, daß die

Bande ihr das Leben gerettet hatte. Jane war für sie nur eine plötzlich aufgetauchte Unbekannte. Aber jetzt, nachdem sie vier Tage mit Jane verbracht hatte, glaubte sie ihr womöglich. Jane hatte ihr Vertrauen gewonnen und sie trotzdem dauernd angelogen.

Aber es spielte keine Rolle, was Jane vielleicht hätte tun können. Sie hatte es nicht getan. Sie hatte etwas anderes getan. Sie hatte die Frau genau dahin gebracht, wo die Gesichtsfälscher sie haben wollten. Jetzt mußte sie auf die Kontaktperson warten und ihr folgen. Niemand konnte sie mit Janet in Verbindung bringen. So würde sie der Bande auf die Spur kommen, ohne dafür Janet zu opfern. Das war das Wesentliche. Dahlman mit der Polizei reden zu lassen, war völlig nutzlos. Wenn aber eine Kundin der Gesichtsfälscher die Art und Weise ihres Verschwindens enthüllte und sogar die Täter identifizieren konnte – das brachte Jane weiter. Solange sich Janet in der bereitgestellten Wohnung aufhielt, war sie in Sicherheit, und im Notfall konnte Jane eingreifen.

Um zehn Uhr abends ging das Licht in der Wohnung aus. Alle anderen Fenster waren schon seit dem frühen Abend dunkel. Um elf Uhr, als Jane wieder vorbeifuhr, waren Janets Lichter wieder an. Während Jane zur nächsten Ecke weiterfuhr, überprüfte sie alle geparkten Wagen. Die Gesichtsfälscher arbeiteten offenbar meist in Zweierteams, und was Jane jetzt suchte, war ein Wagen mit einem Mann darin, der darauf wartete, daß sein Kollege aus dem Haus kam. Sie ging zu Fuß an jedem Wagen vorbei, konnte aber nicmanden entdecken. Andererseits war der falsche Polizist, der mit Janet gesprochen hatte, allein gewesen, ebenso der, der sie in Minneapolis zum Flugplatz gebracht hatte. Vielleicht arbeiteten immer nur die Killer zu zweit.

Das Licht in Janet Mcnamaras Wohnung war immer noch an. Jane ging hinter das Gebäude. Der Parkplatz dort hatte zehn Stellplätze, aber es stand nur ein einziger Wagen da. Elf Uhr war vielleicht früh, aber auch nicht so früh. Um elf Uhr nachts hätten hier viel mehr Wagen stehen müssen. Und plötzlich verstand sie alles. Sie wußte, warum sie tagsüber keinerlei Geräusche im Haus gehört hatte. Sie hatte angenommen, die Bewohner wären bei der Arbeit. Aber das war falsch: Es wohnte niemand in diesem Haus – außer Janet McNamara. Und jemand war bei ihr.

Jetzt wurden ihr auch weitere Zusammenhänge klar. Die Gesichtsfälscher betrieben das Verschwindenlassen von Menschen in großem Maßstab und planten vielleicht sogar, ihr Geschäft noch zu erweitern. Dafür brauchten sie eine Menge Wohnungen. Warum also nicht gleich ein oder zwei Mietshäuser in großen Städten kaufen? Jeder, der untertauchte, fürchtete zwangsläufig, die gefährliche Neugier seiner Nachbarn zu erregen. Aber er hatte nichts zu befürchten, wenn alle Nachbarn ebenso wie er auf der Flucht waren.

Jane hatte eine unangenehme Entscheidung zu treffen. Bis vor einem Moment hing noch alles davon ab, daß sie selbst unsichtbar blieb, bis der Besucher wieder im Wagen saß. Aber da hatte sie das Gebäude noch für bewohnt gehalten. Daß es völlig leer war, ergab eine veränderte Situation. Der Mann in Janets Wohnung konnte sie umbringen, ohne daß jemand anderes irgend etwas hörte. Dieses Risiko konnte Jane nicht eingehen.

Sie rannte die Treppe hinauf zu der neben Janet gelegenen Wohnung. Sie drehte leise am Türgriff, aber es war abgeschlossen. Sie legte das Ohr an die Tür. Alles, was sie hören konnte, waren zwei verschiedene, stark gedämpfte Stimmen. Sie nahm ihr Taschenmesser und kratzte neben dem Griff so viel Holz aus dem Rahmen, daß sie mit der Messerklinge den Riegel zurückschieben konnte.

Dann ging sie hinein und schob hinter sich die Tür wieder zu. Sie ging zur anderen Seite des Wohnzimmers und machte das Fenster auf, das direkt neben Janets Wohnung lag. Jetzt konnte sie die Stimmen deutlicher hören. Sie klangen immer noch ruhig und unaufgeregt. Trotzdem sah sie sich im Zimmer um. Wenn die Stimmen lauter werden sollten, brauchte sie eine Waffe.

Die Räume waren in der gleichen Art möbliert wie Janets Wohnung. Jane suchte in der Küche nach einem Messer, fand aber kein einziges. Also nahm sie die Stehlampe und zog den Stecker aus der Wand. Sie löste den Lampenschirm von seinem Drahtgestell, schraubte zuerst die Glühbirne heraus, dann die Fassung, und legte die beiden Stromdrähte am Schalter frei. Danach zog sie das Kabel aus dem hölzernen Lampenschaft und schraubte den Metallfuß ab. Jetzt brauchte sie eine längeres Kabel, aber in ganzen Zimmer war keines zu sehen. Sie lief zum Wandschrank und fand den Staubsauger. Sie zog die ganze Länge des Kabels aus dem Gerät und riß es am Ende ab. Es war mindestens sieben Meter lang. Am Fenster horchte sie kurz auf die Stimmen. Sie klangen gereizt, waren aber unverständlich.

Sie kniete sich auf den Boden und arbeitete in höchster Eile weiter. Sie schob das Staubsaugerkabel den Holzschaft hinauf, zog den Drahtrahmen in zwei Halbkreise auseinander und verband jeden mit einem Draht aus dem Stromkabel. Die Stimmen nebenan wurden immer lauter, die Sätze schneller. Die Frau schrie beinahe. Sie war hörbar verängstigt, vielleicht schon verwundet. Jane rannte auf den Gang hinaus, steckte dort den Stecker in die Wand und legte ihr Ohr an Janets Tür. Janet wurde immer lauter: »Bitte nicht. Lassen Sie den Revolver stecken.«

Jane klopfte, trat einen Schritt zurück und wartete. Schwere Schritte: Es war der Mann, der zur Tür kam. Den Lampenschaft hielt sie mit beiden Händen fest. Dann ging die Tür nicht weiter als drei Zentimeter weit auf.

»Ich kam gerade hier vorbei und habe jemanden schreien hören. Ist bei Ihnen alles in Ordnung?«

Die fragende, beinahe schuldbewußte Stimme einer Frau machte dem Mann klar, daß hier kein Polizist oder ein sonstwie Bewaffneter sprach, und er antwortete ruhig und begütigend: »O ja. Klar. Nur eine kleine Familienauseinan...«

Jane warf sich mit der Schulter gegen die Tür und stürzte ins Zimmer. Der Mann stolperte rückwärts und hielt sich beide Hände vor das blutende Gesicht.

Jane kam wieder auf die Beine, doch schon griff der Mann unter der Jacke nach etwas, was nur ein Revolver sein konnte. Jane stieß ihm die Metallenden des Lampenschirms in den Arm. In der nächsten Sekunde züngelte ein zischender Blitz über seinen Ellbogen.

Der elektrische Schlag löste einen krampfartigen Reflex aus. Seine linke Hand schoß vom Gesicht herunter, die rechte aus der Jacke hervor, und beide griffen nach dem Lampenschaft. Jane riß ihn zurück. Er war schneller als sie, doch er griff neben dem hölzernen Schaft ins Leere. Die elektrische Zange ließ ihn nicht los. Er zuckte ein paarmal am ganzen Körper und erstarrte dann mitten in der Bewegung. Alle Lichter gingen aus. Der Mann brach zusammen.

Jane stieß ihn mit dem Metallrahmen an. Sie ließ ihn nicht aus den Augen, während sie seine linke Jackenhälfte mit dem Metallrahmen zur Seite schob. Blitzschnell kniete sie sich hin, riß ihm den Revolver aus dem Schulterhalfter, trat zwei Schritte zurück und richtete die Waffe auf seine Brust. Sie wartete ein paar Sekunden, bevor sie sich noch einmal vorsichtig neben ihn hockte und ihm die Hand auf die Brust und an die Halsschlagader legte.

Jane stand auf und sah, daß Janet McNamara hilflos an der Wand lehnte, das Gesicht in den Händen, als wollten sich die Finger dort festkrallen. Ihr Mund stand weit offen, aber der Schrei war ihr in der Kehle steckengeblieben. Sie war im Nachthemd.

»Ziehen Sie sich etwas an«, sagte Jane, »das hier war doch kein so guter Platz für Sie.«

28

Jane fuhr hinaus auf die Colfax Avenue, dann weiter in östlicher Richtung auf dem Ventura Boulevard und schließlich zur Auffahrt vom Hollywood Freeway. Nach einer Weile wandte sie sich Janet zu. »Können wir uns ernsthaft unterhalten?«

»Ich glaube nicht.« Janet machte eine Pause. »Aber wenn ich mich weigere, dann wird alles nur noch schlimmer, oder nicht? Ich komme mir vor wie verloren auf dem Ozean, in keiner Richtung ist Land zu sehen.«

Jane wollte sanft die Schulter der Frau mit der Hand berühren, aber Janet zuckte zurück. »Entschuldigung, ich wollte Sie nicht erschrecken.«

»Ist der Mann tot? Haben Sie ihn – haben wir ihn umgebracht?«

»Wenn er tot ist«, sagte Jane, »habe ich ihn umgebracht. Ich teile meine Verantwortung nicht gern mit anderen.« Sie sah die Frau an. »Hat er Sie vergewaltigt?«

Die Frau blickte wütend zurück und schwieg.

»Was er auch getan hat, ist vorbei. Ich gehe nicht zurück und töte ihn ein zweites Mal.«

»Also ist er tot.«

»Ich frage nur Ihretwegen. Ich muß wissen, ob Sie einen Arzt brauchen oder ein Flugzeug.«

»Er hat nicht. Außerdem wissen Sie ganz genau, was da oben passiert ist. Sie haben doch alles arrangiert.«

Jane hörte sekundenlang auf zu atmen. Dann sagte sie sich, daß jetzt der richtige Zeitpunkt gekommen war. »Ich arbeite in Wirklichkeit nicht für die Leute, die Sie versteckt haben. Ich habe überhaupt nichts arrangiert. Ich habe Sie nur abgefangen, weil ich diese Leute sehen wollte, ohne daß sie mich sehen. Als mir klar wurde, daß man Sie in einem menschenleeren Gebäude untergebracht hatte, machte ich mir Sorgen.«

»Was sagen Sie da? Sie arbeiten nicht für die? Aber Sie haben doch gesagt ...«

»Ich habe Sie angelogen.«

Das Geständnis ließ die Frau verstummen. Das gesamte Beweismaterial, das sie bereitgelegt hatte, hatte keine Bedeutung mehr. Oder vielleicht doch, denn nun fragte sie: »Warum sollte ich Ihnen glauben, daß Sie jetzt die Wahrheit sagen?«

Jane blickte ihr einen Augenblick ernst in die Augen. »Ich sage Ihnen die Wahrheit nicht deshalb, weil ich plötzlich ein anderer, liebenswürdigerer Mensch geworden bin. Ich sage Ihnen die Wahrheit, weil es im Augenblick zu meinem Vorteil ist, und weil ich nicht glaube, daß es mir später schaden kann. Hören Sie mir gut zu, denn die Wahrheit liegt mir normalerweise nicht auf der Zunge, sie ist für mich immer nur der letzte Ausweg. Ich bin hinter diesen Leuten her, um herauszufinden, wer sie sind und wo sie sind, und um sie dann zu vernichten. Ich habe ihnen in Minneapolis aufgelauert, aber dann kamen sie mit Ihnen daher. Ich mußte entscheiden, wem ich folgen sollte. Ich habe Sie genommen.«

»Warum?«

»Ich dachte, Sie könnten mir einiges erzählen. Dafür war der Mann, der Sie zum Flughafen brachte, sicher nicht der Richtige.«

»Was sind Sie eigentlich? Eine Art Polizistin?«

»Nein. Ich bin Jane.«

»Sie? Ich verstehe nichts mehr.«

»Vor dreizehn Jahren habe ich mit meiner Arbeit als Lotsin angefangen. Ich habe Menschen an Orte gebracht, wo sie nicht mehr in Gefahr waren. Ich habe ihnen gefälschte Papiere gegeben und ihnen beigebracht, wie man sich richtig versteckt. Dann bin ich wieder nach Hause gegangen. Kommt Ihnen das bekannt vor? Nur war es bei mir kein Geschäft, sondern eine Privatsache. Aber es sprach sich herum. Und die Leute, die Sie getroffen haben, arbeiten jetzt offenbar unter meinem Namen.«

Die Frau riß wütend die Augen auf. »Sie haben mich ausgenützt, um sich zu rächen? Weil die Ihnen Ihr Markenzeichen gestohlen haben?«

»Nein«, sagte Jane. »Diese Leute sind zu einer Gefahr geworden – für die Menschen, die ich jahrelang versteckt habe, die ich gern habe, und die nichts mit diesem Geschäft zu tun haben. Und zu einer Gefahr für mich. Es stimmt, ich habe Sie benützt. Aber so ist es nun mal.«

»Sie meinen, Sie haben mich ins Feuer gestoßen und mich dann rechtzeitig wieder rausgeholt?« Sie sah jetzt rot. »Ich kann nur sagen: Sie sind nicht rechtzeitig gekommen.«

»Aber Sie sagten doch, es sei nichts passiert.«

»Etwas ist passiert. Nicht das, aber etwas.«

Jane bemühte sich, ruhig zu bleiben. »Was?«

Janet begann am ganzen Körper zu zittern. Es fing am

Kopf an, der sich langsam hin- und herbewegte, wie um die Tränen noch einen Augenblick zurückzuhalten. Dann schluchzte sie auf, ein leises, scharfes Einatmen. Das Ausatmen war laut und vorwurfsvoll, als wäre es gegen Jane gerichtet und alles, was sie verursacht hatte. Danach weinte Janet leise, und ihre Schultern zuckten hilflos. Schließlich hob sie den Kopf und sagte beinahe flüsternd: »Ich habe herausgefunden, daß ich nicht clever bin, nicht stark und nicht tapfer.«

Jane antwortete liebevoll und vernünftig. »Er war ein Mann, der für Geld andere Menschen umbringt. Er hatte eine Waffe, und sie war geladen. Sie hatten nichts. Clever ist derjenige, der am Ende aufstehen und weggehen kann. Sie waren clever. Er nicht.«

Die Frau hörte nicht zu, weil sie noch mehr zu sagen hatte. »Ich war im Bett und wachte plötzlich auf, als er im Türrahmen stand. Es war wie in einem schlechten Traum, so etwas Großes und Furchtbares, das man nicht richtig sehen kann. Ich setzte mich so schnell auf, daß mir fast schwindlig wurde. Dann sagte er, er müßte nur mal kurz nachsehen.« Wieder blitzte sie Jane an. »Genau, wie Sie es gesagt haben.«

Jane antwortete nicht. Die Frau mußte etwas loswerden, also durfte sie sie nicht unterbrechen.

»Ich habe mich dann ein bißchen zusammengenommen. Ich glaube, ich habe sogar gelacht, ein bißchen nervös vielleicht, aber immerhin geschah hier etwas, was jemand anderer angekündigt hatte, und das hieß für mich, die Dinge kamen allmählich wieder in Ordnung. Doch er sagte: ›Stehen Sie auf‹ und machte das Licht an. Er drehte sich sogar um, und ich dachte zuerst, er ist höflich, weil ich nur das Nachthemd anhatte. Aber dann sah ich, daß er in meinen Sachen herumwühlt, in meiner Handtasche. Als ich ihn fragte, was er suche, antwortete er, er suche das Geld, das ich noch schuldig wäre.«

»Hatten Sie denn noch nicht bezahlt?«

»Aber natürlich«, sagte die Frau, »fünfzigtausend Dollar. Das war angeblich alles, was sie von mir wollten. Aber er sagte, ich täuschte mich.« Sie blickte verloren auf ihre Hände im Schoß.

»Hat er Ihnen erklärt, was er damit meinte?«

»Ich habe ihm ab da eigentlich nicht mehr zugehört. Es sagte irgend etwas von zusätzlichen Kosten, weil ich nicht das Flugzeug genommen hatte und weil sie mich erst suchen mußten. Und Sondergebühren für – ich weiß nicht mehr. Es war mir dann auch egal, wie er es nannte.«

»Haben Sie mit ihm gestritten?«

»Aber sicher. Ich wollte mich ja nicht vor der Verantwortung drücken oder ein Luxusleben führen. Aber er nahm mir das Geld weg, das ich für mein Versteck brauchte und um wieder neu anzufangen. Ich war verzweifelt. Ich schrie ihn an.«

»Und dann?«

»Dann sagte ich nichts mehr.«

Jane sah sie fragend an. »Da hatten Sie das Ganze durchschaut.«

»Richtig«, sagte die Frau. »Eine dieser Überraschungen, bei denen vor allem eines erstaunlich ist: daß man so lange gebraucht hat, um dahinterzukommen. Ich hätte die ganze Geschichte nur einmal mit anderen Augen betrachten müssen. Der Mann schaute mich an, und ich konnte sehen, daß ihn mein Geschrei kein bißchen unruhig machte. Er zeigte mir offen, daß mich niemand hören konnte. Er schaute mich – ja, amüsiert an. Nicht etwa, weil er mich lustig fand. Er fand es lustig, mir Schritt für Schritt zuzuschauen.«

»Was heißt das?«

»Er sieht: Ich denke nach. Ich denke: ›Warum schreie ich eigentlich?‹ Weil ich jemanden zu Hilfe rufen möchte, Nachbarn, Passanten, die Polizei. Aber wenn die kommt, sperren sie mich ein und schaffen mich zurück nach Washington ins Gefängnis. Oder es läuft alles brutaler ab, nicht so zivilisiert. Ich bin wütend, ein wildes Tier. Ich reiße den Mund auf. Was sagt das dem anderen Tier, das mir gegenübersteht? Er ist größer und stärker und schneller als ich. Und er kann kämpfen, er hat es schon oft getan. Also ist mein Schreien ziemlich sinnlos, es schadet mir nur selbst. Das heißt: kein Geschrei – kein Kampf.«

»Sagte er etwas dazu, während er sie bei diesem Gedankengang beobachtete?«

»Ja. Er sagte: ›Die Bereitstellung kostet fünftausend pro Monat.‹«

»Welche Bereitstellung?«

»Ich wundere mich, daß Sie das nicht wissen. Oder Sie wissen es und wollen nur, daß ich es sage. Er hat mir erklärt, sie müßten immer wieder mal nachsehen, ob hier alles in Ordnung wäre, und wenn ich irgendwelche Sachen bräuchte, würden sie das für mich erledigen.«

»Was zum Beispiel?«

»Ach, den Führerschein und die Kreditkarten verlängern und solches Zeug. Daran hatte ich noch gar nicht gedacht. Da hatte ich zwar einen Haufen gefälschte Plastikkarten, aber wenn sie nicht mehr gültig waren – was dann? Und was, wenn ich mal eine Bestätigung einer Universität brauchte oder ein Zeugnis für eine Bewerbung?«

»Und was haben Sie ihm gesagt?«

Sie hob die Schultern. »Daß ich nicht soviel Geld hätte. Am Anfang hatte ich meine zweihunderttausend Dollar. Fünfzigtausend davon mußte ich sofort bezahlen. Dann zwanzigtausend für Spesen, für diesen Sid Freeman, für die Flugtickets, Hotels, Leihwagen und neue Kleider und weiß Gott was sonst. Und der Mann nahm mir dann noch mal fünfundzwanzigtausend ab. Wenn ich also überhaupt kein Geld mehr ausgab, nicht mal zum Essen, konnte ich einundzwanzig Monate lang die Miete zahlen. Also dachte ich mir: ›Na gut, vielleicht finde ich ja bald Arbeit und kann das damit ein bißchen strecken.‹ Ist das nicht seltsam?«

»Ich finde, es klingt eher vernünftig.«

»Ist es aber nicht. Ich versuche, Ihnen zu sagen, daß ich ungefähr fünf Sekunden brauchte, um das bis zum Ende zu durchdenken. Ich dachte sogar daran wegzulaufen. Aber ich wußte, weit würde ich nicht kommen. Aber die allergrößte Überraschung war, daß ich noch einmal fünf Sekunden brauchte, bis ich dahinterkam, daß alles genau so ablief wie geplant.«

Jane fragte sich, ob sie jetzt verstanden hatte. »Und was war geplant?«

»Sie hatten mir versprochen, mich verschwinden zu lassen. Ich hatte immer gedacht, das heißt: mich zu verstecken. Aber das war es gar nicht. Sie nahmen mir mein Leben, meine Existenz. Alles, was von mir noch übrigblieb, war die Frau, die sie geschaffen hatten. Sie konnten über mich bestimmen, und ich mußte es akzeptieren. Ich gehörte ihnen. Ich hörte sogar auf, darüber nachzudenken, was er mir sagte, weil es ja schon entschieden war. Trotzdem hörte ich ihm zu; ich muß ja wissen, was er von mir will, sonst kann ich es hinterher nicht richtig machen.«

An der nächsten Abzweigung nahm Jane den San Diego Freeway und fuhr nach Süden zum Flughafen. »Es ist vorbei. Machen Sie sich keine Vorwürfe. Wenn Sie jemandem etwas übelnehmen wollen, dann mir.«

Die Frau sah Jane mit verhangenen Augen an. »Ich glaube, ich sollte Sie hassen, aber irgendwie habe ich schon so viel von mir aufgegeben, daß ich es nicht mehr schaffe. Ich kann es mir vorstellen, aber ich habe kein Gefühl dabei.«

»Das ist immerhin ein Anfang. Die Situation, in der Sie waren, macht nicht gleich einen anderen Menschen aus Ihnen. Denken Sie daran: Er hatte einen Revolver in der Hand.«

»Nein. Wenn Sie wissen wollen, was wirklich passiert ist, sage ich es Ihnen. Er sagte, ich müßte ihnen jeden Monat fünftausend zahlen. Ich sagte, das könnte ich aber nicht sehr lange. Und er sagte, ein kluges Mädchen wie ich wüßte doch, womit man statt dessen bezahlen kann.«

»Es ist genug. Sie müssen nicht darüber reden.«

»Doch, ich muß«, antwortete Janet. »Ich sagte: ›Was heißt das?‹ Und er zog mir das Nachthemd über die Knie. Er sagte, meine Beine wären nicht schlecht, da ließe sich was machen. Ich schlug ihm die Hand weg und machte ein paar Schritte zurück. Aber er stand bloß da und stemmte die Hand in die Hüfte. Dabei ging seine Jacke ein Stück weit auf, und ich konnte seinen Revolver sehen. Er faßte ihn gar nicht an, er stand nur so da und schaute mich an und wartete.« Sie schloß die Augen, und Jane sah, daß sie voll Tränen standen. »Ich sagte: ›Sie brauchen den Revolver nicht.‹ Und dann zog ich das Nachthemd aus. Er mußte nicht einmal darum bitten. Ich habe so etwas in meinem ganzen Leben noch nie getan, nicht einmal daran gedacht. Ich wußte einfach, was ich tun sollte, und ich dachte, es wäre nicht ganz so schlimm, wenn ich einfach mitmachte.«

»Ich glaube nicht, daß ich das alles wissen will.«

»Aber ich will es Ihnen erzählen. Es dauerte ungefähr fünfzehn Minuten, bis er mich soweit hatte. Ich hatte verstanden: Ich mußte ab jetzt alles tun, was sie von mir verlangten, und auf diese Art, ohne daß er mir weh tat, konnte ich es ihm am leichtesten signalisieren. Er mußte mich gar nicht erst schlagen oder mir irgendwo die Haut aufritzen. Und wissen Sie was? Schon bevor es losging, hatte ich mich daran gewöhnt. So würde es jetzt immer sein, und ich fand es schon ganz normal. Ich wußte, daß ich auch ohne mein Geld durchkommen kann, und jetzt sagte ich mir, ich komme auch da durch. Wenn er mich erst ins Gesicht geschlagen oder mir den Arm gebrochen hätte, oder einfach nur solche Drohungen anzuhören – das kam mir schlimmer vor, als es einfach zu tun. Danach kamen Sie rein.«

Jane fuhr schweigend weiter, behielt aber die Straße hinter sich im Auge. In der letzten Sekunde beschloß sie, die Ausfahrt zum Century Boulevard rechts liegenzulassen. Der Flughafen von Los Angeles war zu groß, zu exponiert, zu gefährlich.

»Jetzt haben Sie wohl jeden Respekt vor mir verloren.«

Jane sah sie an und schüttelte den Kopf. »Nein.«

»Ach ja, richtig. Sie hatten von Anfang an keinen Respekt vor mir. Warum auch! Ich habe etwas Scheußliches getan, und dann bin ich davor weggelaufen. Und jetzt auch noch das.«

»Ich versuche schon die ganze Zeit, Ihnen zu sagen, daß

Sie in Ihrer Situation das Beste getan haben, was Sie konnten. Mehr kann man nicht tun.«

»Aber Sie schon!« sagte sie fast gehässig. »Sie haben sich nicht freiwillig für ihn ausgezogen. Sie sind reingekommen und haben ihn aus dem Weg geräumt. Ohne Angst, ohne zu zögern. Aber ich bin nicht so, und wenn ich es wäre, dann wüßte ich immer noch nicht, wie man so etwas macht.«

Jane schüttelte traurig den Kopf. »Ich habe gezögert, und das hat Sie erst in diese Situation gebracht. Ich mache mir Vorwürfe deswegen. Ich hatte ein paar Anzeichen falsch gedeutet. Er wußte natürlich, daß er von ihrem Schreien nichts zu befürchten hatte, weil im ganzen Haus niemand wohnte. Wahrscheinlich gehört es dieser Organisation, und Sie waren die einzige Mieterin. Als ich sah, daß nur sein Wagen dastand, kam ich rein. Und ich hatte tatsächlich Angst.«

»Hatten Sie nicht«, sagte die Frau. »Sie wissen nicht einmal, was das ist.«

»Ich hatte plötzlich das Gefühl, daß alles um mich herum zusammenbricht, daß ich von allen Seiten umzingelt bin und ganz unvorstellbare Dinge passieren, ohne daß ich etwas dagegen tun kann. Jetzt habe ich das Gefühl nicht mehr.«

»Ah, Sie geben also auf?«

»In gewisser Weise, ja. Sehen Sie, ich mache so etwas nicht erst seit gestern. Die Probleme, die vor mir liegen, haben jetzt klarere Formen angenommen. Und ich überlege mir, wie ich sie lösen kann. Ich fürchte mich nur davor, daß ich vielleicht etwas Wesentliches übersehe. Oder daß ich nicht schnell genug bin. Mit solchen Ängsten kann ich umgehen. Ich tu' was dagegen, dann haben sie nicht mehr soviel Platz in meinem Kopf. Es ist ein einfacher Trick, und den müssen auch Sie lernen.«

»Das kann ich nicht.« Die Frau weinte wieder, das Schluchzen schnürte ihr den Hals zusammen. »Ich kann es nicht. Ich weiß nicht mehr, was ich tun soll.«

»Ich bringe Sie jetzt woanders hin, und ich gebe Ihnen neue Ausweise, die gut genug sind, bis ich etwas wirklich

Passendes für Sie arrangiert habe. Und ich gebe Ihnen einen Schnellkurs in Überlebenstechnik.«

»Und dann?«

»Wenn Sie gut aufgepaßt haben, werden Sie zurechtkommen.«

»Das ist alles?«

»Das ist alles.«

29 Die Frau sollte sich ihren neuen Namen selbst aussuchen, aber es fiel ihr keiner ein. »Wie hießen Sie denn wirklich?« fragte Jane.

»Janet McAffee.«

»Ich wette, das machen die nicht oft.«

»Was?«

»Daß sie einem Kunden den Vornamen lassen. Der Grund ist wahrscheinlich, daß Sie an Janet gewöhnt sind und sich so mit dem neuen Namen leichter tun. Millionen Frauen haben ihren Namen geändert, wir sind darauf vorbereitet, seit wir Kinder waren. Aber hier bedeutet es, daß diese Leute annahmen, daß niemand Sie ernsthaft sucht. Jetzt ist es anders, also können Sie Ihren Vornamen nicht behalten. So wie Sie aussehen, Ihre Haare und Ihre Augen, hält man Sie nicht auf Anhieb für eine Irin. Haben Sie sich nie eine andere Herkunft gewünscht?«

»Ich weiß nicht. Wie wär's mit Frankreich?« Es dauerte eine Weile, bis ihr klar wurde, daß sie das nur wegen ihrer Zimmerkollegin im College sagte, Denise Fourget. Sie wollte immer wie Denise sein. Der Name Christine Manon gefiel ihr.

Chris Manon war von Cleveland überhaupt nicht begeistert. Die Stadt war vielleicht nicht ganz so verwahrlost oder schmutzig wie Baltimore, aber die Altbauten dort hatten nicht den Charme, den sie gewohnt war. Sie waren nicht einmal richtig alt. Im Herbst, vermutete sie, zog dort eine kalte, windige Jahreszeit ein wie in allen Städten des Mittelwestens, und dann der Schnee, der eher beängstigend als schön anzusehen war. Aber solche Einwände hörten sich kleinlich an, und sie schämte sich dafür, sie vorgebracht zu haben.

Die Wohnung, die Jane für sie gemietet hatte, war ungemütlicher als die in Los Angeles. Sie war heruntergekommen, und die überall noch sichtbaren Schäden hatte offenbar irgendein Hilfsarbeiter und kein ordentlicher Handwerker repariert. Die Ersatzfliesen im Bad paßten nicht zu den ursprünglichen, und die Wasserhähne in der Küche waren ausgesprochene Billigware.

Jane fand die Lage großartig. »Der erste Stock ist immer die beste Etage für eine Wohnung. Wenn das Haus dann noch zwei, drei Etagen darüber hat, dann können Sie entweder nach oben oder nach unten raus, über die Treppe oder mit dem Aufzug, vorn oder hinten. Keiner steigt Ihnen so leicht durchs Fenster, aber Sie kommen leicht mit einem Seil nach unten. Sie können die Straße sehen, aber niemand kann Ihnen von dort reinschauen.« Jane hatte den Namen Joseph Manon am Briefkasten angebracht und sie beruhigt: Auch damit würden ihr alle Briefe für Christine Manon zugestellt.

Jane absolvierte Tai-Chi-Übungen und sie joggte. Sie machte sich für etwas bereit. Nebenbei versuchte sie, den Wagen zu identifizieren, mit dem Christine zu Sid Freeman gebracht worden war. Sie gab an, der Fahrer habe sie auf einem Parkplatz angefahren, und ein Augenzeuge habe ihr einen Zettel mit der Wagennummer unter die Scheibenwischer gesteckt. Die Kfz-Meldestelle in Minnesota lieferte ihr die Firma, die den Leihwagen vermietet hatte. Dort anzurufen hatte, keinen Zweck; der Mann hatte zweifellos einen falschen Namen benutzt.

Dann rief Jane die Kreisverwaltung von Los Angeles an, um den Eigentümer des Mietshauses 19942 Troost Avenue in North Hollywood herauszufinden. Es kostete sie vier Anrufe und eine kleine Gebühr, bis sie es wußte. Der Eigentümer war ein Unternehmen, das sich 19942 Troost Management nannte und lediglich eine Bankadresse hatte.

Am vierten Tag stand Christine schweigend in der Tür zum Schlafzimmer und beobachtete, wie Jane ihre Kleider packte. Nach einigen Sekunden, Christine hatte sich nicht bewegt, ja nicht einmal geatmet, sagte Jane: »Ich bin in zwei Tagen wieder da.«

»Wohin fahren Sie?«

»Ich muß jemanden treffen.«

30

Violet Peterson stand unter den Zuschauern. Etwas in ihrer Magengegend dröhnte im drängenden, rhythmischen Schlagen der Trommeln. Die wilden Kopfstimmen stiegen in die Höhe und fielen wieder herab und zogen ihr, fast genau wie den Sängern, die Kehle zusammen. Diesen Teil der Veranstaltung mochte sie am liebsten. Sie erinnerte sich wieder an das Staunen ihrer Kindheit, wenn sie vom Klang der Trommeln wie gebannt war an einen Ort zwischen Körper und Gefühl. Die Klagelaute der Männer lagen viel höher als ihre normalen Stimmen, und die Sänger waren nicht mehr nur ihre Onkel und ihre Vettern, sondern viel ältere, viel bedeutendere Wesen.

Es war jetzt sieben Uhr, und der Einzug begann. Violet sah, wie die vier Männer der Ehrengarde in den großen Kreis traten. Der erste trug die amerikanische Flagge; der zweite eine blaue Fahne mit Zeichen darauf, die sie nicht kannte, wahrscheinlich war es die Fahne von Oklahoma. Dann kamen zwei Männer mit gefiederten Stäben in der Tracht der Cherokee: perlenbestickte Wildlederhemden und eine hufeisenförmige Hochfrisur, aus der Federn herausstanden.

Violet entdeckte zwei ihrer Beschatter vom FBI: den mit dem kleinen Schnurrbart und der Blonden an seiner Seite. Sie trugen schwarze Cowboyhüte mit witzigen Verzierungen. Die Frau hatte eine hübsche Figur – kein Wunder, wenn sie dauernd hinter anderen unschuldigen Menschen herlaufen mußte. Aber ihre blauen Jeans waren fehl am Platz. Sie waren ihr zu eng, und fast tat sie Violet leid für soviel Dummheit.

Dann betrachtete sie den Mann mit der Brille. Er wirkte, als sei er ganz fasziniert von den Tänzen. Aber nein, sagte sie sich. Seine Blicke waren immer auf etwas anderes gerichtet, wenn sie sich nach ihm umdrehte. Darauf hatte er sich ja trainiert. Er war beängstigend gut.

Eine Weile blieb sie bei den Verkaufsständen, wo man Türkise und Silberschmuck aus Arizona anbot, rötliches Gold aus den Black Hills und Mokassins, einige mit Perlen wie aus ihrer Heimat, andere hoch wie Reitstiefel aus dem Gebiet der Apachen. An anderen Ständen gab es jede Menge Körbe, Navajo-Decken und Hopi-Geschirr. Sie kaufte sich ein geröstetes Brot mit Puderzucker und eine Cola. Es schmeckte ihr, aber es war eine reine Kalorienbombe.

Violet liebte die alten Lieder und Tänze der Seneca. So ein Powwow war auf seine Weise dasselbe wie in den alten Zeiten, wenn Dutzende von Indianervölkern zusammenkamen, die sonst nicht viel miteinander zu tun hatten, in ganz verschiedenen Sprachen redeten und trotzdem Tausende von Kilometern gewandert waren, um im Großen Rat miteinander zu reden.

Plötzlich fand sich Violet von einer Tänzerinnen-Gruppe umgeben, die sie kurz vorher im Kreis gesehen hatte. An ihrem Ohr hörte sie eine Stimme: »Vi.«

Sie drehte sich um. Vor ihr stand eine Seneca, wie man sie zuletzt Ende des 18. Jahrhunderts gesehen hatte. Auf ihre Wangen waren zwei zinnoberrote Kreise gemalt, und quer über die Stirn zogen sich vier breite rote Linien. Der Scheitel schimmerte in einem hellen Gelb. Die Frau trug perlenbesetzte Mokassins, dazu lederne Leggings, einen Wildlederrock, darüber ein halblanges Hemd und um die Schultern einen dunkelblauen, mit Blumen verzierten Schal. Es war Jane Whitefield.

Sie sprach Violet in der Sprache der Seneca an: »Ich habe drei gesehen, die dich beobachten. Gibt es noch andere?«

Violet tat, als betrachtete sie aufmerksam die Tänzer und antwortete in der gleichen Sprache: »Nur die Frau mit den gelben Haaren, ihren Mann und den mit der Brille.«

»Hat das FBI schon mit dir gesprochen?«

»O ja«, sagte Violet, »sie haben mein Hotelzimmer in Eagle Butt gestürmt.«

»Tut mir leid. Haben sie dir Angst eingejagt?«

»Natürlich. Aber es geht mir gut.«

»Was haben sie mit dir gemacht?«

Violet riskierte einen schnellen Blick in Janes Gesicht. »Nichts. Aber sie waren schußbereit, und sie warten auf dich.«

»Das dachte ich mir.« Sie lächelte, und Violet sah die weißen Zähne blitzen. »Ich bin froh, daß nur du da warst.«

»Nicht einer deiner besten Witze, Jane.«

»Einen anderen weiß ich gerade nicht. Erzähl mir von Carey.«

»Er ist immer noch derselbe. Er macht sich solche Sorgen um dich, daß er aussieht, als täte ihm dauernd irgend etwas weh.«

»Ich bin hier, um dir zu sagen, daß du wieder nach Hause fahren kannst. Sag Carey, daß wir uns hier getroffen haben.« Ihr Körper nahm den Rhythmus der Trommeln auf, und sie begann, zu ihrer Gruppe zurückzutanzen.

»Warte«, sagte Violet. Sie holte ein Stück Papier aus der Tasche und steckte es Jane zu. »Einer der FBI-Leute hat mir das gegeben für den Fall, daß ich mir's anders überlege. Es ist sein Name und seine direkte Telefonnummer. Vielleicht änderst du ja deine Meinung.«

Jane nahm den Zettel, ohne ihn zu lesen. »Bitte, Vi, mach dir keine Sorgen um mich.« Sie blickte über die Schulter auf dic Frauen und Männer in allen Trachten, die auf diesem Kontinent jemals getragen wurden. Unzählige schwarze Haarschöpfe glänzten im Scheinwerferlicht. »Hier können sie mich nicht erkennen.«

Jane ging so nah an dem Mann mit der Brille vorbei, daß sie ihn fast anstieß, dann schlüpfte sie zwischen dem Cowboyhut und seiner Frau hindurch. Die FBI-Leute warfen ihr einen kurzen Blick zu, aber was sie sahen, war ein vorüberhuschender Streifen Farbe und die Kleider einer Frau, die hier vor langer Zeit gelebt haben könnte.

31

Als Jane wieder in Cleveland war, fand Christine sie verwandelt. Sie verbrachte den ersten Tag nur damit, die Wand anzustarren. Am zweiten Tag ging sie einkaufen und kam erst am Abend mit neuen Kleidern, einem Haarfärbemittel und einer Umhängetasche voller Hundert-Dollar-Scheine zurück.

»Was ist los?« fragte Christine endlich.

»Ich hatte gehofft, wir könnten etwas so Riskantes vermeiden, aber was nicht riskant war, hat bis jetzt nicht funktioniert. Der Mann gab Ihnen doch eine Telefonnummer, wo Sie nach Jane fragen sollten. Rufen Sie jetzt dort an.«

Christine hob fragend die Augenbrauen, aber offenbar erwartete Jane keinerlei Erwiderung. Sie wählte die Nummer und gab ihr den Hörer.

Jane wartete einen Augenblick, dann hängte sie ein. »Versuchen Sie es noch mal.«

Wieder legte Jane nach wenigen Sekunden den Hörer zurück. »Ich glaube, sie haben die Leiche gefunden.«

Christine nahm selbst den Hörer in die Hand, wählte die Nummer ein drittes Mal und hörte: »Der von Ihnen gewünschte Anschluß ist außer Betrieb. Sollten Sie sich verwählt haben, so hängen Sie ein und wählen noch einmal.«

Jane atmete einmal tief durch und sagte: »Ich hoffte, die Leute bräuchten diese Nummer, weil sie noch andere Kunden draußen haben, die mit ihnen in Verbindung bleiben sollen. Aber dafür sind sie zu schlau. Die Nummer wird offenbar nur für den ersten Kontakt gebraucht. Vielleicht sogar nur für Sie allein.«

»Was wollten Sie denen sagen?«

»Daß ich Geld unterschlagen habe und verschwinden muß.«

Christine merkte erst nach einer Weile, daß ihr der Mund offen stehenblieb. »Sie wollten sich mit denen einlassen? Aber die haben Sie doch gesehen.«

»Nur zwei. Und einer von ihnen ist tot.«

»Trotzdem ...«, sagte Christine.

»Das ist jetzt auch egal. So geht es jetzt nicht mehr weiter.« Sie ging ins Schlafzimmer, warf die Tasche mit dem

Geld aufs Bett und betrachtete die neuen Kleidungsstücke. »Die sollten Ihnen passen.«

»Ich kann immer noch nicht glauben, daß Sie so etwas machen wollten.« Dann fiel ihr selbst auf, wie dumm es sich anhörte, und sie fügte hinzu: »Und was tun Sie jetzt?«

»Ich gehe zurück nach Minneapolis. Vielleicht finde ich noch andere Kunden und kann herausfinden, wer die Leute sind und wo sie sind und ...«

Christine blickte nachdenklich auf den Boden. Sie durfte es nicht verschweigen, aber sie wußte nicht, wie sie Jane gestehen sollte, daß sie ihr nicht alles erzählt hatte. »Andere Kunden? Solche wie ich?«

»Ja.«

»Dann muß ich Ihnen noch etwas sagen. Ich dachte bis jetzt nicht, es wäre wichtig, und irgendwie hatte ich es auch vergessen, aber ...«

»Reden Sie schon.«

»Ich war in Baltimore, als mir dieser Polizist die Nummer gab. Die Frau am anderen Ende der Leitung sagte mir, ich sollte an einer bestimmten Straßenecke warten. Ein Mann brachte mich in eine Wohnung und erklärte mir, ich müßte eine Gesichtsoperation machen lassen, mein ganzes Geld abheben und mich bereit halten. Dann brachten sie mich nach Chicago in eine andere Wohnung und ließen mich wieder warten, monatelang. Jede Woche kamen sie mit neuen Lebensmitteln und allem, was ich brauchte. Sie sagten mir, sie wären damit beschäftigt, mir eine permanente Bleibe einzurichten. Ich fragte sie immer wieder: ›Wo?‹, und sie sagten nur: ›Wir suchen noch den richtigen Platz‹ oder ›Es ist bald soweit‹. Jedesmal, wenn sie kamen, hatten sie irgend etwas zu tun oder mir zu sagen. Entweder mußten sie mich für die Ausweise fotografieren, oder sie erklärten mir, wie man sich am besten versteckt, oder sie brachten neue Kleider. In der Wohnung gab es eine verschlossene Kammer. Einmal sind sie da reingegangen, und ich habe gesehen, daß da haufenweise Kartons herumstanden.«

»Was für Kartons?«

»Solche wie die, in denen Büropapier geliefert wird, etwas größer vielleicht. Einer der Männer klebte einen Zettel auf jeden Karton und schleppte sie raus.«

»Zettel?«

»Ja, diese Adressenaufkleber. Ich durfte nicht näher rangehen. Sie wechselten sich ab, einer blieb immer oben, während der andere die Kartons runter in den Wagen trug. Aber am Ende paßten sie nicht mehr richtig auf, und dann waren sie plötzlich beide unten, und ich schaute mir die Adresse an: 80183 Padre Street, Santa Barbara.«

»Wieso haben Sie die genaue Adresse nach so langer Zeit im Kopf behalten?«

Christine machte ein verlegenes Gesicht. »Es klingt sicher blöd, aber ich hielt die Wohnung nur für eine Art Zwischenlager. Und diese Adresse war vielleicht die Wohnung, wo ich danach hingebracht werden sollte. Einer fragte mich sogar, ob irgend etwas gegen Kalifornien spräche, und da war ich mir dann ziemlich sicher. Erst als Sid Freeman mir an dem Abend den Führerschein mit einer ganz anderen Adresse gab, merkte ich, daß ich mich getäuscht hatte.«

»Und Sie dachten nicht mehr an die Adresse.«

»Nicht ganz«, sagte Christine. »Ich dachte, Sie würden mich dort hinbringen. Ich habe mich offenbar dauernd getäuscht.«

Jane ging schweigend auf und ab. Ihr ernster Gesichtsausdruck erschreckte Christine. »Gibt es sonst noch etwas, was Sie mir nicht erzählt haben?« fragte Jane.

»Nein. Ich glaube nicht.«

»Was ist mit dem Namen? Stand kein Name auf den Adressenaufklebern?«

»Ach ja. Tut mir leid. Da stand C. Langer drauf.«

Den Rest des Tages schwieg Jane. Als Christine am nächsten Morgen aufstand, sah sie Jane im Wohnzimmer, aber nicht bei ihren Tai-Chi-Übungen. Jane hatte sich verwandelt.

Das Haar war zum Knoten gebunden, und Jane trug eine lichtempfindliche Sonnenbrille, hinter der man die Farbe ihrer Augen nicht sehen konnte. Statt in Jeans und Turnschuhen wie sonst steckte sie jetzt in einem grauen Kostüm. Sie ist keine andere Frau, dachte Christine, aber ein völlig anderer Typ Frau.

Jane sah aus wie eine dieser reichen Arzt-Ehefrauen, die jeden Monat eine Woche auf irgendeiner Wellness-Farm verbringen, Massagen und Packungen und Spezial-Diät eingeschlossen.

»Das heißt jetzt wohl, daß Sie mich wieder allein lassen.«

»Ja«, sagte Jane. »Vorher müssen wir noch ein paar Dinge besprechen, weil ich es diesmal vielleicht nicht schaffe zurückzukommen.«

Christine machte unwillkürlich ein paar Schritte zurück. In diesem Augenblick wünschte sie sich, sie hätte Jane nie etwas von Santa Barbara erzählt.

»Sie haben mir berichtet, wie die Leute Sie ausgenützt haben, die Sie dafür bezahlten, daß sie Ihnen das Leben retten. Aber eines wissen Sie noch nicht: Ihr Leben war niemals bedroht. Der Druck diente nur dazu, das Geschäft in Gang zu bringen. Und zwar völlig risikolos, weil niemand hinter Ihnen her war.«

»Warum haben Sie mir das nicht eher gesagt?«

»Weil ich eine Kundin brauchte, um an die Leute heranzukommen. Das immerhin habe ich Ihnen gesagt. Sie haben sicher eine Entschuldigung verdient, aber von mir bekommen Sie sie nicht. Wenn ich das noch einmal machen müßte, würde ich es genau so wieder tun. Und jetzt möchte ich, daß Sie über Ihre nächste Zukunft nachdenken.«

Christine hatte Überlegungen dieser Art bisher verdrängt. »Sie meinen, falls Sie nicht zurückkommen?«

»Entweder ich rufe Sie in den nächsten vier Wochen an, oder ich komme nicht mehr. Wenn Sie dann glauben, Sie können sich ein neues Leben aufbauen, dann tun Sie das. Wenn nicht, dann rufen Sie die Nummer an, die ich Ihnen gebe, und fragen nach Mr. Marshall. Erzählen Sie ihm alles, was passiert ist.«

»Wer ist das?«

»Ein Agent des FBI. Er wird Sie verhaften.«

»Verhaften? Dafür brauche ich nur nach Baltimore zurückzugehen. Warum sollte ich da erst das FBI anrufen?«

»Er bearbeitet den Fall Richard Dahlman; ich habe Ihnen davon erzählt. Sie können ihm ein paar Dinge sagen, die er sonst nicht herausfindet. Und mit dem, was er über Dahlman weiß, wird er Ihnen Ihre Geschichte eher glauben als irgend jemand sonst. Wenn Sie ihm helfen, dann hilft er Ihnen vielleicht, einen möglichst schmerzfreien Weg zurück in Ihr normales Leben zu finden.«

Christine spürte, wie ihr das Wasser in die Augen stieg. Jetzt bloß keine Tränen, dachte sie. »Also das ist es, was ich Ihrer Meinung nach tun sollte?«

Jane sah sie lange an, und Christine bemerkte deutlich das Mitgefühl in diesem Blick. »Ich weiß es nicht. Die Entscheidungen, die ich bisher für Sie getroffen habe, waren nicht gerade hilfreich. Das ist jetzt Ihre Entscheidung.«

»Bitte«, sagte Christine. »Sie wissen etwas, aber Sie sagen es mir nicht.«

Jane legte ihr die Hand auf den Arm und sagte leise. »Das hier ist nicht Ihr Leben. Es ist nur ein lästiger Umweg, so etwas wie eine kurze Krankheit.« Sie nahm ihren Koffer und ging zur Tür. »Lassen Sie uns einen Monat Zeit. Nicht länger.«

32

Als Jane im Flugzeug saß, hatte sie in der Brust ein kaltes Gefühl von Leere. Sie war wieder einmal auf dem Weg nach Westen, nicht zurück zu Carey, sondern weg von ihm, in die entgegengesetzte Richtung. Fast den ganzen Sommer hatte sie damit verbracht, die Leute zu finden, die Richard Dahlman übel mitgespielt und ihn dann als den Schuldigen vorgeschoben hatten. Aber Dahlman saß in seinem schönen Seniorenheim in Carlsbad, während Carey von Polizisten beschattet, verfolgt und verdächtigt wurde. So konnte es nicht weitergehen. Janes nächster Versuch mußte endlich ein Ergebnis bringen. Sie schob die Gedanken an Carey langsam beiseite und konzentrierte sich auf das, was Sie für ihn tun mußte.

Santa Barbara, etwas eingezwängt zwischen den Bergen und dem Meer, kam ihr immer noch so liebenswürdig und friedlich vor wie früher. Jane parkte in der Anacapa Street und ging zu Fuß weiter zur State Street. Jetzt waren hier auffallend mehr Passanten unterwegs als damals. Touristen waren das Hauptgeschäft dieser Stadt, und das Geschäft war anscheinend in voller Expansion. Der untere Teil der State Street, wo man früher noch Fischer und Taucher und Windsurfer bedient hatte, war einer grellbunten Ladengalerie gewichen.

Jane wartete, bis es dunkel wurde, bevor sie zu der Adresse in der Padre Street fuhr. Es war ein kleines, weißes Haus mit einer niedrigen Veranda und einem winzigen Rasenstück davor. Die Fenster an der Vorderseite waren durch waagrechte Lamellenvorhänge abgeschirmt, aber dahinter konnte Jane schmale Lichtstreifen sehen.

Sie fuhr einmal pro Stunde an dem Haus vorbei. Um Mitternacht waren die Lichter immer noch an, um ein Uhr nicht mehr. Um zwei Uhr notierte sie sich alle Wagen, die in der Nähe des Hauses im Freien standen, denn hier hatten die Häuser keine eigene Garage. Einer der Wagen gehörte mit Sicherheit C. Langer.

Um drei Uhr parkte sie an der nächsten Ecke und ging auf das Haus zu. Die Nacht war warm, und ein überwältigender Duft von Jasmin hing in der Luft. Im Näherkommen sah sie, daß das Haus Schiebefenster hatte. Sie waren geschlossen und verriegelt, aber von einer Alarmanlage war nichts zu sehen. Jane überprüfte das Schloß der Küchentür und die Position der Büsche zwischen dem Haus und der Straße. Als sie zu ihrem Wagen zurückging, war sie sicher, daß sie ungesehen und ohne Lärm in das Haus eindringen konnte.

Es war kein schlechter Platz zum Untertauchen. Das Haus stand etwas entfernt von der Straße, ohne dabei den Eindruck zu erwecken, der Bewohner legte besonderen Wert auf Zurückgezogenheit. Es hatte drei Ausgänge, durch zwei von ihnen war C. Langer in zehn Sekunden auf einer anderen Straße. So war es richtig: Man mußte die Untergetauchten von neugierigen Blicken fernhalten und ihnen für den Notfall einen Fluchtweg offenhalten.

Jane hatte kurz angenommen, C. Langer sei eine Frau, aber Sid Freeman hatte ihr gesagt, die meisten seiner Kunden seien Männer gewesen. Also war auch C. Langer wahrscheinlich ein Mann, vielleicht jemand mit einem Verkehrsunfall unter Alkoholeinwirkung oder ein Bankmanager, der ein paar fremde Konten angezapft und auf sein eigenes umgeleitet hatte. Wichtig war, daß er zahlen konnte.

Jane blieb im Wagen, bis es fast hell war. Kurz vor sechs Uhr sah sie, wie sich etwas hinter den Vorhängen bewegte. Aber sie wollte ihren ersten Blick auf C. Langer nicht jetzt riskieren, wo sie der einzige Mensch auf der Straße war und C. Langer ebensoweit sehen konnte wie sie. Sie fuhr zum Strand hinunter und suchte sich ein Café, das um diese Zeit schon geöffnet war.

Während der nächsten zwei Tage beschäftigte sie sich mit C. Langers Wagen, den sie inzwischen als einen knallroten Mazda Miata identifiziert hatte. Die Wahl eines offenen Sportwagens kam ihr seltsam vor, denn er mußte Aufsehen erregen, selbst wenn er nicht sehr teuer war. Cabrios waren eine leichte Beute für Autoradiodiebe, und jemand, der untertaucht, will nicht in einer Polizeiakte auftauchen. Aber womöglich hatte C. Langer noch einen zweiten Wagen, und dieser hier war nur der ausgelegte Köder, an dessen Anblick sich ein Beobachter gewöhnen sollte.

Das mußte sie herausfinden. In Kalifornien war es Vorschrift, den Versicherungsnachweis im Wagen mitzuführen, und C. Langer war zwangsläufig zum gesetzestreuen Bürger geworden. Jane wartete, bis die Straße nachts menschenleer war, schnitt einen fünf Zentimeter langen Schlitz in das Verdeck, griff ins Innere und öffnete die Tür. Hinter der Sonnenblende auf der Fahrerseite fand sie den Versicherungsschein, notierte sich die Gesellschaft und die Nummer der Police und ging heim.

Am nächsten Morgen rief sie die Versicherungsgesellschaft an. Sie nannte der zuständigen Frau die Nummer der Police und gab an, sie sei Kreditsachbearbeiterin, und C. Langer habe den Wagen als Sicherheit für einen Kredit verpfändet. Dann fragte sie, ob die Versicherung noch gültig sei. Wie stand es mit der Haftpflicht, Eigenbeteiligung, Schadensregulierung und so weiter? Wurden die Prämien – und in welcher Höhe – regelmäßig bezahlt? Hatte Langer noch weitere Kraftfahrzeuge versichert? Der Zweitwagen stellte sich als ein neuer Ford Escort heraus, und Jane ließ sich die Nummer geben.

Einen Tag später hatte sie den Wagen gefunden. In Santa Barbara gab es nicht viele Stellplätze, die sich für einen Fluchtwagen eigneten. Er mußte zu jeder Tages- und Nachtstunde zugänglich sein, nahe genug an der Wohnung liegen und unauffällig sein. Jane fand ihn zwei Querstraßen weiter hinter einem Mietshaus.

Erst danach sah sie C. Langer zum erstenmal aus dem Haus kommen. Er war ein Mann knapp über dreißig. Er trug scharf gebügelte Khakihosen, dazu Segelschuhe und ein kurzärmliges Polohemd. Er hatte dieselbe lichtempfindliche Sonnenbrille auf, die auch Jane gern ihren Leuten gegeben hatte: Die Gläser behielten unter schwachem Licht einen Rest ihrer Färbung und wurden in der Sonne fast undurchsichtig. Langer war schlank und hatte eine übertrieben energische Gangart. Seiner gebräunten Haut konnte man ansehen, daß er die meiste Zeit im Freien verbrachte. Obwohl der Weg zu seinem Wagen nur kurz war, blieb er auch hier wachsam. Er ging mit hoch erhobenem Kopf, und nur seine Augen bewegten sich langsam und ruckartig von einer Straßenseite zur anderen, als hätte man ihm geraten, sein Umfeld in Sektoren einzuteilen und sie dann einzeln zu überprüfen. Jane fuhr los, bevor sie in sein Blickfeld geriet.

Sie fuhr zum Supermarkt und kaufte ein Backblech, dann in einem Eisengeschäft eine Blechschere und in einem Drugstore eine Schachtel Einweg-Gummihandschuhe, eine kleine Taschenlampe und eine Rolle Isolierband. Sie schnitt in der Mitte des Backblechs einen schmalen Streifen aus und wickelte das Isolierband als Griff mehrmals um das untere Ende.

Jane nahm an, daß die Fenster im Bad und in der Küche am leichtsten zu öffnen wären, und sie hatte recht. Das Badezimmerfenster hatte kein Fliegengitter. Also steckte sie ihren Metallstreifen einfach seitlich zwischen die Holzrahmen der zwei Schiebefensterhälften, schob ihn tiefer und etwas nach unten, so daß er innen hinter dem Riegel ankam. Sekunden später konnte sie die untere Fensterhälfte nach oben schieben.

Der Architekt hatte den Eigentümer sicher damit beruhigt, daß die Fensteröffnung zu eng war, um einen Mann hindurchzulassen, aber sie war gerade weit genug für Jane. Als sie mit den Hüften im Fenster steckte, mußte sie sich am Waschbecken festhalten und ihre Beine ins Innere nachziehen.

Sie schob das Fenster wieder zu, ging ins Wohnzimmer und blieb unter der Tür stehen. Der Raum war eine Überraschung. Normalerweise gab man Untergetauchten als erstes eine möblierte Wohnung. Aber auch in der nächsten Wohnung schafften sie sich meistens Möbel an, die sie ohne Bedauern jederzeit zurücklassen konnten.

C. Langer jedoch besaß eine antike Kommode, der Eßtisch hatte kleine ovale Intarsien aus Ahorn, der Fernseher war eine auffallend riesige, schwarze Wand, und auf dem Flügel standen silbergerahmte Fotografien.

Sie ging vorsichtig näher heran. Ein Foto zeigte einen Mann auf einem Segelboot, dem Aussehen nach ein Verwandter, auf einem anderen sah sie zwei kleine Kinder beim Skifahren mit einer blonden Frau, die auch als Model hätte arbeiten können. Es waren eindrucksvolle, alte Bilder. Jane fragte sich, ob Sid diesem Mann ein neue Familie geschaffen hatte.

In der Küche schaute Jane in alle Schränke. C. Langers Küche sah nicht danach aus, als würde hier oft gekocht. Nach wenigen Minuten hatte Jane hinter den Pfannen und Töpfen die Pistole gefunden. Sie zog sie heraus, langsam und vorsichtig, da sie schon am Gewicht spürte, daß das

Magazin voll war. Es war eine 9-Millimeter Gluck 19. Jane legte die Waffe wieder an ihren Platz und öffnete den Kühlschrank.

In einer leeren, zu weit nach hinten geschobenen Milchtüte entdeckte sie einen Führerschein und Kreditkarten auf den Namen Frederick Henry Waldman und im Fach darunter, in Plastikfolie eingewickelt, fünfzig Hundert-Dollar-Scheine. Die Kreditkarten zeigten keinerlei Kratzspuren eines Lesegeräts, also war Waldman nur die Ersatzidentität, falls jemand C. Langer durchschaut hatte. Was hier im Kühlschrank lag, war sein Fluchtgepäck.

Jane ging ins Schlafzimmer. Vielleicht hatte die Bande ihn so gründlich präpariert, daß Jane überhaupt nichts fand, was sie benutzen konnte. Vielleicht hatten sie seine gesamte Garderobe durchgesehen, die Etiketten herausgetrennt und alles übrige, was ihn mit seinem früheren Leben in Verbindung brachte, in Chicago in Kartons gesteckt und erst dann weitertransportiert, als sie sicher waren, daß ihr Inhalt ihnen nicht mehr gefährlich werden konnte. Aber Jane hatte Menschen getroffen, die diesen letzten Schritt verweigerten. Manche behielten etwas zurück, einen alten Ausweis, eine Geburtsurkunde, irgendein Stück Papier, nur für den Fall, daß ein Wunder geschah und eine Rückkehr möglich wurde.

Jane zog die obere Nachttischschublade auf, hielt sie in die Höhe, um zu prüfen, ob etwas an der Unterseite klebte. Dann sah sie in der unteren Schublade die zweite Pistole, eine Walther P 99. Dieser Mann verschwendete sein Geld nicht an billige, unzuverlässige Schußwaffen.

Im Kleiderschrank fand sie in der untersten Schublade eine kleine Holzschachtel mit zwei Armbanduhren, eine Cartier und eine Patek Philippe ohne persönliche Gravierung, ein paar Krawattennadeln, Manschettenknöpfen und einem Ring. Der Ring war tatsächlich etwas Besonderes, ein Jahrgangsring 1965 der Yale-Universität. C. Langer war viel zu jung für einen Universitätsabschluß im Jahr 1965. Gehörte das gute Stück womöglich seinem Vater? Denkbar, aber nur, wenn er sehr jung geheiratet hatte.

Sie stellte sich den Ring als Bühnenrequisit vor. Vielleicht hatte er ihn in irgendeinem Leihhaus erstanden, um damit seine Rolle als C. Langer auszustatten. Aber in diesem Fall hätte er wohl das Abschlußjahr auf die eine oder andere Weise verändern müssen. Seitlich waren die Initialen B. R. V. eingraviert. Auch die hätte er nicht einfach stehenlassen können. Aber die ganze Idee war noch aus einem wichtigeren Grund falsch. Wenn jemand sich verstecken und auf eine glaubwürdige Identität hinarbeiten mußte, war es keine gute Idee, sich als Yale-Absolvent auszugeben, und noch dümmer war es, einen solchen Ring zu tragen. Wenn man schon eine Universität brauchte, dann eine wie die University of California, die acht Zweigstellen hatte, jede so groß wie Yale, und die jedem in diesem Staat so vertraut war, daß er keine langen Fragen stellte. Offenbar hatte man ihm die erste Regel nicht beigebracht: Nie etwas beantworten, wonach niemand gefragt hat.

Jane vergewisserte sich, daß alle Gegenstände wieder an ihrem Platz waren. Sie nahm die Pistole aus der Nachttischschublade, setzte sich ins Wohnzimmer und wartete.

Eine Minute später hörte sie den Miata ankommen und vor den Haus anhalten. Die Wagentür fiel zu. In diesem Augenblick verfestigte sich alles, was sie im Haus gesehen hatte, zu einem kompakten Verdacht. Der Yale-Ring, die teuren Möbel, die beiden Wagen, die beiden Waffen, die Fotos auf dem Flügel, die ihm ein wenig ähnlich sahen – all das stimmte irgendwie nicht. Mit dem ganzen Haus war etwas falsch. C. Langer war kein gewöhnlicher Kunde.

Jane stand auf, rannte ins Schlafzimmer, legte die Pistole zurück, lief ins Bad und schob das Fenster hoch. Während sie sich durch die enge Öffnung ins Freie hangelte, hörte sie den Hausschlüssel im Schloß. Die Tür ging auf. Sie ließ sich leise zu Boden fallen, machte das Fenster zu und ging an der Hauswand in die Hocke. Sie hörte die näher kommenden Schritte, hörte ihn urinieren und dann die Spülung. Nur wenige Zentimeter über ihr wusch er sich die Hände.

Nach einer Ewigkeit entfernten sich die Schritte. Jane versteckte ihren selbstgemachten Fensteröffner hinter einem Busch und kletterte über den Zaun.

Am nächsten Morgen wartete sie, bis C. Langer mit seinem Miata weggefahren war und sie zum zweiten Mal ins Bad einsteigen konnte, diesmal mit ihrer Videokamera. Kaum hatte sie das Fenster hinter sich geschlossen, schaltete sie sie ein und ging damit durch das ganze Haus, Zimmer für Zimmer. Sie filmte die Einrichtung, aus nächster Nähe die Seriennummern auf den zwei Pistolen, die Fotos auf dem Flügel, den Inhalt der Holzschachtel, speziell den Yale-Ring. Dann legte sie alle Ausweise und Dokumente auf dem Tisch aus und machte auch davon Nahaufnahmen. Dann räumte sie alles wieder an seinen Platz, verschloß das Badezimmerfenster von innen und verließ das Haus durch die Vordertür. Nur wenn C. Langer sehr schlau war, würde er bemerken, daß das Türschloß beim Nachhausekommen schneller als sonst aufging.

Sobald sie draußen war, spürte sie einen fast unwiderstehlichen Drang, diesen Ort möglichst weit hinter sich zu lassen. Am liebsten wäre sie sofort losgefahren. Sie verschob es auf später. Eine Sache hatte sie noch nicht auf Video.

33

Jane stellte die Kamera zwischen dem Steuerrad und der Windschutzscheibe auf das Armaturenbrett, zoomte C. Langers Hauseingang heran, warf dann einen Pullover über das Gerät und schaltete es ein. Zwei Stunden später kam sie zurück, stieg ein und fuhr ins Hotel.

In ihrem Zimmer sah sie sich das Band an. Sie hatte C. Langer im Bild, wie er aus dem Haus ging, und dann noch einmal, als er eine Stunde später zurückkam. Er machte nichts falsch. Er trug immer die dunkle Sonnenbrille und ging so eilig, als müßte er zu einem dringenden Termin. Wenn er auf die Haustür zuging, hatte er den richtigen Schlüssel bereits in der Hand und hielt beim Aufschließen den Kopf gesenkt. Wenn er wegging, marschierte er mit derselben Geschwindigkeit aus dem Bild.

Sie lud die Kamerabatterien wieder auf und kaufte dann

in einem riesigen Drugstore in der State Street neue Kassetten. Dabei mußte sie an Carey denken: Seine Beschatter wußten vielleicht, wie man ein scharfes Bild vom Gesicht eines Zielobjekts filmte. Aber nein, diese Leute machten es genauso wie sie; sie parkten einen Wagen vor dem Haus und ließen die Kamera laufen.

Sie mußte näher an C. Langer heran, und zwar bei gutem Licht. Aber auch am nächsten Tag, während sie sein Kommen und Gehen beobachtete, fiel ihr nicht ein, wie sie sich ihm mit einer Kamera in der Hand nähern könnte. Wenn sie ihm in der Stadt nachging, konnte sie ihn kaum aufnehmen, ohne daß er sie bemerkte.

Am Abend schaute sie sich noch einmal alle Videokassetten an, spulte sie zurück und ließ sie erneut durchlaufen. Diesmal konzentrierte sie sich nicht auf den Mann, der ins Bild kam und wieder hinausging, sondern auf die unbeweglichen Dinge im Blickfeld der Kamera. Sie sah C. Langers Wagen, die Fenster der Nachbarhäuser, das Buschwerk vor seinem Haus.

Bei jedem Gegenstand bildete sich ein Plan in ihrem Kopf und wurde verworfen. Die Leuchte über der Haustür war eine scheinbar perfekte Stelle, aber sie war nicht groß genug und außerdem aus undurchsichtigem Glas. Kein Nachbarfenster bot den richtigen Winkel – und überhaupt, wie sollte sie da hineinkommen? Die Büsche im Vorgarten waren dicht genug für ein Kameraversteck, aber zu weit entfernt. Näher an der Tür standen nur ein paar halbhohe Topfpflanzen, aber die waren nicht buschig genug. Sie sah sich die Töpfe genauer an. Der größte, mit einem Feigenbäumchen, war offenbar aus Plastik. Vielleicht konnte sie das Wasserabflußloch etwas vergrößern, die Kamera so im Topf vergraben, daß sich das Objektiv am Wasserloch befand, und dann den Topf schräg stellen, als hätte ihn der Wind umgeweht. Wenn C. Langer dann heimkam, sah er den halb umgestürzten Topf und beugte sich wahrscheinlich herunter, um ihn wieder aufzurichten. Aber das funktionierte auch nicht, denn es war unmöglich, die Kameralinse in der Öffnung zu übersehen.

Vor dem Hauseingang war C. Langer zwar am deutlichsten zu erkennen, aber Jane fand hier auch nach dem siebten Durchlauf der Videobänder keinen Platz für die Kamera. Erst Minuten später wurde ihr klar, daß sie die Lösung schon die ganze Zeit unmittelbar vor Augen hatte. Eine besonders attraktive Lösung, denn C. Langer würde sie ebensowenig bemerken.

Im Fußboden der Veranda hatte Jane ein kleines hölzernes Quadrat entdeckt. Eine Veranda macht einen soliden Eindruck, aber in Wirklichkeit ist sie nichts anderes ein mit Brettern abgedeckter, stockfinsterer Hohlraum. Sie nahm die Kamera und fuhr zu C. Langers Haus. Unterwegs kaufte sie noch die neueste Ausgabe der »New York Times«. Um vier Uhr morgens hatte Jane die Kamera angebracht. Ohne die Veranda zu betreten, schob sie die Zeitung durch das Geländer hindurch, genau zwischen die kleine Luke und den Fußabstreifer. Dann fuhr sie in ihr Hotel zurück und legte sich schlafen.

In der Nacht darauf, als sie sicher war, daß die gesamte Nachbarschaft schlief, kroch sie erneut unter die Veranda und holte die Kamera aus ihrem Versteck. Im Hotel schaltete sie mit angehaltenem Atem die Wiedergabe auf schnellen Vorlauf. Anfangs war das Bild eine einzige schwarze Fläche. Dann hellte es sich allmählich auf, und sie konnte die verschwommenen Buchstaben der Zeitungsschlagzeilen erkennen. Ab hier ließ sie das Band mit normaler Geschwindigkeit durchlaufen. Jetzt hörte sie auch die Geräusche, die das Mikrophon aufgenommen hatte. Die Vögel fingen zu singen an, Automotoren wurden angelassen, Wagentüren zugeworfen.

Endlich hörte sie Schritte. Dann das Schließen der Haustür. Dann ein paar weitere Schritte. C. Langer hatte die Zeitung aufgehoben. Jane zischte verärgert durch die Zähne. Langer hielt die Zeitung genau zwischen die Kamera und sein Gesicht, während er die erste Seite überflog. Jane konnte nur seine Beine sehen, die Hände, den Brustkorb und die Zeitung. »Na, komm schon!« flüsterte sie. Er blätterte ein paar Seiten weiter und richtete sich dabei auf, so daß jetzt weit oben, zu weit entfernt, sein Kinn, seine Nasenflügel und die Sonnenbrille zu sehen waren.

Er griff in seine Hosentasche, um einen Schlüsselbund herauszuholen, doch dabei fielen gleichzeitig ein paar Münzen mit heraus und rollten über den Verandaboden. Er bückte sich, um sie aufzuheben, und da war sein ganzes Gesicht endlich genau vor der Kamera.

Aber C. Langer schien plötzlich mißtrauisch zu werden. Er hatte offenbar etwas entdeckt, was ihm anders als sonst erschien. Eine Hand kam näher und tastete über den Spalt, den Jane für die Kamera ein winziges Stück verbreitert hatte. Dann bewegte sich die Hand zurück zum Gesicht und nahm die Sonnenbrille ab. Drei Sekunden lang starrte er unbeweglich auf den Bretterboden. Dann seufzte er leise, stand auf und ging aus dem Bild. Jane konnte hören, wie er zur Haustür zurückging und sie aufsperrte, dann das leise Flattern der ins Innere geworfenen Zeitung und das kurze Aufklatschen bei der Landung. Dann ging die Tür zu, und der Schlüssel drehte sich im Schloß. Schließlich kam noch einmal C. Langers Schuh groß ins Bild: Er schob den Fußabstreifer über die Ritze.

An diesem Abend registrierte der Pförtner der Senior Ranch in Carlsbad um 23.15 Uhr den Besuch von Julia Kieler bei ihrem Vater Alan Weems. Sie hatte ihn von Los Angeles aus angerufen, und als sie vor der Anlage parkte, stand er bereits im Eingang.

»Wie geht es Ihnen?«

Er blickte sie finster an. »Wenn Sie mir etwas zu sagen haben, dann her damit.«

»Ich habe etwas dabei, das Sie sich ansehen sollten.« Sie hielt ihm die Kassette hin. »Haben Sie einen Videorecorder?«

»Nein«, sagte Dahlman. »Wir haben einen im Musikzimmer, aber da sitzen jetzt sicher ein paar alte Damen und schauen sich einen noch älteren Film an, den sie längst auswendig kennen.«

»Macht nichts«, sagte Jane, »ich kann die Kamera an

den Fernseher anschließen und das Band so abspielen. Einen Fernseher haben Sie doch?«

»Ja, aber ich sehe mir fast nie etwas an.«

»Nein?« Sie zog den Stecker der Stehlampe aus der Wand und steckte das Kabel des Netzadapters für die Kamera ein.

»Nein. In den ersten Wochen habe ich mir alle Nachrichten angesehen, weil ich dachte, ich komme vielleicht darin vor. Ein- oder zweimal war es auch so. Danach nicht mehr, wie Sie es vorausgesagt haben. Mein Nachrichtenwert ist null.«

»Das hört sich enttäuscht an.«

Dahlman schüttelte den Kopf. »Eigentlich sollte das die Einleitung zu einem Dank an Sie werden. Also nehme ich mich jetzt zusammen und sage es einfach: danke.«

»Gern geschehen.« Der Fernseher gab einige Knackgeräusche von sich.

»Und was kommt da jetzt?«

»Nichts«, sagte Jane, »ich brauche dafür einen freien Kanal.« Das Knacken hörte kurz auf und fing von neuem an. »Ich muß das Band erst noch zurückspulen.«

»Das weiß ich«, sagte er unzufrieden.

»Jetzt seien Sie mal still und kommen näher und sehen sich das an.«

Er stellte sich neben sie. Das Bild kippte ein paarmal und stand dann. Man sah C. Langers Haus von innen, das Bad, das Wohnzimmer, dann immer größer den Flügel. »Eine Wohnung?« fragte Dahlman verwundert. »Soll ich da mal gewesen sein?«

»Schauen Sie einfach hin«, sagte Jane, während sie sein Gesicht aus den Augenwinkeln beobachtete.

Dann zoomte die Kamera näher an den ersten Fotorahmen auf dem Flügel heran. Die Frau mit den zwei Kindern am Skihang war offenbar ohne Bedeutung. Aber beim Anblick des Mannes auf dem Boot schoß plötzlich Dahlmans Arm nach vorn: »Stop!« sagte er. »Können Sie hier anhalten?«

»Später«, sagte Jane, »schauen Sie sich erst alles andere an.«

Jetzt kam die Küche dran. Jane behielt Dahlman im Auge, während die Ausweise aus der Milchtüte, die sie auf dem Tisch ausgebreitet hatte, ins Bild rückten. Dahlman richtete sich zuerst auf, dann kniete er sich vor dem Fernseher hin, um besser zu sehen. »Wie haben Sie ihn gefunden?«

»Also das ist er?«

Dahlman wandte sich ihr ruckartig zu, und seine kleinen grauen Augen funkelten sie entrüstet an. »Natürlich ist er das. Das ist der Mann, der sich James Hardiston nannte. Ich habe ihn operiert.«

»Ich möchte Sie etwas fragen«, sagte Jane.

»Aber wie ...«

»Warten Sie. Ist es denkbar, daß der Mann, den Sie operiert haben, 1965 seinen Universitätsabschluß machte?«

»1965?« Dahlman starrte noch immer fasziniert in den Bildschirm. »Das heißt, er wäre jetzt ...«

»Mitte Fünfzig.«

Dahlman kniff die Augen zusammen und nickte dann. »Ja. Er kann leicht Mitte Fünfzig gewesen sein. Gehen Sie noch mal an den Anfang zurück. Und halten Sie an, wenn ich es Ihnen sage.« Als der Mann auf dem Segelboot zu sehen war, sagte Dahlman: »Jetzt.«

Das Bild blieb zitternd stehen, und ein paar dunkle Linien rollten wie schmale Schatten von unten nach oben über das Gesicht des Mannes.

Dahlman war so aufgeregt, daß er aufstand und ein paar Schritte machen mußte. »Sie dachten, das wäre jemand anderer, stimmt's?«

Jane ließ das Band weiterlaufen. »Ich dachte, es wäre sein Vater, ich dachte, Sid Freeman hätte das Foto fabriziert.«

»Was ist das denn?« fragte Dahlman, als der Bildschirm die erste der zwei Pistolen in Nahaufnahme zeigte.

»Seine Waffe. Ich brauchte die Seriennummer.«

Jetzt kam die Szene am Hauseingang. C. Langer kam aus der Tür und ging zu seinem Wagen. Dahlman schien unschlüssig. »Schwer zu sagen von hier aus.« Er ärgerte sich, weil er den Mann, der da mehrmals hin- und herging, immer nur undeutlich sehen konnte. »Möglicherweise ist er das, aber er geht zu schnell und wendet sein Gesicht ab. Ich bin nicht sicher. Und mit dieser Sonnenbrille …«

»Haben Sie ein wenig Geduld.«

Jetzt wurde der Fernseher sekundenlang schwarz, dann erschienen die Buchstaben der Zeitung so nah und verschwommen, daß Dahlman fragte: »Was in aller Welt ist das denn?«

Jane hatte keine Zeit zu antworten. Der Bildschirm hellte sich blitzartig auf, und dann las der Mann die Zeitung im Stehen.

Dahlman wartete ungeduldig, bis C. Langer endlich die Sonnenbrille abnahm. »Da!« rief er laut. »Das ist er!«

Jane stoppte das Band wieder und spulte es zurück. Dahlman lächelte sie erwartungsvoll an. »Und wo ist er?«

»Momentan wohnt er in Santa Barbara. Möglicherweise nicht für immer, aber es sieht so aus, als wollte er fürs erste da bleiben. Das Haus ist geeignet, und er hat dort einen ziemlich Aufwand getrieben. Ich meine nicht nur teure Möbel, obwohl er die auch hat. Ich meine, alles hat dort einen inneren Zusammenhang. Er arbeitet an seiner neuen Identität.«

»Na schön«, sagte Dahlman fast gereizt, »und was machen wir jetzt? Übergeben wir das Band der Polizei?«

Janes Blick bat um Verständnis. »Ich weiß, daß es Ihnen am liebsten wäre, wenn das jetzt schnell zu Ende ginge. Aber selbst wenn wir wider alles Erwarten die Polizei in Santa Barbara dazu kriegen, seine Fingerabdrücke zu überprüfen, dann ist damit Ihr Problem noch immer nicht gelöst, fürchte ich.«

»Es beweist, daß ich die Wahrheit sage. Ich habe gesagt, daß ich einen Mann operiert habe, einen angeblichen James Hardiston. Jeder Arzt kann Ihnen die plastische Chirurgie im Gesicht des Mannes bestätigen. Und ich glaube, die Fingerabdrücke werden beweisen, daß er irgendeine Art Krimineller ist und unter einem falschen Namen lebt.«

»Ja«, sagte Jane, »nur: was für eine Art Krimineller?«

»Das herauszufinden, ist schließlich die Arbeit der Polizei.«

Jane zwang sich zur Geduld. »Der Mann ist auf der Flucht. Er hat einen Haufen Geld dafür ausgegeben, sich eine neue Identität und ein neues Gesicht zu beschaffen, nur erstklassige Dienstleistungen. Vielleicht zeigen seine Fingerabdrücke tatsächlich, daß er mal etwas Unerlaubtes getan hat. Zeigen sie auch, daß er Sarah Hoffman getötet hat?«

»Natürlich beweist es nicht, daß er es mit eigenen Händen getan hat. Als sie ermordet wurde, mußte er sich ja erst noch von seiner letzten Operation erholen.«

»Was nützen uns also seine Fingerabdrücke?«

Dahlman sank in einem Sessel zusammen und schloß die Augen. »Ich verstehe.«

Jane stand auf und steckte die Videokamera in ihre Tasche. Sie blieb einige Sekunden schweigend stehen, dann sagte sie: »Bis hierher haben wir es immerhin geschafft. Vielleicht schaffen wir auch noch den Rest.«

Dahlman schüttelte verzweifelt den Kopf. »Im Augenblick sehe ich nicht, wie das gehen soll.«

»Als erstes finden wir heraus, wer er wirklich ist«, sagte sie, »und dann wissen wir wahrscheinlich auch, was wir als nächstes tun.«

34

Während Jane nach Santa Barbara zurückfuhr, fielen ihr alle Tricks wieder ein, die sich schon so oft bewährt hatten. Sie entschloß sich, die Furnace Company wiederzubeleben. Die Furnace Company war eine legale, eingetragene, vor zehn Jahren in Illinois gegründete Firma. Ihre ganzen Aktiva bestanden aus einem Schließfach in einer Ladengalerie in Chicago und zehn Computerausdrucken als Beleg, daß sie die jährliche Fünf-Dollar-Gebühr für das zähe Festhalten an ihrer Existenz bezahlt hatte. Die einzige Angestellte, die je den Firmennamen geflüstert hatte, war eine Mary Sullivan, aber meistens hieß sie ganz anders.

Am frühen Morgen kam Jane wieder in ihrem Hotel in Santa Barbara an. Sie sah kurz auf ihre Uhr und wählte dann eine 800-Nummer, die sie schon ein paarmal in den letzten Jahren benutzt hatte.

Eine Männerstimme antwortete: »Verlag Memory Publications, Manny am Apparat.«

»Hallo, Manny. Hier ist die Furnace Company, Mary Sullivan.«

»Ja, so was, hallo«, sagte Manny. »Ich habe lang nichts mehr von dir gehört. Um die Wahrheit zu sagen: Ich dachte schon, ihr wärt untergegangen, wie so viele andere auch.«

»Untergegangen?«

»Na ja, Paragraph 102 oder 103 Konkursordnung oder so. Das Konjunkturklima ist ja für die meisten das reine Gift. Man muß jetzt ja angeblich ein ›Global Player‹ sein, damit einem die Kosten und der Staat nicht die Luft abdrücken. Kennst du jemanden, der in diesem Jahr echtes Geld verdient hat?

»Ein paar.«

»Dann verkehrst du mit einer höheren Klasse Menschen als ich.«

»Oder mit einer besonderes niederen.«

Manny lachte. »Jetzt weiß ich wieder, warum du mir die ganze Zeit gefehlt hast. Was soll ich für dich tun?«

»Nicht ganz das Übliche, Manny. Habt ihr je ein Jahrbuch der Yale-Universität herausgebracht?«

Mannys Stimme klang resigniert. »Aber nicht doch. Die Klassenlisten von Oberschulen vielleicht. Aber solche Colleges brauchen doch unseren Verlag nicht. Die haben bessere Druckmaschinen als wir, und sie wissen immer, wo ihre früheren Studenten sind, schon wegen der Geldspenden.«

»Unangenehm«, sagte Jane, »ich hätte es gut gebrauchen können.«

»Was genau brauchst du denn eigentlich? Vielleicht fällt mir was ein.«

»Die Abschlußjahrgänge von Yale in den sechziger Jahren. Es ist für eine spezielle Mailing-Kampagne. Wir möchten ihnen gern Souvenirs aus New Haven anbieten. Wir verkaufen ihnen sozusagen ihre Jugend. Ich weiß, damals, als sie ein bißchen über Zwanzig waren, hat man sie eingedeckt mit Souvenirs, mit Jahrgangsringen und Erinnerungsbüchern. Aber jetzt sind sie Mitte Fünfzig.«

»Keine schlechte Idee«, sagte Manny. »In dem Alter haben sie dann auch das nötige Geld. Hast du es schon bei der Universität selbst probiert?«

»Keine Chance«, sagte Jane, »da lassen sie sich die Verwendung von Studentenlisten bezahlen, genau wie ihr Logo. Du brauchst nur anzufragen, sofort wittern sie Geld.«

»Du sagst es. Was planst du eigentlich für ein Produkt?«

»Ich würde gern etwas ausprobieren mit solchen Vorher-Nachher-Fotos von damals und heute, für jeden Absolventen. Futter für das eitle Ego, du verstehst schon.«

»Das klingt ja deprimierend. Und woher bekommst du die Damals-Fotos?«

»Aus ihren Jahrgangsbüchern.«

»Ich könnte dir welche auftreiben, aber um die Bildrechte mußt du dich schon selber kümmern.«

»Wie kriegst du die Bücher?«

»Geschäftsgeheimnis.«

»Wie alles, was ich dir gerade erzählt habe.«

»Bei mir brauchst du dir keine Sorgen zu machen«, sagte Manny, »ich bin wie dein Gynäkologe. Du erzählst mir deine Geheimnisse, aber das ist nur zu deinem Besten, und ich habe keinen Grund, dir meine zu erzählen. Ich habe einen Lieferanten, der solche Jahrbücher für mich zusammenkauft.«

»Auch solche von früher?«

»Aber sicher. Er findet sie auf dem Flohmarkt oder wenn jemand einen Haushalt auflöst, oder er holt überzählige Exemplare direkt vom Drucker. Sie kosten ihn fast nichts, und mir berechnet er sie, als wären es antiquarische Bücher. Vielleicht hat er auch etwas von Yale auf Lager. Ich rufe ihn gleich mal an.«

Eine Stunde später steckte das Jahrbuch 1965 der Yale-Universität in einem Expreßumschlag, adressiert an das

Schließfach der Furnace Company. Vier Stunden später kam Jane in Chicago an, nahm in der Nähe des O'Hare-Flughafens ein Zimmer und legte sich schlafen, bis die Ladengalerie öffnete und sie ihre Post abholen konnte.

Wieder zurück im Hotel setzte sie sich aufs Bett, öffnete den Umschlag, nahm das Buch heraus und blätterte es durch.

Es enthielt vor allem unzählige Schwarzweißfotos von Studentengruppen und Gebäuden. Als sie zum Kapitel mit den nach Namen geordneten Porträtfotos kam, überschlug sie die Seiten bis W, dann zurück zu V. Es gab nicht viele Namen, die mit V anfingen. Dann hatte sie sein Bild vor sich.

Damals hieß er Brian Reeves Vaughn, kam aus Weston, Massachusetts, und sah eigentlich nicht naiv aus, nur einfach jung. Sie versuchte, ihn sich als glücklichen jungen Mann vorzustellen. Dreißig Jahre später hatte er sein gesamtes Leben zurückgelassen, sein Haus, seine Familie, sogar seinen Namen, nur den Ring, der ihn an diese Tage in Yale erinnerte, hatte er behalten. Doch er sah nicht glücklich aus.

Jane nahm an, daß er die Studentenzeit in Yale erst im nachhinein als erinnernswert empfand. Das war immer so, beinahe unausweichlich bei einem Flüchtling. Ob ihm sein vorheriges, normales Leben wertvoll erschien oder nicht, es war immer noch besser als die Situation, die ihn zum Untertauchen gezwungen hatte, und in jedem Fall besser als das neue Leben auf der Flucht.

Sie sah sich Brian Vaughn näher an. Er kam ihr nicht vor wie jemand, der in sentimentaler Begeisterung an seine Jugend in Yale dachte, als ihm die Welt noch grenzenlos offenstand. Er war eher der Typ, der sich selbst bemitleidete und innerlich verbittert war. Innerlich verbittert, wiederholte sie in Gedanken. Das war es, was ihr falsch vorkam.

Einen Jahrgangsring mit eingravierten Initialen aufzuheben, war ausgesprochen dumm. Sie wußte nichts von dem Mann, aber um so mehr von Yale. Dort nahm man keine

Dummen auf. Das Foto war im Jahr des Abschlußexamens aufgenommen. Wenn er es also bis dahin geschafft hatte, dann war er vermutlich auch intelligent.

Sie blätterte in den Porträtfotos zurück. Als sie zu den Namen mit H kam, verstand sie noch etwas. Hier, in der Mitte der oberen Reihe, war James Walter Hardiston. Vaughn hatte ihn nicht erfunden. Sie waren Kommilitonen gewesen. Wahrscheinlich kannte er ihn gut und hatte so viele Details über ihn und seine Familie mitbekommen, daß er sich glaubwürdig in ihn verwandeln konnte. Der Jahrgangsring war also kein sentimentales Erinnerungsstück. Er gehörte zu der Verkleidung, mit der Sarah Hoffman und Richard Dahlman getäuscht werden sollten.

Jane hatte schon den Hörer abgehoben, um Dahlman anzurufen, legte jedoch wieder auf. Was sie ihm Neues sagen konnte, lohnte noch keinen Anruf. Sie wußte jetzt zwar seinen früheren Namen und warum er so überzeugend in Hardistons Rolle geschlüpft war. Aber sie wußte nicht, was ihn dazu veranlaßt hatte.

Am nächsten Morgen ging sie gleich zu Beginn der Öffnungszeit in die Stadtbibliothek. Christine Manon hatte die Gesichtsfälscher beim Abtransport von C. Langers Sachen beobachtet: Das war jetzt zwei Monate her, und es mußte kurze Zeit nach der Verwandlung des vorgeblichen James Hardiston in C. Langer gewesen sein. Warum hatte er sich aber entschlossen, James Hardiston zu werden? Richard Dahlman hatte ihr gesagt, die plastische Chirurgie an ihm hatte acht Monate gedauert. Demnach mußte die Verwandlung von Brian Vaughn in James Hardiston vor mindestens zehn Monaten stattgefunden haben, möglicherweise sogar vor einem Jahr. Wenn Brian Vaughn vor einem Jahr zum erstenmal Angst hatte, daß man sein Gesicht erkannte, dann lag der Grund dafür noch weiter zurück.

Jane konnte nicht wissen, wie lange es gedauert hatte, bis Vaughns Probleme ihn zum Handeln getrieben hatten. Deshalb fing sie mit ihren Recherchen zwei Jahre vorher an und arbeitete sich langsam an die Gegenwart heran. Sie konnte von vornherein ausschließen, daß er in etwas verwickelt war, das für großen Nachrichtensendungen aufregend genug gewesen wäre. Über das Namensregister der Zeitschriften fand sie heraus, daß während der fraglichen Zeit kein Artikel über ihn erschienen war.

Jetzt überlegte sie, daß ein früherer Yale-Absolvent, der wegen eines schweren Verbrechens angeklagt oder spurlos verschwunden war, mit Sicherheit in den Lokalnachrichten von New Haven auftauchte. Sie suchte das gesamte Namensregister für New Haven durch, aber wieder vergeblich.

Brian Vaughn war laut Jahrbuch aus Weston, Massachusetts, und die großen Lokalzeitungen dort waren die in Boston erscheinenden Zeitungen. Als sie das Jahresregister des »Boston Globe« durchgesehen hatte, war es Abend. Brian Vaughns Problem war nicht von der Art, daß es einen Zeitungsbericht hergab.

35

Als Alvin Jardine sie sah, schlürfte er gerade mit zurückgelegtem Kopf den Rest seines Kaffees aus. Da atmete er plötzlich tief ein und erstickte beinahe an einem Hustenanfall. Sie war unter den Passagieren aus San Francisco. Ihre Augen überprüften wie immer die Umgebung und schnellten in die Ausgangslage zurück. Jardine machte seine Aktentasche zu und drehte sich um, während sie an ihm vorbeiging, befürchtete dann aber, die Tasche könnte ihm hinderlich werden. Er steckte sie in ein offenes Gepäckschließfach, warf einen Vierteldollar ein und zog den Schlüssel ab. Er brauchte keinen Steckbrief, um sich an dieses Gesicht zu erinnern. Er ging ihr nach.

Das hier war wieder einmal ein Beweis dafür, daß das Leben ihm manchmal doch das große Los hinhielt. Da hatte er ohne viel Hoffnung auf einen kleinen Fisch gewartet, einen Kautionsflüchtigen vielleicht oder einen Bewährungsstraftäter, und da fliegt ihm dieser Vogel zu, rarer als die letzte Nachtigall. Und zwar ihm allein, dem Kopfgeldjäger Al Jardine, der als einziger unter seinen Kollegen wußte, was er sah und was damit zu tun war.

Er beobachtete sie aus siebzig Metern Entfernung durch die Menge der Passagiere hindurch. Sie hatte immer noch das lange, schwarze Haar, und auch alles übrige, speziell ihre Beine und wie sie ging, entsprach ziemlich genau seiner Erinnerung. Damit war ihm aber auch klar, daß die vor ihm liegende Aufgabe kein Kinderspiel war. Die Frau war alles andere als wehrlos. Er hatte nicht vergessen, daß er sie einmal bei der Arbeit gesehen hatte.

Vor einigen Jahren hatte Jardine vor dem Untersuchungsgefängnis in Los Angeles an der Vignes Street gestanden, wo jeden Tag das kleine Tor aufging und ein paar Gefangene freigab. Er wartete auf einen gewissen Hayward, dessen Freilassung in diesen Tagen fällig war, und er war fest überzeugt, daß Hayward seine neunzig Tage unter einen anderem als seinem richtigen Namen abgesessen hatte. Jardine hatte eine Theorie: Hayward hatte den größten Teil seines Lebens als Bobby McKay verbracht.

Einer Geldtransportfirma war McKay fünfzigtausend Dollar wert. Er galt als gewalttätig, auch ohne eine Waffe am Körper. Der einfachste Ort, sich einen solchen Mann zu schnappen, war am Gefängnisausgang. Wenigstens hier hatte er keinen Revolver bei sich und war nicht auf einen Angriff vorbereitet. Und falls er doch zu stark für ihn sein sollte, konnte Jardine auf die Gefängnispolizisten rechnen, die sicher nicht zusehen würden, wenn McKay einen anderen in den Gehweg stampfte.

Die Stahltür und glitt auf Schienen zur Seite. Was an diesem Tag an resozialisierten Bürgern ausgeschieden wurde, strömte heraus in die Sonne. Ein paar Freunde und Verwandte liefen zur Begrüßung schon auf sie zu, als Jardine plötzlich bemerkte, daß hinter ihm ein Wagen hielt. Er drehte sich um und sah, wie die große, schlanke, schwarzhaarige Frau um den Wagen herumkam und die Beifahrertür aufmachte. Dann sah er eine kleinere, blonde Frau mit strähnigen Haaren, die auf den Wagen zuging. Da erst, als er wußte, daß der Wagen nicht für Hayward gekommen war, beruhigte er sich wieder.

Dann hörte er ein kurzes, winziges Geräusch, das ihn

aber sofort nervös machte. Es waren nur ein paar schnelle Schritte auf dem Beton, aber alles Unerwartete war an diesem Ort fehl am Platz.

Er drehte sich gerade so rechtzeitig um, daß er den großen Mann kommen sah. Er lief an der Schwarzhaarigen vorbei und wollte die Blonde aus dem Wagen zerren. Aber die große Frau war auf ihn vorbereitet. Plötzlich hatte der Mann ihren Ellbogen im Gesicht, und Jardine konnte es noch heute hören. Er hätte nicht sagen können, ob es das Krachen eines gebrochenen Nasenbeins war oder nur das abrupte Zusammenklappen der Kieferknochen unter dem wuchtigen Schlag. Jedenfalls flog dem Mann der Kopf zur Seite, und der Körper taumelte ihm etwa in derselben Richtung hinterher. Die Frau drehte sich entgegen dem Uhrzeigersinn herum. Jardine hatte es für den Beginn eines Rückzugs gehalten, um den Fahrersitz zu erreichen, bevor der Mann wieder auf die Beine kam. Aber es war mehr als das. Aus der Drehung heraus legte sie ihr Gewicht auf die Motorhaube und riß den rechten Fuß hoch. Der Tritt fing den Mann etwa in Augenhöhe ab, warf ihn auf den Rücken und vollendete die Drehung der Frau um die eigene Achse. Mit diesem kaum unterbrochenen Schwung rollte sie sich über der Motorhaube ab, landete sicher auf den Füßen und saß im nächsten Augenblick hinter dem Steuer. Sie fuhr schon los, bevor Jardine die Szene ganz begriffen hatte.

Dann empfand er das für ihn nicht eben typische Bedürfnis, sich um den Gesundheitszustand des Mannes zu kümmern. Er hockte sich neben ihm hin, hielt ihm sein Taschentuch unter die blutende Nase und richtete ihn mit »Geht-schon-wieder« und ähnlichem Geplapper wieder auf. Dann fuhr er ihn in die Notaufnahme.

Danach dauerte es noch eine ganze Stunde, bis er auf seine mitfühlenden Erkundigungen die Antwort erhielt, was den armen Mann an diesem Morgen in die Vignes Street geführt hatte und warum ihn diese Frau wie einen Sack Kartoffeln aufs Pflaster geworfen hatte. Als er erfuhr, daß der Mann ein New Yorker Prämienjäger war, der es auf die Blondine abgesehen hatte, versetzte ihn die Erinnerung an die Szene auf der Straße in eine geradezu festliche Stimmung. Er mochte keine Wilderer in seinem Gebiet.

Die blonde Frau hatte offenbar dasselbe getan, was Jardine von Bobby McKay vermutete. Sie war mit einer Anklage wegen Erregung öffentlichen Ärgernisses ins Gefängnis gegangen und hatte sich dreißig Tage lang vor ihren Verfolgern versteckt.

Wie fast alle Prämienjäger war Jardine ein umgänglicher Kerl und begeisterter Zuhörer, wenn Kollegen ihre Geschichten erzählten. Wenn überhaupt nichts mehr lief, dann waren diese Abende für ihn Trost und Siegesfeier. Aber seine Aufmerksamkeit hatte außerdem einen praktischen Hintergedanken: Die Erzählungen enthielten nicht selten Informationen, die er gebrauchen konnte. Manchmal hörte er etwas über Flüchtige, die ihm Geld brachten, ein andermal erfuhr er Neuigkeiten, die seine Suche in eine ganz andere Richtung lenkten.

Keine Geschichte war ohne begleitende Anekdoten und Gerüchte. Eine, die er schon oft gehört hatte, handelte von einer Frau namens Jane, die Menschen verschwinden lassen konnte. In den Jane-Anekdoten ging es immer um den einen Flüchtigen, der dem Prämienjäger entkommen war.

Seit dem Tag, als die kleine Blonde vor dem Gefängnis verschwand, hörte er genauer zu und fing an, Janes Namen mit nie gefaßten Flüchtigen zu verknüpfen. Vielleicht waren nicht alle Geschichten wahr, denn eine so schöne, fix und fertige Ausrede für einen eigenen Fehlschlag konnte man einfach nicht ungenutzt lassen. Aber er war überzeugt, daß genügend Wahrheit darin steckte, um diese Jane zu einer wertvollen Beute zu machen. Wer es schaffte, sie in seinen Käfig zu bringen, der besaß auch alle Namen und Adressen, unter denen sie ihre Leute versteckt hatte.

Hier im Flughafen, während er ihr zu den Rolltreppen nachging, konnte Jardine sein unverhofftes Glück noch gar nicht fassen. In seinem Kopf arbeitete es fieberhaft. Sie war eben aus einem Flugzeug ausgestiegen, also konnte sie unmöglich bewaffnet sein. Selbst wenn sie einen Revolver dabeihatte, so konnte er sich nur in ihrem Koffer befinden, zerlegt in seine Einzelteile. Wenn sie jetzt zur Gepäckausgabe wollte, dann mußte er eingreifen, bevor sie mit dem Koffer verschwinden konnte.

Jardine hatte seinen Revolver im Wagen gelassen, der gegenüber vor dem Terminal parkte, dort konnte er ihn jederzeit holen. Solange er die Initiative behielt, hatte er mit ihr sicher keine großen Schwierigkeiten. Sie hatte ihn zweifellos noch nie gesehen außer an jenem Tag vor dem Gefängnis, aber damals war sie mit etwas ganz anderem beschäftigt gewesen.

Während er sie beobachtete, sah er auch, wie sie arbeitete. Sie gewährte einem übereifrigen Verfolger jede Gelegenheit, zu früh vorzupreschen und sich damit zu verraten. Sie blieb vor einem Schaufenster stehen. Dann ging sie in den nächsten Laden und zum anderen Ausgang wieder hinaus. Alvin Jardine war kein Neuling. Er dachte gar nicht daran, sie hier unter so vielen Menschen zu packen. Er tauchte lieber draußen plötzlich vor ihr auf, wenn sie allein im Dunkeln war.

Nun aber machte er sich plötzlich Gedanken. Unter Umständen verfolgte sie jemand, von dem Jardine nichts wußte. Er blieb deshalb länger vor einer Auslage für Ehemänner mit schlechtem Gewissen stehen: Parfüms, Schmuck, Blumengestecke mit Herzchen darin. Während die Menschen hinter ihm vorübergingen, behielt er Jane weiterhin im Auge. Er machte zwei mögliche Verfolger-Kandidaten aus und beobachtete sie.

Einer der beiden betrat die Herrentoilette, und der andere ging so schnell, daß er Jane bald überholt hatte. Jardine war erleichtert. Der Kampf der Männer um die Frau würde nicht stattfinden. Sie ging an den Torsonden vorbei, und danach in ein Café. Jardine lief zu den Ankunftsmonitoren, um zu sehen, ob sie in seine Richtung blickte, nachdem sie im Café Platz genommen hatte. Sie nahm ein Tablett und reihte sich in die Schlange vor den Selbstbedienungsauslagen ein. Auf dem halben Weg zur Kasse fiel ihr etwas herunter, und sie bückte sich, um es aufzuheben, was ihr aber die Chance gab, einen Blick hinter sich zu werfen.

Jardine hatte so etwas kommen sehen und sich rechtzeitig wieder zu den Monitoren umgedreht.

Während sie zahlte und mit ihrem Tablett zu einem Tisch an der Wand ging, veränderte er seine veränderte Position. Er stellte sich etwas abseits auf, so daß er den Eingang im Auge behalten konnte. Sein Jagdfieber steigerte sich noch, während er sie bei ihren Vorsichtsmaßnahmen beobachtete. Er wußte aus Erfahrung, daß Menschen auf der Flucht manchmal zwar einen siebten Sinn entwickelten, der ihnen eine drohende Gefahr ankündigte, der ihnen aber nicht sagte, woher die Gefahr kam. Janes aufwendige Vorsichtsmaßnahmen bestätigten seine Überzeugung, daß sich diese Jagd lohnte. Ihre Finten und Täuschungsmanöver dienten dazu, ihre Intuition zu beruhigen und sich selbst zu beweisen, daß sie in Sicherheit war.

Jardine griff sich an die Gesäßtasche mit den Handfesseln aus Plastik. Er arbeitete inzwischen so gern damit, daß er Handschellen völlig aufgegeben hatte, auch wenn er keine Angst vor einem Metalldetektor haben mußte. Handfesseln waren leicht, schnell anzubringen, sie paßten genauer, und wenn man aus ihnen herauswollte, ging das nicht, indem man das Schloß knackte: Man mußte sie durchschneiden.

In diesem Fall konnte Jardine sein Opfer nicht einfach packen und, wie er es sonst machte, etwas von einem Haftbefehl erzählen. Jane wußte so gut wie er, daß das reiner Unsinn war. Bei ihr mußte er die zweite Handfessel sofort um ihre Füße legen.

Sie verließ das Café und ging zur Rolltreppe. Er wartete, bis sie abwärts fuhr, dann lief er zum Aufzug und schaffte es, durch einen anderen Ausgang vor ihr draußen anzukommen. Er hatte die Glastür, durch die sie kommen mußte, genau im Blick, als sie heraustrat. Jardine hatte diesmal wirklich unverschämtes Glück. Sie war ohne den Umweg über die Gepäckausgabe herausgekommen, hatte also keine Waffe bei sich. Sie stellte sich in die Warteschlange für den Bus, der die Passagiere zu den Langzeitparkplätzen brachte.

Jardine wußte jetzt nicht nur, wo sie war, sondern auch, wohin sie wollte. Er rannte über die Straße zu seinem Wagen, stieg ein, fuhr einmal den Kreisel um das Terminal herum und kam genau in dem Augenblick an, als der Bus hielt und die Passagiere einstiegen.

Jardine wartete, bis Jane im Bus war. Er fuhr ihm langsam nach. Der Bus hielt noch ein paarmal an weiteren Ausgängen, aber sie stieg nicht aus. Als der Bus endlich die Terminals hinter sich ließ, atmete Jardine freier. Jetzt konnte er einen größeren Abstand halten.

Am Parkplatz C nahm er ein Ticket aus dem Automaten und wartete, daß die Schranke aufging, wobei er den Bus im Auge behielt. Ständig stiegen Passagiere aus.

Allmählich leerte sich Bus. Überall wurden Kofferraumdeckel geöffnet und Gepäckstücke verstaut, dann fuhren die Wagen los. Immer besser, sagte er sich, eine regelrechte Glückssträhne. Die Frau war der letzte Fahrgast. Danach würde der Bus zu der Haltestelle am Parkplatz fahren, wo die Passagiere für den Rückweg zu den Terminals warteten. Sie war also praktisch allein mit ihm.

Sie ging eine Wagenreihe entlang und suchte ihren Stellplatz. Jardine zog die Handfesseln ein Stück weit heraus, damit er sie griffbereit hatte, wenn es soweit war. Jane hatte ihren Wagen gefunden. Während sie auf ihn zuging, machte sie ihre Handtasche auf, um den Schlüssel herauszuholen. Er fuhr mit erhöhter Geschwindigkeit auf sie zu. Erst einen Meter vor ihr bremste er den Wagen ab. Als sie sich nach ihm umdrehte, war er schon ausgestiegen und stand neben ihr.

Sie hob einen Arm bis zur Gürtellinie und lächelte ihm zu. Durch die Parkplatzbeleuchtung wirkten ihre weißen Zähne wie ein blauer Schimmer.

»Hallo«, sagte sie. Sie hielt etwas Schwarzes in der Hand. Bei dem fahlen Licht konnte er nicht viel erkennen, aber immerhin sah er eine Mündung, die auf seine Brust zielte.

Jardine versuchte, den Überraschten zu spielen. »Was soll das denn?«

Sie ließ sich dadurch nicht aufhalten. »Halten Sie den Mund und hören Sie zu«, sagte sie, »ich habe keine Lust, Sie zu erschießen, also sparen Sie sich irgendwelche Verzweiflungstaten.«

»Was wollen Sie denn von mir?«

»Nur eine Mitfahrgelegenheit.«

»Der Schlüssel steckt. Bedienen Sie sich.«

Sie ging um den Wagen herum zur Beifahrerseite. Es war ihm klar, daß sie ihm ein paar Sekunden Zeit ließ, um sich zu vergewissern, daß weit und breit keine Menschenseele war. Wenn er losrannte, kam er vor ihrem ersten Schuß höchstens bis zum nächsten Wagen, und danach konnte er sie weder aufhalten noch weiterlaufen. Wenn er aber tat, was sie verlangte, hatte er vielleicht eine Chance, unter dem Armaturenbrett seinen Revolver herauszuholen. Sie wußte anscheinend nicht, wer er war.

Er stieg ein, griff zum Zündschlüssel, blickte kurz zu ihr hinüber, und dann fiel ihm die Kinnlade herunter. Er hatte ihr zu viel Zeit allein im Wagen gelassen. Der Revolver, den sie jetzt in der Hand hielt, war sein eigener. Er sagte: »Hören Sie zu. Ich kenne Sie nicht, aber ich bin sicher, Sie möchten nicht in solche Schwierigkeiten geraten, daß Sie ...«

»Guter Versuch, Alvin«, sagte sie. »Ich kenne Sie, und Sie kennen mich. Ich wußte, Sie würden am Terminal von American Airlines warten. Ich wußte, Sie würden mich erkennen und mir folgen. Und das ist das Ergebnis.«

»Würde es Ihnen etwas ausmachen, mir zu verraten, wie Sie eine Waffe durch die Sicherheitskontrolle gebracht haben?«

»Habe ich gar nicht. Bevor ich heute morgen hier abflog, habe ich sie versteckt.« Sie sah ihn mit spöttischem Mitleid an und deutete mit einer Kopfbewegung auf seinen Revolver. »Sie haben an so etwas offensichtlich nicht gedacht.«

»Ich habe kurz daran gedacht«, sagte er.

»Sie kennen mich eben nicht gut genug.«

Er gab dem Wachmann sein Parkticket und das Geld, nahm die Quittung in Empfang und fuhr hinaus auf den Century Boulevard. Nach einer Weile sagte sie: »Nehmen

Sie jetzt La Tijera.« Er bog wie befohlen ab. Als er zu einem kleinen, ziemlich schäbigen Motel kam, sagte sie: »Fahren Sie da rein.«

Er parkte den Wagen hinter dem Motel, schaltete den Motor ab und lehnte sich zurück. Beim Anblick des Revolvers war ihm der Schreck in die Glieder gefahren, aber seine Berufserfahrung sagte ihm, daß keine unmittelbare Lebensgefahr mehr bestand, wenn der Schuß nicht in den ersten Sekunden losging. Diese Sache mit dem im Terminal versteckten Revolver machte ihn unruhig. Für seinen Geschmack hatte die Frau zu viele Tricks auf Lager. Aber er sagte sich, daß das nichts mehr als kleine Schlaglöcher auf seinem Weg zum Ruhm waren. Sie hatte sich einen Ort ausgesucht, wie er ihn sich nicht besser gewünscht hätte, Lärm würde nicht weiter auffallen, da hier alle zehn Sekunden ein Jet so tief über das Haus donnerte, daß man die Gesichter der Fluggäste sehen konnte.

Sie sagte: »Zimmer elf.« Er stieg aus und ging zum Eingang. Er horchte auf ihre Schritte hinter ihm. Er war nicht sicher, wie nahe sie ihm war. Er blieb vor der Zimmertür stehen, sie hielt ihm den Schlüssel hin. Jetzt war sie nahe genug, aber er spürte den Revolverlauf in seinem Rücken. »Sie machen jetzt die Tür auf und das Licht an und dann gehen Sie rein. Drehen Sie sich nicht um.«

Das war eigentlich genau, was er brauchte, um zuzuschlagen: ein verschlossenes Zimmer außer Hörweite. Nur noch ein paar Sekunden, und das Blatt mußte sich wenden.

»Machen Sie es sich bequem, legen Sie sich aufs Bett. Auf den Rücken.«

Jardine setzte sich auf die Bettkante, legte sich hin und sagte: »Vielleicht wird das ja noch eine denkwürdige Nacht.«

Sie hob den Revolver, so daß er auf seine Brust zielte, und blieb am Fußende des Bettes stehen, unerreichbar für ihn.

»Sollte nur ein Scherz sein«, sagte er leise. »Also was wollen Sie von mir?«

»Holen Sie eine von Ihren Handfesseln aus der Gesäßtasche.«

Seine Augen weiteten sich. Woher wußte sie das nun wieder? Sein eigener Fehler: Er hatte sie etwas heraushängen lassen und dann vergessen. »Das brauchen Sie nicht.«

»Es ist zu Ihrer eigenen Sicherheit. Solange Ihnen nicht klar ist, daß Sie mich nicht kriegen, erschrecke ich mich vielleicht noch und erschieße Sie. Jetzt das linke Handgelenk an den Bettrahmen.«

Noch während er sein Handgelenk an den Stahlrahmen fesselte, dachte er darüber nach, wie er sich befreien könnte. Vielleicht konnte er den Rahmen so weit hochschieben, daß sich die Handfessel herausziehen ließ, allerdings mußte er dafür erst mal das Bett verlassen. Bestimmt mußte sie irgendwann einmal ins Bad. »Fertig. Zufrieden?« Er legte einen möglichst herablassenden Klang in seine Stimme.

»Ich möchte das hier gern kurz und einfach durchziehen. Jeder weiß vom anderen, wer er ist, also müssen wir damit keine Zeit verschwenden.«

»Womit verschwenden wir sie dann?«

»Erzählen Sie mir von Brian Reeves Vaughn.«

Er lächelte. »Wenn Sie mir von Rhonda Eckerly erzählen.« Er suchte vergeblich nach einer Reaktion in ihrem Gesicht. »Oder Mary Perkins oder Coleman Fawcett oder Ronald Sitton.«

Sie schüttelte langsam den Kopf. »Wie dumm von mir. Ich habe Ihnen noch gar nicht erklärt, wie das hier läuft.«

Sie holte einen Silberrahmen aus ihrer Tasche und warf ihn aufs Bett: eine Fotografie seiner Mutter an ihrem achtzehnten Geburtstag. Er war außer sich vor Wut. »Sie waren in meinem Haus.«

»Ich fand das Foto auf dem Kaminsims und dachte mir, Sie hängen wahrscheinlich dran. Vielleicht wollen Sie es behalten, nur für den Fall.«

»Für den Fall, daß was?«

Sie sah auf ihre Uhr. »Jetzt ist es halb zwei. Nachts um diese Zeit kann man ohne weiteres überall die Höchstgeschwindigkeit fahren. Damit schaffen Sie es in achtundzwanzig Minuten von hier bis zu Ihrem Haus.«

»Und?«

»In genau einer Stunde geht mit einer Zeitschaltuhr die Kaffeemaschine in Ihrer Küche an. Der Topf ist bis zum Rand voll Benzin, und auf der Heizfläche darunter liegt eine Schicht Schwarzpulver. Aber ich wette, es wird schon nicht das ganze Haus abbrennen, bevor die Feuerwehr kommt.«

»Und wenn doch?«

»Dann habe ich eine Menge Geld umsonst ausgegeben für das Heroin in Ihrem Schlafzimmer. Aber das macht nichts. In der Garage ist noch mehr.«

Sie bluffte. Sie mußte bluffen. Aber da lag das Bild seiner Mutter: Sie war tatsächlich im Haus gewesen.

»Wollen Sie mir sagen, daß Sie auch noch mit Heroin in der Tasche gelandet sind?«

Die Langsamkeit, mit der sie den Kopf schüttelte, nahm ihm seine letzten Hoffnungen. »Sicher nicht«, sagte sie, »ich weiß überhaupt nicht, wo man es in Los Angeles kaufen kann. Aber Artie Macias wußte es.«

»Artie Macias?« Das war die schlimmste Demütigung. Vielleicht hatte er damals, als er Artie Macias einfing, ihn doch etwas zu hart angefaßt. Aber schließlich war es ja nicht Jardine, der nach einer Kautionsstellung abgehauen war. Und Gary, der die Kaution bezahlt hatte, gab sogar noch einen Extra-Bonus, damit für seine anderen Kunden ein Exempel statuiert wurde.

»Ja«, sagte sie. »Als er hörte, es ist für Sie, da war er gar nicht mehr zu bremsen. Und er legte großen Wert darauf, daß Sie erfahren, wer es Ihnen beschafft hat.«

Und er hatte gedacht, das wäre sein Glückstag. Jardine starrte hilflos zur Decke. »Auch wenn ich Ihnen sage, was Sie wissen wollen, lassen Sie mich nicht rechtzeitig gehen. Mein Haus brennt ab, und die Polizei findet das Heroin bei mir.«

Ihr Blick ruhte unbeweglich auf ihm. »Und Sie wissen endlich einmal, was es heißt, gejagt zu werden, statt zu jagen.«

Er haßte sie. Er wußte nicht genau, ob er sie noch in dieser Nacht umbringen konnte, aber fähig dazu war er jetzt. Gleichzeitig wußte er, daß ein solcher Gedankengang falsch war. Sie besaß Informationen, die ihn zum reichen Mann machen konnten. Er hätte gern zehntausend Dollar für das Vergnügen hergegeben, ihr diesen hübschen Hals zu brechen. Aber zehn Millionen würde er nicht an eine vergnügliche Nacht verschwenden. Er brauchte sie lebend, sonst hatte er keine Chance, an ihr Wissen heranzukommen. Und im Augenblick mußte er tun, was sie wollte, oder er konnte die ganze Sache vergessen.

»Die Zeit läuft.«

Er sah sie an und konnte die Sekunden fast körperlich spüren. Am besten, er erledigte das hier möglichst schnell. »Ich weiß nicht, wo er ist.«

»Danach habe ich nicht gefragt«, sagte sie, »ich will wissen, warum er auf der Flucht ist.«

Jardine dachte fieberhaft nach. »Er ist zu Ihnen gekommen. Er wollte, daß Sie ihn verstecken, stimmt's?«

»Wenn wir beide die Fragen stellen, dauert es doppelt so lang.«

Jardine nahm es als Bestätigung. Brian Vaughn hatte keine Ahnung, wie er es anstellen sollte. Jemand anderer war auf die Idee gekommen, bei ihm abzukassieren, und Brian wandte sich an Profis um Hilfe. Eigentlich war es komisch. Sie war sich offenbar nicht sicher, ob er so gut war wie sie selbst. »Sie wissen nicht einmal, wer er ist?«

»Wenn ich es wüßte, wäre es ziemlich idiotisch von mir, ausgerechnet Sie zu fragen«, sagte Jane.

»Warum gerade mich?«

»Wegen Ihrer Arbeitsweise. Die meisten Kopfgeldjäger sind nur hinter einem bestimmten Opfer her. Sie sind einer der wenigen, die sich irgendwo hinsetzen und warten. Das heißt, Sie haben eine aktuelle Liste aller Gesichter, die Geld bringen. Sagen Sie mir, warum Brian Vaughn dazugehört, und ich lasse Sie heimgehen und die Kaffeemaschine abschalten.«

Jardine versuchte wieder, sich mit einem leeren Blick auf die Decke zu konzentrieren, aber dann stellte er fest, es ging über seine Kräfte, die vorübergehenden Sekunden von sich abzuschütteln. Was war, wenn ausgerechnet in dieser Nacht die Straße zu seinem Haus neu geteert wurde? »Es gibt einen ganz einfachen Grund dafür, daß Brian Vaughn nicht zur Fahndung ausgeschrieben ist: Es gibt noch keine Anklage.«

»Was für eine Anklage?«

»Mord.«

Jane nickte. So etwas hatte sie erwartet. »Wo wird er gesucht?«

»Also, gesucht wird er eigentlich nicht«, sagte Jardine, »und wieder doch. Die Polizei in Boston hat einen Wagen gefunden, mit einer toten Lady darin, und die Labortests haben ergeben, daß jemand sie kurz vorher gefickt hat.«

»Vergewaltigt?«

»Unklar«, sagte er. »Das ist so die gängige Theorie, wenn die Frau tot ist, aber die hier hatte alle ihre Kleider richtig an. Kein Anzeichen für einen Kampf, aber eine tödliche Dosis Schlaftabletten im Blut. Und der Wagen gehörte ihr nicht. Sondern Brian Vaughn.«

»Hat man ihn festgenommen?«

»Ab hier weiß ich alles nur aus zweiter Hand. Er hat Geld, gutes, altes Geld. Er wohnte auf einem Landsitz außerhalb von Boston. Man hat mir erzählt, die Polizei hat einen oder zwei Beamte zu ihm rausgeschickt, die ihn höflich und mit dem Hut in der Hand fragen sollten, ob er sich vielleicht etwas vom Herzen reden möchte. Er war anscheinend nicht da. Aber schon auf ihrem Weg zu ihm nach Hause meldete irgendein Hausmeister den Wagen als gestohlen.«

»Und wo war Vaughn?«

»Ein paar Diener haben angeblich ausgesagt, er wäre in Europa, andere sagten, sie wüßten es nicht. Auf jeden Fall paßten die Aussagen nicht zusammen.«

»Hat er Familie?«

»Aber sicher. Seine Eltern sind schon ziemlich alt. Sie leben in Florida und haben ausgesagt, er hätte von einer Europareise gesprochen. Sie wissen doch, wie das ist. Keiner wußte, wo er ist oder wann er abgereist ist. Aber jeder wußte, es war mindestens eine Woche weg, bevor das tote Mädchen in seinem Auto lag. Und keiner weiß, wie man ihn erreichen kann. Aber mit einemmal hat er einen Anwalt.«

»Wie hat der Anwalt das erklärt?«

»Das Übliche. Er ist ein Freund der Familie und fragt, ob er der Polizei irgendwie behilflich sein kann.« Er sah sie unruhig an. »Wieviel Uhr ist es?«

»Erst dreiundvierzig. Wie heißt der Anwalt?««

»Ich habe nie danach gefragt. Hätte mir auch nichts gesagt.«

»Was geschah dann?«

»Dann schaute die Polizei genauer hin. Vaughn hat anscheinend ein paar Vorstrafen.«

»Wofür?«

»Auf dem Papier nicht mehr als die Kindereien eines verwöhnten Bengels. Zu schnell gefahren und überall geparkt und erst bezahlt, nachdem der Wagen abgeschleppt war. Aber dann graben sie auch ein paar Leute aus, die richtig wütend sind auf Brian, und einer von denen rückt die Namen von zwei jungen Mädchen heraus, denen man schon Jahre vorher einen Haufen Geld gegeben hat. Beide verweigern die Aussagen, warum sie das Geld bekommen haben – von Vaughns Eltern übrigens.«

»Weiter.«

»Die Polizei hat Blut geleckt. Jetzt wollen sie den Kerl wirklich. Sie haben nur nicht genug in der Hand für eine Anklage, und an die Öffentlichkeit gehen und ihn wie einen flüchtigen Verdächtigen behandeln können sie auch nicht.«

»Der Wagen reichte ihnen nicht?«

»Sie können doch ein Alibi erst dann knacken, wenn sie es haben. Natürlich denken sie sich, wenn sie einen DNS-Test machen, ist er mit Garantie der fehlende Partner in der Sex-Szene. Und dann muß er beweisen, wann und wie er nach Europa gekommen ist und wieso sein Wagen in Boston war, ohne daß ihn jemand kurzgeschlossen hat, und noch ein paar andere Dinge, die jetzt zu lang dauern, wo mein verdammtes Haus gleich abbrennt.« Er setzte sich auf.

»Sie haben noch genug Zeit«, sagte sie und hob den Revolver. »Woher wissen Sie das alles?«

»Sagen Sie mir: Von wem hört man solche Details?«

»Von der Familie des Mädchens. Wer war sie?«

»Sie war aus New York. Vaughn kannte sie, kein Zweifel. Aber alle dachten, sie wäre in New York in dieser Nacht, und daß Vaughn in der Stadt war, kann keiner beweisen. Ihre Familie engagierte einen – nun ja, einen Privatdetektiv.«

»Stand was davon in der Zeitung?«

»Sicher. ›Amanda Burnes tot in gestohlenem Wagen aufgefunden. Besitzer bei Redaktionsschluß nicht auffindbar.‹«

»Und wie hat Vaughn das Ganze gemanagt?«

»Ich weiß nicht. Vielleicht hat der Anwalt Überstunden gemacht. Vielleicht hat die Polizei mitgeholfen. Normalerweise geben sie so etwas nicht an die Presse, bevor sie ihren einzigen Verdächtigen erwischt haben. Er hat genug Geld, so daß sie vielleicht annahmen, er würde den Rest seines Lebens in Europa bleiben. Sie haben sogar Interpol eingeschaltet. Aber von denen kam nur ein großes Schweigen.«

»Sie haben mir noch immer nicht genau gesagt, woher Ihre Informationen stammen. Kannten Sie den Privatdetektiv?«

»Nicht persönlich.«

»Sondern wie?«

»Die Leute reden halt.«

»Wieviel hat die Familie des Mädchens bezahlt?«

»Hundert Riesen. Seit ich das wußte, stand er auf meiner Liste. Ich dachte mir, wenn er in Europa ist, ist es nicht gerade das schlaueste, wenn er am Logan oder Kennedy Airport ankommt. Er bleibt dann wohl eher, wo er ist, bis irgendein Beweisstück verschwindet oder ein anderer für sein Verbrechen verhaftet wird. Und wenn er Heimweh hat, fliegt er lieber über Los Angeles, wo ihn niemand erwartet.«

Jane nickte. »Wir haben noch fünf Minuten. Gegen ihn wurde keine Anklage erhoben. Wenn Sie ihn sehen, können Sie ihn sich nicht einfach schnappen und aufs nächste Polizeirevier schleppen. Sie können ihn nicht in Handschellen legen und mit ihm nach Boston fliegen. Was sollten Sie für die hunderttausend tun?«

»Ihn festhalten.«

»Für wen?«

»Für jeden, der mir hunderttausend zahlt.« Er wurde ungeduldig. »Was ist, kann ich jetzt gehen?«

»Sollten Sie es selbst tun oder ihn festbinden und jemanden anrufen?«

Seine Augen irrten wild im Zimmer herum. Er blickte auf die Tür, zu Jane und zurück zur Tür. »Das Geld war dafür, daß ich ihn umbringe. Wenn ich ihn lang genug lebend festhalte, daß der Vater des Mädchens herüberfliegen kann, um ihm selbst das Gehirn rauszublasen, gibt es zweihunderttausend.«

Jane sah auf die Uhr. »Gut«, sagte sie. »Sie haben dreiunddreißig Minuten. Gehen Sie und retten Sie Ihr schönes Heim und Ihren makellosen Ruf.«

Der Revolver zielte immer noch auf ihn, während sie mit ihrem Taschenmesser die Handfessel aufschnitt.

Jardine stand auf. In seinem Unterbewußtsein regte sich ein wilder Drang. Das Haus war versichert, und er hatte ohnehin nicht mehr als vierzigtausend abbezahlt. Aber diese Frau in seinen Händen war Millionen wert. Was verlor er denn mit dem Haus? Billige Anzüge, ein paar Möbel, über zehn Jahre alt und voller Macken und – ach ja, das Heroin.

Er machte einen Schritt zur Tür, ging noch einmal zurück zum Bett, nahm das Foto seiner Mutter und blickte Jane in die Augen. »Das werde ich Ihnen nie vergessen.«

»Keine Ursache.«

»Ich meine, das nächste Mal bringe ich Sie wahrscheinlich um.«

Jane schüttelte den Kopf. »Nein«, sagte sie, »Sie lassen sich nicht die Chance entgehen, mich zu Geld zu machen.«

Jardine schaute sie unverwandt an. Er überlegte, ob er an der nächsten Telefonzelle halten und jemanden bitten sollte, in sein Haus einzubrechen, während er dieser Frau auflauerte. Er ging im Kopf seine Freunde und Kollegen durch, aber hinter jedem Gesicht steckte ein anderes: vielleicht Neid, vielleicht sogar unausgesprochene Rachebedürfnisse. Er rannte zu seinem Wagen. Als er die Tür aufriß, hörte er die Sirene eines Streifenwagens. »Laß das bloß jetzt keinen Verkehrsunfall sein, mit zehn ineinander verkeilten Wagen.« Jardine hatte keine Ahnung, zu wem er das sagte oder warum er damit drei wertvolle Sekunden verschenkte.

Jane wartete, bis sie ihn in der Auffahrt zum Freeway sah. Dann ging sie zu ihrem Wagen und ließ den Motor an. Als sie selbst den Freeway hinauffuhr, fühlte sie sich seltsam erleichtert. Es war nur ein winziges Detail. Sie war glücklich darüber, daß er genau in dem von ihr geplanten Moment zugeschlagen hatte: als sie auf dem menschenleeren Parkplatz vor einem Wagen stand, den sie noch nie vorher gesehen hatte. In dem Augenblick, als er vor ihr stand, war sie zu beschäftigt, um noch Angst zu haben.

Sie fuhr in nördlicher Richtung nach Santa Barbara und dachte an Brian Vaughn. Jardine hatte angedeutet, daß die Familie ihm auch nach dem Untertauchen Geld zukommen ließ. Zweifellos hatte er bald mehr ausgegeben, als er mitnehmen konnte. Die Bande der Gesichtsfälscher hatte viel Arbeit in seinen Schutz investiert. Das machten sie nur, weil sie ihm nicht sein ganzes Geld auf einmal abnehmen konnten und weil sie wußten, daß es immer weiterfließen würde.

Auch andere Einzelheiten in Jardines Erzählung schienen zu passen. Die Behutsamkeit der Polizei, ein Katz-und-Maus-Spiel, um ihn nach Hause zu locken, war sicherlich das richtige Vorgehen. Vaughn war in keiner angenehmen Situation. Eine Anklage gegen ihn hatte man zwar nicht erhoben, aber zweifellos hielt man in aller Unauffälligkeit die Augen offen. Also konnte er nirgends hingehen, wo ihn jemand erkennen konnte. Und selbst dann mußte er dauernd auf solche Leute wie Jardine gefaßt sein. Er hatte nur noch einen Ausweg: Er durfte sich nicht mehr Brian Vaughn nennen und nicht wie Brian Vaughn aussehen.

Nur etwas an Jardines Erzählung kam ihr falsch vor: die Geschichte mit dem Verbrechen im Auto. Aber vermutlich war dieser Teil für Jardine ohne jedes Interesse. Man hatte das Mädchen tot im Brian Vaughns Wagen gefunden. Jane versuchte, den Hergang zu rekonstruieren.

Möglicherweise hatte Vaughn sie in New York aufgegabelt und in sein Haus in Weston gebracht, sie mit Medikamenten gefügig gemacht und vergewaltigt. Dann stellte er fest, daß er ihr eine solche Überdosis Schlaftabletten gegeben hatte. Er schleppte die Leiche in seinen Wagen, mit der Absicht, sie in ihre Wohnung nach New York zurückzubringen. Aber da kam ihm etwas dazwischen, irgendeine Panne, oder das Benzin ging ihm aus oder er blieb im Schnee stecken. Danach fiel ihm nichts anderes ein, als den Wagen stehenzulassen und wegzulaufen. Vielleicht plante er sogar, nach einer Weile zum Wagen zurückzukehren. Nur bevor es dazu kam, hatte die Polizei die Leiche gefunden. Aber Jane mußte nicht nur herausfinden, was passiert war, sondern auch das, was nach Brian Vaughns Plänen passieren sollte.

Was konnte er sich ausgedacht haben? Ganz sicher hatte er kein Verbrechen geplant, in dem er eine tote – oder auch nur eine bewußtlose – Frau von Weston, Massachusetts, bis nach New York transportieren mußte, und dann hinauf in ihre Wohnung, wobei er kaum damit rechnen konnte, nicht gesehen zu werden. Nein, das Ganze sollte an einem einzigen Ort stattfinden, und die Frage war nur, wo. Vermutlich hatte er es nicht gern, daß eine Frau, die er vergewaltigt hatte, am nächsten Morgen in seinem Haus aufwachte. Da war es erheblich einfacher, sie wachte in ihrer eigenen Wohnung auf und erinnerte sich nur noch dunkel an das, was mit ihr geschehen war. Schon das einsame Aufwachen im eigenen Bett rückte alles, was ihr passiert sein mochte, in eine ferne Vergangenheit. Sie würde kurz darüber nachdenken, was sie noch wußte und was es ihr einbrachte, die Polizei zu rufen, und entscheiden, es bleiben zu lassen. Aber sie war nicht in New York und schon gar nicht in Weston. Sie lag dort, wo Brian Vaughn sie am wenigstens gebrauchen konnte: in seinem Wagen.

Jane spielte eine zweite Möglichkeit durch. Er hatte den Abend mit der Frau in Weston verbracht. Erst hatten sie Sex, dann konnte sie nicht einschlafen, während er schon schlief. Sie fand Schlaftabletten im Bad und weil sie die Sorte nicht kannte, nahm sie aus Versehen zuviel, und das Beruhigungsmittel mit dem Alkohol im Blut ergaben eine tödliche Reaktion. Er wachte auf, hielt sie für bewußtlos, trug sie ins Auto, um sie nach Boston ins Krankenhaus zu bringen. Unterwegs stellte er fest, daß sie schon tot war. Und er geriet in Panik. Aber auch diese Version konnte nicht stimmen. Wenn sie derartig mitgenommen war, dann fuhr man sie nicht nach Boston. Man rief einen Krankenwagen.

Während Jardine seine Geschichte erzählte, hatte Jane immer daran denken müssen, daß alles, was er sagte, durchaus möglich war. Es paßte auffallend nahtlos zueinander. Die Geschichten all dieser Kunden waren auf seltsame Weise perfekt. Vaughn war reich. Er war an dienstbare Geister gewöhnt, die kostspielige Leistungen für ihn erbrachten. Offenbar hatte er auch eine Vergangenheit voller Sexualvergehen, nicht gerade Vergewaltigungen, aber schwerwiegend genug, damit die Familie Schweigegeld verteilte. Das erschien Jane jetzt wichtig. Er hatte sich schon ein paarmal aus seinen Frauenproblemen herausgekauft. Wenn ein solcher Mann in einer Schwierigkeit steckte und auf die Gesichtsfälscher stieß, dann hatten sie einen guten Fang gemacht. Was aber, falls sie selbst ihn ausgesucht und ihm ein maßgeschneidertes Problem auf den Hals geladen hatten? In diesem Fall würde es ganz genau so aussehen.

36

Der Sicherheitsingenieur war eine Frau, die Marshall nur als Maggie vorgestellt wurde. »Maggie schneidet das Ganze für Sie zusammen«, hatte der Schichtleiter gesagt.

»Können wir da anfangen, wo sie aus dem Flugzeug kommt?«

»Sicher«, sagte Maggie.

Marshall sah die Passagiere müde und gelangweilt aus dem Zieharmonikakorridor kommen. Jetzt sah er, wie die Frau herauskam und sich wie jeder andere mit kurzen Seitenblicken orientierte. Dann aber konzentrierten sich ihre Augen auf etwas Bestimmtes. »Können Sie mir das mal als Standbild geben?«

Die aufgezeichneten Bilder bewegten sich nicht mehr, und der Kopf der Frau blieb im Winkel von vielleicht fünfzehn Grad stehen. »Wissen Sie, was sie da anschaut?«

»Nicht genau. Ich gebe Ihnen die andere Kamera.« Jetzt sah er zwanzig oder dreißig Gäste an den Tischen einer offenen Cafeteria, hinter ihnen Toilettentüren und Gepäckschließfächer. Zwischen der Frau und den Schließfächern saßen und standen mindestens hundert andere Menschen. »Ich glaube, es ist der Mann mit der Kaffeetasse am dritten Tisch.«

»Okay«, sagte er.

Nun bewegte sich die Frau wieder. Sie ging schnell durch die ganze Halle, dann den Zwischengang hinunter in einen Laden, dann in das Café, danach auf die Rolltreppe nach unten, und schließlich stand sie draußen. Sobald sie das Sichtfeld einer Kamera verlassen hatte, holte Maggie sie mit der nächsten Kamera wieder ein.

»Moment. Ich würde mir das Café gern genauer ansehen.«

Maggie zeigte auf einen zweiten Bildschirm. »Da ist sie.« Jane kam herein, griff nach einem Tablett und schob sich in der Schlange an den Auslagen vorbei. Sie nahm ein Stück Kuchen und eine Tasse Kaffee. Als sie in ihrer Handtasche nach dem Geld suchte, fiel ihr etwas heraus. Sie bückte sich, hielt sich dabei mit der rechten Hand an der Metallschiene fest und fand am Boden ihre – Marshall kniff die Augen zusammen – ihre Schlüssel. Der Oberkörper kam wieder hoch, die rechte Hand blieb an der Schiene, jetzt in Gürtelhöhe, griff dann in die Handtasche und legte Geld auf den Zahlteller. Warum in die Handtasche? Eigentlich hätte die linke in die Tasche gehen müssen, um erst einmal die Schlüssel loszuwerden. Aber die Schlüssel lagen auf dem Tablett. Marshall konnte nicht hundertprozentig sicher erkennen, aber es kam ihm so vor, als hätte die Frau beim Aufrichten etwas in der rechten Hand gehalten.

Geduldig sah er sich die restlichen Videobänder an. Jetzt beobachtete er die Leute, die sie vor sich und in ihrem Rücken hatte. Falls das Café ein toter Briefkasten war: Was hatte man dann für sie dort hinterlegt? Eine Nachricht? Geld? Fast vermutete er, nach so vielen Videobändern aus Langeweile schon Gespenster zu sehen.

Weiter: Jane steigt in den Parkplatzbus. Jane steigt am Parkplatz C aus. Ein Mann kommt auf sie zu. Jane steigt in einen Wagen und fährt mit dem Mann weg. »Haben Sie schon etwas über den Mann?«

»Aber ja«, sagte Maggie. »Das war eine Kleinigkeit, weil man sein Nummernschild sehen kann. Er heißt Alvine Jardine. Offiziell ist er Privatdetektiv.«

»Was heißt ›offiziell‹?«

»So steht es auf seiner Lizenz, aber die Polizei von Los Angeles sagt, er ist eher ein Kopfgeldjäger.«

»Arbeitet er öfter am Flughafen?«

»Ich habe den letzten Monat noch mal durchlaufen lassen, und in dieser Zeit war er jeden Abend da.«

»Ist er im Augenblick auch da?«

»Ich habe es bereits überprüft: Leider nein. Ich glaube, er ist der Mann, den sie anschaut, als sie aus den Flugzeug kommt, aber ich bin nicht sicher. Ich kann es nur aus dem Winkel ihrer Kopfhaltung berechnen. Wer ist die Frau? Eine Verdächtige oder eine Zeugin oder was?«

Marshall sah auf den Bildschirm, während er ihr antwortete: »Ich weiß es nicht. Ich weiß nur ein bißchen über sie, aber ich habe noch kein Etikett dafür.«

Das Geräusch seines Piepsers klang erschreckend laut. Er ging hinaus, suchte ein Telefon, das seine Kreditkarte akzeptierte, und ließ sich die möglichen Schlußfolgerungen durch den Kopf gehen. Vielleicht hatte der Prämienjäger Dahlman gefunden, und sie hatte ihm Schweigegeld gezahlt. Vielleicht hielt sie Dahlman aus irgendwelchen Gründen für unschuldig und heuerte Jardine an, den miesesten dieser Typen, um es zu beweisen. Neulinge in diesem Geschäft standen oft unter einem geheimnisvollen Zwang, den Fuchs zum Aufseher über den Hühnerhof zu machen.

Er wählte die Nummer, die sein Piepser anzeigte. Grapelli war am Apparat. »Ich hoffe, ich unterbreche Sie nicht gerade bei etwas sehr Wichtigem, Marshall.«

»Ich mußte erst ein Münztelefon finden.«

»Wo sind Sie jetzt?«

»In Los Angeles am Flughafen. Die Leute hier sind außerordentlich kooperativ. Mrs. McKinnon war anscheinend gestern abend hier, sie kam aus Chicago, flog dann nach San Francisco und wieder hierher zurück. Sie hat einen Mann auf dem Parkplatz getroffen und mit ihm eine Tour im Mondschein gemacht.«

»Solche Romanzen sind selten geworden in unserer zynischen Epoche«, sagte Grapelli. »Und was sagt uns das?«

»Chicago vielleicht deshalb, weil sie Beweise oder Zeugen für Dahlmans Unschuld sucht. Oder sie ist dort einfach nur umgestiegen. Warum San Francisco? Ein großes Geheimnis, denn dort hat sie sich höchstens zwei Stunden aufgehalten. Nachdem bis jetzt niemand mit dem Rezept für Dahlmans Antibiotika aufgetaucht ist, war sie dort vielleicht auf dem Schwarzmarkt unterwegs. Aber Los Angeles könnte etwas bedeutet.«

»Los Angeles bedeutet genau so viel wie Chicago«, sagte Grapelli. »Wer war der Mann?«

»Ein Privatdetektiv-Schrägstrich-Prämienjäger. Aber da sie ihn offenbar absichtlich getroffen hat, muß ich vermuten, er ist auf ihrer Seite.«

Grapellis Schweigen klang unzufrieden. Nach einer Weile sagte er: »Was will sie überhaupt, verdammt noch mal?«

»Ich habe da eine Theorie«, sagte Marshall.

»Tatsächlich?«

»Ich denke, sie hat einen großen Teil der Angelegenheit ziemlich genau durchschaut. Ihr Mann hatte definitiv etwas mit Dahlmans Flucht zu tun, das heißt, er ist in Schwierigkeiten. Ihr Haus steht jetzt lange genug unter Beobachtung, daß sie weiß, wir schreiben ihn nicht einfach ab und machen Feierabend. Wie kommt sie da noch raus? Ich will nicht sagen, sie hat einen besonders sicheren oder intelligenten Ausweg gefunden, aber sie hat einen, und nur diesen.«

»Sich scheiden lassen und behaupten, sie hatte keine Ahnung?«

»Ich meine einen Ausweg für beide«, sagte Marshall. »Indem sie selbständig beweist, daß Dahlman es nicht getan hat.«

»Lassen Sie mich bloß damit in Ruhe.«

»Überlegen Sie mal«, sagte Marshall. »Hat sie oder hat ihr Mann etwas davon, daß Dahlman frei rumläuft? Nein. Wir beschatten sie bis ans Ende aller Zeiten. Wenn wir Dahlman erwischen, ist es dann für sie vorbei? Nein. Das ist sogar noch schlimmer, weil wir dann keinen Grund mehr haben, sie ungestört in ihrem Haus wohnen zu lassen, während wir auf Dahlman warten. Wir verhaften sie natürlich. Also, was ist der einzige Weg aus ihrer Lage?«

»Aber sogar wenn Dahlman kommt und uns den Beweis mitbringt, daß es jemand anderer war, dann sind die McKinnons immer noch dran: Anstiftung, Beihilfe, Behinderung der Ermittlung und das alles.«

»Sie ist blind vor Liebe. Sonst müßte sie wissen, daß wir demnächst die Bundesbehörden gegen einen angesehenen Chirurgen und seine gutaussehende Frau mobilisieren, die einen schon ziemlich betagten Arzt so lange verstecken, bis sie den Fall für uns gelöst haben.«

»Das werden wir wahrscheinlich nicht tun«, gab Grapelli zu, »aber das kann sie nicht wissen.«

»Also. Hat sie vielleicht noch eine andere Möglichkeit?«

»Interessante Theorie, immerhin«, sagte Grapelli, »eine Ihrer besseren.«

»Danke. Schön zu wissen, daß ich wenigstens als Theoretiker Fortschritte mache, besonders jetzt, wo ich nichts Praktisches unternehmen kann.«

Grapellis Stimme nahm einen anderen Klang an, ruhiger und leiser und ohne ironische Untertöne. »John, ich fürchte, ich habe Sie nicht angerufen, um zu erfahren, was Sie gerade tun. Ich habe Sie angerufen, um Ihnen zu sagen, was hier gelaufen ist.«

»Das wurde auch Zeit«, sagte Marshall. Er spürte, daß es etwas Unangenehmes war, und Grapelli wußte es auch und mußte es trotzdem tun. Marshall behielt seine Ahnungen für sich.

»Wir müssen sie einfangen. Da sie offenbar nach Lust und Laune herumreist, ohne daß sie gefaßt wird, sehe ich dafür nur einen Weg.«

Marshall mußte an sich halten, um nicht mit seiner inneren Ablehnung herauszuplatzen. »Ich kann es nicht beweisen, aber ich denke, wir sollten unsere Strategie noch nicht aufgeben. Doch es ist Ihre Party, und das respektiere ich.«

»Danke, John«, sagte Grapelli. »Möchten Sie hiersein, wenn wir sie haben?«

Marshall dachte einen Augenblick nach. »Wenn Sie mich brauchen, bin ich da. Aber ich habe noch ein paar Hinweise, die ich ungern liegenlasse. Dieser Kopfgeldjäger könnte uns ein paar Antworten geben, und wenn es die richtigen sind, dann bin ich nur zwei Schritte hinter ihr. Wir sollten zumindest wissen, wo sie auf dem Heimweg zwischenlandet.«

»Wir rufen Sie an, wenn sie hier auftaucht.«

37

Carey stieg in seinen schwarzen BMW. Der Wagen war seine einzige unüberlegte Anschaffung. Er hatte einfach zuviel gekostet, aber jetzt war er sogar darüber nicht unglücklich. Falls das seine letzte Ausfahrt mit dem Wagen sein sollte, falls er ihn verkaufen mußte, weil er im Gefängnis saß, spielte das jetzt kaum noch eine Rolle. Ein paar Dollar mehr oder weniger für ein ruhiges Alter, das ihm und Jane nicht mehr vergönnt war, oder für Kinder, die sie nicht zur Welt bringen würde – das schien ihm reichlich sinnlos.

Auf der Straße sah er nach, ob sich der Wagen mit den zwei Polizisten hinter ihm anders verhielt als sonst. Er fuhr den gewohnten Weg zum Krankenhaus, ohne jede Abweichung von seiner Alltagsroutine. Er hatte kein Interesse daran, sie durch unberechenbare oder überstürzte Manöver zu einem Eingreifen zu veranlassen, das sie bis jetzt nur in Gedanken durchspielten. Wenn sie so weit waren, gewann er nichts dadurch, daß er sie wissen ließ, was er wußte.

Er parkte auf dem für ihn reservierten Stellplatz und betrat das Krankenhaus mit erhobenem Kopf. Er ging in sein Büro und studierte die Krankenakten der drei Patienten, die er an diesem Tag operieren sollte. Er war froh, daß es nichts Besonderes war: nur eine Gallenblase, ein Leistenbruch und eine Dickdarmfistel. Möglicherweise war das ja sein letzter Tag als Chirurg.

Erst vier Stunden später, nach der letzten Operation, regten sich die privaten Gedanken wieder. Die drei Sendewagen waren wieder da, genau wie an dem Abend, als er Dahlman operiert hatte. Ihre Antennenschüsseln waren ausgefahren, und im Wageninnern liefen Techniker geschäftig hin und her. Er sah sich auch die übrigen Wagen auf dem Parkplatz an. Streifenwagen konnte er nicht entdecken, aber zwei Limousinen mit Funkantennen über den Rückscheiben und zusätzlichen hinteren Warnleuchten. Er schaltete den an der Wand hängenden Fernseher ein.

Carey zappte sich durch die Kanäle, bis er das Krankenhaus auf dem Bildschirm hatte. In Channel Four sagte die Sprecherin der Mittagsnachrichten gerade: »... mitgeteilt, daß in wenigen Minuten ein offizielles Communiqué zum geheimnisvollen Verschwinden des mordverdächtigen Dr. Richard Dahlman veröffentlicht wird.« Carey schaltete den Fernseher aus und verließ das Zimmer.

Jane hatte ihm gesagt, es würde ohne jede Warnung losgehen, wenn er aber aufpaßte, könnte er es vorher wissen: »Du wirst einige Leute sehen, die du noch nie gesehen hast. Sie wollen nicht, daß jemand wie du vor laufenden Fernsehkameras verhaftet wird. Alles wird ohne Waffen ablaufen, weil sie wissen, daß du nicht gefährlich bist. Du mußt nur die ersten Anzeichen richtig lesen, und dann mußt du verschwinden, bevor sie soweit sind.«

Carey ging die Treppe hinunter, um nicht den Aufzug nehmen zu müssen, und stieg zwei Stockwerke tiefer an der Cafeteria wieder aus. Er sah Leo Bortoni und Sal Feinman zusammen an einem Tisch, aber als Leo ihm zuwinkte, er solle sich zu ihnen setzen, tat er so, als hätte er ihn nicht bemerkt. Er verschwand durch die Schwingtür in die Küche.

Seit dem Tag, als man ihn zum erstenmal durch das ganze Haus führte, hatte er die Küche nicht mehr betreten. Er hatte nur noch eine ungefähre Erinnerung daran, daß das Geschirr irgendwo im hinteren Teil des Raumes gespült wurde, in einer großen, stahlblitzenden Maschine mit einem Förderband und einer Wassertemperatur weit jenseits derjenigen, die alle bekannten Mikroben überleben konnten. Er hörte Teller klappern und Wasser rauschen, wagte aber nicht hinzusehen.

»Carey!«

Er drehte sich um. Es war Lana McLeish, die einen weißen Laborkittel und ein Haarnetz über ihrer blonden Mähne trug. In der Hand hielt sie das Notizbrett, das sie offenbar nie losließ. »Hi«, sagte er, »ich habe dich gesucht.«

Sie zog ihn zur Seite und holte aus ihrer Tasche eine Papiermütze. »Hier, setz das auf. Eigentlich dürftest du gar nicht hier unten sein.«

»Tut mir leid«, sagte er, »ich war schon fast auf dem Heimweg, da fiel mir ein, daß ich noch nichts für meine neuen Patienten bestellt habe.«

Sie blätterte ihren Notizblock einige Seiten zurück und sagte: »Miller, Reardon, Schwartz, stimmt's?«

»Ach ja, richtig«, sagte er. »Dann hat Joy das wohl schon erledigt. Wie geht's denn dir so?«

»Sagenhaft«, sagte sie. »Wir mögen uns, meine Küche und ich. Und wie geht's dir?«

»Auch gut.« Er schaute in alle Richtungen, als hätte er sich verlaufen. Dann deutete er nach vorn. »Da komme ich doch raus, oder?«

Sie schien unschlüssig. »Ja, aber das ist der Ausgang für die Mülltonnen. Du findest es vielleicht ...«

»Nein, nein, das ist schon in Ordnung«, sagte er. Er beugte sich ein wenig vor und sagte leise: »Da ist so ein Haufen Reporter, und ich bin wirklich nicht in der Stimmung, mich schon wieder über Dahlman ausfragen zu lassen.«

Sie zwinkerte ihm zu. »Verstanden. Aber paß ein bißchen auf. Der Boden da draußen ist immer ziemlich naß.«

Er ging zur Laderampe hinter dem Krankenhaus und wäre am liebsten direkt auf den Asphalt gesprungen. Auf dem Parkplatz konnte er das Dach und den Leuchtbalken eines Streifenwagens erkennen. Wenn er noch eine Bestätigung gebraucht hätte, das wäre sie gewesen.

Jane hatte sich einen todsicheren Plan für ihn ausgedacht, nur hatte er nicht die geringste Ahnung, wie er von hier zum Ausgangsort des Plans gelangen sollte, zu Jake Reinerts Haus.

Er hörte seinen Piepser am Gürtel. Carey erwartete, daß der Empfang ihn im Auftrag der Polizei rief, aber es war die Notaufnahme.

Er stellte seinen Piepser ab und lief auf die Straße zu. Jetzt wußte er, was er tun mußte: im nächsten Restaurant verschwinden, Jake Reinert anrufen und ihn bitten, herzukommen, um ihn abzuholen. Für den Fall, daß sie sofort einen Chirurgen in der Notaufnahme brauchten, gab es Leo, den er gerade in der Cafeteria gesehen hatte.

Carey hatte fast die Straße erreicht, als er eine zweite Sirene hörte. Er ging langsamer und horchte. Die Sirene brach ab, aber der Motor heulte auf, als der Wagen die Auffahrt hinaufraste. So etwas machten sie nur, wenn es auf jede Minute ankam. Normalerweise verlangsamten die Wagen ihre Geschwindigkeit in der Auffahrt. Er blieb stehen. Jetzt hörte er noch weitere Sirenen. Etwas Außerordentliches mußte passiert sein.

Er stand da, als balancierte er auf einem dünnen Hochseil. Janes Bild trat ihm vor die Augen. Er war ihr schon so nahe gewesen, aber jetzt entglitt sie ihm wieder. Und mit ihr alle Chancen und Hoffnungen. Idiotisch, sich einzubilden, er könnte einfach so mit ihr zusammen verschwinden. Er war wie ein plumper Ackergaul, der über den Zaun springen und mit den Jagdhunden mitlaufen möchte.

Carey drehte sich um und rannte über den Rasen zum Krankenhaus zurück. Leo Bortoni stand oben auf der Laderampe und wartete schon auf ihn.

Carey rannte drei Stufen auf einmal nehmend mit Leo die Treppe hinauf. »Was ist los?«

»Ich weiß noch nicht alles. Irgendeine Explosion in einer Fabrik, ein Haufen schwere Verbrennungen, und jede Menge Metallsplitter.«

Von der Cafeteria aus sah Carey, wie Pankowski, der Verwaltungsdirektor, im Gang mit zwei uniformierten Polizisten redete. Die beiden Polizisten ließen ihn stehen und kamen näher.

Einer der beiden sprach Carey an. »Dr. McKinnon?«

»Ja?«

»Wenn Sie in der Chirurgie fertig sind, würden wir Sie gern sprechen.«

»Ah ja?« sagte Carey. Er sah sich das Gesicht des Beamten an. Es war das Gesicht eines ehrlichen jungen Mannes, der überzeugt war, daß die Erfordernisse seines Berufs einen Arzt nicht daran hindern durften, ein Menschenleben zu retten. Was diese Augen erhofften, war ein Versprechen. Wenn Carey es verweigerte, dann würde er seinen Anordnungen folgen und ihn sofort verhaften. Carey zögerte eine Sekunde und antwortete dann: »Ich gehe nicht weg.«

Am nächsten Abend blätterte Jane die »Los Angeles Times« durch. Von Dahlman war nirgends mehr die Rede. Doch auf der ersten Seite der »Chicago Tribune« sah sie die Überschrift: »Arzt im Fall Dahlman der Beihilfe verdächtigt«.

Ruhig faltete sie die Zeitung wieder zusammen, gab dem Mann mit der kalten Zigarre im Mund einen Dollar und ging zu ihrem Wagen. Die Zeitung in ihrer Hand fühlte sich zart und gleichzeitig gefährlich an, wie eine Zeitbombe oder eine Giftschlange.

Als sie hinter dem Steuer saß, überflog sie hektisch den Artikel: »verhaftet«, »FBI verhört«, »Anklage nicht ausgeschlossen«. Diesen Teil las sie zweimal genau durch. Wenn die Anklage nicht ausgeschlossen war, dann hatten sie noch keine Anklage erhoben. Was für eine Anklage? »Beihilfe zum Mord.« Sie lehnte sich innerlich dagegen auf: Das war doch Wahnsinn, das kam viel zu früh. Aber dann sah sie, die Worte waren nur der Abschluß einer langen Liste möglicher Anklagepunkte: »Beihilfe zur Gefangenenbefreiung, Behinderung der Justiz, irreführende Zeugenaussagen.«

Jane legte die Zeitung zusammen und ließ den Motor an. Jetzt hatte sie keine Zeit mehr zu warten, zu beobachten und Vergangenheiten aufzudecken, um die Beweise für Dahlmans Unschuld hieb- und stichfest zu machen. Jetzt konnte sie nur noch alles auf eine Karte setzen: Brian Vaughn.

38

Wie meistens ging Charles Langer auch an diesem Morgen zum Frühstück aus. Als er noch Brian Vaughn war, hätte er es nie gewagt, sich in einem Restaurant wie dem Biltmore-Hotel in Santa Barbara sehen zu lassen. Aber jetzt gab es Brian Vaughn nicht mehr, und Charles Langers Gesicht zu zeigen war ohne jedes Risiko. Seit er in der Stadt war, hatte er vier Menschen getroffen, die ihn als Brian Vaughn gekannt hatten, und zwei von ihnen im Biltmore.

Das erste Mal saß er gerade beim Mittagessen an einem Gartentisch, als ein Schatten über das helle Tischtuch fiel. Er schaute auf, und vor ihm stand David Rollins.

Langer war verwirrt. Man hatte ihm gesagt, daß so etwas eines Tages passieren mußte, aber diesen Tag hatte er erst in einer Ewigkeit erwartet. Rollins jedoch sagte nicht etwa »Brian!«, nicht einmal »Kennen wir uns vielleicht?«, sondern nur: »Sind die Stühle hier frei?«

Charles Langer wagte es nicht, etwas zu sagen. Er lächelte und nickte mit dem Kopf. Rollins sagte »Danke«, trug die zwei Stühle zu seinem Tisch, setzte sich und nahm die Speisekarte in die Hand. Der andere Stuhl war für Rona Pelham, jetzt allem Anschein nach Mrs. Rollins. Charles Langer erwartete, daß sie ihn wiedererkennen würde, und er überlegte schon, wie er sich herausreden könnte (»Hier liegt offenbar eine Verwechslung vor« oder so etwas), um danach sofort aus Santa Barbara zu verschwinden. Aber Rona schaute nicht einziges Mal zu ihm herüber. Der Chirurg hatte ein Wunder vollbracht. Langer hatte Rona sehr gut gekannt, hatte sogar einmal mit ihrem Einverständnis Sex mit ihr gehabt, so daß er jetzt mit wissendem Blick die traurigen Veränderungen beurteilen konnte, die die Zeit und die Schwerkraft ihrem Körper angetan hatten.

Diese zufällige Begegnung hatte eine ungeheure Wirkung auf ihn. In der Maske von Charles Langer konnte er jetzt jedem ins Auge sehen, und keiner erkannte mehr Brian Vaughn dahinter. Er fühlte sich befreit, wie angeheitert von neuer, ungezügelter Macht. Er kam sich vor wie Claude Rains in »The Invisible Man«, der anderen Menschen seine Gaunerstreiche spielt, unsichtbar und ungestraft.

Er hatte alle Vorsichtsmaßnahmen beachtet, die man ihm beigebracht hatte, seit er Massachusetts verlassen mußte. Aber nach diesem Zusammentreffen mit Rollins erschienen ihm diese Maßnahmen so unsinnig wie die Luftschutzübungen seiner Kindheit, als sich die Schüler unter ihre Bänke ducken mußten vor Bomben, die dann doch nie abgeworfen wurden. Die einzige wirklich nötige Vorkehrung hatte er getroffen. Er war ein neuer Mensch und brauchte sich um nichts mehr Sorgen zu machen.

Nach dem Frühstück ging er eine Stunde lang am Strand spazieren. Dann stieg er in seinen Miata und fuhr nach Hause. Er hatte Zeit. Er konnte jetzt zuerst ein wenig aufräumen, danach in die Stadtbibliothek gehen, um sich für den Abend ein Buch auszuleihen, und dann ab auf den Golfplatz.

Anfangs fand er noch ein paar Kleinigkeiten an seinem neuen Dasein lästig, aber das hatte sich allmählich gelegt. So hatte es ihm mißfallen, daß er bei all seiner Freizeit nicht in einem Viererteam beim Golf mitspielen konnte, von der Mitgliedschaft im Club gar nicht zu reden. Also ging er allein auf den öffentlichen Golfplatz und sagte dem Platzwart, er würde sich irgendeinem Dreierteam anschließen. Wenn er zum Baden ging, dann gegen Eintrittsgeld ins Coral Casino, gegenüber dem Baltimore. Dort schwamm er seine Bahnen unter den Augen der wenigen Touristen, die unter ihren Sonnenschirmen saßen, Drinks bestellten und wieder weiterreisten.

Nicht ganz so erfolgreich waren seine Bemühungen, eine Beschäftigung nach Sonnenuntergang zu finden. Meist aß er in einem angenehmen Restaurant, blieb dann noch eine Weile sitzen und verbrachte den späteren Abend mit der Lektüre Büchern aus der öffentlichen Bibliothek.

Langer war jetzt schon ein paar Monate hier, und allmählich entwickelten sich auch erste gesellschaftliche Beziehungen. Auf dem Golfplatz warteten sie gar nicht erst lange, bis ein Viererteam zusammengestellt wurde, sondern luden ihn direkt dazu ein. In der Stadtbibliothek waren zwei junge Damen, die ihn jedesmal mit einem Lächeln und einem kleinen Scherz begrüßten, und mit einer von ihnen, der hübscheren, hatte er sich sogar schon einmal länger unterhalten. Zuerst war er etwas zögerlich gewesen, als er ihr Interesse spürte, aber dann fiel ihm ein, daß er ja nicht mehr fünfundfünfzig war. In ihren Augen war er so alt wie sie. Er durfte sich also durchaus, wenn er etwas mehr über sie herausbekommen hatte, eine passende Einladung zum Abendessen ausdenken.

In der Nähe seines Hauses sah er sich prüfend die Wagen an, die auf der Straße parkten, ebenso wie die Fenster der Nachbarhäuser. Dann hielt er an, ließ aber den Zündschlüssel stecken und sah sich ein zweites Mal um. Sicherheitsvorkehrungen dieser Art waren ihm nun schon zur

Gewohnheit geworden, und jedesmal, wenn er das Gelernte praktizierte, fühlte er sich spürbar wohler. Er war inzwischen sicher, jede bedeutsame Veränderung sofort wahrnehmen zu können.

Jetzt stieg er aus, ging zur Haustür, schloß sie auf und trat als erstes neben das Fenster, um zu sehen, ob seine Rückkehr irgendeine auffällige Bewegung auf der Straße ausgelöst hatte.

Er zählte bis zehn, drehte sich um und hielt die Luft an. Fast spürte er, wie sich seine Nackenhaare aufrichteten. Auf der Couch saß schweigend eine Frau, und er war unfähig sie einzuordnen: Gespenst? Einbrecherin? Polizistin? Oder setzten ihm nur seine Augen aus ein paar Schatten eine menschliche Silhouette zusammen?

»Tut mir leid, wenn ich Sie erschreckt habe«, sagte sie.

»Was machen Sie hier?« fragte er und stellte sofort fest, daß er einen Fehler gemacht hatte. Seine Stimme klang vor lauter Angst lächerlich. Er konnte sie nicht gut sehen, da sich seine Sonnenbrille noch nicht auf das Halbdunkel im Raum umgestellt hatte. Aber er erkannte eine langbeinige, katzenartig feminine Figur. Kein Grund, sich zu fürchten.

»Um ganz offen mit Ihnen zu sein«, sagte sie, »ich habe mich nur kurz hingesetzt, um mich auszuruhen. Ich wurde mitten in der Nacht angerufen und habe gerade noch den frühen Flug gekriegt.«

»Warum?«

»Oh«, sagte sie, »ich muß mich schon wieder entschuldigen.« Sie stand auf und ging ein paar Schritte ins schummrige Licht am Fenster. Mit Wohlgefallen betrachtete er ihr langes, schwarzes Haar, die Eleganz ihrer Bewegungen. »Es sieht so aus, als würde Santa Barbara langsam zu heiß für Sie. Ich soll Ihnen hier heraushelfen, bevor die Temperatur in den roten Bereich kommt.« Sie ging ins Schlafzimmer, und ihm blieb nichts anderes übrig, als ihr zu folgen. »Ich habe schon fast alle Ihre Sachen gepackt und die Fingerabdrücke abgewischt. Fassen Sie jetzt keine glatten Oberflächen mehr an.«

Er sah seinen Koffer auf dem Bett, öffnete ihn und

betrachtete einen Augenblick seine Anzüge, seine Hemden und Schuhe. Sie hatte sogar die Milchtüte im Kühlschrank gefunden, denn in einer Seitentasche steckten das Geld und die Ausweise.

»Kommen Sie«, sagte sie freundlich, »denken Sie nicht darüber nach, was ich schon gepackt habe, sondern lieber über das, was ich vielleicht vergessen habe.«

Er drehte sich zu ihr um: »Wer ist es?«

Auf diese Frage war sie vorbereitet. »Ein gewisser Jardine in Los Angeles, ein Prämienjäger, der seit Monaten überall nach Brian Vaughn fragt. Und gestern abend hat er zum erstenmal nach Charles Langer gefragt.«

»Was heißt das?«

»Daß er vermutlich die falsche Person gefragt hat. Aber wenn sie mich einschalten, heißt es, daß das Problem nicht gelöst ist.«

Brian Vaughn setzte sich aufs Bett. »Wieviel wissen Sie über mich?«

Sie seufzte resigniert. »Genug, daß ich mir auf unserer Reise meine Drinks selber mixen werde, vielen Dank. Alles andere ist mir egal. Ich bin nur dazu da, Sie hier rauszuholen.«

Seiner Stimme war jetzt eine ruhige Selbstgewißheit anzuhören. »Ich bin unschuldig. Ich habe ihr die Überdosis nicht gegeben, ich habe sie auch nicht mit meinem Wagen irgendwohin gefahren. Ich habe sie zum letzten Mal in ihrer Wohnung in New York gesehen.«

»Gut«, sagte Jane. Sie war jetzt wachsam. Da kam etwas hoch.

»Es ist aber wichtig.«

Jane sah ihn entschuldigend an. »Ich wollte Sie nicht aufregen«, sagte sie, »aber Sie wissen sicher auch, daß meine Arbeit nicht von meiner Überzeugung abhängt, ob Sie es getan haben oder nicht. Wenn Sie es beweisen könnten, wozu brauchen Sie dann uns? Wir haben einen Deal. Sie zahlen, und wir kümmern uns um Sie. Wenn ich Ihnen also einen professionellen Rat geben darf: Steigen Sie ein, und ich bringe Sie an einen sicheren Platz.«

»Wohin?«

Jane hatte gehofft, diese Frage erst im Wagen beantworten zu müssen. »Ich soll Sie zurück nach Chicago bringen. Von da aus suchen wir Ihnen dann wieder eine feste Bleibe. Spielt das eine Rolle?«

»Nicht wirklich«, sagte er, »reine Neugierde wahrscheinlich. Ich komme nicht mit.«

Jane spürte, wie sich ihre Muskeln anspannten. In Chicago hatte Christine seine Kartons gesehen, dort hatte er einige Monate während seiner Gesichtsoperationen verbracht, und sie hatte angenommen, er sähe darin eine Art Heimvorteil. Chicago war außerdem die einzige Stadt, wo sie ihn Polizeileuten übergeben konnte, die auf Anhieb seinen Zusammenhang mit dem Fall Dahlman verstanden. Aber das war sicher nicht der Grund für seine Ablehnung. »Ich bin nicht pedantisch. Wenn Sie woanders hinwollen, fahre ich Sie dahin, und erkläre es dann meinen Leuten. Aber jetzt sollten wir gehen, bevor wir uns den Weg freischießen müssen.«

»Sie gehen«, sagte er. »Ich danke Ihnen für Ihren Rettungsversuch, aber ich bleibe hier. Ich habe ein paar alte Bekannte getroffen, und sie haben mich nicht wiedererkannt. Mir passiert schon nichts.«

»Und wenn Sie sich täuschen?«

Er hob gleichgültig die Schultern. »Dann bin ich tot, denke ich.«

Sie lehnte sich gegen die Wand und verschränkte die Arme. »Jetzt plötzlich, nach allem, was Sie unternommen haben, ist Ihnen das egal?«

»Es ist ein schlechtes Geschäft für mich. Ich habe getan, was ich konnte, um mir hier ein einigermaßen bequemes Leben einzurichten. Ich habe es satt, daß man mich herumkommandiert, von Ort zu Ort schickt, daß man mir sagt, wie ich aussehen und was ich tun soll.«

»Wenn Sie verschwinden wollen, geht es nicht anders, das wußten Sie doch von Anfang an.«

Er sah sie wieder an, ruhiger jetzt. »Als ich Ihnen sagte, ich bin unschuldig, wußte ich nicht, warum ich es sagte.

Zur Selbstverteidigung vielleicht, eine Art Reflex. Aber eigentlich habe ich es zu mir gesagt. Sehen Sie, das ging mir alles zu schnell. An einem Abend bin ich noch in New York im Hotel, nach einem Rendezvous mit einer jungen Dame, und am nächsten Morgen sagt mir mein Anwalt am Telefon, ich würde gleich verhaftet. Damals hatte ich nur noch Zeit, über meine Rolle in dieser Maskerade nachzudenken. Aber seitdem hatte ich mehr Zeit.«

»Wofür?«

»Bis dahin glaubte ich, was man mir sagte. Die schlichte Feststellung, daß Amanda ermordet wurde, habe ich keinen Augenblick in Zweifel gezogen. Vielleicht ist sie ja auch ins Hotel zurückgekommen, hat sich meinen Wagen ausgeliehen und aus Versehen eine Überdosis geschluckt. Vielleicht war es Selbstmord. Alles mögliche ist vorstellbar. Aber ich hatte die Mord-These akzeptiert, und meine Unschuld spielte dann keine Rolle mehr. In dem Moment, als ich weglief, war es definitiv zu spät für etwas anderes. Ich konnte nur noch weiterlaufen. Ich glaubte lange Zeit, das sei das einzig Richtige gewesen. Aber hier hatte ich Zeit zum Nachdenken. Und ich denke, ich habe einen Fehler gemacht. Ihren Expertenmeinungen gegenüber war ich viel zu vertrauensvoll.«

Jane schüttelte ungläubig den Kopf. »Sie haben sich den schlechtesten Zeitpunkt für solche Überlegungen herausgesucht.«

»Ich weiß«, sagte er. »Ich sage es Ihnen nur von Mensch zu Mensch, damit Sie mich verstehen und eine andere Arbeit erledigen. Ich bin nicht mehr Ihr Kunde.« Er nickte wie zur Bekräftigung. »Sie können es denen sagen. Es ist aus. Ich zahle keinen müden Penny mehr.«

Jane dachte nach, während sie ihn beobachtete. Es war genau so, wie sie es sich erhofft hatte: Er hatte seine Angst abgelegt, nicht aber seine Schuldgefühle. Vielleicht war sie wirklich zum richtigen Zeitpunkt gekommen: Er hatte verstanden, wie dieses Geschäft lief. Konnte sie ihn dahin bringen, auch noch ein zweites zu verstehen, nämlich was er tun mußte, um sich wieder aus dieser Lage zu befreien? Christine war leicht zu überreden, weil sie Angst hatte. Vaughn signalisierte keine Angst, sondern eine Herausforderung. Sie konnte es nur versuchen. »Sie waren zu vertrauensvoll«, sagte sie, »da haben Sie recht.«

Er sah sie verwundert an. Das hatte er nicht erwartet. Jane mußte jetzt behutsam vorgehen, sie durfte ihm immer nur einen logischen Schritt voraus sein. »Wieviel haben Sie bis jetzt bezahlt?«

Er lachte bitter. »Ein Vermögen. Ich glaube, wir sind inzwischen bei mehr als einer Million, oder nicht? Wenn ich mit Ihnen nach Chicago fahre, kostet mich das wieder hunderttausend oder mehr, und noch mal so viel für die nächste Wohnung. Es geht immer so weiter.« Jane stimmte ihm zu. »Ja, es wird nie aufhören. Glauben Sie denn wirklich, Sie können denen einfach sagen: ›Danke, aber jetzt reicht mir meine Sicherheit‹? Die haben ein paar Menschen für Sie umgebracht.«

Er schnappte entsetzt nach Luft. »Wer – die?«

Jane war nun wirklich erstaunt und ließ es ihn sehen. »Wo waren Sie denn die ganze Zeit?«

»Hier«, sagte er. »Genau hier. Warum haben die jemanden umgebracht?«

»Eine ganze Liste von Gründen«, sagte sie, »von Mord zu Mord verschieden. Aber um es Ihnen leichtzumachen: Das erste Opfer war Amanda.«

»Wieso hat man Amanda für mich umgebracht?«

»Ich meinte nicht, zu Ihren Gunsten. Amanda mußte sterben, damit man Sie und Ihr ganzes Leben unter Kontrolle hatte. Danach wurden die anderen umgebracht: vier in der Klinik, weil man dort Ihr altes und Ihr neues Gesicht kannte. Das geschah tatsächlich zu Ihrem Schutz, denn da gehörten Sie denen schon. Sie werden gebraucht, gesund und zahlungsfähig, bis Ihr ganzes Geld weg ist.«

»Sie wollen mir sagen, daß ich mit Ihnen nach Chicago fliegen muß, weil sie mich sonst auch noch umbringen, stimmt's?«

Jane schwieg.

Aber er ließ noch nicht locker. »Angenommen, ich gehe

mit Ihnen. Irgendwann kriegen die dann doch jeden Cent, den ich besitze. Und was ist dann?«

»Ich weiß es nicht«, sagte Jane. »Ich kenne eine Frau, der das Geld ausgegangen war, und ihr sagte man, sie könne ihre Schulden als Prostituierte abarbeiten. Vielleicht war das ja auch nur eine dieser Gemeinheiten, mit denen Männer Frauen Angst einjagen. Vielleicht aber auch nicht. Ich vermute, in Ihrem Fall werden diese Leute überlegen, was wahrscheinlicher ist: daß Sie noch weiteres Geld auftreiben oder daß Sie gefaßt werden und der Polizei alles erzählen.«

Er kniff die Augen zusammen wie unter einem starken Schmerz. »Es ist schon erstaunlich, wenn ich so zurückblicke. Ich habe darüber nachgedacht, auf welche Weise sie gestorben ist, und natürlich hatte ich den Eindruck, daß die Sache gestellt war. Aber ich glaubte, es sei jemand, der sie haßte – ich war scheinbar nicht gemeint. Oder vielleicht war es doch jemand, der mich haßte, oder irgendein Eifersüchtiger, der sie für sich haben wollte. Aber das war alles falsch. Es war jemand, der Geld wollte, und sobald er mich in eine ausweglose Verzweiflung getrieben hatte, würde ich zahlen und zahlen und zahlen.« Er stand auf. »Ich bin damit fertig.«

»Einfach nur dasitzen und nichts tun, ist nicht gerade Ihre beste Taktik.«

»Ich habe Ihre Drohung schon beim ersten Mal verstanden. Sie haben mir nicht geholfen, weil ich in Schwierigkeiten war. Sie haben die Schwierigkeiten geschaffen, damit ich sie dafür bezahle, daß sie mir heraushelfen. Und jetzt bleibt mir nichts anderes mehr übrig, als zu zahlen.«

Jane atmete einmal langsam durch. Der Augenblick war gekommen. »So ungefähr. Aber Ihnen bleibt noch eine Chance.«

»Stimmt«, sagte er. »Sie können Ihren Leuten sagen: Wenn etwas passiert, werde ich dafür sorgen, daß die Polizei alles erfährt, was ich weiß.«

»Ich würde Ihnen nicht raten zu warten, bis etwas passiert.«

»Auf welcher Seite stehen Sie eigentlich?«

»Auf meiner eigenen. Und ich mache Ihnen ein Angebot. Wenn Sie es wünschen, riskiere ich mein Leben, um Ihres zu retten. Was bereits geschehen ist, kann ich nicht rückgängig machen. Aber ich kann Sie so lange am Leben halten, daß Sie Ihre Geschichte jemandem bei der Polizei erzählen, der weiß, wovon Sie reden, und für den Sie ein paar Antworten haben, die er braucht. Ich kann außerdem zwei Leute auftreiben, die genau wie Sie plötzlich in ganz unwahrscheinlichen Schwierigkeiten steckten und denen man dieselbe Hilfe angeboten hat. Das ist das beste Angebot, das Sie jetzt noch kriegen können, und Sie kriegen es kein zweites Mal.«

»Warum haben Sie alles das nicht längst getan?«

»Weil mir noch ein Beweisstück gefehlt hat, das aus den wilden Behauptungen einiger Verdächtiger eine logisch zusammenhängende Geschichte macht.« Sie blickte ihn so intensiv an, daß er sich am liebsten abgewandt hätte. »Sie haben mir gefehlt.«

Jane sah ihm zu, wie er an ihr vorbei ins Wohnzimmer ging. Er blieb stehen und betrachtete den Flügel, dann ging er zu dem antiken Tisch, auf dem seine Bücher lagen. Er hob den Kopf und sah in den Spiegel mit dem breiten Goldrand. »Dafür hasse ich diese Leute am meisten.«

»Wofür?«

»Mein Gesicht.«

»Und ich dachte, es sei besser als das alte.«

Er schaute unbeweglich auf sein Bild im Spiegel. »Ist es auch. Ich sehe fünfundzwanzig Jahre jünger aus. Alles Unschöne ist beseitigt. Aber ich sehe wie ein anderer Mensch aus.«

»Wollten Sie nicht genau das?«

Er seufzte. »Zuerst hörte es sich phantastisch an. Ich hatte nur nicht verstanden, was es wirklich bedeutet. Man sagt, daß man mit vierzig das Gesicht hat, das man verdient. Die Narben und die Falten und Flecken darin sollen eine Art Strafe sein oder vielleicht auch eine Warnung für andere. Doch die Alternative ist nicht einfach ein neuer Anfang. Ich bleibe fünfundfünfzig, schaue in den Spiegel und sehe ein junges Gesicht, in dem ich nichts wiedererkenne. Ich muß dieses Gesicht genau studieren, um vielleicht das zu werden, was es ist. Wenn ich meinen Charakter nicht ändere, damit er in diese Maske paßt, dann findet man mich. Eigentlich war es eine ziemlich schlaue Idee. Ich kann jetzt nicht mehr in ein Polizeirevier gehen und meine Geschichte erzählen, weil ich mit diesem Gesicht sofort als Lügner dastehe. Seit diese Leute mir das angetan haben, kann ihnen nichts mehr passieren.« Er drehte sich zu ihr um und lächelte. Das Lächeln war beifallheischend, wissend – und unaufrichtig. Sekunden später ließ er es fallen. »Ich kann das, was Sie von mir verlangen, nicht tun.«

»Ich glaube, Sie haben kaum noch eine Wahl.«

Er schüttelte den Kopf. »Ich kann der Polizei doch nicht weismachen, ich sei ein unschuldiges Opfer, das man nur hereingelegt hat. Ich habe mich vor der Polizei versteckt, bevor sie mich überhaupt suchte, und ich habe mir ein neues Gesicht zugelegt. Warum sollte man mir glauben?«

»Ihnen allein glaubt man nicht. Aber ich habe noch andere Opfer und ihre Geschichten.«

»Wen haben Sie?«

»Einer ist Richard Dahlman.«

»Dahlman – mein Chirurg?«

»Nach der Operation an Ihnen wurden alle umgebracht, die mit ihm zusammengearbeitet und Ihr neues Gesicht gesehen hatten. Dann machte man mit Dahlman dasselbe wie mit Ihnen. Man machte ihm angst und zeigte ihm einen Ausweg, bei dem er erst recht schuldig wirkte.«

»Ein Mann wie Dahlman? Das ist ...«

»Unglaublich? Wenn jeder von Ihnen für sich weitermacht, kommen Sie nicht weit. Aber zusammen sind Sie überzeugend. In seiner Geschichte wurden alle Mitarbeiter deshalb umgebracht, weil sie bei einer Gesichtsoperation an einem großen Unbekannten dabei waren. Das wird erheblich glaubwürdiger, wenn der große Unbekannte selbst auftaucht. Und Ihre Geschichte, daß man Ihnen einen Mord in die Schuhe geschoben und Sie dann zur Flucht überredet hat, wird dann glaubwürdiger, wenn Sie wissen, daß man mit Dahlman dasselbe gemacht hat.«

»Es wäre ein unkalkulierbares Risiko.«

»Es ist eine Chance. Wenn Sie warten, bis sie weg ist, haben Sie nichts mehr in der Hand. Wenn jemand der Polizei etwas erzählt, bevor man ihn gefaßt hat, glaubt man ihm eher als hinterher.« Sie machte eine Pause. »Und wenn Sie tot sind, erzählt niemand mehr Ihre Geschichte.«

Er setzte sich aufs Sofa und starrte schweigend in den Kamin. Jane spürte, daß er jetzt Zeit zum Nachdenken brauchte, also ließ sie ihn allein, ging ins Schlafzimmer und wartete. Nach zehn Minuten hörte sie ihn aufstehen, und im nächsten Augenblick stand er in der Tür.

»Bevor ich mit irgendeinem Polizisten rede, brauche ich etwas mehr als nur eine gewisse Vergleichbarkeit mit anderen Opfergeschichten. Ich brauche einen Beweis.«

»Was für einen Beweis?«

Er atmete tief durch, als hätte er Angst vor dem Weitersprechen. »Tonbandaufnahmen. Wenn ich die richtigen Fragen stelle, dann kriege ich sie vielleicht so weit, daß sie zugeben, daß ich mit den Morden nichts zu tun habe – an Amanda oder den Mitarbeitern von Dahlman.«

Jane zog die Augenbrauen zusammen und ging einige Schritte im Zimmer auf und ab. »Ich will ehrlich mit Ihnen sein: Mir gefällt die Idee nicht.«

»Ich kann so etwas.«

»Diese Leute haben kein Vertrauen zu Menschen, denen sie etwas angetan haben. Ein falscher Ton in Ihrer Stimme, nur eine in ihren Augen ungehörige Frage, und Sie sind tot. Und zwar nicht erst später, nachdem sie darüber nachgedacht haben, sondern sofort, auf der Stelle.«

»Das ist mir klar. Wenn sie andere umgebracht haben, dann bin ich ohne weiteres der nächste. Sie wollen doch, daß ich ein Risiko eingehe. Nun gut: Ich bin bereit. Aber nur dieses eine Risiko.«

»Die Gefahr ist viel größer, als Sie denken.«

»Wenn ich es in den ersten fünf Gesprächsminuten schaffe, habe ich gewonnen. Die Leute gehen ins Gefängnis, ich bin frei und kann wieder ich selbst sein. Fünf Minuten Schauspielerei. Und nicht Jahre, in denen ich dieselbe Geschichte wieder und wieder der Polizei erzählen muß oder einem Richter oder den Geschworenen, und während der ganzen Zeit bin ich ebenso wehrlos wie jetzt.« Er sah sie bittend an.

Jane blickte ihm durch das klare, ehrliche Gesicht eines Dreißigjährigen hindurch in die Augen. »Mir gefällt die Idee ganz und gar nicht.«

»Ich habe Sie nicht um einen Rat gebeten«, sagte er. »Ich werde es tun, ganz egal, was Sie davon halten.«

Jane hielt seinem Blick stand. Er meinte es ernst. Er war entschlossen, und sie konnte ihn nicht mehr daran hindern. Ihn mit vorgehaltenem Revolver nach Chicago zu schleppen, war unmöglich, und selbst dann war er für Dahlman ohne jeden Nutzen, wenn er seine Geschichte nicht erzählen wollte. »Wenn es so ist, zeige ich Ihnen, wie man es richtig macht.«

39

Als Marshall in die Wartezone der American Airlines ging, hatte er einen großen Umschlag unter dem Arm. Jardine saß an demselben Platz wie auf dem Bild der Überwachungskamera, an einem Tisch vor den Schließfächern zwischen den Toilettentüren, wo er die ankommenden Passagiere gut im Blickfeld hatte.

Marshall ging auf ihn zu. »Hallo, Mr. Jardine. John Marshall, FBI.«

Jardine zog die Augenbrauen zusammen, sah sich den Ausweis an und hob den Kopf. Sein Blick war wachsam, nicht aggressiv, das traute er sich nicht. Doch die Gedanken hinter dem Blick waren eine Warnung, daß das hier keine freundliche Begegnung war.

»Ich möchte mit Ihnen reden, nur ein paar Minuten.«

Jardine schaute ein paarmal schnell an ihm vorbei. Es war sicher, daß das plötzliche Auftauchen dieses Mannes im schwarzen Anzug die eine oder andere mögliche Beute schon verschreckt hatte. »Das ist kein guter Platz dafür«, sagte er, »können wir irgendwo anders hingehen?«

»Ganz wie Sie möchten«, antwortete Marshall. Er trat einen Schritt zurück und wartete, bis Jardine seinen Aktenkoffer geschlossen hatte und aufstand.

Marshall betrat das Café, setzte sich an einen Tisch und sah Jardine fragend an. Jardine nickte und setzte sich dazu. Auf dem kurzen Weg hierher hatte er sein Selbstbewußtsein wiederhergestellt. Er lehnte sich bequem auf dem Stuhl zurück. »Was kann ich für Sie tun?« fragte er. Dann sah er in Marshalls Augen etwas, das seine Sicherheit ins Wanken brachte. Seine instinktive Wachsamkeit war wieder da. Er setzte sich gerade hin und legte die Hände flach auf den Tisch.

Marshall machte den Umschlag auf. »Sie wollen wahrscheinlich dringend zu Ihrer Arbeit zurück, also mache ich es kurz.« Er richtete den undurchdringlichen Blick seiner hellbraunen Augen auf Jardine. »Und ich weiß, Sie werden mir helfen.«

Marshall legte drei große Fotos auf den Tisch und drehte sie mit zwei Fingern zu Jardine herum. Es waren grobkörnige Vergrößerungen, und Jardine erkannte sofort, daß sie von einem Videoband stammten. Ziemlich eindeutig waren es Aufnahmen von ihm und Jane auf dem Parkplatz C.

Auf dem ersten Foto standen sie beide an seinem Wagen und sprachen miteinander. Auf dem zweiten standen die Wagentüren offen. Sie saß, und er stieg gerade ein. Auf dem dritten fuhr Jardine aus dem Parkplatz heraus, mit Jane auf dem Beifahrersitz. Jardine sah Marshall an.

»Wer ist sie?« fragte Marshall.

Jardine ließ ein gequältes Lächeln sehen und dachte nach. Dieser Mann an seinem Tisch würde sich nicht lange mit irgendwelchen Ausreden abgeben. Er wußte, daß Jardine wußte und nur darauf wartete, ihn bei einer Lüge zu erwischen. »Ich weiß nicht viel von ihr. Sie sagte nur, sie heißt Jane.«

Marshalls Blick wurde etwas weniger eisig. Er sah fast interessiert aus. »Was hatten Sie mit ihr zu tun?«

Jardine fühlte sich betrogen. Es war dasselbe wie mit diesen verdammten Steuern. Man besaß nur so lange etwas, wie die Beamten noch keine Lust hatten hinzuschauen. Wenn sie Geld haben wollten, dann kamen sie einfach an, wie dieser Mann, und nahmen es sich. Die Frau war bares Geld für Jardine. Sie machte möglicherweise den entscheidenden Unterschied: einerseits ein gemütliches Rentnerleben in einem großen Haus mit einem Billardtisch im Keller und andererseits das elende Erfrieren in einem Umzugskarton in einer verlassenen Nebenstraße. Er hielt Marshall erst einmal hin. »Gibt es eine Belohnung für Informationen, die zu ihrer Ergreifung und Verurteilung führen?«

Marshall schüttelte den Kopf. »Leider nein.«

»Einen richterlichen Haftbefehl? Eine Kaution?«

»Nein«, sagte Marshall, »wir wollen nur mit ihr reden. Sie weiß vielleicht etwas über jemanden, den wir suchen.«

»Über wen?«

Jardine spürte, daß er Marshalls Geduld verbraucht hatte. Er fühlte wieder den harten Blick auf sich gerichtet. »Ich führe hier noch kein Verhör mit Ihnen. Wir würden nur gern wissen, warum Sie sich damals mit ihr am Parkplatz C getroffen haben.«

Jetzt war Jardine mit einem Schlag alarmiert, und die plötzlich hochkommende Unruhe verlangsamte seinen Gedankengang. Das FBI wußte, daß sie eine Kriminelle war, und konnte beweisen, daß er mit ihr zu tun hatte. Er starrte auf die drei Fotos vor ihm. Darauf sah es so aus, als hätte er sich mit ihr verabredet und sie dann mit dem Wagen irgendwohin gebracht. Das war Beihilfe zur Flucht.

Aber sie hatte ihn mit der Waffe bedroht. Warum war der Revolver auf den Fotos nicht zu sehen? Er erinnerte sich: Sie hatte die Waffe mit ihrem Körper verdeckt, als sie auf ihn zukam. Dann hatte sie einen Schritt zurück gemacht und sich etwas zur Seite gedreht. Damals hatte er gedacht, sie wollte nur nicht, daß der Fahrer des Flughafenbusses den Revolver sah oder jemand, der seinen Wagen abholte. Aber es war etwas anderes: Sie wußte genau, wo die Überwachungskameras hingen, und hatte ihnen die ganze Zeit den Rücken zugewandt.

Er suchte fieberhaft nach einem Ausweg. Das FBI konnte ihm mit einem Federstrich seine Lizenz entziehen, aber das war nicht seine größte Sorge. Dieser Kerl konnte ihn ohne weiteres ein paar Tage in eine Zelle stecken und sich in aller Ruhe eine Anklage ausdenken. Jardine stellte sich die Leute vor, die hinter den Mauern in der Vignes Street einsaßen. Unter ihnen waren garantiert ein paar, denen er schon beruflich über den Weg gelaufen war. Lebend kam er da nie wieder raus.

Es war alles so unfair. Einen x-beliebigen Polizisten, den sie einsperrten, brachten sie in eine Einzelzelle oder in einen Sondertrakt, so daß kein anderer Häftling an ihn herankam. Jardine sorgte schließlich auch für Ordnung und Sicherheit, aber ihm gönnte man keine solche VIP-Behandlung.

Es ging für ihn jetzt ums nackte Überleben. »Also, das war so«, sagte er. »Ich kenne sie überhaupt nicht. Sie kam mit dem Flugzeug an. Sie sah einer Frau ein bißchen ähnlich, die in Illinois gesucht wird. Verletzung des Postgeheimnisses und Urkundenfälschung, wenn ich mich richtig erinnere, aber ich kann mich täuschen. Jedenfalls, sie sah so aus wie die. Es war nicht viel los in der Nacht, und ich dachte mir, ich folge ihr mal, um mir Klarheit zu verschaffen.«

»Wie?«

»Zuerst zu Fuß, dann mit dem Wagen.«

»Nein«, sagte Marshall. »Wie wollten Sie sich Sicherheit verschaffen? Wenn Ihnen die hellerleuchtete Ankunftshalle nicht reicht, was für zusätzliche Informationen erwarteten Sie draußen?«

»Ich habe immer eine ganze Kollektion von Steckbriefen bei mir.« Jardine hob mit einem kräftigen Schwung seinen Aktenkoffer auf den Tisch und öffnete ihn vor Marshall. Innen im Deckel hingen in zwei Reihen Fotokopien von Porträtfotos. Auf manchen waren beim Kopieren die feinere Schattierung verlorengegangen, auf anderen waren detaillierte Flächen wie etwa das Haar nur ein schwarzer Fleck, aber Marshall erkannte ein paar Gesichter wieder. Eines davon gehörte Richard Dahlman. »Ich dachte, ich könnte sie vielleicht aus der Nähe sehen oder mit ihr reden.«

Marshall schloß den Aktenkoffer. »Und was geschah dann?«

»Ich hatte mich geirrt. Ich ging zum Parkplatz C, fuhr los, und da stand sie vor mir und starrte mich an. Ich war schon zu nahe an ihr dran, um einfach weiterzufahren, ohne wenigstens kurz auszusteigen. Außerdem sah sie irgendwie erschrocken aus, und ich hatte Angst, sie schreit vielleicht oder sprüht mir ihren Pfefferspray ins Gesicht. Ich sagte, es wäre eine Verwechslung und wollte wieder einsteigen. Dann sagte sie, sie könnte ihre Wagenschlüssel nicht finden und ob ich sie mitnehmen könnte.«

»Wohin?«

»In ihr Motel.«

Mashall blieb völlig ausdruckslos. »Kam Ihnen das nicht komisch vor?« Seine Augen kamen offenbar ohne jeden Lidschlag aus. »Der nächste Bus fünf Minuten später hätte sie zum Terminal zurückgebracht. Da hätte sie nur aussteigen müssen und ein paar Schritte weiter ein Taxi gehabt.«

Jardine spürte eine panische Hitze aufsteigen. Er war zu selbstsicher bei der Beschreibung dieses ihm vertrauten Vorgehens gewesen. Einen flüchtigen Verbrecher zu erkennen, war ein unsicheres Geschäft, weshalb er schon ganze Abende damit verbracht hatte, sich die Person genauer und aus der Nähe anzusehen. Aber hier war er zu weit gegangen. Keine Frau mit mehr Hirn als ein Schinkensandwich fragte jemals einen Wildfremden auf einem nächtlichen Parkplatz, ob er sie in die Stadt mitnehmen könnte. So etwas gab es einfach nicht.

Wie kam er aus dieser Falle wieder heraus? Das FBI wußte, wer die Frau war, aber er durfte sich nicht anmerken lassen, daß auch er es wußte. »Das wollte ich gerade sagen«, fuhr er fort. »Ich dachte mir natürlich: ›Da stimmt was nicht.‹« Er prüfte Marshalls Augen auf die Wirkung seiner Worte und stellte fest, daß er es noch nicht geschafft hatte. »Ich dachte mir, ich sollte vielleicht besser abhauen. Vielleicht war sie ja eine von diesen Lockvögeln, die einen im Dunkeln ansprechen, und dann kommt so ein Riesenkerl und schlägt einem das Montiereisen über den Schädel.«

»Aber Sie sind nicht weggefahren.«

Jardine zuckte nachlässig die Achseln. »Ich hatte plötzlich eine neue Idee. Ich dachte mir, sie ist vielleicht eine ganz andere Sorte Lockvogel.«

»Was für eine?«

»Sie kam mir nicht sehr überrascht vor oder jedenfalls nicht richtig überrascht. Möglicherweise wußte sie, wer ich bin und was ich da im Terminal machte, und kam als erste raus, um mich abzulenken, und dann steigt jemand ganz anderer aus.«

Marshalls Gesicht verriet keinerlei Effekt, aber Jardine sah, daß er darüber nachdachte. Der einzige Grund für das Interesse des FBI an dieser Frau war ihre berufliche Tätigkeit. Marshall fragte: »Und? Haben Sie es herausgefunden?«

Jardine schüttelte den Kopf. »Bis jetzt nicht. Ich habe sie zu ihrem Motel gebracht, und dann habe ich die halbe Nacht gewartet, ob jemand zu ihr geht. Gegen Morgen habe ich mir die ganze Sache noch einmal überlegt. Sobald es hell wurde, konnte ich nicht in einem Wagen sitzenbleiben, an den sie sich erinnern mußte, schließlich war sie damit ja ins Motel gefahren. Wenn sie tatsächlich nur ein Ablenkungsmanöver war – nun gut, dann hatte sie gewonnen. Wenn sie mich bloß vom Flughafen oder vom Parkplatz weglocken sollte, dann hatte sie es geschafft. Das war nun nicht mehr zu ändern. Und falls sie doch nur irgendeine Lady war, die mich für einen hilfsbereiten Menschen hielt ...« Er grinste. »Sagen Sie selbst: Sollte ich ihr das ausreden?«

»Und das ist alles?« fragte Marshall. »Sie haben es aufgegeben?«

Jardine sah ihn verwundert an. Vielleicht hätte er doch

lieber die Wahrheit sagen sollen. Für das, was diese Frau ihm angetan hatte, hatte sie es verdient, das FBI auf den Fersen zu haben. Aber er hoffte noch immer, sie einmal in die Ecke zu treiben und zu Geld zu machen. Und wie jedesmal, ergriff ihn der Gedanke an das große Geld so sehr, daß für Gefühle wie Rachsucht kein Platz mehr blieb. »Ich war einfach neugierig, aber ich arbeite in dieser Branche wahrscheinlich nur wegen des Geldes. Und um alles in der Welt fiel mir nicht ein, wie ich es aus ihr rausholen sollte.«

Marshall legte eine Visitenkarte auf den Tisch und wartete, bis Jardine sie in die Hand nahm, kurz überflog und einsteckte. »Wenn Sie sie wiedersehen, rufen Sie mich an.« Dann stand er auf und ging hinaus.

Jardine dachte scharf nach: Durfte er sich jetzt sicher fühlen oder nicht? Es war durchaus denkbar, daß diese Leute vom FBI sich auch noch den Rest der Videobänder anschauten und entdeckten, daß er etwas gesagt hatte, was unmöglich stimmen konnte. Aber diese Visitenkarte war seine Lebensversicherung. Er konnte nicht gut aus einer Gefängniszelle heraus die Frau finden und Marshall anrufen. Er nahm seinen Aktenkoffer, stand auf und verließ das Café. Draußen warteten keine weiteren FBI-Agenten auf ihn. Er hatte seine Sache also doch nicht schlecht gemacht. Falls er sich allerdings täuschte, dann hatte er sich soeben selbst aus dem Geschäft katapultiert. Es war sowieso ein ziemlich mieses Geschäft.

40

Jane hatte nun alle drei Tonbandgeräte in Brian Vaughns Wohnung überprüft. Ein Gerät steckte hinter der Verkleidung des Heizungsschachts an der Wohnzimmerwand. Das zweite hing im Schlafzimmer hinter der Tür zum Kleiderschrank an der Wand, so daß man hineingehen und sich umdrehen mußte, um es zu sehen. Das dritte lag in der Schublade unter dem Herd hinter ein paar Pfannen, wobei das Mikrophonkabel hinter der Anlage heraufführte bis ins Innere der Steuerfläche. Eine Videokamera war für dieses Treffen zu riskant. Wenn die Gesichtsfälscher etwas Verwertbares sagten, dann reichte das Tonband. Wenn sie eine Kameralinse sahen, war Brian Vaughn erledigt.

Sie drehte sich zu ihm um. »Falls Sie es sich doch noch anders überlegt haben ...«

Er unterbrach sie. »Ich bin entschlossen. Ich werde es tun.«

»Also dann. Das Ganze funktioniert so: Nachdem Sie angerufen haben, schalten Sie einfach die Geräte ein und denken nicht weiter dran. Es sind tonaktivierte Aufnahmegeräte, und Sie können die Unterhaltung überall in der Wohnung führen. Eines der drei Mikrophone wird das Gesprochene aufnehmen. Wenn Sie sich an irgendeiner Stelle unwohl fühlen, setzen Sie das Gespräch nicht fort.«

»Sie meinen: Ich soll aufgeben?«

»Präzise«, sagte sie. »Das ist nicht unser einziges Beweisstück, also setzen Sie sich keiner unnötigen Gefahr aus. Auch die Polizei, die so etwas tagtäglich macht, braucht manchmal ein gutes Dutzend Versuche, bis etwas Brauchbares zusammenkommt.«

»Sie denken, ich werde versagen, nicht wahr?«

»Es wäre mir lieber, Sie würden es gar nicht erst riskieren, aber ich verstehe Ihre Gründe. Also kann ich Ihnen nur zeigen, was Sie tun müssen, und dann ist es Ihre Entscheidung.«

»Ich werde daran denken.«

»Lassen Sie es nicht zu einer Konfrontation kommen, das führt nur zu Körperverletzungen. Sie fühlen sich nicht so sicher in diesem Städtchen, wie Sie dachten, und Sie wollen, daß man Sie wieder woanders hinbringt. Sie befürchten, daß irgendein Neugieriger Ihr jetziges Gesicht kennt.«

»Was, glauben sie, werden sie mir darauf antworten?«

»Das ist nicht so wichtig. Sobald sie Ihre Begründung akzeptiert haben, haben wir mehr, als wir erwarten können. Aber ich denke, sie werden Ihnen auch einen Preis nennen, und sie werden wissen wollen, wer Sie so nervös macht.«

»Wenn Sie recht haben mit dem, was Sie über diese Leute sagen: Bringe ich dann nicht jemanden in Lebensgefahr?«

»Klar«, sagte sie, »deshalb bin ich da.«

Er zog die Brauen zusammen. »Das klingt nicht besonders gut.«

Jane ging durch die Küche zur Hintertür. »Ich bin die einzige, die diese Leute ernst nehmen. Einer von ihnen hat mich schon gesehen, und sie wissen, ich bin hinter ihnen her. Wenn Sie ihnen also etwas erzählen, was sie schon wissen, dann macht das alles andere, was Sie sagen, nur um so glaubhafter.«

Jane öffnete die Küchentür einen Spaltweit und warf einen Blick hinaus auf die Straße und die dort geparkten Wagen, dann ging sie zum Fenster und beobachtete die Nachbarhäuser. »Wenn sie wieder gegangen sind, warten Sie zehn Minuten und rufen mich unter der Nummer an, die ich Ihnen gegeben habe. Ich hole Sie und die Tonbänder dann sofort hier raus.«

Sie blickte ihn noch einmal nachdenklich an und berührte leicht seinen Arm. »Denken Sie daran: Falls Sie zu dem Ergebnis kommen, daß das Ganze doch keine so gute Idee ist, dann bin ich schon jetzt damit einverstanden. Ich bringe Sie weg, und dann muß eben Dr. Dahlman seine Geschichte erzählen.«

Vaughn holte tief und zitternd Luft. Jane hatte den Eindruck, daß er in diesen wenigen Sekunden, während er einatmete, sein ganzes Leben abschließend bewertete. »Nein. Das wäre nicht genug. Ich muß es versuchen.«

»Na gut«, sagte Jane. »Sie brauchen nur anzurufen, und ich bin da.« Sie ging durch die Küchentür auf die Straße.

Brian Vaughn betrachtete eine volle Minute lang das Gartentor, dann kehrte er ins Wohnzimmer zurück und setzte sich zum Telefonieren auf die Couch. Er überlegte sich, was er sagen wollte, faßte die Gedanken in Worte und wiederholte sie still. Er hob den Hörer ab, legte ihn wieder auf und machte sich noch einmal klar, auf was er sich eingelassen hatte. Mit der Entschlossenheit eines Selbstmörders kurz vor dem Sprung von der Brücke wählte er schließlich die Nummer und wartete darauf, daß am anderen Ende jemand abnahm.

Eine halbe Stunde später saß Jane in ihrem Hotel und versuchte, nicht dauernd das Telefon anzustarren. Als es endlich klingelte, fuhr sie zusammen. Beim zweiten Klingeln stellte sie fest, daß sie insgeheim gehofft hatte, er würde nicht anrufen.

»Ja?« sagte sie. Sie horchte aufmerksam auf das verräterische Klicken eines zweiten Apparats. Es war nichts zu hören.

»Ich bin's«, sagte Brian Vaughn. »Sie kommen erst morgen abend um elf.«

»Gut«, sagte sie, »rufen Sie mich an, wenn es vorbei ist.«

Sie hängte ein und begann mit ihren Vorbereitungen. Sie hatte bereits ein zweites Zimmer im Hotel unmittelbar nebenan gebucht. Der Raum lag im Südwestflügel, von wo aus sie ihren jetzigen Parkplatz im Blickfeld hatte.

Sie ging durch einen Seiteneingang hinaus und über den Rasen zum Bürgersteig, dann den Cabrillo Boulevard hinunter, als ob sie ein wenig an der Küstenpromenade spazierengehen wollte. Zehn Minuten später ging sie in ihr neues Zimmer. Sie blieb lange am Fenster sitzen und beobachtete den Parkplatz, bis sie sicher war, daß sich niemand für ihren Wagen interessierte.

Jane wachte plötzlich auf, und die Helligkeit im Zimmer erschreckte sie. Ihr Blick blieb am Radiowecker hängen: 5.55 Uhr. Sie nahm an, daß ein Geräusch ihren Schlaf vorzeitig beendet hatte. Das Zimmermädchen schob gerade den Wäschewagen über den Gang.

Sie setzte sich auf und schloß die Augen, um die Details ihres Traumes wiederzufinden, den das Bewußtsein mit seinen Sinneseindrücken vertrieben hatte. Sie ärgerte sich über sich selbst, weil es ihr nicht gelang, von dem Gedanken an Brian Vaughn loszukommen. Dann begriff sie plötzlich, daß er gar keine Ablenkung war. Die verwundbare Stelle der Gesichtsfälscher war Brian Vaughn, und jetzt war er auch ihre Schwachstelle. Warum hatten sie ihn überhaupt ausgesucht? Weil er schwach war.

41

Jane achtete darauf, den Inhalt des Pakets gut abzupolstern. Das Videoband, auf dem Brian Vaughn, seine Wohnung und die gefälschten Ausweise zu sehen waren, lag in einer dicken Schicht aus zusammengeknülltem Zeitungspapier im Karton. Das Paket war an Alan Weems auf der Senior Rancho adressiert, und damit er es nicht für eine Briefbombe hielt, gab sie als Absender den Namen seiner Tochter Julia Kieler an.

Sie überflog noch einmal ihren Brief. Er begann so: »Das ist das Video von Brian Vaughn, dem Mann, den Sie operiert haben. Seine gegenwärtige Adresse ist 80183 Padre Street, Santa Barbara, und er heißt jetzt Charles Langer. Die zweite Person, die denselben Leuten in die Hände gefallen ist, die Sarah Hoffman ermordet haben, ist Janet McAffee. Sie wohnt unter dem Namen Christine Manon in Cleveland, Ohio, 9595 Timon Street. Wenn ich nicht mehr lebe oder wenn Sie verhaftet werden, geben Sie das Band und die Adressen an die Polizei weiter.«

Der Rest des Briefes war schwierig gewesen. Sie mußte versuchen, alles, was sie über die Bande der Gesichtsfälscher herausgefunden hatte, in einen logischen, verständlichen Zusammenhang zu bringen. Jetzt, beim wiederholten Lesen, kam es ihr so vor, als hätte sie drei verschiedene Geschichten erzählt, die sich aber bereits früh miteinander verknüpften. Die Gesichtsfälscher hatten Brian Vaughn offenbar als ersten in der Hand. Um ihn zu verstecken, mußten sie Dahlman manipulieren und ihm den Mord anhängen. Zum Zeitpunkt von Dahlmans überraschender Flucht hatten sie schon mit Christine Manon zu tun. Da sie nun vor allem mit der Suche nach Dahlman beschäftigt waren, mußten sie Christine vorübergehend auf Eis legen. Sie sollte das Weitere in der Wohnung in Chicago abwarten, wo noch die für Brian Vaughn bestimmten Kartons lagerten. Der Plan war, Christine nach Los Angeles zu bringen, in die noch leere Troost-Avenue, die sie wahrscheinlich kurz vorher gekauft hatten – sicherlich mit dem Geld von Brian Vaughn. Die einzelnen Etappen aller drei Geschichten beeinflußten sich gegenseitig über feine Querverbindungen. Jane konnte nur hoffen, daß die Details in ihrer Gesamtheit schlüssig erschienen.

Sie überprüfte noch einmal, ob sie in ihrer Schilderung etwas vergessen hatte, faltete dann den Brief zusammen, steckte ihn in den Umschlag, adressierte ihn an Dahlman und legte ihn zum Videoband in den Karton. Die Informationen gehörten ihm. Wenn es in dieser unseligen Angelegenheit jemals zu einem Prozeß kommen sollte, dann saß niemand anderer auf der Anklagebank als er.

Nachdem sie den Karton bei der Post als Expreßpaket aufgegeben hatte, machte sie in der State Street ihre Einkäufe. Als erstes kaufte sie eine batteriebetriebene Gegensprechanlage und im nächsten Geschäft eine neue Batterie und eine leere Kassette für ihre Videokamera. Im dritten Laden kaufte sie ein Handy für C. Langer, dessen Nummer sie sofort freischalten ließ. Ihr letzter Einkauf war ein kleines, aber hochempfindliches Tonbandgerät vom gleichen Typ wie die Geräte, die sie in Brian Vaughns Wohnung versteckt hatte.

Den Rest des Nachmittags verbrachte sie mit dem Testen ihrer neuen Ausrüstung, während sie gleichzeitig den Parkplatz des großen Nachbarhotels im Auge behielt. Nach einigen Stunden hatte sich der Schatten des Gebäudes über die letzte Reihe der geparkten Wagen gelegt, und die entfernten Fenster zeigten im Sonnenuntergang eine dunkelrot strahlende Färbung. Es wurde langsam Zeit für Jane. Sie zog sich an und sah auf die Uhr. Brian Vaughn war jetzt, wie es seine Gewohnheit war, sicher zum Abendessen in einem Restaurant.

Sie verstaute die Geräte in ihrer Umhängetasche, fuhr zu seinem Haus und stieg durch das Badezimmerfenster ein. Wie erwartet war er nicht da. Sie setzte sich ans Telefon und wählte ihre Nummer in Amherst. Es klingelte viermal, dann schaltete sich der Anrufbeantworter ein. Sie war nun schon so lange nicht mehr zu Hause gewesen, daß sie vergessen hatte, wer die Ansage aufgesprochen hatte. Ihre eigene Stimme erschreckte sie fast: »Leider können wir im Moment nicht selbst an den Apparat gehen. Wenn Sie uns eine Nachricht hinterlassen möchten, dann sprechen Sie bitte nach dem Signal.« Sie seufzte leise. Sie hatte so sehr gehofft, Careys Stimme zu hören. Aber da kam schon der Piepton und sie mußte sprechen. »Hallo. Irgendeine nasale Frauenstimme sagte mir eben, daß wir nicht zu Hause sind. Daß ich nicht da bin, wußte ich schon, aber mit dir hätte ich gern gesprochen. Ich habe jetzt in Wisconsin zu tun, aber du brauchst gar nicht versuchen, mich zu erreichen, weil ich gleich wieder weiterfahre, sobald das Powwow hier zu Ende ist. Ich kann mir denken, daß du dich noch einsamer fühlst, wenn du das hier abhörst. Vergiß nicht: Ich liebe dich. Paß gut auf dich auf.«

Dann überprüfte sie zum letzten Mal die drei Tonbandgeräte, die sie in der Wohnung versteckt hatte. Alle drei waren noch an ihrem Platz, hatten ausreichend Bandvorrat, und die Batterien funktionieren, als sie die Geräte kurz ein- und ausschaltete. Danach schaltete sie das vierte Gerät ein und bugsierte es vorsichtig hinter eine Reihe Bücher im oberen Regal, ohne die Staubschicht zu berühren.

Jetzt schloß sie das Sendegerät der Gegensprechanlage an der Kopfseite unter Brian Vaughns Bett an und drückte auf den Sprechknopf. Sofort schaukelte sich der Rückkopplungston zu einem schrillen Quietschen auf, und sie schaltete es wieder aus. Dann nahm sie den Empfänger und verschwand. Als sie wieder in ihrem Wagen saß, sah sie auf die Uhr. In drei Stunden würden die Gesichtsfälscher vor dieser Tür stehen.

Marshall war in das Café im Flughafen von Los Angeles zurückgekehrt. Er trug sein Tablett zu einem leeren Tisch. Automatisch hatte er sich denselben ausgesucht, an dem er sich mit Alvin Jardine unterhalten hatte. Er wollte nachdenken, und dabei wollte er nicht gestört werden.

Jardine hatte ihn angelogen, was nur logisch war, wenn er insgeheim mit Mrs. McKinnon zusammenarbeitete. Aber der Gedanke, daß eine Frau wie Mrs. McKinnon wußte, wie man einen Alvin Jardine findet, und daß sie ihn um Hilfe bat, gefiel ihm nicht besonders. Es hörte sich falsch an. Ebenso falsch wie der Gedanke, daß sich Jardine die Chance entgehen lassen könnte, sich einen flüchtigen Verbrecher von der Bedeutung Dahlmans zu schnappen.

Jardine hatte Richard Dahlman nie gesehen. Was er gesehen hatte, war eine gutaussehende, schwarzhaarige Frau, die aus einem Flugzeug kam. Und doch hatte er auf der Stelle beschlossen, ihr den ganzen Weg bis zum Parkplatz C nachzugehen. Marshall hatte sich alle Videobänder noch einmal genau angesehen. Offensichtlich ging die Frau auf einen weißen Buick zu. Sie faßte in ihre Tasche, vermutlich suchte sie nach den Wagenschlüsseln. Dann kam Jardine, und sie war mit ihm weitergegangen. Was Marshall keine Ruhe ließ, war die Tatsache, daß der weiße Buick immer noch dastand.

Der Wagen war ein einziges großes Fragezeichen. Marshall hatte vor sechsunddreißig Stunden zwei Agenten zur Beschattung auf den Parkplatz geschickt, aber sie konnten ihm nichts berichten. Der Wagen stand unbewegt an seinem Platz. Marshall hatte bis jetzt angenommen, daß Jardine irgendwie als Komplize von Mrs. McKinnon unterwegs war. Und alles, was die Videobänder hergaben, deutete darauf hin, daß Mrs. McKinnon ebenfalls von dieser Annahme ausging. Aber möglicherweise hatte sie sich ja getäuscht. Es war durchaus vorstellbar, daß sie ihn völlig falsch eingeschätzt und daß Alvin Jardine sie getötet hatte.

Marshall hatte diese Möglichkeit noch nicht zu Ende gedacht, aber es war ihm klar, daß die ganze Geschichte in den letzten Minuten verwickelter wurde. Als er mit seinem Tablett vor der Kasse stand, hatte er absichtlich eine Gabel fallen lassen und sich gebückt, um sie aufzuheben, genau wie Mrs. McKinnon. Die Unterseite der Tablettschiene bestand aus Sperrholz. Hier fühlten seine Finger auf der Holzfläche vier klebrige Stellen, je zwei etwa zehn Zentimeter voneinander entfernt, als ob jemand hier einen Gegenstand dieser Größe mit Klebeband befestigt und dann abgerissen hätte.

Es war Marshall schon früh aufgefallen, daß es eigentlich keine richtige Erklärung dafür gab, warum Mrs. McKinnon die Schlüssel für einen Wagen haben sollte, der auf die Firma Gormby Boat Sales in Marina del Rey, Kalifornien, zugelassen war. Vom Aussteigen bis zu ihrem Treffen mit Jardine hatte sie mit niemandem gesprochen. Vielleicht sollte sich das FBI weniger mit Richard Dahlman befassen, und dafür um so intensiver mit der Frage, warum die Schlüssel eines sauberen, ganz legalen Wagens in einem Flughafencafé unter der Tablettschiene klebten. Seit ein paar Jahren schon gab es immer wieder Gerüchte über Organisationen für professionelle Fluchthilfe.

Marshall hatte eben sein Tablett abgestellt, als ihn der Piepser aus seinen Gedanken riß. Er verließ das Café und schaute im Hinausgehen auf die Nummer des Anrufers. Es war Grapelli. Es wurde tatsächlich Zeit, daß Marshall nach Chicago zurückkehrte. Sicher war es keine schlechte Idee, diese Mrs. McKinnon einmal zu fragen, warum die Wagenschlüssel für den Buick unter der Tablettschiene angeklebt waren und was sie mit Jardine zu besprechen hatte.

Er wählte die Nummer, und Grapelli antwortete. »Tut mir leid, Sie beim Abendessen zu stören.«

»Ich nehme an, Sie haben sie irgendwo gefunden.«

»Richtig. Aber sie ist nicht in Buffalo.«

»Wer hat sie verhaftet?«

»Niemand«, sagte Grapelli. »Wir haben sie nicht. Das will ich Ihnen ja gerade erzählen. Sie hat zu Hause angerufen. Wir haben es aufgenommen und den Anruf zurückverfolgt nach Santa Barbara, 80183 Padre Street.«

»Kann ich mir das mal anhören?«

»Bleiben Sie dran.«

Marshall hörte Janes Stimme. Sie tat ihm beinahe leid, und es war ihm peinlich, die Worte mitzuhören, die nur für ihren Mann bestimmt waren. Aber dann kam das, worauf er gewartet hatte. Wenn sie gesagt hätte, sie sei in Santa Barbara, so hätte er dahinter irgendeine Finte vermutet, mit der sie seine Aufmerksamkeit in eine falsche Richtung lenken wollte.

»Okay«, sagte Marshall, »das reicht.«

»Ich rufe schon mal in Santa Barbara an, damit die Polizei Sie am Flugplatz abholt.«

»Können wir damit noch etwas warten?« fragte Marshall.

»Warum?« Grapelli schwieg ein paar Sekunden. »Haben Sie Angst, daß die sie holen, bevor Sie am Tatort sind?«

»Die werden exakt so vorgehen, wie man es ihnen beigebracht hat«, sagte Marshall. »Sie legen einen weiten Ring aus unauffälligen Wagen um das Haus, damit keiner mehr raus- und keiner mehr reinkommt. Mich eingeschlossen.«

»Das sehe ich noch nicht als einen entscheidenden Nachteil an.«

»Ich möchte mir das Haus erst einmal selbst ansehen, bevor wir etwas Unwiderrufliches tun. Und wenn Dahlman bei ihr ist, hole ich ihn mir selbst.«

»Was irritiert Sie dann so?«

»Wenn wir sie einmal umstellt haben, können wir nicht mehr zurück. Wer drin ist, gehört uns, aber das ist auch schon alles. Wenn Dahlman bei ihr ist, dann ist das Spiel vorbei, und wir haben gewonnen. Wenn er aber nicht da ist? Sie hat ihn durch den halben Kontinent geschleppt, und wir haben keine Garantie, daß wir ihn gerade da finden.«

»Also schön, sagen wir, Dahlman ist nicht da. Aber sie weiß, wo er ist.«

»Richtig. Wenn wir ihr auf der Spur bleiben, führt sie uns schließlich zu ihm. In einer Gefängniszelle führt sie niemanden irgendwohin. Dann haben wir nur eine Verdächtige mehr, die nicht reden will.«

»Glauben Sie, sie hält das lange aus?«

»Nach dem zu urteilen, was sie bisher getan hat, ist sie kein Mensch, der leicht in Panik gerät. Und diese andere Frau, die sie uns als Ersatz präsentiert hat, verlangte in derselben Sekunde, als ihr die Tür ins Hotelzimmer fiel, nach ihrem Anwalt. Das sind keine schlichten Gemüter.«

Nach einer kleinen Pause sagte Grapelli: »Gut, wir machen das auf die leise Tour. Sie gehen hin und schauen sich das kurz an. Sofort danach erwarte ich Ihren Anruf. Aber falls Sie nicht durch einen wirklich schwerwiegenden

Grund daran gehindert werden, mich anzurufen, gebe ich Ihnen einen guten Rat: Sie besorgen sich einen Haftbefehl, dann gehen Sie zur Polizei und nehmen ein paar starke Kerle mit, die für Sie die Tür eintreten. Verstanden?«

»Verstanden.«

42

Jane packte alles in ihren Koffer, bezahlte in beiden Hotels ihre Rechnungen und fuhr los. Falls Brian Vaughn das Treffen durchstand, würde er sie wahrscheinlich anrufen wollen und dann einen Augenblick verzweifeln, wenn sie nicht antwortete. Aber nur einen Augenblick, denn in der nächsten Sekunde konnte sie bei ihm sein und ihn beruhigen.

Sie sah auf die Uhr. Sie war genau im Zeitplan. Es wurde allmählich dunkel, aber es waren noch zwei Stunden bis zum Treffen. Sie hatte genug Zeit, sich zu postieren und die Leute zu filmen, wie sie unter der Straßenlampe auf Vaughns Haus zugingen.

Sie parkte den Wagen zwei Straßen entfernt, näherte sich dem Haus von der Rückseite durch das Gartentor und versteckte sich hinter den Mülltonnen. Mit einem Blick durch den Sucher stellte fest, daß sie von hier aus genau den richtigen Straßenabschnitt im Blickfeld hatte. Dann setzte sie die Kamera ab, schaltete die Gegensprechanlage ein und lauschte.

Sie hörte eine Stimme, die nicht Brian Vaughn gehörte: »Wenn es das ist, was Sie wollen, dann können wir das arrangieren, denke ich.«

Sie waren schon da. Jane spürte, wie ihr Herz schneller schlug. Sie war rechtzeitig gekommen, lange bevor irgendwelche Besucher zu erwarten waren. Aber diese Leute waren früher gekommen als geplant. Da sie das Geschäft kannte, hätte sie es sich eigentlich denken können. Solche Leute wußten genausoviel wie sie.

Der Mann sagte: »Aber wir haben uns eine Wahnsinnsmühe gegeben, Sie hier ordentlich unterzubringen. Und Sie haben Monate dafür gebraucht, damit die Leute hier sich an Sie gewöhnen. Das wirft man doch nicht alles weg.« Er machte eine Pause. »Und es kostet.«

»Wieviel?« Das war Brian Vaughns Stimme.

»So über den Daumen? Lassen Sie mich kurz rechnen«, sagte der Mann. »Sagen wir mal, nur zum Beispiel, wir gehen nach Port Townsend, Washington. Eine nette Kleinstadt, ein hübsches Haus wie das hier. Das sind so um die dreihundert. Und das Haus hier können wir nicht sofort verkaufen.«

»Warum nicht?«

»Weil wir es gerade gekauft haben. Wenn Sie hier mit Ihrem neuen Gesicht nicht sicher sind, dann können wir es doch schlecht für jemand anderen verwenden, oder?«

»Aber ich habe es bezahlt.« Jane spannte unwillkürlich ihre Muskeln an. Brian Vaughn klang streitlustig.

»In einem Jahr oder zwei sind wir es wieder los, und Sie kriegen Ihr Geld zurück. Abzüglich Spesen und Kommission natürlich. Also macht das erst einmal dreihundert für ein neues Haus. Die Möbel überschreiben Sie uns, damit wir alles für Sie verkaufen, dann noch mal hundert obendrauf, das heißt, der ganze Umzug kostet Sie eine halbe Million.«

»Wofür sind die extra hundert?« Vaughns Stimme klang jetzt richtig wütend. Was redete er da überhaupt? Er stritt sich mit den Leuten um Geld, das er ihnen ohnehin nie bezahlen würde.

»Abfertigung und Transport.«

Jetzt hörte man ein scharfes Lachen, eine dritte Stimme. War ein Zweierteam im Haus? Jane hielt den Atem an. Daß sie zwei Stimmen hörte, hieß nicht, daß es nur zwei Männer waren.

»Was ist das?«

»Unsere Arbeitsleistung.«

Wieder trat eine Pause ein, dann sagte Vaughn: »Na gut.« Jane gefiel der falsche Ton ganz und gar nicht. Es klang nicht richtig widerwillig oder vorwurfsvoll. Er konnte nicht erst einen längeren Geldstreit lostreten und dann plötzlich mit allem einverstanden sein.

Der Mann schien das ebenso zu spüren. »Ist das okay für Sie?«

Vaughn sagte: »Sicher.«

»Wollen Sie heute oder morgen hier raus?« Das war die entscheidende Frage. Der Mann gab Vaughn noch eine Gelegenheit, die Situation zu retten – und sich selbst.

Und Vaughn gab die falsche Antwort: »Morgen, denke ich. Dann habe ich noch Zeit zum Packen, und außerdem sieht es nicht so überstürzt aus.«

»Hört sich vernünftig an. Haben Sie einen Kaffee für uns?«

»Ich setze welchen auf.«

Sie hörte, wie er aus dem Zimmer ging. Dann sagte der Mann, der meistens geschwiegen hatte: »Wie machen wir es am besten?«

»Wir könnten ihm in der Badewanne die Kehle durchschneiden, dann haben wir nicht viel Ärger mit dem Aufräumen hinterher.«

»Ich finde, wir müssen ihn erst hier rausholen und es unterwegs erledigen. Wir könnten nach Norden rausfahren, zu einer dieser Ausfahrten zu irgendeinem Badestrand. Oder auf einen Campingplatz vielleicht.«

Jane legte dem Empfänger auf den Boden und schlich leise zum Haus. Wenn sie hineinkam, bevor Vaughn die Küche verließ, hatte sie noch eine Chance. Sie lief zur Küchentür und versuchte hineinzuschauen. Der Lamellenvorhang war zugezogen, und alles, was sie durch einen Schlitz an der Seite sehen konnte, war ein leeres Stück Fliesenfußboden.

Sie riß die Küchentür auf, aber Vaughn war nicht da. Wo war er? Sie sah, daß die Kaffeemaschine noch nicht eingeschaltet war. Offenbar hatte er noch nicht einmal Wasser eingefüllt. Die Männerstimmen waren verstummt. Hier war in den letzten Sekunden etwas passiert. Sie schlich lautlos ans Wohnzimmer heran, und ihr Atem ging schnell und flach, während sie die Selbstvorwürfe niederkämpfte, zu denen sie jetzt keine Zeit hatte.

Sie mußte sich noch in der Bewegung ein Bild vom Zimmer machen: die Position der Männer im Raum, die Haltung ihrer Hände, Vaughns Standort und die nötige Energie, um Vaughn blitzschnell aus dem Zimmer in den Gang zu schieben, bevor die Männer reagierten. Sie trat in den Türrahmen und überflog mit fieberhaften Blicken den Raum.

Brian Vaughn war allein. Er saß auf dem Sofa und zielte mit einem Revolver auf Jane. Die drei Tonbandgeräte standen nebeneinander auf dem Couchtisch. Eines davon lief und führte die Unterhaltung weiter.

Vaughns Stimme sagte: »Der Kaffee ist gleich fertig.«

»Danke«, sagte die eine Männerstimme. »Wissen Sie, Brian, wir haben die Sache diskutiert. Wir würden Sie lieber heute abend hier rausbringen.«

Auf Vaughns Stirn glänzten feine, klebrige Schweißtropfen. Seine Haut hatte scheinbar alle Farbe verloren, er wirkte total verängstigt. Seine Stimme kam aus dem Gerät: »Ich möchte hier nicht einfach weggehen, ohne alle Fingerabdrücke abzuwischen ...« Die Worte schienen ihn zu irritieren, fast zu ärgern, so als könnte er sich nur mit Mühe darauf konzentrieren. Er drückte den Stop-Knopf. Dann hob er den Kopf und schrie: »Sie ist hier!«

Jane zischte ihm zu: »Sie haben immer noch eine Chance.«

Er schüttelte hektisch den Kopf. Es machte den Eindruck, als wollte er gar nicht hören, was sie sagte.

»Die waren schon draußen und haben auf mich gewartet, stimmt's?«

Offenbar wütend sagte er: »Natürlich.« Jane sah ihm an, daß er schon vor einigen Stunden die Nerven verloren hatte, vermutlich hatte er den Gesichtsfälschern gleich im ersten Augenblick den ganzen Plan erzählt. Er haßte sie, weil sie ihn nicht beschützte, ja weil sie es überhaupt versucht hatte. Er haßte sie, weil er zusammengebrochen war, und je deutlicher er die Gefahr ihrer Nähe spürte, um so klarer wurde es ihm, daß sie an allem schuld war.

Jane kam näher und flüsterte: »Sie können uns beide immer noch retten.«

Als Antwort hob er mit einer schnellen Bewegung die Waffe. Seine Armmuskeln waren angespannt, als wollte er ihr den Revolver ins Gesicht stechen. Jane sah ein schiefes Lächeln um seine Lippen, vielleicht probierte er nur aus, wie es sich anfühlte. Sie spürte, daß er den Gesichtsfälschern seine Loyalität beweisen wollte, seine Entschlossenheit, sie ganz allein zu töten. Er war hoffnungslos durchgedreht.

Jane hatte noch eine Chance, aber sie brauchte Brian Vaughns Blick, um sie rechtzeitig zu erkennen. Sie hörte jemanden hinter sich, der auf die Haustür zuging. Sie hörte einen Schritt auf der untersten Stufe, dann auf der letzten. Sie machte sich bereit und fixierte Brian Vaughns Augen.

In der Sekunde, als die Tür hinter Jane sich öffnete, bewegte sie sich. Jane sprang vor, drehte sich halb zur Seite, rammte Vaughn ihre Schulter in die Brust und klemmte seinen rechten Arm unter ihre Achsel, packte mit beiden Händen den Revolver und drückte ihm den Finger in den Abzug. Der Schuß ging los und traf die Wand kurz über dem Fußboden. Der Mann im Eingang warf sich flach auf den Boden, während Jane ihren Kopf in Vaughns Gesicht stieß. Sie fühlte, wie sich sein Griff am Revolver lockerte, riß ihn aus seiner Hand und rannte zur noch offenstehenden Haustür hinaus.

Sie lief nach rechts, ohne lang überlegen zu müssen, denn für einen Rechtshänder war ein Ziel, das sich in dieser Richtung bewegte, schwerer zu treffen. Sie raste über die Blumenbeete des Nachbarhauses, bevor der Mann sich vom Fußboden aufgerappelt und die Tür erreicht hatte. Sein erster Schuß traf den Boden knapp hinter ihren Füßen, und der zweite, nach einer zu starken Zielkorrektur, einen guten Meter vor ihr. In der nächsten Sekunde war sie um die Hausecke verschwunden.

Jane rannte noch ein Haus weiter und über die Auffahrt zum Hintereingang. Das Haus hatte einen zwei Meter hohen Bretterzaun. Ein Gartentor zu suchen, hatte sie keine Zeit mehr. Sie rannte los, sprang hoch und ließ sich mit dem Schwung des Anlaufs hinüberrollen. Sie landete in der

Hocke in einem Blumenbeet, und widerstand dem Drang, aufzustehen und weiterzurennen. Statt dessen kroch sie auf dem Bauch den Zaun entlang.

Die Männer schossen durch den Zaun, und die Kugeln durchschlugen die Bretter genau da, wo sie aufgekommen war. Jetzt stand sie auf und rannte auf das nächste Haus zu. Zu ihrem Wagen konnte sie nicht zurück. Die Männer waren viel zu dicht hinter ihr, sie hätte nicht schnell genug aufschließen, einsteigen und losfahren können. Sie rannte also an dem Haus vorbei, dann auf den Gehweg hinaus, über die Straße und an der gegenüberliegenden Häuserreihe weiter, um zwischen sich und ihren Verfolgern möglichst viele geparkte Wagen zu lassen.

Vor dem fünften Haus fiel ihr ein, daß hier eine kleine Nebenstraße abzweigte, die zu einem Ladenviertel führte. Sie hatte die Nebenstraße anfangs für die geeignete Stelle gehalten, einen Wagen zu parken, und deshalb war sie hier einmal tagsüber und einmal bei Nacht hergekommen. Aber sie hatte feststellen müssen, daß sie sich getäuscht hatte: Die Straße mündete in einen städtischen Parkplatz. Man hatte ihn mit einer Reihe von Stahlrohren in Betonsockeln abgesperrt, so daß man von hier aus nur zu Fuß weiterkam. Sie beschloß, in die Straße einzubiegen, um den Parkplatz zu erreichen. Wenn jemand ihr mit dem Wagen folgte, hatte er dort seinen Geschwindigkeitsvorteil verloren.

Jane sah im Laufen kurz über ihre Schulter, dann bog sie in die Nebenstraße ein.

Der Anblick eines Mannes nahm ihr fast den Atem. »Halt! Stehenbleiben!« rief er ihr zu. »FBI.«

Jane schlug einen Haken und rannte an den ersten Läden vorbei. Sie hatte alles falsch berechnet. Die Gesichtsfälscher waren vor ihr angekommen und das FBI auch.

Sie hörte die Schritte des FBI-Agenten hinter sich auf dem Pflaster. Sie mußte jetzt noch schneller laufen als er, um ihn abzuhängen. An allem war sie selbst schuld. Sie hatte sich planmäßig Männern in den Weg gestellt, die auf kaltblütige Weise gewalttätig waren. Dann hatte sie auch noch absichtlich die Aufmerksamkeit einer Bundeskriminalbehörde auf sich gelenkt, deren Arbeit darin bestand, solchen Männern mit überlegenen Kräften entgegenzutreten. Aber jetzt fand sie keinen Weg zwischen den Fronten.

Ihre einzige Chance war jetzt ihre Schnelligkeit. Sie durfte nicht mehr daran denken, daß sie hier in der Dunkelheit über eine mit Schlaglöchern übersäte Straße lief oder was sie tun konnte, wenn sie sich den Fuß verstauchte oder plötzlich vor einem Hindernis stand. Sie konnte sich nur noch mit letzter Kraft in den leeren Raum hineinwerfen und hoffen, nicht auf etwas zu stoßen, was auf der Landkarte in ihrem Gedächtnis fehlte.

Hinter dem Parkplatz, wo sich die nächste Straße öffnete, suchte sie ein Versteck. Sie rannte noch ein paar Schritte weiter, dann sah sie die Leiter. Ein dreistöckiges Gebäude halblinks vor ihr hatte in die Mauer eingelassene Eisensprossen, über die man auf das Dach gelangen konnte. Sie hatte keine Zeit, ihren Vorsprung vor dem FBI-Mann oder die Zahl und die Position seiner möglichen Kollegen zu berechnen. Sie mußte handeln, sonst war ihr Vorsprung verloren. Im vollen Lauf rannte sie auf die Eisenleiter zu, sprang hoch, landete mit dem Fuß auf der dritten Sprosse und kletterte hinauf. Sie mußte möglichst hoch steigen, damit der FBI-Mann sie nicht mehr sehen konnte.

Sie hörte bereits seine Schritte, und er schien ihr näher zu sein, als sie erwartet hatte. Sie kletterte schneller. Sie rutschte mit dem Fuß aus, und ihr Körper begann zu fallen, aber instinktiv packten ihre Hände fester zu. Sekundenlang blieb sie so hängen, fand dann wieder mit den Füßen Halt und kletterte weiter. Jetzt hatte sie Angst, sie fror und war außer Atem. Vielleicht genügte es ja schon, nur weit genug über seine Augenhöhe zu steigen, und er würde sie nicht sehen und anderswo weitersuchen.

Sie hörte wieder einen harten Schritt. Seine Stimme war schräg unter ihr. »Halt, oder ich schieße.«

Jane hatte diese Worte fast schon erwartet, in ihrer Phantasie hatte sie sie schon oft gehört. Aber sie klangen anders, als sie es sich vorgestellt hatte, leiser und sanfter, nicht eigentlich wütend und brutal, und auch nicht laut. Offenbar hatte er nicht die Absicht, später genügend Zeugen für sein korrektes Vorgehen zu haben. Die Worte waren nur für sie bestimmt, eine Art Erinnerung daran, was er – wie sie beide wußten – jetzt tun mußte.

Jane biß die Zähne zusammen, hob den Kopf, blickte in den Himmel und dachte: »Ich bin selbst schuld.« Angestrengt atmend stieg sie weiter und wartete dabei auf das laute Geräusch und den Schmerz. Es wurde ihr quälend deutlich, wie oft und wie leicht in der Vergangenheit irgendein FBI-Beamter sie hätte erschießen können. Sie war kaum zehn Meter hoch, und er war noch ebenso weit von der Leiter entfernt.

Warum schoß er nicht? Überlegte er etwa, wie ernst er die Drohung gemeint hatte? Nein, er zielte wahrscheinlich nur. Jane kletterte noch höher, und da kam der Schuß. Er war so laut, daß sie vor Schreck zusammenfuhr und die Ohren in den Schultern zu verstecken suchte. Das Echo des Knalls blieb in der Luft hängen, als hätte der Ton seinen flüchtigen Charakter verloren. Sie stieg höher.

Das war nur der Warnschuß gewesen. Der nächste zerschmetterte ihr zwangsläufig das Rückgrat. Sie griff mit der rechten Hand nach oben und berührte eine flache, rauhe Oberfläche. Sie war am Dach angekommen, zog sich die restlichen anderthalb Meter nach oben und ließ sich mit dem Bauch auf die geteerte Fläche fallen.

Einen Augenblick blieb sie schwer atmend liegen. Sie war nicht mehr in seinem Blickfeld, und er hatte nicht auf sie geschossen. Sie hielt den Atem an. Das Geräusch von seinem Schuh auf der untersten Sprosse war zu hören.

Sie stand auf und sah sich schnell nach allen Seiten um. Sie hatte hier eine Tür vermutet, einen Lüftungsschacht oder irgendeinen anderen Zugang ins Haus. Aber um sie herum war nichts als das flache, schwarze Viereck des Daches. Rundherum nichts als die Dächer anderer Häuser.

Langsamer, als sie eigentlich wollte, ging Jane zum Rand des Vierecks, das sie gefangenhielt. Das nächste Dach war knapp drei Meter entfernt. Jane ließ zischend die Atemluft heraus, sie war verärgert und wütend auf sich selbst. Sie hatte jetzt größere Angst als vorher vor dem Schuß. Sie zwang sich, wieder vernünftig zu werden. Es gab Menschen, die mit einem Anlauf neun Meter weit springen konnten, und die Entfernung hier betrug nur ein Drittel davon. Sie war unverletzt, in guter körperlicher Verfassung und eine trainierte Läuferin.

Aber noch während sie diese Argumente durchdachte, wußte sie, daß sie nur dann stichhaltig waren, wenn sie mit voller Geschwindigkeit auf den Abgrund zurannte. Wenn sie den Absprung falsch berechnete, wenn sie auf den letzten Metern aus dem Tritt kam oder auch nur aus Ängstlichkeit ein wenig langsamer wurde, lag sie unten auf dem Pflaster.

Vorsichtig ging sie bis zum Rand des Daches, zuletzt fast auf allen vieren, unfähig, aufrecht zu stehen, aus Angst, es könnte ihr schwindlig werden und sie könnte ins Leere kippen. Sie sah sich noch einmal die Entfernung zum Nachbardach an. Es war nicht zu weit. Auf ebener Erde würde sie diese Distanz ohne weiteres schaffen.

Sie hörte die Tritte und den Atem des Mannes auf der Eisenleiter. Er hatte Schwierigkeiten, Luft zu holen, machte aber keine zittrigen oder flachen Atemzüge. Dieser Mann hatte keine Angst.

Sie bewegte sich ein paar Schritte zurück, kehrte um, lief zum anderen Ende des Daches und zählte dabei ihre Schritte. Sie mußte es versuchen. Sie konnte nicht einfach hier herumstehen und sich vom FBI in die Enge treiben und verhaften lassen, während die Gesichtsfälscher in aller Ruhe aus Brian Vaughns Haus gingen.

Sie atmete dreimal tief durch. Im nächsten Augenblick mußte er oben angekommen sein. Sie zwang sich zum ersten Schritt, stellte langsam den Fuß vor und verlagerte ihr Gewicht darauf. Der zweite Schritt ging schon etwas leichter, der dritte kam wie ein Reflex, der vierte ganz unbewußt. Schon rannte sie schneller, noch schneller, noch vier Schritte – jetzt noch einer – und Absprung! Sie drückte sich mit dem rechten Fuß ab, machte in der Luft noch einen Halbschritt und ruderte im Flug ein wenig mit den Armen.

Sobald sie das Dach hinter sich gelassen hatte, wußte sie: Sie hatte es geschafft. Sie landete fast zwei Meter von der Kante entfernt auf einer Kiesoberfläche, rutschte beim Aufprall aus und bremste den Sturz mit den Handflächen ab.

Sie rutschte noch ein Stück weiter auf dem rauhen, locker gestreuten Kies. Ihre Hände schmerzten, an der Hüfte hatte sie eine Schramme, aber sie lebte. Sie spürte, wie ihre Lungen ein Übermaß an Luft aufnahmen und sich weigerten, es wieder herzugeben, bis sie sich zum Ausatmen zwang.

Sie stand auf, ging vorsichtig zur Dachkante an der Straßenseite, legte sich flach auf den Bauch und suchte eine Leiter an der Hauswand. Es gab keine. Wieder hatte sie einen furchtbaren Fehler gemacht. Daß ein Haus eine Leiter hatte, hieß noch lange nicht, daß das Nachbarhaus auch eine haben mußte. Widerstrebend schaute sie zurück. Der Mann stieg in diesem Augenblick auf das Dach.

Alles, was Jane sehen konnte, war seine Silhouette, aber um so klarer konnte sie seine Gedanken lesen. Er überflog das Dach mit seinen Blicken, dann faßte er das Nachbardach ins Auge, auf dem Jane war. Er kam näher, als wollte er die Entfernung zwischen ihnen abschätzen. Dann sah er Jane und dachte sich: »Wenn sie es kann, kann ich es auch.« Er machte einen Schritt zurück von der Kante, schien aber nicht in den gähnenden Abgrund hinunterzuschauen. Er schaute Jane an.

Sie sah sich die Entfernung zum nächsten Dach an: Der Abstand war nicht größer, der Sprung also nicht weiter als der letzte. Sie kehrte um. Aber dann ließ sie den Gedanken fallen. Sie hatte keine Zeit, die nötigen Schritte abzuzählen. Sie suchte sich die Stelle für den Anlauf nach Gefühl aus und beugte sich vor. Rechter Fuß, linker Fuß, und schon war sie in vollem Lauf. Unmittelbar an der Kante fand ihr Fuß in dem lockeren Kies nicht genügend Widerstand zum Absprung. Sie sprang, wie sie meinte, zu flach und zu kurz. Hinter ihr kollerten Kieselsteine vom Dach. Noch in der Luft sagte sie sich: »Jetzt sterbe ich«, aber dann sah es doch nicht danach aus. Sie zog die Knie an die Brust, schlug auf und rutschte auf dem Rücken weiter. Eine Sekunde später hörte sie, wie Kieselsteine tief unten auf das Pflaster rieselten.

Jane fühlte sich wie zerschlagen. Der Aufprall hatte ihre Haut am Rücken aufgerissen. Sie blickte sich um und sah den FBI-Mann im Sprung auf das Dach hinter ihr. Einen Augenblick lang kam er ihr wie ein Flügelwesen vor, aber es war nur sein flatternder Mantel. Er war wieder nur ein Gebäude hinter ihr.

Jane lief zum Rand und sah sich den Abstand zum nächsten Dach an, rannte zurück und nahm wieder Anlauf. Jetzt fühlte sich bereits sicherer, sie landete auf den Füßen und kam nach ein paar Stolperschritten zum Stehen. Jetzt das fünfte Haus.

Es sah anders aus als die bisherigen. Die Reihe der Läden war hier offenbar zu Ende, und das nächste Haus war höher und hatte ein steiles Satteldach. Sie blickte wieder zurück: Der FBI-Mann machte gerade seinen zweiten Sprung. Er war groß und kräftig gebaut. Er kam geschickt mit den Füßen auf, und schaute sich, während er noch landete, schon wieder nach ihr um.

Jane spürte die Ausweglosigkeit ihrer Lage. Der fatale Augenblick rückte näher. Sie sah ihn kommen und wußte nicht mehr, wie sie ihm ausweichen sollte. Der große FBI-Agent war allein. Sie hatte keine Ahnung, warum er allein arbeitete, und erst recht keine Zeit für die Suche nach einer Antwort. An seiner aufrechten Haltung im Laufen wie auch im Sprung konnte sie seine Überzeugung ablesen, daß er die Frau für unbewaffnet hielt. Instinktiv griff sie an ihre Jackentasche mit dem Revolver, den sie Brian Vaughn abgenommen hatte.

Sie sah sich wieder den Schattenumriß des Agenten an. Er war genau der Mann, vor dem sie Dahlman gewarnt hatte: nicht irgendein böswilliger, habgieriger Psychopath, der Menschen zu Geld machte. Er gehörte zu den Guten, sogar zu den Besten der Guten, da er es zu seiner Lebensaufgabe gemacht hatte, die Schwachen vor den Starken zu beschützen. Jane hatte ihn herausgefordert, und nun konnte er nicht anders, als sie verfolgen, aber er tat es auf ungewöhnliche Weise. Er hätte sie auf der Leiter erschießen können, aber offenbar riskierte er lieber sein Leben im Sprung von Dach zu Dach, hoch über der schlafenden Stadt, wo unter ihm die Straßenlampen kein Licht mehr gaben.

Sie sah ihm zu, wie er den nächsten Abstand berechnete. Er wäre ein so leichtes Ziel gewesen. Sie mußte sich nur hier hinsetzen, wo sie gerade stand, Vaughns Walther P 99 in beide Hände nehmen und auf dem rechten Knie aufstützen. Wenn sie ihn mit der ersten Kugel mitten im Sprung erwischte, hatte er wahrscheinlich noch zwei oder drei in der Brust, bevor sein kraftloser Körper auf der Erde aufschlug.

Jane atmete einmal tief ein, hielt die Luft in der Lunge fest, atmete aus und lief weiter. Wenn sie zuließ, daß er ihr auf diesem Dach näher kam, war sie verloren. Sie nahm das nächste Haus in den Blick. Es war klar, was sie zu tun hatte. Der Dachfirst lag einige Meter über ihrer Absprungstelle, dort hinaufzukommen war also unmöglich. Sie konnte springend eine Stelle erreichen, die auf gleicher Höhe lag, und dann blieb ihr nur noch die Hoffnung, mit den Händen einen Halt zu finden, bevor sie den Rest der Schräge hinunterrutschte.

Jane nahm wieder Anlauf, warf sich in die Luft und landete mit dem linken Fuß und der linken Hand auf dem schrägen Dach. Kaum fühlte sie den Aufprall, als sie sich ein wenig aus dem Schwung herausdrehte, so daß sie nun flach auf dem Bauch lag. Im nächsten Augenblick begann sie abwärts zu gleiten. Sie griff verzweifelt nach einem Halt in den Dachziegeln, die nach oben an ihr vorbeihuschten. Sie spürte, wie die rauhe Oberfläche unter ihren Handflächen wegrutschte. Sie schob den rechten Daumen unter einen Dachziegel, dann auch den linken unter einen zweiten und versuchte, sich an ihnen festzuhalten. Sie rutschte langsamer. Ihr Sweatshirt hatte sich hochgeschoben, und die scharfen Dachziegel rissen ihre nackte Haut auf. Dann war das Rutschen plötzlich zu Ende. Ihre Gürtelschnalle hatte sich in den Dachziegeln verfangen. Sie blieb ruhig liegen, hielt sich weiter fest und wagte beinahe nicht mehr, sich zu rühren.

Sie hörte den Mann laufen, dann das laute Geräusch, als er nach dem Sprung auf dem Dach hinter ihr landete.

Jane spreizte ein wenig die Beine und suchte mit den Füßen einen Halt auf der abschüssigen Fläche, achtete aber darauf, daß ihre Knie und Zehen dauernden Kontakt mit dem Dach behielten. Als sie an einer Stelle einen Widerstand spürte, schob sie sich mit den Füßen ein wenig höher und hielt sich an den nächsthöheren Ziegeln fest. Zentimeter für Zentimeter, wie ein Bergsteiger, kam sie vorwärts.

Der FBI-Mann stand auf dem Nachbardach und sah ihr zu. »Wäre das jetzt nicht ein guter Platz, um aufzugeben?«

Sie verdrängte die Stimme aus ihrem Bewußtsein und packte den nächsten Ziegel zwischen Daumen und Zeigefinger. Der Schmerz stach ihr bis in die Handgelenke. Mit den Füßen schob sie sich ein wenig höher.

Er versuchte es noch einmal. »Egal, was da hinten los war, die Strafe dafür ist lange nicht so unangenehm, wie jetzt runterzufallen.« Seine Schuhe knirschten auf dem Kies, als machte er ein paar Schritte zur Seite, um sie besser zu sehen. »Ich kann die Feuerwehr rufen, die bringen Sie mit einer Leiter runter.«

Nichts hätte sie sich sehnlicher gewünscht: einen großen, roten Wagen mit einer langen Rettungsleiter, dann käme ein starker Mann zu ihr herauf, legte ihr ein Geschirr an, das sie unter die Arme faßte wie der sichernde Griff einer Mutter, und dann ließe er sie vorsichtig am Seil herunter bis zur Leiter. Sie hob den Kopf und schaute hinauf: Sie kam voran. In ihren Finger hatte sie kein Gefühl mehr, aber die Oberkante kam immer näher. Sie legte das Gesicht wieder auf die Ziegel und schob sich weiter.

Als sie die gerundeten Firstziegel unter den Händen spürte, zog sie sich hoch, bis sie auf der anderen Seite auf die Straße hinunterschauen konnte. Sie kletterte hinüber, ließ sich zu dem Kamin hinabgleiten und stand dann mit dem Rücken an ihn gelehnt auf ihren wackligen Füßen.

In diesem Moment hörte sie den lauten, rauhen Knall

von Schüssen und setzte sich sofort wieder hin. Warum jetzt? Warum wollte man sie gerade hier umbringen? Aber die Schüsse kamen nicht aus der Nähe. Sie kamen irgendwo von unten. Die Gesichtsfälscher waren nicht weggefahren. Sie waren hier.

Dann hörte sie andere Schüsse: zwei, drei, vier sehr schnell hintereinander. Das mußte der FBI-Mann sein, der jetzt zurückschoß. Jetzt kam eine wirre Salve mehrerer Schüsse von unten. Stille. Die Leute schossen nicht auf sie, sondern auf ihn.

Die Stille dauerte sehr lange. Vielleicht hatten sie bei dem nächtlichen Lärm beschlossen, sich doch lieber zurückzuziehen. Jane stand langsam wieder auf, lehnte sich an den Kamin und streckte vorsichtig den Kopf heraus, um den FBI-Agenten zu sehen. Der dunkle Umriß auf dem letzten Dach: Das mußte er sein. Er saß in der Hocke und schaute nicht mehr zu ihr, sondern zurück auf die Dächer, über die sie beide gekommen waren.

Es war ihr klar, daß sie sich den nächsten Fluchtweg suchen mußte, aber sie konnte es nicht. Sie schaute zurück und sah Männer, die sich schnell bewegten. Der FBI-Mann feuerte wieder zweimal und duckte sich. Drei Dächer entfernt flammte mehrmals Mündungsfeuer auf. Jane nahm Vaughns Revolver in die Hand und wartete. Sie glaubte, in der Entfernung den Schatten eines Mannes auf einem Dach zu erkennen und hob den Revolver, aber der Umriß wurde von der Dunkelheit der umgebenden Häuser sofort wieder verschluckt. Dann kam wieder ein Kopf die Leiter hoch. Jane versuchte, den Figuren mit den Augen zu folgen, aber es war zu spät. Sie warfen sich nach wenigen Schritten auf den Boden und waren nicht mehr zu sehen.

Der FBI-Mann gab noch einmal zwei Schüsse auf die Männer ab. Dann hörte sie ein Klacken, als würde er das Magazin auswechseln. Die beiden Männer hatten es offenbar auch gehört. Sie sprangen hoch und feuerten acht oder zehn Schüsse in seine Richtung ab.

Einer der beiden hatte mit einem Sprung das nächste Dach erreicht. Als er landete, schoß der FBI-Mann einmal.

Aber der zweite hatte so etwas erwartet und gab sofort ungezieltes Deckungsfeuer, so daß der FBI-Mann den Kopf einziehen mußte. Der zweite Mann nützte den Augenblick und sprang zu seinem Kollegen auf das zweite Dach. Wieder kam der FBI-Mann nur zu einem Schuß, bevor der erste der beiden Männer eine schnelle Salve abfeuerte, die den FBI-Mann wieder zwang, sich zurückzuziehen.

Jane beobachtete, wie die beiden Männer mit derselben Taktik das dritte Dach erreichten. Jedesmal versuchte der FBI-Mann, den Mann zu treffen, der gerade im Sprung und leicht verwundbar war, aber der andere lag bereits in einer gesicherten Feuerstellung, und der FBI-Mann mußte den Versuch aufgeben. Jane hatte sich und ihn in eine ausweglose Lage gebracht. Schon jetzt war sie auf dem steilen Dach gefangen, und die Männer bewegten sich so schnell, daß sie nicht schießen konnte. Sie konnte nur sehen, daß sie immer näher kamen, und in wenigen Minuten konnte der FBI-Mann nur noch zu ihr auf das Dach und in dieselbe Falle flüchten.

Er hatte etwa zehnmal geschossen und dann nachgeladen. Warum benützte er nicht die offizielle Beretta 92, die mit einem Fünfzehner-Magazin exklusiv an die Polizei geliefert wurde? Er war durch die Stadt spaziert, in Anzug und Krawatte. Er hatte die Frau eines Chirurgen gesucht und keinen Zugriff auf Brian Vaughns Haus geplant, erst recht keinen Schußwechsel auf Hausdächern. Wahrscheinlich trug er irgendeine leichte Waffe, die nicht sonderlich auffiel, mit einem einzigen Zehner-Magazin, wie man es in jedem Laden kaufen konnte. Und vermutlich hatte er höchstens ein Extra-Magazin bei sich.

Jane sah, wie er langsam zum Rand des Daches kroch, den zwei Männern entgegen. Es war noch schlimmer, als sie befürchtet hatte. Er hatte seine Pistole überhaupt nicht nachgeladen, sondern nur nachgesehen, wieviel Schuß er noch hatte. Zehn im Magazin, einer in der Kammer: keine Reservemunition. Wieder konnte Jane fast seine Gedanken lesen, und sie verzweifelte mit ihm. Er kroch dorthin, wo er den nächsten Mann auf seinem Dach erwartete, um ihn unmittelbar nach dem Sprung zu packen, zu überwältigen und ihm den Revolver abzunehmen. Es war ein irrwitziger, hoffnungsloser Plan.

Da nahm bereits der erste der zwei auf dem Dach gegenüber seinen Anlauf. Sie wußten wohl ebensogut wie Jane, daß er keine Munition mehr hatte. Der Mann wurde schneller. Gleich mußte er springen.

Jane erhob sich und schrie: »He! Ich bin hier!« Der Mann zögerte unmerklich, kam aus dem Schritt und konnte gerade noch vor der Dachkante anhalten. Der zweite Mann hielt ihn am Ärmel fest, dann warfen sich beide flach hin.

Der FBI-Mann drehte sich im Liegen um, sprang auf und rannte auf das andere Ende des Daches zu. Er sprang ab, landete auf dem abschüssigen Ziegeldach, kam wie Jane seitlich auf und rollte sich sofort auf den Bauch. Er rutschte einen Meter ab und blieb dann bewegungslos hängen. Erst in diesem Augenblick bemerkten die beiden Männer, was geschehen war, und eröffneten wieder das Feuer.

Er war so weit oben auf dem Dach gelandet, daß er ihnen kein klares Ziel bot. Die Schüsse gingen über seinen Kopf hinweg in den Nachthimmel.

Vom First aus rief ihm Jane zu: »Robben Sie sich schräg hierauf. Der Kamin ist höher als das letzte Dach, die können Sie nicht gut sehen.«

»Ich kann's ja mal probieren«, sagte er. Es klang nicht sehr zuversichtlich.

»Spielen Sie jetzt nicht den Ängstlichen, denken Sie daran: Sie sind der Größte.«

Sie hörte, daß er einmal schnell ausatmete; vielleicht war es ein Lachen. »Und warum sollten die zwei mir nicht einfach nachkommen?«

»Ich lasse Ihnen ein kleines Geschenk da, oben auf dem Kamin. Vielleicht können Sie es gebrauchen.« Dann hangelte sie sich den First entlang zum anderen Ende des Daches.

Hier ließ sie sich vorsichtig herabgleiten, indem sie sich wieder an den leicht angehobenen Ziegeln festhielt. Als sie unten angekommen war, wandte sie behutsam den Kopf, um sich zu überzeugen, daß sie sich nicht getäuscht hatte. Vom Telgraphenmast herüber bis zur Hausecke spannte sich ein dünnes, schwarzes Kabel.

Sie langte hinunter und zerrte versuchsweise an dem Draht. Er schlang sich in einer weiten Schleife um einen Metallhaken in der Holzverkleidung, ging durch eine Klammer in der Zierleiste und verschwand dann im Innern des Hauses. Wahrscheinlich war es eine Verdrahtung für das Kabelfernsehen. Wie der Draht am Mast auf der gegenüberliegenden Seite der Straße befestigt war, konnte sie nicht sehen. Sie ließ sich weiter herabgleiten, packte das Kabel mit der rechten Hand, schwang ins Leere und nutzte den Schwung, um das Kabel auch mit der linken Hand zu fassen. Dann hangelte sie sich mit leichten Pendelbewegungen an dem Kabel über die Straße.

Plötzlich hörte sie hinter sich ein Geräusch, der Draht gab nach und hing tiefer durch. Die Schleife hatte sich zusammengezogen, und jetzt hing ihr Gewicht allein an dem schwachen Metallhaken in der Holzwand. Sie bewegte sich schneller, versuchte dabei aber, ihre Pendelschwünge abzufangen.

Als sich das Kabel plötzlich aus dem Loch in der Wand riß, fiel Jane anderthalb Meter in die Tiefe. Sie hörte berstendes Glas im Haus, dann schlug ein schwerer Gegenstand mit dumpfen Krachen in die Wand. Jane ahnte, was geschehen war. Das Koaxialkabel war mit der Rückseite des Fernsehers verschraubt, und ihr Gewicht hatte das Gerät von seiner Unterlage gerissen. Jetzt wurde der Fernseher gegen die Wand gepreßt, und das Kabel hielt nur noch durch die schwache Schraubverbindung. Sie rief sich in Erinnerung, was sie von solchen Konstruktionen wußte. Die Rückseite eines Fernseher war normalerweise nichts als brüchiges Plastik. Aber vielleicht wurde ja der eingeschraubte Draht mitsamt seinem Metallsockel herausgerissen, und der war zu groß für das Kabelloch.

Als sie über der Straßenmitte hing, gab das Kabel endgültig nach. Sie sackte wieder einige Meter tiefer, aber dann zog sich das Kabel um den Mast zusammen, und aus ihrem Sturz wurde ein starkes Pendeln. Sie lockerte ihren Griff, um sich an dem durchhängenden Draht weiter herunterzulassen, aber der umstürzende Mast kam schon mit unglaublicher Geschwindigkeit auf sie zu. Sie hielt die Füße vor den Körper, um den Aufprall abzufedern, aber da drehte sie sich wieder in der Luft. Der Mast streifte ihre Schulter, und sie ließ das Kabel los. Sie kam hart am Boden auf, rollte einmal ab und blieb einen Augenblick benommen auf der Straße liegen.

Sie mußte weiter. Die Schultern und die Hüfte taten ihr weh, und auch im linken Sprunggelenk spürte sie einen dumpf pochenden Schmerz. Sie trat probeweise auf und stellte fest, daß sie noch gehen konnte. Sie machte ein paar langsame Schritte, dann lief sie, so schnell sie konnte, die Nebenstraße hinunter.

Sie schaute nach den drei Männern auf den Dächern, sah aber nichts. Sie ging schneller und stellte fest, daß sie wieder besser laufen konnte. Sie blieb einen Augenblick stehen, legte die Hände zum Sprachrohr an den Mund rief laut: »Hallo! Sagt hier denn niemand einer Dame gute Nacht?« Dann drehte sie sich um und rannte los.

Als sie den städtischen Parkplatz erreicht hatte, wandte sie sich nach links, lief an den abgestellten Wagen vorbei und war am andern Ende wieder auf der Straße, die zum Freeway führte. Da sah sie an der Kreuzung ein Münztelefon hängen. Aber jetzt konnte sie noch nicht stehenbleiben und den Männern statt eines schnellen Schattens ein unbewegliches Ziel bieten, hell beleuchtet unter einer Straßenlampe. Unten am Strand gab es noch genügend Telefone.

Sie hörte noch immer keine Polizeisirene. Die Leute in der Umgebung, dachte sie, mußten die Schüsse doch gehört haben. Aber in dieser Gegend gab es nur Läden, die jetzt geschlossen waren, und hier wohnte niemand, der die Polizei hätte benachrichtigen können.

Jane rannte zum nächsten Telefon und wählte die 112. Eine Frauenstimme sagte etwas über »Notfallmeldung«, aber Jane unterbrach sie: »Schußwechsel mit einem Polizeibeamten Ecke Chapala und Castillo, wiederhole: Schußwechsel mit einem Polizeibeamten.« Sie ließ den Hörer herunterhängen, damit der Anruf zurückverfolgt werden konnte, und rannte weiter, jedoch nicht wie geplant zur Unterführung am Freeway und zum Strand, sondern in der entgegengesetzten Richtung die Straße hinauf. Sie wußte nicht genau, wo sie war, nur wo sie abbiegen mußte. Und zwar in die Straße, die zu Brian Vaughns Haus führte.

43

Marshall hockte im Dunkeln auf dem Dach, mit dem Rücken an dem niedrigen Kamin. Er griff vorsichtig nach hinten, und seine Hand berührte einen ihm vertrauten Gegenstand. Er faßte ihn am Griff an und hielt sich die Waffe vors Gesicht. Er konnte das eingeprägte Wort »Walther« entziffern und daneben »P 99«. Ein außerordentlich passendes Geschenk, dachte er. Ohne die Walther war sein Tod nur noch eine Frage von Minuten. Vielleicht aber auch so.

Marshall blickte zurück auf das Dach, von dem er herübergesprungen war. Einer der Männer war gerade mitten im Sprung, aber auf das hinter ihm liegende Dach. Sekunden später folgte ihm der zweite. Sie wollten offenbar zurück zu dem Haus mit der Leiter. Die Frau hatte es geschafft. Die Männer waren wieder hinter ihr her.

Er steckte sich die Pistole in den Gürtel und kroch zum Dachfirst hinauf. Er war zu alt, sagte er sich, für solche Dummheiten, oder aber dumm genug, überhaupt so alt zu werden. Er war allein nach Santa Barbara gekommen, weil er mit der Frau zusammenarbeiten wollte. Gut, das hatte er erreicht. Nachdem er aus unmöglicher Entfernung springende Schatten mit Schüssen durchlöchert hatte, bis ihm die Munition ausging. Was er jetzt vorhatte, war noch idiotischer.

Er blickte kurz hinunter auf das Flachdach, um den Höhenunterschied einzuschätzen. Dann stand er unsicher auf, behielt den First zwischen den Füßen, machte zwei

Schritte, den dritten auf den Rundziegeln, dann noch drei weitere Schritte und sprang.

Er hatte berechnet, daß der First hoch genug über dem Nachbardach lag, um ihm einen Ausgleich dafür zu bieten, daß er auf dem Schrägdach keinen richtigen Anlauf nehmen konnte. Als er jetzt durch die Luft flog, war er sich seiner Sache plötzlich nicht mehr so sicher. Er spannte die Muskeln für den Aufprall an und versuchte, ihn abzufedern, spürte aber trotzdem den stechenden Schmerz, der ihm von den Füßen das Rückgrat herauf in die Schultern fuhr. Er rollte sich ab, holte die Pistole aus dem Gürtel und war schußbereit.

Auf dem nächsten Dach lag einer der zwei Männer, das Gesicht Marshall zugewandt, die Arme nach vorn gestreckt. Aber Marshall war ebenfalls in Schußposition und hatte den Kopf des Mannes im Visier seiner Geschenk-Pistole. Er drückte ab, der Mann zuckte kurz zusammen und blieb unbeweglich liegen.

Marshall rannte los und sprang auf das Dach zu dem anderen Mann hinüber. Er sah ihn über das nächste Dach laufen und dann auf das Haus mit der Leiter springen. Unten auf der Straße hörte Marshall ein schnelles Durcheinander von Schritten. Polizei? Eine Stimme rief: »Hier rüber!«

Er rannte zum Rand, schaute hinunter und sah einen dritten Mann, der dem Mann auf dem Dach zuwinkte. Er war offenbar die ganze Zeit unten geblieben und hatte auf die Gelegenheit gewartet, mit einem gezielten Schuß Marshall oder die Frau zu erwischen. Aber jetzt war er im Begriff vorauszulaufen, um die Frau zu verfolgen. Marshall wußte, daß der zweite Mann leichter zu treffen war als der Mann unten, aber dieser hier war der Frau so dicht auf den Fersen, daß er eine gute Chance hatte, sie einzuholen.

Marshall hob den Arm. Er brachte den weißen Punkt an der Spitze des Laufs zwischen die beiden Kimmenpunkte, genau vor den Kopf des Mannes, und drückte ab. Der Mann machte gerade einen Schritt, aber als sein Fuß auf dem Boden aufkam, war schon kein Leben mehr in ihm.

Marshall wirbelte herum und rannte zur Dachkante.

Noch im Laufen landete er auf dem nächsten Haus, rannte weiter und sprang wieder. Als er an die Leiter kam, war die gesamte Straße grell erleuchtet. Am Ende der Straße waren die Hausfassaden unter dem blauroten Schein der Warnlampen auf den Streifenwagen wie in Feuer getaucht, mal stärker, mal schwächer. Wagentüren wurden zugeschlagen, und Hartgummisohlen stampften aus allen Richtungen laut über das Pflaster.

Marshall stand oben an der Leiter und hob die Hände, so daß man ihn von unten deutlich sehen konnte. Er schrie laut hinunter: »FBI, Special Agent John Marshall.« Das schien die Polizisten für den Augenblick zu beruhigen. Jedenfalls schoß man erst einmal nicht auf ihn.

Einige von ihnen beugten sich über den Mann, den Marshall von oben erschossen hatte. »Das ist nicht der einzige«, rief Marshall ihnen zu.

»Wie viele? Beschreibung?«

Er zögerte den Bruchteil einer Sekunde, dann deutete er die Straße hinunter, weg von dem Fluchtweg der Frau. »Einer, männlich, bewaffnet. Zu Fuß in diese Richtung.«

In der Straße hinter Brian Vaughns Haus hörte Jane die fernen Polizeisirenen und sah die flackernd bunte Beleuchtung des nebligen Nachthimmels. Sie war außer Atem, voller Hautabschürfungen, und ihr wurde bei jedem Schritt schwindlig. Es war ihr klar, daß das einzig Vernünftige jetzt war, in ihren Wagen zu steigen, um möglichst sofort aus Santa Barbara herauszukommen. Aber etwas hatte sie hier noch zu tun. Das alles durfte nicht umsonst gewesen sein. Sie brauchte noch ein Beweisstück dafür, daß in dieser Nacht mehr geschehen war als die Schüsse dreier unidentifizierter Killer auf einen FBI-Agenten.

Sie schlich die Auffahrt hinter Brian Vaughns Haus hinauf. Mit letzten Kräften zog sie sich über den Bretterzaun und ließ sich fallen. Die Lichter im Haus waren noch an, und die Küchentür stand offen, als wären alle vor einem Feuer geflohen, das auf unerklärliche Weise gleich wieder ausgegangen war.

Sie fand die Videokamera hinter den Mülltonnen, wo sie sie zuletzt hingelegt hatte, bevor sie ins Haus lief. Sie nahm sie hoch und sah sich das Sichtfenster an: Das Band war noch da. Gleich daneben lag der Empfänger der Gegensprechanlage. Sie hob ihn ebenfalls auf.

Aus seinem Lautsprecher kam plötzlich das Geräusch von Schritten. Jemand war doch noch im Haus. Sie machte einen Schritt näher zur Hintertür und beugte sich ein wenig vor.

Wieder hörte sie Schritte, jetzt aber schnellere. Dann schlug die Haustür zu. Sie legte die Geräte auf den Boden und rannte seitlich am Haus entlang nach vorn. Kurz vor der Ecke hielt sie an und sah einen Mann auf dem Gehweg ankommen. Er machte die Fahrertür von Brian Vaughns Miata auf, und das Innenlicht ging an. Jane sah sein Gesicht, und ihr stockte der Atem: Sie kannte diesen Mann. Das Gesicht gehörte einem Gespenst.

Marshall stand in der Mittagssonne, während die Spurensicherung ihre Arbeit in dem Haus beendete, das Charles Langer den Tod gebracht hatte. Er hatte sich auf die Stufen vor dem Eingang gesetzt und ihnen lange zugesehen. Die Beamten bewegten sich langsam und systematisch, in konzentrischen Kreisen von der Leiche nach außen, und jetzt waren sie auf der Straße angekommen. Er hatte dieses Vorgehen schon zu oft beobachtet. Zuletzt vor vielen Stunden, als er noch in der kleinen Nebenstraße stand und Fragen beantwortete, während die Polizisten den Boden und die Dächer absuchten, Lageskizzen anfertigten und überall dort Zahlenschilder aufstellten, wo sie eine ausgeworfene Patronenhülse fanden. Er hatte ihre fachliche Kompetenz gesehen. Auch hier im Haus brauchten sie seine Ratschläge nicht.

Er hörte einen Wagen ankommen und sah ohne großes Interesse, wie ein Streifenwagen am Gehweg hielt und zwei Männer ausstiegen. Der ältere, mit bereits schütterem blondem Haar, trat näher und fragte: »Sind Sie Special Agent John Marshall?«

»Ja.«

Der Mann sah ihn an, zwar nicht lächelnd, aber auch nicht unfreundlich. »Ich bin Lieutenant Harris. Ich habe den Auftrag, mich zu Ihrer Verfügung zu halten.«

Marshall nickte. In einer Stadt wie Santa Barbara konnte man sich keinen überlasteten Polizeichef vorstellen. Ein Fall wie dieser beschäftigte jetzt sicher tagelang die gesamte Mannschaft.

»Ich habe ein paar Sachen im Wagen, die Sie sich vielleicht ansehen möchten.«

Marshall ging mit ihm zum Wagen. In den nächsten Tagen kamen zweifellos Dutzende solcher Gespräche auf ihn zu. Immer wieder würde man ihn bitten, irgendwelche Widersprüche im Beweismaterial aufzuklären, und er würde es versuchen und nicht schaffen. Er nahm den Umschlag, den ihm der Lieutenant entgegenhielt, und schaute hinein. Er enthielt einige großformatige Fotos. Die beiden ersten zeigten die Männer, die er in der Nebenstraße erschossen hatte, nur lagen sie jetzt im Leichenschauhaus. Jeder Oberkörper war an jeweils verschiedenen Stellen mit zwei kleinen x markiert.

»Was heißt das?« fragte Marshall. »Die Markierungen.«

Lieutenant Harris sah ihn geheimnisvoll an und zog ihm die beiden Fotos aus der Hand, so daß die nächsten zu sehen waren. Jetzt hatte man den beiden die Hemden ausgezogen, bevor man sie fotografiert hatte.

»Kugelsichere Westen?« fragte Marshall. »Die hatten kugelsichere Westen an?«

»Stimmt«, sagte Harris. »Und zwar keine Ausverkaufsware, die nicht mal eine Wasserpistole aufhält. Das hier ist standardmäßige Polizeiausrüstung.« Sein freundliches Gesicht verzog sich zu einem verschwörerischen Lächeln. »Die beiden x sind Ihre Treffer. Es muß ihnen ganz scheußlich weh getan haben, und es hat sie ja auch zum Stolpern gebracht. Ich wette, Sie haben sich schon gefragt, warum sie nicht gleich umgefallen sind. Irgendwie beunruhigend, nicht wahr.«

»Ja«, sagte Marshall, »ich verstand überhaupt nichts mehr.«

Der Detective lachte in sich hinein, aber sein Gesichtsausdruck zeigte eher Sympathie als Belustigung. Die Fotos erinnerten ihn an seine eigene Verwundbarkeit. »Deshalb die Kopfschüsse?«

Marshall verneinte. »Ich habe das genommen, was zu sehen war.« Er steckte die Fotos wieder in den Umschlag und bemerkte, daß er noch weitere Aufnahmen enthielt. »Was sind das noch für Fotos?«

Harris deutete mit einer Kopfbewegung auf das Haus. »Von ihm.« Dann runzelte er plötzlich die Brauen. »Aber da ist schon wieder etwas Unverständliches.«

»Was meinen Sie?«

»Auf seinem Führerschein steht der Name Charles Langer. Aber es sieht so aus, als stimmten seine Fingerabdrücke nicht mit denen der PKW-Meldestelle überein.«

»Das heißt, es sind falsche Papiere.«

»Aber nicht, wie wir sie sonst kennen. Sein Gesicht ist dasselbe wie das in den Akten der Meldestelle. Es passiert nicht häufig, daß jemand eine Behörde sein richtiges Gesicht fotografieren läßt und sich dann solche Mühe gibt, falsche Fingerabdrücke zu liefern.« Er zuckte die Achseln. »Ich habe keine Ahnung, wie er es gemacht hat.« Schweigend betrachtete er das Haus, als könnte er durch die Wände sehen. Dann sagte er: »Man hat ihn operiert.«

»Gesichtschirurgie?«

Harris nickte.

»Woher wissen Sie so etwas?«

Harris lächelte wieder. »Ich muß zugeben, am Anfang habe ich es gar nicht bemerkt. Eigentlich bin ich jetzt schon so lange bei der Polizei in dieser Gegend, daß ich so was im ersten Augenblick sehen müßte. Aber es war die Gerichtsmedizin, die es herausgefunden hat. Er hat ein paar Stellen mit leichtem Narbengewebe, man würde sie übersehen, selbst wenn sie nicht vom Kopfhaar bedeckt wären. Aber die Röntgenaufnahme brachte es zum Vorschein: eindeutige Spuren in den Knochen. Bei jedem Lifting werden über der Schläfe winzige Titan-Nadeln eingesetzt, und dann wird die gestraffte Gesichtshaut daran aufgehängt. Die

Nadeln werden später wieder entfernt, aber an den Stellen bleiben Löcher zurück.«

»Lieutenant?« Einer der Beamten hielt etwas in einer durchsichtigen Plastiktüte hoch. Marshall folgte Harris.

»Wir haben hinter ein paar Büchern noch ein Tonbandgerät gefunden. Es liegt auch ein Band auf.«

44

Nach ihrer Landung in Rochester, Minnesota, blieb Jane sekundenlang vor einem Geschäft stehen, das auch Zeitungen verkaufte, aber dann ging sie weiter. Was in Santa Barbara geschehen war, kam zu spät für den heutigen Redaktionsschluß, und irgendwelche Artikel über Richard Dahlman oder Carey hätte sie ohnehin nicht gelesen. Sie konnte im Augenblick nichts anderes tun als das, was sie tat, und vermied deshalb alles, was ihre Entschlossenheit erschüttern würde.

Sie nahm sich einen Leihwagen, einen Toyota Camry, und fuhr die Route 52 Richtung Minneapolis. Es schien ihr eine Ewigkeit her zu sein, daß sie mit Richard Dahlman in diese Stadt gefahren war, und fast noch einmal so lang seit ihrem Besuch in Sid Freemans Haus am Hügel.

Während der Fahrt auf dem dunklen Highway legte sie sich unwillkürlich das zurecht, was sie ihm zu sagen hatte. »Warum hast du mich eigentlich nicht schon damals umgebracht, als ich in deinem Haus war? Bist du schon so verrückt, daß du es vergessen hast?«

Sid würde widersprechen. »Janie«, würde er sagen, »das war ich doch nicht. Ich habe mit diesen Leuten nicht mehr zu tun, als ich dir damals sagte.«

Und Jane würde antworten: »Ich habe Quinn gesehen.«

Danach würde er erst einmal nichts antworten und statt dessen schnell – aber erfolglos – versuchen, alle Konsequenzen der Situation zu durchdenken. Vielleicht würde er sagen: »Du bringst mich jetzt um, stimmt's?« Und Jane würde darauf antworten: »Das gehört nicht zu meiner Arbeit. Bring dich selber um.«

Am Ende würde sie noch etwas sagen wie: »Du packst besser gleich, Sid. In fünf Minuten ist die Polizei hier.« Sie verbesserte sich: »In drei Minuten.« Das war genug Zeit, um ihn in einen hektischen Aufbruch zu treiben, aber zu wenig, als daß er noch die seit zwanzig Jahren angesammelten Beweisstücke zusammensuchen und sich mit einem schnellen Wagen davonmachen könnte. Dann würde sie warten, bis sie unten am See die schwarzweißen Streifenwagen heraufkommen sah.

Sie war so intensiv mit dieser kommenden Unterhaltung beschäftigt, daß sie fast die Uferstraße verpaßt hätte. Sie bog an der nächsten Ecke ab, fuhr in den Hügeln oberhalb von Sid Freemans Haus um den See herum und parkte zwei Querstraßen von dem Haus entfernt, in dem sie damals die Dachwohnung gemietet hatte.

Nach Mitternacht stand sie unter den Bäumen auf dem Hügel, von dem aus sie auf sein Haus herunterschauen konnte. Sie hatte lediglich ihr Handy bei sich, sonst nichts. Es wäre ihr ein leichtes gewesen, schnell nach Chicago zu ihrer Bank zu fahren und die Beretta Cougar zu holen, die dort zusammen mit ein paar Ausweisen für den Notfall im Schließfach lag. Vielleicht war diese Fahrt bald notwendig, vielleicht wünschte sie sich sogar in wenigen Minuten, sie hätte sie lieber schon an diesem Abend unternommen. Aber sie wußte auch, daß es jetzt keine gute Idee war, Sid Freeman mit einer tödlichen Waffe in der Hand gegenüberzutreten. Er hatte eine große Geschicklichkeit entwickelt, anderen Menschen ihr ganzes Leben zu stehlen und sie in etwas zu verwandeln, was sie nicht sein wollten. Aber seine letzte Tat auf Erden war sicher nicht, Jane das Leben zu nehmen.

Sie fürchtete sich vor den Leuten im Haus. Sie hatte einen gewissen Respekt, nicht vor Sid Freeman, sondern vor seinem Wahnsinn. Der beste Beweis dafür waren diese seltsam unzivilisierten Teenager, die er zu sich geholt hatte. Sie konnte ihn sich richtig vorstellen, wie er in der schwachbeleuchteten Bibliothek saß und seine Pläne ausheckte, als wäre die ganze Welt ein großes Schachbrett. Während sie auf das Haus zuging, erinnerte sie sich wieder an die vielen, anfangs noch rätselhaften Dinge, die sie in dem Haus gehört und gesehen hatte.

Sid Freeman hatte ihr erzählt, er habe nur noch vor dem Fernseher gesessen und Zeitungen gelesen, und in der letzten Zeit sei kein einziger Kurier zu ihm gekommen. Früher aber interessierte sich Sid nicht im geringsten für irgendwelche aktuellen Nachrichten. Alle nötigen Informationen bekam er von den Leuten, die zu ihm kamen – und von Quinn. Und das war es, was seine Worte so glaubwürdig machte: Quinn war tot.

Jane hatte es ohne Rückfrage für bare Münze genommen, daß Quinn tot war. Es war unvermeidlich, sogar überfällig. Waren und Dienstleistungen an Kriminelle zu verkaufen, war ein ziemlich risikoreiches Geschäft. Sid verbarrikadierte sich in seinem Haus, während Quinn und gelegentlich auch Christie kreuz und quer durch die Gegend fuhren. Sie beschafften all die Dinge, die man nur bei solchen Leuten bekam, die sich nicht um geltende Gesetze scherten, und dann lieferten sie sie anderen, die damit ein Verbrechen begingen. Und immer wurde nur bar bezahlt. Als Jane erfuhr, daß die beiden nicht mehr lebten, war das keine große Überraschung für sie.

Selbstverständlich mußten sie sterben – wenn nicht jetzt, dann nächste Woche oder nächstes Jahr. Nur etwas hatte sie an Sid Freemans Mitteilung stutzig gemacht: Sie konnte sich schlecht vorstellen, wie er ohne die beiden auskommen würde. Als sie mit ihm verhandelte, war sie verblüfft darüber, daß Christie keine größere Lücke hinterlassen hatte. Christie schwebte immer wie ein böser Geist im Hintergrund, der einzige Fixpunkt in dieser Hügelfestung, wo alles in dauernder Bewegung war und sogar Sid es nicht lange mit einem Namen aushielt. Jetzt aber kam es Jane so vor, als wäre Christie nicht mehr gewesen als ein Mädchen, das in dem Leben mit jemand so Widerwärtigem wie Sid einen aufregenden Kick gefunden hatte.

Nein, es war Quinn, der fehlte. Während sie mit Sid geredet hatte, mußte sie dauernd an ihn denken, und immer wieder erwartete sie, daß er plötzlich doch aus den Schatten dieser Räume auftauchen könnte. Vielleicht, dachte sie jetzt, war er sogar an jenem Abend im Haus gewesen. Sie hatte ihn irgendwie gespürt, einen sehr individuellen Geruch wahrgenommen, wie er von gewissen Menschen ausgeht, oder halb bewußt sein Flüstern gehört, in einem Zimmer nebenan mit Sids kleinen Monstern.

An dieser Stelle fragte sie sich, warum Sid ihm nicht den Auftrag gegeben hatte, Jane zu töten. Normalerweise erledigte er ein Problem auf diese Weise. Quinn war der permanente Stellvertreter, der geborene Juniorpartner. Wenn sie ihn vor sich hatte, war sie jedesmal besonders wachsam. Und zwar nicht, weil sie befürchtete, er könnte sich Sids Befehl widersetzen, sondern weil sie bei ihm nie auch nur einen Augenblick entspannter Ruhe erlebt hatte. Bei ihm war der Irrsinn vielleicht noch ausgeprägter als bei Sid, und nur Sids Langsamkeit und körperliche Passivität hatten seine Ausbrüche zurückgehalten.

Jane wußte noch immer nicht, warum Sid sie am Leben gelassen hatte. Zwei Teams seiner Leute hatte er durch mehrere Staaten gejagt, um Richard Dahlman zu finden. Sie hatte den Eindruck, daß sie etwas übersehen hatte, und ging alle Einzelheiten noch einmal in ihrer zeitlichen Abfolge durch. Seit jenem Abend waren Sids Leute nicht näher an Dahlman herangekommen. Hatten sie aufgehört, ihn zu suchen? Vielleicht hatte Sid die Sache fallengelassen, als er wußte, Dahlman gehörte jetzt Jane. War es das, was er wollte? Ja. Vielleicht nicht sofort, aber sehr bald hatte er beschlossen, daß er Dahlman lieber in einem Versteck wußte als unter der Erde. Das war eine erheblich bessere Lösung als ein toter Dahlman. Wenn man Dahlman umbrachte, mußte die Polizei unweigerlich zu dem Ergebnis kommen, daß jemand ihn erledigt hatte, und dann begannen die Fragen nach dem Täter. Wenn aber Dahlman verschwunden war, dann blieb nur ein Täter übrig: Dahlman.

Jane war jetzt an dem Aussichtspunkt, den sie gesucht hatte. Von hier aus hatte sie eine ungehinderte Sicht auf das

Haus. Das hohe, dunkelbraune Gebäude kam ihr verändert vor, und im ersten Augenblick fragte sie sich nach dem Grund. In der oberen Fensterreihe war kein Licht. Bisher hatte sie immer sehr leicht den Raum ausmachen können, in dem der Beobachter mit dem Fernrohr stand, denn nur in diesem Raum brannte kein Licht. Die Fenster darunter zeigten den üblichen düsteren Schimmer der altmodischen Deckenlampen. Sid Freeman hatte keinen Sinn für adäquate Beleuchtung.

Sie ging etwas näher an das Haus heran und spürte, wie ihr Herz schneller klopfte. Sie beobachtete die Vorderseite und sah, daß die Sicherheitstür einen Spalt offenstand. An diese Möglichkeit hatte sie gedacht: Quinn war möglicherweise zum nächsten Telefon gefahren und hatte seinem Chef zur sofortigen Flucht geraten, weil es jetzt mit dem Namen Sid Freeman ohnehin zu Ende war. Während ihrer Fahrt hatte sie diesen Gedanken nicht weiterverfolgt, weil er zu keinerlei Änderung in ihrem Plan geführt hätte. Sie mußte zurückkommen.

Sie konnte Sid Freeman, der mit ihrem Namen hilflosen Menschen, die auf der Flucht waren, Geld und Freiheit raubte, nicht einfach in aller Ruhe weitermachen lassen. Und sie konnte nicht in ihr Leben als Mrs. McKinnon zurückkehren, solange sie befürchten mußte, eines Nachts neben Carey von dem Klicken aufzuwachen, mit dem Quinn an ihrem Bett seinen Revolver entsicherte.

Sie näherte sich dem Haus, indem sie schräg auf eine Ecke zuging und so aus dem Fenster nicht direkt zu sehen war. Sie hielt sich in den dunkelsten Schatten und blieb dazwischen immer wieder mit dem Rücken an einen Baum gelehnt stehen. Jetzt konnte sie die kalten, feuchten Ziegel der Schutzmauer fast mit der Hand berühren.

Sie atmete kaum noch, während sie an der Wand entlangschlich. Die Mauer reichte ihr ein Stück weit über den Kopf, denn Sid hatte sie so konstruiert, daß ihm sogar aufrecht stehend kein Schuß den Kopf wegblasen konnte. Jane wußte genau, wohin sie wollte. Sid war ein Nachtmensch, und am liebsten arbeitete er in der Bibliothek links vom

Eingang. Wenn er noch im Haus war, dann in diesem Raum.

Sie kam zum Ende der Mauer und trat näher an das Fenster heran. Waren die Gitterstäbe neu? Sie hatte sie noch nie gesehen, weil die Fensterläden sonst immer geschlossen waren. Warum standen sie jetzt offen?

Sie schob ihren Kopf ein wenig höher, schaute kurz hinein und zog sich im nächsten Augenblick zurück, den Rücken an die kalte Mauer gepreßt. Sie hielt das Bild fest, das sie gesehen hatte. Der Körper auf dem Fußboden wirkte echt. Das war nicht irgendein anderer dicker Mann, den man zur Leiche gemacht hatte, damit Sid als tot gelten konnte. Das war er, eindeutig. Die offene Tür und die offenen Fensterläden ergaben jetzt einen Sinn. Wenn seine kleinen Monster rebelliert hatten, dann schlossen sie hinterher nicht noch ordentlich alle Türen zu. Jane ging um das Haus herum zum Eingang. Sie mußte hineingehen und sein Gesicht ansehen. Da hörte sie ein leises Geräusch über ihrem Kopf: Ein Fenster ging auf.

Jane warf sich seitlich auf den Boden, als zwischen den Gitterstäben schon die Hand mit der Pistole herauskam und senkrecht nach unten feuerte. Der Unterarm schwang wie ein Pendel, er senkte sich wieder und gab mehrere Schüsse ab, jeder etwa einen Meter neben dem anderen, genau in den Boden an der Hauswand. Der Schalldämpfer zischte wie eine Schlange, beinahe leiser als der sirrende Ton der ausgeworfenen Patronenhülsen, die gegen die Ziegel schlugen.

Als die Hand wieder nach oben pendelte, sprang Jane hoch. Sie packte den Arm, preßte ihn mit der linken Schulter gegen die Wand und boxte mit der rechten Faust die Hand in die Mauer.

Sie hörte den Aufschrei: es war Quinn. Er ließ die Pistole fallen, um die Hand durch die Gitterstäbe schneller in Sicherheit zu bringen. Jane nahm die Waffe an sich, duckte sich hinter einen Baumstamm und wartete.

»Jane?« Sie hörte seine Position so deutlich, als hätte sie ihn vor Augen. Er hockte unter dem Fenster, wo ihn kein

Schuß erreichen konnte. Und er wollte wissen, wo sie war. Sie mußte sich jetzt mit der Situation abfinden und brachte ihn deshalb zum Reden. »Was ist, Quinn?«

»Wir haben ein Problem, scheint mir.«

»Ach ja?«

»Wenn ich jetzt aufstehe und – sagen wir mal – zur Tür gehe, dann erschießt du mich durchs Fenster, oder?«

»Möglich«, sagte sie, »ich kann dich nämlich nicht leiden.«

»Aber du bist hinter dem Baum. Wenn du dahinter rauskommst, dann krieg' ich dich, bevor du zu einem zweiten Schuß kommst.«

»Vorausgesetzt, du hast eine zweite Pistole in Reichweite.« Sie riskierte einen Blick um den Baum herum auf das Fenster. Er zeigte ihr den Lauf einer Waffe, die er ein wenig über das Fensterbrett schob. Sie nahm den Lauf ins Visier und wartete. Auch das kleinste Stück seiner Hand würde ihr genügen. Dann verschwand der Lauf.

»Janie? Bist du hier, weil du Sid sehen möchtest?«

»Ich habe ihn schon gesehen.«

»Aha«, sagte Quinn. »Sag mal, riechst du das Fett in der Pfanne? Er schmort wahrscheinlich schon in der Hölle.« Er lachte. »Mit den besten Empfehlungen von Jane.«

»Und wie habe ich das angestellt?« fragte sie.

»Sid ist für deine Sünden gestorben. Ich konnte doch nicht zugeben, daß ich derjenige war, der ihm die ganze Zeit seine Kunden geschickt hat.«

»Soll das heißen: Er hat es nicht gewußt? Er hat wirklich geglaubt, du bist tot?« Natürlich, sagte sie sich im stillen. Sie hatte Sid deshalb bei keiner Lüge erwischt, weil er nicht gelogen hatte. Man hatte auch ihn hereingelegt.

Quinn lachte wieder. »Wie, glaubst du, hätte ich es sonst geschafft, ihn zu verlassen und sein Geld mitzunehmen?«

»Und was ist mit diesem anderen Talent, der hübschen Christie?«

»Also, sie ist wirklich tot. Hat aber nichts mit mir zu tun. Das ist in New York passiert, sagt man.«

Jane schwieg eine Weile. Kam Quinns Stimme jetzt

woanders her? Sie konzentrierte sich darauf, die leisesten Bewegungsgeräusche zu hören.

»Weißt du, Janie, es gibt tatsächlich ein guten Ausweg aus dieser Lage.«

»Vielleicht sogar mehr als einen.«

»Ich sagte: einen *guten* Ausweg. Was Sid konnte, das kann ich auch, und du bist anscheinend auch wieder im Geschäft. Wenn wir uns zusammentun, ist da eine Menge Geld für uns drin.«

»Großzügiges Angebot, Quinn. Aber dein letzter Partner wird dir kaum noch ein Empfehlungsschreiben mitgeben.«

»Möchtest du wissen, was ihn wirklich umgebracht hat?«

»Von dir mal abgesehen.«

»Er hat nicht genügend herausgeholt«, sagte Quinn. »Er hatte kein Händchen mehr dafür. Null Ahnung. Er saß die ganze Zeit hier allein rum und wartete darauf, daß die Leute zu ihm kamen. Und ohne mich ...«

»Ganz allein?« fragte Jane. War es denn möglich, daß Quinn nichts wußte?

»Na klar, ganz allein«, bestätigte Quinn. »Er saß hier still auf seinem fetten Arsch. Er hat nicht mal die Schlösser ausgewechselt, nachdem ich tot war. Ich bin ganz einfach vor zehn Minuten hier reinmarschiert und ...«

»Quinn, hör mir gut zu: Mach, daß du aus dem Haus kommst. Jetzt gleich.«

Quinn ließ wieder sein kurzes Lachen hören. »Ja, und du legst mich durchs Fenster um. Toller Vorschlag.«

»Quinn, du verstehst nicht. Sid war nicht allein. Er hat seine Leute nur eben mal zum Einkaufen geschickt. Ich schwöre dir, ich lass' dich in Ruhe. Schau nur, daß du da rauskommst. Sonst bringen sie uns alle beide um.« Sie machte drei Schritte und stand neben dem Baum.

Als der Lauf wieder über das Fensterbrett kam, sprang sie sofort wieder zurück hinter den Stamm. Sie hörte vier oder fünf Schüsse, und der letzte schleuderte neben ihrem Fuß einen Stein hoch.

Sie blieb hinter dem Baum liegen und horchte. An der Straße war kein Wagen angekommen, aber jetzt hörte sie im Innern des Hauses eine Tür schlagen und schnelle Schritte. Sie konnte nicht sagen, was Quinns plötzliches Schweigen bedeutete: Lauschte auch er auf die Geräusche, oder ging er zum nächsten Fenster, weil er einen günstigeren Schußwinkel suchte? Dann hörte sie das Dröhnen der Ingram MAC 10, die seinen Körper in Stücke riß.

Jane lag bewegungslos, während im Fenster das Gesicht eines jungen Mädchens erschien. Ohne hinzusehen wußte Jane, daß es das Gesicht war, das durch die Geländerstäbe spähte, als sie mit Dahlman im Haus war. Das Mädchen drückte ihr mageres Raubtiergesicht gegen die Gitterstäbe und suchte mit scharfen Blicken die Dunkelheit ab.

Dann hörte Jane die Stimme des Jungen, den sie damals ebenfalls gesehen hatte. »Was ist? Meinst du, jemand ist durch das Gitter raus?«

Das Mädchen zischte wütend zurück: »Vielleicht brauche ich etwas Frischluft. Was dagegen?«

»Er ist tot, und der andere, der Alte, ist auch tot. Möchtest du auch tot sein?«

Er wurde ihr hörbar lästig. »Bring die Sachen in den Wagen«, sagte sie, »ich seh' mich noch nach Geld um.«

Jane konnte die Schritte des Jungen hören. Er ging aus dem Zimmer hinaus in die Eingangshalle. Nach einigen Sekunden ging ihm das Mädchen nach. Auf dem Weg zur Tür sagte sie zu der Leiche am Boden: »Bye-bye, Sid.« Es klang wie die Stimme eines Kindes. Dann ging auch sie in die Halle hinaus.

Jane stand auf, wischte den Griff der Pistole ab und ließ sie auf der Erde liegen. Sie flüsterte: »Bye-bye, Sid« und ging durch die Dunkelheit zu ihrem Wagen zurück. Während sie fuhr, benutzte sie ihr Handy für drei Anrufe: Es meldete sich eine Wohnung in Cleveland, ein Seniorenheim in Carlsbad und das Polizeipräsidium in Minneapolis.

Unmittelbar danach fuhr sie in einen Picknick-Park am Hochufer des Mississippi, hielt an und schaltete die Scheinwerfer aus. Sie ließ den Motor laufen, stieg aus, ging über den Rasen bis zum Geländer und warf das Handy in hohem Bogen in das dunkle, langsam fließende Wasser.

Sie kehrte zum Wagen zurück, zog den Sicherheitsgurt herunter, schnallte sich an, legte den Gang ein und fuhr los.

»Jay-nie ...« Es war eine leise, weiche Frauenstimme, eine schwebende Melodie und kaum lauter als ein Flüstern. Jane spürte die Gänsehaut in ihrem Nacken.

Sie stieg mit Gewalt auf die Bremse, und der Wagen hielt abrupt an. Sie drehte sich auf ihrem Sitz nach hinten um, und der Anblick ließ ihr den Atem stocken.

Das Gesicht der Frau war von der einzigen Straßenlampe auf dem Parkplatz nur schwach beleuchtet. Es sah unwirklich bleich aus unter dem langen, schwarzen Haar, aber auf den roten Lippen lag dasselbe etwas amüsierte, wissende Lächeln, das Jane kannte. »Jay-nie«, sagte die Stimme wieder. Dann brach sie in ein erschreckendes, grausames Lachen aus. Jane sah die riesige 45er, die die Frau knapp über dem Schoß in der Hand hielt und mit der sie genau auf die Rückseite des Fahrersitzes zielte. Sie wußten beide, daß eine Kugel auf diesem Weg durch nichts aufgehalten wurde.

Dann nahm die Stimme ihre normale Lautstärke an. »Sag doch was.«

»Heute kommen anscheinend die Toten aus ihren Gräbern. Erst Quinn, und jetzt du.«

Die Frau blickte sie leicht irritiert an. »Nicht ganz. Ich bin nicht mehr Christie. Quinn und ich, wir dachten, du wärst tot, also bin ich auch gestorben, nur ist das Grab, aus dem ich komme, deines.«

»Du willst ich sein? Hast du dir deshalb das Haar wachsen lassen und schwarz gefärbt? Du bist jetzt Jane?«

»Ich war die einzige mit der richtigen Qualifikation für den Job. Ich bin dabei reich geworden. Du eigentlich auch?« Der Gedanke schien ihr zu gefallen. »Du warst eine ziemliche Überraschung für mich heute abend.«

»Weil ich noch lebe?«

Christie nickte. »Ich wußte, daß du kommst. Ich habe Quinn hingeschickt, damit er Sid erledigt und dann für ein Rotkäppchen wie dich den bösen Wolf spielt. Ich bin rumgefahren und habe gewartet, bis ein Leihwagen wie deiner in der Gegend auftaucht.«

»Warum?«

»Einer würde aus dem Haus rauskommen. Falls es Quinn war – wunderbar. Wenn es Sid war, auch gut. Er hätte mir sowieso alles geglaubt: daß Quinn mich gefesselt hat oder etwas in der Art. Aber daß du kommst – sag selbst, habe ich jetzt noch eine Wahl?«

»Christie«, sagte Jane, »du mußt nicht ... »

»Laß das«, unterbrach Christie. »Mir hängt das ganze Geschäft sowieso zum Hals raus. Wenn Quinn und Sid nicht mehr dabei sind, macht es keinen Spaß mehr. Das war es, was ich dir sagen wollte. Fahr jetzt da rüber, wo es dunkel ist, und halt an. Ich steige aus, und du fährst weiter. Ich behalte dich im Auge, bis du weg bist, also mach lieber keine Dummheiten. Schau nicht mal zurück.«

Jane wendete den Wagen und fuhr auf das Geländer am Fluß zu. Christie sagte nicht die Wahrheit. Sie hatte nicht die geringste Veranlassung, etwas anderes zu tun, als auf den Abzug zu drücken. Jane drückte etwas stärker auf das Gaspedal. Der Wagen beschleunigte unmerklich. Die Scheinwerfer waren immer noch ausgeschaltet, und Jane hoffte, daß Christie die erhöhte Geschwindigkeit in der Dunkelheit nicht wahrnahm.

Doch schon kam die Stimme von hinten: »Nicht so schnell.«

Jane antwortete nicht. Christie zeigte sich wachsamer, als sie erwartet hatte. Jane gab das Versteckspiel auf und trat das Gaspedal durch. Je schneller der Wagen fuhr, um so weniger Chancen hatte Christie. Schon jetzt war es für sie zu spät, zu schießen und dann abzuspringen.

»Halt an, oder ich blas dir den Kopf weg.«

Der Wagen raste von dem geteerten Parkplatz weg und über den unebenen Rasen. Im Rückspiegel sah Jane, wie sich hinter ihr die Hand mit dem Revolver hob und auf ihren Kopf senkte. Sie duckte sich, aber der Revolvergriff traf sie so kräftig am Hinterkopf, daß sie mit der Stirn vorn aufschlug und sekundenlang nur das rote Nachbild auf der Netzhaut hatte. Dann spürte sie, daß der Wagen den Boden unter den Rädern verlor. Er schoß ins Leere, und kurze Zeit fühlte sie sich in seltsamer Schwerelosigkeit, dann stürzte der Wagen nach unten. Jane spürte schmerzhaft den Sicherheitsgurt über der Brust, als wollte er sie aus der Luft herunterzerren.

Mit einem schnellen Blick nach hinten sah sie, daß Christie beide Hände gegen das Wagendach preßte. Jane drückte das Rückgrat durch, setzte sich aufrecht und schaute durch die Windschutzscheibe in die Dunkelheit unter ihr, ohne die Wasseroberfläche zu sehen. Sie wartete eine Sekunde, dann noch eine, und dann kam der Aufprall.

Der Wagen traf im spitzen Winkel auf das Wasser. In der Mitte des Lenkrads explodierte krachend der Airbag und drückte Jane tiefer in ihren Sitz, und gleichzeitig wurde Christie mit einem dumpfen Geräusch gegen die Rückenlehne geschleudert. Im nächsten Augenblick hörte Jane ein Rauschen wie von einem Wasserfall, und sie spürte das kalte Flußwasser an den Füßen.

Sie brauchte einige Sekunden, bis sie sicher war, daß sie sich noch bewegen konnte. Sie kämpfte ihre Hände unter dem prallen Airbag frei, machte den Sicherheitsgurt auf und schob sich nach rechts auf den Beifahrersitz, fiel aber auf das Armaturenbrett. Der Wagen sank, vom Gewicht des Motors hinuntergezogen, mit der Schnauze voraus unter die Oberfläche.

Das Wasser strömte immer schneller ins Wageninnere und reichte Jane schon bis zu den Hüften. Jetzt sickerte es auch durch die abgenutzten Fensterdichtungen herein. Jane horchte, konnte aber nichts von Christie hören. Als sie sich umsah, hob Christie den Revolver. Mit einem ohrenbetäubenden Knall sank der Airbag in sich zusammen. Dann versuchte Christie, über die Rückenlehne nach vorn zu kriechen. Jane duckte sich tiefer in ihren Sitz.

Über ihrem Kopf rauschte ein Sturzbach durch das offene Seitenfenster. Sie stemmte sich mit den Beinen ab und tastete nach nach dem Türgriff. Sie fand ihn, hielt ihn fest, blieb aber in ihrer geduckten Haltung. Das Wasser stand ihr jetzt schon am Hals. Sie wußte, daß keine menschliche Kraft eine Wagentür gegen den Wasserdruck von außen öffnen konnte. Sie mußte warten, bis die Tür auf beiden Seiten völlig unter Wasser stand, und den Türgriff so lange mit aller Kraft festhalten.

Jane wartete auf den zweiten Schuß. Im nächsten Augenblick hörte sie aber schon nichts mehr, weil jetzt das Wasser ihre Ohren erreicht hatte. Sie hob das Gesicht, nahm noch einmal einen tiefen Atemzug, zog den Türgriff zu sich heran und drückte gleichzeitig mit der Schulter gegen die Tür. Die Tür ging auf, Jane schlüpfte hinaus und schwamm nach oben und konnte endlich wieder frei atmen.

Sie schwamm an den schmalen Uferstreifen, zog sich hoch und schaute zurück. Man sah nur noch das Rückfenster, ein Stück vom Dach und den Kofferraum. Aber der Wagen sank immer schneller. Plötzlich war wieder ein Schuß zu hören, der ein kleines Loch im Rückfenster verursachte.

»Nein!« schrie Jane. »Mach es wie ich! Durch die Tür!«

Aber Christie konnte sie nicht mehr hören. Es krachte noch fünfmal, und Jane sah im Mündungsfeuer blitzende Glassplitter, die aus der Scheibe flogen. Christie hatte weitere kleine Löcher geschossen, aber der Weg ins Freie blieb ihr versperrt. Das Wasser schwappte jetzt schon an die Heckscheibe. Christie versuchte, das Glas mit dem Schuh einzutreten. Als sie ein zweites Mal zustoßen wollte, barst die Heckscheibe nach innen. Ungehindert strömte das Wasser in den Wagen. Im nächsten Augenblick war er völlig im Fluß versunken.

Jane sprang auf und rannte ein Stück flußabwärts, wo sie den Wagen in der trägen Strömung vermutete, watete bis zur Hüfte in den kalten Fluß und tauchte unter. Aber unter der Wasseroberfläche war nichts als undurchdringliche Finsternis, und obwohl sie es ein paarmal versuchte, berührten ihre Hände nur den schlammigen Untergrund und seine schlierigen Wasserpflanzen. Nirgends bekam sie etwas aus Metall zu fassen. Nach zehn Minuten, vielleicht war es auch eine halbe Stunde, schwamm Jane ans Ufer zurück und blieb schwer atmend liegen.

Noch bevor sie wieder ganz zu Kräften gekommen war, stand sie auf. Sie warf noch einen letzten Blick auf das langsame, ungestört fließende Wasser. Dann kletterte sie das Ufer hinauf.

45

Um acht Uhr an einem Morgen im August wurden Dr. McKinnon und seine Frau beobachtet, wie sie in westlicher Richtung zum Tonawanda-Reservat fuhren. Um neun Uhr dreißig erhielt das Überwachungsteam den Befehl, die Beobachtung einzustellen, gleichzeitig wurde dem Team vor dem Haus gesagt, es solle die Geräte abschalten und sich zurückziehen.

John Marshall kam am Nachmittag in Tonawanda an. Er stellte seinen Wagen auf einem geteerten Parkplatz in der Nähe eines langen, einstöckigen Gebäudes ab, das an jedem Ende einen Dachkamin und an der Langseite eine Reihe Fenster hatte. Daneben standen zwei kleinere Häuser, aus denen ihm der Duft von Speisen und das Geklapper von Geschirr entgegenkamen.

Marshall beobachtete, wie große Kochtöpfe aus dem Küchengebäude getragen wurden.

Zweimal glaubte er, die Frau gesehen zu haben, aber jedesmal täuschte er sich: Es waren andere Frauen mit langem, schwarzem Haar. Erst am frühen Abend fand er die richtige, wohl nur deshalb, weil er sie allein neben ihrem Mann an der Wand sah. Rhythmisch pochten die Trommeln, die Sänger intonierten ihre Lieder, und die Schildkrötenpanzer begleiteten den Lärm mit einem Geräusch wie von Geistern, die ihm etwas ins Ohr flüsterten. Er ging auf die Frau zu.

Sie schien ihn zu spüren, bevor sie ihn hörte. Sie wandte ihm ihr Gesicht zu und sah ihm sekundenlang direkt in die Augen, senkte dann den Blick und kam ihm einen Schritt entgegen. Ihr Mann wollte mit ihr gehen, aber sie schüttelte den Kopf.

»Ich habe gehört, daß Sie vielleicht hier sein würden.«

»Ich hatte für meinen Mann meinen genauen Reiseplan aufgeschrieben.«

Er schwieg einen Augenblick, dann sagte er: »Ich bin John Marshall.«

Sie nickte. »Mein Mann hat es mir gesagt. Er erinnert sich an Sie von den Treffen im Krankenhaus.«

»In Santa Barbara, das war ich.«

»Ich war nie in Santa Barbara.«

»Das dachte ich mir«, sagte er. Er schaute zum Langhaus zurück, wo jetzt noch lauter gesungen und getanzt wurde. »Was feiern Ihre Leute eigentlich?«

Jane dachte nach, und es sah aus, als ob sie vieles in einem Wort zusammendrängen müßte. »Das Leben.«

Marshall lächelte. »Da kann ich mitfeiern.« Er blickte sie konzentriert an. »Sie haben sicher davon gehört, daß sich Richard Dahlmans Unschuld inzwischen herausgestellt hat. Alle Beweise dafür sind wundersamerweise plötzlich aufgetaucht – ein Zeuge, Tonbänder, sogar Videoaufnahmen. Die Anklage wurde fallengelassen.«

»Ich glaube, die Zeitungen haben darüber berichtet.«

Marshall fixierte seine Schuhspitzen. »Es gibt da eine Frau, die ich vor kurzem getroffen habe, und Sie erinnern mich an sie. Sie hat mir ein Geschenk gemacht.« Er faßte in die Tasche und holte ein kleines, schwarzes Kästchen heraus, das aussah wie ein Transistorradio. »Ich dachte mir, Sie könnten das vielleicht gebrauchen.«

»Was ist das?«

»Eine Art Sicherungskasten. Er registriert auch den kleinsten Widerstand in einer elektrischen Leitung. Wenn Sie zum Beispiel irgendeinen winzigen Apparat in der Wohnung haben, der Strom verbraucht, sagen wir: irgendeinen Sender, dann können Sie ihn damit finden.« Er hob gutgelaunt die Schultern. »Eines von diesen Spielzeugen, aber vielleicht verhindert es, daß Ihnen irgendwo eine Leitung durchschmort.«

»Danke«, sagte sie.

Er trat bereits einen Schritt zurück. »Nicht der Rede wert.«

Sie sah ihm in die Augen: »Dann rede ich auch nicht davon.« Und nach einer kleinen Pause: »Außer ich begegne dieser Frau.«

»Welcher Frau?« Marshall drehte sich um, ging zum Parkplatz zurück und stieg ein. Sie sah ihm nach, bis die beiden Schlußlichter zu einem einzigen rötlichen Punkt verschmolzen, nicht größer als ein Glühwürmchen im Dunkeln.

Es war der erste Abend der Süßmais-Zeremonie. Am Morgen hatten die Erwachsenen, die neue Namen angenommen hatten, die Namen der Babys verkündet, die seit dem Winter zur Welt gekommen waren. Morgen waren die persönlichen Dankgesänge für das Erreichte und das zukünftige Glück an der Reihe, und danach erschien die Gruppe der guten Gesichter, um die Kranken zu heilen. Und man würde essen und tanzen. Am letzten Tag wurden die Pfirsichkerne geworfen, weiß auf der einen Seite, tiefschwarz auf der anderen. Man warf die Kerne, und die Menschen deuteten lange und ausführlich, welche Seite gewonnen hatte im ewigen Kampf zwischen dem Schöpfer und seinem Zwillingsbruder, dem Zerstörer.

Thomas Perry

Auf der Spur des Wolfs

Roman. 400 Seiten. Geb.
Aus dem Amerikanischen von Wulf Bergner.

Rita Shelford ist ein Unschuldslamm. Aber sie hat für Bernie Lupus gearbeitet, den legendären Chefbuchhalter der Cosa Nostra. Nun ist Bernie tot und Rita scheinbar der einzige Schlüssel zu den Geldverstecken seiner Arbeitgeber, denen sie in letzter Sekunde entkommen ist. In ihrer verzweifelten Lage wendet sich Rita an Jane Whitefield, die ihr bei der Flucht vor ihren kaltblütigen Verfolgern helfen soll. Eines wird sehr bald klar – die Zeit drängt. Doch als die beiden Frauen Ritas Koffer aus ihrem Hotelzimmer holen wollen, erwartet sie ein lebensgefährlicher Gast – Bernie Lupus: Sein Tod war nur inszeniert. Lupus schließt sich den Frauen an, aber damit verwandelt sich der Auftrag für Jane in einen Alptraum – denn Lupus will die Milliarden der Mafia für immer verschwinden lassen... Auf ihrer spektakulären Verfolgungsjagd durch die Vereinigten Staaten stellt Thomas Perry seiner einzigartigen Heldin Jane Whitefield mit dem cleveren Mafioso Bernie Lupus eine faszinierende Figur zur Seite.

Thomas Perry

Die Hüterin der Spuren

Roman. Aus dem Amerikanischen von Fritz R. Glunk. 319 Seiten. SP 5683

Jane Whitefield ist eine Spezialistin in ihrem Beruf. Sie läßt Menschen verschwinden, indem sie ihnen neue Identitäten verschafft. Ein Grund dafür ist ihre Abstammung. Jane ist Halbindianerin und versteht sich darauf, Spuren zu verwischen und Finten zu legen, bis ein Mensch wie unauffindbar ist. Als eines Tages ein John Felker ihre Dienste erbittet, ein Buchhalter, der eine Menge gestohlenes Geld für sich abgezweigt hat, nimmt sie den Auftrag an. Sie schließt ihn auch erfolgreich ab. Doch dieser Auftrag hat Folgen: Zwei Tote im dichten Netz der falschen Fährten und dunklen Geheimnisse! Jane beginnt zu begreifen, daß sie selbst in die Irre geführt worden ist, und bietet alles auf, die rätselhaften Vorgänge aufzuklären.

Der Tanz der Kriegerin

Roman. Aus dem Amerikanischen von Fritz R. Glunk. 357 Seiten. SP 5686

Ein achtjähriger Knirps stürzt in den Gerichtssaal, wo er gerade für tot erklärt werden soll: »Ich bin Timothy Phillips!« Da Timmy Erbe eines Millionenvermögens ist, begibt er sich in höchste Lebensgefahr, denn irgend jemand ist hinter ihm und seinem Geld her. Jane Whitefield ist schon länger diskret in der Umgebung Timmys und hat diese höchst gefährliche Aktion geplant.

Die Jagd der Schattenfrau

Roman. Aus dem Amerikanischen von Fritz R. Glunk. 443 Seiten. SP 5687

Pete Hatcher verschwindet spurlos während einer glanzvollen Magic-Show in Las Vegas. Inszeniert hat dies Jane Whitefield, die Halbindianerin, eine Meisterin raffinierter Verwirr- und Vesteckspiele. Doch sie ahnt nicht, daß die Killer, die Pete auf den Fersen waren, nun sie selbst im Visier haben …

Karin Fossum

Evas Auge

Roman. Aus dem Norwegischen von Gabriele Haefs. 368 Seiten. SP 2705

Könnte sie als Prostituierte ihr Geld verdienen? Für die junge, bislang erfolglose Malerin Eva Magnus stellt sich diese Frage, als sie ihrer Jugendfreundin Maja begegnet. Diese ist der lebensfrohe Beweis dafür, wie man durch Anschaffen zu viel Geld kommt. Eva beginnt ihre Lehre: Durch einen Türspalt läßt Maja sie dabei zusehen, wie sie einen Kunden empfängt. Aber es kommt zu einem Streit, und die Voyeurin im Nebenzimmer bleibt mit der Leiche der Freundin zurück. Der sympathische Kriminalkommissar Sejer, der in dem Mordfall ermittelt, ahnt, daß die junge Künstlerin mehr zu erzählen hat, als sie aussagt, und Eva muß befürchten, daß der Mörder um die Zeugin weiß.
Ein ungemein spannendes Drama um eine junge, alleinerziehende Frau.

»Mit ›Evas Auge‹ liegt weit mehr vor als ein ausgezeichneter Kriminalroman.«
Bayerischer Rundfunk

Fremde Blicke

Roman. Aus dem Norwegischen von Gabriele Haefs. 352 Seiten. SP 3060

Still und schwarz liegt der Schlagenweiher, eingebettet in die Hügel der grünen Fjordlandschaft, als Hauptkommissar Konrad Sejer am Ufer die junge Annie Holland findet. Sie ist ermordet worden, und niemand in dem kleinen norwegischen Dorf kann sich erklären, weshalb. Denn Annie galt als liebenswert und äußerst hilfsbereit. Doch als der wortkarge Konrad Sejer mit Beharrlichkeit und feinem Ohr für die Mißtöne in der Dorfgemeinschaft Annies letzte Wochen rekonstruiert, stellt sich heraus, daß sie sich in dieser Zeit sehr verändert hatte – sie war plötzlich tieftraurig, wankelmütig und launisch geworden. Und dann stößt Sejer auf einen zweiten tragischen Todesfall in der Gemeinde, der erst wenige Monate zurückliegt …

John Burdett

Die letzten Tage von Hongkong
Roman. Aus dem Englischen von Sonja Hauser. 487 Seiten. SP 2632

Endzeit-Atmosphäre in Hongkong – eine explosive Mischung aus Gier und Macht, Geld und Sex. Nur noch wenige Wochen, bis die boomende britische Kronkolonie an das chinesische Mutterland zurückfällt. In dieser Zeit des Machtwechsels werden drei Menschen bestialisch ermordet. Für Chefinspektor Chan, Sohn eines Iren und einer Chinesin, wird der Fall zu einer gefährlichen Gratwanderung, denn die Drahtzieher dieses Verbrechens sind offensichtlich auf höchster Ebene zu suchen. Chan stößt auf ein Geflecht aus italoamerikanischen Mafiosi, chinesischen Triaden und kommunistischen Militärs.

»Mit leichter Hand und kühnem Schwung verwebt Burdett das Fiktive und die realen Reibungen, die das Zusammenleben der Kulturen in der boomenden Metropole prägen, zu einem dichten Thriller.«
Süddeutsche Zeitung

Eine private Affäre
Roman. Aus dem Englischen von Sonja Hauser. 356 Seiten. SP 2946

Der ehrgeizige James Knight hat es geschafft: Als brillanter Jurist steht er kurz vor seiner ehrenvollen Berufung zum Kronanwalt und vertritt die vornehmsten Bürger Londons. Doch eines Abends möchte ihn die Polizei in einer delikaten Mordsache sprechen: Der Kleinkriminelle Oliver Thirst ist ermordet worden, einer der ersten Klienten des aufstrebenden Anwalts. Fasziniert von dessen Cleverness hatte Knight sich damals mit ihm eingelassen und sogar seine Freundin Daisy an ihn verloren. Kein Wunder, daß James Knight und die ebenso reizvolle wie undurchschaubare Daisy die Hauptverdächtigen sind... Nach seinem Bestseller »Die letzten Tage von Hongkong« führt John Burdett uns hier in die abgründige Welt der Londoner High Society, wo nur eins zählt: der gesellschaftliche Erfolg. Der Roman ist eine subtile Parabel auf das englische Klassensystem und zugleich die spannende Geschichte einer fatalen Dreiecksbeziehung.

Daniel Silva

Double Cross – Falsches Spiel

Roman. Aus dem Amerikanischen von Reiner Pfleiderer. 568 Seiten. SP 2816

Operation Mulberry: so lautete das Kodewort für die alliierte Invasion in der Normandie und war das bestgehütete Geheimnis des Zweiten Weltkriegs. Als der englische Geheimdienst meint, alle deutschen Spione enttarnt und umgedreht zu haben, setzt die deutsche Abwehr ihre attraktivste Geheimwaffe ein: Catherine Blake, Top-Agentin, eiskalt und brillant. Mit atemberaubender Präzision geht sie auf die Jagd nach den alliierten Plänen. Auf der Gegenseite wurde, von Churchill persönlich, der Geschichtsprofessor und geniale Analytiker Alfred Vicary eingesetzt – ihr absolut ebenbürtiger Gegenspieler, der in letzter Minute entdeckt, daß es ein zweites deutsches Spionagenetz gibt. Catherine Blake ist in seiner nächsten Nähe … Daniel Silva verdichtet den teuflischen Wettlauf mit der Zeit, als das Schicksal Europas auf des Messers Schneide steht, zu einem rasanten Thriller.

Dean Fuller

Tod in Paris

Roman. Aus dem Amerikanischen von Inge Leipold. 435 Seiten. SP 2744

Alex Grismolet ist ein Lebenskünstler: Er wohnt mit seinem Mündel auf einem Hausboot mitten in Paris, in seiner Freizeit spielt er Tuba. Grismolet ist Chefinspektor der Sûreté, seine Methoden sind alles andere als alltäglich. In seinem kauzigen Assistenten Varnas hat er einen kenntnisreichen Helfer. Als in der Abenddämmerung eines kalten Novembertages im Parc Monceau die Leiche des betagten, angesehenen Diplomaten und Geschäftsmannes Andrew Wilson gefunden wird, weisen die Spuren zunächst auf einen Raubmord hin. Schnell wird ein junger Araber verdächtigt, aber Grismolet und Varnas bleiben skeptisch: Die geheimnisvolle Mordwaffe und der Freundeskreis des Toten führen das Duo zum Motiv der Tat. – Dean Fuller versteht sich auf präzise Charakter- und Milieubeschreibungen und verfügt über das nötige Maß an Humor, so daß die Lektüre immer ein spannendes Vergnügen bleibt.

Gemma O'Connor

Tödliche Lügen

Psychothriller. Aus dem Englischen von Inge Leipold. 479 Seiten. SP 6018

Es ist kaum drei Wochen her, daß Grace Heartfield ziemlich überraschend und brutal von ihrem Mann verlassen wurde. Dann findet sie einen amtlichen Brief im Briefkasten! Doch er hat nichts mit ihrem Mann zu tun, sondern kündigt eine Erbschaft an: Ihre Schwester sei gestorben – Grace wußte nichts von deren Existenz. Und wer ist der mysteriöse Holländer, der sich im Dubliner Kanal ertränkte? Grace reist nach Dublin und muß mehr und mehr erkennen, daß ein Gespinst aus Halbwahrheiten und Verschleierungen ihr Leben vergiftete, daß Angst und Terror ihre Kindheit bestimmten. Sie folgt den Spuren der Toten und wagt es, genau hinzusehen, wagt es, die Büchse der Pandora zu öffnen. Gemma O'Connor gelang ein psychologisch dichter Thriller, der in London und Dublin spielt, dessen Schauplatz aber gleichzeitig die Abgründe menschlichen Versagens sind.

»Ein Buch, das man nicht aus der Hand legt.«
Brigitte Dossier

Fallende Schatten

Psychothriller. Aus dem Englischen von Inge Leipold. 412 Seiten. SP 5659

»Das ist eine Geschichte, von der man nicht mehr loskommt. Eine Geschichte von Schuld und Sühne, von Ehrgeiz und Geldgier. Gemma O'Connor verdient eine Menge Punkte auf der nach oben offenen Krimi-Skala.«
Frankfurter Rundschau

Wer aber vergißt, was geschah

Psychothriller. Aus dem Englischen von Inge Leipold. 426 Seiten. SP 5689

Holy Retreat, ein Nonnenkloster hoch über einer Bucht bei Dublin, muß renoviert werden. Die verarmten Schwestern lassen sich deshalb dazu überreden, das Friedhofsgelände zu verkaufen. Die junge Rechtsanwältin Tess Callaway soll die heikle Angelegenheit abwickeln. Doch bei der Umbettungsaktion taucht plötzlich ein Sarg zuviel auf. Tess wittert skrupellose Machenschaften, Geldgier und Verrat. Sie beginnt, viele unangenehme Fragen zu stellen – und setzt eine Katastrophe in Gang.

SERIE PIPER

Susanne Mischke

Mordskind

Roman. 360 Seiten. SP 2631

Der fünfjährige Max ist ein wahrer Satansbraten, destruktiv und böse. Als Max plötzlich spurlos verschwindet, gerät die spießige Kleinstadt in Aufruhr, weil dies der zweite Fall in kurzer Zeit ist. Allerdings trauert niemand um ihn, nicht einmal seine Mustermutter Doris. Die sucht sich das Prachtkind Simon als Ersatz. Und ihre Freundin Paula, Redakteurin und beruflich ständig im Streß, bemerkt viel zu spät das teuflische Intrigenspiel um sich und ihren Sohn Simon.
Susanne Mischke hat mit »Mordskind« einen beklemmenden Psychokrimi geschrieben, der zugleich sarkastische Schlaglichter auf einen grassierenden Mutterschaftswahn wirft und das Dilemma zwischen Kind und Karriere mit Ironie und Einfühlungsvermögen zur Sprache bringt.

»Ein Kriminalroman der Extraklasse, lebensnah und spannungsvoll.«
Der Tagesspiegel

Der Mondscheinliebhaber

Roman. 255 Seiten. SP 2828

Das Leben ist zu kurz, um schlechten Sex zu haben, sagt sich die Malerin Valentine, als sich im ehelichen Schlafzimmer nichts Aufregendes mehr tut, und stöckelt hinüber zum neuen Nachbarn Ludwig: Philosoph, Gesundheitsapostel, arbeitsscheu und unzuverlässig, aber ausgestattet mit wunderbaren blauen Augen und einer göttlichen Figur. Klar, daß diese Liaison Valentines Gatte Frank nicht lange verborgen bleibt. Doch der widmet sich unverdrossen seiner Leidenschaft, kocht Ente mit Trüffel, Lamm in Kräuterkruste, Mousse au Chocolat. Plant er etwas? Bald lernt Valentine, daß der Mensch des Menschen Feind ist und die größte Bestie in einem selber steckt. Als plötzlich eine Leiche auf der Terrasse ihres Geliebten liegt, kommt nicht nur Valentines kreative Ader, sondern auch ihr Sinn fürs Praktische voll zur Geltung …

Manuel Vázquez Montalbán

Wenn Tote baden

Ein Pepe-Carvalho-Roman. Aus dem Spanischen von Bernhard Straub. Durchgesehen von Anne Halfmann. 288 Seiten. SP 3146

Pepe Carvalho, Meisterdetektiv aus Barcelona, kämpfte einst gegen das Franco-Regime. Jetzt kämpft der passionierte Feinschmecker mit seinem Gewicht: Er ist auf Abmagerungskur in der international renommierten Kurklinik Faber & Faber im idyllischen Tal des Río Sangre. Die langweilige Routine des Speiseplans aus Rohkost und Mineralwasser wird jedoch jäh unterbrochen: Im Swimmingpoll wird die Leiche einer reichen Amerikanerin gefunden. Als sich noch weitere Tote einstellen, wird Pepe Carvalho aktiv. Inmitten der dekadenten Bourgeoisie Europas, die hier bei Diäten und Schlammbädern hungert, forscht er nach dem Mörder und seinem Motiv.

Die Küche der läßlichen Sünden

Ein Pepe-Carvalho-Roman. Aus dem Spanischen von Bernhard Straub. Durchgesehen von Anne Halfmann. 320 Seiten. SP 3147

Die Einsamkeit des Managers

Ein Pepe-Carvalho-Roman. Aus dem Spanischen von Bernhard Straub und Günter Albrecht. Durchgesehen von Anne Halfmann.240 Seiten. SP 3148

1975 kehrt Privatdetektiv Pepe Carvalho, Ex-Kommunist und Ex-CIA–Agent, aus dem Exil nach Spanien zurück. General Franco liegt im Sarg, die Demokratie steckt noch in den Kinderschuhen. Da wird ein alter Bekannter von Carvalho ermordet: Jaumá, Manager eines internationalen Konzerns, dessen Leiche man mit einem Damenslip in der Hosentasche gefunden hat. Mord im Milieu, wie die Polizei glaubt? Oder wußte Jaumá einfach zuviel über die geheimen Pläne seines Arbeitgebers? Als Pepe Carvalho eingeschaltet wird und Nachforschungen anstellt, beißt er nicht nur auf Granit, sondern der Konzern tritt ihm auch kräftig auf die Füße.

Die Meere des Südens

Ein Pepe-Carvalho-Roman. Aus dem Spanischen von Bernhard Straub. Durchgesehen von Anne Halfmann. 243 Seiten. SP 3149

PIPER

Manuel Vázquez Montalbán
Unmoralische Rezepte

Aus dem Spanischen von Stefanie Gerhold und Albrecht Buschmann. 128 Seiten mit Illustrationen von Manfred Bofinger. Geb.

Landläufig setzt man den Autor Vázquez Montalbán mit seinem literarischen Geschöpf Pepe Carvalho gleich – und das nicht ohne Grund: Als leidenschaftliche Freunde guter Küche und verwandter sinnlicher Vergnügen sind sie nicht zu übertreffen.
Gemeinsames Essen, so argumentiert Vázquez Montalbán, wirkt aphrodisierend und fördert die Erotik. In freier Assoziation erläutert er, warum sich Zucchiniblüten in Bierteig besonders dazu eignen, rothaarige Schönheiten zu becircen, warum eine Pilzpaté unvermeidich zu noch höheren Genüssen führt, oder wie ein Omelett zum unendlichen Quell lasziver Phantasien werden kann. Mit Gespür für das entscheidende Detail und einer guten Prise Satire hat Vázquez Montalbán ein ungewöhnliches Kochbuch zusammengestellt, das sich nicht nur vorzüglich zum Nachkochen eignet, sondern auch Lust macht auf mehr...